Pour L'Eternité

Christian DURAND

TABLE

"I say to you today, my friends, so even though we face the difficulties of today and tomorrow, I still have a dream..."

"Je vous le dis aujourd'hui, mes amis, bien que, oui bien que nous ayons à faire face aux difficultés d'aujourd'hui et de demain, je fais pourtant un rêve..."

Discours du pasteur Martin Luther King du 28 aout 1963 pour les droits civiques.

PROLOGUE

"Le cœur d'une femme est un océan de secrets."
Tiré du film "Titanic" de James Cameron

*Philadelphie, État de Pennsylvanie, USA
Printemps 1997*

Aurore referma précipitamment son porte-documents. Elle quitta son cours d'histoire ancienne du Proche-Orient sans même essayer de ranger ses affaires dans son sac. Elle parcourut à grandes enjambées les couloirs se frayant un passage parmi les étudiants qui sortaient des autres salles. Elle traversa l'esplanade centrale de l'université sans remarquer que le ciel s'était assombri. Le campus, situé près de la rivière *Schuylkill*, intégrait un magnifique musée d'archéologie et d'anthropologie présentant une impressionnante collection d'objets anciens. La bibliothèque universitaire située au bout des bâtiments fermait dans trente minutes.

Aurore y trouva un ordinateur en libre-service et s'assit sans prendre le temps de poser son sac resté en bandoulière sur son épaule gauche. Elle recherchait le livre cité par son professeur. Les deux mots tapés sur le clavier s'affichèrent à l'écran, "enquêtes", "Hérodote". Le résultat de son investigation fut immédiat. L'ouvrage était disponible à la consultation. Elle nota ses références et partit à sa recherche, fébrile. Elle avait parcouru maintes fois ces rayonnages hauts et chargés depuis qu'elle avait entrepris sa thèse sur la *Mésopotamie*. Mais jamais elle n'avait pensé qu'elle pourrait un jour chercher un livre avec autant d'anxiété.

Elle s'adressa à la bibliothécaire. C'était une femme grande et maigre, avec des lunettes rondes et métalliques perchées à l'extrémité de son nez. Vêtue d'habits amples, elle ressemblait à un épouvantail. Elle la reçut tout d'abord d'un air hautain. Elle inclina la tête et ne put retenir un admiratif "le père de l'Histoire" au nom d'Hérodote prononcé par Aurore. Elle prit sa carte pour vérifier son appartenance à l'université et nota le prêt dans le système informatique. Elle la regarda d'un air dubitatif. "Une si jeune étudiante à un tel niveau d'étude" pensa-t-elle. Elle mit un gant en plastique et lui rappela que le livre ne pouvait pas quitter les lieux. Elle prononça un "suivez-moi" en entrouvrant à peine la bouche comme si elle eut voulu cacher ses dents. Elles partirent toutes les deux dans le dédale des rayonnages où elle s'arrêta net pour prendre une échelle et se hissa au plus haut. Elle cala ses lunettes sur son nez, saisit le livre, souffla dessus pour en détacher la poussière et redescendit. Elle tendit l'ouvrage à Aurore qui le prit délicatement lorsqu'elle s'aperçut que sa reliure faite d'un vieux cuir tanné était maculée et se détachait par endroit. Même si le livre était ancien, il n'avait pas l'âge de l'original écrit quatre siècles avant notre ère. La bibliothécaire apprécia ce geste attentif, lui recommanda de venir le lui rendre en mains propres et lui souhaita une bonne lecture. Elle lui rappela l'heure proche de la fermeture. Aurore la remercia et partit s'installer à l'écart des autres étudiants.

Les lumières de la grande salle étaient allumées depuis peu. Le ciel s'était assombri, rajoutant à cette fin de journée l'obscurité menaçante de lourds nuages noirs. Quelques gouttes de pluie commencèrent à couler sur les vitres. L'impact des suivantes fit lever les yeux des étudiants plongés dans leur lecture. Bientôt, un bruit de fond continu au-dessus de leurs têtes envahit les lieux, semblable à un roulement de tambour.
Aurore s'assit au bord d'une rangée de tables et alluma le luminaire qui se trouvait face à elle. Elle ouvrit l'ouvrage et le feuilleta à la recherche de la table des matières ou de l'index.
Elle trouva ce dernier à la fin du livre, juste après quelques cartes du monde connu à cette époque. Elle se rendit à la lettre *B*, parcourut du doigt les lignes, s'arrêta devant *Babylone, livre III*. Elle se remit à tourner les pages vers le début du livre, stoppa, balaya rapidement une page du regard. Elle repartit

plus en avant, et posa ses yeux sur le titre figurant en milieu de page, *Révolte de Babylone*.

Elle se remémora les paroles du professeur dans l'amphithéâtre : "J'ai choisi d'aborder aujourd'hui le cours par un récit rapporté par Hérodote et qui reflète bien les erreurs que vous rencontrerez au cours de vos recherches. Le livre III de ses enquêtes date la prise de Babylone en 539 avant J.C et l'attribue à Darius, fils d'Hystaspe, roi de Perse. Or, cet évènement s'est déroulé en 482 et ce n'est pas Darius mais Xerxès, son fils, Grand Roi Achéménide de la XXVIIème dynastie et Pharaon, qui en a été le protagoniste. D'ailleurs, Ctésias de Cnide, médecin grec d'Artaxerxès II, fils de Xerxès, a été le premier à relever cette erreur, ayant eu la faveur d'accéder aux parchemins royaux. Comme vous le savez, Xerxès est monté sur le trône en 486 avant J.C, âgé d'environ 35 ans. Il a eu à mater en 485 une révolte égyptienne, puis une autre des Babyloniens en 482. Après un siège de 19 mois, la prise de *Babylone* a été permise grâce à la ruse d'un général perse du nom de Zopyre, qui…".

Zopyre. Ce nom avait figé Aurore sur son siège. Sa gorge s'était nouée et la voix du professeur s'était transformée en un écho incompréhensible. Elle ne l'avait pas entendu parler des préparatifs des armées perses lors de la campagne militaire dirigée ensuite contre la *Grèce* sur terre et sur mer, ni de l'échec de Xerxès, de sa mort et de son tombeau taillé dans la falaise de *Naqsh-I Rustam*. Non, elle était ailleurs.
De sa mémoire le visage de Zopyre et son regard profond venaient de ressurgir. Ils lui étaient apparus comme la première fois où elle l'avait vu.

La pluie se refléta sur les murs de la bibliothèque lorsque les éclairs illuminèrent les vitres. Aurore revint à sa recherche et se mit à lire à voix basse.

"Au temps de cette expédition partit pour Samos, les Babyloniens se soulevèrent, tout étant prêt pour la rébellion ; car, pendant le règne du Mage et la révolte des Sept, ils avaient profité de tout ce temps-là et de ces troubles pour se préparer à soutenir un siège, et ils avaient réussi à le faire à l'insu des Perses...".

Fébrile, Aurore sauta certaines lignes pour reprendre sa lecture plus loin.

"A cette nouvelle Darius réunit ses forces et marcha contre eux ; il vint mettre le siège devant Babylone, ce dont les Babyloniens ne s'inquiétaient guère : ils montaient à leurs créneaux et, par leur mimique et leurs propos, raillaient Darius et son armée... *"Vous prendrez la ville le jour où les mules auront des petits"...*"

Un étudiant vint s'asseoir près d'Aurore et posa sur la table attenante la pile de livres qu'il avait empruntés pour ses recherches. Elle était concentrée, tendue et n'apprécia pas que celui-ci cherche à engager la conversation. Alors qu'il insistait, tentant de savoir le nom du livre qu'elle lisait, elle se leva sans le regarder pour s'installer dans un autre coin, au calme. Elle reprit sa lecture.

"Au bout d'un an et sept mois de siège Darius exaspérait, et toute son armée avec lui, de ne pouvoir prendre Babylone... A ce moment, au vingtième mois du siège, il arriva chez Zopyre fils de Mégabyse... ce prodige : une mule de ses équipages mit bas... ; le ciel, pensait-il avait voulu que le Babylonien prononçât ces paroles, et qu'une mule chez lui mît bas..."

"Pour se rendre maître de la place, il ne trouva pas d'autre moyen que de se mutiler, puis de passer à l'ennemi comme transfuge. Sur ce, et comme si de rien était, il s'infligea des mutilations irrémédiables : il se coupa le nez et les oreilles, se rasa la tête ignominieusement, se déchira le dos à coups de fouet, et vint se présenter ainsi à Darius."

Comment aurait-elle pu oublier le visage de cet homme devenu aussi hideux mais arborant fièrement ses mutilations ?

"Le roi fut vivement ému de voir en cet état un homme de son rang..."

"Il n'est pas un homme, répondit Zopyre, excepté toi, qui puisse se permettre de me traiter ainsi... Je me suis mutilé moi-même, indigné que je suis de voir des Assyriens se moquer des Perses."
"Si je t'avais communiqué mon plan, ..., tu ne m'aurais pas laissé faire... Je vais, dans l'état où je suis, passer comme transfuge dans la place et je me dirai victime de ta cruauté ; je pense que si je les amène à me croire, ils me confieront un commandement."

— Jeunes gens, la bibliothèque ferme ses portes dans cinq minutes. Veuillez ramener vos ouvrages et faire enregistrer vos prêts.

Aurore sauta le paragraphe concernant les explications détaillées de la ruse données au roi par Zopyre et poursuivit sa lecture.

"Ses recommandations faites, il marcha vers les portes de la ville... Du haut des remparts, les soldats de garde à cet endroit le virent approcher ; ils descendirent en hâte... Il leur dit qu'il s'appelait Zopyre et venait leur demander asile. Sur ce, les gardiens des portes le conduisirent aux autorités de la ville..., "...ma présence ici sera pour vous, Babylonien, un avantage immense, et pour Darius, pour ses soldats et pour la Perse, un immense malheur... D'ailleurs, je connais en détail tous ses projets."..."

"Or, il demanda des troupes et, quand il les eut obtenues, il fit ce qu'il était convenu avec Darius : le dixième jour, il les fit sortir, enveloppa le millier d'hommes qu'il avait prié Darius d'exposer en premier lieu, et les massacra..."

Elle passa encore les autres milliers d'hommes qui furent sacrifiés au nom de sa ruse. Un détail qui maintenant l'écœura.

"Après ce dernier exploit, il n'y en eut plus que pour lui dans Babylone : on le nomma général en chef et gardien des remparts."

Aurore accéléra sa lecture, faisant mine de se lever.

"Mais lorsque Darius, selon leur convention, lança ses troupes à l'assaut général des murailles, la ruse de

Zopyre se révéla toute entière : tandis que les Babyloniens, du haut de leurs remparts, tentaient de repousser l'armée des assaillants, Zopyre ouvrit les portes de Cissie et de Bélos, et introduisit les Perses dans la place...".

"Maître de la ville, Darius en fit abattre les remparts... ; il fit de plus empaler ses notables, au nombre de trois mille environ..."

"Nul Perse aux yeux de Darius ne surpassa jamais Zopyre en valeur... Il le combla des plus grands honneurs...; il lui donna Babylone à gouverner sa vie durant... Ce Zopyre est le père du Mégabyse qui commanda en Égypte contre les Athéniens et leurs alliés..."

Aucun mot sur la mort de Zopyre et de sa femme, leur décision de mourir ensemble. Rien sur le gigunû, le talisman magique conservé au dernier étage de la Tour de *Babylone*. Aurore sentit des larmes couler sur ses joues.

Elle devait rendre le livre. Elle eut envie d'arracher les pages du livre. Mais elle reviendrait pour poursuive ses recherches. Elle avait tout le temps pour s'assurer que le secret de Zopyre ne serait jamais percé. Elle savait qu'elle pourrait compter sur l'aide de ses confrères. Une jeune femme si jeune, si douce, innocente, jolie et si douée. Toutes les portes s'ouvriraient.

Personne ne soupçonnerait qu'elle ait usé maintes fois de ses charmes et de la violence pour arriver à ses fins, et que ses mains étaient couvertes de sang.

I.
LE PASSAGE ENTRE LES MONDES

"Au début des temps..., les mots étaient magie et l'esprit possédait des pouvoirs mystérieux."
Légende eskimo

1

Londres, ANGLETERRE
Le 2 juin 2010

Stephen débarqua le samedi matin du train sous la *Manche*, *l'Eurostar*, en plein cœur de la gare de *Saint Pancras* située au nord-est de *Londres*. Son bagage à la main, il remarqua une plaque signalant le quai imaginaire *9¾* emprunté par *Harry Potter* pour accéder au *Poudlard Express* et se rendre à son école de magie et de sorcellerie. Il avait réservé pour le week-end une chambre dans un hôtel proche de la gare.

A 33 ans, Stephen était mince, beau garçon, le teint hâlé et le visage buriné par les longues sorties en mer à bord de son voilier. Il gardait encore une chevelure dense même si quelques cheveux gris commençaient à la parsemer.
Il était responsable d'une équipe informatique basée en *Australie*, développant des programmes fonctionnant sur la *BrainBox-100*, un média révolutionnaire, présenté quelques mois plus tôt en exclusivité mondiale lors de la plus grande exposition "High Tech" *d'Europe*, le *CeBIT*.
Il venait de passer une semaine à *Paris* pour présenter à des clients de la *Door Incorporation*, société conceptrice de la *BrainBox-100*, les derniers résultats des tests d'un nouveau programme.

Depuis son départ de *Paris*, Stephen était resté plongé dans ses pensées tant ce nouveau média modifiait le devenir de la communication. Il entrevoyait le bouleversement dans lequel le monde entier allait rapidement être plongé lorsque les applications suivantes seraient disponibles pour le grand public. En très peu de temps, le marché exploserait, provoquant l'émergence de nouveaux métiers et entrainant par la même un cataclysme chez les sociétés productrices d'ordinateurs, de télévisions, de téléphones et autres.

Cette invention lui avait certainement coûté son mariage mais le cours de l'histoire ne s'arrêtait pas à des problèmes de couple.

L'aventure avait commencé deux ans auparavant lorsque le centre de recherches de la *Door Incorporation*, société informatique australienne qui employait Stephen, avait mis au point un média révolutionnaire. Et Stephen était fier de faire partie de cette nouvelle épopée.

Tous les efforts des grandes sociétés sur la dernière décennie avaient porté sur l'évolution des supports existants : les écrans de télévision cathodiques étaient devenus plats et numériques, puis en haute définition et en 3D ; les téléphones intégraient des appareils photos et offraient des services multiples comme le GPS, l'internet et la télévision ; les livres pouvaient être téléchargés sur des sites spécialisés et lus sur des supports qui essayaient avec plus ou moins de succès de se substituer au papier ; les consoles de jeu jouaient l'interactivité par des manettes avec retour de force ou par la reconnaissance des joueurs dont les avatars reproduisaient leurs moindres gestes.

Mais ces supports étaient nombreux et les consommateurs subissaient une course technologique sans fin. Tout le monde travaillait plus pour gagner plus et consommer toujours plus de produits dont la vitesse d'obsolescence les rabaissait peu de temps après leur sortie du statut de produits haut de gamme à celui de produits de consommation courante.

La *BrainBox-100*, qui avait la forme d'un simple bandeau positionné autour de la tête, promettait de renvoyer tous ces objets à la préhistoire en transformant l'être humain en un seul et unique support.

Née au sein de l'armée américaine, la technologie avait été expérimentée dans divers conflits du *Proche Orient* offrant aux pilotes des avions de chasse un visuel intégré par transparence à leur champ de vision, quels que soient leurs mouvements.

Paradoxalement, c'est dans le but de venir en aide aux déficients visuels et auditifs qu'était née la *BrainBox*.

Elle permettait de communiquer par la pensée avec le monde extérieur et diffusait deux ondes de fréquences différentes qui innervaient les nerfs optiques et tympaniques pour recréer la réalité connue.

Son alimentation se faisait par l'énergie électromagnétique du corps, très faible mais suffisante. Son utilisation réduisait ainsi la présence des champs électromagnétiques dus aux appareils "préhistoriques".

Son succès vint de son adaptation au grand public permettant de visionner un film, de passer à la lecture d'un livre par une simple volonté mentale ou de répondre à un appel téléphonique sans prononcer un mot tout en entendant son interlocuteur.

Les rares personnes à l'avoir testée étaient unanimes, les images et les sons faisaient partis d'elles.

Les visiteurs s'étaient pressés nombreux au niveau du hall 14 du *CeBIT* pour approcher cette révolution technologique. En marge du salon, les médias s'étaient faits immédiatement les échos des sensations rapportées par les plus chanceux qui avaient eu l'occasion de tester la *BrainBox-100*. Elle recueillit dès sa sortie un énorme succès auprès du public.

Bien décidé à profiter de ses deux journées de repos, Stephen posa ses bagages à l'hôtel.

Bien sûr, il aurait préféré être accompagné, comme en 2001 lorsqu'il avait fait découvrir la capitale britannique à Kerry, celle qui était devenue sa femme, puis la mère de son fils et désormais son ex-femme. Elle n'avait pas aimé Londres. Parfois, Stephen se demandait si elle avait simplement aimé une fois quelque chose qu'ils avaient partagé. Il soupira, puis, pour se secouer et sortir de la nostalgie qui commençait à l'envahir comme à chaque fois qu'il était inactif, il ouvrit le minibar et avala d'une traite une mignonette de vodka. Réconforté par l'alcool qui se distillait peu à peu dans le sang, il trouva l'énergie de se reprendre en main. Deux ou trois exercices de yoga et il serait prêt à affronter les rues de Londres seul. Avant de quitter l'hôtel, il s'assura de la sécurité de son matériel professionnel.

Afin de prévenir tout vol de données confidentielles par le biais d'un piratage physique ou d'un "sniffer" posté sur le réseau, sa société l'avait doté d'un ordinateur portable dont l'usage n'était possible qu'après avoir inséré une clé USB capable de générer des mots de passe dynamiques et tapé le bon code PIN. Les données présentes sur le disque étaient cryptées. Stephen rangea l'ordinateur portable dans le coffre de sa chambre, mit la clé USB dans sa poche et redescendit promptement.

Une silhouette dissimulée dans le renfoncement d'une entrée d'immeuble, épiant ses mouvements depuis son arrivée à Londres, attendait que Stephen sorte de l'hôtel.

D'un tempérament méfiant, Stephen faisait toujours attention dans une grande ville aux pickpockets, préférant mettre ses affaires dans une ceinture antivol plutôt que dans une sacoche en bandoulière. Il savait que les voleurs adaptaient leurs techniques aux lieux. Dans le métro, ils évoluaient aux heures d'affluence habillés en costume de ville comme de parfaits gentlemen avec un sac de sport à l'épaule. Ils se collaient aux touristes. Une main passée dans le sac de sport percé suffisamment grand leur permettait de dérober alors un quidam sans qu'il ne s'en aperçoive.

Stephen avait prévu de prendre le métro à *King's Cross* afin de rejoindre la ligne *Central*, traversant Londres pour se rendre à l'ouest dans le quartier de *Notting Hill* où avait lieu le marché du samedi de *PortoBello*.

En 2001, Kerry avait absolument tenu à visiter ce quartier qu'elle avait découvert, comme beaucoup de personnes, dans le film *Coup de foudre à Notting Hill*. Elle avait trouvé le duo Hugues Grant - Julia Roberts crédible et ils avaient ri ensemble des grimaces et réparties du colocataire et des amis d'Hugues Grant. Mais contrairement à elle, il avait trouvé le *Happy end* trop prévisible et ils s'étaient, une fois de plus, disputés. Sur place, elle avait écourté la visite, prétextant qu'elle avait trop chaud, ou trop froid d'ailleurs, il ne s'en rappelait plus. Il avait donc quitté le quartier frustré et s'était promis d'y revenir à la première occasion. Il souhaitait à présent découvrir les façades colorées des maisons de ce quartier.

Dès que l'individu posté devant l'hôtel le vit apparaître, il se mit à murmurer des paroles dans une langue inconnue. Stephen ralentit son pas. La personne traversa et se mit à marcher derrière lui. Homme ou femme, d'aucun n'aurait pu le dire tant celle-ci passait inaperçue parmi la foule.

Deux hommes sortirent d'une voiture et les prirent en chasse. Le quatuor s'enfonça dans les profondeurs du métro.

Stephen et l'Inconnu passèrent sans s'arrêter devant les machines distributrices de tickets et continuèrent jusqu'aux portiques qui s'ouvrirent automatiquement à leur arrivée.

Un des deux hommes sortit son insigne de la *Metropolitan Police Service* et le présenta à un agent du métro qui ouvrit aussitôt les portiques.
— Pourquoi leur avez-vous ouvert le passage ? lui demanda l'officier de police en civil, visiblement intrigué.
— Je n'ai rien fait. Ça s'est ouvert tout seul, répondit l'agent encore stupéfait.
Les deux policiers se séparèrent, communiquant à distance par le micro placé à la base de leur cou et la mini oreillette couleur chair glissée au creux de leur oreille.

Est-ce que l'Inconnu se savait suivi ? Sûrement, car il esquissa un sourire lorsqu'il aperçut dans la vitre d'un panneau publicitaire le reflet bien connu d'un des deux policiers. Il faisait l'objet depuis quelques années de recherches et il savait par ses indicateurs que le jeune inspecteur lancé sur ses traces était talentueux mais pas suffisamment pour le coincer et mettre en danger ses plans. Il avait découvert que l'inspecteur Dennis Lincoln était sorti major de promotion de l'Académie de police de *Perth*, située sur la côte ouest de l'Australie. Il avait intégré l'année suivante Interpol, l'organisation internationale de police la plus importante au monde. L'Inconnu était devenu pour lui un défi et un cauchemar puisqu'il avait perdu sa trace chaque fois qu'il avait cru le tenir. L'inspecteur ignorait que l'Inconnu aurait pu l'éliminer depuis longtemps mais que cela ne faisait pas partie de son éthique. De plus, il aimait jouer au chat et à la souris car il n'était pas une souris ordinaire.

Un panneau d'affichage sur le quai indiquait l'arrivée de la prochaine rame dans deux minutes. Ils attendirent tous les quatre sans bouger.

L'inspecteur Lincoln portait une attention particulière à sa tenue vestimentaire, proche de la maniaquerie. S'habillant en costume à partir du jour où il avait pris ses fonctions d'inspecteur, il veillait tous les jours à ce que ses vêtements soient impeccables et ses chaussures noires lustrées. Il était toujours bien rasé et passait la majeure partie de son temps sur Internet ou sur des dossiers à rechercher des informations pour mener à bien ses enquêtes. C'était un solitaire, qui ne s'était jamais lié d'amitié avec ses collaborateurs. Il lui suffisait de pouvoir compter sur l'autre. C'était le cas aujourd'hui où il se sentait un peu perdu dans cet environnement étranger. Il avait juste eu le temps de prendre un café avec son homologue pour faire connaissance. Ils avaient échangé quelques mots sur leur métier et l'homme lui était apparu de confiance. Il n'avait pas besoin d'en savoir plus. Il avait en horreur les gens qui parlaient pendant les planques.

Avant que les portes du wagon dans lequel Stephen venait d'entrer ne se ferment, l'Inconnu pressa le pas et se posta à quelques mètres de lui. Les policiers sautèrent dans le wagon suivant et continuèrent à les surveiller au milieu des autres passagers.

Sans raison, Stephen changea de ligne à *Warren Street* en direction du sud et descendit à la station de *Goodge Street* dans le quartier de *Bloomsbury* près du *Royal Museum*. A la sortie du métro, il descendit l'avenue de *Tottenham* avec à l'horizon la haute tour de *Centre Point*.
Sans même s'en rendre compte et sans pouvoir lutter contre, Stephen marchait devant cette personne depuis la sortie de son hôtel jusqu'en ce lieu, comme un serpent charmé par le son de la flûte.
Plus tard, en repensant à son itinéraire loufoque, il se rassurerait en mettant ça sur le dos de la vodka et se promettrait de ne plus jamais boire une goutte d'alcool un jour de blues.

Il tourna à gauche sur *Store Street* et se retrouva à flâner dans une rue bordée d'arbres à l'écart de la foule. Son regard se porta vers une librairie ésotérique située sur le trottoir d'en face. Il s'arrêta devant et resta là un moment à contempler béatement la belle devanture. L'inconnu le rattrapa et le précéda dans la librairie.
Les policiers ne remarquèrent pas Stephen. Seul l'Inconnu les intéressait. Surtout l'inspecteur Dennis Lincoln venu spécialement de Sydney et qui suivait sa trace depuis plusieurs années. Il le soupçonnait d'être l'auteur de vols d'objets d'arts anciens. Ils se postèrent à l'abri d'une cabine téléphonique.
Les clients présents à l'intérieur ainsi que la libraire, qui était en train de ranger des livres sur une étagère, entendirent le carillon annonçant l'ouverture de la porte. Mais le son leur parvint comme étouffé, feutré. Comme si l'entrée de l'Inconnu venait de faire pénétrer le "*fog londonien*" dans la librairie et dans leur tête. La libraire ne prit même pas la peine

20

de se retourner pour souhaiter comme à l'accoutumée la bienvenue au nouvel arrivant. Le souvenir de son entrée venait de s'effacer de sa mémoire. Elle continua à s'affairer au rangement, bien plus lentement que d'habitude. Un client tourna au ralenti la page d'un livre pendant qu'un autre resta prostré devant l'étiquette posée devant un vieux grimoire et qu'une dernière, une dame âgée, entreprit, à une allure engourdie, de se diriger vers la libraire pour lui demander un renseignement. De l'extérieur du magasin, un passant aurait pu confondre à ce moment-là tout ce monde avec des automates, les regards vides, les gestes lents et saccadés. Pour Stephen et ces gens, tout semblait normal.

De leur position, les policiers ne pouvaient pas observer l'intérieur de la librairie sans être vu par l'inconnu.

Une fois entré, celui-ci s'empressa de sortir un paquet dissimulé sous son vieux manteau. Il en déballa un manuscrit qu'il posa délicatement sur une table, au-dessus d'un tas de livres. Il se réfugia dans un coin de la librairie, son chapeau sur la tête et le col de son manteau remonté, attendant la venue de Stephen.

Ce dernier poussa la porte de la librairie. Le carillon se mit à tinter. La libraire lui souhaita la bienvenue et se remit à son travail. Toutes les personnes dans la librairie reprirent leur rythme initial et la libraire renseigna la dame âgée comme si rien de particulier n'était advenu.

Les policiers profitèrent de l'entrée de Stephen pour se déplacer et se poster dans un coin de la devanture.

A l'intérieur, personne ne remarqua cependant la présence de l'Inconnu. Ni la libraire, ni les clients, ni même Stephen. Ce dernier se dirigea jusqu'à la table où était posé le livre, le prit dans ses mains puis se rendit à la caisse pour l'acheter.

Lorsque Stephen sortit de la librairie, les deux inspecteurs se précipitèrent à l'intérieur. L'officier londonien se positionna en travers de la porte d'entrée. L'inspecteur Dennis Lincoln, doté d'un fort accent australien, interrogea la libraire et ses clients leur montrant l'unique photo de l'Inconnu en sa possession. Mais personne ne l'avait vu.

Aucune sortie n'existait à l'arrière du magasin. Les policiers fouillèrent la librairie dans ses moindres recoins et enragèrent. Ils passèrent pourtant à plusieurs reprises à côté de l'Inconnu sans le voir.

Personne ne l'avait entendu prononcer des incantations à voix basse dans une langue inconnue ni vu le talisman sur sa poitrine dont la pierre en son centre brillait d'un rouge sang.

2

Sydney, AUSTRALIE
Le 7 juin 2010
Bureaux d'Interpol

Le commissaire Ben Sturgess, directeur du *Bureau Central National* d'Interpol à *Sydney*, faisait les cents pas dans la salle de réunion. Il était d'une humeur exécrable, marchant sans relever la tête, les mains dans le dos, légèrement vouté. Cet homme n'était pas du style à mâcher ses mots. Il avait convoqué l'inspecteur Lincoln dès son retour. Ce dernier, responsable de l'unité de répression du trafic des œuvres d'art, se demandait à quel instant son supérieur allait lui balancer à la figure son mécontentement après son échec de *Londres*.

Le directeur s'arrêta de marcher et regarda par la fenêtre, les mâchoires serrées. Il prit une profonde inspiration et s'adressa au ciel, ce qui était habituellement chez lui un signe de colère et de mépris pour son interlocuteur.

— Des clowns. Nous sommes encore passés pour des clowns. Et cette fois auprès de nos homologues londoniens. Et c'est vous qui m'avez planté.

Il en faisait une affaire personnelle. Il se tourna et fixa l'inspecteur d'un regard perçant et accusateur.

— Nous vous avons mis sur cette enquête parce que depuis de nombreuses années, des objets d'arts anciens disparaissent mystérieusement au sein de musées et de collections privées. Aucun service de police n'est arrivé à ce jour à attraper les responsables. Nous avions bon espoir que vous aboutiriez car vous êtes… ou devrais-je dire après cet échec retentissant… vous étiez un bon élément. D'autant que vous disposiez d'une information jusque-là manquante à vos prédécesseurs.

Le directeur faisait allusion à une photo transmise par le *Bureau d'Interpol Espagne*, précieux et unique indice en leur possession. De qualité médiocre, elle provenait de la vidéo en circuit fermé des caméras de surveillance du musée *Thyssen-Bornemisza* de *Madrid*. Situé dans le palais de *Villahermosa*, le musée exposait des collections du 13ème au 20ème siècle. La vidéo avait été prise l'année précédente et l'affaire avait fait les gros titres dans la presse.

Quatre cambriolages s'étaient déroulés précédemment dans des circonstances similaires dans le monde. Quatre objets avaient été dérobés : une tablette de bronze mésopotamienne, une stèle funéraire égyptienne, un sabre mauritanien, un propulseur de javeline aztèque.
Compte-tenu de son caractère transnational, l'affaire avait été confiée à Interpol après que les assurances des musées aient fait la relation entre ces vols. C'est à partir du troisième vol que Dennis Lincoln avait collaboré avec l'agence de police européenne dans le cadre des opérations coordonnées entre les polices.

L'enregistrement madrilène montrait une personne pénétrant de nuit dans le musée sans effraction, passant au milieu des détecteurs à infrarouge et de mouvements sans déclencher les alarmes. Les lumières des issues de secours rendaient visibles le déplacement de l'individu. Aucun opérateur ne s'était aperçu de sa présence sur les moniteurs de surveillance. Le voleur parcourait la tête baissée les salles du rez-de-chaussée pour éviter les caméras situées aux plafonds, grimpait tranquillement jusqu'au deuxième étage et se dirigeait vers un tableau du 16ème siècle réalisé par un artiste anonyme espagnol, représentant Charles Quint, roi *d'Espagne* et empereur du Saint-Empire romain germanique, triomphant du roi de *France*, François Ier, lors de la signature du traité de *Madrid*. Il décrochait le tableau sans porter de gant comme s'il ne craignait pas d'être repéré par ses empreintes. L'alarme se mettait à retentir attirant les agents de surveillance qui se ruaient sur les lieux. Sans la moindre panique, le voleur continuait de ranger le tableau dans le sac qu'il avait apporté. A l'arrivée des agents, il se tenait face à eux, immobile, sans plus redresser la tête. Les agents s'arrêtaient une fois parvenus devant l'emplacement du tableau et le voleur passait entre eux sans qu'ils le voient.

Les agents espagnols avaient visionné la vidéo et n'en étaient pas revenus lorsqu'ils s'étaient vus face au voleur recouvert d'une longue cape et d'une capuche masquant son visage, tenant dans ses mains un sac contenant le tableau. Il passait près d'eux sans être remarqué alors qu'ils étaient en train de chercher l'individu qu'ils avaient repéré sur les écrans de surveillance.

Leurs homologues des autres musées s'étaient trouvés dans des situations similaires. Et à chaque fois, les enquêteurs avaient été persuadés de la complicité des agents. Leur vie avait été passée au crible : antécédents, relations, comportements, situations bancaires.

Tous avaient subi des interrogatoires poussés avant d'être innocentés.
La vidéo madrilène fut analysée minutieusement par la police scientifique, mais là encore, rien ne permit de comprendre le comportement des agents. Ils rencontrèrent des psychiatres pour identifier une amnésie générale ou une hypnose collective. Mais cette piste fut également abandonnée. Les agents avaient toute leur conscience au moment des faits car ils se rappelaient de ce qu'ils avaient vécu dans le moindre détail.
Interpol leur fit également subir des analyses médicales, recherchant des traces de produits ayant pu être ingurgités préalablement à leur insu ou inhalés sur les lieux. Le musée fit également l'objet d'études approfondies.
Plus les enquêteurs avancèrent dans l'enquête, plus ils échafaudèrent des hypothèses, et plus elles s'effondrèrent les plongeant dans le désarroi. Ils furent surpris en travaillant avec l'assurance du musée de *Madrid* de constater que le

voleur avait porté son attention sur un tableau de maître d'une valeur insignifiante au regard des autres exposés, des Rubbens, Caravaggio, Monet, Rembrandt, Hopper...
Lincoln prit contact avec tous les musées victimes des vols et constata la même chose pour chacun. L'argent ne semblait pas être le mobile du voleur à moins que celui-ci n'ait choisi des objets d'art plus faciles à revendre.

Des moyens considérables furent consacrés mais rien ne permit d'élucider ce vol mystérieux. Pas la moindre empreinte ne fut relevée. Aucun indice... Sauf une photo obtenue grâce aux merveilles de l'informatique. En effet, le visage du voleur s'était reflété à son passage sur une vitre et grâce aux progrès technologiques, son visage avait pu être suffisamment reconstitué pour permettre de l'identifier.

– Pourquoi ne pas l'avoir arrêté à *Londres* ? Vous saviez qu'il risquait de vous filer entre les doigts. Nous avions eu une chance inouïe de le trouver.

Sur la photo, l'individu paraissait d'un âge avancé. De type européen, il ne semblait pas porter de maquillage ou de postiche. Sa photo avait été diffusée dans les gares et les aéroports internationaux. C'est une employée des douanes qui l'avait reconnu par le plus grand hasard la veille à son arrivée à l'aéroport de la *City* à *Londres* en provenance *d'Amsterdam* aux *Pays-Bas*. Situé au cœur de la ville et doté d'une seule piste, l'aéroport de la *City* bénéficiait d'un trafic aérien moindre que les autres aéroports de Londres. En prenant son service, l'employée avait rangé ses affaires, étalé les photos des suspects recherchés par les polices et avait remarqué cet homme beaucoup plus âgé que la normale. Elle lui avait trouvé une ressemblance avec son père disparu l'année précédente. Lorsque l'homme s'était présenté au contrôle des douanes, il avait pris une file d'attente mais une famille cherchant désespérément ses passeports l'avait obligé à en changer. Il s'était retrouvé dans la file de l'employée qui le reconnut immédiatement. Par réflexe, elle avait porté son regard sur le panneau où étaient affichées les photos des personnes recherchées. L'homme avait remarqué son changement d'attitude. Sa voix s'était faite moins assurée et sa main tremblante lorsqu'elle lui avait rendu son passeport. Informée, la police londonienne l'avait immédiatement pris en chasse et suivi jusqu'à son hôtel. Tous les espoirs furent permis lorsqu'après vérification, les services de renseignement s'aperçurent que l'homme, un dénommé Andrew Malonne, avait voyagé sous une fausse identité.

L'inspecteur Dennis Lincoln fut immédiatement contacté et dut mettre fin précipitamment à ses vacances, abandonnant sa femme et ses deux fils, pour être à *Londres* le lendemain matin, sachant qu'il avait peu de temps pour intervenir. Heureusement, le Comité Exécutif d'Interpol avait approuvé en 2009 une proposition visant à créer un document de voyage permettant à ses fonctionnaires de se rendre dans les pays membres à tout moment. Le secrétaire général avait déclaré en préambule que les malfaiteurs pouvaient franchir les frontières rapidement et sans efforts alors que les agents d'Interpol étaient bloqués par des formalités administratives. L'année suivante, les pays membres adoptaient cette initiative. Ainsi, un passeport et une carte d'identification électroniques voyaient le jour.

— Monsieur, lorsque nous avons filé le suspect avec mon confrère, il tenait un paquet sous le bras. Je pensais qu'il allait rencontrer un commanditaire et j'espérais le coincer en flagrant délit. Nous étions postés dans notre véhicule et nous l'avons vu sortir d'un porche et se mettre à suivre un individu. Ils ont pris le métro, sont remontés à la surface puis sont rentrés dans une librairie…

— Oui, je sais. Tout cela, je l'ai lu dans votre rapport. Et l'autre individu ?

— Un certain Stephen Carver. Citoyen australien, divorcé, inconnu des services de police. Il travaille dans une société informatique. Il est entré dans la librairie et a acheté un bouquin. Bizarrement, la libraire nous a assuré que ce livre était ancien et qu'il ne figurait pas dans son inventaire. Nous n'avons pas plus de précisions. Mais tout laisse à penser que c'est bien notre homme qui l'a amené dans la librairie. Même si ce livre ne fait pas partie des objets déclarés par les musées, nous avons mis Monsieur Carver sous surveillance. Rien à signaler sur son compte bancaire ou son train de vie.

   – Et M. Malonne vous a filé entre les doigts.

   – Nous sommes retournés à son hôtel. Il n'est jamais réapparu. Sa chambre était réglée d'avance. Elle était vide et elle semblait ne pas avoir été occupée. Nous avons fait le tour d'un grand nombre d'hôtels de *Londres* en vain. Le problème, c'est que M. Malonne n'a officiellement jamais quitté le territoire anglais.

Le commissaire attendait la déduction de l'inspecteur.

   – Soit nous sommes en présence d'un citoyen anglais qui a voulu semé le doute en prenant un hôtel, soit il avait déjà prévu son retour sous une fausse identité. Et je parierais même qu'il se savait suivi. Il est même peut-être reparti par bateau. Nous faisons des recherches sur les vols internationaux mais c'est chercher une aiguille dans une meule de foin. Nous ne pouvons pas consacrer toutes nos ressources à cette seule enquête...

   – Je veux que vous le retrouviez.

Le commissaire se radoucit.

   – Je prendrai bientôt me retraite, Dennis…

C'était la première fois depuis qu'ils se connaissaient que le commissaire l'appelait par son prénom.

   – Notre bureau a besoin de gens compétents et ambitieux tels que vous. J'aimerais que vous élucidiez cette énigme pour que je puisse vous proposer à ma succession.

3

Sydney, AUSTRALIE
Le 13 juillet 2010

Un léger crachin venait de mouiller les toits et les rues de la ville. Une brise provenant du large commençait à chasser les nuages et la matinée s'annonçait ensoleillée.

A 6h45 précise, dans le quartier de *Watsons Bay*, à quelques rues de la plage, une maison gardait volets et rideaux tirés. La haie protégeait du regard des voisins la piscine d'un bleu limpide située à l'arrière de la propriété. La pelouse verdoyante avait été récemment tondue par le couple de retraités qui occupait le rez-de-chaussée. Ils étaient partis pour la semaine rendre visite à leur fille unique, étudiante dans la capitale, *Canberra.*

Les ouvriers réalisant les travaux de terrassement dans la propriété voisine ne commenceraient le chantier qu'à partir de 8h30. Bientôt, une piscine de plus verrait le jour dans ce quartier résidentiel. Le calme était encore présent.

Au premier étage, toutes les pièces restaient plongées dans la pénombre à l'exception d'une chambre. Une lumière tamisée laissait entrevoir au fond de la pièce un corps immobile. Assis dans la position du Lotus, les mains posées sur les genoux et les paumes retournées vers le plafond, Stephen prit une profonde inspiration et fit le vide dans sa tête. Depuis son divorce, il avait appris à vivre dans la solitude de son appartement. Son fils lui manquait. Surtout lorsque les vacances se profilaient. Certaines fois, un instant de bonheur, d'autres fois, un immense regret. Il chassa ces pensées négatives en portant son attention sur le rythme de sa respiration.

De retour à *Sydney*, Stephen s'était plongé dans l'analyse du livre acheté à *Londres*. Il s'étonnait d'avoir dégoté un livre aussi ancien par un acte pulsionnel et encore plus du prix dérisoire qu'il avait déboursé. Il avait observé que le manuscrit était un assemblage de feuilles de papier jaunies par les années et de cire qui les maintenait et que sa couverture et son dos étaient faits en peau. Au toucher, le papier se révéla lourd, épais, d'un grain légèrement rugueux. Les caractères et les dessins se distinguaient au toucher dénotant l'usage d'une encre épaisse, une de celles utilisées par les scribes d'une grande lamaserie comme celle du monastère de *Songzanlin* construit en 1629, dans la province du *Yunnan*, sur le versant de la montagne *Foping*.

Stephen avait recherché un livre similaire dans les librairies et sur Internet dont les illustrations se rapprocheraient le plus de son manuscrit et qui lui permettrait de comprendre ce qui avait bien pu l'attirer. Il avait fini par dénicher dans une brocante un magnifique livre de prières de moines tibétains mais dont aucun dessin n'avait la beauté de ceux de son codex. Le livre était de belle facture, composé de deux couvertures en bois peint à la main et de feuillets en papier vieilli. Cependant, n'en tirant aucune information, il avait alors décidé de profiter des progrès technologiques. Il avait réalisé en quelques jours la traduction de son codex. Travail qui sans cela aurait nécessité plusieurs années à des chercheurs pour appréhender et choisir les bonnes solutions à travers les méandres de la pensée tibétaine. La BrainBox-100 sur la tête, il n'avait eu qu'à regarder une page pour voir immédiatement apparaître dans son champ de vision un ensemble d'informations provenant des meilleurs analyseurs présents sur Internet. Il avait sélectionné au fur et à mesure selon leur niveau de pertinence les informations apparues et, lorsqu'une page lui avait semblé aboutie, il n'avait eu qu'à envoyer son interprétation vers un support de stockage.

Quoiqu'ayant grandi dans une famille australienne protestante et rationnelle, qui ne l'avait en rien ouvert aux méthodes de relaxation orientales, Stephen pratiquait le yoga depuis de nombreuses années.

En fait, il considérait aujourd'hui que le yoga lui avait sauvé la vie. En effet, lorsque Kerry avait mis la clé sous la porte, avec leur fils sous le bras, Stephen avait cru devenir fou de douleur. Avec le recul, il avait compris que ce n'était pas la perte de Kerry en elle-même qui le faisait souffrir car ils ne s'étaient jamais réellement bien entendus. Mais comme depuis sa naissance il avait raté tout le volet de sa vie concernant les sentiments, il supportait très mal ce nouvel échec et encore moins l'idée qu'on lui arrache son fils.

Lui qui avait tant souffert des relations conflictuelles qu'il continuait à entretenir avec son père, il s'était juré de réussir sa relation père / fils avec Valentin, son petit garçon. Et finalement, à cause de Kerry et de son travail, il était devenu un père à temps partiel.

Cette idée aurait pu le faire définitivement basculer dans la dépression si son meilleur ami n'était pas passé un soir le prendre pour le conduire à un cours de yoga. Totalement sceptique au départ, il avait surmonté son désarroi grâce à cette discipline et il était désormais un yogi accompli. Ce qui lui permit de décrypter les enseignements de cet incroyable ouvrage et de les mettre aussitôt en pratique.

Chaque chakra, symbolisé par des images, lui avait été révélé comme l'incarnation de faits psychiques particulièrement complexes. Leurs entrelacements et leurs connexions étaient expliqués ainsi que les enseignements permettant de les éveiller, de fusionner leur énergie pour accéder à une conscience universelle, loin des causalités terrestres.

Fort de l'analyse de l'ensemble du livre, il s'était retrouvé ce jour-là prêt à mettre en pratique les préceptes qu'il avait identifiés.

Son esprit circula parmi les sept chakras situés dans l'axe vertical du corps et absorba l'énergie par leurs canaux énergétiques. Mentalement, Stephen fit circuler cette énergie le long de sa colonne vertébrale.

Il ne percevait aucun bruit extérieur. L'odeur de l'encens qui se consumait était la seule sensation qui le reliait au monde extérieur. Son voyage intérieur pouvait commencer.

Les années défilèrent à rebours : sa dernière réunion, son divorce, la naissance de son fils, son mariage, son premier travail, la fac, sa première relation sexuelle, l'adolescente de la plage, son enfance. Il savait que la barrière des cinq ans était la plus difficile à passer et que le danger résidait dans l'imagination de son propre passé. Il lâcha encore plus prise pour être réellement observateur de sa mémoire. Les souvenirs les plus enfouis remontèrent alors : une dispute avec un camarade de classe, ses premiers pas, un biberon lui échappant des mains. A l'instant où toute vision disparut, Stephen était blotti dans le ventre de sa mère. Il se sentit en apesanteur, baignant dans la chaleur bienfaisante de la matrice. Il perçut des sons lointains qui lui parvinrent étouffés, cotonneux, apaisants. Les extrémités de ses membres semblèrent plus proches. Il avait fait remonter dans sa conscience tout son vécu enfoui dans sa mémoire.

Sa respiration cessa. Il était et il n'était plus. Puis une clarté douce et diffuse l'enveloppa. Il se sentit attiré irrésistiblement vers l'extérieur de son corps. Il traversa un tunnel de lumière. Il n'opposa aucune résistance lorsqu'il fut extirpé de son enveloppe corporelle.

La conscience de Stephen se mit à planer dans la pièce et il observa son corps, abandonné là dans la pénombre. Un bien-être total l'envahit. Il se laissa aller à cette plénitude.

Le temps qui s'écoula ne comptait plus. Un jour, un mois, une année, les repères habituels étaient abolis. Il était dans une autre dimension. Spirituelle. Il était devenu un regard qui observait.

Il crut avoir atteint le stade ultime de son voyage. Celui dont les préceptes figuraient dans le vieux manuscrit.

Mais il s'aperçut que le coin haut de la pièce, à droite de son regard était flou. Il ne l'avait pas remarqué jusqu'à présent tellement étaient nouvelles les sensations qui le submergeaient. Était-ce un effet d'optique ? Était-ce là depuis le début ? Il n'en savait rien. Puis une autre tâche floue prit forme à côté et le flou commença à devenir mobile, comme une bulle de savon remplie de fumée se déformant dans son déplacement. Mais cette forme lui sembla dense. Puis d'autres encore. Cinq au total qui se mirent à flotter autour de lui. Il ne pouvait pas les toucher physiquement mais chaque fois qu'il se concentra sur l'une d'entre elles, l'intérieur s'éclaircit. Le flou se dissipa pour quatre d'entre elles et des sons étouffés, comme provenant du fond d'un tunnel, lui parvinrent. Des voix semblèrent résonner dans l'air qu'il respirait. En quelques secondes, les sons se firent plus proches, plus distincts. Des mots incompréhensibles. Des fragments de phrases. Il réalisa que ces sons venaient des tâches. De lui.

Il se laissa envahir, aiguisé par la curiosité. Il pénétrait en un lieu secret, tel un explorateur découvrant un royaume inconnu. A ce stade de sa découverte, sans le savoir, il venait de faire la plus grande erreur de sa vie.

Et puis, des images surgirent dans quatre des taches qui continuaient à flotter autour de lui. La cinquième tache restait toujours floue et inaccessible.

Les images n'avaient aucun rapport apparent entre elles. Il eut l'impression de fragments de films surgissant de façon aléatoire, sans logique. Il essaya de saisir les liens qui pouvaient les unir.

Et subitement, Stephen fut pris d'une panique comparable à celle d'une personne en train de se noyer. Il se débattit pour sortir de cet état et réintégrer son corps. Il venait de comprendre que ces moments de vie n'étaient pas les siens. Les fragments étaient issus d'époques révolues. Mais il était déjà trop tard pour faire marche arrière.

Au même instant, à des milliers de kilomètres, Aurore entendit brusquement dans son sommeil des voix familières. La bouche pâteuse, elle se réveilla. Elle sut que le passé venait de la rattraper. Mais elle sourit comme elle n'avait plus souri depuis bien longtemps car cette fois une chance inouïe lui était offerte. Et elle était décidée, plus que jamais, à tout faire pour ne pas la laisser passer.

Dans les jours qui suivirent, la tentation fut trop grande pour Stephen et il reprit son exploration. Il essaya à chaque fois de se remémorer le cérémonial initial qui lui avait permis d'atteindre cette extase et ces échos du passé. Il savait maintenant que la mémoire ne lui était pas revenue. Elle était venue à lui.

Après une nuit agitée, Stephen se réveilla avec le sentiment qu'il devait absolument se débarrasser du manuscrit. Il le jeta à la poubelle, ferma le sac plastique, partit travailler en sifflotant d'un pas alerte jetant le sac dans le container posté devant chez lui. Mais plus il s'éloignait de la poubelle, plus l'angoisse montait. Il se mit à transpirer, ne pensant plus qu'au livre et lorsqu'au détour d'une rue, il se retrouva face au camion poubelle, il fit demi-tour comme un damné prenant ses jambes à son cou. Il arriva à bout de souffle devant chez lui, fouilla le container devant le regard éberlué d'une voisine jusqu'à retrouver son sac. Rentré chez lui, il vida en tremblant le contenu du sac au milieu de la cuisine, récupéra le livre, le frotta contre son costume pour le débarrasser des épluchures qui y étaient collées et se laissa glisser sur le sol le long de l'évier, en serrant le livre contre son cœur.

A cet instant précis, il sut que malgré le danger qu'il pressentait, il irait jusqu'au bout de cette expérience interdite.

Il se força à respirer normalement pour retrouver son calme puis il alla ranger le livre dans sa table de nuit, comme on range une relique. Au moment de quitter la pièce, il revint sur ses pas, reprit le livre et le déposa dans son coffre-fort, à côté d'un ancien prototype de la *BrainBox*. Alors, seulement, rassuré, il se décida à se changer et à repartir au bureau.

Toute la journée, il attendit le soir avec impatience.

A chaque fois, Aurore fut réveillée. Et elle sut que son espoir prenait forme et devenait bien réel. Bientôt, elle devrait agir. En attendant, il lui fallait préparer son entrée en scène. Elle se connecta sur Internet à la recherche d'un poste en *Australie*, *Sydney* plus précisément. Elle n'eut pas trop de mal à déterminer le lieu. Elle ferma les yeux et déplaça son doigt sur la mappemonde, tout simplement. Elle sut qu'il était toujours là-bas. Il avait voyagé sur plusieurs continents mais il n'avait pas changé de ville depuis toutes ces années. Alors, elle prit contact avec les musées, les universités et les lycées de *Sydney*.

L'enquête policière avançait. Lincoln avait caché au commissaire les vrais raisons de son échec. Suivre le suspect dans *Londres* pour le coincer n'avait jamais été son objectif car il savait, au regard de la façon dont tous les vols avaient été opérés, que son adversaire était trop fort. C'était uniquement pour comprendre sa façon de procéder que l'opération avait été menée ainsi, au risque de passer pour un incompétent à son retour. Et à ce stade de l'enquête, c'était une réussite.

Il avait eu une idée de génie et avait pris un pari insensé en dissimulant sur lui une caméra. Ce qu'il ne pourrait pas voir sur le moment, s'il se trouvait dans la même situation que les agents des musées, il savait que la caméra le capterait. Il suffisait que la chance soit un peu de son côté. Il ne demandait pas grand-chose. Juste d'être prêt à saisir l'opportunité qui se présenterait.

Et sa satisfaction avait été à son comble quand le suspect s'était condamné, sans le savoir, à être démasqué en se rendant dans un lieu confiné qu'était cette librairie de quartier. Lincoln avait pu déambuler dans les rayons avec sa caméra sans éveiller les soupçons et enregistrer un maximum d'informations.

De retour dans les bureaux de la police australienne, il avait visionné l'enregistrement, les yeux rivés sur les images qui défilaient, aussi fébrile qu'un adolescent espérant l'apparition de formes sensuelles. Et là, entre deux tables, un homme se tenait debout sans bouger. L'idée de génie de Lincoln avait été d'accrocher sa caméra en bas de sa veste de façon à filmer vers le haut, à l'inverse de toutes celles des musées. Il lui était possible maintenant d'identifier clairement l'individu. Il n'y avait pas de doute. En comparant avec l'unique photo en sa possession, c'était bien le même homme. Il avait senti monter l'excitation en lui et des frissons parcourir son corps. Malheureusement, la caméra n'était restée sur le suspect qu'au maximum trois secondes. Il avait alors confié au laboratoire de police l'enregistrement pour retirer plus de détails de cet instant privilégié.

Le lendemain matin, l'inspecteur Lincoln assista à la présentation des résultats avec son plus proche collaborateur, l'agent Ralph Barrington. Le laboratoire se situait au sous-sol. Un nombre important de personnes en blouses blanches y travaillaient. Elles s'affairaient dans cet espace où les tubes remplis de produits côtoyaient les microscopes et les ordinateurs.
Ils passèrent devant la section biologie. Deux scientifiques travaillaient dans une pièce autour d'une table où des armes de poing et des étuis étaient étalés. Les profils ADN d'individus et des traces prélevées sur des scènes d'infractions y étaient stockés pour être comparés. Lincoln savait que l'usage inflationniste des expertises génétiques avait nécessité d'industrialiser et d'automatiser les procédés. Cependant, l'œil

de l'expert restait irremplaçable pour le prélèvement sur le lieu de l'infraction et son interprétation en fin d'analyse.

Ils se dirigèrent ensuite vers des écrans. James Russel, ingénieur en informatique, les accueillit. Il était en train de rechercher avec ses assistants, grâce à un logiciel de reconnaissance faciale, le suspect dans les bases de données des bureaux nationaux au travers du réseau sécurisé d'Interpol dénommé I-24/7. Le responsable de la section les rejoignit.

Après avoir agrandi les images, ils passèrent les vêtements et le visage du suspect au crible. Il était habillé simplement, dans des vêtements bon marché. Un bijou accroché à une chaine pendait sur sa poitrine. Il était possible de confirmer que le suspect était bien un homme. Il avait les yeux fermés, le visage empreint d'une profonde sérénité malgré l'agitation des clients et des policiers autour de lui. Seules ses lèvres semblaient s'agiter.
  — Qu'est-ce qu'il fait ? se demanda à haute voix Ralph Barrington en regardant les images de sa bouche.
  — On dirait qu'il marmonne, enchérit un assistant en s'approchant de l'écran pour mieux voir.
Tous firent de même et vinrent s'agglutiner devant les images que l'enquêteur passait en boucle au ralenti.
Ils constatèrent effectivement que le suspect était en train de parler au moment où Lincoln avait promené sa caméra miniature. Ce qui venait peut-être infirmer les conclusions des experts qui avaient rejeté l'idée d'une hypnose collective.
La même question "Mais qu'est-ce qu'il dit ?" vint à l'esprit de tous. Comme un seul homme, chacun se tourna vers Russel. C'est Lincoln qui la posa et il eut pour réponse de l'ingénieur une autre question.
  — Vous n'auriez pas la bande son ?
Lincoln réalisa qu'il était passé à côté d'un détail important, se focalisant sur l'aspect visuel du suspect.
  — Dois-je considérer votre silence comme une réponse négative ? demanda l'ingénieur.
Lincoln hocha la tête.

— Bon, alors, ça va être beaucoup plus long.

— Combien de temps ?

— Je n'en ai aucune idée mais cela risque de prendre plusieurs mois avant que j'obtienne des résultats fiables.

— C'est trop long, intervint le responsable scientifique qui entrevoyait pourtant les raisons de cette durée, mais qui voulait faire bonne figure devant Lincoln.

— Ce serait plus rapide si nous étions plusieurs à nous y consacrer. Mais depuis la crise économique et les coupes sombres dans le budget...

Le responsable le coupa net.

— Russel ! L'inspecteur n'est pas là pour écouter nos problèmes. Il a les siens. Et notre travail est de l'assister afin qu'il mène son enquête le plus promptement possible. Expliquez-nous, brièvement, en quoi va consister votre travail.

Le responsable avait insisté sur le mot brièvement. Ce rappel à l'ordre jeta un froid mais eut pour mérite d'obtenir une explication précise et concise.

— Mon travail va consister, simplement, à créer la bande son.

L'ingénieur avait insisté en réponse au responsable sur le mot simplement. Ces quelques mots mettaient en évidence l'ampleur du travail à réaliser. Tous regardèrent avec attention l'ingénieur dont l'expertise était incontournable.

— Donc dans l'ordre, il faut que j'écrive un programme informatique pour déterminer les fréquences du spectre vocal de votre suspect à partir de l'amplitude des mouvements de ses lèvres et de sa gorge. L'identification des voyelles est plus facile que celle des consonnes qui dépend de la position de la langue et de la respiration. Ensuite, j'écrirai un autre programme afin d'analyser les fréquences obtenues pour créer un semblant de voix. Et avec tout cela, je pense pouvoir d'ici quelques mois vous présenter la bande son. Je ne connais aucun programme dans le commerce qui rende ces services. D'ailleurs, la majeure partie des programmes utilisés dans notre laboratoire sont de notre création. Cependant, j'ai un confrère en *Allemagne*, à *l'Institut de Technologie de Karlsruhe*, qui travaille actuellement sur le son silencieux. Ses travaux sont bien avancés. Malheureusement, son dispositif nécessite de placer des électrodes sur le visage de celui qui s'exprime. Mais il est d'accord pour partager avec nous ses travaux.

— Est-ce que l'on n'irait pas plus vite en faisant appel à un spécialiste de la lecture sur les lèvres ? interrogea Lincoln.

— Peut-être. Je peux transmettre l'enregistrement à une personne qui travaille avec des sourds. Vous connaissez la nationalité de votre suspect ?

— Non. Pourquoi ?

— Parce qu'il va falloir faire appel à autant de personnes qu'il existe de langues car la lecture labiale est étroitement liée à la connaissance d'une langue. Nous pouvons déjà commencer simplement par la langue anglaise avec un de nos intervenants extérieurs. Sinon, nous pourrons travailler en parallèle sur les deux pistes. Nous pourrons comparer les résultats dès que l'un ou l'autre aura suffisamment avancé. Quand mon travail aura abouti, nous pourrons entendre votre suspect même sans connaître sa langue. Il suffira de trouver un traducteur. Et, cerise sur le gâteau, rajouta l'ingénieur avec un sourire, si vous n'avez pas mis la main entre temps sur votre homme, vous pourrez utiliser mes résultats pour comparer sa carte d'identité sonore avec celles d'autres personnes, où que ce soit et ainsi le retrouver. En épiant des conversations téléphoniques par exemple.

Lincoln était satisfait de la tournure que prenait l'enquête.

Pendant plusieurs mois, Stephen s'entraîna pour maîtriser les étapes lui permettant de retrouver ses pensées. Il traversa l'été australien sans même s'en rendre compte. Il fallut que son frère se fâche presque pour qu'il consente à rejoindre la demeure familiale pour les fêtes de Noël. Et il limita son déplacement au strict minimum. Une fois de plus, son père le prit mal mais cela n'était pas nouveau. Il prenait toujours tout mal et pour une fois, au moins, il avait une raison. Stephen perdait un à un tous ses amis parce qu'il ne les rappelait pas, refusait leurs invitations et Kerry commençait même à se plaindre, comble de l'ironie, qu'il délaissait trop souvent Valentin.

Stephen prit conscience de la véracité des accusations lorsqu'il vit briller des larmes dans les yeux de son fils après qu'il ait oublié de venir assister à son match de qualification de basket.

Le seul qui aurait pu lui faire réaliser qu'il n'avait plus de vie entre sa *BrainBox* et ses transes était son vieil ami Max. Mais ce dernier participait à une mission humanitaire au Sahel et ne reviendrait qu'au printemps.

Alors, tout en essayant de préserver des plages de vie avec son fils, le temps de Stephen était rythmé par le monde virtuel de la *BrainBox* et ses séances de spiritisme.

Stephen n'avait plus peur. Il ne se posait plus de question sur le bien-fondé de sa quête. Il pratiquait désormais comme une évidence.

Il n'en avait pas encore parlé à son entourage. Il croyait être le seul à savoir. Et puis de toute façon quel entourage ? Qui aurait compris ? Qui l'aurait écouté ? Il était vraiment seul et cette nouvelle expérience faisait peser encore plus lourd sur lui cette triste vérité.

Son ami Max, qu'il revoyait depuis son divorce, essayait régulièrement de lui mettre une jolie fille dans les pattes mais Stephen refusait de plus en plus souvent ses invitations. Max pensait que la dépression rodait toujours mais en vérité, Stephen voulait garder du temps pour méditer. Enfin, méditer était le terme pudique qu'il utilisait pour se parler à lui-même de ses étranges voyages intérieurs.

Pendant ce temps, Lincoln collectait patiemment les résultats des travaux. Il apprit rapidement que le suspect ne s'exprimait pas en anglais. Il chargea Ralph Barrington, son adjoint, de fournir l'enregistrement à l'ensemble des polices dont les musées avaient fait l'objet d'un vol. De son côté, le développement des programmes continuait à avancer mais rencontrait de nombreuses difficultés.

La candidature d'Aurore retint l'attention de l'Université de *Sydney*. Elle n'aurait pu espérer mieux : l'université la plus ancienne *d'Australie* et classée parmi les meilleures au monde. Elle devait assurer un cours sur *Hérodote* et son monde ainsi que des séminaires d'histoire ancienne et d'archéologie dans le cadre de plusieurs unités d'étude. Elle fut mise en contact avec les coordinateurs des unités pour préciser son travail. La plupart de ses cours se dérouleraient au campus principal situé au sud-ouest de *Sydney*.

Elle accepta le poste qui lui était proposé en remplacement d'une enseignante partie en congé maternité. Le salaire était convenable. Elle aurait quand même accepté le poste pour une misère. Elle se rendit immédiatement disponible en donnant sa démission à l'Université de *Philadelphie*. Elle obtint de pouvoir quitter son appartement actuel et son poste rapidement.

Elle demanda à son nouvel employeur de lui trouver un logement proche du centre-ville ou d'une station de transport public.

L'agence immobilière mandatée par l'Université lui envoya sur sa messagerie un descriptif ainsi que des photos de quelques appartements disponibles. Afin de faciliter son intégration, l'Université prit à sa charge les trois premiers mois de loyer et une chambre à l'hôtel le temps de son emménagement. Elle choisit un appartement dans un immeuble ancien, mais élégant, du centre-ville.

Elle emporta le minimum d'affaires pour être en poste le plus rapidement possible. Elle chargea la compagnie de déménagement de mettre son mobilier dans un container qu'elle réceptionnerait deux semaines plus tard.

Arrivée à *Sydney*, elle fit la connaissance du couple de concierges qui lui remit les clés de son appartement, des *Gurkhas*. Le mari, soldat des troupes britanniques, avait participé au sein du 1er bataillon du 7ème *régiment de Gurkhas du duc d'Édimbourg* à la libération des *Malouines* en 1982 avant de prendre sa retraite. Le fameux couteau *khukuri*, lourd et courbe, typique des combattants *Gurkhas*, était exposé tel un trophée dans leur salon.

Dès qu'elle fut remise du décalage horaire, Aurore rendit visite au responsable de l'Université. Elle logea à l'hôtel le temps de réceptionner le container. La semaine suivante, elle fut présentée à la responsable administrative, Mme Akerbury, qui par sa chevelure rousse lui fit l'impression d'un dragon sur deux pattes, puis aux autres enseignants et commença ses cours. Enfin, ses affaires lui furent livrées et elle emménagea durant le week-end avec l'aide du concierge.

Elle s'installait dans sa nouvelle vie. La chance était de son côté. Elle avait l'impression que tous les obstacles s'effaçaient maintenant devant elle comme si une bonne fée exauçait enfin ses vœux après tant d'attente, d'espoir et de souffrance. Comme s'il était mis fin à une épreuve à laquelle elle avait été soumise.

Elle était prête pour accueillir Zopyre… Le jour de sa réincarnation.

Au fil des mois, l'inspecteur reçut de chaque pays un résultat négatif. D'autres enquêtes étaient venues lui prendre du temps et celle sur les vols mystérieux qui piétinait passa bientôt au second plan. Barrington fournit également l'enregistrement à d'autres pays membres. Mais il n'eut aucun retour positif.

Le 7 avril 2011, à force de persévérance, les visions de Stephen devinrent enfin compréhensibles.

Sa barbe avait poussé, ses tenues vestimentaires étaient de plus en plus douteuses et dans son entourage professionnel on le plaignait en cachette du mal que lui faisait encore cette odieuse ex tout en se félicitant de le voir s'investir corps et âme dans son travail. En effet, Stephen n'arrivait à se libérer du livre qu'au bureau en se plongeant dans les développements pour la *BrainBox*.

Stephen n'avait pas encore pris conscience qu'il y avait plusieurs vies en lui. Celle de tous les jours qu'il connaissait. Et les autres dont l'une l'attendait depuis très longtemps.

Stephen venait de s'enfoncer dans l'irrémédiable.

II.
LES VIES ANTERIEURES

4

Louis vit dans un immeuble, situé dans le quartier populaire de *Saint Jean du Var*, où ses occupants ont toujours mené une vie difficile. A 23 ans, il reste enfermé dans un profond mutisme. L'élection municipale d'Édouard Le Bellégou qui s'est faite à l'issue d'une campagne électorale très dure, lui est passée complètement inaperçue.

En novembre 1942, la flotte se saborda dans le port de *Toulon* avant que les *Italiens*, les *Panzers* et les *Waffen SS* ne s'en emparent. En janvier 1944, Louis habitait avec ses parents dans le quartier du *Mourillon*, situé à côté des objectifs militaires des forces alliées qui faisaient l'objet de bombardements intensifs. Il venait de fêter ses 14 ans lorsque ses parents décidèrent de l'envoyer à la campagne dans une famille d'accueil à l'abri des bombardements qui frappaient la ville. Accompagnés par d'anciens combattants, Louis embarqua avec une vingtaine d'autres enfants en début de matinée dans un autobus près de la *place de la Liberté*, direction *Marseille*. Une pancarte était accrochée autour du cou de chaque enfant avec son identité. La séparation des familles et de leurs progénitures se déroula rapidement, chacun emportant avec lui sa musette contenant son repas pour la journée. Ils firent route jusqu'à la gare de Marseille où des enfants d'autres villes et villages des environs les attendaient déjà. Ils montèrent tous dans les wagons dédiés et les portes se fermèrent sur leurs angoisses. La locomotive diesel de type 262 BD 1 émit un cri strident qui résonna dans l'enceinte de la gare. Le chef de gare agita son bâton depuis le quai. Le train s'ébranla avant de démarrer et de les emporter vers *Toulouse*.

Aux environs de *Nîmes*, le train s'immobilisa en rase campagne après son survol par deux *Spitfire Mk IX de la Royal Air Force*. Le personnel fit descendre les enfants et les autres passagers en leur demandant de garder leur calme et d'éviter toute panique. Tous se mirent à couvert dans le bois longeant la voie ferrée. Leur inquiétude grandit au second passage des avions mais se transforma rapidement en joie quand tous s'aperçurent que les passages des avions ne leur étaient pas destinés. Après avoir dépassé le train, les deux *Spitfire* s'en prirent à une colonne de la *Wehrmacht* formée de véhicules légers qui circulaient à deux kilomètres plus à l'ouest et qui se dirigeait vers un village où des parachutages d'armes et de nourritures pour le maquis avaient eu lieu la veille. Les mitrailleuses de 50 et les canons de 20mm des deux avions déchirèrent les véhicules et la fumée de la colonne en feu fut visible du train. Tous les passagers reprirent leur place dans les wagons et le train redémarra. Il retrouva bientôt sa vitesse et son panache de vapeur.

L'arrivée en gare de *Toulouse* se fit en fin d'après-midi et les enfants furent regroupés sur la place avoisinante. Le vent *d'Autan* soufflant violemment, la présentation aux familles d'accueil fut plus rapide que prévue. Louis eut droit à une ferme poignée de main du fermier qui l'accueillit. Pas un sourire, pas une parole.
Les enfants partirent dans les villages environnants, *Villefranche du Lauragais, Revel, Seyre*. Certains frères et sœurs furent séparés pour être dirigés dans des familles différentes. Les uns partirent en charrette, d'autres en camionnettes, de plus rares en voiture. Louis fit route dans la vieille bétaillère du fermier en direction de son lieu d'accueil. Il n'y eut pas d'autre échange en chemin. A la ferme, la réception par les enfants fut toute différente car ils étaient curieux de voir un citadin. Ils en firent le tour avec un sourire dédaigneux. La fermière le serra contre elle, lui apportant un peu de chaleur

humaine et de réconfort. Ils passèrent rapidement à table. Louis but pour la première fois de sa vie un verre de vin. Le repas se montra plus copieux que ceux auxquels il avait eu droit depuis plusieurs mois, les villes étant plus touchées par les restrictions que les campagnes. Il savoura un morceau de pain frais tiré de la miche sur laquelle avait été tracé le signe de croix avec un couteau avant d'être coupée. Puis il fut conduit jusqu'à sa chambre sans avoir eu l'occasion de se laver.

Les jours suivants, Louis découvrit l'exploitation du maïs et le chemin de sa nouvelle école.

Depuis la fin de la guerre et son retour à *Toulon*, ses parents ne voient en lui qu'une bouche de plus à nourrir. Ils pensent que son état résulte de l'incendie qui a ravagé la ferme qui l'hébergeait. Sa famille d'accueil ayant entretenu des liens amicaux avec les forces allemandes d'occupation, tout le monde a pensé que l'incendie était un acte de la résistance. Seul Louis connaît la vérité.

Dès son arrivée, Louis a eu en charge les corvées de la ferme : aller chercher l'eau au puits ou le bois pour le poêle malgré le froid et la pluie. Il a subi les moqueries des enfants de la ferme et les attouchements du fermier. La voix de ce dernier, dont l'accent trainait et les "r" roulaient, restera à jamais ancrée dans son esprit.

— Petit, vient m'aider à traire les vaches. C'est bien, tu t'appliques. Tu es un bon garçon. Tu mérites que l'on s'occupe de toi. Comme tu as la peau douce.

— Laissez-moi. Ne me touchez pas.

— Si tu es gentil, je dirai à mes enfants de te laisser tranquille.

Il était oppressé par la chaleur étouffante de l'étable. Les odeurs mélangées des bêtes, de leur urine et de leurs déjections lui séchaient la gorge. Les vaches chassaient avec leur queue les taons qui leur perçaient la peau pour s'abreuver de leur sang. Les mains du fermier l'enserrèrent dans un étau auquel il ne vit aucune échappatoire. La bouche de celui-ci lui sembla démesurée lorsqu'elle vint se plaquer sur son visage. Les larges mains du paysan se promenèrent sur son corps frêle.

A l'intérieur de son esprit sont projetées en boucle les humiliations qu'il a vécues.

La situation a perduré pendant plusieurs mois, la Georgette empêchant le soir son mari de rendre visite à Louis dans sa chambre, tout comme l'avait fait avec lui son beau-père dans sa jeunesse.
Lorsque la nuit arrivait, Louis se cachait sous son épais édredon, guettant jusqu'à s'endormir de fatigue les bruits de la ferme, un couteau de cuisine dans la main. Le bruit des portes des chambres adjacentes le tenait aux aguets. Le Félicien méritait punition. Il n'hésiterait pas à le saigner.
Jusqu'au jour où la Georgette dut s'absenter pour se rendre au chevet d'une vielle tante qui se mourrait dans un village éloigné.

"Ne t'inquiète pas, Louis, le Félicien n'est pas un mauvais bougre. Il est malheureux. Je lui ai dit de te laisser tranquille". Ce furent ses mots à elle pour le réconforter.

Comme tous les matins, Louis partit à l'école. Pendant ce temps, la radio diffusait des messages annonçant l'imminence du débarquement allié sur les côtes de *Normandie*. Il enfila sa pèlerine, son béret, et prit la musette contenant son repas du midi. Il se retrouva seul comme à l'accoutumée sur le chemin de l'école. Ce jour-là, il ne rêva pas de son retour à la maison et du moment où il pourrait serrer ses parents dans ses bras. Son esprit était occupé à penser à la soirée qui arrivait. Le soir venu, la grand-mère prépara le repas pendant que les enfants mettaient le couvert. Le fermier revint des champs avec le bétail. Il était en train de répandre de la paille propre et sèche sur le sol. Louis rentra derrière lui, tenant à la main une des lampes à essence qui servaient à éclairer l'étable. Lorsque le fermier se retourna, il lui sourit et le regarda fixement, comme une proie.

— Alors petit, tu vois, mes enfants sont gentils avec toi maintenant. C'est moi qui le leur ai demandé.
Il posa sa fourche contre le mur et déboutonna la braguette de son pantalon.

— Tu trembles. Viens près de moi te réchauffer.
Il tendit ses bras et fit un pas dans sa direction.

— Viens donc, ce sera notre petit secret. On dira rien à la Georgette.
Louis jeta la lampe à essence à ses pieds. Le feu se répandit instantanément sur le sol. Les vêtements du fermier s'embrasèrent. Il tourna sur lui-même et frappa désespérément ses vêtements. Il essaya en vain d'éteindre les flammes qui le dévoraient, de mettre fin aux brûlures qui lui coupaient la respiration et lui arrachaient des lambeaux de peau. Louis le regarda se débattre, hurler de douleur sans qu'un son ne sorte de sa bouche. Louis croisa son regard et ressentit une réelle supériorité. Le fermier s'effondra sur le sol à l'instant où les vaches affolées brisèrent leurs attaches. Elles le piétinèrent en se ruant vers l'extérieur. La charpente s'embrasa et l'incendie s'étendit rapidement au reste de la ferme.

Les cris des enfants et des grands-parents pris au piège dans les flammes tournent sans fin dans la tête de Louis. Ils sont

son quotidien et se mêlent aux voix de ses parents. Il ne fait
bientôt plus la différence entre le présent et le passé.
Il se renferme tous les jours encore plus sur lui-même.

5

"Pour quelles raisons valables et sensées
commettez-vous de tels actes ?"
Le Tribunal des Animaux, 2005
Plaidoirie où les animaux prennent la parole et
exposent leurs griefs à l'encontre de l'homme

Cuzco, PÉROU
Capitale de l'empire Inca, 3400 mètres d'altitude
23 juin 1520

La brume vient de se lever. Les rayons du soleil commencent à réchauffer le sol créant une légère vapeur au ras des herbages. Un troupeau de lamas blancs parqué sur les pentes de la cité broute l'herbe fraîche et grasse du pâturage. Des hommes se sont regroupés et commencent à réparer la toiture d'une maison effondrée la veille. Ils rejoindront plus tard les autres hommes déjà partis aux champs.

— J'ai souvenir de jouer depuis toujours avec mes semblables dans le pré. Mais depuis quelques temps, les êtres sur deux pattes qui nous conduisent sont plus agités que d'habitude. Je ressens une grande excitation parmi eux. Ils font du bruit en se regardant. Ils me montrent avec une de leur extrémité et lèvent ensuite les deux extrémités vers le soleil. Ils me caressent la peau plus souvent mais je sens que ce n'est pas pour mon bien.

Les habitants de *Cuzco* se préparent aux fastueuses festivités solaires de *l'Inti Raymi*, marquant le nouvel an. La journée s'annonce chaude. Chacun a sorti ses plus beaux habits de fête aux motifs géométriques tissés, troquant son pagne et son poncho pour une tunique longue et colorée. Les couleurs chatoyantes des costumes se mêlent à celles des étals sur lesquels sont disposés piments, tomates, avocats, pommes de terre et goyaves. Des canards et des cochons sont attachés à des piquets dans l'attente d'acheteurs. Dans leurs maisons, certaines femmes filent et tissent la laine tandis que d'autres préparent le repas du midi sur le foyer composé de pierres et disposé au centre de l'unique pièce. La fumée s'échappe au travers de la toiture de chaume. Les odeurs enivrantes d'épices, de tabacs et de ragout à base de viande de lama séchée s'insinuent dans la foule, venant exciter les sens des hommes et des femmes.

— Il y a longtemps, j'ai vu la même chose se passer pour un semblable. Le jour où il n'est pas revenu, les êtres sur deux pattes n'avaient pas la même forme qu'avant. Leur forme était plus colorée, plus vive. Ils tournaient dans tous les sens, se tenaient par leurs extrémités. Ils ont beaucoup mangé. Ils se traînaient par terre juste avant que le soleil ne disparaisse à l'horizon.

Un condor à la recherche d'une proie tournoie en cercles dans le ciel évitant tout effort inutile. Les enfants arrêtent de jouer pour le suivre du regard. Lorsqu'il plonge vers la charogne qu'il a repérée entre les rochers en contrebas, les enfants retiennent leur souffle. Ils poussent des cris lorsque celui-ci s'en saisit.

Les lamas blancs ont été acheminés la semaine précédente par un sentier sinueux mal tracé montant abruptement à flanc de colline, suivant un torrent qui dévale à grand bruit. Ils ont été parqués près de la forteresse de *Sacsayhuamán* qui dresse ses murs imposants. Ils ont été mis à l'écart des autres troupeaux et la plus grande attention leur a été portée. Ils ont eu droit à l'enclos où l'herbe est la plus grasse, la plus verte.

Le prêtre choisira dans quelques heures parmi eux celui qui sera sacrifié au dieu Soleil. Les autres seront tondus pour la fabrication des habits.

— Je suis fatigué. Je veux retrouver maman. Les lieux où je la rejoins ne sont jamais les mêmes. Je retrouve sa chaleur et son odeur qui me réconfortent. Elle est partie il y a longtemps, avant que le grand froid n'arrive et ne change tout ce qui nous entoure. Lorsque le soleil est apparu, des êtres sur deux pattes l'ont tirée hors de notre abri. Je ne la voyais plus. Je me suis mis à manger. Ses cris ont déchiré le silence. Elle souffrait. Et puis, plus rien. J'ai peur des êtres sur deux pattes.

6

"On ne naît pas femme : on le devient"
Simone de Beauvoir, Le deuxième sexe

MAURITANIE
Village nomade dans le nord-est de Chinguetti
12 mars 717

Le père d'Haïcha rentra sous leur khaïma, une tente de couleur sombre, épaisse, en laine de mouton et de chamelon, la plus belle de la tribu. Il était accompagné de son futur gendre, Mohammed Oulad El-Baghi dont il avait tant vanté les richesses et les faits de guerre. Mais Haïcha ne voulait pas de cet époux.

— Je n'ai que faire de ce mariage arrangé par mes parents. Ils m'ont gavé pendant des jours jusqu'à m'en faire vomir, me mettant dans la bouche un entonnoir pour me forcer à avaler de la nourriture. Je suis femme et je veux être libre de mes choix.

Mohammed Oulad El-Baghi les salua avant de prendre place au milieu des coussins de soie brodés et des couvertures sur la natte posée sur le sol.

— Ouadâtek el Moulâna Kamine, *"Que le seigneur vous bénisse"*.

La mère d'Haïcha apporta pour l'occasion un immense plateau de cuivre ciselé qu'elle tenait dans ses mains rouges de henné. Sur le plateau étaient posés une théière d'étain, des verres de petite taille, une écuelle de bois remplie de lait de chamelle et des dattes.

— Je l'ai regardé droit dans les yeux pour qu'il sache que je ne le craignais pas. Ma mère s'est mise entre nous pour servir le thé, et elle se retournait pour me faire signe de baisser les yeux. Je n'avais pas envie de regarder le sol ni de lui offrir le moindre sourire. Il s'est aperçu de mon insolence mais n'en a pas dit mot. Il a bu le thé, prit une datte et a écourté sa présence en signifiant à mon père que sa fille lui convenait malgré son audace et qu'il saurait faire de moi une bonne épouse.

Dès qu'il est parti, mon père est rentré sous la tente comme habité par un démon et il m'a battue pour l'avoir offensé. Ma mère m'a mise en garde à plusieurs reprises. Il fallait que je respecte la coutume. Elle aussi avait été mariée à un homme choisi par son père, ainsi que sa mère et la mère de sa mère. Je lui ai dit qu'il était hors de question que je vive avec un homme que je n'aimais pas, que je n'avais pas dix-sept ans, alors que lui en avait près de quarante. Elle m'a répondu que je finirais par l'aimer, que cela n'était pas important.

Le mariage fut célébré au cours d'une grande fête qui dura cinq jours et qui donna l'occasion aux tribus voisines de se rassembler. Les youyous propagèrent la nouvelle de la cérémonie dans tout le village. Les chants d'autres femmes vinrent en écho ainsi que des tambours. Conformément à la coutume, les amies d'Haïcha l'enlevèrent et ce malgré l'étroite surveillance des amis de son époux. Une lutte acharnée entre eux lui permit d'être cachée dans le village. Son mari et ses amis la cherchèrent pendant deux jours et il l'amena avec lui dès qu'elle fut retrouvée.

— Le soir, mon mari m'a rejoint dans ma chambre. Il m'a prise de force et m'a dit qu'il reviendrait tous les soirs pour m'honorer. J'ai dû rester masquée les jours suivants, ne pouvant montrer mon visage à personne.

— La semaine suivante, j'ai rencontré Youssef sur le marché. Nous avons parlé de notre enfance et des moments heureux lorsque nous jouions au milieu des étals et des troupeaux. De retour à la maison, mon mari m'a prévenue qu'il ne souhaitait plus que cela se reproduise. Ma rencontre lui avait été rapportée par des voisins. Il m'interdit de sortir jusqu'à la fin de la semaine. Quelques jours plus tard, nous avons rendu visite à mes parents.

— Lorsque mon mari et moi avons pénétré sous la tente familiale, ma mère est restée assise dans un coin, le visage crispé, ne se levant pas comme à l'accoutumé pour nous accueillir. Mon père est venu calmement vers moi tenant à la main un nerf de bœuf. J'ai compris immédiatement que j'allais être punie. Ma mère s'est levée d'un bond et s'est interposée en criant et en jurant que cela ne se reproduirait plus, que je serais une bonne épouse. Il l'a frappée violemment sur l'épaule gauche, ce qui lui a fait poser un genou à terre sous la douleur.

— Au moment où j'allais la secourir, mon mari m'a enserrée et mon père m'a giflée. Ils m'ont frappée tous les deux, disant que je faisais honte à ma famille et qu'ils me tueraient la prochaine fois.

"Avons-nous été assez clairs ?" fulminait mon père, serrant mon cou entre ses mains.

"Oui, père" ai-je articulé d'une voix étranglée.

— Ils m'ont craché dessus et mon mari m'a prise sur l'épaule pour me ramener à la maison.

— J'ai souffert de cette correction pendant plusieurs semaines. J'avais peur d'avoir perdu la vue de mon œil droit, celui-ci me faisant atrocement mal.

— Mon mari m'a dit que si je n'étais pas une bonne épouse, il me tuerait et en prendrait une autre, que ses biens lui permettaient de demander n'importe quelle fille en mariage, et que la suivante se montrerait plus docile.

7

"L'esclave est un outil vivant de l'économie."
Aristote

Cité de Méroé, NUBIE
-20 avant JC

Le bateau qui menait les esclaves au chantier descendit le *Nil*. Attaché en fond de cale, M'Bongo ne pouvait admirer le paysage luxuriant qui défilait, formé de champs de cultures variées et d'arbres fruitiers éclatant en un feu d'artifice de couleurs. Le bateau déchargea sa marchandise humaine à la 6ème cataracte. Des nuées de mouches et de moustiques provenant des marais avoisinants se mirent à planer au-dessus de leurs têtes, excitées par leur transpiration. Les esclaves furent attachés les uns aux autres par des lanières qui leur fendirent la peau et furent conduits à pied jusqu'à la nécropole du nord où la sépulture de la reine *Amanishakheto* était en construction.

Le chantier nécessitait une main d'œuvre importante, composée d'esclaves et de combattants vaincus dans d'autres contrées. Il était surveillé jour et nuit par une importante armée. La nourriture quotidienne, un mélange de céréales et de silure, un poisson-chat abondant dans le *Nil*, était distribuée dans des bols de bronze.

Lorsque M'Bongo arriva, des sculpteurs taillaient une statue de la reine pendant que d'autres gravaient des hiéroglyphes sur une stèle faisant l'éloge du pouvoir royal. La roche était brulante au toucher et tremblait dans la chaleur. Les blocs de pierre avaient été extraits de la carrière attenante. La construction de la sépulture avançait au rythme prévu par les architectes. Un brasero rempli de *kyphi*, une composition de plantes et d'encens, brulait à l'entrée du temple pour purifier l'air autour de la statue de la divinité.

M'Bongo avait été vendu aux enchères 860 dragmes d'argent par un marchand grec sur le marché de *Memphis*, un prix élevé mais justifié par sa robustesse et sa parfaite santé physique. Située à l'entrée du delta du Nil et regorgeant d'ateliers et de manufactures, la splendeur de *Memphis* déclinait au profit *d'Alexandrie* depuis l'arrivée des Romains en *Égypte*. La vente de M'Bongo avait été enregistrée sur un papyrus et il était la propriété officielle *d'Anthenon*, en charge des travaux de la sépulture de la reine *Amanishakheto*.

Un contremaître vient de repérer qu'une pierre aux reflets bleus brille sur le torse de M'Bongo.
  — Ce bijou ne peut appartenir qu'à une personne de haut rang. A qui l'as-tu volé ?
  — Je ne l'ai pas volé. Cette amulette est à moi.
  — Ah oui, alors tu es un pilleur de tombe. Toi et tes semblables n'êtes que des voleurs.
  — Non, c'est la sorcière de mon village qui me l'a donnée lorsque je suis devenu adulte.
  — Donne-moi ça, voleur.

Le contremaître se met à tirer violemment sur le collier. M'Bongo le saisit par le poignet, l'empêchant ainsi de lui arracher son talisman. Aux paroles succèdent les coups. Aux coups succède la révolte. La révolte d'un esclave répondant à l'injustice pour tout un peuple.

Des gardes accourent et le maîtrisent alors qu'il vient de fracasser le crâne du contremaître.

Les plus anciens savent ce qu'il en coûte de se rebeller. Les coups de fouet lacèrent le dos de M'Bongo. Ses cris glacent le sang des ouvriers. Après vingt coups de fouet, il est accroché à un bloc de pierre. Il y restera jusqu'à la fin de la journée, les plaies du dos frottant sur la pierre chaude et rugueuse, le corps exposé aux brûlures du soleil et la gorge sèche.

Le soir, l'esclave noir est allongé sur la paille. Ses frères de misère ont appliqué de la boue sur ses plaies. Les mouches virevoltent tout autour, attirées par l'odeur du sang et se posent sur ses blessures en grappes compactes. La soif lui brûle toujours la gorge. Il sait qu'il ne reviendra plus chez lui. Il pense à Makéda qu'il a laissé dans son pays, à l'excitation procurée par ses petits mamelons noirs ébène et ses fesses rondes et fermes qui se balançaient sous son pagne au rythme de ses pas.

Mais ce n'est qu'une part de la sanction infligée.

III.
LA DESCENTE EN ENFER

8

Sydney, AUSTRALIE
Avril 2011

Stephen avait noté sur son ordinateur tout ce dont il s'était souvenu une fois la transe terminée et avait procédé à des recherches. Il identifia avec facilité les lieux et les époques mais rencontra plus de difficultés pour retranscrire les propos qu'il avait entendu, les détails vestimentaires. Et cela ne suffisait pas à déterminer le fil conducteur de chacune des histoires. Internet fut là encore un outil merveilleux pour ses recherches mais il manquait de mots pour exprimer ce qu'il avait vécu à chaque fois.

Aussi, faute de souvenirs suffisants, il recommença ses explorations méditatives. Dès lors, il s'aperçut qu'il retrouvait avec facilité ces pensées car elles étaient toujours identiques. Puis tout s'accéléra. Aux images et aux sons s'ajoutèrent les odeurs, ce qui fut une véritable découverte pour lui, nombreuses lui étant inconnues. Puis il perçut les sentiments des protagonistes. Leurs peines, leurs joies, leurs peurs. Il ressentit le contact physique des objets et des corps. La froideur de la roche. La chaleur de la peau.
Au fur et à mesure les vies se reconstituaient comme un film muet en noir et blanc à qui l'on aurait rendu les couleurs et la bande sonore. Mais même si les histoires débutaient et finissaient par les mêmes évènements dans les mêmes lieux, de façon de plus en plus distincte et qu'il vivait ces voyages de plus en plus sereinement, il se rendit compte qu'il ne progressait plus.

Étonné, car sûr d'avoir respecté les prescriptions notées dans le codex, Stephen le reprit pour en faire une nouvelle analyse. Avant de placer sa *BrainBox* sur la tête, il feuilleta à nouveau le livre avec plus d'attention et moins de fébrilité. Il tourna les pages délicatement. Il n'y avait pas de numéro de page comme dans un livre récent qui lui permettrait de savoir s'il avait pu sauter une étape. Toutefois, il remarqua au niveau de la tranche que des bouts de papier dépassaient de la cire. Il alla à son bureau chercher une loupe et en déduit que plusieurs pages avaient été découpées avec précision avec un objet probablement extrêmement tranchant.

Il estima qu'il en manquait quatre. Il alla chercher un cutter dans sa boite à outil et le livre de prières bouddhistes afin d'y découper avec précaution quatre pages et vérifier si les entailles étaient identiques. Une fois l'opération réalisée, il compara avec la loupe les deux livres et en conclut qu'il manquait bien plusieurs pages à son codex. De quoi remettre complètement en question tout ce qu'il avait fait. De façon absurde, cette découverte le paniqua.

Cela ne l'empêcha pas de prolonger sa quête s'obstinant à rechercher des indices de plus en plus précis au cours de ses méditations. Parallèlement, il constata que ses nuits de sommeil devenaient de plus en plus agitées. Surtout lorsqu'il n'avait pas appelé son fils, seul être encore capable de l'extraire de ses méditations. Rien d'important au début, il se réveilla avec l'impression désagréable d'avoir mal dormi. Les nuits suivantes, il fut tiré de son sommeil par ce qu'il prit pour des bruits de voisinage ou des cris dans la rue. Il se leva les premières nuits pour regarder par la fenêtre mais la rue était déserte. Puis, le phénomène s'amplifia. Il commença à faire des cauchemars. Il ressentait les angoisses et les souffrances vécues par les mémoires, passant de la vie de l'un à celle d'un autre, sans présence d'un lien apportant enfin une explication. Et il finissait ses cauchemars en se réveillant tout tremblant.

Alors que l'affaire allait être classée, l'inspecteur Lincoln se demanda s'il n'avait pas intérêt, au risque d'éveiller les soupçons, d'en savoir plus sur le livre acheté par Stephen.

Il sonna à sa porte un matin avant que Stephen ne parte au travail.

— Bonjour. M. Carver ?

— Oui. Que puis-je pour vous ?

— Je suis l'inspecteur Dennis Lincoln, d'Interpol. Auriez-vous un instant à m'accorder ?

— J'allais partir.

L'inspecteur présenta sa carte à Stephen.

— Que puis-je pour vous ? répéta Stephen en se demandant ce qu'il avait pu faire pour être l'objet d'une visite de la police.

— Vous travaillez bien au sein de la *Door Incorporation* ?

— Oui.

— Vous étiez bien à *Londres* un week-end de juin de l'année dernière pendant lequel vous avez acheté un livre dans une librairie ?

— Oui.

— Nous suivions un suspect qui est entré juste avant vous. Pourrais-je voir ce livre ?

— Bien sûr. Je vais le chercher. Entrez, j'arrive.

Pendant qu'il allait jusqu'à sa chambre, le cœur battant, son cerveau fonctionnait à toute vitesse pour trouver un subterfuge et ne pas donner le manuscrit à l'inspecteur. Il avait traduit le livre et il ne lui servait plus mais il ne voulait pas s'en séparer.

L'inspecteur fit quelques pas dans l'entrée et en profita pour regarder l'intérieur de l'appartement. Stephen n'affichait apparemment aucun goût pour l'art ancien, le mobilier était moderne et la décoration se limitait à l'essentiel.

C'est en entrant dans sa chambre que la solution s'imposa à Stephen. Alors que le manuscrit était enfermé dans son coffre, il aperçut le livre de prières sur son bureau. Il l'avait oublié jusqu'à aujourd'hui mais il ressortait à point nommé. Il le saisit la main tremblante mais revenu dans l'entrée, c'est d'un geste assuré qu'il le tendit à l'inspecteur.

— Le voici. Il a un lien avec votre suspect ?

— Je ne sais pas. Mais l'homme recherché est entré avec un paquet sous le bras.

— Et vous êtes sûr qu'il transportait un livre ?

L'inspecteur avait mis des gants en plastique et tourna les pages du livre pendant qu'il répondait à Stephen.

— Non, mais mon flair me dit que c'était un livre...

— Et il n'est pas ressorti avec ?

— Je ne sais pas car nous avons perdu sa trace.

— Donc, rien ne prouve alors que ce soit ce livre ?

— Vous avez été le premier à sortir. Pourquoi l'avez-vous acheté ?

— Par curiosité. Puis pour les dessins et les couleurs vives. Le prix était attractif, quelques dollars. Je ne prenais pas de risque.

L'inspecteur trouva sa réponse convaincante.

— Vous en connaissez l'origine ?

— Je crois que c'est un livre d'origine tibétaine. Je ne connais rien à sa signification mais je l'ai gardé car je trouve qu'il va bien dans ma bibliothèque.

Stephen était content de lui car il avait eu l'impression de bien mentir. Il s'était détendu lorsqu'il avait compris qu'il n'était pas directement en cause mais il restait sur ses gardes.

— Je peux vous l'emprunter ?

— Pas de soucis, répondit-il avec un grand sourire.

L'inspecteur ouvrit sa sacoche.

— Vous pouvez le glisser à l'intérieur. N'ayez crainte, je vous le ramènerai intact d'ici quelques semaines. Bon, je ne vais pas plus vous retarder. Je vous remercie pour votre collaboration.

Il tendit à Stephen sa carte de visite.

— N'hésitez pas à m'appeler si je ne vous l'ai pas rendu d'ici un mois.

Il fit demi-tour avant de s'arrêter et de revenir sur ses pas.

— Vous êtes sûr que c'est bien cet ouvrage que vous avez acheté à *Londres* ?

Stephen se troubla. Etait-il possible que la libraire ait donné une description du livre à la police ? Lincoln y était allé au bluff car la libraire lui avait déclaré être incapable de reconnaitre le livre.

— Bien sûr ! Que voulez-vous dire ?

Lincoln le regarda longuement avant de répondre.

— Rien. Ça fait longtemps. Vous achetez peut-être beaucoup de livres. Vous auriez pu confondre.

— Non, répondit Stephen un peu brusquement.

— D'accord, pas de soucis. Ah, j'allais oublier.

Il sortit une photo de son portefeuille.

— Connaissez-vous cet homme ?

— Non. Jamais vu.

— Alors, je ne vous importune pas plus.

— C'est votre suspect ?

— Oui.

Stephen ferma la porte. Ils firent quelques pas ensemble dans la rue et se séparèrent. Lincoln resta un moment immobile à regarder s'éloigner Stephen, l'air si parfaitement honnête. Lui cachait-il quelque chose ?

L'inspecteur avait été sensible à la perspective d'évolution que lui avait faite miroiter son directeur. Il n'était pas dupe mais son ambition était forte. Il savait qu'il avait l'étoffe d'un grand flic et qu'il méritait cette promotion. Ce n'était pas cette enquête qui allait mettre en danger sa carrière. Écoutant son instinct, il fit mettre Stephen sous surveillance, faisant suivre ses moindres déplacements.

Stephen savait qu'il était en train de prendre une piste dangereuse. D'abord, il mentait à la Police sans raison alors qu'il avait toujours été un citoyen respectueux des lois. Ensuite, il ne disposait pas de toutes les informations pour élucider le mystère du livre et de toutes les vies qui l'habitaient. Il était sûr qu'avec les quatre pages ôtées, il aurait pu trouver les morceaux du puzzle qui lui manquaient. Est-ce que ces pages avaient été effectivement enlevées dans le but de mettre en danger la vie de celui qui s'en servirait ou au contraire de le protéger ? Quand il repensa à ce qu'il avait ressenti à *Londres* en faisant l'acquisition de ce livre, il se demanda si le manuscrit était vraiment arrivé par hasard entre ses mains. Ou s'il délirait.

Plus les jours passaient, plus il ressemblait à un zombie. Ses collègues de travail voyaient son allure se dégrader. Il arrivait avec une barbe de plus en plus longue, malgré un système pileux peu développé, des cernes de plus en plus prononcés. Il ne se voyait plus.

Lincoln confia le livre à la police scientifique qui l'analysa dans ses moindres détails. Il reçut un long rapport faisant ressortir en synthèse que le manuscrit fabriqué de nos jours au *Népal* ne présentait aucun signe particulier sauf quatre pages découpées au plus proche de la tranche de façon peut-être à en dissimuler l'absence.

Stephen pilotait sur la nouvelle console, la *BrainBox-200*, le développement d'un programme d'un intérêt capital pour la société qui visait à intégrer les mouvements du corps aux actions et visuels, rendant l'immersion virtuelle encore plus forte.
Tous avaient remarqué que l'état général de Stephen se dégradait de façon alarmante et que depuis quelques jours, il avait du mal à rester éveillé pendant la journée. Ses rapports sur l'avancement du travail des équipes devenaient de plus en plus incompréhensibles.
Craignant une dérive du planning de réalisation du programme, sa hiérarchie prit alors la décision de le recevoir.

Brett Palattino, le directeur des opérations, reçut Stephen avec tous les égards dus à sa carrière exemplaire au sein de la société car Stephen avait été embauché alors que la société n'avait qu'un an d'existence et qu'il s'était toujours investi pour elle.

Les deux fondateurs de la société, Larry Shiram et Michael Schmidt, experts en robotique médicale, avaient conçu une interface entre le système nerveux et un système robotique dans le but de venir en aide aux personnes handicapées. Ils avaient installé leurs locaux au premier étage du loft de Larry Shiram. Les enfants de ce dernier avaient pour interdiction de pénétrer dans cet univers de recherche. Les serveurs et les prototypes trônaient à côté d'un piano et d'un cheval à bascule. Des écrans révélaient des animations graphiques en 3D de structures anthropomorphes.

Génie un peu loufoque, ingénieur en mathématiques appliquées, la passion de Stephen pour la robotique humanoïde s'était révélée pendant ses études. Il avait commencé à développer des algorithmes de planification de mouvements après ses cours. Sa chambre d'étudiant était remplie d'ordinateurs, des câbles couraient sous son lit et des livres s'amoncelaient même dans son frigo. Seule la salle de bain était épargnée par ce champ de bataille.

Lauréat du concours de fins d'études organisé par son université, de nombreuses sociétés s'étaient bousculées pour lui faire des propositions d'embauche. Mais il avait préféré cette start-up portée par ses aspirations humanistes et sa convivialité. Il n'était pas vraiment prêt à affronter le monde du travail et elle lui avait semblé le prolongement idéal de sa chambre d'étudiant. Portant été comme hiver une veste beige et sa capuche sur la tête, des lunettes sales et une vieille sacoche en bandoulière, il ressembla pendant longtemps à un adolescent attardé.

Rapidement, la société se développa. Ils déménagèrent pour des locaux plus spacieux et acquirent des serveurs plus puissants.

Par sa force de travail et son ingéniosité, Stephen suscita le respect et l'admiration. Sa passion se transforma en exaltation qui lui permit au cours de la croissance de la société de prendre en charge des responsabilités et des projets de plus en plus importants.

Il troqua sa veste et sa sacoche pour un costume et une mallette.

A présent, il se présentait avec des vêtements froissés et tâchés pour avoir été portés trop longtemps.

Stephen assura à son directeur que tout cela était dû à un surmenage, qu'il avait entrepris des réparations dans son bateau, qu'il avait bientôt fini et que tout reviendrait sous peu en ordre.

Brett conclut à un passage à vide, un burn out bien prévisible avec tout le travail qu'il effectuait même si Stephen avait la réputation d'une bonne résistance au stress. Stephen sortit de cet entretien en se demandant s'il allait pouvoir trouver une solution.

Lincoln fit convoquer Stephen dans les bureaux d'Interpol pour récupérer son livre. L'agent au téléphone lui indiqua que ce serait rapide, l'inspecteur se tenant à sa disposition dès son arrivée dans les locaux. Stephen s'y rendit donc sans appréhension et sans culpabilité. Il dut patienter un long moment dans le couloir. Plus le temps passait, plus il trouvait cela anormal et plus son stress s'accentuait. Il avait l'impression d'être pris dans un piège et d'être observé. Finalement, une porte s'ouvrit et Lincoln demanda à Stephen de le rejoindre. L'accueil fut plutôt glacial. Lincoln s'était assis et reçut Stephen sans le saluer. Il leva à peine la tête lorsqu'il lui demanda de s'asseoir, faisant mine d'être absorbé par la lecture d'un dossier. Le livre était posé entre eux sur la table du bureau, ouvert au niveau des pages manquantes.

— Vous m'avez déçu, M. Carver.

— Pourquoi donc ?

— Parce que vous m'avez menti.

Stephen se troubla. Comment pouvait-il savoir que ce n'était pas le bon livre ?

— Je ne comprends pas.

— Vous m'avez remis ce livre car vous saviez que nous ne n'y trouverions rien.

— Pas du tout.

— Il manque quatre pages…

Stephen soupira. Ce n'était que ça. Il se détendit et répondit calmement.

— J'avais remarqué… C'est un livre d'occasion…

Lincoln l'interrompit sèchement en abattant ses deux mains sur la table puis se leva pour le toiser. Son débit de paroles s'accéléra et devint plus agressif.

— Pourquoi avez-vous découpé ces quatre pages ? Qu'est-ce qu'elles contenaient et que vous vouliez cacher ? Pourquoi cet homme vous a remis ce manuscrit dans la librairie ? J'en ai assez d'être pris pour un con par un fantôme que nous recherchons depuis des années. Vous vous êtes rendu complice et je ne vais pas vous lâcher comme cela.

Stephen se leva brusquement.

— Complice de quoi que diable ? je suis un honnête citoyen, je paie mes impôts et mes amendes, mon casier judiciaire est vierge, je donne mon sang et je suis bénévole dans un hôpital. Alors vous m'accusez de quoi ? Il faut que j'appelle mon avocat ? Ce type ne m'a jamais rien remis. Je n'ai pas découpé ces pages. J'ai acheté ce bouquin dans cet état et vos accusations sont ridicules.

Le ton commençait à monter et Stephen s'emportait plus que de mesure.

— Je vais appeler mon avocate.

Il sortit son téléphone. Lincoln posa brusquement sa main sur le téléphone.

— M. Carver, asseyez-vous je vous prie. Reprenons depuis le début… Tranquillement. Vous voulez bien ? Vous avez raison. Je m'égare. Excusez-moi. Je ne vous accuse de rien, j'essaie de comprendre.

Les deux hommes se fixèrent pendant quelques secondes en silence, de l'antipathie dans le regard. Puis Stephen se rassit et ils discutèrent un long moment, chacun sur ses gardes mais apportant posément sa vision du problème. Lincoln expliqua ses déboires pendant l'enquête passant sous silence certains aspects mettant son incompétence en avant. Stephen décrivit son séjour à *Londres* et son passage par la librairie passant sous silence l'existence d'un autre livre, le vrai livre, et ses méditations.

A la fin de leur conversation, Lincoln raccompagna Stephen et s'excusa pour son comportement. Il lui laissa sa carte de visite et lui demanda de le rappeler si un détail quelconque lui revenait à l'esprit.

Il décida de laisser tomber la surveillance.

En sortant d'Interpol le livre dans son sac, Stephen était tellement préoccupé que ce n'est qu'une fois garé dans le sous-sol du parking de sa société qu'il réalisa qu'il était mercredi, 12h15, et qu'il devait passer à l'école de Valentin pour le récupérer, l'emmener manger chez lui puis le conduire à son cours de basket.

Il ressortit en trombe, brula trois feux rouges pour tenter de rattraper son retard en se disant que s'il prenait une amende, il demanderait à Lincoln d'intervenir en sa faveur. Quand il arriva à l'école avec trois quarts d'heure de retard, l'enfant, seul devant la grille fermée, ne lui fit aucun reproche mais le regard qu'il lui lança en montant dans la voiture transperça le cœur de Stephen. Il fallait qu'il se reprenne, qu'il mette de la distance entre lui et toute cette histoire, au moins pour son fils.

Pour une fois, cet après-midi, il réussit à oublier ses obsessions et à ne se concentrer que sur son fils. Ils passèrent un très bon moment ensemble et l'enfant avait les joues roses de bonheur quand il le déposa, à la nuit tombée, devant chez sa mère.

— On remet ça mercredi prochain, hein, Pa ?

Il passa une main affectueuse dans la chevelure ébouriffée de son fils.

— Promis et si dimanche il fait beau et que ta mère est d'accord, on sort le bateau.

Avant de se coucher, Stephen rangea le livre de prières dans la bibliothèque à droite des livres de cuisine.

Le dimanche suivant, alors que le soleil brillait de mille feux, il oublia sa promesse à Valentin, trop perturbé par ses transes de la veille.

La nuit fut particulièrement pénible. Il s'endormit au petit matin et fut réveillé par son portable vers 10h par une Kerry hystérique qui l'insultait parce que son fils attendait depuis 8h sur les marches du pavillon. Ce réveil en fanfare lui fit réaliser qu'il arrivait au bout de l'expérience et il devait choisir rapidement entre vivre ou peut-être mourir. Son corps aussi s'insurgeait contre cette fatigue qu'il lui infligeait depuis des semaines. Stephen ne pouvait que constater l'ampleur des dégâts. Ses expériences lui faisaient oublier jusqu'aux promesses faites à son fils.

Stephen eut un éclair de lucidité lorsqu'il réalisa qu'il n'avait pas vu les êtres. Mais qu'il avait été Eux. Plus exactement, qu'Ils étaient devenus Lui, prenant, le temps de son sommeil, la maîtrise de son esprit à tour de rôle. Il avait ressenti leurs angoisses et leurs souffrances. Mais cette fois de l'intérieur. La peur au ventre, il décida sur le champ d'arrêter ses méditations, de ne plus penser à ces êtres, de ranger son appartement.

Il constata alors un rapide apaisement. Ses nuits furent encore agitées pendant quelques jours mais cela devint supportable. Ses collègues de travail le virent à nouveau soigner son apparence, arriver propre au bureau, rasé de près, parfumé, le sourire et un mot gentil à chacun des membres de son équipe. Ses cernes commencèrent à s'estomper. Il avait l'impression d'avoir recouvré la vue. Il réalisa ce qu'il avait fait de lui et se promit que cela n'arriverait plus. Il redevint un bon collègue et un papa attentionné. Son fils était aux anges, seule Kerry trouvait comme toujours quelque chose à redire.

Aurore sentit que la situation évoluait. Les voix familières qu'elle entendait dans son sommeil se faisaient plus sourdes, plus lointaines. Son passé était en train de disparaitre à nouveau. Sa chance s'évanouissait. Stephen avait dû choisir de chasser les esprits de sa mémoire. Elle espérait qu'il n'était pas trop tard pour agir et reprendre la main.

Ce dimanche-là, Stephen navigua toute la journée avec son fils et savoura chacun de ces instants. Valentin devenait au fil du temps un vrai petit marin et il était fier de lui. Après l'avoir ramené chez sa mère, il rentra chez lui. Il trouva la porte blindée à fermeture multipoints fracturée. Le voleur était-il encore dans les lieux ? Il fit le tour de l'appartement. Tout était en place. Aucun meuble déplacé. Aucun tiroir ouvert. Avait-il été dérangé dans son cambriolage ? Il interrogea ses voisins. Personne n'avait rien entendu. Il déclara l'effraction à la police et à son assurance.

Ce n'est que le surlendemain, alors qu'il cherchait une recette pour se préparer un petit plat, qu'il s'aperçut que ses livres avaient été déplacés. Les magazines de cuisine et de bateaux ainsi que le livre de prières étaient mélangés. Il se précipita sur son coffre, dissimulé derrière une reproduction d'Andy Warhol.

Le coffre était intact. Il soupira de soulagement mais par acquis de conscience ouvrit le coffre pour vérifier la présence du manuscrit.

Le livre avait disparu. Il chamboula tout le contenu du coffre, en vain. Le livre n'était plus là.

La panique l'envahit. Son cœur s'emballa aussitôt. Il réfléchit sur la conduite à tenir. A qui expliquer qu'un cambrioleur suffisamment qualifié pour fracturer sa porte blindée avait négligé un iPad, une chaine hifi et d'autres biens de ce type pour voler un vieux manuscrit sans valeur. Un seul flic au monde l'écouterait et le croirait : Lincoln. Mais il fallait cacher le livre de prières pour être crédible. Il le rangea dans le coffre. Il retrouva la carte de visite de l'inspecteur et l'appela, lui expliquant en détail le vol. Lincoln se rendit sur place aussitôt. La police n'avait fait que constater l'effraction. Lincoln vint accompagné d'un expert de la police scientifique car seul un ouvre-porte hydraulique était capable d'ouvrir une porte blindée. Ce matériel, spécifique aux forces spéciales, était également utilisé par quelques rares cambrioleurs pour pénétrer dans les propriétés de gens fortunés. Le bâti côté serrure était tordu. Après avoir vérifié la porte, les murs, le sol et le plafond du couloir à la recherche de marques de crampons antidérapants, l'expert en conclut qu'elle n'avait pas été forcée par un matériel de ce type. Aucun ergot d'ancrage n'avait été logé non plus dans la serrure car elle était intacte.

L'expert commençait à douter. Il se positionna à l'intérieur de l'appartement espérant avoir plus de chance, partant du principe que Stephen aurait pu simuler l'effraction en arrachant la porte. Mais aucune trace encore. Plus il inspectait les lieux, moins il comprenait et plus il sentait le regard de Lincoln peser sur lui.

Il prit une longue inspiration et conclut la voix hésitante que la porte avait été poussée de l'extérieur, ce qui revenait à avouer qu'il ne connaissait pas la méthode utilisée.

Les deux hommes s'éloignèrent de Stephen.

— Qu'est-ce que ça veut dire "poussée de l'extérieur" ?
— Il n'y a aucune trace d'outil utilisé ni dedans ni dehors.
— Et alors, quelles sont vos conclusions ?
— Soit le cambrioleur a utilisé un nouveau matériel soit elle a réellement été poussée.
— Comment ?
— Par quelque chose d'une force… Phénoménale.
— Comme ?

— Bien plus puissant qu'un éléphant…

Lincoln resta perplexe un long moment. Ces vols dans les musées et cette effraction pour un livre apparemment banal étaient liés et les conditions dans lesquelles tous s'étaient déroulés semblaient auréolées de mystère. Tout cela lui déplaisait de plus en plus. Il y avait forcément une explication rationnelle et il se faisait fort de la trouver.

Il y en avait une effectivement mais qui ne faisait pas partie de celles qu'il pourrait admettre. Ses préjugés l'empêchaient de raisonner et d'aller vers la vérité.

Il revint près de Stephen, arborant une moue dubitative et décida de changer d'approche.

— Pourquoi vous l'aurait-on volé ?

— Je ne sais pas.

— Et on ne vous a rien pris d'autre ?

— Non, répondit Stephen d'une petite voix. Il ne pouvait pas parler de son subterfuge sans avouer son mensonge.

— Vous êtes sûr ?

— Oui.

Lincoln sentait que Stephen lui cachait quelque chose mais il n'arrivait pas à savoir quoi. Il dut se résigner à repartir en consignant ce nouvel élément au dossier.

Sur le retour au bureau, il ne décrocha pas un mot. Pas plus que l'expert. Le trajet en voiture leur sembla une éternité.

Lincoln s'était renfermé sur lui-même afin de mieux réfléchir. Tout ce qui touchait à cette enquête semblait lui glisser entre les doigts et il lui était impossible d'établir un lien entre tous les éléments. Comment le voleur passait inaperçu des gens ? Pourquoi avait-il suivi Stephen dans les rues de Londres ? Pourquoi Stephen était-il sorti avec un livre dont la libraire ignorait l'existence ? Est-ce que Stephen avait été malgré lui un maillon ? Était-ce qu'une seule et même personne qui avait volé les œuvres d'art et le livre ou bien des personnes avec des buts différents ? Toutes les hypothèses qu'il échafaudait s'effondraient lorsqu'il poussait un peu plus loin le raisonnement. En apercevant des enfants rentrer de l'école, il essaya de relativiser et de songer au réconfort qu'il trouverait dans quelques heures auprès de sa famille.

9

Sydney, AUSTRALIE
Mai 2011

Stephen quitta *Sydney* pour *Paris* avec regrets. D'abord parce qu'il savait que le travail qui l'attendait là-bas ne lui permettrait pas de profiter cette fois-ci de son déplacement pour faire un détour comme à l'accoutumée par une des capitales voisines. Et ensuite parce qu'il avait reçu un mail de son ami Max lui annonçant son retour définitif *d'Afrique* la semaine où lui serait à *Paris*.
Max avait été absent pour lui parler du manuscrit et de tout le reste. Et maintenant, il revenait et c'est Stephen qui partait. Mais ce n'était heureusement que pour une courte durée.

Max était son seul véritable ami. Il avait été là à chaque fois que Stephen en avait eu besoin.

Ils s'étaient connus à l'époque où Stephen était encore célibataire, tous deux militants actifs au sein d'une association humanitaire. Et Max s'était pris d'estime pour cet homme qui représentait sur deux points tout le contraire de ce qu'il était. Un génie et un pur self-made man parti de rien, se débrouillant seul, passant ses soirées à distribuer des repas aux pauvres ou à travailler pour se payer ses études et faisant tout pour que personne n'ait à lui tendre la main et ne jamais être redevable. Ne cherchant pas une amitié d'intérêt, ni faire de son ami son psychologue ou un confident à l'écoute de ses problèmes.
Stephen avait toujours été habitué à prendre sur lui. Pas bavard, il s'épanchait peu sur ses états d'âme. Il n'avait pas été

éduqué à réclamer de l'aide. Il avait été habitué à se battre seul contre les coups de la vie. D'où ce handicap à ne pas savoir parler aux autres de lui-même comme certains peuvent le faire pendant des heures de leurs petits problèmes. Il était plus du style à écouter, à poser des questions sans toutefois devenir indiscret ou paraître malsain à celui qui se confiait.

C'est ce qui avait fait sa force psychologique mais aussi sa faiblesse en l'isolant, en le laissant affronter seul certains évènements de sa vie. Il se confiait mais avec retenue, avec cette dignité qui créait naturellement une barrière qui l'empêchait de s'épandre.

Seul Max avait pu percer cette armure qu'il s'était créé en grandissant.

Max lui présenta Kerry, une cousine éloignée plus âgée qu'eux, et le regretta ensuite amèrement. D'un physique à damner un saint, elle résista aux avances de Stephen jusqu'à ce qu'il ne puisse plus. Max n'aurait jamais pensé que Stephen s'amouracherait d'elle et qu'une fois mariée, elle n'aurait de cesse de les séparer et qu'elle réussirait à les brouiller.

A l'opposé de Stephen, extravertie, toujours à la recherche d'une plus grande reconnaissance sociale, Kerry le traîna de spectacles en soirées mondaines, l'éloignant au fur et à mesure de Max.

Elle attendit qu'ils soient unis par les liens sacrés du mariage, pour le meilleur et pour le pire, pour laisser à Stephen découvrir ce qu'elle avait justement de pire. Elle avait montré le meilleur d'elle avant leur union et se révéla ensuite sous son vrai jour, une fois celle-ci consacrée. Mais Stephen subit tous ses caprices sans broncher car elle le tenait par son point faible, le sexe.

D'une jalousie excessive, elle décréta que leur amitié n'avait pas sa place au sein de son couple. Qu'elle avait consacré une grande partie de sa vie à sa carrière professionnelle parce qu'elle n'avait pas trouvé son Prince Charmant. Que c'était chose faite. Que leur amour allait se nourrir des instants partagés entre eux. Et qu'elle ne tolérait pas que leur famille, puisqu'un enfant allait forcément venir consolider leur couple et leur amour pour les inscrire dans la durée, souffre des absences du mari et du père.

En plus de devenir sa femme, elle intégra la *Door Incorporation* au poste de responsable de la communication.

Max vit Stephen se perdre dans son mariage, mais Stephen resta insaisissable, fuyant en permanence le sujet. A son grand regret, ils se perdirent de vue.

Stephen se rendit compte, à son détriment, que le Prince Charmant ne représentait d'autre pour sa femme qu'un homme qui devait accepter tous ses caprices sans se rebeller. Il assuma ce rôle pendant quelques années et s'aperçut au fil du temps que si l'amour rendait aveugle, le mariage avec elle lui rendait la vue. Mais elle le tenait toujours par son point faible.

Puis un enfant naquit et tout bascula, celui-ci venant, comme dans une grande majorité de couples bercés par l'illusion de l'enfant-union, agrandir le fossé déjà existant entre eux.

De plus, elle avait longtemps espéré une fille. Malheureusement, ce fut un garçon. Or, il apparaissait évident que les hommes lui étaient incompréhensibles. Partager une soirée devant un match en buvant de la bière. Laisser traîner la vaisselle ou ses vêtements sales. Regarder un western ou un film de guerre avec *Clint Eastwood*. Ou pire encore, partir deux jours en mer, revenir crasseux et heureux. Les hommes venaient pour elle d'une autre planète et avaient des préoccupations et un mode de vie grotesques.

Elle pensait qu'être Père n'était pas une réalité ni un pouvoir pris par l'Homme sur la Femme mais juste un contre-pouvoir que les Femmes avaient accordé aux Hommes car il fallait bien que quelqu'un arbitre les problèmes et les querelles qui naissaient entre Elles. De même, être Père n'avait que la réalité qu'Elles avaient bien voulu lui donner dans la famille. C'était les Femmes qui faisaient les enfants, portaient la culotte, avaient le pouvoir depuis la nuit des Temps. Et elles n'étaient pas l'avenir de l'Homme. Non. Elles toléraient l'Homme dans leur avenir. Et s'il faisait plaisir aux Hommes de croire toutes ces sornettes, qu'ils les croient, elles n'en seraient que plus fortes.

Et elle se mit à souffrir de voir dans son fils l'Homme qu'elle ne comprendrait pas et dont la complicité qu'il aurait un jour avec son père, son propre mari, lui serait inaccessible.

Bien évidemment, cette pensée fut inconsciente au départ, puis elle se nicha dans sa conscience et germa tout doucement, poussant comme une mauvaise plante. Pernicieusement. Grandissant un peu plus chaque jour. Jusqu'à ce qu'elle devienne une évidence s'imposant à elle : il fallait qu'elle se débarrasse de l'un des deux. Et ce ne pouvait être que de Stephen.

Elle devrait éduquer seule son fils. Elle en avait les moyens. Elle aurait toute liberté pour le façonner à sa guise. En faire un homme différent des autres avec les plus hautes aspirations.

Et lorsque leur séparation intervint, elle prit toutes les dispositions pour en avoir la garde exclusive. A cet instant, Stephen se laissa envahir par une force qui l'aspira, l'empêchant de se lever le matin, de lire ou de regarder la télévision. Il sombra dans une dépression qui lui enleva le goût de vivre et il se réfugia dans le travail partant au bureau dès le réveil et rentrant le plus tard possible.

Finalement, Max et Stephen s'étaient retrouvés à *Hanovre* lors de la présentation de la *BrainBox-100*.

Lorsque la *Door Incorporation* avait dû financer sa croissance et ses recherches, elle avait accepté de faire entrer dans son capital des investisseurs. Elle avait fait appel à un fond d'investissement pour augmenter ses fonds propres et être cotée en bourse. Max en était l'actionnaire majoritaire. Dès que les premiers prototypes avaient été présentés, il avait cru à son succès, et par la même aux profits importants qui seraient générés. Il était venu assister au lancement de la *BrainBox-100*.

Il avait retrouvé avec plaisir Stephen, là pour répondre aux journalistes, en tant que responsable du développement des applications supportées.

Max avait été heureux d'apprendre que Stephen venait de divorcer.
Devenu célibataire, Stephen renoua ses liens d'amitié avec Max. Le premier échange qu'ils eurent après s'être retrouvés permit à Max d'extérioriser la colère qu'il avait accumulée à l'égard de l'ex-femme de Stephen.
— Si nous avions été en contact au moment de ton divorce, je t'aurais conseillé un cabinet d'avocats. Tu aurais dû m'appeler. J'aurais été heureux de lui voir mordre la poussière. Je connais deux "pitbulls", *Stratford & Barks*, ils l'auraient saignée.
— C'était ses avocats.
— Mon pauvre…

Max, quant à lui, avait passé toute son enfance dans les quartiers huppés de *Sydney*. La fortune que ses parents lui avaient léguée lui permettait de vivre une vie sans soucis. Il se plaisait à travailler, faisant des inventions et des innovations son passe-temps favori.
Il adorait les nouveautés, les objets à la mode, et restait connecté à Internet durant des heures afin de trouver la perle rare qui le démarquerait des autres. Il testait les derniers produits anti vieillissement, les dernières bétas de logiciels, les nouveaux vêtements incorporés d'électronique.
Touche-à-tout, il s'était essayé dans la mode où le parfum au café "Petit déjeuner", qu'il avait créé sur les bases de l'arôme velouté d'un grand cru, avait rencontré un vif succès.
Il avait été l'un des promoteurs du projet publicitaire au sein du métro de *Tokyo*. Le principe consistait à installer les affiches le long des murs souterrains, et à profiter de la vitesse

de la rame pour permettre aux passagers de voir se dérouler devant leurs yeux le spot publicitaire.

Il s'était investi dans la recherche autour du développement de la *BrainBox* dès sa conception, sûr de la révolution que celle-ci allait apporter au monde et des gains importants qu'il allait retirer.

Il venait également d'acquérir un splendide appartement dans le quartier résidentiel de *Paddington* dont il avait fait refaire complètement la décoration avant d'aménager.

Sa dernière lubie était la mise au point d'une Harley-Davidson électrique dont le *vroom* légendaire serait audible uniquement par ses passagers, le son étant conduit au cerveau par vibration au travers du squelette.

Il avait le matérialisme chevillé au corps. Ce qui ne l'empêchait nullement d'être un entrepreneur très proche et très à l'écoute de son entourage. Et c'est surtout pour cela qu'il était apprécié.

Sur place à *Paris*, chaque journée de réunion lui procura un travail important, en compte-rendu et préparation pour celle du lendemain. Même si le rythme effréné de la ville, comparé à celui de *Sydney*, lui avait toujours paru inhumain, il savait qu'aucune ville ne recelait autant de musées, de monuments, de fines tables et de spectacles nocturnes. Il retrouverait bientôt *Sydney* avec sa saison hivernale, la pluie et le ciel bas. Il profita peu cependant de la douceur de la température qui frôlait les 25°c à l'approche de l'été. La chaleur et la pollution ne rendaient pas encore l'air étouffant. Cependant, comme il aimait se rendre tout en haut de la tour *Eiffel*, il s'accorda un instant après son déjeuner pour prendre l'ascenseur au pilier *Est* et accéder à son 3ème étage. Il contempla Paris devenue ville miniature. Il se promit que l'année prochaine il emmènerait Valentin. Il voulait absolument partager des moments forts de cet ordre avec lui, pour lui construire des souvenirs. Stephen en souffrait tant de n'en avoir aucun avec son père.

Personne ne l'attendait le soir, il finirait son travail plus tard. Le temps clair lui permit de repérer au loin les lieux où il avait eu l'occasion de se rendre à plusieurs reprises : la cathédrale de *Notre-Dame, la place de la Concorde, les Champs Élysées, les tours de la Défense, la tour Montparnasse.* Il avait essayé à plusieurs reprises de prononcer les "r", les "u" et les "o" comme les Français mais tous ses essais s'étaient soldés comme pour la majorité des anglophones par des "lr", des "ou" et des "œu".

Les fois précédentes, il avait fait le tour de la plateforme intérieure et s'était plu à rêver à d'autres vies en regardant les distances des grandes villes étrangères inscrites au-dessus des vitres. Mais il n'en avait pas le cœur cette fois. Il subsistait de ses méditations un certain traumatisme.

Aurore savait que Stephen était parti. Elle n'avait pas besoin de le suivre avec un GPS ou un traqueur pour connaître ses allers et venues.

Elle n'avait plus qu'à attendre son retour patiemment et il ferait bientôt connaissance.

Le dimanche suivant, après une semaine de travail éreintante, il prit le vol de 8h15 au départ de l'aéroport de *Roissy-Charles de Gaulle* avec une escale de deux heures à celui *d'Heathrow* à *Londres.*

Avant d'embarquer, Max le joignit au téléphone pour l'inviter au restaurant dès son arrivée. Il ne voulut pas lui indiquer la raison de son invitation et lui déclara juste que c'était urgent. En vérité, il voulait fêter avec lui la livraison de son roadster

SLR Mercedes qu'il attendait depuis plus d'un an. Tout allait désormais devenir prétexte pour faire la fête !

Stephen était persuadé qu'il porterait la plus grande attention aux évènements qui s'étaient déroulés dans sa vie depuis quelques mois. Raison pour laquelle il avait décidé de lui en parler dès qu'ils se retrouveraient au restaurant, à *Sydney*.

Assis en salle d'attente dans l'aéroport, Stephen aimait observer les embarquements car ils se déroulaient invariablement de la même façon quelle que soit la ville. Venait d'abord l'appel de l'hôtesse, calme et courtois :

— Mesdames et Messieurs, nous allons procéder à l'embarquement du vol 714 à destination de *Sydney*, avec une escale à *Singapour*. Les passagers sont priés de se présenter porte 3 avec leur carte d'embarquement et leurs papiers d'identité.

Ensuite, les voyageurs se précipitaient, se dandinant avec leur sacoche en un léger mouvement de balancier, telle une procession de pingouins sur la banquise. Ils s'agglutinaient devant l'hôtesse comme si l'avion allait partir sans eux ou s'il n'y avait pas assez de place pour tout le monde alors qu'ils tenaient déjà en main le sésame portant le numéro de leur siège.

Une fois dans l'avion, dès la démonstration des consignes de sécurité commencée, Stephen se tournait pour observer les autres passagers : les habitués ne regardaient plus l'hôtesse ou le steward, restant focalisés sur leur magazine; les occasionnels et les stressés suivaient les moindres mouvements en repérant bien les issues de secours. Stephen trouva que la vue sur le cimetière qui bordait l'aéroport de *Roissy* ramenait tout ce monde de sophistication à une plus simple réalité.

Le moment suivant qu'il préférait était celui du décollage où il se sentait plaqué contre le siège comme dans une voiture de sport. Et là, certains fermaient les yeux, serraient la main de leur voisin ou voisine tandis que d'autres continuaient de lire leur magazine.

Il avait toujours aimé les avions pour ce qu'ils signifiaient, le voyage, le dépaysement, l'évasion.

Petit, dans la quiétude d'une maison en brique d'un de ces faubourgs de *Sydney* étouffant d'ennui, il les regardait passer dans le ciel par la lucarne de sa chambre située sous le toit et ensuite il suivait leur périple sur une mappemonde. Il imaginait que sa lucarne était un hublot par lequel il contemplait le monde.

Aujourd'hui, il regardait vraiment depuis un hublot et au fond de lui, il savait bien tout ce que son parcours professionnel devait à ses rêves d'enfant.

L'arrivée à l'aéroport de *Sydney Kingsford Smith International*, situé au sud-est de la ville, était prévue avec huit heures de décalage horaire aux environs de 19h20, heure locale.

Durant le vol, Stephen lut dans les pages du *Sydney Morning Herald* qu'une pluie torrentielle allait s'abattre le lendemain sur les côtes Est de *l'Australie*, due à un cyclone qui ravageait la *Malaisie*.

Il revenait de loin. Mais il ne savait pas qu'il n'était qu'en sursis.

IV.
LA RENCONTRE

10

*"Ce que l'homme appelle vérité, c'est toujours sa vérité,
c'est-à-dire l'aspect sous lequel les choses lui apparaissent."*
Protagoras

Sydney, AUSTRALIE
Le 3 juin 2011, 18h30

Malgré son amour des avions, le vol avait semblé interminable à Stephen. Avec près de vingt heures de vols et à peine quelques heures de sommeil, il languissait de se retrouver chez lui pour une bonne douche. Il n'avait pas pris le risque de se détendre dans l'avion par une séance de méditation tant sa dernière avait été éprouvante.

Une pluie torrentielle s'abattait sur la ville. Aurore venait de rentrer dans une salle du *Beverly Hills Cinemas* situé sur *King Georges Road*. Elle avait garé son véhicule au plus près, le plus proche parking étant trop éloigné pour qu'elle puisse espérer pénétrer avec des vêtements secs dans la salle. Il lui fallait patienter encore et comme elle sentait qu'elle perdait son calme, elle s'obligea à l'immobilité en s'enfermant dans le noir d'une salle de projection. Elle choisit un film au hasard, le dernier épisode de la trilogie de *Pirates des caraïbes*, et n'en écouta pas un mot, mais se contraignit à rester jusqu'au générique final. Il serait bientôt là et il ne pourrait résister à son charme.

En phase d'approche de l'aéroport, la tempête empêchait l'avion de se poser.

— Le commandant de bord vous informe qu'en raison d'une très forte perturbation sur le sud du pays, nous allons devoir attendre une accalmie avant de nous poser. Si nous ne pouvons pas atterrir d'ici trente minutes, le vol sera détourné plus au nord, vers *Brisbane*.

Un murmure de mécontentement se répandit dans l'avion. Terminer un vol aussi pénible dans des conditions si perturbées n'amusait personne.

Stephen ne pouvait joindre Max pour l'avertir de ce contretemps. Il devrait au mieux se rendre directement au restaurant, sans passer chez lui prendre une douche et se changer, et au pire reporter leur soirée.

Après un vol stationnaire au-dessus de *Sydney*, l'hôtesse les informa de l'atterrissage imminent.

L'avion entreprit un grand virage afin de se positionner face à la piste et les lumières du tarmac et de l'aéroport apparurent bientôt. Il commença à vibrer lorsqu'il se retrouva le vent de face. Le claquement sourd du train d'atterrissage qui venait de descendre se rajouta aux bruits inquiétants de la structure qui se déformait.

Les gens se tenaient aux accoudoirs et certains qui n'avaient pas l'habitude comme Stephen de naviguer en mer commencèrent à ressentir des nausées.

Lorsque l'avion posa ses roues, il chassa de bord sous la pression du vent et de la piste inondée. La forte poussée inversée des réacteurs rajouta à l'impression de dérapage et un vent de panique mêlé de cris étouffés parcourut la carlingue.

Lorsque l'avion se stabilisa et commença à rouler lentement sur la piste, des applaudissements vinrent féliciter l'équipage de bord et extérioriser l'angoisse accumulée.

Comme tous les passagers, Stephen était soulagé mais il n'était pas au bout de ses surprises.

Le film terminé, Aurore prit une grande bouffée d'air avant de se lancer sous la pluie pour rejoindre son véhicule. Elle ouvrit son 4x4 en courant et se jeta sur le siège conducteur. Son cœur battait la chamade mais ce n'était pas de froid.

Avant de sortir de l'aéroport, Stephen appela Max et ils convinrent de se retrouver à l'entrée du restaurant. Stephen se dirigea vers la sortie, ouvrit son parapluie pour rejoindre le parking et traversa rapidement le flot de la circulation, se faufilant entre les voitures qui roulaient au pas. Le vent qui soufflait amenait Stephen à tenir à deux mains son parapluie. La visibilité était réduite et la température ne dépassait pas les 6°c. Son pantalon et ses chaussures furent rapidement trempés. Il rangea son bagage dans le coffre de sa vieille *Austin* noire et démarra. La pluie frappait avec violence le pare-brise et les essuie-glaces peinaient à chasser l'eau.

En mettant la clé de contact dans le démarreur, Aurore ressentit une présence. Quelqu'un se rapprochait. Plutôt, IL se rapprochait. Les mains sur le volant, elle laissa le moteur tourner quelques instants, laissant ses sensations la submerger puis elle se décida. Elle déboita et s'inséra dans la circulation qui n'était pas trop dense. Elle était attirée comme un morceau de métal par un aimant et se dirigea dans les rues.
Là où son instinct la guidait.
Là où le talisman l'appelait.

Stephen roulait maintenant sur *William Street*. Il s'arrêta à un feu rouge.

Absorbé par la pluie qui tombait en trombes à l'extérieur, Stephen ne vit pas que la passagère du 4x4 stationné à sa gauche le regardait attentivement. Lorsque le feu passa au vert, elle démarra et percuta *l'Austin* de Stephen en se rabattant, l'obligeant à s'immobiliser.

— Et merde ! lâcha Stephen, il ne manquait plus que ça.

Stephen sortit de son véhicule du côté passager, se dirigea vers le 4x4 et tambourina à la fenêtre du conducteur.

— Vous ne pouviez pas faire attention ?

La conductrice descendit la fenêtre et dit d'un air navré.

— Excusez-moi, je ne vous avais pas vu.

— Garez-vous et faisons le constat. Ma voiture est hors d'usage.

Les voitures qui les suivaient interrompirent leur avancée. Ne distinguant pas l'accident, quelques conducteurs contrariés commencèrent à klaxonner. Habituellement, des badauds se seraient rassemblés autour et les discussions auraient filé bon train. Mais sous les trombes d'eau qui continuaient à tomber, les piétons se faisaient rares et les automobiles empruntèrent rapidement la voie restante le temps de constater qu'un accident était à l'origine de leur désagrément. Aucun policier non plus en vue pour mettre de l'ordre dans la circulation. Stephen poussa son véhicule devant une porte de garage, récupéra son bagage et rejoignit la conductrice dans son 4x4. Il ouvrit la porte côté passager, jeta sur le siège arrière son bagage, plia son parapluie et s'engouffra dans le véhicule.

A cet instant, son téléphone sonna. Max commençait à trouver le temps long devant le restaurant.

— Stephen, tu es pris dans les embouteillages ?

— Non, je viens d'avoir un accident.

— Mince, c'est grave ?

— La voiture est foutue. Je fais le constat et j'arrive.

Lorsqu'Aurore alluma le plafonnier, Stephen découvrit à ses côtés une jeune femme d'environ 35 ans. Il eut du mal à ne pas rester les yeux fixés sur sa poitrine gonflée qui ressortait de son pull-over moulant. Ses seins ronds étaient si fermes qu'elle n'avait à l'évidence pas besoin de porter de soutien-gorge. Il détourna rapidement les yeux afin de ne pas penser à leur douceur et leur soyeux. Et il s'étonna lui-même de sa réaction, s'interrogeant sur la dernière fois qu'il avait ressenti une attirance comme cela. Il fallait qu'il remonte à avant son mariage. Et si après le départ de Kerry, il avait rencontré quelques filles de passage, depuis son voyage à Londres et l'achat du manuscrit, toute forme de fantasme ou de désir avait disparu sans qu'il s'en rende compte, jusqu'à ce soir.

— Je suis vraiment désolée de ce contretemps. Est-ce que je peux vous inviter à boire un verre ? Nous remplirons les constats pendant ce temps.

Bien sûr, il aurait dû dire non. Il n'avait pas vu Max depuis des mois et avait hâte de le retrouver. De plus, Max l'attendait déjà depuis plus d'une heure. Contre toute attente, il accepta l'invitation et rappela Max, lui demandant de l'attendre une demi-heure le temps de faire les formalités, mais sans lui donner plus d'information. Il savait qu'il se comportait mal mais c'était plus fort que lui. Il ne pouvait pas quitter cette femme maintenant. Il avait d'ailleurs le sentiment qu'il ne pourrait plus jamais la quitter.

— Je m'appelle Aurore Stample, lui dit-elle en lui tendant la main.

C'est au contact de sa main que Stephen prit conscience qu'il était trempé de la tête aux pieds.

— Horror ? lança-t-il surpris.

— Non, AURORE, dit-elle en épelant. A.U.R.O.R.E !

Elle était habituée à ces situations cocasses, dues à l'origine française de son prénom.

Il bégaya, sous le charme de son sourire :

— Pardon ! Je m'appelle Stephen Carver. J'allais dîner au restaurant vers *The Rocks*. Pourriez-vous me déposer, une fois les papiers remplis ?

— Je vous dois bien cela.

Aurore avait une voix basse et rocailleuse avec des intonations aiguës en fin de phrase.

Elle démarra et ils roulèrent en silence. Stephen, plus du tout contrarié par son accident, se sentait détendu et ne ressentait pas le besoin d'alimenter la conversation. A priori, elle non plus.

Elle conduisait en fixant la route, l'orage ayant redoublé d'intensité. Elle gara son 4x4 devant le premier bar en vue et bondit au dehors sans attendre que Stephen en ait fait le tour pour l'abriter avec son parapluie. L'imposante enseigne lumineuse du pub éclairait le trottoir et ressemblait à un phare guidant les naufragés dans la tempête. Ils s'engouffrèrent à l'intérieur d'où elle verrouilla à distance les portes du véhicule.

11

"Par sa douceur, la perfection de sa forme et l'excellence de sa conduite, elle est la femme que tout homme désire."
Le Mahabharata, Livre II (poème sanscrit)

Sydney, AUSTRALIE
Le 3 juin 2011, 20h30

Le pub affichait des photos de surfeurs bronzés et tatoués. Des planches de surf et d'impressionnantes mâchoires de requins étaient accrochées aux murs. En hauteur, près du comptoir, un écran projetait les vidéos des plus beaux spots *d'Australie* où de superbes filles roulant des fesses couraient sur les plages.

Stephen put enfin regarder Aurore de plain-pied. Elle avait de longs cheveux noirs frisés et était vêtue entièrement de noir, avec un blouson de cuir, un pull-over et un pantalon de soie. Ils trouvèrent un recoin calme dans la zone non-fumeur pour s'asseoir.

De leur table, ils avaient vue sur la rue et Aurore aurait pu surveiller aisément sa voiture. Mais personne, avec ces conditions météos, n'aurait eu l'idée de s'en approcher. Le serveur arborait des tatouages maoris sur ses biceps et ses jambes. Ils commandèrent chacun une pression et firent plus ample connaissance en remplissant les documents d'assurance. Aurore prit son attestation d'assurance et son permis de conduire pour compléter sa partie et passa à Stephen le constat afin qu'il note son identité et les dégâts matériels occasionnés.

— 22 mars 1977 ? Quelle coïncidence. Nous sommes nés à quelques jours d'intervalle. Je suis né le 19. Nous avons 34 ans tous les deux.

— Alors, vous êtes le plus vieux, lui répondit-elle en plissant les yeux.

Stephen, fasciné, la laissa remplir tous les papiers et signa mécaniquement là où elle lui indiqua de signer, sans relire. Il était sous son charme. Une fois les documents remplis, la météo fut un point d'introduction à leur discussion qui démontra chez eux les mêmes préoccupations environnementales. Vinrent ensuite le travail et leurs occupations personnelles. Célibataires tous les deux, ils se trouvèrent encore un point commun dans le sport, notamment la voile, ayant tous deux suivi des cours de voile pendant leurs cursus universitaires et Stephen possédant un beau voilier.

Stephen avait du mal à soutenir le regard d'Aurore. Il avait l'impression qu'elle plongeait ses yeux bleus au plus profond de son être.

— Je peux dire que côté financier, ma soirée est un fiasco, déclara Aurore.

Elle but une nouvelle gorgée de bière. De la mousse blanche restait sur ses lèvres. Elle les humecta en baladant langoureusement sa langue. Elle les mordit, les rendant encore plus charnues, plus sensuelles et attirantes.

— Mais côté rencontre, je suis plus chanceuse, reprit-elle aussitôt avec un léger sourire.

La remarque d'Aurore fit rougir Stephen. Il détourna le regard car il n'était pas habitué à autant d'assurance et de spontanéité. L'appel de Max vint à son secours.

— Alors, mon grand… Tu te décides à venir avec ta poule ?

— Ma quoi ?

— Ta poule ! Ta meuf, ta nana.

— Mais, je n'ai pas de…

— Je sais bien, mais si tu es encore avec l'imbécile qui t'est rentré dedans, soit c'est un vieux con, soit "un", c'est une femme, "deux", elle est jolie, "trois", tu n'as pas envie de la quitter.

— C'est la deuxième hypothèse, essaya de répondre le plus discrètement Stephen.

— Alors, bougez-vous les fesses, amène la et vite, j'ai faim et j'ai hâte de te serrer dans mes bras !

Stephen se mit à rire et après avoir promis de se dépêcher, il raccrocha. Son ami était comme toujours très perspicace. Inviter Aurore à diner lui paressait une excellente idée même si cela allait l'empêcher de parler à Max des images qui l'avaient assailli. Stephen fit part à Aurore de l'invitation.

— Est-ce que vous aimeriez prolonger la soirée au restaurant ? Vous êtes invitée par mon ami à vous joindre à nous pour manger de la cuisine française moderne, demanda Stephen en prenant l'air détaché de celui qui est indifférent à la réponse. Mais son cœur battait trop vite.
Elle fit mine de réfléchir avant d'accepter.

— J'aurais préféré que cette invitation vienne de vous.

— J'aurais aimé également mais j'étais initialement invité par mon copain Max. Vous allez voir, il est très sympathique.
Lorsqu'ils eurent franchi le seuil du pub, Stephen ouvrit son parapluie, Aurore s'y abrita jusqu'au véhicule. Lorsqu'elle mit le contact, la radio diffusait *Garden in the Rain*, interprétée par Diana Krall. Ils se dirigèrent vers le quartier des *Rocks*, passant près des tours d'affaires et des hôtels depuis lesquels il était possible de profiter d'un panorama spectaculaire sur la ville jusqu'à l'océan *Pacifique*, lorsque le temps était clément.

— Le restaurant se situe au niveau du terminal des bateaux de croisière, précisa Stephen. Elle hocha la tête en silence.
Contrairement à la plupart des femmes, et en particulier Kerry, Aurore n'était pas bavarde et Stephen appréciait.
Ils se garèrent dans un parking situé sur *Circular Quay West*. A la sortie, elle vint prendre le bras de Stephen. Ce dernier se demanda si elle cherchait à mieux s'abriter sous son parapluie.
Après une centaine de mètres à pied, ils se retrouvèrent devant l'entrée du restaurant où Max les attendait. Une magnifique vedette blanche était accostée devant l'établissement. Stephen n'était pas du genre à fréquenter des restaurants gastronomiques. Il s'estimait bien trop frustre pour apprécier leur cuisine raffinée. En l'absence d'Aurore, il aurait essayé d'entrainer Max dans un restaurant aux mets moins élaborés. Les présentations furent faites rapidement, le serveur les invitant à le suivre vers la table réservée par Max.

Ils prirent l'ascenseur vitré pour accéder au 2ème étage. Aurore regarda au travers de la paroi de verre et eut l'impression d'être suspendue dans le vide. L'ascenseur s'ouvrit et une hôtesse prit leurs vestes. Ils avaient une vue féérique sur le port avec, face à eux, légèrement sur leur gauche, le *Pont Harbour* et sur leur droite l'Opéra de *Sydney*. Les lumières du port venaient se refléter sur les nappes blanches, leur donnant des teintes rosées. Un bouquet de fleurs fraîches était placé en leur centre. Le toit blanc en forme de voiles de l'Opéra se réfléchissait sur les vitres de la salle qu'ils traversèrent et les hommes assis suivirent du regard le passage d'Aurore.

Bien évidemment, Max prit la conversation en main avec son exubérance proverbiale au grand soulagement de Stephen.

— J'étais curieux de rencontrer la femme qui était venue agréablement perturber cette soirée. Vous l'avez fait exprès, n'est-ce pas ? dit Max.

— Tout à fait, lui rétorqua Aurore. Je voulais rencontrer Stephen et je n'ai trouvé que ce moyen.

Tous rirent de bon cœur. Le garçon leur apporta la carte et la conversation continua autour des préférences culinaires de chacun : les plats en sauce et les viandes saignantes pour Max, les produits de la mer pour Aurore, les légumes et les céréales pour Stephen.

— J'ai une carte qui n'a pas de prix, remarqua Aurore.

— C'est normal, vous êtes tous deux mes invités, Stephen a la même. Ne vous souciez pas du prix.

— C'est très fréquenté, constata Aurore, en jetant un regard alentour. Vous avez trouvé facilement une table ?

— Je sais à qui m'adresser lorsqu'il le faut.

Max avec son aisance financière et sa place dans la société avait beaucoup de succès auprès des femmes mais ce soir, Aurore n'avait d'yeux que pour Stephen.

— Vous n'avez jamais dîné ici ?

— Non, mon salaire d'archéologue ne me permet pas de fréquenter ce genre de lieux.

— Archéologue ? Oh, "la fille cachée du professeur Jones" est parmi nous, s'exclama Max en haussant la voix et faisant mine d'interpeler les occupants des tables voisines.

— Je vous en prie, lui dit Aurore sur le ton de la confidence, rentrant dans son jeu, je voyage incognito. J'ai laissé mon chapeau et mon fouet dans ma voiture.

— D'accord, d'accord, reprit Max, en baissant la voix, cela doit être merveilleux de plonger sur un lieu rempli d'histoire.

— Quels sont vos sites de fouille, habituellement ? questionna Stephen sur un ton plus sérieux.

— La Grèce, la Turquie. Mais mon lieu de prédilection est Babylone, en Irak.
Elle sortit de son sac des photos du site et leur dit avec un léger pincement dans la voix "C'est chez moi".

— Et alors, quelle est votre dernière découverte, "Professeur", renchérit Max. Une cité perdue, un trésor enfoui ?

— Non, le quotidien d'une archéologue est beaucoup plus simple, un vase brisé, un peigne, des pièces d'or, des roseaux taillés en pointe pour l'écriture sur des tablettes d'argile, voire dans mes jours de grande chance... Un charmant garçon.
Aurore venait d'ôter sa bottine et Stephen se mit à rougir lorsqu'elle posa son pied nu sur sa chaussure, sous la table. Elle le draguait effrontément ! Sa joue se déforma sous l'émotion.

— Et vous faîtes quoi en *Australie* ? reprit Stephen, essayant de garder son calme.

— J'enseigne sur la *Mésopotamie* au département d'archéologie de l'université de *Sydney*. J'ai une spécialité en épigraphie et en paléographie.

— C'est la première fois que j'entends ces mots, interrogea Max d'un air dubitatif.

— C'est une spécialité en lecture des écritures manuscrites anciennes gravées et écrites.

— Comme Champollion, celui qui a traduit la pierre de Rosette ? questionna encore Max, trop content de pouvoir focaliser l'attention d'Aurore.

— Oui, tout-à-fait. Il a traduit une pierre sur laquelle étaient gravés des hiéroglyphes. Moi, je suis spécialisée dans la traduction des écritures cunéiformes.

Aurore leur expliqua qu'elle avait brillamment soutenue une thèse sur la *Mésopotamie*, mettant en relation *Babylone* et la *Bible*, notamment les écrits *d'Esaïe* et de *Saint Jean* figurant dans *l'Ancien* et le *Nouveau Testament*.

Elle passa sous silence ses recherches notamment ses travaux en cours qui, s'appuyant sur ceux de différents archéologues, allaient démontrer l'inexistence des jardins suspendus de *Babylone*, confondus par les historiens grecs avec ceux de *Ninive*, plus au nord. Elle avait d'abord travaillé sur de nombreuses pièces ramenées lors de fouilles effectuées par d'anciennes équipes avant de se rendre sur les lieux en 1999 pour compléter ses travaux et trouver des preuves indiscutables. Mais le site avait été entièrement pillé.

Ce qui subjuguait tous ceux qui approchaient Aurore, c'était sa connaissance dans des domaines très variés. Elle avait un recul sur l'histoire et sur le monde actuel qu'un grand nombre d'historiens lui aurait envié. Et de plus elle était belle, captivante, évoluant avec aisance devant son auditoire.

Belle et captivante. Cette dernière réflexion venait de faire perdre à Stephen le fil de la conversation. Elle fut heureusement pour lui interrompue par le garçon venu prendre la commande. Aurore choisit des huîtres et Max commanda d'autorité, pour elle, celles accompagnées de caviar, persuadé que la jeune femme s'était limitée à cause du prix exorbitant des œufs d'esturgeon. Max commanda un filet de bœuf accompagné de jeunes pousses d'épinards, et Stephen une salade avec des fromages de chèvre en cigare recouverts de miel et accompagnés de truffes blanches. Max sélectionna dans la carte des vins un champagne *Dom Pérignon* de 1996 pour fêter cette soirée. Ils trinquèrent à cette rencontre fortuite. Max félicita Stephen d'avoir été choisi par une si jolie femme et lui dit qu'il aurait pu avoir moins de chance. Le tutoiement devint rapidement d'usage sur la proposition de Max. La discussion tourna autour des voyages, du réchauffement climatique de la planète, des activités de l'un et de l'autre. Soudainement, Max se rappela que Stephen souhaitait lui parler d'un évènement qu'il venait de vivre.

— Non, je préfère t'en parler une autre fois, s'empressa-t-il de répondre, embarrassé.

Max n'insista pas. Juste après, Aurore laissa encore trainer son pied jusqu'à frôler le mollet de Stephen.

— J'ai l'impression que tu m'écoutes avec moins d'attention, demanda Aurore à Stephen. C'est la serveuse qui te perturbe ou tu es fatigué de ton long voyage ?

— Je réfléchissais à la manière dont j'allais récupérer ma voiture demain matin.

Le dîner se finit sur une part de gâteau au chocolat noir pour chacun. Stephen porta sa cuillère à la bouche et apprécia l'onctuosité du gâteau. Il lui revint le goût d'un chocolat chaud dégusté à Pari un jour de grand froid dont la chaleur et la douceur exquise étaient les prémices de son retour au soleil de l'été australien.

Le repas délicieux et le cadre pittoresque leur avaient permis de passer une soirée merveilleuse.

Avant de quitter les lieux, Aurore se leva et leur demanda d'excuser son absence pour quelques minutes, le temps de se "refaire une beauté". Fouillant dans son sac à la recherche de sa trousse à maquillage, elle posa sur la table un cahier, clos par un élastique. Elle prit la direction des toilettes sous le regard attentif de Max et Stephen. Alors qu'elle s'éloignait, Stephen eut l'impression de se réveiller d'un doux rêve. Aussi, lorsque Max lui dit "C'est invraisemblable, tu ne la connaissais même pas en débarquant de l'avion, elle a flashé sur toi, elle est...", Stephen lui répondit presque sèchement :

— Stop !

— Comment, stop ?

— Elle n'a pas flashé sur moi. Elle fait tout pour ne pas être emmerdée pour l'accident de voiture. Elle n'a pas arrêté de me faire du pied. Je suis sûr qu'elle n'a pas un rond et qu'elle va revenir sur le constat. C'est juste par intérêt. Je parie qu'elle n'est même pas archéologue.

— Tu plaisantes, j'espère ? Ne me dis pas que tu trouves désagréable de te faire draguer ouvertement ?

— Écoute, laisse-moi tranquille avec ça. Il s'énervait tout seul, sans comprendre pourquoi.

Stephen saisit le cahier d'Aurore, l'ouvrit et commença à en tourner les pages malgré les protestations de Max, visiblement choqué par ce manque de discrétion. Le cahier regorgeait de sigles recopiés avec des traductions dans la marge, des croquis de remparts fortifiés, de têtes de divinités, ainsi que celui d'une tour composée de sept étages dessinée sous des angles différents.

— Bon, je me suis trompé, avoua Stephen en refermant promptement le cahier.

— Évidemment. Et tu vas rater une super occasion. Ça ne trompe pas un regard comme le sien.

— Je n'ai pas besoin d'une femme dans ma vie en ce moment !

— Au contraire, ça te ferait du bien ! Au moins pour le sexe !

— Même pas. En plus, j'ai cru qu'elle allait me faire une scène. "J'ai l'impression que tu m'écoutes avec moins d'attention". Non, mais pour qui elle se prend ?

Stephen réfrénait son désir sexuel pour Aurore. Pire, il sentait que c'était autre chose. Comme il n'était pas prêt à une nouvelle relation, il en avait peur. Mais surtout, son instinct l'alertait sur le fait que cette femme était dangereuse.

Aurore entrouvrit la porte des toilettes et observa la discussion des deux amis. Elle savait qu'ils parlaient d'elle. Elle s'était absentée pour leur en laisser l'occasion et elle était satisfaite du résultat. Elle revint à table, ce qui mit fin à leur discussion et à la colère de Stephen, comme si à son contact, il était envouté

A la sortie du restaurant, la pluie avait cessé de tomber. Les phares des véhicules se reflétaient sur la chaussée mouillée. La vie piétonne avait repris son rythme. Leurs voitures étaient garées au même parking souterrain. Stephen et Aurore suivirent Max jusqu'au sous-sol où son roadster SLR était garé.

Il afficha à sa vue le sourire radieux d'un enfant gâté. Ils firent le tour du véhicule, contemplant ses lignes athlétiques. Max caressa la carrosserie avant d'ouvrir les portes papillons donnant sur un intérieur noir de cuir et de carbone.

— Elle est magnifique, s'exclama Aurore.

— Tu as attendu longtemps mais cela valait vraiment la peine. C'est une merveille. On va l'essayer ?

— Le seul bémol, c'est qu'il n'y a que deux places. Je n'avais pas prévu Aurore. On prend deux voitures ou vous vous serrez ? Les voitures ne te passionnent peut-être pas. Si tu veux rentrer, je raccompagnerai Stephen.

— Jamais de la vie. On se serre, s'empressa de répondre Aurore.

— Mais on va être à l'étroit sur le siège baquet, rétorqua Stephen.

— Allez, montez, on ne va pas très loin. Tu ne vas quand même pas te plaindre de te retrouver contre une jolie femme ? Stephen sourit mais ne répondit pas.

Aurore prit d'abord place puis Stephen qui abandonna l'idée de passer la ceinture de sécurité. Il avait le nez dans la chevelure d'Aurore et son parfum l'enivrait plus surement qu'une vodka frelatée !

La clé électronique de démarrage que portait Max sur lui, transmit le code d'autorisation à la centrale de sécurité qui déverrouilla le dispositif d'immobilisation du moteur. Max n'eut plus qu'à presser la touche de démarrage située sur la console centrale et ils apprécièrent le vrombissement félin du moteur. Le véhicule sortit du parking, en direction d'une boîte de jazz sur *Georges Street* où ils finirent la soirée.

Un groupe jouait des airs de Stan Getz lorsqu'ils prirent place à une table. La musique couvrait leurs paroles. Stephen voyait Aurore évoluer avec aisance depuis le début de la soirée. Il commençait à s'avouer qu'il la trouvait charmante. Cependant, il se demandait qui elle était. Malgré leur complicité apparente, ils ne se connaissaient que depuis quelques heures. Stephen cherchait dans son regard à en savoir plus sur elle. S'il avait pu y lire la vérité, il se serait enfui, en courant, à l'autre bout de la planète.

Comme un clin d'œil du destin, passant inaperçu de tous, le groupe qui venait de prendre place sur scène entonna *The Truth*, la Vérité, de Dizzy Gillespie. A la batterie succédèrent la trompette et la guitare électrique.

A la fin, après une nuée d'applaudissements et de sifflements, les musiciens burent un verre et jouèrent une musique plus lascive. Max écarquilla les yeux et fit un signe de tête à l'attention de Stephen lui indiquant la piste de danse. Le message était clair, "Invite-la". La complicité des deux hommes revenait comme avant et cela faisait chaud au cœur de Stephen. Il prit la main d'Aurore.

   – On danse ?

Elle regarda Stephen un court instant sans répondre. Ce n'était pas son type d'hommes. Elle l'avait imaginé autrement dans ses songes, ressemblant à ces hommes qu'elle avait connus, viril, impulsif, téméraire. Elle les aimait âgés, le visage et le corps marqués par la vie. Elle l'avait su dès qu'il était entré dans sa voiture après qu'elle lui ait embouti sa voiture. Mais elle aurait pu plus mal tomber. Il était attentionné, calme mais déterminé. Et son charme et sa gentillesse qu'elle avait découverts au bar et au restaurant rendraient sa mission plus agréable. Le voir mourir lui serait peut-être plus difficile.

Elle se leva sans répondre, gardant sa main dans la sienne.

Max les vit s'éloigner avec satisfaction et prendre place au milieu des autres danseurs.

Leurs corps se rapprochèrent avec hésitation. Ils n'étaient plus dans la promiscuité de la voiture et la jovialité de l'instant mais dans un face à face plus intime. Stephen sentit les formes d'Aurore se lover doucement contre lui, comme si son être cherchait à se faire une place. Elle posa sa tête sur l'épaule de Stephen qui l'enserra délicatement et lui caressa les cheveux. Elle trouva cette sensation bien agréable mais elle ne devait pas se laisser aller à un quelconque abandon, elle devait maîtriser la situation et ne pas oublier que Stephen n'était qu'un pion. Un pion sympathique certes, mais un pion qui devrait disparaitre au moment venu.

— Je suis fatiguée, on peut rentrer ? susurra-t-elle à l'oreille de Stephen d'une voix voluptueuse, lui qui aurait souhaité que ce moment d'intimité ne prenne jamais fin et qui se demanda si elle disait la vérité.

Ils revinrent à la table et Aurore fit part à Max de sa fatigue. Ils quittèrent le bar. Max déposa Aurore devant l'entrée du parking.

— J'ai passé une très agréable soirée en votre compagnie. Merci pour le restaurant, Max. C'était délicieux.

Aurore s'était montrée proche de Stephen toute la soirée, Max en était bien conscient et s'en réjouissait. S'il fallait que quelqu'un aide le destin pour que son ami tourne enfin la page Kerry, il allait être celui-là.

— Tout le plaisir était pour moi. Je ramène Stephen ou tu t'en charges ?

— Je le dépose, répondit-elle sans hésitation.

Ils s'embrassèrent, Aurore enserrant le bras de Max. Aurore et Stephen prirent la direction du 3ème niveau. En passant à côté d'eux, Max fit un signe de la main à Stephen pour lui souhaiter bonne chance.

Durant tout le trajet, aucun ne dit un mot. Stephen se concentrait juste de toutes ses forces pour réprimer ses instincts qui le poussaient à lui sauter dessus. Arrivés à *Watsons Bay*, Aurore arrêta son véhicule devant la maison de Stephen. Comme il ne savait pas comment la quitter, ni quoi lui dire, il lui proposa une balade le long de la plage. Le ciel était dégagé et la lune faisait de longues apparitions, disparaissant parfois derrière un rare nuage blanc qui défilait rapidement. Le plumage des goélands qui planaient brillait de mille reflets argentés. Quelques bateaux circulaient encore dans la baie. Ils marchèrent épaule contre épaule, toujours en silence.

Ils s'arrêtèrent pour contempler les lumières de la ville qui semblait avoir retrouvé une quiétude en cette heure tardive.

Stephen s'aperçut qu'Aurore frissonnait et il posa sa veste sur ses épaules. Elle le remercia d'un sourire si éclatant qu'il trouva le courage de lui dire :

— Finalement, je suis content que tu aies percuté mon véhicule. C'est un étrange concours de circonstances qui nous a réunis.

Aurore savait que Stephen ne pouvait pas imaginer la suite puisqu'il était dépassé par cette manigance qu'il ne soupçonnait pas.

Ils s'appuyèrent à une rambarde en surplomb de la plage, humèrent l'air iodé tonifiant. Leurs mains vinrent se frôler. Leurs doigts se croisèrent tendrement. Leurs corps se rapprochèrent et leurs bouches finirent par se rejoindre.

Leur nuit fut un long vertige, leurs corps se mélangeant, les caresses et les soupirs de l'un répondant en écho à ceux de l'autre. La fatigue feinte d'Aurore était bien loin.

Elle parcourut le ventre de Stephen en direction de son membre viril. Et elle se délecta de ce pouvoir enivrant exercé sur lui lorsqu'elle le sentit se cambrer et s'abandonner à l'instant où il jouit dans sa bouche.

Les aiguilles tournèrent et ce n'est qu'au petit matin qu'ils s'endormirent.

Puis le réveil sonna. Tôt. Trop tôt. Puis une seconde fois. Cinq minutes plus tard. Ils échangèrent un tendre baiser. Stephen prit le chemin de la salle de bain. Dans la moiteur de la douche, pendant que l'eau chaude dégoulinait sur son corps, il entendit la poignée de porte tourner dans le vide.

— Tu as fermé ?

— Si on prend la douche ensemble, je ne réponds plus de rien et on sera en retard. J'ai presque fini.

Quand il appela Aurore pour se laver à son tour, celle-ci passa nue à côté de lui avec une moue boudeuse.

— Tu es trop sage !

Il lui mit une tape sur la fesse.

— Non. J'ai seulement une réunion importante. Allez, dépêche-toi.

Ils se rhabillèrent à la hâte. Puis ils déjeunèrent. Rapidement. Trop rapidement. Un café soluble, une tartine. Pas le temps de s'asseoir. Puis vint le tour de l'échange des numéros de téléphone sur le pas de la porte et ils se séparèrent. Vite. Trop vite. Laissant la question essentielle en suspens. Quand allaient-ils se revoir ?

Stephen n'était pas pressé. Il voulait apprécier l'absence. Reprendre contact plus tard. Pas trop tard. Juste au moment où l'odeur de la peau d'Aurore viendrait à lui manquer, lorsque le goût de ses lèvres commencerait à disparaître de sa mémoire ou que sa voix et son visage ne seraient plus aussi précis dans son esprit qu'ils l'étaient ce matin. Il repensa en caressant son pendentif à l'intérêt et l'insistance que la jeune femme lui avait accordé. C'est vrai qu'il était très original et suscitait souvent la curiosité, mais elle n'avait rien demandé, ni sur sa provenance, ni sur les raisons pour lesquelles il le portait. Elle s'était contentée de l'embrasser, de le caresser, à plusieurs reprises pendant leurs actes d'abandon comme s'il se fût agi d'une partie du corps de Stephen. Il avait failli lui raconter l'histoire, puis s'était ravisé, ayant peur de passer pour un incorrigible romantique.

Il n'avait fait aucun effort pour se prémunir d'elle ni résister à la tentation du corps de cette femme offerte, en apparence…

Cela faisait si longtemps qu'elle n'avait pas fait l'amour. Si elle avait aligné le nombre d'années, personne n'aurait eu le courage de la blâmer. Mais personne ne l'aurait cru.

Si Stephen avait pu se douter de ce que cela cachait…

12

Sydney, AUSTRALIE
Le 4 juin 2011

En fin de matinée, un soleil éclatant rayonnait sur la ville. Le téléphone portable de Stephen sonna au moment où il allait entrer en salle de réunion. Il reconnut immédiatement la voix rocailleuse de son interlocutrice.

— Bonjour Stephen, c'est Aurore. Je ne te dérange pas ?

Le cœur de Stephen fit un bond dans sa poitrine. Il s'était interdit de faire le premier pas laissant le choix à Aurore de donner suite ou non à leur rencontre. Mais il devait s'avouer qu'il était dans l'attente de son appel et que celui-ci était un grand bol d'air pour lui qui était en apnée depuis leur dernier baiser.

— Non, pas du tout, répondit Stephen tout en faisant signe aux autres participants de commencer la réunion sans lui.

Il affecta un ton détaché mais ses mains étaient moites et le sang battait à ses tempes.

— Je t'appelle parce que j'ai deux places pour aller voir *Elvis Costello* ce soir à l'Opéra. Est-ce que tu veux venir ?

"Yes", s'enflamma-t-il intérieurement. "Elle veut me revoir". Il répondit posément :

— Oui, c'est une très bonne idée. C'est à quelle heure ?

— Nous devons y être à 21 heures.

— Très bien. Passe me prendre chez moi à 19 heures. Nous prendrons la navette maritime pour rejoindre l'Opéra. Tu verras, la balade de nuit est splendide.

— D'accord. A ce soir alors ?

— A ce soir.

Il raccrocha et avant de rentrer dans la salle de réunion, il ne put s'empêcher d'esquisser quelques pas glissés de *Moonwalk*, popularisé par Michael Jackson et que lui avait appris Valentin, sous le regard amusé des secrétaires.

De retour chez lui, Stephen prit une douche rapide et enfila un peignoir rapporté de *Londres*, d'une petite boutique de *Soho*. Il prit le temps de consulter ses mails. Il se croyait en avance et savourait l'attente en prenant son temps. Quand Aurore sonna, il était toujours en peignoir. Il hésita entre s'habiller en catastrophe avant d'ouvrir et assumer son retard. Il n'avait pas envie de faux semblant alors il décida d'assumer. Il ouvrit la porte en s'excusant de sa tenue, penaud, incertain de la réaction de la jeune femme. Kerry se serait mise dans une colère noire. Au lieu de cela, Aurore lui répondit par un baiser langoureux. Ils s'embrassèrent longuement.

– J'aime ton parfum. Il m'a enivré cette nuit lorsque je t'embrassais.

Tout en lui parlant, elle avait passé une main dans son peignoir et le mordilla dans le cou.

– Si tu continues, nous allons rater la navette et arriver en retard.

– Tu as raison. Ce serait dommage car j'ai vraiment envie d'assister à ce spectacle. *Elvis Costello* accompagné *d'Allen Toussaint*, ce n'est pas tous les jours que l'on a l'occasion de les voir à *Sydney*.

– Comment se fait-il que tu aies deux entrées ?

– Je devais y aller avec une copine. Elle m'a passée la sienne lorsque je lui ai dit que je venais de rencontrer quelqu'un.

Aurore se révélait pleine de ressources. Elle se servit à boire pendant que Stephen s'habillait dans sa chambre. Sur la table du salon, le portefeuille de Stephen était ouvert. Elle s'approcha et regarda fixement la photo d'un jeune enfant sans sourire.

En descendant la rue pour rejoindre l'embarcadère et après une brève hésitation, Stephen vint timidement agripper les doigts d'Aurore. Cela faisait longtemps qu'il n'avait plus donné la main à une femme et il aima le contact.

Une fois à bord, ils prirent place à l'avant du bateau et Aurore vérifia machinalement la présence des billets d'entrée dans son sac, ce qui fit sourire Stephen. Kerry, elle, les aurait oubliés et aurait hurlé sur lui sans complexe.

Ils voyaient le toit de l'Opéra se rapprocher ainsi que les lumières de la ville défiler sur les rives adjacentes. Le temps calme était propice à la discussion. Au plus profond de lui, Stephen ressentait le besoin de jouer carte sur table avec Aurore. Aussi, il ouvrit tout de suite son cœur sur son divorce et son fils, son enfance, sa famille, son bénévolat auprès d'enfants malades. Les confidences de Stephen durent donner confiance à Aurore puisqu'à son tour, elle parla de ses parents et fit état d'un amour qu'elle venait de perdre, d'une blessure profonde dont elle ne pouvait pas parler. Peut-être un jour. Si Stephen se livrait, il sentit qu'il ne saurait d'Aurore que ce qu'elle voudrait bien lui révéler.

Les parents d'Aurore s'étaient rencontrés aux *USA* lors d'un voyage linguistique. A la fin de ses études, la mère d'Aurore, d'origine française, était venue rejoindre son amoureux et ils avaient habité *San Francisco*, dans l'État de *Californie*, sur la côte *Ouest*. Ils avaient logé dans une maison ancienne au milieu d'une rue en pente où passait un *Cable Car*, un des pittoresques tramways à traction par câble de la ville.

A la naissance d'Aurore, ils avaient installé sa chambre à l'étage au bout d'un long couloir. La pièce était très joliment meublée et décorée simplement. Enfant, Aurore adorait entendre le carillon du tramway lorsqu'il faisait halte devant sa maison. Elle montait sur une chaise pour le voir passer depuis sa fenêtre, d'où elle admirait également les bacs de fleurs posés sur le trottoir d'en face et contemplait le coucher de soleil sur la baie et l'île *d'Alcatraz*. Elle était à peine âgée de six ans, lorsqu'elle répondit à son père, à table, qui s'interrogeait sur l'étymologie du nom de cette île sur laquelle avait été installée une célèbre prison fédérale, qu'elle devait probablement avoir été nommée ainsi par les Espagnols car elle abritait d'importantes colonies d'oiseaux dont *los alcatraces*, parents des pélicans, mot lui-même emprunté à l'arabe *al-qaṭrās*.

Devant l'hébètement de ses parents, elle leur expliqua simplement avoir lu cette information dans un livre à l'école.

Sa mère avait voulu que leur enfant porte ce prénom parce qu'il dégageait la luminosité du lever du soleil qu'elle appréciait tant, lorsqu'enfant, elle partait se promener aux premières lueurs du jour avec sa famille dans les massifs montagneux des *Alpes*. Aurore avait eu une enfance épanouissante, entourée de l'affection de sa famille.

Elle était une élève brillante. Malgré ses deux ans d'avance, elle n'avait jamais été gênée dans sa relation avec ses camarades de classe.

A vingt ans, elle avait demandé à ses parents l'autorisation de partir quelques mois en voyage d'études en *Australie*.

Pendant son séjour, au fil des semaines, elle avait observé que leur voix au téléphone se faisait plus triste. Le leur faisant remarquer, ils avaient mis cela sur le compte de son absence.

A son retour, elle avait retrouvé son père en pleurs à l'aéroport et sa mère alitée. Elle avait appris alors que celle-ci était rongée par un cancer des os et qu'il n'y avait plus d'espoir. Sa mère s'était éteinte après huit mois d'horribles souffrances. Le soleil s'était couché pour elle, définitivement. Aurore avait vécu sa crémation comme une seconde mort. Entendre le vacarme des flammes à l'ouverture du four et voir le cercueil s'engouffrer au milieu de celles-ci lui avaient causé un trouble tel qu'elle en avait perdu connaissance.

Elle avait décidé de recouvrir l'image lumineuse du couple de ses parents et de sa famille du voile de l'oubli.

Par la suite, elle s'était inscrite à l'université de *Philadelphie*, sur la côte *Est*. Elle avait mis ainsi plusieurs milliers de kilomètres de distance avec son père qui avait perdu la raison. Il était toujours en vie et elle payait ses frais d'hébergement dans un asile psychiatrique. Elle n'avait pas le courage de lui rendre visite.

Elle avait présenté avec brio une thèse sur la *Mésopotamie* et avait été remarquée par un groupe d'archéologues mené par une équipe allemande. Très méticuleuse, elle avait pris pour habitude de noter les détails des fouilles sur son bloc-notes, des essentiels aux plus insignifiants. De retour sous sa tente, généralement en fin de journée, elle transférait ses notes sur son ordinateur pour y travailler jusque tard dans la nuit. Elle était près des terrassiers lorsqu'ils dégageaient les remblais et partageait volontiers avec eux leur déjeuner de pain, de fromage et de yaourt au lait de chèvre.

Elle avait été sélectionnée sur ce poste d'enseignant à *l'Université de Sydney* à l'unanimité du jury compte-tenu de la qualité de ses recherches et de sa disponibilité. Elle parlait de nombreuses langues, l'anglais, le français par sa mère, l'allemand et l'espagnol qu'elle avait choisis à l'école, appris avec facilité et approfondis auprès de ses confrères. Elle avait acquis l'arabe tout naturellement lors des fouilles, en discutant avec les ouvriers dans leur langue maternelle le jour et le soir à la veillée.

Voici ce qu'Aurore raconta de son enfance et de sa jeunesse à Stephen. Ce dernier était bien loin d'imaginer qu'elle avait omis volontairement des pans entiers de son passé. Et pas des moindres !

Après cette soirée, leur relation s'intensifia. Ils s'appelaient à plusieurs reprises dans la journée, se retrouvaient tous les soirs dans un bar ou un restaurant et finissaient la soirée chez l'un ou l'autre.

Plus Aurore prenait de l'importance dans la vie de Stephen, moins il pensait à ses vies intérieures. Il ne pratiquait presque plus ses méditations, ne pouvant le faire en sa présence. Et lorsqu'il y pensait, il s'étonnait lui-même du détachement qu'il ressentait par rapport aux transes qu'il avait vécues jusqu'au jour de leur rencontre. Il avait retrouvé le sourire, repris un à deux kilos et ses amis et collègues appréciaient en silence ces transformations.

Un jour, lors d'une promenade au bord de la mer, Stephen s'assit sur un banc et Aurore s'allongea, posant la tête sur ses jambes. Elle suivait les nuages qui semblaient utiliser le ciel comme une piste de course et lui contemplait les oiseaux qui jouaient avec les cimes des vagues. En ouvrant son sac pour prendre son appareil photo, Stephen fit tomber un livre joliment colorié. Aurore se redressa et l'interrogea sur son contenu. Stephen lui expliqua avoir trouvé une nouvelle histoire à raconter aux enfants de l'hôpital. Celle d'un tout petit africain dénommé *Kirikou*, qui élabore des ruses pour sauver son village d'une méchante sorcière, *Karaba*, et de ses fétiches espions. Aurore lui demanda de la lui raconter. Stephen accepta un peu gêné, avouant ne pas avoir encore trouvé le bon ton. Ils se mirent à l'écart des passants en descendant sur les rochers proches de l'océan. Elle l'écouta avec attention, se permettant de l'arrêter lors d'un passage afin qu'il le répète jusqu'à ce qu'il se le soit entièrement approprié. En quelques jours, une réelle complicité naquit entre eux.
Même si Stephen ne se l'avouait pas encore, il était amoureux.

V.
LE MYSTERIEUX
MANUSCRIT

13

*"La vie ne vaut pas d'être vécu si
on ne la vit pas comme un rêve."*
Tiré du film "Le monde ne suffit pas"

*Sydney, AUSTRALIE
Le 15 juin 2011*

— Alors, tu as fait réparer ta voiture ? demanda Max à Stephen.

Aurore interrompit leur discussion.

— Passez à table !

— Non, répondit Stephen à la question de Max en se levant du canapé, la direction était hors d'état. Il a fallu que je me force à m'en séparer et en acheter une autre. Je n'ai pas contacté l'assurance d'Aurore. Elle m'aurait versé une misère et Aurore aurait eu des ennuis.

Aurore apparut avec un grand saladier qu'elle posa sur la table de la salle à manger. Elle avait préparé une salade de pâtes au *pesto rosso* agrémentée de boules de *mozzarella*, de tomates séchées et de pignons.

— Alors, de quoi discutiez-vous ?

— De ma voiture. Je disais que tu l'avais bousillée et qu'il avait fallu que je m'en sépare à contrecœur.

— Une vieille voiture contre une belle femme. Tu y as gagné et j'en connais beaucoup qui seraient prêts à faire l'échange, enchérit Max tout en s'asseyant à table.

— Mon pauvre Max, lui répondit Aurore en mettant une main sur son épaule, si tu veux avoir plus de chance, il va peut-être falloir que tu songes à te séparer de ta belle voiture.

— Hors de question. Il parait que certaines femmes aiment aussi les belles voitures. Et j'ai tout mon temps.

— Alors, bonne chance. Allez, passez-moi vos assiettes que je vous serve.

Aurore prit place à table. Stephen et Max portèrent en même temps des pâtes à la bouche.

— C'est délicieux, dirent-ils en cœur.

Max prit la parole comme si la question qu'il posait lui trottait dans la tête depuis un moment et qu'il lui fallait rapidement une réponse.

— Alors, quels sont vos projets pour les dix années à venir ?

— Hum Hum. On ne t'a pas appris à ne pas parler la bouche pleine ? Surtout pour poser des questions idiotes ? lui fit remarquer Stephen qui avait failli s'étouffer en entendant sa question. Tu n'as pas encore bu pourtant. Allons, on se connait à peine Aurore et…

— C'est une question intéressante, répondit Aurore, et il ne faut pas la fuir.

— Comment intéressante ? dit Stephen, se tournant vers Aurore, étonné.

— Alors ? reprit Max, tout heureux de trouver un soutien auprès d'Aurore.

— Tu veux connaître mon avis ? répondit-elle sans attendre. Ils se marièrent et ils eurent beaucoup d'enfants. Une dizaine environ !

— Non, j'attends une réponse sérieuse.

— Mais je suis sérieuse et ma réponse l'est autant. J'ai enfin rencontré un homme qui donne un sens à ma vie et je ne compte pas le lâcher de si tôt !

Stephen en eut le souffle coupé. Cette incroyable jeune femme, rencontrée il y a deux semaines s'imaginait déjà mariée avec lui et portant ses enfants. Il se serait agi de n'importe quelle autre femme, Stephen aurait réagi avec véhémence et se serait empressé de rompre pour couper court à toute dérive. Mais contre toute attente, les déclarations insensées d'Aurore le ravissaient. C'était une déclaration d'amour et il trouvait ça formidable. Cependant, il se força à camoufler ses émotions, se limitant à ce que la raison lui imposait de répondre.

— D'accord, d'accord. On verra pour les enfants. Mais il est hors de question que je me marie. J'ai déjà fait cette bêtise une

fois... Je crois que la manœuvre de Max visait à me couper l'appétit pour profiter de ta salade de pâtes. C'est raté, Max.
Max partit dans un éclat de rire bruyant.

— Allez, je vous ressers ? demanda Aurore alors que les deux compères lui tendaient déjà leurs assiettes.

En fin de repas, les deux amis se partagèrent la dernière part d'un fondant au chocolat noir, rajoutant par-dessus la crème anglaise restante, ainsi qu'une boule de glace à la vanille.
Ils s'installèrent ensuite confortablement sur le canapé pour digérer. Max déboutonna son pantalon, ce qui eut pour effet de libérer son ventre repu. Stephen lui fit les gros yeux, gêné qu'il était de l'aisance de son ami par rapport à Aurore. Mais la jeune femme n'en parut pas le moins du monde offusquée. "Tu as trouvé la perle rare" lui murmura Max. Stephen pensait la même chose mais essayait de freiner son enthousiasme pour se protéger. "On verra. Laissons du temps au temps".

Aurore vint les rejoindre après avoir rangé la cuisine.

— Stephen, tu veux bien préparer le café ? Elle l'embrassa tendrement.

— Bien sûr.
Stephen se leva et lui céda sa place.

— Les tasses se trouvent sur le comptoir, à côté du sucrier, et le plateau dans le tiroir en dessous. Tu t'en sortiras ?

— Je t'appelle au secours si besoin.
Stephen alluma la *Nespresso*, fit couler trois cafés, saisit dans ses doigts la dernière tasse et esquissa un sourire pour imiter George Clooney dans la publicité "What else". Il n'avait pas son charme mais il avait malgré tout la chance d'être en compagnie d'une femme magnifique et de son meilleur ami. Il s'apprêtait à les rejoindre lorsqu'il eut un flash, le premier depuis des jours. Bref, fugace mais suffisamment présent pour que tout ce qu'il occultait depuis des semaines revienne l'assaillir comme une lame de fond. C'est donc très perturbé qu'il retourna au salon.
Après avoir posé le plateau sur la petite table en verre, devant le canapé, il s'installa dans le fauteuil, face à eux.

— Ça va Stephen ? Tu es tout pâle. Tu as du mal à digérer mon repas ?

— Non, non… Je voulais juste parler de certaines choses à Max. Je ne voulais pas te mêler à tout cela mais je n'ai pas trouvé d'autres occasions.

— Tu veux que je vous laisse "entre mecs" ?

— Non. Tu peux rester. Il faut que je parle.

— C'est grave ? lui demanda Max, inquiet.

— Je ne sais pas vraiment.

Stephen prit une grande inspiration.

— J'aimerais vous faire part d'évènements que j'ai vécus il y a quelques temps. Ça n'a rien à voir avec ma relation avec Aurore ni avec mon travail. Je vous en prie, poursuivit-il en mettant un morceau de sucre dans sa tasse de café, ne m'interrompez pas car je veux pouvoir vous décrire ce que j'ai vécu, le plus clairement possible.

Stephen but d'un trait son café, comme pour se donner du courage, et se lança dans un long monologue.

— Aurore, il y a un aspect de ma vie que tu ne connais pas. Je pratique le yoga et la méditation depuis plusieurs années comme des millions de personnes au monde. Max est au courant de certaines choses mais pas de tout. Il sait que j'ai eu besoin de me ressourcer face à certains évènements difficiles de ma vie et que j'y ai trouvé la force et la sérénité nécessaires. J'ai eu plusieurs maîtres et j'ai lu beaucoup de livres sur ces sujets. Ainsi, lorsque j'entre en méditation, je "tourne" mon regard vers l'intérieur, et je perçois les innombrables images enregistrées en moi. Je refais le chemin en arrière de ma vie pour mieux la comprendre. Je laisse aller ma mémoire et cela me replace dans les évènements qui se sont déroulés dans ma vie. Plus que les lieux ou les personnes, ce qui m'intéresse, c'est de percevoir ce que j'ai ressenti dans ces moments-là, notamment ce que j'ai étouffé ou enfoui au fond de moi. Cela me permet de comprendre les autres, d'analyser ce que j'ai subi ou surmonté, et d'agir différemment par la suite.

Stephen marqua une pause avant d'aller plus loin car il appréhendait la suite de son récit. Il respira profondément.

— Pendant plusieurs années, je suis resté au même stade de méditation et je m'en contentais. Puis, alors que je séjournais à Paris l'année dernière pour présenter à notre partenaire l'avancement des tests d'un nouveau programme sur la *BrainBox*, je décidai de passer le week-end à *Londres*. Et c'est à partir de cette époque que tout a basculé et que j'ai beaucoup progressé spirituellement. J'avais réservé pour ce week-end une chambre dans un hôtel proche de la gare de *King Cross* et j'ai débarqué du train sous la *Manche* bien décidé à profiter de ces deux journées. Après avoir posé mes bagages à l'hôtel, j'ai pris le métro direction *Notting Hill* à l'ouest de la ville où se tient le samedi un grand marché, celui de *Portobello*. Je n'ai pas souvenir d'avoir acheté un titre de transport pour m'y rendre. Et en route, je ne sais pas vraiment ce qui m'a poussé à changer de direction et à descendre en centre-ville. Je me suis retrouvé à errer dans les rues et mon regard s'est porté vers une librairie ésotérique. Je suis entré, sans rechercher un quelque chose en particulier, par curiosité peut-être, tout simplement. J'ai eu l'impression de changer de siècle. La boutique était ancienne, avec un plancher de bois d'époque. Il y avait des livres anciens de magie, des huiles, des herbes, des grimoires, des baguettes. J'avais subitement l'impression de plonger dans le monde d'Harry Potter et de me retrouver, après avoir parcouru le *Chemin de traverse*, dans la boutique de *Flourish & Blotts*. Je passais d'une table à une autre, émerveillé, feuilletant des livres au hasard. Et c'est alors que je suis tombé sur un vieux manuscrit. D'ailleurs, je ne suis pas vraiment tombé dessus. J'ai eu plutôt l'impression sur le moment d'être attiré par ce bouquin. Comme s'il m'appelait. Et lorsque je l'ai pris dans mes mains, j'ai eu la sensation qu'il me collait aux doigts, comme si je ne pouvais plus me détacher de lui. Je l'ai tout de suite trouvé étrange avec sa couverture ancienne, très sobre. Ce n'était pas un livre comme les autres, comme tous ceux qui étaient disposés sur les tables ou les étagères. Il n'y avait pas de nom d'auteur, pas de maison d'édition, pas de date, juste quelques signes calligraphiés sur la couverture et en son centre un serpent endormi, enroulé sur lui-même. Je l'ai parcouru avec émerveillement sans pouvoir saisir le sens de ce qui y était écrit. Il y avait des illustrations sur des positions de méditation à tenir, des respirations à exécuter et les sens de circulation de l'énergie dans le corps. Toutes réalisées à la main. En passant mes doigts sur les dessins, je percevais l'épaisseur de l'encre, la perfection du dessin. Ça ressemblait à des principes qu'il fallait suivre et appliquer à la lettre. J'ai ressenti tout-à-coup une profonde excitation, je tenais dans les mains un manuscrit unique, il fallait que je l'achète.

— Tu l'as acheté ? Tu peux nous le montrer ? s'enquit Aurore, impatiente de connaître la suite de l'histoire.

— Je ne l'ai plus. J'ai été cambriolé. Enfin, disons plutôt que j'ai trouvé ma porte fracturée et qu'étrangement, rien n'avait été volé ou déplacé, sauf ce livre. Le voleur a dû être dérangé et de peur de se faire surprendre, il est parti sans rien emporter. Ce n'est que le surlendemain de l'effraction que je me suis aperçu que je ne trouvais plus mon livre. J'étais certain de l'avoir rangé dans mon coffre mais sa place était vide et le coffre était intact. C'était la seule chose que l'on m'avait dérobé. Comment quelqu'un pouvait-il savoir que je possédais un tel livre ? Je n'en avais parlé à personne. Sauf à un inspecteur d'Interpol qui menait une enquête sur des vols dans des musées et qui était persuadé que j'étais impliqué depuis qu'il avait surpris le voleur entrant en même temps que moi dans la librairie à Londres, un paquet sous le bras. Il était convaincu que ce paquet contenait le livre et que le voleur était rentré pour me le remettre. Une histoire de fou. Mais peut-être avais-je été suivi depuis Londres... Où en étais-je avant ta question ? Ah oui.
Et il se relança dans son monologue.

— Je suis passé à la caisse régler mon achat. La bouquiniste a regardé le livre. Elle l'a tourné, retourné et a maugréé parce qu'il n'y avait pas de code barre. Puis son regard est devenu interrogatif, exprimant même un profond étonnement. Comme si j'avais sorti ce bouquin des oubliettes. J'ai surtout eu l'impression qu'elle ne l'avait jamais vu auparavant dans sa boutique. J'ai ressenti un sentiment étrange face à son attitude. Je crois que j'aurais été capable de le lui arracher des mains si elle avait refusé de me le vendre. Heureusement, elle a regardé le prix noté à la main sur une petite étiquette et l'a saisi sur sa caisse. Le prix semblait bien dérisoire par rapport à l'ancienneté du livre. En livre sterling, ça correspondrait à une vingtaine de dollars. J'ai réglé la somme et j'ai mis le bouquin dans mon sac. Je suis parti précipitamment, le tenant serré contre moi, comme si j'avais peur que l'on me le reprenne. Lorsque je suis sorti de la librairie, après quelques mètres dans la rue, j'ai eu l'impression qu'un charme venait d'être rompu, d'être redevenu moi-même, d'avoir été comme envoûté et attiré dans ce lieu à mon insu. J'ai craint de me retourner et de m'apercevoir que la librairie n'avait jamais existé. J'ai fait volte-face. Elle était là, comme je l'avais vu avant de rentrer. Avec ses lumières et sa grille en fer forgé contre laquelle un vélo était appuyé. Le livre était bien dans mon sac. Je n'avais pas rêvé. J'aurais pu y retourner mais je n'en avais pas la force. Alors, j'ai repris le métro pour ma destination initiale et là, j'ai acheté un titre de transport. C'est quand même mystérieux. Après, je suis descendu à la station de *Notting Hill Gate*. J'ai suivi les panneaux et parcouru *Portobello Road* pour accéder au marché. Je me rappelle avoir pris des photos des maisons aux murs extérieurs couleurs pastelles qui se succédaient. Un nombre important d'étrangers se promenaient également. J'ai marché à l'ombre des magasins et je crois que je me suis arrêté plus bas au *Duke of Wellington* pour boire une bière. J'en suis sûr même puisqu'un musicien jouait d'une contrebasse décorée de fleurs au coin de la rue et que je lui ai donné une pièce de monnaie.

Stephen passa sous silence qu'en remontant l'avenue, il ressentit un léger souffle d'air et qu'il remarqua avec plaisir que celui-ci jouait avec les jupes courtes des jeunes femmes.

— De retour à mon hôtel, j'ai rangé le manuscrit dans ma valise. J'ai pris le plan de la ville et je n'ai toujours pas compris jusqu'à ce jour les raisons de mon changement de destination. En revenant à *Sydney*, lorsque j'ai défait mes affaires, j'ai retrouvé le livre. Et alors, au calme, j'ai commencé à le parcourir et à me lancer dans la traduction de ce que je lisais.

Étrangement, un mot revenait à de nombreuses reprises, "Kundalini". Il était symbolisé par le serpent de la couverture. Plein de choses me sont apparues évidentes. J'avais l'impression au fur et à mesure de sa lecture que tout ce que j'avais appris jusque-là revenait à ne savoir que l'alphabet. Je découvrais les mots, les phrases, le sens des choses. Tout s'éclairait. Normalement, le savoir des maîtres se transmettait oralement J'avais dans les mains un livre unique qui reflétait leurs connaissances secrètes. Il me tardait de les mettre en œuvre. L'horizon de mes méditations s'est rapidement élargi. Dès lors, j'ai constaté une nouvelle progression, de nouvelles perceptions. Jusqu'à me retrouver lors d'une séance de méditation, il y a quelques mois, fœtus dans le ventre de ma mère.

Les yeux vers le sol, Stephen ne perçut pas le sourire goguenard sur le visage de Max. Aurore, elle, l'écoutait attentivement.

— C'était un moment de plénitude. Puis mon esprit est sorti de mon corps. Et je me suis vu dans ma chambre. J'observais comment fonctionnait mes pensées sans chercher à les corriger, comme si je regardais un film, lorsque je me suis retrouvé assailli d'images inhabituelles, auxquelles j'ai laissé libre expression, après ma surprise. Je percevais qu'elles venaient en désordre car il n'y avait aucun lien entre elles. Les évènements venaient, laissaient place à d'autres et réapparaissaient. Différentes époques et lieux se bousculaient. J'ai réitéré cette expérience plusieurs fois jusqu'à ce que les évènements apparaissent dans un ordre logique et chronologique. J'ai compris que je me retrouvais dans des vies passées qui n'étaient pas les miennes.

Stephen s'interrompit comme s'il se souvenait soudainement de la présence de Max et d'Aurore.

— Je vous ennuie avec mon histoire ?
— Mais non, lui répondirent-ils d'une seule voix.
Stephen soupira.

— Si vous saviez le bien que cela me fait de partager tout ça avec vous ! murmura-t-il. J'ai l'impression que ça m'enlève un poids.

Ses yeux exprimèrent un profond remerciement puis il les baissa pour retrouver ses souvenirs.

— J'ai eu accès à des évènements douloureux, comme si les souffrances de tous ces protagonistes cherchaient à émerger. J'ai l'impression que d'avoir accédé à ce stade embryonnaire a ouvert un passage vers une mémoire jusque-là inaccessible. J'ai pu ordonner les évènements. Mais je sens que je n'en ai qu'une vision partielle. J'ai eu accès à une partie de la vie de plusieurs êtres mais je n'arrive pas à accéder à la fin de leur vie.

Au fur et à mesure des explications de Stephen, Max s'était enfoncé dans son fauteuil. Visiblement, l'heure tardive et le vin avaient raison de sa concentration et il décrochait parfois, bercé par la voix de Stephen, Aurore était par contre très attentive.

Stephen rouvrit les yeux, Max se redressa, et Aurore recula pour mieux l'observer.

— Qu'en pensez-vous, demanda Stephen d'un ton embarrassé, le même ton de culpabilité qu'il avait lorsqu'il apportait à ses parents son bulletin de notes de fin de trimestre, et qu'il attendait avec inquiétude leur réaction.

— C'est intéressant, lâcha Max, feignant un ton pensif, ne sachant s'il devait rire ou s'inquiéter pour la santé mentale de son ami.

— Qu'est-ce que tu veux dire par intéressant, insista Stephen.

— Excuse-moi, mais tu es vraiment sérieux ?

— On ne peut plus sérieux, Max ! J'ai même fait des recherches. Après chaque méditation, j'ai noté les noms, les lieux, les époques et j'ai retrouvé des informations corroborant ce que j'ai vu. Je te jure que c'est traumatisant. J'ai dû arrêter pendant quelques temps mes séances de méditation afin de retrouver un peu de calme intérieur.

— Tu as eu raison, répondit Max.

Avant même qu'Aurore ait pu prendre la parole, Max partit d'un grand éclat de rire. Elle le coupa net :

— Arrête. Ce que Stephen vit est sérieux et mérite que tu le considères avec respect. Il doit continuer. Il a une chance inouïe de vivre une telle expérience.

Max marqua un temps d'arrêt, sidéré par la violence de la réaction d'Aurore qui ne cadrait pas du tout avec le personnage qu'il connaissait. Il reprit sur un ton un peu plus sec qu'il ne l'aurait voulu.

— Peut-être, mais si cela le perturbe, il est mieux qu'il arrête !

Elle insista avec véhémence.

— Je ne suis pas d'accord. Il faut qu'il persévère, qu'il sache !

— Je ne sais pas, reprit Stephen, tu sais Aurore, ça a eu des effets secondaires sur moi. Je dormais moins bien. Je faisais des cauchemars. J'étais réveillé par des cris. Je sentais les angoisses de ces êtres, leur souffrance, comme si le passage que j'avais ouvert n'était plus tout à fait "étanche". Je me réveillais tremblant, le cœur battant fort dans ma poitrine. Les visions étaient intéressantes au début, mais ensuite je dormais mal, et j'accumulais beaucoup de fatigue. J'en arrivais à être angoissé à l'idée d'aller me coucher.

C'est seulement là que Max se rendit compte de la profondeur du trouble de son ami et s'en voulut aussitôt de s'être moqué de lui.

— Je ne te comprends pas, s'énerva Aurore ! Tu aurais pu peut-être accéder aux informations qui te manquaient en insistant juste un peu. Tu pourrais avoir complètement accès à ces mémoires et tu connaîtrais enfin le reste de leur vie.

Dans le feu de l'action, Max et Stephen ne firent pas attention à la fébrilité d'Aurore dont la prise de position par rapport à Stephen était totalement déplacée.

— Tu le prends comme ça parce que tu es historienne, Aurore, et que c'est une fenêtre sur le passé. Mais si j'avais continué, peut-être que je ne dormirais alors plus du tout, tu comprends ? Je vais surtout faire des recherches afin de savoir si d'autres personnes ont déjà vécu des expériences similaires.

La conclusion de la discussion revint à Max, pragmatique et efficace comme à son habitude.

— Tu devrais passer un examen pour vérifier si tout cela n'a pas de conséquences sur ta santé. Stephen, je connais un bon toubib, vas-y de ma part. Je t'appelle demain pour te donner ses coordonnées.

Le lendemain, Stephen, qui avait dormi chez Aurore, se leva oppressé. Toute la matinée, il fut dérangé par des maux de tête qui l'empêchèrent de se concentrer. Si ses placards n'avaient pas été désespérément vides alors qu'Aurore venait lui, il n'aurait pas quitté son bureau durant la pause-déjeuner. Il prit sur lui pour sortir faire quelques courses au supermarché le plus proche. Une demi-heure plus tard, il était dans une ruelle, accroupi sur le sol entre des containers à ordures, la tête entre les mains. Il n'avait pas eu le courage de remonter à son bureau. Il s'était réfugié dans ce coin, à l'abri du brouhaha de la rue, pour taire en lui ce qu'il avait entendu. Quelques passants le regardèrent, sans s'arrêter cependant, intrigués de voir un homme bien mis, le regard absent, tremblant comme s'il avait échoué ici après avoir fait le tour des bars de la ville. Il finit par reprendre ses esprits mais resta encore dans cette position un long moment, abasourdi par ce qui venait de se passer. C'est en tremblant qu'il essaya de composer un numéro de téléphone, le seul numéro qui s'imposait à lui.

Aurore entendit sonner son téléphone dans son sac à main.

— Aurore, Aurore.

— Qu'y a-t-il ? Tu as l'air paniqué ?

— Je comprenais ce qu'ils disaient, tu comprends, c'étaient des étrangers et je comprenais ce qu'ils disaient, dit-il, tremblant de tout son corps.

— Calme-toi Stephen. Je ne comprends rien à ce que tu me racontes. Reprends depuis le début.

Stephen continua avec le même débit rapide, haché, à la limite de l'incohérence. Il n'arrivait pas à coordonner ses pensées et à articuler ses phrases tant il était bouleversé.

— Écoute, j'étais en train de faire la queue à la caisse du supermarché et il y avait des étrangers, juste derrière moi. Je les entendais parler en arabe. Quelques instants plus tard, alors que je réfléchissais à autre chose, j'ai encore entendu parler derrière moi. Et je comprenais ce qu'ils se disaient. Au début, j'ai cru qu'ils s'étaient mis à parler en anglais. Mais lorsque la caissière s'est adressée à moi pour m'indiquer le montant de mes achats, je n'ai pas compris un mot de ce qu'elle me disait. Et je continuais à comprendre ces gens qui parlaient en arabe. J'ai été pris de panique, tu comprends ? J'ai tout balancé et je suis sorti en courant du magasin.

Comme Aurore restait silencieuse, il demanda anxieusement :

— Tu me crois, au moins ?

— Oui, je te crois. Calme-toi. A priori, tout est redevenu normal puisque nous nous comprenons. Essaie de respirer calmement. Où es-tu maintenant ?

— Dans la ruelle située entre l'immeuble de mon bureau et le supermarché. Je vais appeler le toubib dont m'a parlé Max avant de devenir complètement fou.

— OK, mais en attendant, ne bouge plus, je viens te chercher.

En raccrochant, Aurore ne semblait pas inquiète. Au contraire, elle semblait satisfaite. Satisfaite que dans la panique, il n'ait pensé qu'à l'appeler, elle. Cela allait l'aider pour la suite.

Des hommes et des femmes étaient alignés, un peu sonnés par la puissance des coups de feu des armes de poing et de guerre utilisées. Une forte odeur de poudre montait jusqu'à leurs narines.

Lincoln ôta de sa tête le casque antibruit lorsque le voyant lumineux passa au rouge. Les tireurs ramenèrent leur cible. Toutes ses balles avaient atteintes la silhouette mais elles étaient éparpillées. Un suspect n'aurait pas survécu mais il n'était pas encore prêt pour le championnat inter polices de tir de vitesse à 25 mètres qui se tenait au mois d'août. Il jeta un œil discret sur la cible de Barrington qui se trouvait à sa droite. Ses balles étaient regroupées au centre. Mais comme d'habitude, une ou deux étaient légèrement séparées, ce qui révélait un doigt un peu nerveux sur la détente qui avait provoqué l'à-coup fatal. Il risquait encore de ne décrocher que la troisième place. Barrington sentit le regard de Lincoln et afficha un air contrarié lorsqu'il lui montra sa cible.

— Ce n'est pas gagné !

— Si ce n'est pas cette année, ce sera l'année prochaine. Tu es le plus doué. Regarde nos cibles. Nous t'arrivons à la cheville.

Barrington lui répondit avec un sourire qui se voulait confiant.

— Seuls les deux premiers m'inquiètent.

Ils reprirent place pour une nouvelle série et les résultats de leurs tirs furent à peu près semblables. Ils remontèrent du stand de tir pour se remettre sur leurs dossiers.

Lincoln cherchait toujours un lien entre les œuvres. Contenaient-elles chacune une part d'un message ? Il entreprit de rencontrer les conservateurs des musées afin d'en savoir plus. Avec l'autorisation de sa hiérarchie, il prit contact avec les polices locales et obtint des rendez-vous avec les conservateurs des différents musées.

Deux jours plus tard, accompagnée d'Aurore, Stephen rencontrait le médecin recommandé par Max, le docteur Freyman. Il lui fit part de ses cauchemars et évoqua des raisons manifestement différentes de la réalité.

Il se retrouva le soir-même dans le service de neurologie d'une clinique, digne d'un hôtel de grand standing. La chambre aux murs gris et pourpre était dotée d'un lit, de luminaires, de chaises et de toilettes réalisés par des designers célèbres. Baignant dans le confort, Stephen fut prêt à s'endormir pour un examen polysomnographique après qu'une infirmière lui ait recouvert d'électrodes le cuir chevelu, le torse et les bras. L'examen physiologique comprenait notamment un électroencéphalogramme et un électrocardiogramme.
Soulagé d'être pris en charge par une équipe sérieuse, Stephen s'abandonna sans retenue à leurs mains d'experts.

Le lendemain, Aurore vint rejoindre Stephen à l'hôpital et ils rencontrèrent ensembles le docteur Freyman. Celui-ci expliqua à Stephen que son sommeil était en effet déréglé. Les tests montraient que son activité cérébrale et son rythme respiratoire augmentaient soudainement pendant la phase de sommeil profond, en provoquant la sortie, par perturbation de l'activité lente delta.
Ces troubles venaient, d'après le médecin, d'un stress psychotraumatique dû à son divorce et à sa suractivité et il lui prescrivit un hypnotique pendant quelques semaines, ne manquant pas de le mettre toutefois en garde contre le risque de dépendance.
Stephen prit les ordonnances, décidé à prendre le médicament, même si, dans la voiture, Aurore exprima sa profonde répulsion contre ce type de produit chimique.

Le jour suivant, Aurore quitta l'Université plus tôt que d'habitude. Elle croisa Mme Akerbury dans les couloirs qui lui souhaita une bonne soirée et elle eut l'impression lorsqu'elle ouvrit la bouche qu'elle allait lui cracher des flammes dessus.

Elle ne savait s'expliquer pourquoi cette femme lui semblait aussi antipathique et se désola de la juger sur son apparence.

Il était convenu qu'elle retrouve Stephen sur le parking du *Concord Hospital* à 17 heures. La circulation, plus fluide que prévue, lui permit d'arriver près de 30 mn en avance. Elle hésita entre l'attendre au rez-de-chaussée ou aller à sa rencontre. Sa curiosité fut la plus forte. Elle se rendit à l'accueil et demanda le service de cancérologie pédiatrique.

Avant que l'hôtesse ait pu la renseigner, un vacarme envahit le hall. Des ambulanciers poussaient un chariot où une adolescente était allongée, suivie de personnes qui devaient être ses parents. Tous s'engouffrèrent dans un monte-charge situé à droite du hall. Le calme revenu, l'hôtesse lui indiqua que ce service était au 4ème étage et lui demanda la raison de sa visite. Aurore lui expliqua que son ami était bénévole auprès de jeunes enfants. L'hôtesse lui précisa alors qu'elle le trouverait dans une salle équipée à cet effet à droite de l'ascenseur mais qu'elle ne pourrait pas y pénétrer.

Elle prit l'ascenseur et, arrivée au 4ème étage, suivit le long couloir qui partait à sa droite. Seuls les pas feutrés des malades, tels des ombres poussant leur perfusion ambulante, venaient perturber le silence qui régnait en maître sur l'étage.
En passant devant une vitre, Aurore aperçut un groupe d'enfants dont certains n'avaient plus de cheveux sur la tête, assis, les yeux ébahis. Elle dut se décaler pour voir le sujet de leur émerveillement. Elle savait déjà qu'elle était rendue. Effectivement, Stephen se trouvait face à eux, assis sur une estrade. Il leur racontait une histoire, une de celles qu'il répétait à maintes reprises à haute voix le soir à la maison. A sa gestuelle, Aurore reconnut l'histoire du petit africain.
Comme sur la plage mais avec un enthousiasme mille fois décuplé, il mimait devant les enfants les personnages avec des gestes lents, regardant chaque enfant tour-à-tour avec insistance pour mieux accrocher son attention. Il les rendait

acteurs au milieu des personnages imaginaires qui se succédaient, suscitant leur participation par la tension et l'humour qu'il faisait croître au fur et à mesure. Il avait le don d'animer ces personnages et de leur donner vie. Devant les enfants, il recréait l'univers des personnages. Il reproduisait leurs voix avec leurs intonations africaines, la voix douce et posée de sa mère, la voix grave et lente du grand-père plein de sagesse, celle aigüe et emportée de la vilaine sorcière, le brouhaha des gens du village. Les enfants se retrouvaient facilement dans ce petit héros, nu, qui par son courage défendait son village, défiait et combattait la sorcière puis finissait par la sauver d'elle-même en lui retirant l'épine empoisonnée plantée dans son dos.

Au début d'une séance, même si tous les enfants sans exception étaient heureux d'être là pour écouter une nouvelle histoire, ils avaient du mal à se laisser aller, à quitter leur maladie pour pénétrer dans ce nouveau monde. Stephen les mettait en confiance en remerciant certains des dessins qu'il lui avait donnés ou en leur rappelant l'histoire qu'il leur avait racontée la fois précédente. Puis, Stephen se lançait. Et là, après les premiers mots, tels des novices au bord d'une piste de danse qui n'osent pas faire le premier pas, ils commençaient à s'animer. Discrètement. D'abord les pieds, qui trépignaient, accompagnant la fuite d'un personnage devant le danger. Puis les mains, pour se cacher d'un animal féroce qui se rapprochait. Et ensuite la bouche, sans qu'une parole ne soit audible. Il était si difficile pour eux de violer le silence qui les entourait. Mais aucun ne cherchait à se retenir. Et lorsque les sons sortaient enfin de leur bouche, l'ensemble du corps s'animait.
Ils oubliaient enfin où ils étaient. Dans un hôpital soignant des personnes atteintes d'un cancer, une maladie pas comme toutes les autres, mais frappant sans distinction de couleur, de sexe, de richesse et d'âge. Tous égaux face à elle. Mais si différents d'un pays à un autre quant aux moyens mis en œuvre face à la souffrance et sa guérison. Dans leur malheur, ils avaient la chance d'être là et bien soignés.

Ils oubliaient aussi ce qu'ils avaient. Une leucémie, un cancer des cellules de la moelle osseuse. Et pour guérir, ils devaient subir une chimiothérapie intensive qui nécessitait généralement une hospitalisation assez longue, un traitement épuisant auquel s'ajoutait la perte de leurs cheveux, la fatigue, les vomissements.

Et c'est pour tout cela que Stephen avait décidé d'être bénévole. Parce qu'il les savait innocents. Et que l'innocence d'un enfant est précieuse aux yeux des adultes car elle est originelle et pure. Pour éviter que cette innocence ne soit à jamais brisée. Pour que tous ceux qui étaient là devant lui puissent se reconstruire.

La reconstruction. Lorsqu'il voyait un père proche de son enfant notamment de son fils, il pensait bien sûr à Valentin, heureux que celui-ci soit en bonne santé. Mais il avait surtout une pensée pour son propre père. Enfant, Stephen avait entendu une discussion et appris que son père était né par erreur. Le grand-père de Stephen, qu'il n'avait d'ailleurs pas connu, était né et avait passé sa vie dans un de ces villages paumés du bush. Il s'était marié à une de ses jeunes femmes tout en refoulant et cachant à tous son homosexualité pendant de nombreuses années. Il ne voulait pas être la risée du petit village et être identifié à une femme. Il était une victime de plus de la culture judéo-chrétienne qui avait séparé le corps de l'esprit, les hommes des femmes. Combien de révolutions avait-il fallu pour que les femmes votent ou que les hommes puissent avoir la garde de leur enfant ?

Il s'était depuis toujours confessé au révérend de sa paroisse sur ce sujet, meurtri par les affres et les mensonges dans lesquels il vivait.

C'est lors de son décès qu'à sa demande le révérend en informa son fils. Pour jouer au mieux son rôle d'homme et de père, il avait privé son fils d'affection et, se faisant, le père de Stephen, après avoir appris cette ignominie, choisit d'en priver également son fils. Comme si cela était une condition pour en faire un homme. Il avait surtout eu peur de devenir lui-même un jour homosexuel, comme si son père fut porteur d'une maladie transmissible. Et ainsi, à l'âge adulte, il s'était empêché de toucher son fils, de lui apporter cette saine relation physique, son odeur et sa voix grave. Il avait eu peur de laisser émerger sa partie féminine et pour prouver aux autres qu'il était bien un vrai homme, il n'hésitait pas à se moquer ouvertement des homosexuels. Il éprouva un vif soulagement lorsque son fils commença à ramener des jeunes filles à la maison mais garda quand même un regard suspicieux, guettant un geste, une allure, une déviance vestimentaire qui aurait pu montrer son fils atteint, malade. Et plus tard, à la naissance de Valentin, il partagea avec sa belle-fille la même incompréhension de voir Stephen prodiguer des gestes tendres à son fils. Comme si ceux-ci étaient l'apanage des mères et qu'un homme, un vrai, n'en avait pas le droit, qu'il y perdrait son âme. Au fil des mois, voir Stephen se comporter de la sorte lui permit de se reconstruire et d'avoir à l'égard de son petit-fils les gestes affectueux qu'il n'avait pu avoir avec son fils.

A sa sortie de l'hôpital, Aurore exprima à Stephen son admiration et lui demanda ce qui le poussait à faire cela.

— Je ne me suis jamais posé la question. Ça me semble évident. C'est comme donner son sang. Tu ne l'as jamais donné ?

— Non. Mais pourquoi donnes-tu sans rien attendre en retour ?

— Je n'attends rien mais j'ai beaucoup en retour. J'adore les enfants. Je leur fais un cadeau mais c'est si peu par rapport à ce qu'ils me donnent. Tu as vu leur regard ? C'est la plus belle des récompenses. Je rentre avec l'appréhension de ne pas les faire rire, de ne pas les aider à se battre contre leur maladie. Et puis je suis pris par la magie du spectacle. Je les entends retenir leur souffle, frémir lorsque le méchant arrive, alerter le gentil et lui montrer où le méchant s'est caché. Pendant ce moment, ils en oublient leur maladie, leurs souffrances et leurs angoisses de cette horreur dans laquelle ils sont plongés aussi jeunes. Ils repartent avec des rêves qui leur permettent de profiter au moins un peu de leur enfance.

Aurore resta pensive un court instant.

— Avec toi, je découvre une autre facette des êtres humains, lui déclara-t-elle, admirative.

— Allez, monte dans la voiture. Je n'ai pas fini de te surprendre.

Dans la voiture, elle l'interrogea sur Valentin.

— Je suis étonnée de n'avoir pas encore rencontré ton fils. Je pensais que tu étais un père démissionnaire mais maintenant que je t'ai vu avec des enfants, je suis certaine que tu es un père formidable. Or, voilà un mois que nous ne nous quittons plus et il n'est jamais venu chez toi. Pourquoi ?

— Il va vraiment falloir que je te parle de sa mère !

Lors d'une conférence qui eut lieu la semaine suivante, Aurore fit la connaissance d'un professeur, retraité du *Royal Anthropological Institute de Londres*. Ce dernier s'intéressait beaucoup à des domaines sur lesquels Aurore avait réalisé des publications et c'est à ce sujet qu'il l'aborda. Il lui fit part de son attrait pour son travail et lui indiqua qu'il avait étudié pendant de longues années les rituels mystiques de différentes peuplades, dont les Aborigènes. Il regrettait de ne pas avoir eu accès à ceux d'anciennes civilisations.

Aurore observa attentivement le professeur Stanton. Il devait avoir dépassé les soixante et dix ans. Il était grand et élancé, habillé sobrement, ses vêtements semblant provenir d'un grand couturier ou réalisés sur mesure. Ses cheveux étaient longs et étonnamment noir pour ceux d'un homme d'un âge aussi avancé. Sa peau était ridée et il ne paraissait pas être le genre de personne à recourir à des soins du corps. Il était vif car ses yeux ne perdaient rien de ce qui se passait autour d'eux, même pendant qu'il parlait. Finalement, il émanait de lui le charme d'un homme mûr.

Aurore le trouva passionnant et lui proposa d'aller boire un café, ce qu'il accepta sans hésitation, arguant que les retraités avaient du temps libre. Devant leurs tasses fumantes, ils discutèrent un long moment et, comme elle se sentait étrangement en confiance avec ce vieil homme, comme si elle l'avait toujours connu, c'est naturellement qu'elle lui parla des phénomènes vécus par Stephen. Les explications d'Aurore parurent l'intéresser et il accepta de rencontrer Stephen. Il lui tendit sa carte de visite pour que ce dernier le contacte au plus tôt. Aurore se dit que le hasard faisait bien les choses. Mais cette rencontre avec le professeur Stanton était-elle vraiment due au hasard ?

Évidemment, Stanton était capable de provoquer une sympathie immédiate. Ce qu'Aurore aurait dû repérer aussitôt et qui lui aurait permis de rester sur ses gardes. Au contraire, elle avait accepté son aide, aveuglée par le désir ardent de sauver Stephen. Ou parce que quelque chose en lui avait endormi sa méfiance. Quelque chose de familier, un comportement, une attitude, qui lui avait inconsciemment donné confiance et espoir.

14

Les médicaments prescrits par le docteur Freyman n'apportèrent aucune amélioration sur le sommeil de Stephen. Max conseilla à Stephen de prendre un nouveau rendez-vous et de lui parler ouvertement de ce qui était advenu. C'était une personne ouverte, il l'avait constaté à plusieurs reprises.

Aussi, Stephen rencontra le docteur Freyman mais ce dernier ne prit absolument pas au sérieux l'histoire qu'il lui raconta, bien trop irrationnelle pour son esprit cartésien. La seule explication scientifique qu'il avança en fin de séance consista à cataloguer Stephen dans les personnalités *borderline*, à mi-chemin entre psychose et névrose.

Pour le docteur Freyman, Stephen souffrait de troubles de l'identité et d'une réaction disproportionnée au stress qui tiraient leur source dans une suractivité professionnelle et une profonde carence affective familiale. Il lui proposa d'associer des antidépresseurs à une psychothérapie et lui remit un courrier à l'attention d'un confrère psychiatre. Il lui prescrivit un cachet tous les soirs avant de s'endormir et lui conseilla de ne pas consommer d'alcool pendant cette période. Stephen le remercia pour ses conseils.

Stephen prit les médicaments avec assiduité mais il ne contacta pas le psychiatre qui lui avait été conseillé. Rapidement, il n'eut plus de vision et les cauchemars cessèrent complètement. Il avait l'impression de reprendre le contrôle sur sa vie et avait le sentiment qu'Aurore y prenait une grande part. La jeune femme faisait maintenant partie intégrante de son quotidien et même s'il était prématuré de parler d'avenir avec elle, il se prenait de plus en plus souvent à penser "Nous" et un peu moins "Je".

Un mardi de Juillet, alors que le temps était froid et sec, Stephen reçut un appel de Kerry. Miracle, elle consentait à lui laisser Valentin pour le week-end, ce dernier ayant émis le désir d'aller au *Luna Park* avec son père. Valentin n'aimait pas y aller avec sa mère qui lui interdisait, par peur, l'accès à tous ses manèges préférés et en particulier le grand huit.

Ils avaient fait des tas de projets avec Aurore qu'il allait falloir annuler, mais il était sûr qu'elle comprendrait. Il était trop en manque de son fils pour faire le difficile.

La réaction d'Aurore fut à la hauteur de ce qu'il espérait. Non seulement elle comprit mais elle alla lui chercher les billets d'entrée avant de s'effacer discrètement pour ne pas gêner les retrouvailles du père et du fils.

Cependant, Kerry lui laissait Valentin à contrecœur car elle restait jalouse de l'attache profonde qui existait entre eux.

Stephen leur donna rendez-vous le samedi dans *Hyde Park* devant la fontaine *Archibald*. Celle-ci, don de la France pour la collaboration Franco-Australienne pendant la 1ère Guerre mondiale, représentait *Apollon* accompagné d'autres figures mythologiques.

Comme d'habitude, les échanges furent plutôt tendus et seul Valentin fut ébahi par les magnifiques jets d'eau.
— Tu as l'air resplendissant Stephen. Enfin une nouvelle femme dans ta vie ?
— On ne peut rien te cacher.
— Quel est votre emploi du temps ?
Stephen décida de se moquer d'elle ouvertement.
— Nous goutons jusqu'à 17h12 puis nous ferons les magasins de 17h13 à 18h30, puis ensuite...
— Arrête, tu me fatigues.
— Rassure-toi, j'ai prévu des activités mais je ne suis pas comme toi à régir ma vie à la minute. Je ne vais pas me stresser alors que je peux profiter de mon fils.
— Très bien. Débrouille-toi avec lui.

Kerry mit la main de Valentin dans celle de Stephen, posa aux pieds de ce dernier le sac contenant les affaires de Valentin pour le week-end, fit une bise à son fils et tourna les talons. Au bout de quelques mètres, elle se retourna pour rappeler à Stephen de le ramener le lendemain "Ici, à 18 heures précises".

Le père et le fils restèrent encore quelques instants à la regarder s'en aller et ils partirent sans prononcer un mot. Valentin glissa sa petite main dans celle de son père et lui fit un grand sourire. Malgré cette trop longue séparation, leur complicité était toujours intacte. Après une dizaine de mètres, Stephen s'arrêta, lui fit un clin d'œil et lui dit :

— Devine.

— Quoi ? demanda Valentin la curiosité en éveil.

— J'ai une surprise pour toi. Regarde dans la poche de ma veste, il y a deux tickets.

Valentin lâcha la main de Stephen et sortit les billets.

— Tu as le vertige ?

— Non, répondit l'enfant, interrogateur.

— Alors, on va là-haut, s'exclama Stephen, lui montrant du doigt le sommet de la *Centrepoint Tower*. Du haut de ses 301 mètres, elle était la tour la plus haute de la ville

Valentin s'arrêta un court instant, impressionné, reprit la main de son père et se mit à le tirer vers leur destination, impatient. Arrivé à la tour, il était rouge de bonheur et c'était beau à voir. Après avoir passé le contrôle de sécurité, ils prirent l'ascenseur. La tour étendait son ombre sur le parc. La terrasse d'observation offrait un magnifique panorama à 360°. Ils contemplèrent la ville avec des jumelles mises à leur disposition. Ils démarrèrent au nord par le pont *Harbour* et passèrent ensuite par les *Blue Mountains* à l'ouest situées à environ 1h30 de *Sydney* dont le nom provenait du voile bleu formé par la présence d'essences d'eucalyptus. Ils continuèrent jusqu'à la *Botany Bay* au sud qui fut le théâtre du débarquement de *James Cook* et qui marqua le point de départ de la colonisation britannique sur ce continent. Ils finirent leur observation à l'est, par l'océan *Pacifique*. Lorsque Valentin aperçut à l'autre extrémité de la ville le quartier où son père habitait, il eut un petit pincement au cœur, retint un sanglot mais se garda de le lui montrer. Stephen demanda à un couple de touristes japonais de les prendre en photo avec son IPhone. Il voulait garder une trace de ce moment magique. Ils étaient si rares. Quand Valentin fut las, ils reprirent l'ascenseur. Il était temps de gouter.

Ils n'eurent pas plus d'un kilomètre à parcourir pour arriver au centre Qu*een Victoria Building* sur *George Street*. D'une architecture victorienne et byzantine, le magasin offrait 4 étages de boutiques de luxe.

Ils s'arrêtèrent dans un salon de thé pour déguster une tarte aux pommes à la cannelle. Une fois qu'ils eurent repris des forces, ils se mirent à la recherche d'un magasin de jouets qui une fois trouvé se révéla être pour Valentin une caverne recelant mille trésors. Il lâcha la main de son père pour se précipiter vers des figurines plastiques disposées sur des étagères et des tables. Toutes les civilisations et les époques se trouvaient représentées. De *l'Egypte* ancienne à la *Rome Antique*, du *Moyen-Âge* à la *Guerre de sécessions*, en passant par l'univers du *Seigneur des Anneaux*. Valentin ouvrait grands les yeux et porta son attention sur des cavaliers Perses.

Pour Stephen, beaucoup de figurines étaient semblables, ce qui offusqua Valentin. Le petit garçon entreprit d'expliquer à son père la tactique des armées Perses et les rôles de chaque combattant, fantassins et cavaliers. Le sérieux et la méthode avec lesquels il défendit son intérêt pour cet univers forçait le respect chez un enfant aussi jeune.

— Alors, tu veux lesquels ?

L'enfant choisit deux cavaliers.

— Deux, c'est tout ? Tu as déjà tous les autres ?

— Non, Papa, mais c'est cher. Je ne veux pas te ruiner. J'ai déjà tous les fantassins.

— Me ruiner ?

— Maman dit toujours que je la ruine.

Pauvre Valentin, il était, lui aussi, une victime rêvée pour sa dominante de mère !

— Donc, tu n'as ni les cavaliers ni le char avec son équipage.

– Non.

– Alors, on prend tout. Stephen saisit une boite contenant l'ensemble des figurines. Tu pourras te faire de sacrées batailles.

En sortant du magasin, Valentin serrait la boite et la main de son père avec bonheur.

En fin de journée, ils rentrèrent à la maison et après une bonne douche, un cruel dilemme s'imposa : *MacDo* ou Pizza ? *MacDo* choisit Valentin avec un grand sourire.

– Cela ne te gêne pas de ressortir ? demanda-t-il avec le même sérieux qu'au magasin ?

– Non, mon fils. Et toi ?

– Au contraire.

– Alors, c'est parti. Direction la voiture.

Au fastfood, Stephen questionna Valentin.

– On prend à manger et on rentre à la maison ou tu veux manger sur place ?

– Dedans. J'aime pas le drive. Quand Maman elle craque… Valentin s'arrêta de peur d'en avoir trop dit.

– Elle craque ?

– Oui, quand je lui dis que je veux manger à *MacDo*, elle veut pas. Alors je fais un caprice et après elle est d'accord, mais pas dedans, "parce que c'est sale", elle dit.

– Et tu y es déjà rentré ?

– Je peux pas te le dire, lui répondit Valentin en chuchotant. C'est secret.

– Ne t'en fais pas. Je ne vais pas te trahir. Promis, je ne dirai rien à maman. Alors, tu y es déjà rentré ?

– Oui… Avec Cindy.

– Cindy ?

– Oui. Elle vient me chercher à l'école le soir quand maman peut pas.

Valentin continua à voix basse comme s'ils pouvaient être espionnés.

– Une fois, elle m'a amené goûter à *MacDo* mais j'ai pas joué dans les jeux parce qu'elle avait peur que j'abime mes vêtements. J'ai juré que je dirai rien à personne. Quand on est rentré, maman était arrivée avant nous et Cindy a dit qu'on avait mangé une brioche au salon de thé. On a rien dit à maman...

Stephen avait du mal à garder son sérieux devant l'air de conspirateur de son fils. Valentin remarqua que son père le regardait avec insistance et crut qu'il allait le gronder.

— C'est pas bien ?

Stephen se composa le visage d'un père responsable pour répondre avec assurance :

— Tu as droit d'avoir tes secrets mais il faut éviter de mentir. Allez, en route, garnement.

Il aurait préféré lui dire que sa mère était une emmerdeuse et que le mensonge était auprès d'elle un mode de survie mais un père digne de ce nom ne pouvait dire cela à son fils.

A l'arrivée au fastfood, Stephen fit la queue pendant que Valentin bondissait dans l'aire de jeu, heureux et libre. Stephen commanda un menu enfant et un sandwich sans viande pour lui.

Ils se retrouvèrent à table et se parlèrent de leur vie respective.

— Tu as une amoureuse ?

Valentin lui parla avec naturel d'une petite fille blonde de sa classe qu'il aimait bien. Puis, avec autant de naturel, il demanda à son père :

— Et toi, tu as une amoureuse ?

Stephen acquiesça et lui dit qu'il lui présenterait bientôt cette personne qu'il avait rencontrée par accident. L'enfant eut un sourire triste et Stephen réalisa que pour Valentin, cela voulait dire qu'il n'y avait plus d'espoir de revoir un jour se reformer la cellule familiale.

Mais la tristesse ne fut que passagère et ils finirent le repas en rigolant de leur voracité.

Ils rentrèrent à la maison et regardèrent un film. Valentin s'endormit devant la télé avec un cavalier entre ses mains. Stephen le prit en poids et alla le coucher. Il le borda, le regarda attendri et sortit de sa chambre sans bruit. Après un peu de rangement, il s'endormit au salon sur le canapé convertible.

Le lendemain, dimanche, Stephen fut réveillé par Valentin en fin de matinée. Après le déjeuner, ils partirent au *Luna Park*, à *Milsons Point*, côté nord du *Pont Harbour*.

Valentin voulut commencer par un grand huit mais l'accès lui fut refusé car il était trop petit. Ils se rabattirent donc sur les auto-tamponneuses et cherchèrent à pousser le plus de voitures possible.

Ils firent ensuite un passage dans la maison hantée "qui fait peur", comme la dénomma Valentin de l'extérieur, mais où tous deux rigolèrent finalement une fois entrés, tellement rien ne leur parut effrayant.

— Tu vois Papa, ici, c'est un endroit pour les hommes ! Maman ne rentrerait jamais dans la maison hantée ! On est mieux entre nous !

Stephen ne fit aucun commentaire mais tout d'un coup, son fils mesurait quelques centimètres de plus. Des centimètres de bonheur et de fierté !

Ils firent ensuite du karting et attirés par l'odeur de gaufres, ils se dirigèrent vers un stand pour y manger finalement des crêpes au *Nutella*.

Ils continuèrent leur ballade dans le parc et prirent deux places pour assister à un spectacle de clowns et d'acrobates sous un chapiteau.

Dans la queue, poussé par son intuition, Stephen demanda à Valentin :

— Tu veux rencontrer mon amoureuse ?

— Je sais pas !

— C'est une spécialiste des armées Perses !

— Ah ouais ? Trop cool ! Dis-lui de venir !

Avant d'entrée, Stephen appela Aurore pour lui donner rendez-vous au parc. A la sortie du spectacle, il leur restait encore un peu de temps pour monter dans une pirogue qui les entraina vers un toboggan aquatique.

Aurore les attendait à la sortie du parc et grâce aux cavaliers Perses, ils sympathisèrent rapidement.

— C'est toi qui sais tout sur les *Perses*, *Babylone* et *Alexandre* ?

— Tout non, mais un peu…

— Alors dis-moi, c'est vrai qu'il y avait des Immortels dans l'armée Perse ? Je n'en trouve pas en figurine.

Stephen eut peur qu'Aurore réponde en historienne et brise ses rêves en expliquant que ce corps d'élite comptait dix mille guerriers et que chaque soldat qui tombait au combat au combat était immédiatement remplacé. Mais elle entra avec une aisance remarquable dans l'univers de l'enfant axant sa réponse sur la peur présente chez les ennemis à l'évocation de leur nom et ils passèrent tous les trois un moment délicieux.

Stephen ramena Valentin en pressant le pas afin d'arriver à l'heure précise.

— Alors, vous avez fait quoi ?

Valentin raconta avec passion à sa mère l'observation de la ville depuis la haute tour, les cavaliers, les manèges et hésita à lui parler de *MacDo*. C'est Stephen qui aborda le sujet en faisant un clin d'œil à son fils. Son ex fit la moue mais se garda d'être désagréable.

Stephen craignait le moment où Valentin allait parler d'Aurore, mais comme par un sixième sens, son fils n'en dit pas un mot. Il parla de ses figurines et replaça habilement ses connaissances sur le sujet sans citer sa source !

Stephen et Valentin s'embrassèrent, se serrèrent fortement dans les bras, Valentin lui glissant à l'oreille "je t'aime Papa", auquel Stephen répondit "moi aussi" en le serrant encore plus fort, le tout sous le regard impatient de Kerry. Quand Stephen vit s'éloigner Valentin, il repensa à ses mots et se mit à pleurer.

Lorsqu'il rejoignit Aurore, elle vit qu'il avait du chagrin et le prit dans ses bras pour le consoler. Elle l'emmena boire un café et l'écouta longuement parler du manque qu'il ressentait en l'absence de son fils.

— C'est certainement une des raisons qui expliquent ta détresse et tes cauchemars. Au fait, tu ne me parles plus de tes cauchemars. Tu as pris rendez-vous avec Stanton ?

— Non, je pense que ce ne sera pas la peine… Je vais mieux. Les antidépresseurs du docteur Freyman m'ont fait beaucoup de bien. Le problème est en voie de règlement. Je ne reprendrai plus les méditations. Il n'y a pas de raison que je prenne contact avec le professeur Stanton.

Aurore se montra contrariée qu'il laisse tomber et qu'il ne saisisse pas l'opportunité d'entrer en contact avec quelqu'un qui prendrait au sérieux son cas. Stephen mit fin à la discussion en lui indiquant qu'il ne voulait prendre aucun risque, que cela n'en valait pas la peine sauf si elle y voyait un intérêt scientifique supérieur à sa santé. Ce à quoi elle s'empressa de lui répondre qu'elle l'aimait et que sa santé lui importait bien plus que toutes les découvertes au monde.

Stephen avait besoin de se changer les esprits et cette petite dispute avec Aurore, juste après le départ de Valentin, lui pesait. Aussi, pour changer l'ambiance, il lui proposa un dîner dans un restaurant thaïlandais qu'un de ses collaborateurs lui avait conseillé. Aurore préféra un repas en amoureux, chez lui. Ils firent un détour par le restaurant pour prendre des plats à emporter. Stephen se leva pour prendre son pilulier contenant ses fameux antidépresseurs. Avant qu'il les avale, Aurore demanda à les voir, par curiosité.

— Montre ce qui te redonne foi en la vie !
— Tiens, de simples comprimés "bleus comme les *schtroumpfs*".
En effet, ils étaient de la même couleur et elle réalisa que ces comprimés étaient les mêmes que les probiotiques qu'elle prenait chaque jour. Si le traitement fonctionnait, la guérison de Stephen risquait de faire échouer ses plans. Mais la solution était finalement très simple. Stephen prit son médicament et ils finirent le repas. Pendant que Stephen préparait le café, Aurore en profita pour subtiliser le double des clés de l'appartement de Stephen, dans la commode de l'entrée. Ils burent le café et Aurore décida soudainement qu'elle devait rentrer chez elle et se coucher tôt car elle assurait un cours

supplémentaire le lendemain en l'absence d'un de ses collègues.

Chez elle, Aurore passa toute la nuit à tester comment décoller et recoller une plaquette de médicament de façon invisible. Elle prit toutes les boites de médicament qu'elle trouva. Elle essaya tout d'abord avec de la vapeur qu'elle obtint en chauffant de l'eau dans une bouilloire. Mais le plastique fondit, se colla aux médicaments et elle ne put enlever la feuille d'aluminium. Elle essaya avec un fer à repasser sans plus de résultat. Le temps passait et elle ne voyait aucune solution à son problème.

Après avoir bousillé une dizaine de plaquettes en faisant fondre le plastique, elle trouva enfin. Extraire les cachets, ôter parfaitement les morceaux d'aluminium restés au bord, découper et coller une feuille d'aluminium ménager par-dessus l'autre avec une colle extra forte. C'était un jeu d'enfant. Elle répéta l'opération à plusieurs reprises pour maîtriser le geste.

Le lendemain dans l'après-midi, Aurore appela Stephen pour prendre des nouvelles de sa santé. Une fois assurée qu'il allait bien et qu'il était jusqu'en soirée à son travail, elle se rendit à son domicile.

Elle entra dans l'appartement. Comme à l'accoutumée, Stephen avait tiré la porte sans la verrouiller. Elle se dirigea directement vers la salle de bain où elle trouva dans l'armoire de toilette deux boites de l'antidépresseur prescrit par le médecin. Elle ressortit de la salle de bain pour se rendre à la cuisine. Elle déposa les boites sur la table et en retira toutes les plaquettes. Une d'elles était à moitié entamée. Elle sortit de son sac une boite, un cutter, un rouleau de papier aluminium, une pince à épiler et un tube de colle. Au bout d'une demi-heure, elle avait enlevé les médicaments de toutes les plaquettes et nettoyé les bords. Elle prit la boite de comprimés et en remplit toutes les plaquettes puis découpa et colla méticuleusement une feuille d'aluminium sur chacune. Une fois l'opération terminée, elle remit tout en place dans l'armoire de toilette et reposa le trousseau de clés dans la commode. Elle partit discrètement, soulagée que cela se soit si bien passé.

C'est dans sa voiture qu'elle fut prise de remord. Est-ce que tout cela valait encore la peine qu'elle mette la vie de Stephen en danger ?

Le soir, lorsque Stephen entra chez lui, de légères senteurs du parfum d'Aurore parvinrent jusqu'à ses narines. Il trouva cela étrange même s'il lui avait déjà fait remarquer que son parfum était tenace. Il ouvrit son courrier, rangea une facture dans le tiroir de la commode et jeta les publicités dans la poubelle. Il appela la jeune femme pour lui proposer une séance de cinéma. Elle allait bien mais elle était fatiguée et souhaitait se coucher tôt.

— Mon appartement est tellement imprégné de ton odeur que j'ai l'impression que tu es venue dans la journée.

Aurore se braqua.

— Pourquoi dis-tu ça ? Dois-je te rappeler que je n'ai pas les clés ?

Stephen se remémora qu'il venait de voir le double des clés dans le tiroir de la commode. Il était d'ailleurs peut-être temps qu'il en fasse refaire un jeu pour Aurore. Il se sentait assez sûr dans sa relation pour lui avoir présenté Valentin alors pourquoi ne pas lui donner les clés de chez lui. Elle avait déjà les clés de son cœur !

Ils se donnèrent rendez-vous pour le lendemain. Stephen dina, avala son médicament et se coucha. Il ne trouva pas le sommeil tant qu'il n'eut pas terminé de lire *L'alchimiste*, le premier roman de *Paulo Coelho*. Ses songes furent paisibles et il dormit correctement la nuit entière.

Lorsqu'ils se retrouvèrent le lendemain, Aurore lui demanda innocemment si tout allait bien et elle fit semblant de se réjouir que les médicaments aient un effet bénéfique sur son problème. Elle savait bien que cela ne durerait pas longtemps.
Elle décida de la conduite à tenir : l'interroger discrètement de temps en temps et attendre patiemment la perspective d'une nouvelle existence. Elle compterait les jours s'égrenant et resterait à l'affut du moindre indice révélant une rechute. Ainsi, son comportement n'éveillerait à aucun moment les soupçons de Stephen.

En cherchant un document dans son sac, Stephen retrouva la carte de visite du professeur Stanton. Il la déchira et la jeta à la poubelle. Que pouvait bien lui apporter ce vieil homme ? Aurore lui en avait parlé avec enthousiasme, le trouvant calme, plein de sagesse et d'humilité malgré son parcours universitaire élogieux.
Mais la médecine remplissait son rôle. Et correctement, puisqu'il n'avait plus de cauchemar.
C'est le soir-même devant sa télévision qu'il repensa à Stanton, en suivant un reportage sur le Dalaï-Lama, un vieil homme apportant sagesse et espoir à son peuple. Il se décida par curiosité et malgré la disparition de ses cauchemars, à prendre contact avec lui pour fixer une entrevue. Il repartit à la cuisine fouiller dans la poubelle afin de retrouver la carte de visite de Stanton.

Lincoln avait parcouru des milliers de kilomètres et dormi dans différents hôtels sans arriver à trouver le sommeil à cause des décalages horaires. Mais il avait récolté une moisson d'informations. Il avait eu accès aux fiches de description physique des objets avec leurs photos, leur analyse iconographique et historique ainsi que leur conservation. Il avait emporté à chaque fois une copie de tous les documents pour y travailler ultérieurement et comparer les informations.

Ses déplacements l'avaient empêché de participer au championnat inter polices. Barrington avait encore obtenu la troisième place et il avait posé sans joie sa nouvelle coupe sur l'étagère de son bureau dédiée à ses trophées de tir.

Pour l'instant, aucun indice ne permettait d'établir un quelconque lien entre ces œuvres. Mais Lincoln était persuadé qu'il allait bientôt trouver le chainon manquant qui lui apporterait la solution de l'enquête et par là même lui ouvrirait la voie pour sa promotion.

VI.
LE SECRET DE
LA KUNDALINI

15

*"Vous pouvez être immensément intelligent,
avoir des connaissances encyclopédiques,
s'il n'y a pas en vous la vitalité de sentiments forts et profonds,
votre compréhension est comme une fleur sans parfum."*
Extrait de "Le sens du bonheur"
Jiddu Krishnamurti (1895-1986), philosophe et sage
indien

Sydney, AUSTRALIE
Le vendredi 9 septembre 2011

Le rendez-vous avec le professeur Stanton était fixé pour 9 heures. Stephen prit le rail aérien. Arrivé à destination, il s'assit à la terrasse du bar, le *King Coffee*, où devait se faire le contact.
Le garçon venu prendre la commande allait faire demi-tour, Stephen lui ayant indiqué qu'il attendait une personne lorsqu'une voix posée l'arrêta.

— Alex, pour moi, ce sera comme d'habitude.

— Bien, Professeur. Et pour vous ?

— Euh... Un café, un jus d'orange et une viennoiserie.

— Vous êtes Stephen Carver, je suppose ? interrogea le professeur Stanton.

— Oui, répondit Stephen, troublé.

Il était certain d'avoir déjà vu ce visage, ces sourcils épais et ce nez fin. Le timbre de sa voix, basse et contenue, retint également son attention. Il fouilla sa mémoire en vain. Peut-être était-il passé à la télévision ?

— J'ai été très intéressé par les explications de votre petite amie. Asseyons-nous. Durant ma carrière, je vous avoue avoir rencontré beaucoup de charlatans concernant ces phénomènes. J'aimerais en savoir davantage avant de me faire une idée sur ces faits et... Sur vous.

— Que voulez-vous savoir ?
Le serveur les interrompit en apportant la commande.

— Le thé avec le nuage de lait, c'est pour le professeur, et le reste c'est pour vous.

— Merci Alex. Je viendrai régler la note au comptoir.
Le garçon fit demi-tour et comprit qu'il ne devait plus les déranger.

— Vous me demandiez ce que je voulais savoir. Eh bien, tout. Depuis le début. Comment cela est arrivé, comment cela se manifeste, ce que vous ressentez.

Stephen raconta son histoire depuis le début. La femme assise à la table voisine parlait à voix basse dans son portable en agitant sa cigarette. Les volutes de fumée parvenant aux narines de Stephen le dérangeaient tellement qu'il dut s'interrompre pour le signaler à la fumeuse. Elle haussa les épaules, poussa un long soupir, écrasa nerveusement sa cigarette et continua sa discussion téléphonique sans même l'avoir regardé. Stephen reprit ses propos. Le professeur l'écoutait attentivement tout en prenant de temps à autre des notes sur un vieux calepin jauni aux bords élimés. Il l'interrompit quelques fois pour lui poser des questions afin de recouper une information avec une autre notée précédemment.

— Je n'arrive pas à accéder plus loin dans leur vie. Je bute toujours sur les mêmes évènements comme si une part de leur mémoire m'était inaccessible.
Le professeur Stanton restait pensif.

— Je pencherais pour une partie refoulée correspondant à un moment particulier de leur vie. Peut-être celui précédant leur mort, ce qui rend cet instant trop pénible pour être visible.
Le professeur Stanton remplit à nouveau sa tasse de thé.

— Vous ne m'avez pas expliqué pourquoi vous vous êtes lancé dans ces méditations.

— J'ai lu, dans un livre, une ancienne légende indienne qui racontait qu'autrefois tous les hommes étaient des dieux. La légende expliquait que les hommes n'arrêtaient pas de se disputer pour savoir qui était le plus grand. Alors, le grand Dieu décida de leur ôter la lumière intérieure. Mais où la mettre pour que l'homme ne la retrouve pas ? Un ange proposa alors de l'enfouir au fond de la terre : "Non, dit le grand Dieu, car l'homme creusera la terre et trouvera la lumière." Un autre proposa de la déposer sur la lune : "Non, dit le grand Dieu, car un jour l'homme ira sur la lune, et il trouvera la lumière." Un autre proposa de la cacher au plus profond des océans : "Non, dit le grand Dieu, car l'homme descendra au fond des mers et il trouvera la lumière." Les anges n'avaient plus d'idées. Alors le grand Dieu prit la parole et dit : "Je sais où je vais cacher la lumière pour que l'homme ne la trouve pas. Je vais la déposer au plus profond de son cœur. C'est le seul endroit où il ne pensera jamais à la chercher."

— La Kundalini, articula posément le professeur Stanton, installant un léger sourire à la commissure de ses lèvres.

A cet instant, il sembla à Stephen que le monde autour de lui s'était immobilisé. Le temps semblait s'être suspendu. Il se décida à poser une question.

— Vous connaissez ?

Le professeur marqua quelques secondes avant de répondre.

— Oui. Il y a en nous une mémoire invisible, inaccessible, nommée Kundalini. Son accès relève d'une démarche complexe. L'esprit est structuré en quatre couches : la première nous permet de gérer nos relations avec l'extérieur en créant un compromis entre ce que nous sommes et ce que le milieu dans lequel nous évoluons attend de nous. C'est le fameux masque social qui nous interdit de dire ce que nous pensons réellement; la seconde est notre conscience, notre pensée quotidienne. La troisième, notre subconscient, c'est tout ce qui a été conscient mais oublié ou refoulé parce que désagréable. Ce ne sont pas des compartiments mais des couches qui sont étroitement connectées et qui interagissent les unes avec les autres. Elles sont comme des liquides qui garderaient leur spécificité tout en se diluant avec les autres. Et enfin, la quatrième et dernière, séparée des trois autres, un compartiment à part, la Kundalini. Ce que vous avez perçu n'a pas transité par vos sens ou les aires cérébrales primaires mais par votre glande pinéale, l'épiphyse. Vous savez sûrement que dans la mythologie védique du Yoga, la glande pinéale est associée au chakra Ajna ou 3ème œil. Des psychiatres comme Jung s'y sont intéressés. Le philosophe français Descartes désignait l'épiphyse comme le siège de l'âme. Maîtriser son éveil, c'est ressentir l'extase du Créateur, sortir de son corps pour ne faire qu'un avec le Monde.

— C'est en effet ce que j'ai ressenti.

— J'ai rencontré des similitudes avec certains cas de mort imminente où les personnes en phase de coma révélaient être sorties de leur corps et avoir revu leur vie.

— Comment savez-vous tout cela ?

— C'est mon métier ! Et puis, j'ai eu la chance de faire des études et d'accéder à un ancien manuscrit sanscrit qui rapportait cet état. Depuis des millénaires, l'essentiel se transmet oralement. Il est donc très rare que ces préceptes figurent dans un manuscrit. Lorsqu'un manuscrit était diffusé, il ne contenait que des enseignements épurés de certaines informations afin de ne divulguer que des principes inoffensifs. Ce n'était qu'un jeu de piste pour fausser les recherches.

— Qui détenait ce manuscrit ?

— Un maître tibétain.

— Et il vous a révélé un secret aussi bien gardé ?

— Oui, je lui ai sauvé la vie lors d'une expédition, il y a bien longtemps. Et il savait qu'il pouvait me faire confiance. Figurait également les instructions pour réveiller un serpent de feu s'enroulant autour de la colonne vertébrale. La Kundalini.

— Il y avait un serpent dessiné dans mon manuscrit.

— Mais où avez-vous trouvé ce livre ?

— Dans une librairie de Londres ?

— C'est vraiment curieux. Vous pourriez me le montrer, à l'occasion ?

Là encore, Stephen mentit, par réflexe, s'en tenant à la version servie aux policiers.

— Non, on me l'a dérobé lors d'un cambriolage.

— C'est très fâcheux.

— Oui.

— Non. Pas qu'on vous l'ait volé. Mais que ce genre de livre puisse tomber entre les mains de n'importe qui... Excusez-moi, je ne voulais pas vous blesser. Je parlais de celui qui vous l'a dérobé. Vous vous rendez bien compte des dangers d'un tel enseignement sans l'accompagnement d'un maître. J'espère que nous pourrons en reparler plus tard si l'occasion nous en est donnée.

Stanton, malgré ses propos, ne semblait pas très inquiet, comme s'il savait que le manuscrit n'était pas vraiment entre de mauvaises mains. Le regardant droit dans les yeux, il lui demanda :

— Qu'attendez-vous de moi ?

— Que vous me disiez si tout cela est normal et comment je peux m'en sortir.

— Bien sûr que tout cela est normal, je viens de vous le dire. Et vous êtes normal puisque nous transportons tous en nous des mémoires du passé. Regardez ces gens qui passent autour de nous. Ils ne s'en soucient nullement car ils ne le savent pas. Mais il vaudrait mieux que vous évitiez d'en parler autour de vous car beaucoup de personnes seraient sceptiques sur votre état mental.

A cette idée, revinrent à l'esprit de Stephen le regard d'Aurore et le sourire de Max lorsqu'il leur avait fait part de son expérience.

— Mais comment pouvons-nous porter des mémoires de gens avec qui nous n'avons pas eu de relation ?

Le ciel venait de se couvrir et le professeur Stanton sentit des frissons parcourir son corps. Il se leva d'un bond.

— Je vais régler la note. J'ai besoin de marcher un peu. Nous continuerons cette discussion en nous promenant si cela ne vous dérange pas.

— Je vous attends.

Stanton sortit son portefeuille, se dirigea vers la caisse et posa l'appoint sur le comptoir. A cette distance, Stephen ne put voir le billet de cinquante dollars que Stanton glissait dans la poche du veston du serveur ni entendre les quelques mots qu'il prononçait à son intention "Vous avez été parfait".

De retour à ses côtés, Stephen le remercia et les deux hommes mirent leur veste et reprirent leur conversation sur le trottoir.

— Vous m'interrogiez sur ces mémoires. Mon explication va peut-être vous paraître étrange, voire "comique" si je vous dis que je pense, ce n'est bien sûr pas une certitude mais une supposition, que les mémoires des vies se déplacent autour de la Terre grâce aux forces magnétiques exercées par la présence d'un champ psychique planétaire. Certains initiés communiquent entre eux par la pensée donc je pense qu'ils doivent se servir d'un tel champ magnétique.
Stanton faisait partie des initiés mais n'en dit rien à Stephen. Il savait que le cerveau dans sa perception normale ne syntonisait qu'une bande délimitée de fréquences. Et que la largeur de bandes augmentait lors de certaines méditations transformant le corps en une véritable antenne. Ne voulant pas s'étendre sur ce sujet, il continua la discussion en lui racontant l'histoire d'une jeune autrichienne qui parlait la nuit dans une langue étrangère. Dans son sommeil, celle-ci racontait les évènements d'une bataille vécue par un tirailleur écossais mort plusieurs centaines d'années auparavant. Après une séance d'hypnose, les scientifiques en surent plus. Les informations furent vérifiées et jugées véridiques. Tout concordait, les détails des tuniques, la stratégie employée pour manœuvrer, les noms des généraux. Mais aucune suite sérieuse ne fut donnée à l'évènement.

— Mais comment cela lui est-il arrivé ?

— Après une chute de cheval. A propos d'animal, vous avez cité un lama. Je n'ai aucun doute sur ce type de réincarnation. La naissance représente une forme de devenir dont les hommes ne sont qu'un des aspects possibles. Vous savez, certains peuples primitifs que nous regardons comme des sous-êtres, avaient compris toutes ces choses. Tout comme le fait que nous vivions dans un paradis. Ici, les Aborigènes ont tout mis en œuvre pour protéger leur espace de vie, comme d'autres "sauvages" tels les Amérindiens. Et nous, "civilisés", nous en avons fait un enfer. Regardez les autres planètes : du froid, du feu, de l'acide, des tempêtes atomiques. Et nous, un Éden que nous polluons et maltraitons.

Les élucubrations de Stanton sur la place de l'homme dans l'univers n'intéressaient que moyennement Stephen alors que seule sa propre pathologie le préoccupait. Il recentra donc la conversation sur lui.

— Pourquoi ai-je en moi ces mémoires ? Ont-elles atterri parce que j'étais dans ce ventre-là ?

— Dites-moi, vous ne seriez pas en train de culpabiliser ? "Je n'aurais pas été là, cela ne me serait pas arrivé !". Voici une toute nouvelle séquelle du judéo-christianisme. La culpabilité intra-utérine.

Le vieil homme se moquait de Stephen mais venant de cet étrange professeur, il n'en prit pas ombrage. Stanton était dans son univers au point de ne pas voir venir les dangers extérieurs. Stephen le retint par le bras alors que celui-ci s'élançait pour traverser la rue sans voir une voiture arriver. Il continua, imperturbable.

— Si Dieu nous a envoyé un message, nous ne l'avons pas compris. Ou alors nous l'avons compris à l'envers. Nous faisons n'importe quoi en attendant un paradis alors que nous devrions protéger celui-ci et y vivre heureux. La Terre n'appartient pas aux puissants, aux riches, aux forts, aux chrétiens, musulmans, communistes ou à quiconque d'autre. Elle est à vous et moi, aux illettrés, aux pauvres et aux faibles. Nous devons tous l'aimer et nous la partager sans que la moindre parcelle n'appartienne à quelqu'un. Mais pour cela, nous devons être libres. Ne plus subir. Ne plus être divisés, montés les uns contre les autres pour finir par s'entretuer. Libres des autres, des croyances, des nationalités, du pouvoir, du confort et de la cruauté. Vivre sans peur, dans le respect de l'autre, donnant sans rien attendre en retour, libres des dogmes et des superstitions. Découvrir par soi-même sans imiter. J'aime bien ce qu'un écrivain français, Victor Hugo, a écrit à ce sujet au 19ème siècle "N'imitez rien ni personne. Un lion qui copie un lion devient un singe". Mais pour cela…

Stanton s'interrompit. Il aurait pu dire ce qu'il savait. Que beaucoup avaient tenté de maitriser la Kundalini, même si selon leurs époques, ils ne lui donnaient pas ce nom. Mais tous avaient péri. Tous ces prophètes et messies, croyant recevoir de Dieu des commandements, des prophéties ou des révélations. Ils espéraient mettre un terme au chaos régnant sur Terre. Mais ils avaient sombré dans la folie, sur un bucher ou une croix. Depuis des milliers d'années, personne n'avait pu la maitriser. Un seul maitre tibétain avait réussi à ouvrir la Kundalini et la refermer sans périr.

Stanton aurait pu aussi dire la suite à Stephen. Ce qui surviendrait si tout se passait comme il l'avait prédit. Depuis le début, Stanton n'avait jamais abandonné ni même faibli dans la mission qui lui avait été confiée malgré les innombrables obstacles. Il n'avait jamais laissé place au doute, à l'impatience ou à lâcheté. Il n'avait pas peur d'échouer. Et il savait que le chemin de Stephen était encore long et semé d'embûches. Mais il avait confiance en lui.

Stephen écoutait Stanton avec un grand intérêt et entendait que sa voix était posée. Ils déambulaient dans les rues sans destination précise. Il avait cet allant irrésistible qu'ont certains hommes de se faire obéir sans donner d'ordre, de se faire suivre d'un mouvement du corps. Stanton s'immobilisa sur le trottoir.

— Mais je m'éloigne. Recentrons-nous sur votre cas. Il me surprend un peu. Il ne correspond à aucun autre que j'ai pu rencontrer jusqu'à présent. Il semblerait qu'un évènement soit intervenu dans la vie du premier être, amenant son esprit à se mémoriser, entraînant avec lui les esprits des "hébergeurs". Alors que d'habitude, les vies n'ont aucun lien entre elles.

— Qu'est-ce qui vous fait penser cela ?

— J'ai l'impression qu'il existe une relation entre eux car d'après ce que vous m'avez raconté, ils portent tous une profonde révolte, comme une force issue du premier être.

— C'est vrai, maintenant que vous le dîtes. Je ne l'avais pas remarqué. Mais moi, je suis un hébergeur plutôt calme.

— Je ne vous connais pas assez pour me prononcer. Mais il se pourrait que votre éducation ait étouffé toute révolte. A l'inverse de l'environnement de ces êtres où la violence n'était

153

pas autant réprimée. Faites attention car cette révolte sommeille sûrement en vous. De toute évidence, vous êtes un nouvel "hébergeur", raison pour laquelle il faut vous en libérer.

— C'est charmant, répondit Stephen. Qu'est-ce que vous pouvez faire pour moi ? demanda-t-il un peu exaspéré. Je suis actuellement un traitement prescrit par un spécialiste. Cela me fait du bien.

— Peut-être. Mais pour apporter une solution définitive à votre problème, il faut que vous arrêtiez vos méditations dès à présent si vous ne l'avez pas déjà fait afin que le passage ne s'ouvre pas plus, et surtout pour que vous ne preniez pas de risques supplémentaires.

— Je risque quoi ?

— La mort, jeune homme. Tout simplement la mort.

Stephen frissonna.

— Alors on fait quoi ?

— On va faire appel à des rituels spécifiques.

— Vous allez également m'hypnotiser ?

— Non, l'hypnose n'est pas suffisante. Elle permet d'accéder à des souvenirs enfouis dans l'inconscient mais qui n'appartiennent qu'au sujet, qui font partie de son vécu. Dans le cas de cette jeune autrichienne, les deux esprits communiquaient librement, raison pour laquelle l'hypnose a permis d'accéder à ces informations. Par contre, seuls des rituels particuliers réalisés par certains sorciers donnent accès à des informations au sujet qui les porte sans qu'elles lui appartiennent. Elles permettent surtout de le libérer. Pendant le rituel, "l'hébergeur" s'exprime dans sa langue ce qui facilite grandement les travaux de recherche par la suite. Seul inconvénient, le rituel comporte une phase de transes dont découlent une grosse fatigue et une amnésie nécessitant quelques jours de repos.

— Et vous avez fait pratiquer ces rituels sur elle pour la libérer ? demanda Stephen, d'une voix laissant entrevoir qu'il espérait une réponse positive de la part de Stanton. Une réponse qui viendrait le rassurer.

— Non. On me l'a présentée trop tard.

— Et alors ?

— Ses nuits se peuplèrent de cauchemars dans lesquels elle revivait la fureur des batailles, les angoisses du soldat. Bientôt, ses jours devinrent un enfer lorsque leurs deux pensées commencèrent à s'entremêler. Au début, ce fut imperceptible. Elle confondait des évènements, ne reconnaissait plus certaines personnes pendant quelques minutes, en appelait d'autres par des noms inconnus, mélangeait dans ses phrases quelques mots de la langue de l'Autre. Puis le rythme s'est accentué. Ces deux pensées se combattaient, l'une pour garder sa place, l'autre pour la prendre. Elle en venait même à se blesser mais nous ne savions plus qui de l'une ou de l'autre pensée en avait été l'initiatrice ni la gagnante.

— Comment cela s'est-il fini ?

— Elle s'est pendue quand elle a compris qu'elle allait perdre.

— Elle n'aurait pas pu gagner, ils n'auraient pas pu cohabiter ?

— Non. Je ne voulais pas vous inquiéter, mais puisque vous me posez la question, je dois aller jusqu'au bout. Non, il ne peut y avoir qu'un gagnant. Et c'est celui qui provient de la Kundalini.

— Pourquoi ?

— Sa force est supérieure.

— Et si plusieurs pensées remontent de la Kundalini ?

— Elles se battront jusqu'à ce qu'une seule pensée subsiste. Connaissez-vous les mythes d'Adam et Ève de la *Bible*, et de la boite de *Pandore* de la *Grèce* antique ?

— Oui. Croquer le fruit défendu ou ouvrir la boite de Pandore plongent l'humanité dans une vie faite de maux et de douleurs. Pourquoi ?

— Parce que tous ces mythes nous alertent sur les risques encourus. Il faut l'assistance d'un maître, d'un Dieu pour ne pas sombrer dans la folie. La même chose maîtrisée rend l'invisible visible, l'inconscient conscient, l'inconnu connu. Or, vous n'avez pas été assisté, vous n'avez rien maîtrisé et maintenant, vous l'avez compris, vous êtes en danger. Alors, méfiez-vous. Il va falloir que vous vous dominiez car la

155

remontée peut se faire à tout moment lors d'une émotion ou d'un souvenir. Et moi, je dois en savoir plus sur votre vie pour mieux vous aider. Vous avez le temps ?

Stephen regarda sa montre et se rendit compte qu'il était déjà monstrueusement en retard. Il n'avait pas imaginé l'importance de sa rencontre avec Stanton ni anticipé sur le temps que cela demanderait. Et alors qu'il était à un moment crucial, il était obligé d'écourter la conversation. C'est désespéré qu'il répondit :

— Non, j'ai un rendez-vous au bureau à 11 heures... Dans dix minutes. Excusez-moi mais il faut que je vous abandonne, je n'avais pas vu le temps passer. Alors, vous êtes d'accord pour m'aider ? ajouta-t-il, anxieux.

— Oui, bien sûr. Pouvez-vous venir chez moi dans la semaine ? Après-demain, 17 heures ?

— Cela me va, soupira Stephen, soulagé de ne pas avoir à attendre trop longtemps.

— Voici ma carte de visite avec mon adresse. Appelez-moi si vous avez un contretemps.

Après avoir pris congé du professeur, Stephen ressentit un sentiment mêlé de crainte et de sérénité. Il était enfin pris au sérieux par quelqu'un. Et pas par n'importe qui, par un spécialiste, un professeur, et une solution à son problème se profilait. Mais le danger restait présent, sournois et invisible.

Avant d'arriver au bureau, Stephen raconta à Aurore sa rencontre avec Stanton et celle-ci se montra très inquiète des propos qu'il avait tenus et du devenir de Stephen.

Le soir même, Stephen prit de nouveau un probiotique à la place de son antidépresseur.

Vers deux heures du matin, un rai de lumière illumina la chambre. Il ouvrit les yeux sans pouvoir reconnaître la pièce. Le plafond lui semblait plus haut, le luminaire avait disparu. Il sentit un souffle chaud sur son corps. Il essaya de le chasser mais ses membres étaient ankylosés comme rivés au lit. Il céda à la panique et voulut appeler à l'aide. Ses lèvres étaient cousues et aucun son ne sortit de sa bouche. Il se débattait lorsqu'il sentit une menace roder autour de lui. Des corps sortis de sous le lit se mirent à flotter dans la pièce, la peau en

156

lambeaux. Ils s'approchèrent de lui pour entailler sa chair et s'en nourrir jusqu'à ce qu'il soit complètement dépecé.

Stephen se réveilla dans un cri rauque, ses mains battant l'air pour chasser les fantômes. Il lui fallut un long moment pour retrouver une respiration normale.

Dès l'ouverture du cabinet médical, il appela son médecin qui lui conseilla de doubler la posologie. Il retrouva Aurore dans l'après-midi et lui parla de son cauchemar. Elle feint de le plaindre et le félicita d'avoir pris contact avec Stanton.
Malgré une peur au ventre avant d'aller se coucher, Stephen trouva rapidement le sommeil et passa une nuit calme.

16

Sydney, AUSTRALIE
Le dimanche 11 septembre 2011

Le surlendemain, Stephen arriva peu après 17h00 à l'adresse indiquée par le professeur dans *East Ryde*. Après une route sinueuse à travers les bois, il stoppa la propriété. Au bout d'une rangée d'arbres se profilait une ancienne demeure de style colonial, d'un blanc étincelant, présentant de belles colonnes de marbre et de fines balustrades au rez-de-chaussée comme à l'étage. Les pneus de son véhicule crissèrent sur le gravier. Stephen se gara, descendit, et emprunta l'escalier donnant accès à une grande terrasse inférieure. Du premier étage provenait une mélodie où deux mains caressaient avec habileté le clavier d'un piano. Elle s'interrompit lorsque Stephen parvint devant la double porte de la demeure. Stephen chercha la sonnette quand le professeur l'interpela du balcon supérieur.

— Entrez, la porte est ouverte. Montez à l'étage.

Stephen poussa la lourde porte massive. Il fut frappé par l'odeur de bois verni qui flottait dans l'air provenant du parquet brillant récemment entretenu. Des masques, des boucliers et des lances africains étaient accrochés aux murs. Il repéra un escalier en colimaçon situé sur sa droite. Il caressa une longue défense en ivoire accrochée au mur et dont la courbe semblait l'inviter à grimper à l'étage. Il monta quelques marches, s'arrêta devant la photo en noir et blanc d'un chasseur posant triomphalement devant le cadavre d'un lion et finit son ascension pour se diriger vers la seule porte entrouverte à ce niveau.
Le professeur l'attendait, assis dans un magnifique fauteuil face à l'entrée et le dos à la fenêtre. Un Steinway trônait au

milieu de la pièce. Lorsque Stephen entra, le professeur posa sur une table basse en verre l'album photo qu'il avait en main, se leva et vint à sa rencontre.

— Bonjour. Comment allez-vous ?

— Bien sauf un horrible cauchemar la nuit dernière. Mes nuits sont redevenues calmes depuis que je prends mon traitement. Et j'ai suivi vos conseils, j'ai arrêté mes méditations. Excusez-moi, c'était la 9ème symphonie de Beethoven tout à l'heure, n'est-ce pas ? s'enquit Stephen pendant qu'ils se serraient la main.

— Oui, vous êtes connaisseur ?

— Sans plus. C'était un des morceaux préférés de ma mère. Elle nous en rabattait les oreilles à longueur de journée, lâcha Stephen avec un léger sourire.

Le professeur fit un tour sur lui-même.

— Comment trouvez-vous ma demeure ? Un tantinet vieillotte, non ?

Stephen fut surpris de la question. Il n'eut pas le temps de répondre que le professeur enchaînait.

— L'héritage d'un oncle. Nous étions très différents. Il braconnait et pillait toute l'Afrique, pendant que je faisais mes études d'anthropologie. Tous ces trophées africains aux murs ne sont pas à mon goût mais ils faisaient partie des conditions de l'héritage. J'étais dans une passe financière tellement déplorable que j'ai été obligé d'accepter son marché. Il connaissait ma situation et en a profité. Il souhaitait donner une leçon de vie à l'humaniste que j'étais. C'est lui sur la photo au pied de l'escalier. Encore une des conditions de l'héritage. Vous n'avez pas eu trop de mal à trouver ?

— Non, mon GPS m'a guidé.

— La technologie, quelle merveille quand il en est fait bon usage. Installez-vous sur le canapé. Une tasse de thé ?

— Parfait. Je peux vous aider ?

Stephen était déstabilisé par ce personnage qui avait l'air si vieux que chacun de ses souffles aurait pu être le dernier mais qui à la fois dégageait une énergie hors du commun.

— Non, merci, ce n'est pas la peine. Je n'en ai que pour quelques minutes. Veuillez m'excuser, je reviens tout de suite.

En attendant le retour du professeur, Stephen fit le tour de la pièce. L'intérieur correspondait à ce qu'il avait imaginé : une grande bibliothèque pleine de livres, une table couverte de lettres, de revues scientifiques et d'un agenda. Stephen déplaça les lettres et nota qu'elles étaient toutes à l'attention du professeur, expédiées par des organismes lointains et prestigieux.

Le professeur réapparut avec un plateau et son coup d'œil au courrier prouva à Stephen qu'il avait remarqué que les lettres avaient été bougées. Mais Stanton ne fit aucun commentaire. Il servit le thé avec la dextérité d'un arabe, en le versant de très haut pour l'aérer et magnifier l'arôme, et posa une tasse brulante devant Stephen.

— Attrapez le vieil album sur la table, nous allons le feuilleter ensemble.

Stephen n'était pas venu rencontrer le vieil homme pour papoter de ses souvenirs mais il n'osa pas manifester son impatience de peur de le froisser. Il se demandait comment aborder le problème de la rémunération du professeur.

Les deux hommes prirent place, leur tasse à la main, l'album photo posé à cheval sur leurs jambes. Stanton commença à tourner les pages.

— C'est moi, sur cette photo, au milieu des aborigènes. J'ai vécu auprès d'eux dès le début de mes études. "Cela déplaisait fortement à mes parents", poursuivit-il en souriant, "mais j'ai tenu bon."

Il lui raconta avoir repris les travaux de Baldwin Spencer, un professeur en biologie et anthropologue, qui s'était lié d'amitié avec la tribu des *Arrernte* et qui avait publié en 1899, 'The Native Tribes of Central Australia'. Il avait défendu leur cause contre le pouvoir en place. Il s'était intéressé aux théories sur leur origine et avait étudié la migration des peuples de l'Inde par la *Nouvelle Guinée* alors que les terres n'étaient pas entièrement immergées. Pour cela, il avait voyagé pour vérifier les similitudes sanguines avec les populations de *Malaisie*, des *Philippines*, et certaines populations noires de *l'Inde*.

— J'avais plus de cheveux et moins de ventre…

— Je crois que c'est le lot commun de beaucoup d'hommes... D'un certain âge. Et est-ce que vous croyez que…

Stephen voulait revenir à lui mais Stanton le coupa.

— Là, vous faites dans le politiquement correct. N'ayez crainte, le terme "vieux" ne m'offusque pas. Ah, tenez, là je suis aux côtés de Kumantjey et Charles Perkins, deux grands activistes et deux amis très proches. Nous avons lutté ensemble afin que l'État reconnaisse que la soi-disant politique d'assimilation visant à intégrer les Aborigènes dans la communauté blanche n'avait eu pour objectif que de faire oublier qu'il y avait eu des Aborigènes en *Australie*. Même si l'apartheid n'a pas ouvertement existée en Australie, les Aborigènes en ont subi les mêmes dommages.

Stanton ajouta qu'il avait participé aux grands évènements de la lutte pour la reconnaissance des Aborigènes, pour leurs droits fonciers par le Parlement Fédéral et l'abolition du concept de *Terra Nullius*, "terre à personne". Là, c'était lors d'une manifestation contre les essais nucléaires anglais en Australie Méridionale.

Des coupures de journaux figuraient au milieu de l'album. Stephen commençait à se demander où tout ça allait le mener et s'il ne perdait pas son temps avec ce vieux monsieur bien sympathique mais qui semblait avoir oublié les raisons de sa présence. Il n'osait pas l'interrompre.

— Et là, nous avons mené une campagne pour la préservation des sites "des Rêves". Nous avons réussi à obtenir la rétribution des Aborigènes par les compagnies minières qui exploitaient des gisements sur leur terre.

Stanton continua à tourner les pages en babillant et Stephen ne l'écoutait plus jusqu'à ce qu'il pointe du doigt sur une photo un aborigène présent à ses côtés au milieu d'un campement.

— C'est l'homme auprès de qui je peux vous amener, Jabiruji. C'est dans la lutte pour la reconnaissance des sites sacrés aborigènes du *Territoire du Nord* que je l'ai rencontré. Je me suis rapproché ensuite de lui lorsque je me suis mis à étudier leurs rituels.

Stephen était un peu inquiet sur la lucidité du professeur.

— Comme je vous l'ai dit, cela va mieux. Peut-être que tout va reprendre son cours normal.

— Je l'espère pour vous. Mais je ne le crois pas. Ne sous estimez pas la Kundalini. En disant ce mot, le professeur n'avait plus du tout l'air sénile. Au contraire, il avait soudain un aspect plus jeune et c'est avec fougue qu'il continua de parler. Retrouvons-le vers *Malangangerr*, dans le parc national de *Kakadu*.

— Où est-ce ?

— Aux environs de *Darwin*.

Stanton recommença à raconter sa vie à Stephen mais cette fois, ce dernier l'écouta avec attention.

Les similitudes des rituels mystiques dont ceux pour remonter dans la pensée avaient également amené Stanton à poursuivre ces investigations au *Tibet*, malgré l'occupation chinoise. Ces similitudes étaient troublantes au sein de peuplades des différents continents, et s'expliquaient par les flux migratoires et les besoins identiques de chacun.

— Lorsque j'ai commencé à m'intéresser aux rituels, j'ai démarré sous l'angle spirituel et anthropologique. Puis, j'ai rapidement été obligé de compléter par l'angle scientifique. A l'époque, le processus de stockage de la mémoire était inconnu. Encore un peu de thé ?

— Oui, volontiers.

— Une rondelle de citron ? Du sucre ?

— Non merci. Juste un nuage de lait.

— Où en étais-je ?

— La mémoire.

— Ah oui. La mémoire. La mémorisation est un processus de stockage complexe, une cascade d'évènements moléculaires au sein des neurones connectés entre eux par des synapses. Tous les souvenirs sont stockés dans plusieurs régions corticales, qu'ils proviennent de votre être ou d'autres êtres. Enfin je ne voudrais quand même pas vous noyer par trop de détails.

— Non, non, continuez, répondit Stephen, cette fois suspendu à ses lèvres.

— Or, les souvenirs de votre être, vos souvenirs donc, vous sont facilement accessibles parce que connectés directement à votre système de pensée. Alors que les autres ne sont accessibles qu'après avoir ouvert certaines "portes".

— Les chakras ?

— Oui, l'influx nerveux est intensifié lorsqu'il passe à l'intérieur et permet d'ouvrir les connections donnant accès à la Kundalini.

Le professeur ferma l'album photo.

— L'heure passe. Revenons à la raison de votre visite. Je souhaiterais que vous me parliez de votre vie. Je vous écoute.

Stephen avait été un enfant précoce qui s'ennuyait à l'école. Ses résultats scolaires avaient été longtemps médiocres. Personne ne s'était aperçu que son quotient intellectuel était largement supérieur à la moyenne. Il mangeait pour s'occuper, se gavant de chips et de coca, et il rêvait de voyages. Loin de sa famille. Loin de son frère ainé qui passait son temps à se moquer de lui.

Il avait grandi, bercé par ses rondeurs. Qui aurait pu croire aujourd'hui que cet homme athlétique, sain et intellectuel avait été un enfant en échec scolaire, gros et mal dans sa peau ?

Il avait reflété pendant des années l'image d'un petit gros, gai, plein d'humour. Mais intérieurement, il était timide et se trouvait sans intérêt, notamment pour les filles qu'il regardait en coin, avec envie, mais pour lesquelles il était au mieux un bon copain. Il avait eu son premier revers à 12 ans en déclarant naïvement son amour à une fille de sa classe. Celle-ci lui avait envoyé en pleine figure qu'il était bien trop gros et s'était moqué de lui devant ses copines. Il aurait pu la blesser en retour, mais il ne savait pas faire mal. Ou peut-être le savait-il mais il en avait peur, sachant ce que cela faisait et préférant renfermer en lui sa violence ? C'est à l'occasion de cet affront qu'il avait hérité d'un tic nerveux qui lui déformait le visage et faisait remonter son épaule droite à chaque émotion forte.

Son travail scolaire était toujours moyen mais il commençait à se passionner pour l'informatique et l'électronique, développant seul des programmes complexes.

Il évoluait dans une ambiance familiale neutre, vidée de passion, de coup de gueule, de joie, de peine. Tout était feutré, cotonneux, étouffant. Une non-vie dont ses parents n'avaient jamais eu conscience. Même jeunes, ils avaient été vieux, étriqués dans leur quotidien, délabrés intérieurement. Et les choses n'avaient fait qu'empirer avec l'âge.

Comme son frère, il avait adopté leur mode de pensée. Il n'opposait aucune contradiction, se contentant d'obéir. Comme dans toute dépendance, il était dans un conformisme de vie où sa créativité ne pouvait s'exprimer. Ses parents qui tenaient une épicerie désiraient qu'il prenne leur suite. Et finalement, ses résultats scolaires leur importaient peu. Ils ne connaissaient pas vraiment leur fils et n'avaient jamais rien fait pour cela. Seul comptait leur aîné pour qui ils souhaitaient une carrière prestigieuse même s'il n'en avait pas les capacités. Ils avaient une excellente vue mais ils étaient myopes du cœur. Ils voyaient tant de choses mais si peu de ce qui intéressait Stephen.

Son père, un homme simple, ne savait pas le mettre en confiance par des paroles valorisantes, ni créer avec lui une réelle complicité.
Il l'amenait souvent à la pêche. Un dimanche comme à l'accoutumée, son père avait sorti le canot, et ils étaient partis en longeant la côte. Il avait toujours mangé de la viande et du poisson sans se poser de question. Par habitude ancestrale. Ce jour-là, le poisson qu'il avait attrapé gisait au fond du canot, la mâchoire transpercée par l'hameçon. Stephen l'avait regardé et

avait ressenti une brûlure au fond de son être à chaque fois que le poisson avait ouvert la bouche. Stephen avait perçu la mort s'insinuer peu à peu dans le corps du poisson.

Même si Stephen savait que cela faisait partie du cycle de la vie, il n'avait pu s'empêcher d'imaginer le poisson frayer entre les rochers, et de s'interroger, *"et si c'était moi ?"*. Le temps n'était pas encore venu, mais un jour, il faudrait qu'il soit en accord avec lui-même, qu'il se libère de son éducation pour trouver sa voie.

Sa mère, une femme à poigne, filtrait les moindres envies de chacun pour les rediriger habilement vers ce qui lui semblait meilleur.

Stephen ne s'était jamais révolté contre son éducation, même s'il avait senti poindre en lui une force qui lui aurait permis de le faire. Il avait pensé que c'était mal, qu'il devait faire taire ses pulsions. Cependant, adolescent, il avait eu l'idée à plusieurs reprises de prendre le fusil de son père, suspendu dans la cave, pour la chasse aux kangourous. Il se serait approché en silence de ses parents et de son frère pendant qu'ils regardaient la télévision ou qu'ils dormaient et d'une balle chacun leur aurait fait exploser la tête. Il avait retenu son geste chaque fois, refoulant toute velléité de révolte.

A seize ans, Stephen avait lu *Portnoy et son complexe* de *Philip Roth* et avait eu une illumination à la lecture d'un paragraphe qu'il avait trouvé en tout point représentatif de ses parents. Il était écrit : "A eux deux, ils sont les producteurs et stockeurs de culpabilité les plus ingénieux de notre époque ! Ils la soutirent de moi comme la graisse d'un poulet." Il avait compris qu'il devait s'éloigner de l'emprise de ses parents. Il avait insisté pour faire ce qu'il sentait comme son vrai choix, pour faire ce qu'il aimait vraiment, échappant au destin que ses parents lui avaient assigné.

Il avait alors réellement commencé à vivre pour lui. Ses résultats scolaires étaient devenus exceptionnels. Il avait fait du sport surtout du voilier, créé et élargi le cercle de ses amis. Sans ce livre, il n'aurait jamais eu le déclic pour devenir ce qu'il était.

Ses parents avaient bien essayé de le manœuvrer pour qu'il reste auprès d'eux, jouant sur les sentiments, arguant qu'il leur ferait plaisir en partageant ses soirées avec eux. Le chantage affectif était une de leurs armes préférées. Ils avaient subi les mêmes manœuvres de la part de leurs parents et s'en servaient sur leur enfant sans réfléchir.

Stephen avait ressenti une lourde culpabilité chaque fois qu'il avait réussi à s'en dégager et au final, il s'était senti plus un mauvais fils qu'un adolescent libéré. Une culpabilité héritée de la culture judéo-chrétienne qui avait, comme la majorité des cultures à travers le monde, séparé le corps de l'esprit, les hommes des femmes, les bons des méchants, les animaux des Hommes. Et mit ces derniers à un rang supérieur, au centre de l'univers et de la préoccupation d'un Dieu. Combien de morts avant que soient reconnus à des hommes et des femmes de couleurs différentes une âme, le statut d'êtres humains ? Combien de combats avait-il fallu mener pour que les femmes aient les mêmes droits que les hommes, que les homosexuels ne soient plus reconnus comme des malades ? Combien de souffrances pour vivre libres et égaux, libérés du joug des autres et de leurs peurs ancestrales. Tellement de souffrances pour se libérer des souffrances intérieures des autres. Tellement de souffrance pour se libérer de ses propres souffrances intérieures.

Sa vie était devenue intérieure. Il fantasmait sur ses relations avec l'une ou l'autre. Il finissait par demander à une fille de sortir avec lui lorsque tous les indices autorisant l'espoir d'une réponse positive étaient rassemblés. Son attitude reflétait certes de la timidité, mais surtout la peur de provoquer une réaction négative. Cela le renvoyait directement à sa relation avec sa mère qu'il n'avait cessé de satisfaire, espérant en retour une marque d'affection.

A la faculté, il avait fait la connaissance de Max qui était devenu son meilleur ami. Grâce à cette relation amicale, il avait réalisé combien il était comme ses parents, endormi dans son quotidien et à éviter le moindre dérangement. Et également qu'il avait contracté déjà une grande quantité d'habitudes et que son esprit fonctionnait de façon routinière.

Il gardait un souvenir majeur de l'année de ses vingt ans : sa rencontre avec Sarah qu'il avait sauvée de la noyade et qui lui avait remis un magnifique collier en remerciement.
Il allait également au cinéma voir des films qui se passaient dans des pays lointains, relatant l'histoire d'aventuriers. Il ne prêtait aucune attention à l'intrigue, seule la liberté des protagonistes l'intéressait.

Il avait suivi parallèlement pendant plusieurs années des cours de théâtre pour se forcer à s'extérioriser. Ce qui avait eu un effet positif sur son tic qui s'était limité depuis uniquement à la déformation de sa bouche.

Son premier travail avait marqué une étape décisive. Il avait enfin eu les moyens d'être autonome.

Par la suite, il avait voulu construire sa propre famille. Mais son mariage avait été un échec et de surcroit l'avait éloigné de Max. Il avait cru aimer sa femme, s'installant avec elle dans une relation où il n'avait fait que rejouer les rapports qu'il avait eus avec sa mère.
De ce mariage était né un enfant qu'il chérissait plus que tout. Alors qu'il était venu rendre visite à son épouse qui venait d'accoucher, il avait accepté de devenir bénévole dans les services pédiatriques des hôpitaux. Depuis, il racontait des histoires aux enfants malades.
Depuis leur divorce, les temps de garde qu'il avait de son fils ne suffisaient pas à donner et recevoir tout l'amour qu'il aurait aimé partager avec lui. Après leur rupture, il s'était inscrit dans une démarche méditative, tourné vers lui-même pour mieux

comprendre sa vie et supporter les moments de détresse qui l'envahissaient.

Il avait pris des cours de yoga, et s'était intéressé au bouddhisme, plus d'ailleurs à ses aspects philosophiques que religieux.

Ne s'était-il pas créé un tel environnement pour se fuir lui-même, ne pas s'entendre ? N'était-ce pas finalement ce que ses parents avaient voulu ?

Il avait cherché à calmer son mental, à le maîtriser dans les diverses situations qu'il rencontrait. Il était une marmite en ébullition sur laquelle un couvercle avait été posé. En s'orientant vers la méditation, il n'avait fait que jouer avec la température et la soupape de sécurité.

Puis, il avait renoué contact avec son ami Max dont il était resté éloigné pendant plusieurs années.

Aujourd'hui, il essayait d'être agréable avec les autres, de leur rendre service, de leur apporter une écoute active en s'intéressant à leur vie. Qui s'était intéressé à la sienne, ou à celle qu'il aurait aimée mener ?

Depuis sa rencontre avec Aurore, il avait enfin trouvé l'équilibre qui lui permettait d'être heureux.

Raconter à Stanton tous les évènements majeurs de sa vie jusqu'à sa rencontre avec Aurore avait épuisé Stephen. Il avait essayé d'être le plus honnête possible et ce retour sur sa vie lui paraissait d'une terrible cruauté. Il aurait souhaité que Stanton commente son récit à chaud mais le vieil homme se leva pour signifier la fin de l'entretien.

— Merci pour toutes ces informations. Je reprends contact avec vous dès que j'ai pu joindre mon ami Jabiruji.

Stephen inscrivit son numéro de mobile sur une feuille, le donna au professeur qui l'accompagna jusqu'à sa voiture, et ils se séparèrent sur une vigoureuse poignée de main.

Une fois son invité parti, Stanton remonta à l'étage, sortit un carton, commença à ranger les revues entassées sur la table et les albums photos. Il déchira les courriers à son nom. Ils n'avaient aucune importance puisqu'il les avait lui-même écrits, pour la venue de Stephen.

Depuis son retour, Lincoln avait pris place dans la grande salle de réunion des bureaux d'Interpol où il avait étalé tous les papiers qu'il avait recueillis. Très méthodique, il avait noté dans un coin de chaque document son pays d'origine par une couleur différente. Les informations étaient rassemblées par thème.
Il avait lu toutes les fiches, regardé à la loupe toutes les photos et il était certain que son cerveau allait faire naturellement le tri et mettre en exergue les points communs. Mais pour l'instant, rien ne venait.

Dans les jours qui suivirent, les nuits de Stephen furent de plus en plus agitées, peuplées de cauchemars dégradant rapidement la qualité de son sommeil. Il rappela de nouveau le docteur Freyman pour l'en informer. Celui-ci lui proposa de passer à son cabinet pour changer de traitement sans pour autant rien lui garantir.
Stephen dut reconnaître que Stanton avait raison. La Kundalini reprenait le dessus. Il devait partir.

Pourvu que Stanton se manifeste rapidement.

VII.
EN ROUTE POUR
LE BUSH

17

Sydney, AUSTRALIE
Le vendredi 4 octobre 2011

Vautré dans son fauteuil incliné en arrière, Stephen avait posé ses pieds sur son bureau. Il était absorbé dans la lecture du rapport d'activités de son équipe lorsque son téléphone portable se mit à vibrer. Il sortit de sa lecture lorsque celui-ci, perché sur une pile de dossiers, tomba lourdement sur le sol.

Stephen se leva d'un bond et vit que c'était le professeur Stanton qui avait cherché à le joindre. Il le rappela immédiatement.

— Bonjour Professeur, c'est Stephen.

— Bonjour Stephen. Comment allez-vous ?

— Mal. Très mal. Les médicaments ne font plus effet. Il me tardait que vous appeliez. Alors, quelles sont les nouvelles ?

— Bonnes, très bonnes. J'ai pu joindre mon ami aborigène. Il est d'accord pour vous rencontrer.

— Super, comment procède-t-on ?

— *Darwin* est à 4500 km d'ici. Il nous faut y aller en avion. Prévoyez environ une semaine d'absence. Si vous êtes d'accord, je m'occupe de tout, et vous me rembourserez votre part pour l'avion et l'hôtel lorsque j'aurai fait les réservations. Mais il va vous falloir endurer vos cauchemars encore une quinzaine de jours.

— C'est difficile.

— Vous devez vous battre. Vous ne devez pas abandonner.

— Je ne sais comment vous remercier.

— Vous me remercierez lorsque vous serez sorti d'affaire. J'espère que Jabiruji pourra vous soulager.

Stephen raccrocha et appela immédiatement Aurore. Il tomba sur sa boite vocale, laissa un message l'informant de la bonne nouvelle, et confirma leur rendez-vous devant le cinéma à 19h00.

Lorsqu'ils se retrouvèrent, Aurore lui demanda de faire partie de l'expédition, pour le soutenir dans son épreuve.

Le lendemain, Stephen appela Stanton pour lui demander de prendre un billet d'avion supplémentaire pour Aurore et une chambre à part.

Stanton s'y opposa fermement car aucune femme n'était admise à pénétrer sur le territoire où les attendait le sorcier aborigène.

— C'est ce qu'il t'a dit ? demanda Aurore à Stephen qui venait de la rejoindre à son appartement.

— Exactement.

— Et qu'est-ce que tu lui as répondu ?

— Rien.

— Rien ? Je veux être avec toi, auprès de toi. Et toi, tu ne dis rien.

— Que voulais-tu que je dise ? Ce n'est pas de ma faute si les femmes sont interdites en ce lieu.

— Non, mais je ne suis pas "les femmes" ! Cela fait quatre mois que nous sortons ensemble et que je partage ton épreuve. Ils ne sont pas capables de le comprendre ?

Aurore sortit de l'appartement en claquant la porte. Stephen resta un moment abasourdi par sa réaction. Puis il se précipita dans les escaliers mais elle était déjà sortie de l'immeuble. Il partit à sa recherche, l'appela sur son portable et revint au bout d'une heure. Il sonna pour savoir si elle était rentrée mais n'obtint aucune réponse. Sa sacoche contenant ses papiers, les clés de sa voiture et de son appartement étant chez elle, il l'attendit sur le pas de la porte. Elle rentra tard en soirée. Sans un mot, ils se blottirent l'un contre l'autre. Tard, plus tard, après avoir fait l'amour comme si leur vie en dépendait, Aurore s'excusa de s'être emportée.

Le lundi 24, Stanton appela Stephen dans la soirée pour l'informer de leur départ le samedi suivant.

– J'ai les billets d'avion, dit-il sur un ton d'excitation qu'il avait du mal à cacher. Notre départ est à 7h05 avec une escale à *Brisbane*. L'arrivée est prévue vers 12h00. Nous avons ensuite deux heures de route pour nous rendre jusqu'à la ville où j'ai réservé deux chambres.

– Le voyage ne sera pas trop fatiguant pour vous ?

– Non, je dois vous avouer que votre histoire m'a redonné le goût de l'aventure.

– Et bien, si au moins mes ennuis servent à quelque chose ! Ah, excusez-moi, je dois vous laisser, quelqu'un sonne à la porte.

– D'accord. Alors, rendez-vous le 29 à l'aéroport.

– Très bien. Au revoir.

Stephen entendit à nouveau tinter la sonnette.

– J'arrive !

Il ouvrit la porte et se retrouva face à un homme de son âge arborant un large sourire.

– Bonjour, je suis *Milton Goldstream*, votre nouveau voisin.

– Enchanté.

– Nous avons emménagé il y a deux semaines avec mon épouse au 27, la maison aux volets blancs. Et nous invitons tous nos proches voisins à une soirée le mois prochain, vendredi 11, pour faire connaissance. Pouvez-vous vous joindre à nous ?

– Il faut que j'en parle à mon amie.

– Bien sûr. Tenez, c'est le carton d'invitation. Vous avez la date, l'heure et notre numéro personnel au dos.

– D'accord, je vous rappelle. Et bienvenue dans le quartier !

– Merci. A bientôt.

Il devrait être dans les temps si Aurore souhaitait participer à cette soirée. Il devrait être dans les temps…

S'il était encore en vie.

VIII.
ENFIN LIBRE

18

".. la terre n'appartient pas à l'homme,
l'homme appartient à la terre.
Cela, nous le savons. Toutes choses se tiennent
comme le sang qui unit une même famille."
Chef Seattle, indien dwamish, 1854

AUSTRALIE
Le 29 octobre 2011

Aurore accompagna Stephen à l'aéroport et aucun ne ramena dans la discussion l'absence d'Aurore aux côtés de Stephen. Elle tint à saluer Stanton et, malgré la crainte de Stephen, n'eut aucun mot désagréable à son égard.

Le vol et l'atterrissage à Brisbane se firent dans d'excellentes conditions.
Après les deux heures de route initialement prévues, Stephen vit apparaître de magnifiques lodges mais ils continuèrent jusqu'à une ville dortoir où Stanton avait réservé leurs chambres dans un vieil hôtel à mi-chemin car la route dans l'arrière-pays, *le bush*, serait longue.
En arrivant en ville, ils furent frappés par le nombre d'hommes titubant sur les trottoirs. La population du campement voisin se retrouvait en ville pour boire la bière qu'ils n'avaient pas le droit de consommer chez eux. La culture indigène mourrait lentement, rongée par l'alcool. Les deux hommes prirent tôt leur dîner dans un restaurant crasseux proche de l'hôtel.
  — Mangez-bien car à partir de ce soir, bien sûr, il vous faudra jeuner.
  — Ce n'était pas prévu ! s'étonna Stephen.

— C'est si évident qu'il ne m'a pas paru utile de vous le signaler avant. Je vous croyais plus au courant des processus de méditation. Être à jeun permet d'élargir les perceptions en rendant votre corps plus réceptif aux hallucinogènes. Ce n'était pas indiqué dans votre livre ?

— Comment le savez-vous ?

— Je ne le sais pas, c'est une question. Vous ne m'avez pas dit faire vos méditations au lever ? Vous étiez donc à jeun.

— C'est vrai. Mais je suis à jeun juste durant ce laps de temps. Là, vous me demandez de ne rien manger pendant…

— Jusqu'à ce que vous soyez libéré. Mais vous pouvez boire toute l'eau que vous voudrez.

— Super. Bon, alors, je vais faire des réserves, et il planta sa fourchette avec détermination dans le plat de frites situé au milieu de la table.

— Je ne sais pas, compte-tenu de la qualité de la nourriture, s'il est opportun de vous gaver. Bien que… Si vous êtes amené à vomir tout votre repas, ce ne sera que mieux pour…

— Arrêtez, s'écria Stephen en jetant ses couverts sur la table. Vous me coupez l'appétit. Je crois que l'on peut aller se coucher.

Dans sa chambre, Stephen observa un moment la lumière blafarde projetée par l'unique ampoule au plafond, qui faisait ressortir la peinture écaillée des murs et la poussière sur le sol. Une toile d'araignée s'étirait du haut de l'armoire à un miroir fixé au mur. Il prit une douche et se laissa aller sur le lit. Il pressentit que le grincement sonore des vieux ressorts rouillés l'empêcherait de passer une nuit paisible. Pour s'endormir, il se força à ne pas penser au lendemain mais uniquement au doux visage d'Aurore. Comme il l'avait pressenti, il se réveilla à plusieurs reprises dans la nuit. Lorsqu'il rêva que l'araignée descendue du plafond planta ses mandibules dans son ventre pour se nourrir de ses entrailles, il se réveilla en sursaut, se leva et ne retrouva plus le sommeil. Il observa depuis la fenêtre de sa chambre les rondes de police qui ramassaient dans l'obscurité des hommes et des femmes ivres.

19

*"Morts, ai-je dit. Il n'y a pas de mort.
Seulement un changement de monde."*
Chef Seattle, indien dwamish, 1855

AUSTRALIE
Parc national de KAKADU, dans le territoire Nord
Le 30 octobre 2011

Le lendemain matin, Stephen évoqua avec la patronne de l'hôtel ce fléau de l'ivresse sur la voie publique. Gênée, elle lui expliqua que la police conduisait les personnes saoules en cellule de dégrisement, avant qu'elles ne retournent dans leur campement, où elles vivaient avec leurs enfants au milieu des ordures qui s'entassaient autour de leur hutte. Stephen éprouva de la honte, comme à chaque fois qu'il constatait que son pays avait clochardisé ses indigènes comme l'avaient faits les américains avec les *Amérindiens*.

Respectueux des consignes de jeûne, il resta stoïque face au petit déjeuner copieux qui fut servi à Stanton. Il n'en dit pas un mot. Ils prirent la route jusqu'au point de rendez-vous avec le guide de la réserve qui devait les conduire à pied jusqu'à Jabiruji. Le 4x4 dans lequel ils avaient embarqué soulevait un nuage de terre ocre qui restait en suspension après son passage, et finissait par se redéposer sur les buissons bordant la piste. Deux fermiers enfourchés sur leurs quads les doublèrent pour aller retrouver leurs vaches qui paissaient à plusieurs kilomètres.

La piste était chaotique et il fallait se concentrer pour amortir les trous et les bosses. C'était en soi très positif pour Stephen car il n'avait pas au moins trop le temps de penser à son estomac qui criait famine et réfléchir à la suite.

Au bout de la piste, quelques cabanes en bois subsistaient, souvenirs fantômes d'un ancien village. Stanton et Stephen descendirent du véhicule et chargèrent leur sac sur le dos. Compte tenu de l'âge avancé du professeur, Stephen avait proposé de porter la tente et la nourriture en plus de son sac. Le matériel d'enregistrement fut confié au guide. Deux heures de marche seraient au final nécessaires après avoir pénétré dans la réserve. La piste qu'ils suivaient s'enfonçait dans la végétation dense. Leurs chaussures laissaient leurs empreintes dans la terre soulevant la poussière ocre du sol. La brume qui se dispersait rendait l'approche encore plus mystérieuse. Stephen voyait au loin, tel un phare guidant le marin, la montagne où ils devaient rejoindre Jabiruji. Des perruches sauvages grises et roses s'amusaient dans les courants d'air chaud naissants. Des oiseaux s'envolaient sur leur passage, et ils entendaient dans les fourrés et les branchages des eucalyptus s'enfuir d'autres animaux effrayés par leur présence.

Ils marchaient en file indienne et n'échangeaient que rarement des propos, sauf lorsqu'ils s'entraidaient pour passer un obstacle situé en travers de leur chemin ou pour franchir une mare boueuse.

En fin de matinée, le temps s'était éclairci. Le soleil commençait à brûler leur peau. Stephen avait de plus en plus de difficulté à avancer. Ses jambes s'étaient alourdies, sa vue était brouillée. Il avait l'impression de marcher dans un état second, à tel point qu'il trouvait que Stanton évoluait avec beaucoup de facilité pour son âge. Ils firent une pause sous les arbres pour déjeuner. La faim tenaillait le ventre de Stephen. La tiédeur de l'eau qu'il but en guise de repas vint accentuer son appétit. Stanton profita de la halte pour lui expliquer les rituels aborigènes et l'avertit de l'opposition certaine de Jabiruji lorsqu'ils voudraient filmer la scène. "Les sorciers sont très susceptibles. Ils ont peur qu'on leur fauche leurs secrets ou que l'on emprisonne des esprits dans une de nos boites. Laissez-moi m'en occuper", furent ses derniers mots avant d'ingurgiter son sandwich. Stephen dut se mettre à l'écart du groupe qui déjeunait pour ne pas se jeter sur sa nourriture. Une heure plus tard, ils reprirent leur marche.

Un groupe d'aborigènes qui devait les conduire à Jabiruji vint à leur rencontre. Ils se saluèrent et Stephen trouva qu'ils ressemblaient à des pantins avec leurs dessins peints sur le corps. Afin de ne pas laisser de traces sur le sol, ils avaient les pieds enveloppés de feuillages. Ils firent de même pour les chaussures des arrivants et tous repartirent, en suivant un sentier secret.

Ils arrivèrent en milieu d'après-midi devant une grotte, située au pied d'une falaise, dissimulée par les eucalyptus et un gros buisson épineux. Les aborigènes regardaient anxieusement autour d'eux, de nombreux esprits étant censés habités ces lieux.

Ils comprirent qu'ils étaient arrivés à destination. Jabiruji officiait dans une des grottes sacrées, ignorées des *Balanda*, les hommes blancs. Le sorcier ne tarda pas à se montrer. Il était très imposant avec ses longs cheveux blancs tenus par un bandeau rouge et sa haute taille. Il avait le corps couvert de peinture blanche. De petites touffes de fleur de coton, du *marduruku*, étaient collées sur sa peau.

Il les salua et leur expliqua les rituels auquel il avait été initié. Il leur montra un long instrument à vent, le *didgeridoo* que lui avait transmis son père, ainsi qu'un sac contenant les préparations qu'il utiliserait pour libérer Stephen. De sa voix profonde, proche du grondement, le sorcier aborigène annonça son arrivée aux esprits qui vivaient en ce lieu, leur demandant la permission d'entrer. Il expliqua dans sa langue qu'il amenait deux amis. Les noms de Stephen et du professeur roulèrent en écho le long du canyon. Jabiruji entra et leur demanda de l'accompagner. Il leur fit visiter le lieu. Il interrogea longuement Stanton sur l'état de santé de Stephen, se comportant comme si celui-ci n'était pas là. Son comportement irrita Stephen mais il se tut, sachant que sa vie dépendait de l'aborigène et que ce n'était pas le moment de le froisser.

Ils ressortirent de la grotte en fin d'après-midi. Sur les parois abruptes surplombant la grotte, une peinture représentait *Almudj*, le serpent arc-en-ciel, l'un des êtres créateurs dans la mythologie de la tribu des *Gagudju*, censé avoir créé les collines et les lacs. Laissant apparaître la silhouette de l'animal, ses os et ses organes, la peinture dominait des éclats de quartzite, répandus aux alentours, ayant servi aux *Gagudju* à fabriquer des pointes de lance et des couteaux. La paroi ocre, parcourue de fissures, resplendissait dans la lumière du couchant.

Ils s'installèrent tous les trois aux abords de la grotte entre deux feux allumés pendant que le guide montait le campement. Bientôt, la voûte étoilée scintillait au-dessus de leurs têtes. La lumière provenant de la lune illuminait le lieu. Aucun nuage n'était visible à l'horizon.

Pendant que Stanton continuait à discuter avec Jabiruji, Stephen se leva et sortit de son sac la caméra et son pied pour l'installer à quelques mètres. Jabiruji se leva d'un bond et se dirigea vers lui pour lui signaler qu'il n'était pas question que la scène soit filmée. Il craignait que ses secrets ne soient révélés. Il se mit à s'agiter autour de la caméra, appuyant ses paroles en tapant sur son dessus. Stanton intervint pour s'excuser du comportement de Stephen, expliquant qu'il n'était pas au courant des rituels aborigènes et fit semblant de le réprimander, ce qui irrita encore Stephen. Il donna sa parole à Jabiruji que le film resterait uniquement à leur usage.

Jabiruji finit par accepter à condition que les préparatifs ne soient pas filmés et que la caméra soit centrée sur Stephen. Lorsqu'ils furent enfin d'accord, Jabiruji demanda à Stephen de s'asseoir là où le cérémonial allait avoir lieu. A ses pieds, il posa le sac qu'il tenait à la main depuis son arrivée. Il le défit de telle sorte qu'il ne restait plus sur le sol qu'un tissu où étaient éparpillés des bouquets d'herbes, divers flacons et ustensiles. Il ouvrit les flacons et saisit une coupelle en bois. Il la remplit des herbes, d'un liquide provenant d'un flacon, de l'ocre et de la chaux broyées d'un autre et écrasa l'ensemble avec un pilon. Stephen le regardait faire avec une légère appréhension, se demandant s'il devrait avaler cette mixture dont la couleur qui venait de virer au marron clair lui paraissait dégoutante. Il pensa à son fils et se remémora toutes les fois où il avait dû le forcer pour son bien à prendre un médicament. A bout de force après toutes ces heures de marche le ventre vide, il avait l'impression d'être face à un homme des cavernes qui préparait son repas. Il faillit éclater de rire. Heureusement, Jabiruji lui fit signe de se lever d'un geste si catégorique que Stephen retrouva immédiatement tout son esprit et son sérieux. Les deux hommes se retrouvèrent face à face. Jabiruji trempa un doigt dans la mixture et commença à orner la peau de Stephen de peinture. Au bout de quelques minutes, un magnifique lézard barrait le torse de Stephen. Jabiruji lui indiqua de s'asseoir. Maintenant que tout était prêt, Stanton posa un microphone à côté de Stephen et mit en marche la caméra.

Jabiruji prit un flacon qu'il avait mis à l'écart des autres, versa sa poudre dans la paume de sa main et la souffla violemment au visage de Stephen qui éternua. La gêne ressentie au niveau des yeux passa rapidement et fit bientôt place à des hallucinations. Il lui sembla être entouré de brumes colorées rythmées par son cœur qui battait comme un tambour dans sa poitrine et dans sa tête.

Assis à la droite de Stephen qui entrait peu à peu en transe, Jabiruji commença à jouer de son *didgeridoo*, modulant le rythme et les effets sonores en comprimant ses joues. Le vrombissement profond de l'instrument émettait des sons puissants et lancinants, accentuant les spasmes de Stephen par ses massages sonores.

Stephen vit Stanton et Jabiruji se transformer en bêtes féroces dont les gueules crachaient des flammes. Puis, son corps lui sembla si léger qu'il eut l'impression de tournoyer dans les airs. Il écarta les bras et renversa la tête en arrière.

Après quelques minutes, Jabiruji posa délicatement son *didgeridoo* sur le sol et se leva. De sa bouche légèrement entrouverte s'échappaient des sons étouffés et le mouvement de ses lèvres était imperceptible. Ses yeux se dirigeaient à intervalles réguliers de la droite vers la gauche et de la gauche vers la droite.

Stephen était maintenant submergé d'images désordonnées surgissant d'époques révolues. Son corps était agité de spasmes de plus en plus violents. Tout en martelant la terre de ses pieds nus, Jabiruji vint se positionner derrière lui. Il invita les esprits à prendre possession de son corps. Lorsqu'il apposa ses mains sur le sommet de sa tête, son double spirituel prit le contrôle des mémoires qui remontaient en Stephen. Ses yeux vitreux regardaient au-delà des brumes du passé, où les siècles défilaient. Plusieurs voix semblèrent sortir simultanément de sa gorge, jusqu'à ce que finalement celle d'une femme s'élève au-dessus des autres, réduites à attendre leur tour pour parler. Le calme se fit en Stephen. Il parla.

Stephen resta couché deux jours sous la tente. Des bribes de vision continuaient à affluer et il émergeait doucement de son état de transe. Paradoxalement, il n'avait pas faim. Toutefois, le guide l'aida quand même plusieurs fois à se nourrir pour qu'il reprenne des forces et qu'ils puissent repartir. Même si les forces lui manquaient, il languissait de se relever pour pouvoir visionner les enregistrements. Pendant ce temps, Stanton s'était attelé à cette tâche sous sa tente.

Quand Stephen voulut les visionner, Stanton s'y opposa, arguant que cela pouvait être traumatisant. Aussi, profitant d'une pause-déjeuner du professeur, Stephen lut ses notes en cachette et commença à visionner la vidéo.

20

"Il y a tout au long des marchés de Provence
Qui sentent, le matin, la mer et le Midi
Des parfums de fenouil, melons et céleris
Avec dans leur milieu, quelques gosses qui dansent"
Gilbert Bécaud, Les marchés de Provence

Toulon, FRANCE
Quartier de Saint Jean du Var
Mercredi 12 août 1953.

Les occupants de l'immeuble où vit Louis sont tous issus de pays et d'horizons variés. Ils se regroupent chaque samedi soir dans la cour de l'immeuble et apportent de quoi partager un repas plus convivial que frugal.

La famille Djouff a quitté *l'Ethiopie*, en pleine guerre, pour que ses enfants puissent grandir dans la paix. Oussan se lève tôt pour chercher du travail de journalier sur les chantiers, mais les contremaîtres préfèrent des hommes plus jeunes. Depuis quelques mois, le réveil, programmé à 5h30, ne le réveille plus, car leurs difficultés financières l'empêchent de dormir.

Mme Gomez, 72 ans, vit seule. Elle a été chassée du foyer par un mari brutal. Il se montre maintenant plus prompt à boire son pastis avec ses copains qu'à lui verser sa pension alimentaire. Elle a été adoptée par la famille Djouff dès son arrivée dans cet appartement que les services sociaux lui ont alloué. Le visage souriant de ces enfants est pour elle un émerveillement quotidien. Elle paie ces moments de joie en leur faisant des cadeaux arrachés sur ses maigres subsides.

Melle Claire, 29 ans, vient de rompre avec son premier petit ami. Ses formes disgracieuses et son surpoids l'ont handicapée dans ses relations amoureuses. Elle compense son handicap par une vie sociale intense. La rencontre de son premier et dernier petit ami a eu lieu quelques mois auparavant lors d'une distribution de soupe populaire, où il a été subjugué par autant de don de soi. Mais il en est venu rapidement à la repousser, au moment de passer d'un amour platonique à des actes charnels.

Louis n'arrive plus à dormir. Il se rappelle ces premières nuits à la ferme où il se réveillait en sueur et en hurlant, encore traumatisé par les alertes aériennes, les descentes paniquées aux abris et le vacarme des bombes explosant sur Toulon. La présence de Georgette près de lui qui le rassurait lui rappelant la chaleur et la force de sa mère, et au bout d'un mois la tranquillité des nuits qu'il savourait.

Il se revoit en habit du dimanche partir à la messe. Les gens se poussaient sur leur passage, les officiers allemands à l'uniforme vert-de-gris et aux bottes rutilantes les saluaient d'un signe de la tête. Il avait remarqué que la gestapo venant de Toulouse passait dans les fermes voisines à la recherche de résistants mais que jamais elle ne s'engageait sur le chemin de leur ferme. Il entend encore la voix du curé résonner dans l'église. Dans sa soutane amidonnée, adossé à l'autel, il prêchait à mots cachés pour une France libre et sermonnait tous ceux qui collaboraient avec l'envahisseur. Louis se demande encore comment Dieu a pu accepter la présence du fermier dans sa Maison et pourquoi il ne l'a jamais foudroyé.

Il se lève et sort de sa chambre. Il serre contre sa poitrine le collier que lui a offert une jeune vendeuse sur le marché du cours Lafayette. Il revoit son doux visage et son regard se poser sur lui avec tant de tendresse. Il ressent la haine qui l'a poussé à mettre le feu dans l'étable et à réparer toutes ces injustices. Il refait machinalement les gestes.

Il est 5h30. La sonnerie du réveil, habituellement posé sur la table de nuit d'Oussan Djouff, est imperceptible parmi les sirènes des véhicules de pompiers et des ambulances. Le réveil est le seul rescapé de l'incendie qui vient de ravager cet immeuble de 3 étages, situé dans ce quartier populaire.
Les seuls moments de réconfort que ses habitants avaient trouvés étaient dans ce havre de paix qui était devenu leur tombe.

21

Absorbé par ce qu'il écoutait, Stephen n'entendit pas le professeur Stanton pénétrer sous la tente.

—   Je vois que vous n'avez pas pu vous retenir.

Stephen sursauta violemment, puis sourit à Stanton.

—   C'est fantastique. Tout est parfaitement audible. Grâce à ces enregistrements, je comprends tout. Je n'arrivais pas à accéder à la fin de leurs vies. Et là tout est enfin clair. Je sais de quoi est mort le jeune français.

Stanton regarda le jeune homme, perplexe.

—   Vous avez risqué votre vie et ce n'est pas d'être libéré qui vous émerveille mais de connaître la fin de l'histoire de chacun de ces quatre êtres. Stanton avait l'air impressionné par le mental de Stephen.

—   Oui, je suis… Quatre ? C'est bien ce que vous avez dit ? demanda-t-il, fébrile.

—   Oui, quatre. Pourquoi, ce n'est pas ça ?

—   Oui, c'est cela…

Stephen resta pensif un moment. Il y avait bien cinq taches qui flottaient autour de lui durant ses méditations. Mais il ne savait comment aborder le sujet avec Stanton. Il allait se lancer quand Stanton le coupa.

—   Vous devriez encore vous reposer. Nous avons du chemin à faire. Si nous sommes dans les temps, nous devrions pouvoir attraper un avion sans avoir à faire une halte dans un hôtel.

Stephen hocha la tête, et en réenclenchant le bouton de lecture de l'appareil, il promit d'être raisonnable.

—   Je continue encore quelques minutes et puis je prépare mes affaires.

22

"Si tu t'avises de faire un détour,
Si tu essayes de sortir du troupeau
Aussitôt tes gardiens accourent
Et battent ton cœur et ta peau"
Extrait de "Le brouillard des jours", Françoise SEDAT

PÉROU
CUZCO, Capitale de l'empire Inca, 3400 mètres d'altitude
24 juin 1520, journée de l'Inti Raymi, nouvel an solaire.

A l'aube, les feux allumés autour de la cité vibrent et crépitent dans des flammes orangées. Un lama blanc est amené dans un enclos pour s'accoupler.

—   Ils ont accroché une semblable et m'emmène vers elle. J'aime son odeur. Je suis énervé. Je suis seul avec elle dans le pré. Mes semblables ne sont pas là. Elle ne bouge pas. Je dois monter sur elle. Je bouge sur elle. Je suis excité de sentir sa chaleur. Quelque chose de chaud est sorti de moi. Je redescends d'elle brusquement.

—   Je suis fatigué. Les êtres sur deux pattes sont là. Ils me caressent. Ils me tirent hors du pré. Je vois des abris partout et des êtres sur plusieurs pattes que je n'avais jamais vus. D'autres êtres à deux pattes sont là, avec des formes colorées, vives. Non, je ne veux pas avancer. J'ai peur.

Le lama blanc a été revêtu d'un tissu rouge. Un collier de coquillages a été passé autour de son cou et ses oreilles ont été parées de boucles d'oreilles en or. La procession des prêtres et des vierges du Soleil portant les offrandes à l'Inca pénètre à l'intérieur de *Qorikancha*, le temple du Soleil, qui comme toutes

187

les constructions incas, est bâtie avec des monolithes de granit rose enchevêtrés afin de résister aux séismes nombreux dans cette région. La lourde porte de bois pivote sur son axe. La procession passe devant une rangée de lamas sculptés et des arbres à feuilles d'or.

— Ils me tirent mais je ne veux pas avancer. Je crie et secoue ma tête dans toutes les directions afin de me défaire de cette attache qui m'étouffe. Ils me poussent. J'ai peur.

Dans la salle du temple, une *palla*, servante du temple, prépare une pâte à base de farine de maïs. Des musiciens jouent de leurs tambourin et grelots pour accompagner les danseurs.

— Ils me serrent les pattes. Je suis tombé. Le sol est dur et très froid. Je n'ai jamais ressenti cette sensation. Je ne peux plus appeler avec ce qu'ils m'ont mis devant. Je suis tiré par les pattes. Il y a beaucoup de bruits. Je ne suis plus tiré. Le bruit s'arrête.

L'empereur Inca Huayna Capac, fils du Soleil, est assis au fond de la salle, drapé dans une robe de laine de vigogne. Derrière lui, suspendu au mur, le masque doré du dieu Soleil. Les corps des rois défunts, embaumés, sont assis à ses côtés sur des trônes d'or.

— Un être sur deux pattes s'approche. Je ne le vois plus.

Le rythme cardiaque de l'animal s'est accéléré. Il sent l'haleine brulante du prêtre sacrificateur qui vient de pratiquer une incision dans son cou pour la saignée, avec un *timu*, couteau d'or réservé aux sacrifices des lamas et des femmes
— Aaaahh !! J'ai mal. Qu'est-ce qui s'est passé ? Le bruit est là, encore plus fort.

Une *palla*, vierge du Soleil, recueille dans une coupelle le sang du lama, qui est mêlé à la farine de maïs. La sœur et épouse de l'Inca lui apporte le mets, qu'il porte à sa bouche. Pendant ce temps, profitant des regards tournés, une servante glisse discrètement un objet sous le lama.

— Je vois maman. Je suis fatigué mais je suis bien avec elle. Je sens sa chaleur contre moi. Maman…

Le ventre de l'animal est déchiré, ses entrailles extraites et apportées au prêtre qui va lire l'avenir à l'Inca. Les festivités du nouvel an solaire peuvent débuter. Une vie vient de s'éteindre.

23

SYDNEY

Les étudiants d'Aurore, gais et insouciants, rentrèrent en riant dans l'amphithéâtre. Certains, les plus âgés, étaient plus sérieux. Tous s'installèrent et bientôt, on n'entendit plus que la voix d'Aurore et le crissement de leurs stylos. Ils avaient subi quelques contrôles et la jeune femme avait déjà distingué parmi eux ceux dont la qualité du travail permettrait un passage en classe supérieure sans difficulté.

Elle commença son cours par une description de *Babylone* en projetant sur grand écran des plans, des photographies et une vue aérienne de la ville.

— *Babylone* était une ville entourée d'une double enceinte de remparts, haute de 25 mètres et longue de 8 kilomètres. D'immenses palmeraies faisaient la richesse de la ville. Elle couvrait une superficie d'environ 500 hectares, immense pour l'époque. Ici, vous voyez la *ziggourat*, la tour qui allait devenir pour tous la *Tour de Babel*. Elle était appelée *L'Etemenanki*, la Maison du Fondement, du Ciel et de la Terre. Elle était dédiée au dieu *Marduk*. Dans cette reproduction, vous remarquerez qu'elle était constituée de sept tours empilées les unes sur les autres, de couleurs différentes. Les représentations qui en ont été faites par les étrangers ont généralement une base circulaire car elles se sont inspirées d'autres tours bien réelles notamment de minarets. Haute de plus de 90 mètres, elle était visible de toute part de la ville. Elle la dominait et offrait une large perspective sur les alentours. Le dernier étage était constitué de briques vernissées bleues et portait le nom de *gigunû*, ce qui signifie tombeau en sumérien.

Aurore décrivit les temples, les bâtiments royaux et la voie processionnelle qui menait à la *ziggourat* dont les murs parallèles étaient ornés sur près de deux cents mètres de briques en relief représentant des lions marchant. Elle leur parla de la fête du Nouvel An d'une durée de 11 jours où les statues des divinités étaient amenées par cette voie à l'extérieur de la ville afin d'attirer la bienveillance des dieux et la prospérité sur la ville.

— Dans les musées, certaines pièces n'ont plus les couleurs d'origine et peuvent paraître bien fades aux visiteurs. Des frises perdent leur éclat et leur couleur d'origine. Souvent, on ne le réalise pas et on trouve l'art de l'époque bien triste. Mais en réalité, les couleurs étaient variées et très vives.

Elle continua son exposé en présentant les fouilles réalisées sur le site, passa en revue les invasions que la ville avait subi aux différentes époques et finit par l'explication du mode de vie des habitants. Elle était intarissable sur ce sujet.

— Et pour finir, voici une carte du monde exposée au *British Museum* dressée par les Babyloniens environ 600 ans avant notre ère. Elle fut découverte dans le sud de *l'Irak*. Elle présente la Terre sous la forme d'un disque plat entouré d'eau. La *Mésopotamie* est située en son centre.

Elle ralluma la lumière de l'amphithéâtre et retourna à son bureau.

— Vous trouverez à la fin de ces photocopies une bibliographie sur *Babylone* et…

Elle s'interrompit pour mettre fin à une discussion, au dernier rang.

— M. Spencer, si vous pouviez vous intéresser à ce sujet plutôt qu'à votre voisine, vous auriez plus de facilités à réaliser votre exposé pour la semaine prochaine !

— Mais… Mais je n'ai pas d'exposé à réaliser ! répondit Spencer, avec arrogance, se tournant avec un large sourire vers ses proches camarades.

— A présent, si ! Je veux un travail de recherche sur les différentes fouilles qui ont eu lieu à *Babylone* au cours du XXème siècle et les méthodes de restauration qui ont été utilisées. Je vous préviens, pas un copié/collé de *Wikipédia* comme vous l'avez fait la dernière fois.

Spencer ravala son impertinence et les autres étudiants baissèrent la tête tout en rigolant le plus discrètement possible.

— Vous pouvez disposer. Je vous remercie pour votre attention.

24

"Et il a créé les djinns d'un feu sans fumée"
Le Coran, Sourate 55 verset 15

MAURITANIE
19 janvier 765

Haïcha est allongée sur son matelas, personne auprès d'elle. Elle passe les heures qui lui restent à vivre avec pour seule compagnie les douleurs de son corps de vieille femme. Les souvenirs et le bijou qu'elle tient dans ses mains sont tout ce qui lui reste de son passé.

— Je n'ai pas eu le plaisir de tuer mon mari, ni même mon père. Ils sont partis après m'avoir confisqué le bijou que Youssef m'avait offert pour mon mariage.

A l'aube, le muezzin lança l'adhan, l'appel à la prière.

— Allahu Akbar, Allalhu Akbar, *Allah est grand, Allah est grand*

Les hommes se regroupèrent pour faire ensemble leur prière.

— La ilaha illa Allah, Mohammadour rasoulou Allah, *Il n'y a pas d'autre Dieu qu'Allah et Mohammed est Son messager*

Ils partirent tous deux vers *Zouerate* afin de rejoindre la piste saharienne et la caravane qui faisait route vers *Bechar* en *Algérie*, pour y acheter une dizaine de dromadaires. Après quelques heures, seuls les sabots des bêtes sur le sable et le ballottement des marchandises perturbaient le silence. Le paysage était d'une effroyable monotonie. Les guides ne causaient guère entre eux. Ils traçaient leur chemin au travers des dunes modelées par le vent, au sommet desquelles se formait une buée vaporeuse.

En soirée, le vent qui soufflait leva de hautes traînées de sable. Les caravaniers protégèrent au mieux leur visage avec leur *chèch* enroulé autour de la tête, derrière lequel on ne distinguait plus que leurs yeux noirs.

Mohammed Oulad El-Baghi voulut se reposer et décida de s'arrêter malgré le refus des caravaniers de mettre pied à terre dans une oasis où séjournaient des mauvais esprits. Les bêtes étaient fourbues. Le campement était convenable, des touffes de *hâdh* pour les dromadaires, et des creux dans le terrain pour installer les couches des hommes. Les *guerbas*, outres d'eau en peau de chèvre, furent mises à l'abri, le prochain point d'eau étant éloigné par deux journées de marche.

Les langues se délièrent autour du feu. Les chameliers parlèrent du respect qu'ils portaient au désert, conscients d'être minuscules face à cette étendue si vaste et si capricieuse, capable de les engloutir à jamais lors d'une tornade de sable ou de l'effondrement d'une haute dune. Ils contèrent les histoires du désert, faites de caravanes égarées, de guerres entre clans, de belles Bédouines aperçues dans les palmeraies. Le parfum suave du narguilé que les hommes se transmettaient embauma le campement.

Non loin du feu de camp, les deux hommes s'enroulèrent dans leur *burnous* blanc, tissé de laine très fine, et s'endormirent. Un fennec fit le tour du campement cherchant quelque chose à manger.

Un des caravaniers qui montait la garde entendit résonner des sifflements qu'il attribua aux mauvais génies. La pleine lune éclaira les dunes et le campement. Une ombre se glissa entre les hommes endormis. A l'aube, un vol de passereaux en migration survola le campement.

— Les caravaniers ont appelé mon mari et mon père pour déjeuner et boire le thé. Comme ils ne répondaient pas, un chamelier s'est approché d'eux. Ils les ont découvert tous les deux avec effroi, la gorge tranchée. Rien ne leur avait été dérobé. Personne n'avait rien entendu. Leur mort a été expliquée par la présence de *djinns* qui auraient été dérangés alors qu'aucune caravane ne s'arrêtait jamais en ce lieu. Le lendemain, j'ai retrouvé dans les affaires de mon mari le bijou qu'il m'avait enlevé. Ce bijou avait exaucé mon vœu et je ne l'ai plus jamais quitté.

— J'ai recherché Youssef, il avait quitté le village et je ne l'ai plus jamais revu. Je loue ceux qui ont fait ça. Maintenant que je suis vieille, je peux mourir en paix. Je regrette seulement de ne pas avoir trouvé un homme à aimer. Je repense souvent à mon enfance et à Youssef.

Aïcha se remémore le sable chaud qui crissait sous leurs pas, et les dessins qu'ils réalisaient avec lorsqu'ils le faisaient glisser en pluie fine dans leurs mains sur les tapis de laine noire.

— Mes forces me quittent. J'entends des voix étranges. J'ai l'impression de m'envoler.

25

Le retour depuis le campement se fit en silence. Peu de paroles furent échangées.

Ils avaient hâte de revenir chez eux. Stephen était impatient de serrer son fils dans ses bras et de raconter son aventure à Aurore et Max et de leur dire que tout était fini ? Mais était-ce vraiment fini ? Il savait qu'il devait interroger Stanton à ce sujet. Le fait d'avoir libéré les mémoires jusqu'à leur mort suffirait-il à guérir Stephen ? Il avait peur de la réponse car il sentait confusément que tout ne serait pas aussi simple et il mit son silence sur le compte de la fatigue.

Le paysage avait perdu de son mystère aux yeux de Stephen. Avec le ventre plein, le chemin lui sembla plus court et moins difficile.

Ils arrivèrent exténués à l'aéroport après avoir enchaîné les heures de marche et de route dans la chaleur harassante de l'été. Ils vérifièrent l'heure du prochain vol pour *Sydney* et procédèrent à l'enregistrement, quelques places restant libres.

Après s'être longuement désaltérés, Stephen et Stanton se séparèrent pour flâner dans les quelques boutiques présentes avant d'embarquer. C'était pour tous les deux un retour à la civilisation. Ils n'avaient jusqu'à présent échangés que quelques mots comme si ce voyage initiatique, au lieu de les rapprocher, avait construit un mur invisible entre eux.

Stephen en profita pour contacter Aurore mais dut se limiter à laisser un message sur son répondeur.

Stephen et Stanton se firent signes pour se rejoindre.

Ils prirent place dans l'avion sans avoir plus échangé sur ce qui s'était passé. Stanton lut un magazine acheté à l'aéroport. Stephen continua à visionner l'enregistrement.

26

Désert de Bayouda, NUBIE
-20 av. JC

La durée de vie d'un esclave est courte. Et celle de M'Bongo va toucher à sa fin plus tôt que prévu. Dans quelques heures, il devrait être écartelé. Il sera allongé sur le sol, chaque bras et jambe attachés à un buffle vigoureux. Les bêtes tireront lentement provoquant dans tout son corps une brulure intense. Il hurlera de douleur et d'angoisse. Puis un premier membre sera arraché. Au mieux, il perdra connaissance et ne sentira pas son corps être déchiqueté. Sinon, il continuera à souffrir jusqu'au moment où il n'en pourra plus. Ses restes seront accrochés à des piques et finiront par être dévorés par des bêtes.

Mais M'Bongo n'a pas dormi de la nuit. La haine bout dans son sang. Il ne se laissera pas tuer.

— Ce ne sont pas ces attaches à mes poignets qui m'empêcheront de m'évader.

Il se lève et s'aperçoit que les gardes égyptiens ont oublié de fermer la porte de sa cellule. Un couteau est posé près de la porte.

— J'ai emporté une outre d'eau mais je ne sais où aller. Ma gorge est déjà sèche. Si je dois mourir, ce sera en homme libre.

Lorsque sur le chantier est sonnée la pause repas, les esclaves sont rassemblés. La fuite de M'Bongo est réprimée par la mise à mort de cinq autres esclaves, choisis parmi les plus faibles, qui sont égorgés pour l'exemple devant les autres.

M'Bongo s'est enfui dans le désert de *Bayouda*. Entretemps, des soldats égyptiens sont partis à sa recherche. M'Bongo s'est recouvert de sable entre des rochers lorsqu'il a vu briller au loin les casques de bronze des soldats venant vers lui sur leur char. Ils sont passés à proximité. Ils ont fait demi-tour après quelques minutes et se sont arrêtés à quelques mètres de

M'Bongo. Il les a entendus parler sans pouvoir distinguer leurs paroles. Puis ils ont fini par repartir.

Le sol est brûlant. La marche est longue et difficile. Aucun homme sain d'esprit ne se serait risqué dans cet enfer. Un lac se dessine face à lui. Il découvre à ses dépens le mirage cruel du désert qui hante l'homme assoiffé. Il est un grain de sable perdu dans cette immensité, brûlant dans la fournaise. Il grimpe au sommet d'une dune pour essayer de trouver un point de repère. L'ascension est pénible, il glisse à chaque pas.

— Je ne vois autour de moi que du sable.

Il est frappé par cette désolation, lui qui a toujours vécu au milieu d'une végétation luxuriante, de l'humidité de la plaine, des animaux et des couleurs chatoyantes.

Il fait si chaud que sa transpiration sèche avant même de perler sur son corps. Le soleil l'aveugle. Le talisman lui brûle la peau et son poids pèse d'heure en heure sur son cou.

Puis, le soleil redescend à l'horizon. M'Bongo n'a plus ni nourriture, ni eau. Il est exténué. A bout de forces, incapable de marcher plus longtemps, il s'effondre sur le sol. Allongé sur le sable, il aperçoit une araignée et l'attrape. Il l'observe et lui coupe l'appendice buccal situé à l'avant de son abdomen, à l'extrémité duquel apparaissent des crochets venimeux. Il croque avec appréhension dans cette masse ronde et velue. C'est alors comme un déferlement de pue dans sa bouche. Mais il se force à avaler cette précieuse nourriture qui s'écoule dans sa gorge.

Lorsque la nuit s'installe, la voûte étoilée surplombe M'Bongo qui grelotte, tant la température est devenue glaciale. Il est vêtu d'un simple pagne attaché autour de la taille par une cordelette.

Il s'endort pour toujours en serrant dans les mains le collier remis par Makéda qui semble lui procurer une douce chaleur au moment où la vie le quitte.

Quelques jours plus tard, une caravane passe dans le désert de *Bayouda* et retrouve le corps sans vie de M'Bongo. Il semble apaisé. Un sourire est présent sur ses lèvres. Ses poings sont refermés sur du vide, le talisman a disparu.

Lorsque les gardes égyptiens étaient venus dans sa cellule le chercher pour qu'il subisse sa punition, ils avaient trouvé ses attaches sur le sol et à sa place le corps sans vie de son geôlier, empoisonné.

27

L'hôtesse venait de verser une tasse de thé à Stephen. Le professeur Stanton, qui s'était endormi après avoir lu la première page de son magazine, se réveilla lorsque Stephen fit descendre la tablette de son siège pour y poser son gobelet.

— Puis-je avoir un thé également, s'il vous plaît ?

— Bien sûr, monsieur.

L'hôtesse lui tendit le gobelet qu'il conserva dans les mains, pour se réchauffer. Stephen respira profondément et le cœur battant décida de se lancer. Il fallait qu'il sache. Il fallait que quelqu'un d'extérieur verbalise ce qu'il savait déjà en son for intérieur.

— Professeur. Je viens de visionner la dernière vie. Vous vous rappelez sous la tente, quand vous m'avez surpris à regarder l'enregistrement ? Vous m'avez indiqué qu'il y avait quatre vies. Lorsque j'ai entrepris mes méditations, il y avait 5 formes. Des images sont apparues dans quatre des taches qui flottaient autour de moi. La cinquième tâche est toujours restée floue et inaccessible encore jusqu'à aujourd'hui. Quatre ont été extraites. Que pensez-vous qu'il soit advenu de la cinquième ?

Le vieil homme ne répondit pas tout de suite comme s'il réfléchissait à la meilleure réponse à faire.

— Je pense qu'elle ne devait pas transporter suffisamment d'énergie pour arriver jusqu'à vous. Elle devait représenter la mémoire la plus ancienne. Raison pour laquelle vous n'avez pas vu son contenu. Et à présent, la Kundalini doit être fermée. Vous n'avez plus rien à craindre.

— Vous êtes sûr ?

Pourquoi Stephen eut-il le sentiment que le Oui du professeur manquait de sincérité ?

Après l'atterrissage et avoir récupéré leurs affaires, les deux hommes se séparèrent.

— Merci pour tout ce que vous avez fait. Je savais que je pouvais avoir confiance en vous. Je vous dois la vie.

— Je suis votre ami Stephen, le seul qui puisse vous sauver. Vous pouvez compter sur moi.

"Le seul qui puisse vous sauver". Pourquoi Stephen n'avait-il pas relevé la tournure de cette phrase ? Pourquoi Stanton n'avait-il pas tout simplement déclaré "le seul qui pouvait vous sauver" ?

28

*"N'appelons aucun homme heureux
avant qu'il ait franchi le terme de sa vie
sans connaître le malheur."*
Sophocle

Sydney, AUSTRALIE
Le vendredi 4 novembre 2011

Lorsque Stephen franchit le seuil de la porte, Aurore vint se jeter dans ses bras. Elle l'embrassa avec fougue et demanda, avant même qu'il pose son sac :

— Alors, ça a marché ?

— Tout va bien. Enfin, j'espère.

— J'étais tellement inquiète. Tu m'as manqué.

Stephen fut touché par la chaleur de l'accueil de la jeune femme. Ils ne s'étaient quittés que quelques jours mais cela lui avait paru une éternité et il fut content de constater que pour elle également. Il la serra fort dans ses bras.

— Toi aussi. Mais tout est fini. Je me sens mieux et nous allons pouvoir reprendre une vie normale.

Elle lui fit un grand sourire et se blottit contre lui.

— Ça n'a pas été trop dur ?

— C'était angoissant et passionnant à la fois. J'ai visionné l'enregistrement. J'étais en transe lorsque toutes ces vies sont reparties et je ne me souviens de rien. Stanton a gardé le film pour l'étudier et dès qu'il aura fini, on se fera une soirée projection avec Max.

Il sentit Aurore se crisper dans ses bras et elle répondit d'un ton sec.

— Non, ça ne m'intéresse pas.

Stephen fut surpris par cette réponse, et encore plus par le ton.

— C'est dommage. Dans ce que je dis, tu perçois ce que ces êtres ont ressenti lorsqu'ils sont morts. Je t'assure, ça a été pour moi une expérience inoubliable.

Elle se dégagea de son étreinte et s'éloigna de lui pour répondre, d'une voix lointaine :

— J'aimerais partager ton intérêt mais j'ai eu mon lot de souffrance dans ma vie. Je préfère me consacrer à l'avenir. Excuse-moi de ne pas partager ton enthousiasme morbide.

— Enfin, Aurore, je ne comprends pas. Je croyais que tu voulais savoir.

Elle soupira et passa la main dans ses cheveux, d'un air las.

— Pardon Stephen, tu as raison, bien sûr que ça m'intéresse, j'ai juste eu une journée difficile. Combien d'êtres as-tu libérés ?

Stephen, heureux de la voir de nouveau s'intéresser à lui, reprit aussitôt :

— Quatre vies sur cinq. Pour Stanton, la première vie ne réapparaitra plus. Elle va rester enfouie en moi car la Kundalini est à présent fermée. C'est une bonne nouvelle, non ?

— Oui, bien sûr, répondit Aurore et Stephen ne remarqua pas que le ton sonnait faux.

— Bon, je vais appeler Max pour le tenir au courant. Quand il viendra, je vous raconterai tout en détail.

— Je t'ai dit que je n'étais pas intéressée. Passe la soirée avec ton copain. J'irais au cinéma.

Encore un revirement. Décidément, se dit Stephen, je ne comprendrai jamais rien aux femmes et il jugea bon de ne pas insister.

— D'accord, et il changea de sujet. Une sortie en voilier pour le week-end prochain, ça te dit ?

— Certainement.

Elle avait retrouvé son sourire radieux et Stephen n'en demandait pas plus.

Max vint le soir même.

Alors qu'il s'était montré incrédule et moqueur jusqu'à présent, il était cette fois captivé par le récit de Stephen. Ce dernier lui confia son étonnement quant au refus d'Aurore de visionner les enregistrements.

— C'est une femme secrète et très sensible, répondit Max. Elle se protège. On peut comprendre. Elle a l'air de bien te connaître mais au fond, elle ne t'a pas révélé grand-chose des étapes douloureuses de sa vie.

La semaine suivante, Stephen fit sortir son voilier de l'eau pour procéder au nettoyage de la coque. Encore une journée ensoleillée, avec un ciel dégagé. C'était un beau printemps : dehors une veste légère, dedans un tricot à manche courte. Un été caniculaire était annoncé.

Le vendredi soir, Aurore et Stephen se retrouvèrent devant l'entrée des Goldstream. De nombreuses voitures garées tout autour de la maison perturbaient le calme du quartier et la musique était perceptible de l'extérieur.

— Je me demande si l'on va nous entendre, remarqua Stephen.

Lorsque Milton Goldstream leur ouvrit la porte, les sonorités de la fête leur jaillirent au visage.

— Bonsoir Stephen. Vous permettez que je vous appelle Stephen ?

Milton n'attendit pas la réponse de Stephen et se présenta à Aurore.

— Je suis content que vous ayez pu venir. Seuls les Palmer sont absents, sinon tous nos proches voisins sont là, plus quelques connaissances.

Les Goldstream étaient propriétaires de plusieurs clubs de gym dans *Sydney*. La trentaine, ils étaient animés d'un besoin féroce de paraître. Toutefois, ils affichaient leur beauté et leur réussite sociale avec un tel naturel que les personnes de leur entourage étaient heureuses de partager leur bonheur. Elles ne se rendaient pas compte qu'elles y contribuaient par les cotisations astronomiques qu'elles versaient chaque mois.

Les Goldstream allaient parfaitement bien ensemble, formatés par les mêmes cours de gym, de musculation. Toute leur énergie semblait consacrée à modeler leur corps et à fabriquer de l'argent. Une énergie qui semblait inépuisable à tous ceux qui les approchaient. Mais peu de personnes savaient qu'ils consacraient une grande part de leur énergie à la chasse. Une chasse pour laquelle ils avaient une complicité sans borne.

Lorsque Stephen et Aurore pénétrèrent dans le jardin accompagnés de Milton, des mannequins légèrement vêtus, aux corps sculpturaux, s'agitaient autour de la piscine aux rythmes électro de *Mysterious Times*, un air à la mode dans tous les clubs de gym quelques années auparavant.

— Mon épouse est là-bas. Suivez-moi, je vais vous présenter, leur dit Milton en levant le bras vers une femme qui discutait de l'autre côté de la piscine avec un groupe d'invités.
La jeune femme s'excusa rapidement auprès des personnes qui l'entouraient et se dirigea vers les nouveaux arrivants.

— Anna, je te présente Stephen et Aurore.

— Bonsoir, je suis contente de faire votre connaissance.

— Nous aussi, répondit Stephen. Ce soir, vous redonnez de la vie au quartier.
Ils se serrèrent la main. Le regard d'Anna s'attarda sur Aurore.

— Vous faites du sport, vous connaissez nos clubs ?

— Footing et natation. Jamais en club.

— Eh bien nous espérons que vous nous rendrez bientôt visite. Venez, nous allons vous présenter à quelques amis.
Leurs hôtes étaient habillés de blanc. Milton portait un pantalon et une chemise ouverte montrant un torse parfaitement épilé. Anna était vêtue d'une robe longue moulante dont le dos grandement dénudé laissait admirer une liane tribale tatouée ondulant du cou jusqu'aux fesses. Son corps dévêtu sous sa robe était à la limite de l'indécence.
Anna prit Aurore par le bras.
Des sofas et des lampions étaient déposés tout autour de la piscine dans laquelle des lumières placées au fond s'éclairaient par alternance.

Des tables avaient été installées sur la pelouse où les invités pouvaient déguster des brochettes de viandes maigres ou de fruits. Quelques plateaux de petits fours salés étaient disposés à l'intention de ceux qui n'étaient pas obsédés par leur ligne.

Des serveurs proposaient des boissons isotoniques, de l'eau minérale et des coupes de champagne.

Une centaine de personnes avaient été invitées, pour l'essentiel leurs principaux clients, des hommes et des femmes de belle prestance, des abonnés dont le carnet de relations était aussi rempli que le portefeuille. Ils étaient reconnaissables des quelques résidents du quartier invités à cette soirée par leur physique, musclé par des heures de *Body Pump*, leur teint hâlé et leur visage dont les liftings successifs avaient effacé toute ride qui aurait permis de leur donner un âge avec certitude. Peu de personnes étaient venues seules. Tous les invités semblaient heureux, souriaient et se parlaient comme s'ils se connaissaient depuis des années. Stephen et Aurore furent rapidement intégrés. Des hommes âgés promenaient à leur bras tout au long de la soirée des filles superbes comme des caniches bien sages.

Aurore abhorrait l'arrogance de tous ces parvenus et commençait à regretter d'avoir accepté d'accompagner Stephen à cette soirée.

Milton avait remarqué que les bouts des seins de sa femme s'étaient mis à pointer sous sa robe lorsqu'elle avait fait la connaissance d'Aurore. Il avait perçu la tension dans son regard et remarqué que ses narines s'étaient élargies comme pour mieux humer les odeurs. Il savait ce que cela voulait dire, quand Anna devenait ainsi quasi animale. Et à présent il l'observait évoluer. Elle avait des griffes dans les yeux. Son regard toujours pointant dans la même direction, elle avait repéré sa proie. La chasse était ouverte. Elle tournait autour, discrète, puis de plus en plus présente. Elle disparaitrait, pour réapparaitre, au contact, douce, attentive à son invitée, sensuelle.

En la croisant, son mari lui glissa à l'oreille "J'étais sûr qu'elle te plairait dès que je l'ai vue". "Oui, elle est superbe. Et lui, il te plait ?" lui répondit-elle. "Non, il manque de sensualité. On se passera de lui. A toi de jouer mon amour."

Aurore se montrait plus à l'aise que Stephen, posant des questions, s'intéressant aux uns et aux autres sans jamais répondre toutefois directement aux questions qui lui étaient posées. Elle se montra cependant beaucoup plus réservée sur son métier qu'elle ne l'avait été avec Max et Stephen lors de leur première rencontre. Malgré une apparence communicante, elle gardait ses distances alors que Stephen parlait plus librement. Ceux qui l'entouraient étaient d'ailleurs heureux de discuter avec un des concepteurs de la *BrainBox-200*. Certains en avaient fait l'acquisition et souhaitaient savoir si des programmes d'entrainement physiques allaient bientôt être proposés sur le marché. Stephen se prêta volontiers au jeu des questions réponses.

Si Stephen était toujours à des années-lumière de se douter de la véritable raison de leur présence dans cette soirée, Aurore, plus perspicace, avait repéré le manège d'Anna dès les premières minutes et fit tout pour l'éviter.

Milton remarqua soudain un changement dans l'attitude de sa femme. De toutes les occasions qu'il lui avait été donné de l'observer en action, il ne l'avait vue comme cela qu'une seule fois. Elle avait maintenant le comportement de celle qui sentait que ce qu'elle faisait ne servait à rien. Que la partie était perdue.

Alors que la fête battait son plein et que Stephen s'amusait bien, Aurore vint le supplier de partir.

— Trouve n'importe quel prétexte, je t'expliquerai.

Stephen n'insista pas et alla saluer leurs hôtes.

— Il se fait tard. Nous partons de bonne heure demain matin faire du voilier.

— Quelle chance. Nous vous raccompagnons. J'espère que nous aurons l'occasion de nous revoir bientôt, leur dit Milton sur le pas de la porte.

— Surement, répondit Stephen, tout joyeux après avoir vidé plusieurs coupes de champagne. Votre soirée était très bien. Une balade en…

— Je ne le pense pas, l'interrompit poliment mais froidement Aurore, coupant Stephen dans son élan.

Anna embrassa Stephen et s'approcha d'Aurore. Elle profita de cette proximité pour lui dire quelque chose à l'oreille. Ce à quoi Aurore lui répondit dans la même proximité "Je n'aime pas les femmes. Ne vous approchez plus de nous."

Le bateau prêt, il ne leur restait plus qu'à profiter des beaux jours revenus sur l'*Australie*.

Aurore et Stephen se levèrent tôt et transportèrent tout leur matériel au bateau. Stephen dut consommer plus de café que d'habitude pour arriver à se sortir de l'état brumeux dans lequel son excès d'alcool de la veille l'avait plongé.

En découvrant le voilier, Aurore siffla d'admiration.

— On dirait qu'il est neuf.

— Un First 34.7 d'occasion. Dix mètres de long que je connais par cœur pour l'avoir pas mal rénové. Je l'ai acheté à un gars qui a disputé toutes les courses de la baie avec lui. Puis il s'est rangé lorsqu'il a rencontré une fille qui n'aimait pas le bateau.

— Et Max, il en fait avec toi ?

— Il a mis les pieds dessus une fois, il n'est plus revenu.

— Pourquoi ? Mal de mer ?

— Non, la peur. Il y avait beaucoup de vent. Il s'est mis à la contre-gite avec les autres et il a cru à un moment que le voilier allait se retourner. C'est vrai qu'il y avait un peu trop de voile sortie et depuis il n'est plus revenu. Même pour faire des balades avec la famille.

— Et ton ex ?

— Elle venait pour se faire promener avec un bouquin dans les mains pendant que je m'occupais du bateau et que je surveillais Valentin. Jamais elle n'a barré ou touché un winch. J'ai bien essayé de l'initier mais elle l'a toujours pris de haut.

Elle avait un foutu caractère et pas du tout le sens de l'humour. C'est ici que nous avons mis fin à notre relation.

— Sur la panne ?

— Oui. Il faisait un temps superbe. Valentin avait fait le pitre en arrivant. Nous avons plaisanté tous les trois puis je suis parti chercher des affaires à la voiture. En revenant sur le quai, je l'ai aperçue en train de suivre les mouvements des bateaux dans le port. Je me suis approché d'elle par derrière, discrètement, sur la pointe des pieds. J'ai fait signe à Valentin de ne pas bouger et j'ai fait semblant de la jeter à l'eau. Elle en est restée le souffle coupé pendant quelques secondes, la mâchoire crispée. Valentin riait à se rouler par terre. Les passagers des autres bateaux aussi. Elle les a regardés d'un air méprisant et elle m'a giflé. Les gens autour de nous étaient interloqués.

— Et alors ?

Stephen haussa les épaules.

— Je l'ai balancé à l'eau. Si tu avais vu le regard de mon fils pendant qu'elle se débattait dans l'eau et qu'elle criait. Il était fier de moi. Je crois que j'ai compris à ce moment-là que nous n'étions vraiment pas faits l'un pour l'autre. Valentin le savait et elle aussi. Elle est remontée et s'est assise dans le bateau sans même se changer. Elle n'a pas déjeuné ni dit un mot de toute la journée. De retour à la maison, à sa maison, elle a desserré la mâchoire pour me dire que je pouvais prendre mes affaires et partir. Elle a vidé son fiel pendant que je faisais ma valise. Elle n'avait cessé d'accumuler des rancœurs pendant toutes ces années. "J'avais profité de notre relation pour progresser dans la société", "nos relations physiques étaient bâclées", "elle me faisait… " Comment disait-elle ? Ah oui, "l'aumône de son corps". Mais ce qui m'a fait le plus mal, c'est quand elle m'a reproché d'avoir une relation complice avec Valentin à son détriment. Elle avait déjà réussi à m'éloigner de Max alors que nous étions amis depuis près de dix ans. J'ai toujours su qu'elle aurait préféré avoir une fille pour se l'accaparer tellement elle était exclusive. J'aurais dû m'en douter car elle était pareille avec ses équipiers en entreprise. Puis j'ai revu le regard de Valentin sur la panne et ça m'a aidé à franchir le pas. J'ai pris mes affaires et je suis venu vivre quelques temps ici.

Aurore ne l'avait pas interrompu une seule fois pendant ses explications. Elle avait senti que la moindre coupure aurait brisé ses confidences.

La sirène d'un bateau manœuvrant dans le port retentit au loin ramenant Stephen dans le présent.

— Bon, allez, on en parle plus, c'est du passé. Tu m'aides à ranger ? Après, on fait le plein d'eau et de carburant.

Ils descendirent leurs sacs dans le bateau. Le plancher stratifié et les boiseries chêne blond étincelaient, illuminés par les raies de lumière pénétrant par les hublots. Stephen lui fit visiter l'intérieur, la couchette à l'arrière, le coin cuisine sur la gauche, la table à cartes sur la droite, la table à manger au centre, et la salle d'eau à l'avant. Il plaça la carte marine sur la table, traça la route à suivre à l'aide de son compas et vérifia que l'ensemble de l'appareillage électronique fonctionnait. Pendant qu'Aurore faisait le lit, Stephen mit en marche le moteur, heureux de partager son plaisir de la mer avec la femme qu'il aimait.

Une légère brise soufflant du nord-ouest se leva dès que le voilier eut dépassé le bout de la panne. Après avoir quitté la station d'essence, Stephen fit le tour du bateau pour remonter les bouées de protection, puis hissa les voiles avant de couper le moteur.

Il confia la barre à Aurore. Elle barrait, attentive aux manœuvres et aux conseils de Stephen, tirant des bords avec dextérité au sein de la baie en direction du grand large. Lorsque le voilier fut presque en vent arrière, Stephen lança le spinnaker et ils dépassèrent les douze nœuds. Stephen revint dans le cockpit après avoir tendu les voiles, posa son appareil photo face à Aurore, et mit en marche le retardateur. Ils s'enlacèrent et sourirent à l'objectif. Avant de récupérer l'appareil, Stephen mit sa main sur la barre à roue pour tourner légèrement vers bâbord, ce qui eut pour effet de gonfler encore plus les voiles. Il l'embrassa dans les cheveux et lui dit :

— Garde ce cap. A cette vitesse, nous serons dans l'après-midi à Newport. Il n'y a que 25 milles pour y aller. Il faudra juste faire attention à ne pas passer trop près du rivage. Si le vent faiblit, nous mettrons le pilote automatique et nous pourrons prendre un bain de soleil. Continue de barrer, je vais chercher le thermos.

Elle le regarda s'éloigner. Il était heureux et détendu. Elle aurait dû s'en réjouir. Pourtant…

Stephen s'assit à côté d'Aurore et lui servit un bol de thé. Il appréciait le bruit du vent dans les voiles et des clapots des vagues contre la coque. Il tendit une main vers l'eau.

— Regarde, il y a des dauphins qui jouent devant l'étrave.

Stephen bloqua la barre et tous deux allèrent à l'avant pour admirer le spectacle des cétacés qui zigzaguaient, surfaient et faisaient la course avec le voilier. Par moment, un dauphin sautait hors de l'eau tandis qu'un autre se retournait pour montrer son ventre blanc. Aurore riait aux éclats en les regardant faire et Stephen les bombarda de photos.

En fin de matinée, alors qu'Aurore profitait de la clémence du temps, allongée sur le pont, Stephen descendit chercher les sandwichs.

Ils pique-niquèrent joyeusement et firent l'amour dans la foulée, en plein air, avec autant de légèreté et de bonheur de vivre.

Le vent se mit à faiblir en début d'après-midi. Stephen plia les voiles, ne laissant que la grand-voile pour permettre au bateau de continuer lentement sa route sans dériver.

Aurore prit sa serviette et se mit nue sur la plage avant. Du poste de pilotage, Stephen apercevait son corps au gré de la houle qui faisait tanguer le bateau. Il brancha le pilote et la rejoignit.

— Tu me fais une petite place ?

Aurore se décala et lui demanda, étonnée :

— Tu gardes ton maillot ?

— Je ne suis pas habitué à me mettre nu en pleine mer.

— Pourquoi, tu préfères attendre d'arriver au port ? lui rétorqua Aurore avec malice. Et tout à l'heure, quand on a fait l'amour, ça ne t'a pas gêné.

— Non, mais d'habitude, il y a plus de monde pendant les régates. Et puis, ce n'était pas trop le style de mon ex.

— Allez, mets-toi à l'aise.

Stephen ôta son maillot et se trouva un peu ridicule avec sa marque blanche.

— Je te crème ? proposa-t-il à Aurore.

Elle acquiesça et commençant par les épaules, il étala jusque dans le bas de son dos un écran protection 10. Il la sentit se laisser aller à la volupté de son massage.

Il n'avait qu'une envie, lui sauter dessus mais il eut peur de passer pour un obsédé sexuel. Il se mit à badiner, en s'accrochant au premier sujet qui lui vint à l'esprit.

— Alors, comment tu as trouvé mes voisins, sympas ?

— Oui.

— Arrête, tu n'as pas eu l'air de les apprécier !

— Tu as raison, je n'aime pas leur style.

— Ils sont beaux, sportifs. Anna est sexy…

Aurore le coupa dans sa phrase

— Trop "m'as-tu vu".

— C'est vrai. Sa robe était quelque peu transparente. Je serais vraiment mal à l'aise si tu t'habillais comme ça. Tu es jalouse ?

— Non, c'est la façon dont elle m'a regardée que je n'ai pas aimée.

— Pourquoi ?

— Parce que j'ai tout de suite vu qu'elle aimait aussi les filles.

Le ton était sans appel.

— Et alors, ça ne me gêne pas, s'étonna Stephen, très ouvert sur le sujet.

— L'éternel fantasme des hommes. Deux femmes dans leur lit.

— Pas du tout, je ne fantasme pas là-dessus, je dis juste que c'est son problème si elle aime les femmes. Je ne te croyais pas intolérante, Aurore.

— Je suis tolérante, sauf quand quelqu'un confond désir sexuel et chasse à l'homme surtout quand le gibier, c'est moi !

Stephen tombait des nues. Il interrompit son massage pour s'asseoir sur ses fesses.

— Toi ? Et qu'est-ce qui te fait dire ça ?

— Pleins de petits indices, répondit-elle, vague.

— Lesquels ? insista Stephen.

— Dès notre arrivée, j'ai senti son regard sur mon corps et lorsqu'elle nous a serrés la main, j'ai senti que ses yeux cherchaient une accroche, un retour.

— C'est tout ?

— Tu n'as pas remarqué que lorsqu'un serveur passait, elle n'attendait pas que je me serve ? Elle me tendait un verre et elle en profitait à chaque fois pour me toucher les doigts.

— Je l'avais remarqué mais j'ai pris ça pour de la courtoisie

— Drôle de courtoisie aussi sa façon de me frôler lorsqu'elle venait discuter avec nous !

— Ça, je ne l'avais pas remarqué. Je n'ai pas toujours été à tes côtés.

— Et le nombre de fois où j'ai senti son regard sur moi. Je me tournais et je la voyais me regarder. Et lorsque nous leur avons dit au revoir, tu n'as pas remarqué leur allusion "Nous aurions bien aimé finir la soirée avec vous" ? Et lorsque tu as dit qu'il fallait vraiment que nous partions, elle s'est approchée et elle m'a parlé.

— Il était tard, j'avais sommeil. Que t'a-t-elle dit ?

— ... Et tu avais aussi beaucoup bu.

— Oui, heureusement que mon lit n'était pas loin.

— Si elle t'avait dit à l'oreille ce qu'elle m'a susurré, je pense que cela t'aurait réveillé.

— Qu'est-ce qu'elle t'a dit ? répondit-il interloqué et curieux.

— Tu me plais !

— Oui, là, c'est sans ambigüité. Et alors ?

— Alors quoi ?

— Eh bien, elle est bisexuelle. Elle aime les hommes et les femmes.

— Je te remercie mais je sais ce qu'est qu'une bisexuelle.

— Oui, je me doute. Elle te plaît ? Qu'est-ce que tu lui as répondu ?

– Que je n'aimais pas les filles !

– Et ça m'arrange, dit Stephen en l'embrassant.

Après une longue étreinte silencieuse, il revint à la charge par curiosité :

– Tu n'as jamais eu envie d'essayer ?

Aurore ne répondit pas immédiatement. Un souvenir lointain venait de revenir à la surface de sa mémoire. Un temple avec d'immenses salles. Des brasiers dont les flammes créent des ombres inquiétantes sur des masques en or suspendus à des murs de pierre. Des tentures et des tapis aux couleurs chatoyantes. Des râles et des odeurs de corps d'hommes et de femmes se mêlant. Des femmes à genoux se faisant prendre par derrière par des hommes en sueur aux souffles rauques. Des senteurs enivrantes. C'était il y a bien longtemps. Elle n'avait pas "essayé". Elle l'avait fait parce qu'il fallait qu'elle le fasse. Pour sauver celui qu'elle aimait. Elle était une autre. Maintenant, elle était avec Stephen.

– Non, je n'en ai jamais éprouvé le désir.

Si elle l'avait fait, ce n'était pas par désir. Mais pour survivre. Stephen reprit son massage. Lorsque ses mains glissèrent sur les fesses d'Aurore, il sentit le corps de la jeune femme se tendre et ses doigts parcourir ses jambes à la recherche de son sexe. Lorsqu'elle le trouva, Stephen vint lui mordiller le cou.

Le pilote se mit à sonner vers 17 heures. Il était temps de changer de cap pour se diriger vers *Newport*. Ils y accostèrent peu après 18 heures. Ils plièrent les voiles, et se dirigèrent vers la capitainerie. Après les formalités d'enregistrement et une bonne douche, ils trouvèrent un petit restaurant chinois pour dîner.

– Deux personnes ? Est-ce que cette table vous convient ? s'enquit la serveuse qui était venue à leur rencontre. A moins que vous ne préfériez dîner à l'intérieur ?

– Celle-ci ira très bien, répondit Stephen en tirant une chaise pour permettre à Aurore de s'asseoir.

Leur table en terrasse offrait une belle vue sur le port. A la table voisine, un couple d'amoureux, les yeux dans les yeux, discutaient du film qu'ils venaient de voir. Le soleil se couchait, et ses reflets se miraient au milieu des bateaux. Un jeune garçon alluma les lampions suspendus autour de la terrasse. En attendant leur commande, Aurore et Stephen burent un cocktail au litchi et grignotèrent quelques chips pour calmer leur appétit avant un festival de bouchées à la vapeur et autres raviolis frits. En dessert, ils commandèrent un gâteau au soja pour deux. Le serveur leur apporta deux cuillères, mais ils n'en utilisèrent qu'une, se donnant la becquée à tour de rôle.

Ils restèrent deux journées à *Newport*. Le retour fut aussi plaisant et la traversée de la baie de Sydney dut se faire au moteur, le vent ayant considérablement faibli.

Ce fut le plus beau week-end qu'ils passèrent ensemble.

Quelques jours plus tard, le professeur Stanton reprenait contact avec Stephen.

— Alors, comment vous sentez-vous ?

— Bien mieux, professeur. Merci ! Mon sommeil est redevenu normal et c'est grâce à vous. Et de votre côté, vous avez pu étudier l'enregistrement ?

— Je suis dessus jour et nuit. De nombreux détails m'ont permis de compléter mes recherches. Notamment un élément qui apparaît à plusieurs reprises, la mention d'un collier. Pourriez-vous me montrer celui que vous portez ?

— Je ne sais pas si cela sera d'un grand intérêt pour vous car Aurore estime qu'il n'est que la pâle copie d'un bijou égyptien.

— Elle s'y connaît en bijou ?

— Elle en a trouvé lors de fouilles et elle m'a assuré qu'ils n'avaient pas la même qualité de fabrication.

— Je ne veux pas vous déranger mais je me permets d'insister. Pourriez-vous laisser votre bijou dans une enveloppe à mon nom à votre secrétariat ? Je passerai le retirer dans la journée pour ne pas vous déranger.

— Si cela peut vous aider dans vos recherches, il sera disponible dans une heure et vous ne me dérangez jamais. Quand vous serez là, faites-moi prévenir, je viendrai vous saluer.

— Je vous remercie. Sachez que je suis heureux de vous être venu en aide et d'avoir pu bénéficier de cette expérience.

— C'est moi qui vous remercie car sans vous, tout cela se serait certainement mal terminé !

— Cependant, je vous avoue ne pas comprendre ce qui a pu provoquer la réincarnation de ces vies. La première vie semble forte mais je n'ai rien trouvé de particulier qui ait pu provoquer sa mémorisation. Un détail doit m'échapper. Il va falloir que je pousse plus loin mes recherches.

— Je vous fais confiance.

De retour à la maison, Aurore s'aperçut immédiatement que Stephen ne portait plus son collier.

— Je l'ai remis à Stanton pour ses recherches. Il pense qu'il existe un lien entre mon collier et ces vies.
Elle réagit avec une violence qui déstabilisa Stephen.

— N'importe quoi. Ce collier, c'est du toc. Je ne vois pas pourquoi tu le lui as donné.

— Pas donné, prêté !

— C'est ça, prêté ! C'est ce qu'il t'a dit. Et tu feras quoi s'il ne te le rend pas ? Après tout, on ne le connait pas vraiment ce type !

— Enfin Aurore, tu m'as dit toi-même qu'il n'avait aucune valeur, pourquoi veut-il qu'il le garde ? Et quand bien même il le garderait ? J'y tiens pour des raisons sentimentales mais j'avoue que depuis que tu es rentrée dans ma vie, j'y accorde de moins en moins d'importance.

— Merci de me comparer à un bijou de pacotille !

— Ce n'est pas ce que je voulais dire et tu le sais ! Et puis arrête de t'énerver là-dessus, c'est idiot.

— Je ne suis pas énervée par le bijou mais par la place que tu donnes à Stanton. Il ordonne et tu exécutes, c'est pénible !

216

Stanton t'a sorti d'une mauvaise passe, c'est indéniable, mais maintenant, il faut qu'il nous laisse vivre et passer à autre chose.

Ils n'abordèrent plus le sujet Stanton dans les semaines qui suivirent et à part un cauchemar ou deux, Stephen passa un mois de novembre des plus agréables.

Un jour où il pensait à Stanton, étonné de ne plus avoir de ses nouvelles et commençant à se demander si Aurore n'avait pas eu raison au sujet du collier, le professeur Stanton l'appela pour lui apprendre la mort de *Jabiruji*.

Le vieil aborigène s'était éteint dans sa grotte. Il avait dû avoir une crise cardiaque et il s'était traîné à l'intérieur pour y mourir parmi les esprits.

Dans les bureaux d'Interpol, l'inspecteur Lincoln réunissait ses collègues pour faire un point sur l'avancée de l'enquête.

Après un bref topo sur la situation, Lincoln donna la parole à Barrington.

— Notre suspect a utilisé deux fois le même passeport. En allant à *Londres* et en revenant *d'Égypte*. Et le point commun de ces deux vols, c'était… *Sydney*.

— Tu veux dire que depuis tout ce temps, nous cherchons un type qui habite à côté de chez nous ?

— C'est ça. J'ai repris, pour les cambriolages dans les musées, chaque aéroport d'origine et de destination et j'ai retrouvé à chaque fois un voyageur australien ayant embarqué ou atterri à *Sydney*.

— Tu n'aurais pas son adresse ?

— Pas encore. Mais j'ai une petite idée.

— Tu ne vas pas nous faire des cachoteries ?

— Une filière qui commandait de véritables identités à des fonctionnaires chinois corrompus vient d'être démantelée. Ils ont tous reconnu les faits. Maintenant, nos collègues cherchent ceux qui contrefont les documents. Si ces chinois ont fourni ton homme, on remonte sa piste et on le coince.

— Très bien, Ralph. Magnifique. Et de votre côté, Russel, que donne l'exploitation de la bande vidéo que je vous ai confiée ? Vous avez réussi à faire parler notre inconnu ?
L'ingénieur Russel prit la parole.

— Oui. Nous sommes arrivés à reconstituer sa voix. Plus précisément, les sons prononcés pendant ces quelques secondes. Je ne pense pas que cela soit sa vraie voix. Je préfère vous avertir que ce que vous allez entendre est assez exceptionnel. Cela a nécessité un gros travail de recherche et je suis fier du résultat obtenu. Je vais vous projeter la vidéo et la bande son en même temps. C'est court mais je le répète, c'est exceptionnel.
L'ingénieur lança la vidéo. Pendant les quelques secondes, chacun resta concentré sur les images et fut émerveillé par ce qu'il entendit. Un son cristallin se diffusait dans la pièce et bientôt un frisson parcourut l'assemblée. Ils n'avaient jamais entendu un son d'une telle pureté. Ils restèrent ébahis sans un mot jusqu'à ce que Barrington prenne la parole.

— La voix des anges…
Chacun autour de la table acquiesça, sauf Lincoln qui affichait une mine déconfite.

— Je me suis fait la même réflexion, répondit l'ingénieur. J'ai eu l'impression d'avoir déjà entendu ces sons. C'est une sorte d'incantation comme on en retrouve dans de nombreux pays mais d'une sonorité inconnue. J'ai passé en boucle l'enregistrement depuis que notre programme l'a élaboré tellement j'étais émerveillé…

— Mais je rêve, s'exclama brutalement Lincoln, mettant fin à l'ambiance de songe dans laquelle chacun évoluait. Nous pataugeons dans l'imbécilité. C'est magnifique mais mon fils pourrait faire la même chose avec son ordinateur. La voix des anges. Mais vous n'avez pas peur du ridicule. Alors, arrêtez vos élucubrations. Je ne crois pas à l'au-delà. Votre programme dysfonctionne, voilà tout.

— Lincoln, je ne serai pas venu vous présenter ces résultats sans avoir procédé auparavant à de nombreux tests et contrôles. Nous avons pris des films avec des acteurs connus sans la bande son et nous avons fait passer le programme. Nous avons recréé le timbre de voix de chaque personne à la perfection. Donc, je peux vous affirmer que mon programme fonctionne. Et pour vous prouver que je ne divague pas, je vais vous repasser la vidéo au ralenti en agrandissant les images. Il y a un détail qui ne saute pas aux yeux. Regardez, là...

L'ingénieur s'était levé et montrait du doigt le cou de l'homme.

— Voyez la déformation de sa gorge et les vibrations qui apparaissent à la surface. Je ne sais pas comment cette personne est capable d'une telle prouesse. Ce que je peux vous dire, c'est que si nous sommes face à un être humain normal doté d'un pouvoir aussi exceptionnel, je ne pourrai pas recréer son vrai timbre de voix avant encore plusieurs mois. Laissez-moi continuer et ne remettez plus jamais en question mon travail !

L'ingénieur se leva, rangea son dossier, se dirigea vers la porte et se retourna avant de sortir de la pièce.

— Je ne sais pas face à quel phénomène nous nous trouvons. Sans vous offensez, vous me semblez hermétique à certaines approches. Mais je crois cependant que vous avez une partie des explications que vous cherchiez sur sa façon de procéder dans les musées. Que cela vous plaise ou non.

Fatigué par sa journée de travail, Lincoln décida en chemin de garer sa voiture et de marcher un peu avant de rentrer chez lui. L'ingénieur Russel l'avait blessé et les informations sur chaque œuvre se percutaient dans sa tête. Il avait besoin de faire le calme en lui avant de retrouver les siens et se consacrer pleinement à eux. Il s'assit sur un banc et observa un mendiant sur le trottoir d'en face. Les piétons passaient devant sans le voir. Il souriait cependant et tendait la main dans l'espoir d'une pièce de monnaie, interpelant chacun du regard mais aucun ne portait attention à lui. Lincoln ne sut par quelle réaction chimique dans son cerveau vinrent se juxtaposer les bonnes informations figurant sur chacune des fiches, mais une lumière s'alluma à l'instant où il se fit la réflexion que donner n'était pas le propre de l'homme. Il traversa la rue, mit un billet de vingt dollars dans la main du mendiant interloqué et appela son épouse pour lui dire qu'il ne rentrerait pas pour dîner. Il reprit la route du bureau, s'arrêtant au premier fast-food pour s'acheter à manger.

Il entra au commissariat sous le regard interrogatif du policier de faction. Dans son bureau, il rapprocha chacune des fiches et confirma son intuition.

Il s'était remémoré en observant le mendiant que chacune des œuvres volées avait fait l'objet d'un legs à de riches familles ou à des musées. Il découvrit avec jubilation que le nom du donateur était à chaque reprise le même : celui d'un noble espagnol, José Juiz Afonso de Almeida. Certains objets avaient été légués avant son départ aux Amériques au 16ème siècle, le propulseur de javeline et le tableau l'avaient été à son retour.

Lincoln sentit l'excitation monter en lui. La chasse continuait.

Maintenant qu'il était sûr de l'existence d'un lien entre ces œuvres, il fallait qu'il détermine si elles contenaient un message, quitte à y passer la nuit ! Il sortit son sandwich et son soda, alluma sa lampe de bureau et rassembla les photos des œuvres. Il mangea tout en les observant à la loupe. Vues séparément, les objets volés étaient insignifiants. Il avait en sa possession de multiples photos de chacun mais il ne trouvait pas de point commun. Le sommeil commençait à prendre le dessus et ses paupières devenaient de plus en plus lourdes. Il prit un café au distributeur, revint à son siège mais rien n'y faisait. Il appela son épouse pour dire qu'il rentrait. Il réveilla toute la maison et reçut un accueil glacial. Il n'avait pas vu l'heure et il était beaucoup plus tard qu'il ne l'imaginait. En chemin, Lincoln se remémora ses cours où les élèves inspecteurs étaient initiés aux différentes méthodes de cryptage les plus récentes et les plus performantes. Et il se rappela notamment son cours de stéganographie expliquant comment cacher un texte dans une image numérique de manière parfaitement invisible à l'œil nu. Même si ces œuvres étaient trop anciennes pour utiliser une de ces méthodes, il en conclut que ce qu'il ne voyait pas pouvait quand même être dissimulé de façon anodine. Il eut beaucoup de mal à s'endormir mais pendant son sommeil, son cerveau fit le tri parmi toutes les informations. Au réveil, une forme particulière lui sembla se distinguer des autres.

Revenu au bureau après avoir avalé à la hâte son petit déjeuner, il reprit les photos et finit par découvrir leur point commun : les mêmes inscriptions cachées parmi les lettres cunéiformes gravées de la tablette de bronze mésopotamienne et les hiéroglyphes de la stèle funéraire égyptienne; et encore les mêmes au milieu des ornements gravés dans la corne du manche du sabre mauritanien et à l'intérieur du propulseur de javeline; et d'autres identiques noyées par des arabesques peintes sur l'armure de Charles Quint dans le tableau espagnol.

Toujours trois traits, en quart, demi, trois quart ou cercle complet qui se superposaient, camouflés à l'intérieur des œuvres.

Elles avaient dû être réalisées avec un pochoir spécial pour être aussi précises ou par une main très habile. Mais pour quelle fonction ? Il n'avait jamais vu de pareils symboles. Etait-ce un alphabet, des lettres, des mots ou des idées ?

Il reproduisit sur son ordinateur les inscriptions présentes sur les objets. Un des symboles était similaire sur les deux premières lignes.

Il n'était plus dans son domaine de compétences mais il savait par expérience que casser des codes nécessitait des algorithmes de déchiffrement complexes. La difficulté semblait insurmontable car il ne possédait pas d'exemple d'autre message permettant de réaliser une quelconque transposition. A la différence de Champollion qui avait déchiffré les hiéroglyphes grâce à la pierre de *Rosette*, fragment de stèle de *l'Egypte* antique, parce qu'elle comportait le même texte en hiéroglyphes, démotique et grec ancien.

Il lui fallait solliciter des experts capables de programmer les algorithmes et utiliser une puissance de calcul impressionnante pour réaliser toutes les combinaisons possibles.

Le plus simple était de transmettre à l'ingénieur Russel cette nouvelle énigme. Lincoln lui gardait encore rancœur de la façon dont il lui avait répondu. En cas d'échec, ce problème aurait au moins l'avantage de mettre l'ingénieur face à son incapacité et de lui faire ravaler ses leçons. Il chargea Barrington de transmettre à Russel l'ensemble des inscriptions relevées sur les objets.

IX.
LA MYSTÉRIEUSE
ADOLESCENTE

29

Sydney, AUSTRALIE
Le 6 décembre 2011

Stephen regretta de ne pouvoir assister à l'enterrement de Jabiruji.

— Stephen, je prends l'avion demain soir pour me rendre à ses obsèques. Est-ce que nous pourrions déjeuner ensemble ? J'ai montré votre collier à un confrère et je souhaiterais vous faire part de ses conclusions.

Stephen fut soulagé que Stanton reparle en premier du collier sans qu'il ait besoin de le réclamer.

— Volontiers. Je vais pouvoir le récupérer ?

Le professeur marqua un temps avant de répondre.

— Oui, oui… Bien sûr !

— Je peux vous prendre à midi devant la sortie de *Milsons Point*. Cela vous convient ?

— Tout-à-fait. Et vous m'amenez où ?

— Avec ce beau temps ? Au bord de l'eau. Je connais un excellent restaurant à cet endroit. Cela fait bien longtemps que je n'y suis pas allé.

— Vous dîtes cela avec gravité.

— On ne peut rien vous cacher. C'est le dernier restaurant où j'ai dîné en amoureux avec mon ex-femme.

— Allons ailleurs, alors.

— Non, non ! J'ai tiré un trait sur tout cela. Je suis sûr que vous aimerez l'endroit. Je vais réserver une table. A demain midi.

Stephen prit le professeur Stanton à la sortie de la gare, profitant du feu rouge pour ne pas avoir à stationner. Le professeur se hâta avant que la circulation ne reprenne. Ils firent route pendant quelques minutes avant de se garer en contrebas.

— Le coin est magnifique et je ne connaissais pas. Je ne passe pourtant pas très loin pour me rendre chez moi.

— La dernière fois que je suis venu, c'était de nuit, pour la nouvelle année. Ça fait des années Quelle féerie. Un feu d'artifice à vous couper le souffle. Je n'y ai pas encore amené Aurore. Je l'emmènerai pour le nouvel an, si elle est d'accord.

— Vous avez l'air de bien vous entendre.

— Oui, je crois qu'on est heureux.

— Vous l'étiez avec votre première femme ?

— Je crois que oui, au début. Enfin, moi oui, elle je ne sais pas !

Stephen était nostalgique de ce temps où il vivait avec sa femme des moments intenses.

Une fois attablés, les deux hommes revinrent sur le décès de *Jabiruji*.

Pour le professeur Stanton, c'était la perte d'un compagnon de longue date, avec qui il avait partagé des moments intenses dans la lutte pour la reconnaissance des droits des Aborigènes. Pour eux, plus qu'un militant, ils perdaient à travers lui une part de leurs origines, leurs traditions et leur culture. La transmission orale s'éteignait du fait de leur évolution et du désintérêt des jeunes pour leur passé. Ainsi, une partie des connaissances des rituels, des incantations et des pouvoirs mystiques disparaissaient avec lui. Paradoxalement, c'était un blanc qui en avait été le dernier témoin. Une page de leur histoire venait de se tourner.

A la fin du repas, Stanton sortit de sa poche un tissu plié contenant le bijou que Stephen lui avait confié. Il poussa les verres situés entre leurs assiettes, l'allongea sur la nappe blanche, le regardant comme hypnotisé, sans un mot. Il reprit la parole après un long moment sentant peser sur lui le regard interrogatif de Stephen.

— J'ai montré votre collier à un confrère qui est, lui aussi, à la retraite. Il l'a trouvé "*incroyable*". Oui, "*incroyable*", c'est le mot qu'il a prononcé après l'avoir longtemps gardé dans ses mains, la bouche ouverte sans pouvoir prononcer un son. Si vous aviez vu ses yeux. Vous avez en votre possession un bijou d'origine égyptienne datant d'au moins cinq mille ans.

— Un bijou égyptien de cinq mille ans ?

— Oui, regardez. Cet anneau circulaire s'appelle un anneau *shen*. Il est bien moins connu que *l'ankh*, symbole de vie, le plus connu des hiéroglyphes égyptiens auprès du grand public, qui est une croix surmontée d'un anneau. Mais seul l'anneau *shen* avait valeur aux yeux des prêtres car il était signe d'éternité.

— Qu'est-ce que cela représente ?

— Le cercle, le soleil et la barre, l'horizon. Son nom signifie littéralement "ni commencement, ni fin". L'ensemble est réalisé en or. Ce métal impérissable évoquait pour eux l'éclat du soleil et l'espérance de la vie éternelle. Au centre, une pierre bleue est incrustée, du lapis-lazuli, la pierre des Dieux.

— Il doit valoir une fortune.

— Plus que ce que vous ne pouvez imaginer. Tous les grands musées du monde aimeraient le posséder et... Tout être humain aussi, lâcha Stanton d'un air rêveur, notamment des gens de mon âge.

— Je ne comprends pas.

— Vous allez comprendre. Mon ami était très excité de tenir ce bijou dans ses mains. Puis il s'est assombri. Il m'a demandé si je venais simplement pour le lui montrer ou si des évènements semblaient être en relation avec lui. Je lui ai parlé de votre cas. Il m'a demandé de le suivre. Il n'a pas arrêté de répéter : "Ce n'est pas possible, ce n'est pas possible" pendant que nous traversions sa maison jusqu'à sa bibliothèque. Il a tiré un traité de magie égyptienne d'une étagère. Il a cherché une page sur laquelle figurait au centre un bijou en tout point identique au vôtre, porté par un aigle. Tenez, il en a fait une photocopie.

Le professeur sortit de sa poche une feuille pliée. Stephen n'eut pas besoin de comparer le dessin au bijou.

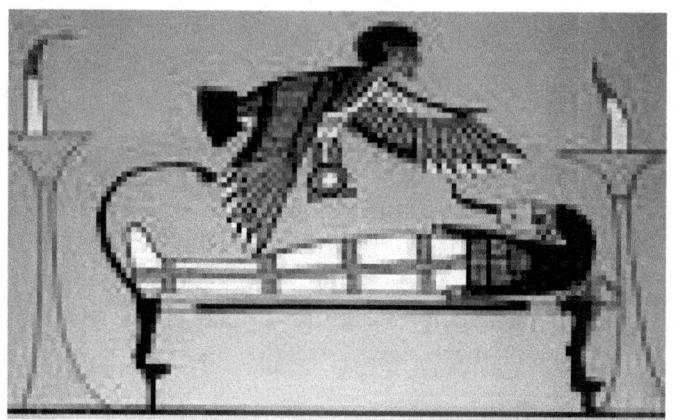

— Effectivement, c'est très ressemblant. Mais quel est le lien entre lui et ce qui m'arrive ?
Les yeux de Stanton venaient de s'illuminer rappelant ceux d'un petit enfant devant la multitude de cadeaux déposés au pied du sapin de noël.
— Ce bijou était utilisé pour transporter l'âme des défunts dans l'Autre monde. C'était une porte vers l'Éternité. Avez-vous remarqué que le laps de temps qui s'écoulait entre deux réincarnations était de plus en plus court ?
— Ça a un lien avec le champ magnétique ?
— Oui, vous êtes sur la piste. Les mémoires rebondissent entre le champ magnétique aérien et la terre. La puissance magnétique des mémoires s'épuise en rebondissant et en se stockant dans les corps. Vous êtes devenu un réceptacle au moment où la mémoire a ricoché à la surface de la terre.
— Alors, c'est grâce à ce talisman que ces vies se sont perpétuées ?
— Oui, mais il a fallu qu'il soit en possession de chacun de ces êtres. C'est un point sur lequel je n'ai pas d'explication.
— Ils l'ont trouvé.
— Sur des continents différents ? Non, c'est impossible. Cela a été d'ailleurs la dernière question de mon confrère à

laquelle je n'ai pu répondre. Comment est-il arrivé entre vos mains ?

— Une jeune fille sauvée de la noyade sur une plage me l'a offert quand j'avais vingt ans.

— C'est tout ? Rien de plus ?

— Non, je ne sais pas qui elle était. Je l'ai sauvée, elle me l'a donné en remerciement et je ne l'ai plus revue.

— C'est une piste à explorer. Pouvez-vous me le confier encore quelques temps ? Mon confrère aimerait le montrer le mois prochain à d'autres spécialistes lors d'un colloque à Dublin.

— Je préfèrerais le garder ! répondit Stephen d'un ton catégorique et ferme.

— Je ne vous y oblige pas. Mais pourquoi ne voulez-vous pas me le confier encore ? reprit Stanton, surpris par la réponse de Stephen.

— Je ne sais pas...

Stephen essaya de comprendre pourquoi il ne voulait plus se séparer du talisman, pourquoi il avait répondu au professeur de façon si sèche et il eut l'impression que cela était plus fort que lui. Comme si cette réponse ne venait pas vraiment de lui.

— Dommage. Mais c'est comme vous voulez. Je respecte votre choix. Par contre, si je peux me permettre, ne le portez plus. Maintenant que nous connaissons son lien direct avec les mémoires qui vous parasitaient. Surtout qu'une personne vous l'a remis… Ne prenons pas plus de risque.

Le visage de Stanton renvoyait une expression mélangée d'inquiétude et de perplexité. Stephen ne releva pas la lueur de malice qui pointait pourtant dans son regard.

— D'accord. Je vais le ranger dans un tiroir, répondit Stephen, plus calme. Je ne souhaite pas prendre de risque. Peut-être vous le confierai-je à nouveau…Plus tard…

Stephen avait retrouvé une quiétude et une douceur de vie auprès d'Aurore et il était prêt à tout pour que cela continue. Stephen ramena le professeur à la gare. Les deux hommes se quittèrent, se promettant de se revoir bientôt.

Stephen rapporta à Aurore leurs échanges et conclut :

— Tu vois. Il me l'a rendu ! Tu t'es énervée pour rien. C'est un type bien, à qui je dois beaucoup. Et puis, c'est bien toi qui me l'a présenté en me le décrivant comme un homme charmant et cultivé, non ? Stephen rangea le bijou dans son coffre et referma la porte d'un geste ferme. Alors, fais lui confiance, merde !

Aurore se mit en colère, ne supportant pas que Stephen, croyant aveuglément aux propos de Stanton, fasse le contraire de ce qu'elle lui conseillait. Elle sortit de la pièce en claquant la porte. Stephen la rattrapa et réussit à la calmer en lui jurant qu'il la croyait et qu'il ne reverrait plus Stanton. Il décida de ne plus lui parler de ses problèmes.

30

Sydney, AUSTRALIE
Le 18 décembre 2011

Leur relation venait de passer le cap des six mois et Stephen était chaque jour plus amoureux. Pour la première fois de sa vie, il avait le sentiment d'être pleinement heureux. Son boulot marchait bien, il avait trouvé un rythme de visites pour Valentin que Kerry respectait, les cauchemars avaient disparu et Aurore était, il en était certain, celle avec qui il finirait sa vie. Il l'aimait avec la candeur d'un adolescent et se comportait comme tel : souvent depuis son bureau ou la salle de réunion, Stephen lui envoyait des messages sur son téléphone. "Je te manque ?". Elle lui répondait "Comme le soleil à une plante", rentrant dans son jeu. Il conservait l'historique de leurs discussions, les relisant souvent, heureux de voir grandir leur complicité. Elle les supprimait dès qu'elle avait répondu. Elle savait qu'elle n'aurait jamais aucun vrai sentiment pour lui, qu'il était une pièce maîtresse sur son échiquier et qu'elle le sacrifierait en temps voulu, lorsqu'elle devrait sauver son roi. Elle s'interdisait de souffrir à cette idée. Elle n'en avait pas le droit.
Elle voulait ignorer que la vie pouvait prendre le dessus !

— Stephen, je dois m'absenter quelques temps pour participer à l'organisation d'une exposition en *Europe*.
Stephen était en train de boire son café et faillit s'étouffer. Aussi stupide que cela puisse paraître, il ressentit le ciel s'obscurcir et la pièce s'assombrir.
— C'est quoi quelques temps ? demanda-t-il angoissé.
— Euh, deux mois.
— Deux mois ? J'ai bien entendu ? Nous ne nous sommes jamais séparés aussi longtemps.

— Deux mois, peut-être moins. Mais je reviendrai entretemps si tu me manques trop.

— Et moi, si tu me manques ? Tu vas où exactement ?

— Le musée de *Berlin* réalise une exposition sur la *Mésopotamie* qui fait suite à celle de 2008 sur Babylone organisée conjointement par les musées de *Paris*, *Berlin* et *Londres*.

— Pourquoi font-ils appel à toi ?

— Pour compléter l'exposition de pièces appartenant à des collections privées et avoir mon avis sur les agencements afin de respecter au mieux les lieux et restituer l'ambiance de l'époque. Je reviendrai après l'inauguration.

— C'est une belle preuve de confiance.

— C'est important pour ma carrière, Stephen. Tu comprends ?

— Oui, mon amour. Tu pars quand ?

— Vers la mi-janvier.

— Dans un mois... Je suis content pour toi. C'est une belle reconnaissance de ton travail mais tu vas me manquer.

— Ma contribution sera modeste. Ça fait déjà plusieurs mois que ce musée travaille sur cette exposition. Tu viendras me voir ?

Difficile avec le travail qui m'attend. La livraison de notre dernier projet approche à la vitesse de la lumière et la pression sur les équipes augmentent de jour en jour. J'espère même que nous pourrons être tranquilles pour la fin d'année.

Pour que la magie de Noël opère, les rues de *Sydney* s'étaient parées de couleur et de musique. Quelques sapins synthétiques avaient été installés au milieu des places publiques et à l'entrée des grands magasins. Les concerts en plein-air se succédaient pendant les soirées où la fraicheur faisait place à la canicule de la journée.

Stephen et Aurore rejoignirent Max sur la plage pour un pique-nique surréaliste, au milieu de centaines de personnes en maillot affublées d'un bonnet rouge du père Noël. Max avait annexé un coin de sable qu'il avait recouvert d'une tente marocaine et d'un grand tapis. Le périmètre était délimité de drapeaux.

Une table à l'extérieur était garnie de nourritures et de boissons. Max avait fait venir un traiteur et il offrait volontiers une coupe de champagne aux personnes qui passaient émerveillées devant son campement.

Lorsque les douze coups de minuit sonnèrent, tous les trois s'échangèrent leurs cadeaux. Des enfants s'étaient rassemblés autour de leurs parents. Une famille nombreuse, très peu pour Stephen. Trop inquiet, il aurait eu peur d'oublier leur date de naissance, voire leur prénom. Il préférait avoir un seul enfant et s'en occuper correctement. Plutôt qu'une ribambelle et les survoler. Aurore lut dans son regard de la tristesse due à l'absence de son fils décidée quelques jours auparavant de son ex et annoncée par un message laconique sur son téléphone. Max la remarqua également et, pour l'effacer, déclencha une bagarre dans le sable et proposa un bain sous le magnifique clair de lune dont les reflets illuminaient la plage.

X.
LUDWIG

31

Berlin, ALLEMAGNE
Le dimanche 15 janvier 2012

Aurore atterrit dans la matinée, à l'aéroport de *Tegel*, situé au nord-ouest de la capitale. Elle récupéra ses bagages, acheta à un automate un abonnement d'une semaine pour les transports en commun et monta dans le "*Txl*", le bus permettant de rejoindre le "*ring*", la ligne ferroviaire faisant le tour de la ville dans les deux sens. A la station, elle sauta dans la rame en direction de *l'Est*.

Avant son départ, Stephen lui avait offert une *BrainBrox-200* avec un forfait monde. Ils avaient convenu qu'elle appellerait le soir de son arrivée à 21 heures, heure locale, soit le lundi 7 heures du matin à *Sydney*. Arrivée à l'hôtel, une fois ses affaires déballées, elle prit une douche et c'est, allongée sur le lit en peignoir, qu'elle démarra la *BrainBox* en la posant sur sa tête. Un ensemble d'applications s'affichèrent devant ses yeux. Une liste de contacts était à disposition. "Stephen". Son numéro de téléphone ainsi que sa photo remplacèrent la liste. "Oui". Une voix lui répondit "Mise en relation en cours". Dès que la *BrainBox* de Stephen s'illumina, il la porta sur sa tête. Il vit le visage d'Aurore apparaître, une voix lui demanda s'il désirait être mis en relation avec elle, ce qu'il accepta sans prononcer un mot. L'échange entre eux continua de la même façon.

— Coucou. Tu m'entends ?

— Impeccable.

— Alors. Tu as fait bon voyage ?

— Oui. J'espère que je vais me faire rapidement au décalage horaire.

— Et le temps ?

— Merveilleux. Une légère couche de neige sur les trottoirs, une température inférieure à 0°c, la nuit qui s'installe à l'heure

235

du thé et les nuages gris que tu as l'impression de toucher de la main. Je ne te demande pas ce qu'il en est à *Sydney*.

— Tu as raison. Sauf si tu veux te faire du mal. Et tu es bien installée au moins ?

— Oui. L'hôtel est luxueux et ma chambre est spacieuse.

— Je peux la voir ?

— C'est possible ?

— Oui, mais uniquement sur ce modèle. J'ai installé une nouvelle version. Tes yeux sont les miens. Et vice versa.

Stephen demanda un visuel pour son interlocutrice et Aurore vit apparaître l'appartement. Il tourna la tête à droite et à gauche.

— Tu reconnais ?

— J'ai l'impression d'être chez nous.

Stephen se positionna devant un miroir.

— Tu me vois ? Fais-moi voir ta chambre. Tu demandes juste que je puisse voir avec tes yeux... J'attends... Belle chambre ! Ne bouge pas autant, je vais avoir mal au cœur. Tu as trouvé facilement ?

— J'ai suivi les indications jusqu'à la *Karl-Marx-Allee* puis j'ai fini le trajet à pied. J'ai dormi un peu pour récupérer puis je suis sortie manger dans un restaurant proche de l'hôtel.

— Très bien. Tu me manques déjà.

— Toi aussi. Mais tu verras que le temps va vite passer.

— Tu peux m'appeler quand tu veux.

— D'accord. Bonne nuit mon amour.

— Bonne nuit à toi, moi je vais travailler.

— Désolée. Mais avec la tête que tu as, tu devrais te recoucher.

— Je dors mal quand tu n'es pas à côté de moi.

— Moi aussi. On fait vieux couple, non ?

— Bon, arrêtons de dire des sottises. Il faut que je me prépare.

— A bientôt. Je t'aime

— Moi aussi.

Ils coupèrent la liaison presque en même temps et Stephen eut du mal à retrouver le sommeil tant la solitude lui pesait. Le manque de l'être aimé était visiblement cruel.

Pour l'éternité

Malgré l'absence de Stephen à ses côtés, Aurore dormit d'un sommeil profond et fut surprise de se retrouver dans une chambre d'hôtel lorsque son réveil sonna aux alentours de 6h30. Aussi tôt pour appeler le professeur qui assurerait ses cours en son absence à *Sydney*. Elle l'eut longuement et raccrocha rassurée. Tout se passait comme elle l'espérait, c'est-à-dire mal. Ses élèves la retrouveraient avec plaisir et c'était important pour elle. Non pas qu'elle les aima. Mais être aimée de tous faisait partie de ses plans et la vie lui avait appris l'importance d'un plan bien préparé. Après leur échange, elle déjeuna et prit une douche.

Elle descendit de l'hôtel pour attraper le métro à *SchillingStrasse* et rejoindre la station suivante de *l'Alexanderplatz*. Elle descendit à *FriedrichStrasse* et se rendit à pied dans le froid au *Pergamon Muséum* situé dans la partie nord de l'île des musées.

Aurore voulait profiter de cette journée pour découvrir les collections du musée avec le regard d'un visiteur lambda. Elle savait que son professionnalisme finirait par prendre le dessus au cours de sa visite mais elle voulait tenter l'expérience avant de se joindre à l'équipe qui l'attendait pour l'exposition.

Elle fut impressionnée par l'austérité du bâtiment, masse sombre imposante, qui se profilait sur l'île entourée par la *Spree*. Elle traversa le fleuve par un pont et rejoignit la file de touristes de toutes nationalités qui attendaient l'ouverture du musée dans le froid et sous un léger crachin. Elle acheta son billet, laissa ses affaires à la consigne, gravit les marches pour rejoindre un comptoir où des écouteurs en anglais lui furent prêtés. Elle arriva dans une grande salle de la collection des Antiquités où l'Autel de *Pergame*, dédié à *Zeus* et *Athéna* lui fit face. Elle écoutait les commentaires dans son casque. Elle en gravit les marches et atteignit le sommet où des adolescents se reposaient, assis. Après avoir admirée les frises de l'Autel et celles autour de la grande salle, elle se dirigea vers la porte de *l'Agora de Millet*, ville portuaire située dans l'actuelle *Turquie*. Sa porte, purement décorative, marquait l'entrée du marché de la cité.

La porte de *Millet* se situait avant celle *d'Ishtar*. C'est le cœur battant qu'Aurore la franchit.

Elle languissait de voir la porte d'Ishtar, l'une des huit portes à double battant de *Babylone*. La porte flanquée de ses deux tours était colossale, atteignant presque le plafond du musée. Mais malgré sa taille, il ne s'agissait que la porte mineure, bien moins imposante que la porte principale située de l'autre côté des remparts. Peu de gens le savaient mais Aurore, si.

La porte était décorée de dragons, de lions et de taureaux symbolisant les divinités majeures de *Babylone*. Le dieu *Marduk* était représenté sous la forme d'un dragon avec tête de vipère, pattes de lion, serres d'aigle et une queue de scorpion. L'émotion serrait la gorge d'Aurore. Cette porte véhiculait tant de souvenirs !

Après quelques photos qu'elle ne prit pas au hasard, elle continua sa visite.

Un homme en costume gris croisa sa route à vive allure. Il portait dans ses bras un épais dossier. Il la regarda à peine et continua son chemin. Après l'avoir dépassée, il prit des escaliers réservés au personnel du musée. Il ralentit le pas, un visage venait de refaire surface de sa mémoire. Arrivé dans son bureau, il se connecta à Internet.

Pendant ce temps, Aurore parcourait la voie processionnelle. Il lui sembla entendre la foule en liesse lors de la fête du nouvel an. Les babyloniens prirent les visages des visiteurs qui passaient autour d'elle. La voie venait de reprendre ses dimensions originelles. Le plafond du musée avait laissé place à un ciel bleu azur. Les couleurs des briques représentant les lions marchant le long de la voie étaient éclatantes au soleil. Elle vit s'élever la tour de *Babel* au loin. Il lui semblait avoir été projetée dans une autre époque. Le visage d'un babylonien se figea avec insistance devant elle, lui cachant la tour. Celui-ci essayait de lui dire quelque chose, mais visiblement, Aurore ne comprenait pas ses propos. Elle se frotta les yeux lorsque sur le visage du babylonien apparut une paire de lunettes. Elle revint complètement à la réalité lorsque le ciel disparut et que le rétrécissement de la voie, reprenant les dimensions de l'exposition, lui donna subitement le sentiment d'étouffer. L'homme était vêtu d'un costume gris et d'une chemise rose pâle. Elle s'excusa et allait le contourner lorsque celui-ci l'interpela dans un anglais irréprochable.

— Je me permets d'insister, Mademoiselle. Ne seriez-vous pas Aurore Stample ?

— Euh, oui, répondit Aurore décontenancée, qui comprit quels avaient dû être les premiers propos de cette personne.

— Bonjour, je suis Ludwig Klein, commissaire de l'exposition pour laquelle nous avons fait appel à vous.

— Bonjour. Mais comment… ?

— Comment j'ai su qui vous étiez ? J'ai vu votre photographie sur le site de votre faculté. Je suis curieux, continua-t-il en rougissant. Lorsque j'ai appris qu'une australienne venait travailler avec nous, j'ai voulu savoir à quoi elle ressemblait… Enfin, qui vous étiez. Je vous ai croisé tout à l'heure…

Ludwig bredouillait de plus en plus.

— Oui, effectivement. Je me rappelle. Vous crouliez sous des dossiers !

— Exact ! D'habitude, nous ne passons pas par les expositions mais ce passage est tellement plus court. Enfin, je n'étais pas sûr lorsque je vous ai vue. Puis, je suis allé vérifier sur votre site et c'était bien vous… Alors, vous visitez ?

— Oui, je voulais m'imprégner des lieux avant d'y travailler.

— Oh, très bien. Très professionnel ! Je peux vous faire visiter ?

— Je vous remercie mais je pense avoir déjà ce qu'il faut, lui répondit-elle en lui montrant les écouteurs qui pendaient à son cou.

— Bien sûr. Alors, je vous laisse. On se voit demain, c'est cela ?

— Oui, je viendrai vers…?

— 9h00 ! Vous me demandez à la sécurité. Tenez, ma carte de visite.

— Alors, à demain.

— Bonne visite.

Aurore remit les écouteurs sur ses oreilles et continua sa visite encore pendant près de trois heures passant par la collection d'antiquités et le musée de l'art islamique. Le musée de *Pergame* méritait bien sa renommée internationale.

Aurore fit connaissance le lendemain de l'équipe avec laquelle elle allait travailler durant son séjour à *Berlin*. Elle rappela Stephen deux jours plus tard. Dès que son visage apparût, elle eut envie de le toucher de sa main. Elle arrêta aussitôt son geste. Lui semblait-il puéril, son visage n'étant qu'une illusion, ou bien son geste traduisait-il des sentiments qu'elle refusait de s'avouer ?

A chacune de leur communication, Aurore évita de questionner Stephen sur son état de santé, préférant orienter leurs conversations sur leur travail respectif, leurs soirées et leurs futures retrouvailles.

Pour rejoindre le *Pergamon Muséum*, Aurore prenait le métro directement ou se rendait à la station de *l'Alexanderplatz*.

Elle faisait équipe avec Ludwig Klein, le plus jeune conservateur du musée. Si le soleil apparaissait à l'heure du repas, ils achetaient un sandwich et traversaient la *Spree* pour s'installer sur un banc du parc de *Monbijou*. Le palais qui avait été édifié sur la rive n'avait pas eu la chance de résister aux bombardements de la Seconde Guerre mondiale.

Ils dînèrent ensemble à plusieurs reprises. Ludwig lui donna rendez-vous un soir sur la *Simon-Dach-Strasse*, une rue proche de son logement. Ils furent rejoints par un groupe d'amis composé d'artistes de diverses nationalités. Ludwig nourrissait une passion pour l'art moderne.

Son père avait piqué une vraie colère en apprenant qu'il se lançait dans des études artistiques mais avait finalement consenti à lui payer ses études, lorsqu'il avait expliqué qu'il souhaitait travailler pour des musées prestigieux. Il avait mené ses études le jour, s'investissant le temps restant auprès de galeries d'art moderne. Il avait décroché ses diplômes et reçu les félicitations de son père accompagnées d'une somme d'argent conséquente, puis avait obtenu un poste au *Pergamon Muséum*. Depuis, il continuait à mener sa vie parallèle consacrant ses congés aux expositions auxquelles il participait un peu partout en *Europe* en essayant de garder l'anonymat. Il demanda à Aurore d'être discrète sur sa passion pendant leur travail, ce qu'elle promit. Par contre, quand il lui demanda si elle aussi elle cachait de petits secrets, elle explosa de rire et affirma qu'elle était aussi transparente qu'un verre d'eau. Elle ne précisa pas qu'en l'occurrence, elle pensait aux eaux boueuses et opaques du *Nil* !

Aurore voyait grandir de jour en jour l'attention que lui portait Ludwig. Or, elle ne souhaitait pas partager son intimité avec une autre personne que Stephen. Elle s'était rendue compte depuis son départ qu'elle avait envie de faire l'amour. Et elle savait qu'il y avait une centaine de bonnes raisons pour quelqu'un de coucher avec une personne, certaines franchement banales : l'amour, l'envie, l'ivresse et d'autres plus surprenantes : le dépit, la haine, la dérision, le dégoût... Ces raisons pouvaient être les mêmes que celles amenant à tuer.
Or, son envie de relations sexuelles n'était pas par obligation ou par besoin purement physique. Mais bien par amour. Quoi de plus banal mais de plus beau. Elle avait envie de sentir Stephen sur elle, en elle. Son visage s'imposait à elle. Aucun autre. Mais alors que cette pensée aurait dû la ravir et lui procurer la mélancolie due à l'éloignement, celle-ci la perturbait.
Ce qui au départ de sa relation avec Stephen était évident ne l'était plus. Il lui manquait et cela ne faisait pas partie du plan !

Une nuit, elle rêva que Stephen était couché dans la pénombre de leur chambre. Un pâle rayon de soleil traversait les stores à moitié baissés. Elle ôtait ses vêtements pour venir se blottir contre lui. Mais en s'approchant, elle constatait avec effroi que Stephen était décharné. Il tremblait. Elle remontait le drap sur lui et lui redressait la tête pour lui donner à boire un peu d'eau. Il la saisissait au poignet et l'implorait de le tuer, l'accusant d'être responsable de son malheur. Il ressemblait à une âme damnée envoyée sur terre pour souffrir. Elle se réveilla en pleurs, fiévreuse, le corps secoué de spasmes. Elle alla travailler pour chasser de son esprit ces images et la honte qu'elle ressentait pour elle-même.

Cela n'avait jamais fait partie de son plan de tomber amoureuse de Stephen et la contrariait au plus haut point, la mettant devant un terrible dilemme : lequel choisir. Car un choix était obligatoire.

Elle n'avait pas fait tout cela pour Le perdre. L'abandonner pour un autre. Lui. Leur passé. Leurs souvenirs. Leur promesse. Renoncerait-elle à ses origines, à ses sentiments ?

Cette pensée commençait à devenir obsessionnelle car elle s'était mise dans une situation à laquelle elle ne percevait aucune échappatoire.

Les distractions proposées par Ludwig ne venaient pas chasser cette pensée même s'il lui consacrait une grande partie de son temps libre. Son attention étant de moins en moins professionnelle, elle se décida à prendre les devants et à mettre les choses au point.

— Ludwig, tu as quelqu'un dans ta vie ?

— Non, pas encore. Mais je songe profondément à trouver l'âme sœur et je pense…

Elle le coupa sèchement.

— Ludwig ! Une relation d'amitié entre un homme et une femme est difficile. Si tu attends autre chose des moments que nous passons ensemble, restons-en là !

Le jeune homme se tassa sur lui-même, cachant mal son désarroi mais l'empathie ne faisant pas partie des sentiments d'Aurore, elle resta insensible à sa détresse.

— Ton cœur est déjà pris ?

— Oui et il n'y a pas la place pour quelqu'un d'autre !

— Je ne te demande pas de rester avec moi toute la vie mais de mieux nous connaître. Je sais que tu repartiras dès que l'exposition aura débuté. Tu essayes de me dire que je n'ai aucun espoir ? tenta-t-il de rebondir avec un grand sourire charmeur.

— Exactement !

— Que le cœur d'une femme n'est pas assez grand pour deux hommes ? continua-t-il sans se départir de son sourire.

— Il y a déjà deux hommes dans ma vie et je ne compte pas accumuler les trophées.

— Tu plaisantes ? répondit Ludwig, la voix tremblante. Son sourire venait de s'effacer de son visage.

— Non, pas du tout.

Elle était sincère, elle ne l'avait jamais été autant. Et c'est d'ailleurs en le verbalisant à haute voix qu'elle prit conscience pour la première fois qu'elle était face à un véritable dilemme, ce qui était une catastrophe.

Un long moment de silence s'installa entre eux, chacun regardant son assiette et mangeant plus lentement qu'à l'habitude. Aurore en vint presque à regretter d'avoir été aussi franche et ferme. Mais il fallait frapper fort pour que Ludwig ne se berce pas d'illusion. "En tout cas, je ne lui ai dit que la vérité".

Ludwig raccompagna Aurore à son hôtel en gardant sa réserve.

A partir de cette soirée, il ne regarda plus Aurore comme avant. Lui avait-elle menti ? Il revit la scène et en conclut qu'elle avait lancé la discussion pour mettre les choses au point entre eux. Il reconnaissait bien là la franchise dont elle avait fait preuve à plusieurs reprises pendant son travail.

Quant à Aurore, elle se jura de tout révéler à Stephen dès son retour.

De son côté, ses cauchemars ayant repris et Stanton étant introuvable, celui-ci avait profité de ses soirées libres pour réaliser des recherches sur les différentes époques de ses visions. Il avait réalisé un important travail d'investigation, aidé par l'Internet qui s'était encore révélé une véritable mine d'informations. Il avait trouvé des photos de ruines, des dessins sur les lieux où tous ces êtres avaient vécu. Il avait pu positionner sur des plans le temple de la reine *Amanishakheto* en *Nubie* et la cité *Inca* au *Pérou*. En *Mauritanie*, il avait trouvé maints détails sur les coutumes de mariage. Il visionna à plusieurs reprises l'enregistrement de ses transes et vérifia les faits qu'il avait pu identifier. Il avait le sentiment d'avoir toutes les réponses entre ses mains dans l'enregistrement. Il pensait pouvoir les imbriquer mais à l'espoir succéda la frustration car il ne manquait plus qu'un petit détail pour relier les vies entre elles mais il ne le trouvait pas.

Et c'est Stanton qui le lui apporta au début du mois de mars en réapparaissant, comme par miracle et sans aucune explication, comme à son habitude.

— Bonjour Stephen, je vous dérange ?

— Non.

— Vous avez l'air essoufflé.

— J'arrive bientôt à mon bureau mais je suis en retard. J'ai dû accélérer le pas.

— Je voulais juste savoir où vous en étiez de vos recherches ?

Stephen n'essaya même pas de lui dire qu'il le cherchait depuis plus d'un mois. A quoi bon ? Il se contenta de répondre à ses questions.

— C'est paradoxal. J'ai trouvé plein d'informations sur les époques lointaines mais rien sur l'incident qui s'est passé dans le sud de la *France*.

— Oh, quelle coïncidence, je vous appelais justement pour cela. Figurez-vous que j'en ai parlé à un ami journaliste. Il s'est mis en contact avec la presse locale française et il a obtenu l'adresse d'un site internet où des photos de cette époque sont à disposition. Certaines correspondraient à cet évènement.

— Incroyable ! Vous avez pu les voir ?

— Non, je n'y connais rien à tous ces outils. C'est bien trop compliqué pour un homme de mon âge. Mais j'ai l'adresse du site.

— Excusez-moi. Je vais prendre l'ascenseur et je crains que la communication ne soit interrompue. Je peux vous rappeler dans 2 minutes ?

— Très bien. A tout de suite.

— Professeur, je suis à mon bureau. Je vous écoute.

— J'épèle :
http://www.nicematin.com/toulon/#historique&container...
Ah non, je me suis trompé. Attendez. Je reprends. Alors...
Le vieil homme ne s'en sortirait jamais.

— Professeur. Est-ce que vous pouvez me l'envoyer par la poste ?

— Bien sûr. Je le fais dans la matinée.

— Merci. Vous m'êtes d'un grand secours. N'oubliez pas, hein ? On déjeune ensemble la semaine prochaine ?
Peine perdue, le professeur avait déjà raccroché.

Barrington venait d'obtenir des nouvelles de l'enquête sur le trafic des fausses identités.

— Allo, Dennis, c'est Ralph. Nos collègues sont remontés jusqu'à la filière des fabricants de faux papiers. Leur atelier est dans le quartier chinois. Ils vont bientôt y faire une descente, le temps d'obtenir le mandat de perquisition.

— Très bien. J'aimerais que tu ailles sur place avec eux pour voir s'il y a des traces de notre homme. Tu as des nouvelles de Russel pour la création de la voix de notre inconnu et les inscriptions que je lui ai demandées de décrypter ?

— Je l'ai rencontré hier. Pour la voix, ça progresse. Pour les inscriptions, il a essayé de m'expliquer la multitude de combinaisons possibles au niveau de chaque inscription et de chaque ligne, comment leurs ordinateurs procèdent pour analyser les solutions probantes... Bref, je t'avoue que je n'ai rien compris et j'ai l'impression que c'est perdu d'avance.

— Il faut exploiter toutes les pistes possibles. Veille à ce qu'il s'occupe de mes demandes et tiens-moi informé dès que quelque chose avance.

— OK. Je te tiens au courant.

Lincoln raccrocha et se frotta la nuque. Cette enquête piétinait, l'obsédait, débordait sur les autres qu'il avait du mal à mener et dégradait de jour en jour les relations qu'il entretenait avec son directeur. Il voyait reculer ses chances de prendre sa suite lors de son départ à la retraite et d'autres noms que le sien commençaient à circuler pour sa succession.

Se rajoutait aussi depuis quelques temps sa femme qui remettait en question leur couple. Exaspérée par la priorité qu'il donnait à son travail et son comportement obsessionnel à l'égard de cette enquête qui occupait la majeure partie de leurs conversations, elle l'avait averti qu'il allait à sa perte s'il ne réagissait pas rapidement.

XI.
LE RETOUR D'AURORE

32

Sydney, AUSTRALIE
Le 13 mars 2012

A l'aéroport, Stephen attendait Aurore le cœur battant ! Lorsqu'il l'aperçut, il fendit la foule pour la rejoindre et l'étreignit de toutes ses forces. Ils attendirent les bagages, sans parler. Les mots étaient inutiles devant tant d'émotion. C'est seulement dans la voiture qu'il l'assaillit de questions, au point qu'elle en explosa de rire. Il faisait beau, il faisait chaud, Stephen lui souriait et l'aimait. Elle aurait dû être heureuse… Et pourtant…

De retour à la maison, l'un contre l'autre blottis sur le canapé, un verre de vin à la main, ils profitèrent en silence de leurs retrouvailles. Après un diner en amoureux, Aurore montra à la demande de Stephen les photos prises par la presse lors de l'inauguration.

— Ça a été un vrai succès. J'ai retrouvé avec plaisir un grand nombre de confrères que je n'avais pas revus depuis longtemps.

— Ah oui, effectivement, il y avait du monde.

Elle pointa du doigt une photo.

— C'est moi, là.

Stephen l'aurait reconnue entre mille.

— Tu es sublime. Tous ces vieux croutons devaient être comme fous !

— Tu es jaloux ?

— Oui.

Elle éclata de rire et l'embrassa tendrement.

— Je t'aime, idiot !

— J'aurais tant aimé être à tes côtés. Ta robe est magnifique ! On la croirait faite pour toi.

En effet, sur la photo, Aurore portait une robe longue qu'elle avait louée pour l'occasion. Cela la changeait des tenues habituelles que lui connaissait Stephen.

Dans le magasin, elle avait essayé plusieurs modèles. Et dans chacun un détail l'avait poussée à en essayer un autre. La dernière robe lui avait parue trop voyante. Elle s'était dévêtue à nouveau dans la cabine et avait détaché ses cheveux. Geste mille fois répété et sans importance. Elle était sortie de la cabine. Se voyant de plain-pied dans le haut miroir posé sur un tréteau de bois, elle avait su que cette robe était celle qu'elle cherchait. Non parce qu'elle tombait bien mais parce que la façon dont elle était attachée par un gros anneau au niveau de l'épaule, la matière proche du lin, et ses longs cheveux dans son dos, lui avaient rappelé de très lointains souvenirs. Elle avait hésité un moment avant de se décider, comme si elle avait peur d'être happée par son passé, par cette autre si lointaine. Puis elle avait regretté l'absence de Stephen. Elle aurait tant aimé qu'il la voit ainsi vêtue. Mais elle n'aurait rien pu partager de son secret avec lui. Comment aurait-elle pu lui raconter Babylone et tout ce qu'elle en connaissait ?

— Tu es encore avec moi ? Allo, allo, je répète. C'est qui ce type qui te regarde avec insistance ?

— Quel type ?

— Lui !

— Lui ? C'est Ludwig.

— C'est tout ? Tu n'as rien à ajouter pour ta défense.

Le ton était plaisantin, mai au fond de lui, Stephen ressentait une colère noire pour ce type qui matait avec aussi peu de retenue Aurore, son Aurore !

— Ben oui, Ludwig Von Bertheleim. Que veux-tu savoir d'autre ? Tu m'as posé une question et j'y ai répondu.

— C'est bien là le problème. La réponse est si courte qu'elle reste ouverte à toutes les suppositions.

— Suppositions ou suspicions ? Tu es encore jaloux ? Hum, ça te rend encore plus mignon.

— Ne détourne pas la conversation. Alors, qui est-ce ?

— Un des commissaires de l'exposition. J'ai travaillé avec lui à Berlin. Il aurait bien voulu être plus mais il ne me plaisait pas. Cela te convient ?

— Arrête de te moquer de moi. Il est séduisant, non ?

— Non. Et je n'avais aucune envie de finir dans son lit. Tu sais pourquoi ? Parce que je t'aime ! Tu es soulagé ?

— Oui. Excuse-moi. Je tiens tellement à toi.

— Moi aussi. Et je ne ferai rien qui pourrait mettre notre histoire en péril.

A ces mots, elle prit conscience qu'elle ne pourrait pas tenir l'engagement qu'elle s'était fixée à Berlin : tout lui révéler.

Ils se servirent un nouveau verre de vin et finirent la soirée au cinéma.

Le lendemain soir, Stephen trouva dans sa boite aux lettres le courrier expédié par Stanton. Il saisit l'adresse du site Internet directement dans la barre de son navigateur et après une courte navigation; trouva les clichés et les imprima les clichés. Il les posa sur la table du salon pour les observer de plus près espérant déceler un détail exploitable. Il se concentra sur les débris de l'immeuble. Il passa de l'un à l'autre avec sa loupe. Absorbé, il n'entendit pas Aurore arriver à ses côtés.

— Tu fais quoi ?

— Ce sont les photos de l'incendie, en France. Stanton les a retrouvés.

La jeune femme se cabra et il regretta aussitôt d'avoir évoqué le professeur.

— Ah, il est de retour celui-là ? Tu t'es bien gardé de me le dire au téléphone ! Tu cherches quoi sur ces mauvaises photos ?

— Un détail, quelque chose qui me permettrait de trouver un lien.

— Un lien entre des évènements passés aussi éloignés ?

— Il doit bien y avoir un lien. Stanton m'a dit que le bijou avait été en possession de chacun de ces êtres sur des continents différents. C'est étonnant, non ? Quelqu'un a dû leur remettre comme pour moi.

— Peut-être, va savoir ?

Tout en discutant, Stephen scrutait les photos à la loupe. Aurore lui rappela qu'il était l'heure de dîner. Il posa la loupe sur un cliché et la rejoignit. Il prit la vaisselle et repartit au salon pour mettre la table.

Il allait soulever la loupe pour ranger les photos lorsqu'il aperçut un détail en son centre qui lui coupa le souffle. Ses poils se hérissèrent sur ses bras et il lui fallut retrouver son état normal avant de pouvoir appeler Aurore. Il resta figé comme si ce qu'il voyait allait s'évanouir en détournant le regard.

— Tu as trouvé quelque chose ? lui demanda-t-elle en le regardant.

Devant son silence, elle porta alors son regard là où était concentré celui de Stephen. Et elle vit une jeune femme passant entre les pompiers et qui portait à son cou le médaillon que Stephen tenait dans ses mains.

— Tu vois que je ne suis pas fou. Et ce n'est pas un concours de circonstances. Regarde, elle le porte. C'est elle qui l'a transmis dans le temps.

— Je n'ai jamais pensé que tu étais fou… Et elle rajouta, pour elle, "juste trop curieux".

Aurore passa ses doigts sur la photo. Il n'y avait aucun doute, c'était bien le bijou de Stephen.

Plus tard, Stephen appela Stanton pour l'informer de sa découverte. Bizarrement, l'étonnement du vieil homme sonna faux comme s'il avait toujours su que Stephen allait découvrir cet élément.

Stephen fit une copie des photos et lui en renvoya un exemplaire.

Barrington avait laissé un message sur le répondeur de Lincoln l'avertissant que la perquisition s'opérait le lendemain matin. Lincoln fut étonné qu'il l'appelle et n'attende pas son retour au bureau pour lui donner les résultats de ses investigations.

— Dennis, je sors de l'atelier chinois, l'informa Barrington encore sous le choc.

— Ça ne va pas, Ralph ? Tu as une drôle de voix.

— Il nous est arrivé un coup dur.

— Explique !

— Les collègues ont mis la main sur les trafiquants de faux papiers. Ils ont présenté les documents de perquisition. Les gars n'ont fait aucune histoire. Puis, on est monté à l'étage avec le chef de la bande où il y avait tout le matériel. Il y avait un autre gars en train de travailler sur une machine. On a fouillé partout. On a trouvé des faux passeports, de l'argent et des photos dont une de notre suspect. J'ai comparé avec celle que tu m'avais donnée et je les lui ai montrées...

— Tu es un as. Je peux l'interroger ?

— Non... Il est mort.

— Merde. Qu'est-ce qu'il s'est passé ?

— Il a blêmi quand il a vu les photos et que je lui ai demandé des informations sur notre homme. J'ai senti la peur l'envahir. Il a été pris de panique comme s'il avait vu le diable. Il a souri nerveusement puis il s'est mis à parler rapidement dans sa langue. Il s'est dirigé vers l'autre gars en l'engueulant. On a voulu s'interposer et à ce moment-là, il a sorti un flingue. Le temps de dégainer à notre tour, il avait buté l'autre gars et il s'était tiré une balle dans la tête.

— Tout ça pour notre suspect ?

— Oui. Mais j'ai eu l'impression qu'il reprochait à l'autre gars d'avoir laissé trainer des photos de notre homme. Il brandissait devant lui une des photos que nous avions trouvées sur place.

— Et la suite ?

— On va interroger les autres. Mais ils sont tous plongés dans un mutisme. Je te parie que pas un seul ne parlera.

— Cette affaire est de plus en plus étrange.

XII.
LA REVELATION

33

Sydney, AUSTRALIE
Le 3 juin 2012

Pour fêter la première année de leur rencontre, Aurore invita Stephen à dîner chez elle. Malgré quelques heurts, leur vie amoureuse se déroulait en toute sérénité depuis qu'il ne parlait plus de ses visions. Stephen arborait depuis quelques mois une barbe courte aux reflets gris que son ex avait refusé en son temps de voir sur son visage, celle-ci donnant d'après elle un aspect trop laisser-aller. Il avait également pris l'habitude de faire les boutiques avec Aurore et son influence l'avait amené à changer sa garde-robe pour des vêtements plus tendance. Il se plaisait dans son âge. Depuis qu'Aurore était entrée dans sa vie, il riait, sortait et sa vie sexuelle trouvait le piment qu'il n'avait jamais connu. Il Vivait avec Aurore et il réalisait combien il avait été mort avec son ex-femme, enfermé dans le confort aseptisé de l'avoir et du paraître. Elle l'avait quitté et finalement il lui en était reconnaissant car il était libre au moment où il avait rencontré Aurore. Cependant, ils ne vivaient pas encore ensemble, Aurore souhaitant jusqu'à présent garder son indépendance.

Stephen n'aimait pas trop la décoration de son appartement notamment les photographies réalisées par William Eggleston qui couvraient les murs de l'entrée. Elles représentaient des paysages et des gens de *l'Amérique* ordinaire et Aurore partageait avec ce photographe la même fascination pour ces simples moments de vie.

Elle avait préparé pour cette occasion un petit repas italien, des antipasti en entrée, et des pâtes fraîches au pistou et à la tomate, accompagnées d'un chianti bien frais. Des petites bougies étaient posées sur les meubles et la table du salon.

Elle attendait Stephen assise sur la marche de la terrasse, le regard dans le vague, contemplant les lumières de la ville, les bras autour de ses genoux. Stephen prit la bouteille de vin, deux verres, mit le tire-bouchon dans sa poche et vint s'asseoir à ses côtés. Il glissa un petit baiser dans son cou. Aurore était pensive.

— Comment s'est passée ta journée ?

— Bien. Sauf un petit accrochage avec Mme Akerbury, notre responsable administrative. Elle se mêle de tout et je lui ai conseillé de s'occuper de ses affaires. Les autres enseignants m'ont dit que c'était une vraie commère et qu'il fallait s'en méfier.

Stephen ouvrit la bouteille, remplit les verres, qu'ils firent tinter. Ils burent et s'embrassèrent timidement. Leurs lèvres avaient un léger goût de vin.

— Tu as quelque chose d'autres à me dire ?

— Non... Je t'aime... Prends-moi dans tes bras.

Stephen enserra Aurore et sentit qu'elle pleurait.

— Qu'est-ce qui t'arrive ?

— ... Je suis... Tellement... Heureuse avec toi.

— C'est ça qui te fait pleurer ?

— Tu ne peux pas comprendre.

— Je sais que tu as souffert, ta mère, ton père.

— ... Ma sœur.

— Ta sœur ? Tu ne m'en as jamais parlé.

— Je n'y arrivais pas.

— Tu veux essayer ?

— Oui... Garde-moi dans tes bras. Ne me regarde pas.

— Vas-y.

— ... Anna... Était ma petite sœur, mon bébé d'amour. J'avais un an lorsqu'elle est née. En grandissant, je m'en occupais comme une petite maman. Je l'adorais tant, et elle me le rendait chaque jour. Nous partagions tout, nos habits, nos chaussures, nos brosses, nos parfums, nos livres. Nous étions comme des jumelles, mais j'étais la grande et je n'étais pas seule. Nous avons surmonté ensemble la mort de notre mère. Nous avons été aux côtés de notre père pour le soutenir. La vie a repris son cour. Les devoirs, le ménage, les courses, les sorties au cinéma réapparaissaient, seules, puis en famille, les vacances.

— Plus tard, Anna nous a présenté Marc qui est venu soigner cette famille blessée. Il bricolait avec papa, ils regardaient les matchs de foot ensemble en partageant une bière, les coups de gueule quand leur équipe perdait et les délires quand elle gagnait, réparaient tout le week-end la vieille moto de papa qui dormait dans le garage. Ils discutaient tous les deux de leur côté pendant que nous faisions les magasins. Il existait une vraie complicité, chacun avait sa part d'amour et d'affection. Lorsque Marc et Anna avaient leurs moments d'intimité, je me retrouvais seule avec papa. Je savais qu'il ne referait jamais sa vie tant que nous serions là. Et puis, Marc et Anna sont sortis un soir pour le parc d'attractions qui venait de s'installer aux portes de la ville. Plein de manèges nouveaux à te retourner les tripes.

Aurore se mit à parler lentement, comme si elle voulait laisser les mots respirer. Comme si elle voulait leur laisser le temps de se développer dans l'air, comme elle l'avait fait plus tôt avec son vin pour mieux lui permettre d'exhaler ses senteurs dans sa bouche. Comme si elle voulait leur laisser prendre toute leur signification pour mieux exprimer sa peine.

— Je n'ai pas entendu le téléphone sonner dans la nuit, juste mon père qui pleurait et un bruit sourd, à intervalle régulier. Je l'ai trouvé dans le salon, le téléphone renversé sur la moquette, et lui, en larmes, qui se tapait la tête contre le mur. J'ai compris que je devais le sauver. Je me suis précipitée sur lui. Je l'ai saisi par les épaules et il s'est arrêté, comme secoué par une violente décharge électrique. Il s'est retourné, le front tuméfié, en sang. Une voix sur le sol l'appelait, une voix de femme qui criait le nom d'un hôpital.

Aurore se dégagea de Stephen et but d'un trait le verre de vin qu'elle tenait dans ses mains, comme pour reprendre des forces. Elle inspira profondément et reprit son monologue.

— Il a fallu reconnaître les corps. Papa n'avait plus la force. Je l'ai fait. Enfin, le corps d'Anna. Les parents de Marc étaient déjà là. Ils se sont chargés de reconnaître le sien. Des gens terrassés par la douleur. Leur fils unique. Le médecin m'a demandé de le suivre. Dans une grande pièce, deux longs sacs plastiques contenant leurs corps étaient posés sur des chariots. Le médecin a fait coulisser la fermeture éclair. Il a fait glisser du sac la main droite d'Anna. Je l'ai prise dans les miennes, elle était douce mais froide, raide. Le reste était méconnaissable. Ils avaient fait une embardée dans un virage en revenant de la fête. La voiture avait fait plusieurs tonneaux avant qu'ils soient éjectés. La vie est un immense gâchis. Après, j'ai quitté la maison car mon père se raccrochait à moi et je ne voulais pas sombrer avec lui. Il restait prostré des journées entières. Moi, je voulais vivre. Le reste, tu le connais, mes études... et puis toi.

— Comment va-t-il aujourd'hui ?

— Je ne sais pas.

— Tu ne l'as plus revu ?

— Non, il a été interné peu de temps après mon départ.

Stephen faillit lui demander pourquoi elle n'allait pas le voir où il était ou pourquoi elle ne le faisait pas transférer près de chez eux mais il n'osa pas. Il se contenta de s'inquiéter pour elle.

— Comment te sens-tu ?

— Aujourd'hui ? Mieux. Libérée. Avec toi, je ne suis plus seule pour affronter la vie. Il y a toi.

— Il est peut-être mort ?

— Je pense qu'on m'aurait prévenue ! Changeons de sujet, tu veux bien ? Parlons de nous, de nos projets. Viens, passons à table.

Stephen fut surpris de sa force de caractère et qu'elle puisse passer aussi rapidement de la peine à la gaieté.

Le repas fut détendu, joyeux serait un grand mot, au moins jusqu'en fin de repas où ils s'échangèrent leurs cadeaux.

Stephen offrit à Aurore un vase perlé composé de minuscules billes d'argent soudées entre elles de David Huycke, un orfèvre flamand. Il s'était vraiment creusé les méninges pour trouver une idée originale et il guettait sa réaction.

— C'est magnifique, dit-elle, sincère.

— Je me le suis procuré lors d'une vente aux enchères. J'ai découvert ses œuvres dans une galerie d'art à Paris lors d'une exposition sur le design contemporain. Et je trouve qu'il ira bien chez toi.

— J'adore vraiment. Merci.

Elle l'embrassa avec fougue, ce qui donna le courage nécessaire à Stephen de prononcer la phrase qu'il tournait et retournait dans sa tête depuis quelques semaines sans jamais avoir trouvé le bon moment pour se lancer.

— Ça me fait plaisir, mais ce que j'aimerais par-dessus tout, c'est que nous vivions ensemble.

Aurore reposa doucement le vase sur la table, regarda longuement le sol et prit une profonde inspiration avant de répondre à Stephen en le regardant droit dans les yeux.

— Je ne veux pas me fondre avec toi.

— Je sais que tu es très indépendante. Je suis sûr que nous saurons garder notre liberté. Stephen avait anticipé la réponse et il était prêt : "Allez, on essaie !"

Aurore fit mine d'hésiter, puis céda en souriant.

— Alors j'accepte. Moi aussi, j'ai un cadeau pour toi.

Aurore sortit de sous la table un petit sac et le lui tendit. Stephen défit précautionneusement le ruban, enleva le papier qui entourait l'écrin et découvrit une superbe montre de marque. Elle valait une fortune et il en eut le souffle coupé.

— Elle est magnifique. Il ôta de son poignée son ancienne montre et y ajusta délicatement la nouvelle. Tu as fait une folie.

— C'est un cadeau. Garde-la quoi qu'il se passe entre nous. De toute façon, mon cœur battra toujours pour ce qu'il y a au plus profond de toi.

La phrase était étrange mais l'intensité de la voix d'Aurore l'était encore plus. C'est presque inquiet que Stephen lui demanda :

— C'est-à-dire ?

— L'homme que j'ai aimé au tout début.

Aurore restait pensive.

— Tu veux me dire autre chose ? insista Stephen.

— Oui, j'ai autre chose pour toi.

Elle lui tendit un coffret. Au premier abord, on aurait pu le croire en bois, un de ces bois foncé, brut et poli. Il était en pierre massif, d'un gris sombre proche du marron.

— C'est lourd ! Qu'est-ce que c'est ?

— Ouvre.

Le contenant, percé d'un trou sur chaque côté, et le couvercle en son centre, formaient la boite. Une cordelette passant habilement par chacun des orifices maintenait les deux pièces fermement et hermétiquement reliées entre elles.

Stephen détacha les liens et souleva le couvercle. L'intérieur de la boite était séparé par une pierre formant ainsi deux parties de taille identique. Dans l'une se trouvait le talisman.

— Mais... C'est mon collier. C'est toi qui as trouvé cette boite ?

— Non, elle m'a été transmise.

— Transmise par qui ?

La jeune femme éluda la question et poursuivit :

— Elle a environ quatre mille.

— Ouaouh ! C'est un cadeau incroyable, mais la montre suffisait. Cette boite ne devrait pas être dans un musée ?

— Ne t'inquiète pas ! Il y a une pièce identique au *British Museum* de *Londres*. Et au moins celle la servira à quelque chose.

— A quoi servait-elle à l'origine ?

Il caressait la pierre qui paraissait vivante, chaude. Il était fasciné.

— La grande prêtresse de *Babylone* y mettait à l'abri certains objets.

— Comme quoi ?

— Je n'ai rien trouvé à ce sujet dans les livres ni dans les rapports des archéologues qui ont fouillé les ruines de la tour. Mais ça devait être assez précieux. C'est pourquoi j'ai pensé y mettre ton bijou. Il est important pour toi... Même s'il n'a aucune valeur.

— Aucune valeur, un bijou de cinq mille ans ?

— Stephen, on ne va pas se disputer à nouveau ! On dirait que tu ne me fais pas confiance ! C'est quand même mon métier, non ? Des inconnus du monde entier viennent me demander mon avis et m'écouter en confiance et l'homme avec lequel je m'apprête à vivre doute de mon expertise ? C'est fatiguant, tu sais ! Fatiguant et déstabilisant au point de me demander si la vie commune est une bonne idée ! J'en ai vu des bijoux anciens et aucun ne se conserve dans cet état aussi longtemps. C'est une imitation de qualité, c'est tout.

Stephen trouva injuste qu'elle attaque ainsi alors que c'était elle qui avait exhumé le collier. Stephen referma le coffret.

— Tu as raison, ne parlons plus de ce collier. De toute façon, Stanton m'a conseillé de ne plus le porter. Je vais m'en débarrasser.

— Arrête ! C'est insupportable ! Tu ne vas pas croire en de telles superstitions. D'accord, c'est troublant. Une fille t'a donné un collier quand tu étais jeune. On le retrouve sur une photo dans le sud de la France. Mais rien ne dit que cela aurait enfermé des vies en toi. C'est ton professeur et toi qui êtes enfermés dans vos délires. Ce bijou n'a de valeur que celle que tu lui portes. Il représente cette jeune fille, alors pour elle, et rien que pour elle, pour respecter ta parole, porte le !

Elle avait raison, c'était stupide d'avoir peur d'un morceau de pierre ! Aussi, Stephen enleva le couvercle, prit le bijou et baissa la tête pour passer la chaîne autour de son cou. Étrangement, il sentit une douce chaleur l'envahir. Le calme revint en lui. A l'instant où il releva la tête, pendant une fraction de seconde, le visage d'une autre femme à la peau mate toute aussi belle vint se superposer à celui d'Aurore. Ses yeux brillants restaient fixés sur les siens. Stephen fut parcouru d'un frisson.

— Je... Je viens de voir le visage d'une autre femme, balbutia Stephen.

Aurore soupira, exaspérée.

— Arrête ! Tu l'as mis et enlevé des dizaines de fois, tu n'as jamais rien ressenti.

— Je ne l'avais plus porté depuis mon escapade chez les aborigènes.

— Et alors ? Je crois surtout que tu devrais arrêter de boire de ce petit vin italien, sourit Aurore.

— Non, non, ça n'a rien à voir, s'empressa de répondre Stephen. Je te jure, j'ai ressenti de drôles de sensations dès que j'ai mis le collier autour de mon cou.

— Alors, repose-le, lui répondit Aurore en soupirant, voulant mettre un point final à cette discussion.

Pendant quelques instants, l'atmosphère devint pesante. Stephen ressentait un malaise inexplicable. Qu'est-ce qui le perturbait tant ? Était-ce la vision de ce visage, l'intensité de ce regard qui ressemblait étrangement à celui d'Aurore ? Ou surtout le sentiment que durant toute cette soirée, le seul but d'Aurore avait été de lui faire remettre autour du cou ce collier qu'il évitait de porter soigneusement depuis des mois ? Il avait une furieuse envie de le retirer mais son envie d'elle était bien plus forte et il ne voulait surtout plus la contrarier.

— Tu dois avoir raison, ça doit être le vin, j'ai chaud dans tout le corps.

Aurore planta ses yeux droits dans ceux de Stephen et cambra le buste, faisant pointer ses seins sous sa fine robe.

— Notre nuit s'annonce torride, alors.

— Je le pense aussi mais cela attendra le dessert, répondit Stephen avec un petit sourire.

— Jamais de la vie ! Et la jeune femme lui sauta dessus en riant.

Aurore avait appris au fil du temps ce qu'un homme attendait. Elle pouvait le faire basculer dans la folie, lui tourner le sang, en adoptant une position féline ou en faisant glisser lentement sa langue sur ses lèvres charnues.

Elle avait des seins bombés dont les bouts pointaient vers le haut. Stephen aimait se frotter contre elle, et sentir ses mamelons durcir contre son torse.

Lorsqu'elle voulait le provoquer, elle s'étendait nue sur le lit, et caressait sa peau du bout des doigts, lascivement, une bougie allumée à ses côtés, en le fixant droit dans les yeux. Elle respirait lentement, profondément, l'air chaud pénétrant dans son corps en un râle sensuel. L'odeur musquée de son sexe parvenait aux narines de Stephen qui restait figé à l'entrée de la chambre, hypnotisé, et qui vibrait au rythme de son souffle régulier. Dans ces instants, il percevait qu'il n'était qu'un homme faible face à cette femme prête à s'abandonner. Avant même que leurs corps ne s'étreignent, la pièce sentait le sexe.

A d'autres moments, pour le retenir lorsqu'il partait, elle l'embrassait, serrée contre lui. Elle parcourait sa colonne vertébrale avec les doigts de sa main droite, du bas de ses reins jusqu'à aboutir derrière sa nuque. En lui mordillant le lobe de l'oreille, elle lui susurrait "*When you look at me, I can touch the sky*". Elle venait ensuite presser sa bouche avec ses doigts afin de faire saillir ses lèvres et elle saisissait sa lèvre supérieure entre ses dents pour un long baiser sensuel. Après, elle faisait glisser sa main pour appliquer sa paume sur son sexe, les doigts tendus, délicatement et en augmentait d'un geste brusque la pression. Selon la réceptivité de Stephen, à savoir s'il résistait encore et voulait absolument partir, elle se laissait glisser entre ses jambes pour prendre son sexe dans sa bouche.

Elle savait se comporter, se mouvoir, se montrer à lui. Il savait l'écouter, lui parler, la comprendre, parler de lui. Chacun était là où l'autre attendait qu'il le complète : Aurore, dans le visuel et le physique, Stephen dans l'auditif et le psychologique. Le terme "sa moitié" convenait à merveille à chacun.

Aurore était pour Stephen une surprise permanente. Elle avait été un séisme dans la monotonie de sa vie sentimentale. Cela lui avait fait peur pendant un moment, et même s'il se sentait maintenant en totale harmonie avec elle, il avait l'intuition que quelque chose dans leur relation n'était pas normal.

Pour l'éternité

Aurore dormait encore lorsque Stephen enfila son corsaire, son tee-shirt et ses *Nike*.

Tous les dimanches matin, tel un rituel, il partait pour un footing de 16 km, direction les plages de *Bondi Bay* et *Tamarama Bay*. Il ajusta le clip plastique de sa casquette, et chaussa ses lunettes de soleil avant de s'élancer hors de la maison. La rue était déserte à cette heure, et seul le bruit de ses chaussures sur le bitume résonnait dans le silence. Il bifurqua vers *Hornby Lighthouse*, à l'extrémité Nord, par le bord de mer, et rejoignit *Bondi Bay* vers le Sud par le chemin en bordure des falaises. A hauteur du terrain de golf situé en surplomb, il ralentissait toujours le pas, afin de profiter du magnifique paysage. Les vagues se brisaient en contrebas.

Arrivé à *Bondi Bay*, il longea sa promenade, *Campbell Parade*, traversa les parkings vides et passa devant les boutiques et les cafés aux rideaux encore tirés. Il s'arrêta quelques instants pour faire une série d'étirements à proximité des sculptures modernes de *Tamarama Bay*, et fit demi-tour.

Il avait emporté 20 dollars dans son corsaire et il s'arrêta chez la fleuriste à l'angle de la rue pour acheter un bouquet de roses blanches.

De retour, la maison sentait le café et le pain grillé. En se déchaussant, il se massa les pieds et les mollets en songeant au bien-être que ces footings matinaux lui procuraient.

— Tu as bien couru ?

— Le chemin habituel. Ça m'a ouvert l'appétit.

— Tout est prêt. Je t'attendais pour déjeuner.

Il lui tendit les fleurs.

— Tiens, c'est pour toi.

— Elles sont belles. Tu es un amour. Même si j'en meure d'envie, je ne t'embrasserai que lorsque tu te seras lavé, tu dégoulines !

Aurore avait enfilé une chemise de Stephen. Lorsqu'elle leva les bras pour attraper un vase, Stephen vit ses petites fesses rondes apparaître et il eut envie d'elle.

— Je prends une douche, et j'arrive.

Cinq minutes après, Stephen apparut en peignoir. Deux bols de café laissaient s'échapper une agréable fumée, et des tartines grillées étaient posées sur un napperon blanc avec un petit pot de miel.

— Je suis propre. Je peux avoir mon bisou ?

Aurore déposa un baiser sur ses lèvres.

— Comment as-tu dormi cette nuit ?

— J'ai fait un cauchemar mais cela n'a plus rien à voir avec ce que j'ai pu connaître. J'ai rêvé qu'un accident arrivait à mon fils. Il traversait la route en se rendant à l'école et se faisait renverser. Je voyais la scène se dérouler au ralenti et son petit corps se faire happer par la voiture, sa tête venant heurter violemment le capot. Il retombait sur le sol et le véhicule, continuant sa route, lui passait sur le corps. J'ai voulu crier mon effroi mais aucun son ne sortait. Je me suis réveillé avec soulagement, mais les jours sans lui sont angoissants, tant je redoute que l'on m'annonce un malheur. Quand il est présent à mes côtés, c'est plus facile même si cela ne m'empêche pas de le laisser évoluer sans l'étouffer.

— C'est ta capacité à intérioriser ce que peuvent ressentir les autres qui te rend aussi sensible.

— Tu as sûrement raison. D'ailleurs, je ne t'ai pas raconté ce qui m'est arrivé hier soir en revenant du travail. J'étais dans ma voiture, et j'écoutais à la radio une émission sur les extrémismes religieux. Un extrait sonore de film a été passé relatant l'interrogation d'un cathare par un père inquisiteur lors de la sainte inquisition. Et bien, malgré l'éloignement de l'époque et du continent où se déroulait la scène, je n'ai pu m'empêcher de ressentir au plus profond de mon être ce que les gens de cette époque ont enduré, et je me suis mis à pleurer dans ma voiture. Depuis que j'ai créé un lien avec ces vies, j'ai l'impression que les frontières de temps et de lieu ont été bannies, et le passé et les pays me sont proches. Je suis effrayé à l'idée que tout cela puisse être encore une réalité de nos jours dans d'autres sociétés.

— Déjeunons. Toutes ces sornettes ne m'amusent pas !

Le sourire d'Aurore disparut et elle reposa le pot de miel sur la table d'un geste sec. Stephen regretta une fois encore d'avoir évoqué le sujet et se promit de ne plus le faire.

Le lendemain, pendant que Stephen était sous la douche, le téléphone sonna. Aurore décrocha le combiné.

— Bonsoir, je suis Kerry Strauss. Je souhaite parler à Stephen.

Au ton hautain de la correspondante, Aurore comprit immédiatement qu'elle avait à faire à son ex-femme.

— Je vous le passe, répondit-elle sèchement.

Elle se dirigea vers la salle de bain avec le combiné à la main.

— Ton ex, murmura-t-elle, en étouffant le microphone.

— Qu'est-ce qu'elle veut ?

— Tu ne crois pas qu'elle allait me le dire, non ? répondit-elle en lui tendant avec insistance le combiné.

Stephen enfila un peignoir et saisit l'appareil.

— Qu'est-ce qu'il y a Kerry ?

— Je vois que votre idylle perdure. Enfin, si c'est toujours la même !

Stephen haussa la voix.

— Oui, c'est toujours la même. Elle a un nom, elle s'appelle Aurore et c'est une femme qui m'a redonné le goût de vivre, qui m'aime, avec qui j'ai beaucoup de points communs, qui est belle et qui me fait bander !

— Qu'est-ce que tu peux être grossier !

— Et je ne crois pas qu'elle me ferait de reproches minables comme ceux que tu m'as faits si par malheur nous en venions à nous séparer ! Mais ce n'est pas d'actualité puisque nous allons vivre ensemble.

— Mon pauvre Stephen, tu ne sais toujours de quoi sont capables les femmes !

— C'est vrai qu'avec toi, j'ai eu un large éventail des saloperies qui pouvaient se dire et se faire. Mais moi, j'ai confiance en l'autre. Alors, si c'est pour être désagréable que tu as appelé, tu peux raccrocher tout de suite.

— Non. Je ne raccrocherai que lorsque Valentin t'aura dit au revoir.

— Au revoir ? répéta Stephen étonné et inquiet.

— Oui, nous partons Mardi pour deux années à *Singapour.* J'ai eu une promotion, et comme j'ai la garde de Valentin, il vient avec moi.

"Salope."

Stephen avait prononcé ce mot si bas, entre ses dents, les mâchoires serrées, qu'elle n'avait pu l'entendre. Il dut se concentrer pour continuer à parler. Sa tête s'était mise à tourner et il avait la nausée. Un coup de poignard ne l'aurait pas plus fait souffrir. Il se força pourtant à répondre posément :

— J'aurais aimé le savoir plus tôt.

— Cela n'aurait rien changé.

Il réfléchissait à toute vitesse : que faire ? Il lança, plus pour se convaincre lui que tout n'était pas perdu, que pour elle :

— Je ne vais pas te laisser faire. Je vais contacter mon avocate et tu n'auras pas toujours…

— Non, allez, sois sérieux. Tu es pitoyable. Je pars avec Valentin avec l'aval de "Mes" avocats. Et ce n'est pas cette midinette qui te sert de juriste qui y changera quelque chose ! Tu veux encore te casser les dents ?

Ce ton menaçant et dédaigneux était sa façon à elle de lui parler depuis leur séparation. Et Stephen savait qu'elle avait raison.

— Quand partez-vous ? articula-t-il péniblement.

— A la fin du mois.

Stephen sentit un grand vide en lui, comme si le sol se dérobait sous ses pieds.

— Je veux vos coordonnées là-bas. Je veux pouvoir lui parler et venir vous voir. Passe-le-moi. J'exige de le voir avant son départ.

— Je ne suis pas sûre qu'on ait le temps.

— Tu vas le prendre, c'est moi qui te le dis ! Passe le moi !

Il eut une longue discussion avec son fils. Il le tranquillisa, se rassurant surtout par la même occasion, lui promit qu'il l'appellerait toutes les semaines, que lui aussi pourrait l'appeler à tout moment, qu'il viendrait le voir, qu'il allait voir avec sa mère pour qu'il vienne à Noël, qu'il prendrait ses vacances pour l'emmener faire du voilier.

Il savait depuis la naissance de son fils que plus tard il partirait pour vivre sa vie. Plus tard. Le plus tard possible. Qu'il ait surtout le temps de partager avec lui des moments forts même s'ils vivaient éloignés. Ils partiraient encore ensemble au début, lui avec sa femme, Valentin avec sa copine. D'abord dans le même véhicule. Ensuite dans des véhicules séparés.

Il l'appellerait puis sentirait une gêne. Les signes de séparation sont anodins, imperceptibles pour celui qui ne voit pas. Et il en est avec les enfants comme dans le couple. Il le savait, il n'avait rien vu en son temps. Les routes se font parallèles puis s'éloignent.

Après, chacun partirait de son côté. Stephen savait qu'il se faisait mal à entrevoir leur futur, à ressentir cette nostalgie anticipatrice. En même temps, cela lui donnait la force pour se battre contre son ex qui accaparait leur enfant. Il n'avait rien vu pour son couple mais il avait les yeux grands ouverts pour son fils.

Il finit par raccrocher après avoir déclaré être présent à l'aéroport lors de leur embarquement malgré la ferme opposition de son ex-femme et qu'il voulait que Valentin passe Noël avec lui, ce qu'elle accepta lorsqu'il lui proposa de lui rembourser les billets d'avion.

Il regarda, posée sur le meuble, la photo de Valentin prise lors du carnaval de l'école, quelques semaines après leur divorce. Il était dans son costume de *Jedi* et il tenait son sabre laser avec ses deux mains. Toute sa fierté transparaissait dans ses yeux visibles par les trous du masque. Fier de son costume et de son père qui était venu le voir bravant sa mère et la justice. Valentin était persuadé que tout ce qu'il avait pu entendre sur son père n'était que des méchancetés d'adulte.

Stephen appela quand même son avocate. Elle lui rappela que la justice avait rendu un jugement et qu'il devait l'accepter.

Il se rabattit sur Aurore puis elle lui rappela la conversation qu'il venait d'avoir avec son ex-femme.

— C'est de moi dont tu parlais ?

— A quel moment ?

— Celle qui t'avait redonné le goût de vivre. Entre autres choses.

Tout en parlant, Aurore frotta sa main droite sur son entrejambe et elle dégrafa son chemisier.

C'était sa façon de l'aider à accepter l'inacceptable.

Le 29 juin, Stephen partit pour l'aéroport, la gorge nouée. C'était la seule chose qu'il avait obtenue : embrasser son fils avant son départ. Aurore lui avait proposé de l'accompagner mais sans insister. Elle avait compris qu'ils avaient besoin d'être seuls pour se dire au revoir.

Il arriva en avance. La circulation fluide lui laissa le temps de faire les boutiques et d'acheter quelques cadeaux pour son fils. Il avait fait l'acquisition la veille d'un téléphone portable pour qu'ils puissent s'appeler sans contrainte. Il passa devant une grenouille géante qui trônait dans les couloirs.

— Bonjour.

Stephen se retourna et vit son ex-femme et Valentin suivis d'un chariot rempli de bagages. Valentin se précipita dans les bras de son père.

— Je te le confie pendant que j'enregistre les bagages.

— Nous allons faire un tour dans la galerie.

— Sois ici à onze heures.

— Nous y serons.

La froideur et la rapidité de l'échange n'étaient pas passées inaperçues de Valentin. Dès qu'ils eurent laissé Kerry, père et fils se donnèrent la main.

— Tu veux boire quelque chose ? demanda Stephen à Valentin sur un ton qu'il essayait d'être le plus enjoué possible.

— Un chocolat chaud.

— Asseyons-nous là.

Stephen tira un siège rouge et blanc pour Valentin, sortit de son sac les cadeaux qu'il lui avait achetés et les posa sur une table blanche.

— C'est pour toi. Attends-moi, je vais passer commande.

— Elle me plait cette peluche, je la garderai avec moi pour dormir.

Stephen se dirigea vers le comptoir. Il n'avait plus remis les pieds dans la chambre de son fils depuis qu'ils étaient séparés et celle de son domicile n'était qu'un lieu de passage impersonnel, figé. Il ne voyait plus ce qui constituait son petit monde, les affiches de *Shrek*, la dernière photo de classe, le petit lit où les peluches étaient alignées, et le tapis où s'entassaient les Lego *StarWars* après une ultime bataille intergalactique. Il ignorait que dans le tiroir de la commode, entre deux tricots, Valentin conservait une photo qu'ils avaient prise dans une cabine, et qu'il la ressortait au moment de se coucher lorsque leur séparation lui devenait trop douloureuse. Dès qu'il posa le plateau, Valentin l'interrogea.

— Pourquoi vous ne vous aimez plus, maman et toi ? Pourquoi vous vous parlez mal ?

— C'est la vie des adultes. On s'aime puis un jour on en vient à se rejeter. Mais le principal, c'est que nous gardions contact tous les deux. Ne t'inquiète pas, ça va vite passer. Tu viendras à Noël. Puis, je viendrai te voir là-bas. Tiens, je t'ai acheté un téléphone. J'y ai inscrit mon numéro. Tu pourras m'appeler quand tu veux.

Stephen essuya les larmes qui coulaient sur les joues de Valentin. Il avait encore les rondeurs de l'enfance. Stephen prit son visage dans ses mains et eut un flash à cet instant. Le visage d'un autre enfant se substitua à celui de son fils. Pendant quelques instants, il vit cet enfant inconnu lui sourire. Sa peau mâte et ses yeux noirs contrastaient avec les yeux bleus et le teint clair de Valentin. Cette vision disparut lorsque Stephen ôta ses mains.

Valentin crut que l'expression du visage de son père reflétait également sa tristesse mais Stephen était bouleversé. La vision du visage de cette autre femme au moment où il avait mis autour de son cou le collier à la demande d'Aurore n'était pas le fruit de l'alcool.

Il dut rejoindre Kerry et se contraindre à se séparer de son fils rapidement pour ne pas souffrir plus. Il décida de ne parler à personne pour l'instant de ce nouveau flash.

Et de rappeler Stanton. Malheureusement, celui-ci prenait l'avion et ne serait pas de retour avant la mi-août.

Aurore avait cédé. Par envie. Mais aussi par calcul.

Elle remit en container tous les meubles qu'elle possédait et emménagea le strict minimum. Stephen eut la délicatesse de lui faire toute la place utile dans les placards. Elle posa sa brosse à dents et ses vêtements à côté de ceux de Stephen. Elle n'avait jamais partagé une telle intimité avec quelqu'un. Ce n'est pas sans une certaine appréhension qu'elle s'installa dans son nouveau domicile. Elle en eut peur dès le premier soir mais Stephen trouva les paroles justes qui la rassurèrent. Et elle ressentit en se couchant un étrange sentiment de sérénité. Elle qui n'avait pensé jusqu'à présent qu'à survivre, elle se plut à songer qu'elle vivait en sécurité dans les bras d'un homme. Comme avant. Lorsqu'elle partageait sa vie avec… Non, elle se refusa de penser à autre chose que son but. Le seul but de sa vie, le retrouver. Sa main frôla le corps de Stephen allongé près d'elle. Elle s'endormit avec une pensée qui depuis un moment faisait son chemin dans son esprit et remettait en question ce pour quoi elle était là. Aurait-elle le courage de le sacrifier ?

XIII.
ZOPYRE

34

Sydney, AUSTRALIE
Le 10 août 2012, 9h15

Aurore habitait depuis deux mois chez Stephen. Elle avait trouvé de nouveaux repères. Valentin était parti. Stephen n'avait rien dit à Aurore de l'incident à l'aéroport. Il n'en avait soufflé mot à personne puisque Stanton était en déplacement et qu'à part lui, personne ne l'aurait cru. Il devait rentrer cette semaine et Stephen l'attendait avec impatience.

Depuis plusieurs jours, la grève des transports en commun obligeait la population à utiliser leurs véhicules personnels pour se déplacer.

Stephen, usagé du métro aérien, n'était plus habitué à patienter au milieu de la circulation. Il allait bientôt arriver à son travail, mais il était déjà en retard d'une demi-heure à la réunion qu'il devait animer. Son impatience grandissait. Il avait plusieurs fois téléphoné au bureau pour tenir informé le secrétariat de son avancée dans les embouteillages. Il s'arrêta au croisement de *Victoria et Craigend Streets* sur *Kings Cross*, à l'Est de la *City*, le centre-ville. Pour compliquer la situation, des engins de terrassement étaient en train d'épandre et de compacter du goudron fumant sur un côté de la chaussée. Le feu tardait à passer au vert.

– Allez, bon sang ! Ils vont finir par la commencer sans moi cette foutue réunion. Et ce flic, non mais qu'est-ce qu'il fout au milieu ? Il se prend pour une girouette, s'énerva Stephen.

A peine eut-il prononcé ces paroles qu'il s'aperçut qu'il s'emportait alors que cela n'était pas dans ses habitudes. La déformation de sa mâchoire trahissait son impatience. Il sentit bouillir son sang dans ses veines, une forte rage monter en lui. Le décor se mit à changer tout autour de lui et il se retrouva soudain à la tête d'une armée, en train de chevaucher un puissant cheval noir dans une steppe sous un soleil ardent. Il fut en un éclair projeté dans une bataille où il maniait le glaive, tranchant les ennemis qui s'approchaient de lui. Le combat faisait rage et il ne voyait autour de lui qu'une tuerie d'où lui parvenaient mélangés les râles et les cris des guerriers, et le vacarme des armes qui se heurtaient. Il se frayait maintenant un passage vers le haut d'une tour. Subitement, le calme revint et il serrait à présent contre lui une femme splendide. Il eut peu de temps pour voir le visage de cette femme mais il savait qu'il lui était connu.

La ville réapparut et il entendit les voitures klaxonner derrière lui. L'agent Kirk, de faction au coin de la rue, était en train de le siffler et de lui faire signe d'avancer. Voyant que Stephen n'obtempérait pas, il s'avança vers lui et vint taper à la fenêtre du véhicule. Stephen fit descendre la vitre et lui répondit qu'il avait eu un malaise. Il garda souvenir de cette réponse mais en vérité il n'était plus maître de son esprit et ce fut un flot d'insultes qui sortit de sa bouche.
L'agent Kirk fit un pas en arrière, posa la main droite sur son revolver et lui demanda de sortir du véhicule les mains croisées derrière la tête.

— M. Hogan ? Max Hogan ?

— Oui, lui-même.

— Bonjour, je suis Maître Kellington, l'avocate de Stephen Carver. Il m'a demandé de prendre contact avec vous. Il se trouve au commissariat du district.

— Que lui est-il arrivé ?

— Je vous expliquerai en détail lorsque nous nous rencontrerons. Une caution de dix mille dollars est réclamée pour qu'il puisse être libéré. Disposez-vous de cette somme ?

— Il n'y a pas de soucis. Il va bien ? Qu'est-ce qu'il a fait ?

Max eut peur tout de suite que Stephen ait fait une bêtise vis-à-vis de Kerry à cause de Valentin. Il avait changé depuis quelques temps et Max pensait que c'était lié au départ de l'enfant. Il était loin de pouvoir imaginer la vérité !

— Il vous demande également de prendre contact avec un certain professeur Stanton. Il souhaite lui rendre visite dès sa libération.

— D'accord, je m'en occupe.

— Pouvons-nous nous retrouver à 14 heures devant le commissariat du district ?

— Je serai là. Qu'est-ce que j'amène ?

— Votre carte bancaire !

Stephen ne se rappelait pas de la raison des douleurs qu'il ressentait sur plusieurs endroits du corps ainsi qu'au visage et derrière la tête. Il n'avait pas de mal à imaginer les policiers faisant usage de la force pour le maîtriser. Mais pourquoi ? En fait, il avait pris plusieurs coups de matraque. Sous le choc du premier coup sur la tête, des milliers d'étoiles avaient explosé dans sa tête et ses jambes s'étaient mises à vaciller. Puis, il avait été trainé par terre et violemment embarqué dans le fourgon appelé en secours.

Lorsque Max se gara, il remarqua tout de suite postée devant l'entrée du commissariat, une belle femme blonde grande et mince, vêtue d'un tailleur noir porté sous un long trench blanc de laine. Elle tenait dans ses bras une lourde pochette remplie de dossiers et s'était placée face au soleil pour profiter de sa chaleur. En s'approchant d'elle, il vit qu'elle était âgée d'une trentaine d'années, la peau blanche et les lèvres rouges charnues, avec de fines lunettes de vue rectangulaires sur son visage.

— Bonjour, je suis Max Hogan. Vous êtes Maître Kellington ?

— Oui, bonjour.

Elle dut poser sa pochette pour lui serrer la main.

— Je ne m'attendais pas à une personne aussi charmante.

— Merci. Toutes les avocates ne sont pas de vieilles rombières.

— Mon copain Stephen vous a bien choisie.

— Je ne pense pas que cela en soit la raison. J'ai plaidé en sa faveur lors de son divorce. Sans grand succès je dois l'avouer. Nos lois ne sont guère en faveur des pères. Mais ce n'est pas le sujet de nos préoccupations de ce jour. Suivez-moi, s'il vous plait. Je n'ai pas encore pu le voir mais l'inspecteur qui m'a reçu m'a indiqué que votre ami avait le visage tuméfié suite à son altercation avec la police. Heureusement, il n'a rien de cassé.

— Qu'est-ce qui s'est passé ? C'est un pacifiste ! Ils ont dû méchamment le provoquer, ce n'est pas possible !

— Voici le rapport. Vous verrez, il va être difficile de le défendre !

Stephen s'était montré réticent à répondre aux questions qui lui avaient été posées par l'inspecteur chargé de l'enquête. Non qu'il n'ait pas voulu répondre, mais il avait fait attention à ne pas donner d'informations qui auraient pu mettre l'inspecteur sur la vraie piste. Il avait également dû faire attention aux recoupements qui pourraient être faits ultérieurement. Pour cela, il avait profité de son affliction pour prendre le temps de la réflexion. Il s'était senti soulagé et débarrassé d'un poids après avoir relu la déclaration faite à la police.

Max lut rapidement le document. Il constatait que l'avocate faisait preuve d'une grande réserve professionnelle.

— Vous êtes sûre que nous parlons de la même personne ? C'est impossible !

— Il n'y a pas de doute. Je le connais bien moi aussi ! Et je vous avoue également avoir été surprise. Mais il y a en nous tous un *Mister Hyde* qui sommeille.

Un agent les conduisit à la cellule de dégrisement où Stephen avait été enfermé.

Stephen était allongé sur le matelas incapable de se relever. Il pleurait en silence. Lorsqu'il entendit leurs pas, il essuya rapidement ses larmes, et encore chancelant, s'efforça à se lever. L'agent regarda par le judas et ouvrit la porte métallique.

— Salut Stephen.

— Salut Max.

Stephen avait effectivement mauvaise mine. Son œil gauche était tuméfié. Sur le haut de sa lèvre fendue subsistait un filet de sang mal essuyé. Max lui posa une main amicale sur l'épaule et essaya de tourner l'affaire en dérision.

— Eh, toi, tu as besoin d'une bonne tasse de café.

Stephen tenta un pâle sourire mais répondit :

— Je veux d'abord avoir une discussion avec le professeur Stanton.

— Il faut en priorité que vous passiez chez un médecin pour un diagnostic médical et que l'on prenne des photos de votre visage. Je dois mettre toutes ces pièces dans mon dossier. Les photos impressionnent plus un tribunal que des comptes-rendus médicaux.

— Vous ferez les photos dans la voiture. Je vais d'abord chez le professeur Stanton. Tu as réussi à l'avoir, Max ?

— Oui, il est rentré ce matin. Il attend que tu l'appelles pour convenir d'un rendez-vous.

— Je ne peux pas vous accompagner, j'ai rendez-vous avec un autre client. Pouvez-vous m'expliquer les raisons de votre insistance à rencontrer cette personne ? l'interrogea Maître Kellington, un peu agacée.

— Non, pas pour l'instant, Maître. Je veux conserver à votre regard un semblant de crédibilité.

— Bon, alors faisons autrement. Passez chez le médecin dont les coordonnées figurent sur cette carte. Il pourra faire le diagnostic et les photos. Je l'appelle immédiatement. Il vous prendra en urgence. Ah, j'oubliais de vous dire. Vous êtes convoqué au tribunal dans deux jours.

— Max, tu peux m'y conduire.

— Bien sûr.

— Merci. J'appelle Stanton pendant que l'on roule.

— Je suis garé derrière le tribunal.

Une fois dans le véhicule, Stephen prit contact avec Stanton.

— Professeur, c'est Stephen. Il faut que je vous parle. Il s'est passé un évènement important. Je pense être chez vous d'ici une heure.

— Non… Non, non. Ne venez pas chez moi. Je ne suis pas là… Retrouvons-nous…

— A l'abri des regards ! Quand vous me verrez, vous comprendrez pourquoi !

— D'accord. Euh… Je connais un endroit où nous serons tranquilles. Je suis en train de faire quelques courses en centre-ville. Rendez-vous dans le quartier chinois. Vous voyez où est situé le centre commercial ?

— Oui.

— Il y a un vieux magasin. Généralement devant se trouve un étal de massage. Attendons-nous là. Surtout, n'entrez pas.

— D'accord. A tout à l'heure.

Stephen raccrocha.

— Alors ? C'est quoi le programme ?

— Le toubib puis *Chinatown*. Stanton m'a dit qu'il faisait des courses en centre-ville.

Max vit Stephen sourire.

— A quoi tu penses ?

— A Stanton. Il avait l'air paniqué à l'idée que l'on aille chez lui.

— Tu penses qu'il t'a menti ? Qu'il n'est pas en train de faire des courses ?

— Je ne sais pas. Il n'était peut-être pas seul.

— Tu crois ?

— C'est une supposition. Pourtant, je ne le vois pas avec une femme à son âge. Tu verras. Il est spécial. Tu me donneras ton avis.

Ils roulèrent en silence et quand Max se gara devant le cabinet médical, Stephen lui dit, sans le regarder :

— Merci d'être mon ami, Max.

35

> *"Il paraissait abattu et soucieux,*
> *Il se frottait le coup d'un geste machinal."*
> **Extrait de "La peste", Albert CAMUS**

Sydney, AUSTRALIE
Le 10 août 2012, 15h30

Après une petite heure chez le médecin, Stephen et Max se retrouvèrent devant l'adresse indiquée par Stanton. Un homme de type européen en vêtements de ville était allongé sur un étal où avait été posé un matelas pour l'occasion. Un chinois était en train de le masser sous une pancarte marquée "masseur professionnel".
Stanton arriva de nulle part. Stephen fit les présentations.
— Vous avez de belles ecchymoses.
— On peut entrer que je vous explique ?
Stanton frappa à la porte. Un vieil homme ouvrit. Le professeur s'adressa à lui.
— *"Bonjour mon ami"*
— *"Bonjour Maître. C'est un honneur de vous recevoir dans mon humble demeure"*
Stanton le prit à l'écart.
— Parlons dans ma langue. Je ne voudrais pas attirer leur attention sur moi. Il n'y a que toi qui sache ici qui je suis. J'ai appris que deux de tes hommes étaient morts lors d'une descente de la police.
— Oui. Ils avaient laissé trainer des preuves de votre existence. Ils n'ont fait que ce qu'ils avaient à faire pour réparer leur erreur.
— Non. Leur vie valait plus que tout. Tu sais bien que la police ne peut rien contre moi.
— Ils avaient peur de vous…

— Je ne veux pas que des vies soient gâchées. Fais passer le mot auprès de ceux qui sont en prison. Je ne punis que ceux qui m'ont trahi.

— Oui, Maître.

— Ne m'appelle pas comme cela devant ces hommes. Personne ne doit savoir qui je suis.

— Oui. Oui. Pardon.

Stephen et Max tendaient l'oreille mais ne parvenaient pas à comprendre un mot de leurs échanges.

— Qu'est-ce qu'ils disent ?

— Je n'en sais rien.

Les deux amis s'étaient rapprochés instinctivement de Stanton.

— Que puis-je pour vous ? demanda le vieil homme.

— Trouve-nous un coin à l'écart où nous pourrons discuter sans être entendus.

— Suivez-moi.

Stanton se retourna et leur fit signe.

— Nous pouvons entrer.

— Vous parlez chinois ?

— Juste quelques mots que j'ai appris en venant boire le thé et jouer au mah-jong ici.

Ils pénétrèrent à l'intérieur du magasin dans lequel régnait une atmosphère glauque. Des sacs de riz éventrés étaient empilés près de caisses de vaisselles sur lesquelles des oreilles de porc avaient été mises à sécher. Une musique lancinante sortait d'un vieux haut-parleur. Ils se frayèrent un chemin au milieu de ce désordre avant d'aboutir à une porte dissimulée derrière un rideau. La porte donnait sur une arrière salle luxueuse dont la grandeur et les murs ornés de tapisseries dénotaient avec le magasin. Des hommes étaient allongés sur des divans et fumaient de l'opium avec des pipes.

— Une fumerie clandestine. Je ne savais pas que cela existait encore à notre époque ! Et à Sydney de surcroit, s'étonna Stephen.

— Effectivement, il a l'air bizarre ton prof, lui glissa Max à l'oreille. Ça ne m'étonne pas qu'Aurore s'en méfie ! Il vient boire du thé ici. Il nous prend pour des idiots ?

Le vieil homme les conduisit dans un petit salon, à l'écart, et les laissa seul. Ils s'installèrent sur des sofas.

— Racontez-moi ce qui vous amène.

— On ne s'est pas vus depuis longtemps...

— Oui, j'étais à l'étranger… Pour mes recherches.

— D'accord. Depuis, je n'ai pas pu vous raconter mes deux dernières visions. Brèves et troublantes mais qui n'avaient aucun rapport avec les vies déjà identifiées. Donc, je vais aller à l'essentiel, Professeur. Ce matin, alors que je stationnais à un feu, il m'a semblé basculer dans une autre époque, la même que celle des visions. Je reprenais à peine mes esprits que j'entendis les voitures klaxonner derrière moi et les cris des conducteurs les plus proches. Je me souviens d'un agent de police qui est venu à la portière. Je suis sorti du véhicule. Après, c'est le trou noir, jusqu'au moment où, revenu à moi, je me suis retrouvé allongé dans un fourgon de police qui filait à grande vitesse. Sa sirène hurlait dans ma tête et j'avais un mal de crâne terrible. J'étais menotté, et le pied d'un agent de police contre mon dos me plaquait au sol.

Stephen ne se souvenait pas qu'en sortant du véhicule, il avait mis à terre l'agent Kirk par un violent coup de poing. Pas plus qu'il s'était dressé, prêt à combattre cette armée de chars modernes et de guerriers qui se dirigeait hostile vers lui. Encore moins de ses propos dans une langue très ancienne, "؟ است من ا سب ب آی ا .ب ده من", "*Donnez-moi un sabre. Où est mon cheval ?*", qui étaient passés complètement inaperçus des personnes alentour.

Il s'était mis à frapper les premiers arrivants avec une force et une violence inouïes pour quelqu'un qui n'avait jamais appris à se battre. D'une voiture de police venue en renfort étaient sortis trois autres agents, dont un d'une carrure impressionnante. Le vrai Stephen aurait essayé de fuir ou de se cacher, lui qui n'avait jamais témoigné d'un quelconque courage lors d'altercations de sorties de boite à l'époque où il était à la faculté. Mais pas ce Stephen. Les jambes du vrai Stephen se seraient mises à vaciller. Pas celles de ce nouveau Stephen qui s'étaient ancrées dans le sol telles celles d'un colosse de marbre. Celui-ci avait profité de la confusion environnante, observant son champ de bataille en tenant compte des moindres mouvements de ses adversaires avec une rapidité déconcertante. Il avait retrouvé des réflexes bien utiles dans ce monde nouveau où l'air sentait les gaz d'échappement et le goudron. Les bruits de la rue lui étaient inconnus et il avait pris le claquement sec d'un marteau piqueur pour les roues d'un char battant le pavé. Ses veines s'étaient gorgées d'un sang qui n'était pas le sien. Il avait senti ses muscles se gonfler et avec une dextérité digne d'un maître d'armes, avait vaincu les policiers, maniant sa matraque comme un glaive, parant leurs coups, en encaissant d'autres qui avaient semblé sous le choc décupler sa rage. Mais il avait fini par s'effondrer et s'était retrouvé ceinturé et menotté par l'agent Kirk lorsque, venant de reprendre ses esprits, celui-ci lui avait asséné un coup violent sur la tête avec le dos de son pistolet de service.

La violence de Stephen avait surpris tous les passants et semé la confusion.

Le vieil asiatique revint pour poser une bouteille d'alcool de riz aromatisé à l'extrait de rose sur la table basse ainsi que plusieurs verres qu'il remplit et se retira aussitôt.

— Cette mémoire est en train de prendre l'ascendant sur vous !

— Que voulez-vous dire ?

— Cette mémoire réagit comme un virus dans un ordinateur, qui reste en sommeil tant qu'un évènement ne vient pas l'activer. Vous êtes... Comment dit-on ? Oui, contaminé. Avez-vous repris vos méditations ?

— Non.

— Est-ce qu'un évènement particulier est intervenu dans votre vie ?

— Non, à part le départ de mon fils.

— C'est un choc émotionnel. Ça peut expliquer... Vous continuez à porter le talisman ?

— Euh, oui, fit Stephen d'un ton coupable.

— Je vous avais dit de l'enlever. Bon sang. Mais vous êtes inconscient, complètement fou…

Stephen n'avait jamais vu Stanton jusqu'à présent se mettre dans un tel état. Le vieil homme qui se tenait derrière un paravent se mit à trembler nerveusement.

— Aurore pense que je ne crains rien.

— Mais qu'est-ce qu'elle en sait ? se mit-il à hurler, perdant son flegme habituel et tapant de la main sur la table basse qui se trouvait devant eux.

La bouteille d'alcool et les verres encore remplis tombèrent à terre sous le choc. La réaction de Stanton jeta un froid. Les hommes allongés sur les divans étaient sortis de leur torpeur et regardaient maintenant tous dans sa direction. Il retrouva son calme instantanément et se remit à parler sur le ton posé que Stephen lui connaissait.

Il aimait jouer ce jeu. Il savait qu'en interdisant à Stephen de porter le talisman, Aurore allait s'évertuer à le discréditer et à inciter Stephen par tous les moyens à l'avoir à son cou. Il était temps d'abattre d'autres cartes et de voir si Aurore était enfin prête.

Le vieil asiatique revint pour ramasser la bouteille et les verres et les remplit à nouveau.

— Bon. Donnez-moi ce talisman. Je le garde le temps de trouver une solution. Il est hors de question que vous preniez des risques supplémentaires.

Le ton était sans appel. Stephen n'hésita pas une seconde. Aurore comprendrait.

— Tenez.

Stanton le rangea dans sa poche.

— Vous saviez que cela était possible, vous saviez qu'il pouvait rester encore une vie ? Je suis sûr que vous ne m'avez pas tout dit.

— Nous le savions tous les deux. Vous vous rappelez la cinquième vie à laquelle vous n'aviez pu accéder ? Nous en avions reparlé dans l'avion. Et bien, c'est elle. Je pensais qu'elle resterait en arrière-plan. Ce que je peux vous dire, c'est que maintenant cet homme est en train de revivre en vous par l'intermédiaire de ses souvenirs. Il prend place dans votre mental.

— C'est de la fiction, l'interrompit Max, qui s'était fait plutôt discret depuis leur arrivée.

— Non, c'est une réalité.

Stephen tournait en rond dans le petit salon.

— Avez-vous éprouvé du plaisir à frapper ces hommes ?

Stephen s'arrêta net.

— Je n'en sais rien, je n'étais pas moi-même. De plus, comment aurais-je pu éprouver un quelconque plaisir ? Je suis non-violent.

— Stephen, calmez-vous. Là n'est pas la question. Je vais reformuler différemment. Et vous comprendrez toute l'importance de votre réponse. L'honnêteté avec laquelle vous y répondrez est primordiale. Mais pour l'amour de Dieu, gardez votre sang froid. Asseyez-vous et écoutez-moi.

Stanton prit quelques secondes avant de reprendre la parole. Il se pencha en avant pour se rapprocher de Stephen et marquer toute l'importance qu'il portait à sa réponse.

— Vous êtes-vous laissé aller à frapper ces hommes, ou bien avez-vous lutté pour que cela ne se passe pas ?

— Cette violence était plus forte que moi, avoua Stephen d'une voix basse, abattu.

— C'est ce que je craignais, mais vous n'avez pas à vous sentir coupable. Vous avez dû refouler beaucoup de violence durant votre vie, notamment lors de votre adolescence. Et cette mémoire y trouve un terrain fertile. Il va falloir que vous soyez vigilant sur vos comportements, notamment sur vos pulsions et que vous résistiez lorsque ces remontées se reproduiront.

— Sinon, que va-t-il se passer ? questionna Max.

— Il le sait. Stanton se tourna vers Stephen. Ses souvenirs vont devenir les vôtres. Sa façon d'être aussi. Vous en avez eu un léger aperçu.

— Dans combien de temps se sera-t-il substitué à moi ?

— Je ne sais pas mais il ne faut pas lui en donner l'occasion. Il faut absolument que vous vous maîtrisiez.

Stephen haussa les épaules et se dirigea vers la table pour boire un verre d'alcool. Il vint s'effondrer sur le divan.

— Au départ, vous ne vous attendiez pas à ouvrir une porte vers ces mémoires. Maintenant, vous êtes face à cette réalité, et vous devez prendre conscience de l'existence de ce monde dans notre monde. Les dogmes religieux et le matérialisme à outrance de nos sociétés ont éloigné l'homme de certaines réalités naturelles. Quand je dis naturelles, je ne dis pas cependant à la portée de tous. Elles sont devenues mystiques pour le grand public et sont restées réservées à une élite retirée. Or, il n'y a ni dieu ni magie là-dedans. Juste un peu d'électromagnétisme. Et d'un autre côté, plein de pauvres gens ont perdu leurs repères. Les plus fragiles sont attirés dans des sectes par des charlatans qui font croire en des pouvoirs para ou supranormaux. Et tout cela est banalisé sans qu'aucune preuve scientifique ne soit apportée.

Le ton de Stanton montrait sa passion pour le sujet. Son flot de paroles était rapide et saccadé. Il s'était redressé, tel un prêcheur devant ses ouailles encensant la foule, les bras levés vers le ciel.

— Il existe des dimensions où il n'y a pas de frontière de langue, pas de frontière entre la vie et la mort, ni pour le temps ni pour l'espace. Ces notions humaines n'y ont pas cours.

Stanton se servit également un verre et retomba épuisé à côté de Max. Il allait porter le verre à sa bouche quand il partit dans un grand éclat de rire.

— Vous auriez pu vous retrouver à la place du lama et vous mettre à quatre pattes pour brouter le bitume !

Il posa son verre et joignit le geste à la parole en se mettant à quatre pattes sur le tapis. Stanton fit mine de manger de l'herbe.

Max commença à rire, mais le regard glacial de Stephen leur interdit de délirer plus.

— Et plus sérieusement, je fais quoi maintenant ?

— J'ai mon idée. Mais tenez-vous tranquille. Je vous rappelle demain. Au revoir messieurs.

— Au revoir.

Et les deux hommes se retrouvèrent dans la rue.

— Vraiment bizarre ton prof. Je ne sais pas pourquoi, mais je n'ai pas confiance en lui. Bon, on dit quoi, à Aurore ?

— La vérité. Je ne veux pas commencer à lui mentir.

Stephen n'eut pas le temps de raconter l'histoire à Aurore, elle l'avait apprise par la télé. Le soir même, un flash d'information local diffusa la scène filmée par un passant avec son téléphone portable. Stephen se regarda à l'écran comme un inconnu. La bravoure du policier dont on ne dévoila pas l'identité fut citée en exemple. L'image se concentra sur des passants qui racontèrent les faits. On revint sur le journaliste qui clôt le reportage en précisant que l'inculpé avait eu une crise de démence dans les embouteillages et qu'il était inconnu à ce jour des services de police.

La réaction d'Aurore fut diamétralement opposée à celle qu'aurait imaginée Stephen. Elle écouta les deux amis raconter leur journée en leur préparant une collation, soigna les plaies de Stephen avec compassion et ne s'énerva pas à l'évocation de Stanton. Dès le départ de Max qu'elle remercia chaleureusement pour son soutien, elle sauta sur Stephen et ils firent l'amour toute la nuit mais la jeune femme fit preuve d'une sauvagerie dont Stephen n'était pas habitué. Il pensa même, furtivement, qu'elle se donnait au guerrier, pas à l'informaticien pacifiste.

Tout aussi surprenant, le lendemain, juste après le départ de Stephen, Aurore prit le temps avant de partir travailler d'appeler Stanton pour lui demander conseil. Il apprécia la tournure que prenaient les évènements.

— Que me voulez-vous ?

— J'ai peur pour Stephen. Que puis-je faire pour l'aider ?

— Le laisser tranquille !

— Je ne comprends pas…

— Je ne sais pas quel jeu vous jouez avec ce talisman. Vous n'auriez jamais dû minimiser son effet sur Stephen et l'inciter à le porter.

– Je pensais seulement que c'était un "délire" entre vous. Je ne pensais pas qu'un bijou pouvait avoir un effet quelconque sur un être humain.

– Il y a plein de choses que vous ignorez sur le monde des esprits ou que vous feignez d'ignorer. C'est bien pour cela que vous avez fait appel à moi et que je suis intervenu, n'est-ce pas ? Alors, on ne joue plus, Aurore. Et maintenant, si vous voulez vraiment l'aider, surveillez l'évolution de son comportement. Il doit vivre avec cela le temps d'y remédier. Vous devez veiller à ce qu'il ne dissimule rien de son état. Il doit arriver à formuler cette épouvantable vérité. À dire qu'il risque de mourir et qu'il doit se battre.

– Pourquoi ? Il ne vaut pas mieux justement le faire vivre en dehors de tout cela, lui changer les idées.

– Non, vous ne pourrez rien y faire. S'il fuit, s'il a peur de la vérité et qu'il ne combat pas, il aura le désir de mourir au plus vite. Et vous le retrouverez un matin pendu ou les veines ouvertes. Ou bien l'Autre aura pris sa place.

– Mon dieu, c'est horrible. Je vais m'y employer.

– Vous êtes la personne la plus proche de Stephen. Votre aide est irremplaçable. N'hésitez pas à me rappeler si des évènements dans sa vie ou si ses comportements vous semblent surprenants. Ah, encore autre chose. Vous qui partagez son lit, vérifiez s'il dort en position fœtale. Ce sera le signe d'un déclin psychologique.

– Je vais veiller à tout ça. Merci pour votre aide. Merci pour tout ce que vous faites pour lui. Au revoir.

– Au revoir et bon courage.

L'inspecteur Lincoln avait découvert la veille au soir, à table, l'arrestation de Stephen grâce à son épouse qui lui avait retracé dans les moindres détails le fait divers rapporté par la presse télévisée. Intrigué, il avait suivi le journal de minuit et avait reconnu Stephen. Pourquoi un homme aussi calme s'était-il laissé aller à une telle violence ? Où avait-il appris à se battre pour envoyer au tapis des agents entrainés ? Il s'était procuré dans la nuit même le rapport de police et la déposition de Stephen.

Il comprit enfin qu'il se trouvait devant des phénomènes dépassant peut-être le cas de simples vols, ce qu'il s'était refusé de voir jusqu'à présent. Il se dit qu'ils avaient tous été obnubilés par la valeur marchande et artistique des objets volés mais que ce n'en était surement pas le mobile. Est-ce que ces objets constituaient les pièces d'un puzzle ? Est-ce que ce n'était pas les objets eux-mêmes mais les signes qu'ils portaient qui avait attiré le voleur ?

Lincoln descendit jusqu'au bureau de Russel pour connaître l'état d'avancement du décryptage des signes. Il espérait beaucoup de ces résultats mais il n'avait plus de nouvelles depuis plusieurs mois. Il s'arrêta au distributeur pour prendre un café. Le liquide chaud descendit dans sa gorge et lui apporta le calme nécessaire pour rencontrer Russel.

— Je peux entrer ?

— Je vous en prie. Qu'est-ce qui vous amène ?

— J'aurais aimé savoir où vous en êtes du décryptage des inscriptions que je vous ai faites transmettre.

— Je vous l'avais dit. Je craignais que ce soit impossible. Malheureusement, tous les algorithmes ont échoué et mes confrères spécialistes de ce domaine sont catégoriques : il y a trop d'inconnues pour aboutir. Regardez.

Russel sortit d'un tiroir une feuille et traça à main levée 3 cercles.

— Chaque cercle est composé de 4 arcs. Un arc peut être présent ou absent. Si l'on traduit un cercle en une suite de 0 et de 1, où 0 représente un arc absent et 1 un arc présent, et où chaque arc est positionné sur 4 chiffres par sa position, nous obtenons 0010 pour un cercle avec le seul arc inférieur droit présent. Nous avons une succession de 12 chiffres avec deux possibilités pour chacun pour les trois cercles. Soit près de soixante-cinq mille combinaisons possibles pour une seule inscription.

— Bon, on laisse tomber cette piste. Je vous remercie. J'espère que nous aurons plus de chance sur l'analyse des voix.

— Je n'en doute pas. Je vous tiens au courant.

Depuis la réunion où Russel avait remis en question sa façon de voir les choses, Lincoln nourrissait à son égard une profonde rancœur. Mais il sortit du bureau sans songer à lui reprocher quoique ce soit. Il reconnut même en son for intérieur qu'il avait sûrement eu raison.

Il ne lui restait plus que la piste de Stephen Carver. N'en savait-il pas plus que ce qu'il laissait à penser ? Y avait-il un lien avec le livre volé chez lui ?

Lincoln passait la majeure partie de son temps sur Internet ou sur des dossiers à rechercher des informations pour mener à bien ses enquêtes mais il n'hésitait pas à aller sur le terrain. Il lui était arrivé de faire usage de ses poings et de son arme de service à plusieurs reprises, ce qui n'avait pas été pour lui déplaire. Il aimait ces montées d'adrénaline trop absentes de ses dossiers. Et là, il sentit une colère sourde de son fond intérieur.

Alors que Stephen entrait au Palais avec son avocate, il entendit quelqu'un courir dans le couloir. Il se retourna et vit Max arriver, hors d'haleine, pendant que l'avocate se présentait au greffier pour faire enregistrer le dossier.

— Max, qu'est-ce que tu fais là ?

— Je voulais être avec toi pour t'aider et te soutenir.

— Je te remercie.

— Et Aurore, elle n'est pas avec toi ?

— Non, elle m'a accompagnée mais elle ne pouvait pas rester. Elle avait cours.

— Est-ce que tu sais que ta photo est dans tous les journaux ? Ce qui m'a décidé à venir plutôt que de t'appeler, c'est lorsque je t'ai vu à la télé. C'est un adolescent qui t'a filmé avec son téléphone. Tu étais debout sur une bagnole à frapper tout ce qui approchait. C'était impressionnant. Où as-tu appris à te battre comme cela ? Et cette force impressionnante, tu avais pris de la cocaïne ? J'ai eu du mal à croire que c'était toi.

— J'ai vu le reportage, mais ce n'était pas vraiment moi. Tu me crois maintenant ?

— Oui, mais cette histoire est surnaturelle.

— Peut-être. Mais je suis dans la merde. Pendant que j'étais au commissariat, les policiers ont fouillé mon domicile à la recherche de drogues. Ils ont tout retourné. Ils ont trouvé mes médicaments. Heureusement, l'ordonnance était avec. Si tu avais vu la tête d'Aurore quand elle est rentrée du travail. Je venais à peine de commencer à ranger. A mon retour, j'ai dû fuir les regards des voisins. Et je ne te dis rien sur la compréhension feinte des collègues de travail. "Tu as besoin de repos...", "C'est le stress lié à tes responsabilités...".

— Tu ne dois dire à personne que tu as quelqu'un dans la tête qui est en train de prendre ton esprit. Ils penseraient pour de bon que tu l'as perdue. Et ça va être pire après cette vidéo. Laisse passer quelques semaines et plus personne n'y songera. Ton histoire sera balayée par d'autres. Les gens et les journaux sont avides de nouveautés. Reste dans ton coin. Ils t'oublieront.

— Je ne demande que ça, mais je ne réponds pas de celui qui est en moi.

— Il faut y aller, les interrompit Maître Kellington qui revenait vers eux.

La salle du tribunal était grande, les avocats discutaient avec les assignés et leur expliquaient la défense à tenir. Stephen, Max et Maître Kellington s'assirent à l'écart et firent de même. Maître Kellington ouvrit le dossier, fit lire à Stephen sa déposition ainsi que celle de l'agent Kirk, lui montra les coupures de journaux ainsi que les conclusions issues du rapport de l'année précédente du docteur Freyman faisant état de sa fatigue. Elle leur fit part des éléments sur lesquels elle insisterait pour sa défense et posa à Stephen quelques questions pour compléter le dossier.

— Vous me posez les mêmes questions que les flics.

— Moi, c'est pour vous sauver, pas pour vous coincer. C'est pour être sûre que tout coïncide avec votre déposition.

— Si tout cela ne suffit pas, je leur dirai la vérité.

— Quelle vérité ? l'interrogea Maître Kellington, surprise et déconcertée.

Max intervint avant que Stephen n'ait pu répondre.

— Stephen, il n'y a qu'une vérité ! Ne commence pas, sinon tu vas perdre ton gosse et ton boulot.

— Monsieur Carver, vous devez tout me dire. Comment puis-je vous défendre si vous me cachez des faits ?

— Stephen, les choses sont assez compliquées comme ça. N'aborde pas ce sujet maintenant.

— Mais de quoi parlez-vous tous les deux ?

— Ce n'est pas moi qui aie fait ce dont on m'accuse.

— Stephen...

— Mais c'est vous sur la photo ?

— Non.

— Comment, non ?

— Ce qu'il veut dire, c'est qu'il était sous l'emprise d'un autre, ... d'un esprit, essaya d'expliquer Max.

L'avocate ouvrit de grands yeux, incrédule.

— Monsieur Carver, excusez-moi, mais de quoi parlez-vous ?

— Tu vois, tu as fini par l'énerver.

— Écoutez, c'est à nous dans cinq minutes, reprit l'avocate. Si vous faîtes allusion à ce genre de choses, je n'assure plus votre défense. Il ne faut pas que l'accusation puisse semer le doute. Tenez-vous en à votre déclaration et à rien d'autre ! On parlera de tout ça après.

Elle venait de mettre fin à leur conversation en tapant du plat de la main sur la table où était posé le dossier, ce qui attira l'attention des gens présents dans la salle.

— Stephen, ne t'inquiètes pas. Quel que soit le montant de ta peine, je m'en charge, pareillement pour tes frais d'avocat, ou plutôt d'avocate. Je la trouve encore plus charmante dans son costume et quand elle s'énerve, murmura-t-il à son oreille. Elle m'a filé ses coordonnées l'autre jour au commissariat.

— Je te remercie, mais je peux assurer financièrement.

— Oui, je le sais, mais tu as assez de soucis comme ça.

Se tournant vers l'avocate, tout en humant son parfum, Max lui demanda discrètement :

— Et sinon, maître, quelle est la réputation de ce juge ?

— Il préfère les amendes à la prison.

— Alors, c'est bon signe, déclara Max en se frottant les mains.

Une porte s'ouvrit dans l'angle droit de la salle.

— Levez-vous, la Cour ! s'exclama l'huissier.

Dans un bruit digne d'une église, les personnes amenées à comparaître ainsi que leurs avocats se levèrent et se rassirent un court instant après. Les dossiers des personnes suivis par un avocat allaient être traités en premier. Stephen démarrait la séance. Le président sortit ses lunettes et s'entretient quelques instants avec l'huissier.

— Le dossier 723 est appelé à la barre.

L'avocate de Stephen se présenta au président qui prit la parole.

— Monsieur Carver Stephen, vous êtes devant nous pour les faits suivants qui vous sont reprochés : violence sur agent de la force publique, dégradation de matériel. Est-ce que l'agent Kirk est présent dans la salle ?

L'agent Kirk se dirigea vers l'estrade.

— Bonjour, pourriez-vous nous décrire les faits, s'il vous plait ?

Stephen comprit mieux en entendant l'agent Kirk la violence qui avait été déployée et qu'il enfermait au fond de lui. Lorsque l'agent eut fini d'exposer les faits, la parole fut donnée à la défense.

— Monsieur le Président, mon client a été hospitalisé il y a plusieurs mois pour des troubles du sommeil. Le rapport du docteur Freyman fait partie des pièces du dossier, Monsieur le Président.

— En effet, je l'ai lu.

— Les conclusions sont que ces troubles seraient dus au divorce de mon client, et de la séparation avec son fils puisque son ex-épouse en a la garde et qu'elle est partie vivre à Singapour avec leur fils pour deux années. Mon client est désespéré de ne pouvoir vivre des relations normales avec son fils. A cela se rajoute un surmenage au travail, mon client étant responsable du développement d'un jeu sur une console "dernier cri". D'ailleurs, les tests réalisés à l'hôpital pendant son sommeil montrent que ses phases de sommeil profond sont perturbées et il n'a été relevé aucune pathologie psychiatrique. Il a accumulé une grande fatigue ce qui le rend irascible. Il lui a été prescrit des médicaments et il était sous leur influence lorsque les faits se sont produits. Compte-tenu des délais impartis par la comparution immédiate, nous n'avons pu demander au Docteur Freyman de témoigner à la barre.

— Bien sûr. Alors, si je vous comprends bien, M. Carver aurait manifesté autant de violence envers les forces de l'ordre et les autres conducteurs parce qu'il ne dort plus et que les médicaments n'ont aucun effet sur lui ?

— C'est exact, Monsieur le Président.

— Et il n'a pris aucune période de repos ? Pourquoi n'a-t-il pas entrepris la thérapie associée aux médicaments ?

— Monsieur le Président. Mon client est tenu par de fortes contraintes de sortie d'un jeu au niveau international et subit une pression importante. Il n'a pas pris le temps nécessaire à sa thérapie. Il comptait le faire dès que ses contraintes auraient disparu. Non qu'il ait jugé cela inutile mais il a préféré consacrer ces moments aux jeunes enfants malades du *Concord Hospital* auprès de qui il intervient après ses heures de travail pour leur apporter un peu de joie en leur racontant des histoires. Il a préféré leur consacrer ce temps au détriment de sa santé. N'est-ce pas là une belle leçon de vie et de courage ? C'est tout ce que j'ai à déclarer Monsieur le Président.

— Très bien. Je vous remercie, Madame. Je donne la parole au représentant du Ministère public.

— Merci, Monsieur le Président. Ce que j'entends depuis le début de ce dossier m'en rappelle tant d'autres où l'on essaye d'excuser une violence de tous les jours. Maître, si tous les gens qui divorcent ou qui sont surchargés de travail se mettaient à frapper leurs voisins, nous connaîtrions une guerre civile mondiale. Le manque de sommeil n'explique pas tout. Et si le Docteur Freyman a jugé que ces troubles relevaient d'un désordre psychiatrique et que Monsieur Carver n'a pas pris la mesure du risque qu'il faisait courir aux autres en toute connaissance de cause, il était donc responsable de ses actes au moment des faits. Raison pour laquelle, je réclame la peine maximale.

— Merci, Monsieur le représentant du Ministère public. Madame, qu'avez-vous à ajouter pour la défense de votre client ?

— Monsieur le Président, le sommeil occupe un tiers de l'existence d'un être humain. Les troubles du sommeil ont des répercussions importantes. Mon client plaide non-coupable et demande qu'il soit tenu compte des circonstances qui ont provoqué ses réactions dont il s'excuse auprès des personnes qui ont été violentées.

— Très bien. Je déclare Monsieur Carver, responsable des faits qui lui sont reprochés. Les circonstances atténuantes lui étant accordées, je le condamne à trois mois de prison avec sursis ainsi qu'à verser une amende de dix mille dollars et vingt-cinq mille dollars de dommages et intérêts. Toutefois, je vous engage à faire le nécessaire afin de ne pas avoir à revenir en ces lieux car la peine serait moins clémente. Vous avez quinze jours pour faire appel. Veuillez voir auprès de l'huissier pour le règlement de l'amende et des dommages et intérêts. Dossier suivant.

— Tu t'en es bien sorti, murmura Max à l'oreille de Stephen, dès qu'ils se trouvèrent à l'extérieur du tribunal.

— Oui, jusqu'à la prochaine fois…
Stephen eut à peine fini sa phrase qu'il aperçut l'inspecteur Lincoln se diriger à grands pas dans sa direction. Il n'était pas question de l'éviter mais Stephen se demandait pourquoi l'inspecteur s'acharnait contre lui.
Lincoln se planta devant Stephen et ne prêta aucune attention aux personnes qui l'entouraient. Il lui aurait volontiers mis son poing dans la gueule tant il était certain qu'il lui cachait des informations.

— Monsieur Carver, vous vous rappelez de moi ?
— Bien sûr, l'inspecteur Lincoln d'Interpol.

— J'ai trouvé votre prestation avec les forces de l'ordre très… Impressionnante. J'aimerais que vous me suiviez car… L'avocate s'interposa aussitôt.

— Monsieur, je suis Maître Kellington. Mon client vient d'être jugé. Si vous avez quelque chose à lui demander, vous n'avez qu'à lire sa déposition et le rapport de police.

— C'est fait. Ne venez pas entraver mon enquête ! Il y a une convergence de phénomènes inexpliqués dont…

— Mon client vous a tout dit. Monsieur Carver, je vous invite à ne plus rien dire sans ma présence et hors des locaux de la Police Fédérale.

Elle tendit sa carte de visite à Lincoln et le pria de prendre contact dorénavant avec elle s'il avait à s'adresser de nouveau à son client. Puis, elle prit Stephen par le bras et l'entraina à distance de l'inspecteur. Max qui était resté en retrait regarda avec émerveillement cette femme blonde s'éloigner après avoir tenu tête à un inspecteur de police et les rattrapa rapidement. Il la trouvait vraiment craquante lorsqu'elle se mettait en colère.

Lincoln resta planté en haut des escaliers du tribunal, la rage au ventre.

De retour le lendemain au bureau, le plus ancien des membres de l'équipe chercha à connaître les raisons des évènements survenus dans la vie de Stephen. Mais ce dernier se montra évasif, se limitant aux conclusions du tribunal. Une des assistantes projet lui proposa de l'aide. D'autres lui offrirent un café, un sourire, une tape sur l'épaule, une poignée de main plus franche et plus longue que d'habitude. Ils voulaient lui montrer qu'ils compatissaient, qu'ils comprenaient. Ils voyaient bien déjà depuis quelques mois qu'il maigrissait, que sa voix faiblissait, qu'il répétait les directives en réunion et qu'il avait du mal à comprendre les demandes de ses collaborateurs. Dernièrement, certains s'étaient mis à chuchoter dans son dos, à s'inquiéter plus du devenir du projet que du sien. Maintenant, l'équipe se disait que ça n'allait pas durer, qu'il allait se faire dégager. Qui n'aurait pas craqué sous la pression ? Mais ils étaient loin de s'imaginer les vrais raisons de sa déchéance.

Ils ignoraient que Stephen s'accrochait malgré le manque de sommeil et l'angoisse de mourir. Il ne pouvait admettre que cette mort en valait bien une autre, que celle-ci n'était que mentale et qu'il continuerait à vivre par son corps lorsque son esprit aurait disparu. Il était bien décidé à ne pas laisser sa place sans se battre et ce n'était pas un "putain de revenant" qui allait avoir sa peau.

Mais ce qu'il vivait perturbait sa vie et son travail. Mais jusqu'à quand pourrait-il se cacher, cacher le mal qui le rongeait ?
Il regrettait chaque jour un peu plus d'avoir été aussi curieux et de ne pas en avoir mesuré les risques.

36

Sydney, AUSTRALIE
Le 13 août 2012, 2h10

La nuit vient de tomber sur la ville. Une légère brume enveloppe les habitations. Il jette une pèlerine sur ses épaules, ouvre la porte, regarde de chaque côté, et sort dans la ruelle. La lumière de la lune projette son ombre sur les murs. Il est tard et elle l'attend. Ils se manquent l'un à l'autre. Il est là pour elle. Et il a fait tout cela pour elle. Et tout ce qui va arriver l'est également. La vie des autres a peu de valeur face à leur amour.

La pénombre donne un caractère menaçant aux rares personnes qu'il croise. Mais il ne redoute personne. Il marche d'un pas sûr, étreignant avec force le pommeau de son glaive accroché à sa ceinture dont le tranchant de la lame est affûté comme un rasoir.

Ils se sont retrouvés il y a quelques jours après plusieurs mois de séparation. A la vue de son visage défiguré, il a lu dans son regard une lueur d'effroi qui a disparu lorsqu'elle a caressé ses joues. Ils ont discuté un long moment. Afin de ne pas éveiller de soupçon, ils se sont promis de ne plus se revoir avant l'issue de son plan.

Maintenant, il traverse les allées du Palais Royal. Les soldats le saluent. Il la retrouve dans ses appartements. La nourriture lui a rendu ses forces. Ses plaies ont été pansées et sa peau enduite de pommade. Demain sera l'aboutissement de leur lutte. Elle lui dit qu'il n'aurait pas dû venir. Ils s'étreignent et il repart.

Le lendemain, il se dirige vers les remparts de la cité. Une bataille fait rage à l'extérieur. Il tue les gardes qui lui tournent le dos et ouvre les portes immenses de la cité. Il se joint aux soldats qui déferlent dans les rues. Les cris de terreur l'étourdissent...

Stephen se débattait depuis quelques minutes en poussant des cris étouffés. Ses mains serraient crispées les draps du lit. Son front laissait perler de fines gouttes de sueur qui scintillaient sous le reflet de la lampe de chevet qu'Aurore venait d'allumer, réveillée par son agitation. Il était en nage. Elle lui épongea le front avec le rebord du drap.

"Je dois me réveiller. Ce n'est pas qu'un rêve."

"SSTTEEPPHHEENN ! RRÉÉVVEEIILLEE-TTOOII !"
La voix d'Aurore résonnait dans sa tête. Même s'il n'en comprenait pas le sens, il sentait qu'elle le secouait pour le sortir de son état.

"Stephen ! Réveille-toi ! Tu fais un cauchemar."
D'abord, il perçut quelques mots, puis le rêve se dissipa totalement. Il se réveilla et réalisa avec soulagement qu'il était encore lui-même. Il avait eu peur d'être perdu, peur que l'Autre prenne possession de lui. Grâce à Aurore, il avait eu la force de le renvoyer, de l'extirper de son âme. Stephen n'avait pas été assez vigilant et l'Autre était venu l'envahir en traître pendant son sommeil.

Stephen s'était laissé aller à rêver et n'avait pas refusé d'emblée les pensées qui s'étaient immiscées en lui. La Kundalini avait laissé passer la mémoire de l'Autre, telle une plaie laissant suinter son pus et il s'était laissé bercer par ses sons, comme un marin hypnotisé par la douce chanson d'une sirène.

Maintenant parfaitement réveillé, les images de guerre s'éloignaient, les hommes empalés, les femmes poursuivies et violées, les odeurs des corps brûlés après la bataille. Les douleurs sur son corps après le combat, la chaleur et le réconfort du corps d'une femme. Il revit un passage, plutôt une porte se refermer, il se rappelait des lions, des dragons, un bleu turquoise intense, mais il ne parvint pas à en saisir les détails.

Sa peur se dissipa sous les tendres caresses d'Aurore. Sa respiration se calma, ses battements de cœur ralentirent.

    — Il est venu en moi. Il a profité de mon sommeil.
    — C'est fini. Calme-toi.

Ils se blottirent l'un contre l'autre. Aurore ne posa pas de question. Stephen pensa que c'était pour ne pas le perturber davantage mais en réalité, elle n'avait pas besoin de lui demander ce qu'elle savait déjà.

Stephen essaya de se rendormir. Il savait qu'il ne se rendormirait plus. Il ne pouvait pas lui en parler. Pas maintenant. Il n'en avait pas la force.

Aurore, quant à elle, se récitait les vers de Khalil Gibran "Fiez-vous aux rêves car en eux est cachée la porte de l'éternité".

Deux heures trente du matin.

A cinq heures, n'ayant toujours pas fermé l'œil, Stephen se leva et se dirigea vers la cuisine. Lorsqu'il voulut boutonner sa veste de pyjama, ses mains tremblaient tellement qu'il eut du mal à aller jusqu'au dernier bouton. Il prit une profonde inspiration et sentit avec plaisir ses poumons s'emplir d'air et se gonfler dans sa poitrine. Il était bien vivant. Il ouvrit le frigidaire et se versa un grand verre de lait. Lorsqu'il porta le verre à ses lèvres, ses mains tremblaient encore. Son reflet dans la fenêtre lui renvoya l'image d'un homme fatigué et désespéré. De larges cernes bleuissaient le contour de ses yeux. Il fallait qu'il appelle Stanton.

Il prit son portable dans son sac, s'installa au salon après avoir pris soin de fermer les portes pour ne pas réveiller Aurore, appela le professeur qui décrocha à la troisième sonnerie.

— Professeur, c'est Stephen, vous ne dormez pas, j'espère ? demanda-t-il à voix basse.

— Stephen ? Mais quelle heure est-il ?

— Cinq heures dix.

— Bien sûr que si, je dormais ! grogna Stanton sur un ton endormi. Cinq heures dix ! Vous vous rendez compte ? Il y a du nouveau ? Rien de grave, j'espère !

Stephen souffla d'un trait sa réponse, sur un ton dramatique.

— Il reste bien encore un Être en moi. Et il a failli prendre mon esprit pendant mon sommeil.

37

Sydney, AUSTRALIE
Le 13 août 2012

— Stephen, j'ai peut-être une solution à vos problèmes. Je connais un sage tibétain. Je l'ai contacté et il accepte de vous aider. C'est un ancien lama de rang supérieur, un *tulkou*, du monastère de *Zutul-Phuk*. Il est la réincarnation d'un ancien *doubtob*, un sage et magicien qui possédait des connaissances supranormales.

— Vous connaissez tous les êtres les plus mystérieux de la planète, Professeur ! s'exclama Stephen. Mais avec vous, plus rien ne m'étonne.

— Est-ce que vous croyez que je peux l'appeler de votre part ?

— L'appeler ? Mais mon ami, il ne sait même pas ce qu'est un téléphone. Non, il vous faut aller le voir !

— Y aller ?

— Au cas où vous ne l'auriez pas remarqué, le *Tibet*, ce n'est pas la porte à côté. Et j'ai un boulot. Je ne fais pas comme je veux. Pour aller au Tibet, il faut que je m'arrête au moins quinze jours et à cette période avec la sortie du jeu... Non, pas question de reculer la date du lancement.

— Si vous êtes mort, la date pourrait bien être reculée sine die.

— Bon, et en admettant que j'y aille, dans quelle ville se trouve cette personne ?

— Il réside maintenant près du monastère, au flanc du mont *Kailash*, à l'ouest du *Tibet*.

— Vous voudriez qu'on parte quand ?

— Désolé, Stephen. Vous irez seul.

— Et en plus, vous me lâchez !

— Je ne pourrais pas vous y accompagner, car ce périple n'est plus de mon âge.

Stanton savait par ses informateurs que les mailles du filet tendu par la police se resserraient. Il ne devait prendre aucun risque inutile. Il avait suffisamment joué avec Lincoln. La question n'était pas de gagner ou de perdre. Mais de ne pas être porté au grand jour.

Même s'il avait pu partir avec Stephen, Stanton ne l'aurait pas fait. Il devait laisser Stephen seul finir son cheminement intérieur. Il voulait que Stephen soit capable de gagner le combat contre lui-même, vaincre ses peurs, ses illusions, ses faiblesses et ses doutes.
Dans l'ascension d'une montagne, dans la traversée d'un désert de glace ou de sable, l'homme trouve là le moyen de mener le plus grand combat qui soit : le combat intérieur. Est-ce que toutes ces épreuves n'étaient pas là uniquement pour cela ? Est-ce que Stanton ne souhaitait pas mettre Stephen en capacité d'assumer la grande mission qui l'attendait dans un lointain avenir ?

— Si vous décidez de partir, je vous remettrai une lettre à son intention.
— Ai-je le choix ? Soit je pars là-bas, soit je deviens fou !
— Non, Stephen, vous n'avez pas le choix. Aussi, je l'ai déjà informé de votre venue. Vous devez partir. Mais je ne peux le faire contre votre volonté.
— C'est ma dernière chance. Encore, si j'ai le temps de rencontrer votre ami.
La progression implacable de la Kundalini lui volait de plus en plus son sommeil.
Le soir même, Stephen annonça son départ à Aurore qui ne protesta pas contre ce qu'elle affirma être une nouvelle excentricité de Stanton.
— Si tu y crois, pourquoi pas... Je suis prévue dans le voyage ?
— Non.

– Je m'en doutais !

Le voyage s'organisa en un temps record : Stephen réserva un billet aller/retour pour le vol de dix heures quarante-cinq pour *Katmandou* via *Hong Kong*, avec atterrissage à 21h35, et changement pour *Goggar*, un des deux aéroports du *Tibet*, situé à 80 Km de *Lhassa*.
A la descente de l'avion, il lui faudrait retrouver Nyang Yegton, interprète de confiance et surtout intermédiaire agréé auprès des autorités chinoises qui lui servirait également de guide. Il l'attendrait avec un 4x4, loué et réglé d'Australie. Une nuit de repos à *Lhassa*, puis direction *Latse* à l'ouest. Ensuite, emprunter la route du sud, plus directe, pour atteindre le mont *Kailash*.

S'absenter du bureau pendant deux semaines, à l'improviste, n'allait pas se faire sans poser problème. Toute l'équipe de développement était réquisitionnée. La surcharge de travail restait considérable afin de finaliser les tests du jeu qui devait être prochainement livré. La date commerciale de sortie avait été communiquée à la presse et aux diffuseurs. Son packaging était prêt. La version serait téléchargée directement sur la *BrainBox* via une connexion haut débit internet.
Stephen demanda une entrevue avec son directeur pour l'avertir de son départ imminent.
   – Attends, c'est une plaisanterie. Tu me demandes quinze jours de congés alors que nous sommes justes dans les délais ? Tu veux que je mette en péril la livraison d'un jeu, avec toutes les conséquences financières que cela comporte et que tu connais d'ailleurs aussi bien que moi ? Tu plaisantes, j'espère ! Tu te reposeras après ! Nous sommes tous fatigués ! Mais je te

demande encore trois semaines d'efforts. Trois petites semaines et après tu pourras te reposer autant que tu voudras.

— Brett, ce n'est pas pour me reposer et ça ne peut pas attendre, pas plus trois semaines qu'une seule journée ! Je pars lundi !

— Tout le monde est à cran. Tu dois être aux côtés des membres de ton équipe. Si je dis oui, nous ne serons plus crédibles et ils défileront tous dans mon bureau pour obtenir eux aussi quelques jours de repos, ou n'importe quoi d'autre.

— C'est une question de vie ou de mort. Il faut que je me rende au *Tibet*.

— Ah oui, j'ai compris. Ta copine veut faire un trek et tu n'oses pas le lui refuser. Appelle-la que je lui explique.
Associant le geste à la parole, Brett tendit le combiné du téléphone posé sur son bureau.

— Si tu ne m'accordes pas ces congés, je démissionne.

— Mais tu es devenu fou, mon pauvre. Avec la carrière qui s'annonce pour toi, tu démissionnerais pour ça. Écoute, je te promets 10% de *stock-options* de plus. Tu entends ? 10% et tu sors de mon bureau.
Stephen se rapprocha de Brett et lui dit sur un ton calme mais ferme, marquant bien chaque syllabe qu'il prononçait.

— Ce n'est pas une question d'argent. Si je ne vais pas là-bas, je vais mourir. J'ai libéré un esprit enfermé en moi pendant une séance de yoga. Je ne suis pas cinglé. Tu m'as vu sur les vidéos. C'est lui qui me contrôlait. Tu veux que cela se passe ici ? Tu imagines si je tue quelqu'un par ta faute ? Alors, je pars dans deux jours et je serai de retour le 31 août. Je laisse toutes les consignes pour que mon absence ne se remarque pas.
Brett avait confiance en Stephen et cette dernière réplique le convainquit que ce dernier ne faisait pas semblant, qu'il était vraiment en plein *burn out*, à un tel degré d'épuisement professionnel, que compte-tenu de la teneur de ses propos, il était en effet plus raisonnable pour tout le monde qu'il s'arrête quelques jours. Il se demanda comment il allait justifier ce départ inopiné auprès de l'équipe et si son empathie ne lui

ferait pas perdre sa place. Leurs éclats de voix n'étaient pas passés inaperçus.

Stephen sortit sous le regard interrogateur des secrétaires.

Il appela l'ascenseur et guetta l'évolution des chiffres dorés qui défilaient devant son visage jusqu'à ce que les portes s'ouvrent sur un "ding" court. Il ne lui restait plus qu'à partir pour l'Asie, s'il en avait encore le temps.

Stephen rentra du bureau vers 18h30. Lorsqu'Aurore l'entendit ouvrir la porte, elle vient à sa rencontre et déposa rapidement un rapide baiser sur ses lèvres. Elle le prit par la main et l'amena au salon.

— Steph, viens voir. J'ai reçu des photos de l'exposition de *Berlin*.

Stephen, mobilisé à cent pour cent par son départ imminent faillit protester mais Aurore était excitée comme une enfant et il fit un effort pour ne pas gâcher son plaisir. Après tout, cela faisait des mois qu'elle supportait ses soucis, il pouvait bien s'intéresser à son travail pendant une demi-heure, ou au moins faire semblant. Elle avait accroché près d'une centaine de photos sur les murs de la pièce reconstituant ainsi le parcours emprunté par les visiteurs.

— C'est Ludwig qui me les a envoyées. Il y a en du *Louvres* et de *Berlin*.

Elle ne dit rien sur le petit mot qui les avait accompagnées puisqu'elle l'avait jeté sans y porter d'attention.

Il y avait des photos de statuettes, de stèles, de tablettes cunéiformes gravées, de bijoux.

Aurore pointa une photo du doigt. C'était un gros plan d'un bloc de pierre gravé de signes étranges.

— Cette pièce est l'une de mes favorites. C'est le code de *Hammurabi*, un texte juridique datant du 18ème siècle avant J.C. C'est une écriture simplifiée de règlements de justice valables pour tous les peuples de l'empire.

— Ça a été gravé sur une pierre ?

— Oui, un immense bloc de basalte noir soigneusement poli représentant le roi *Hammurabi* face au *Dieu Shamash*.

Aurore lui parla de chaque différente période. Elle commença par l'époque précédant *Babylone*, lui expliquant que sa préférée était celle des invasions vers le 6ème siècle avant notre ère.
De magnifiques pièces avaient été exposées ayant fait l'objet de restauration d'experts. Les bijoux en or étaient bien conservés mais aucun d'entre eux n'avait toutefois gardé l'éclat de celui que Stephen portait autour du cou. Cependant, ni l'un ni l'autre n'en firent la remarque même si chacun l'avait observé. Volontairement pour ne pas relancer la discussion sur son authenticité. Surtout pour ne pas gâcher la magie du moment.

— Nous arrivons dans mon époque !
Elle commenta longuement chacune des photos, lui faisant part de multiples détails tant sur la vie quotidienne des Babyloniens que sur les conflits qui avaient amenés à la destruction de la ville. On eut cru qu'elle avait assisté à ces scènes de son vivant tellement les descriptions qu'elle en fit furent précises. D'abord distrait, Stephen l'écoutait maintenant avec émerveillement car il découvrait la science et la passion d'Aurore.
Aurore fit une pause pour aller prendre deux verres d'eau gazeuse à la cuisine et les ramena avec un bol de chips. Stephen parcourait les photographies lorsque l'une d'entre elles, située un peu à l'écart, retint son attention. Il s'en approcha ayant l'impression d'être happé par ce qu'elle représentait.

— Aurore, viens voir.
Il regardait la photographie comme s'il avait peur qu'elle disparaisse.

— J'ai déjà vu cette porte.

— C'est possible. Elle devait faire partie des lieux que je vous ai montrés au restaurant, la première fois qu'on s'est rencontrés.

— Non, tu nous as montré des photos de ruines. Il ne restait que des pans de mur. Or, cette porte, je l'ai vue comme elle est là, lui dit-il en posant son index pour lui montrer précisément ce dont il lui parlait.

— Peut-être dans un livre ? C'est la porte *d'Ishtar*, du nom de la déesse de l'amour et de la fécondité. *Vénus* chez les Romains. *Aphrodite* chez les Grecs. Pendant les fêtes du nouvel an à *Babylone*, un nombre important de dieux locaux était acheminé en provenance du royaume. Les festivités avaient lieu au temple de *Marduk*. Une procession amenait les dieux hors de la ville à la campagne et leur retour le dernier jour de la fête passait par cette porte.

— Elle est colossale.

— Il y en avait huit autour de la ville.

— Et que fait cette porte dans ce musée ?

— C'est une reconstitution. Les fragments de la porte ont été triés sur le site de *Babylone* par des archéologues allemands puis assemblés dans des caisses et transportés par bateaux. Les briques d'origine ont été collées sur des briques contemporaines pour reformer l'ensemble que tu vois sur la photo. C'est un miracle qu'elle soit là. Ainsi, elle a pu être préservée de la folie des hommes.

— Tu as raison, *l'Irak* est un pays de tueurs, d'arriérés.

Elle réagit vivement.

— Ne dis pas n'importe quoi. Cette civilisation a apporté au monde les mathématiques, l'alphabet, l'architecture. *Hammurabi* a créé le premier code pénal du monde. Tu n'as pas le droit de parler ainsi sans savoir.

Stephen regarda de nouveau attentivement la photographie. Il ferma ses yeux. Il sentit un frisson parcourir son corps, un étrange mélange de nostalgie et de haine, mais cette sensation s'évapora avant qu'il n'ait pu l'analyser. La porte *d'Ishtar* se présentait maintenant clairement à ses yeux avec ses briques émaillées recouvertes de faïences bleues décorées en alternance de dragons et de taureaux. Un bleu qui semblait être descendu tout droit du ciel. Brièvement, le visage d'une femme, d'un garçon, des senteurs inconnues, puis des bruits de combat lui parvinrent, lointains. Comme une brise légère qui serait passée furtivement, lui caressant la joue. Stephen rouvrit les yeux lorsque les images commencèrent à disparaître.

— Je sais. Je l'ai vue dans mon cauchemar. Je n'arrive pas à exprimer ce que j'ai ressenti, mais ce n'était pas la ville en ruines que tu nous as montrée. C'était *Babylone* au temps de sa splendeur. Qu'est-ce que tu peux me dire de plus sur cette porte ?

— Elle a été construite au nord de la cité aux alentours de 575 avant J.C. Les décorations symbolisent des dieux, le taureau pour le *Dieu Adad*, le dieu de l'orage, et le dragon pour le *Dieu Marduk*. Sur cette autre photo, tu la vois de dos à l'extrémité de la voie processionnelle.

Stephen revint en arrière pour contempler les photos avec un nouveau regard. Aurore continua à lui fournir un nombre incroyable de détails que Stephen écouta avec encore plus d'intérêt.

Il ne s'en était pas tout de suite aperçu, mais tout ce qu'il voyait maintenant suspendu aux murs ne lui était pas inconnu. Il mit cette observation sur l'impression de "déjà vu". Mais certains détails de la reconstitution n'étaient pas conformes à ce qu'il conservait en mémoire, lui prouvant qu'il avait déjà vu les lieux originaux.

Il s'en ouvrit à Aurore qui écouta avec intérêt ses remarques, utiles d'après elle pour ses recherches mais qui s'inquiéta aussi des conséquences sur son esprit.

Ils finirent la soirée dans un petit restaurant situé près de la plage. En entrant dans l'établissement, ils aperçurent Max et Mademoiselle Kellington à une table, échangeant des regards langoureux. Par discrétion, ils changèrent de destination.

38

Sydney, AUSTRALIE
Le 14 août 2012

Stephen se leva à sept heures du matin, sans bruit, et se dirigea vers la salle de bain. Le soleil commençait à baigner la pièce. Aucun cauchemar n'était venu perturber son sommeil. Il sortit son rasoir à lames et son blaireau, fit mousser le savon à barbe sur son visage. Il se regarda dans le miroir, ferma les yeux, et fatigué, se rasa, encore endormi. Il laissa sa main aller et venir, guider machinalement le rasoir sur ses joues et son cou, jusqu'au moment où il se tailla le menton, provoquant en lui une série de réactions en chaîne. Tout d'abord, la brulure de la coupure, ensuite, l'énervement de sortir de son demi-sommeil, et enfin l'obligation d'ouvrir les yeux. Ces évènements s'enchaînèrent en une fraction de seconde et provoquèrent en lui comme une violente secousse électrique. Il ouvrit les yeux et poussa un cri lorsqu'il réalisa que le visage qu'il voyait dans le miroir n'était plus le sien.

Ce n'était pas Stephen non plus qui venait de crier, c'était l'Autre. Le regard de celui qui le dévisageait était dur. Stephen sentit que son esprit avait laissé place à celui de l'Autre et qu'il n'arrivait pas à lutter.
Aurore, réveillée par le cri de Stephen, entra dans la salle de bain et comprit aussitôt que celui-ci n'était plus le même. Celui qui était dans le corps de Stephen se retourna, sur ses gardes. Le timbre de voix de Stephen était devenu plus grave, guttural.
    — Qui es-tu femme ?
Aurore resta immobile à l'entrée de la pièce. Elle allait parler lorsque Stephen baissa la tête.
    — Non, non... Je ne veux pas. Laisse-moi ! Aurore...

Pendant de longues secondes, sous le regard impuissant d'Aurore, les deux esprits luttèrent, l'un pour rester en vie, l'Autre pour prendre sa place.

"Stephen, est-ce que tu m'entends ?"

La voix d'Aurore lui parvenait lointaine mais Stephen s'y raccrocha, comme un naufragé à une bouée pendant la tempête.

Aurore prit le visage de Stephen entre ses mains et le força à l'écouter. Elle ne savait pas à qui elle s'adresserait mais elle ne pouvait pas rester là immobile. Elle espérait qu'il l'entendrait quand même.

"Stephen, tu vas y arriver. Respire, respire, renvoie-le d'où il vient."

Les yeux de Stephen étaient exorbités, gonflés de sang. Le bruit intérieur étouffait la voix d'Aurore. Il s'exprima soudainement dans une langue étrangère ancienne.

— *"Je vous ferai tous empaler pour cette trahison. Pousse-toi, femme."*

L'autre Stephen précipita violemment Aurore contre le mur. Sa tête heurta l'armoire à pharmacie avec tant de force que la porte s'entrouvrit sous le choc et qu'une partie de son contenu tomba sur le sol. Aurore chancela mais revint au secours de l'Australien. Un filet de sang se mit à couler sur sa nuque. D'un ton ferme, elle continua à exhorter Stephen.

— Continue Stephen, lutte, lutte. Je t'aime, tu vas y arriver.

Il l'entendait dans une demi-conscience et il se raccrochait désespérément à la voix de la jeune femme qu'il aimait pour ne pas sombrer irrémédiablement.

— Aurore, aide-moi, supplia-t-il.

Aurore lui saisit les mains.

— Je suis là, ne quitte pas mes yeux. Répète en même temps que moi "Je suis Stephen"

Mais c'est encore de l'arabe qui s'échappa des lèvres de Stephen. L'autre était en train de gagner la partie et cette idée, qui aurait dû pourtant réjouir Aurore, lui glaça le sang. Pour la première fois depuis des mois, elle sut ce qu'elle avait à faire. Elle gifla violemment Stephen pour que la douleur physique l'aide à reprendre le dessus et en le secouant avec une force inouïe, elle ordonna à nouveau :

— Répète : "Je suis Stephen"

Rien. Elle hurla à nouveau en lui donnant un violent coup de pied dans le tibia.

— Répète : "Je suis Stephen"

— Je suis Stephen, murmura-t-il enfin, faiblement.

— Les yeux de Stephen l'imploraient. Il essayait de fixer son regard. Mais ses gestes étaient désordonnés, convulsifs. Il luttait pour retenir ses coups et ne pas frapper celle qu'il aimait. Il prenait le dessus mais un dernier sursaut de vie de l'autre vint glacer le sang d'Aurore.

— *"Où es-tu mon amour ? Elle nous a trahis !"*

Enfin, Stephen eut le dessus. Dans un râle déchirant et résonnant dans la promiscuité de la salle de bain, l'autre Stephen disparut.

— Tötaan...

Après un long silence, Stephen releva la tête, s'assit sur le rebord de la baignoire et se mit à pleurer.

— Putain. Dans quelle merde je me suis foutue ?

Aurore l'arrêta sans complaisance.

— Arrête de pleurer, ressaisis-toi.

Stephen essuya ses larmes, encore tout tremblant.

— Je ne t'ai pas fait mal, au moins ?

Aurore éluda la question d'un geste de la main et le rassura d'un pâle sourire, « Non, ne t'inquiète pas. Je suis une grande fille, je ne risque rien ».

— Mais tu es blessée, il y a du sang sur tes vêtements.

— Ce n'est rien. Je vais me soigner.

Aurore ramassa le sachet de coton hydrophile et le spray désinfectant qui gisaient sur le sol.

— Donne, je vais le faire, ce sera plus facile pour moi. Tourne-toi et soulève tes cheveux. Attention, ça va piquer. Voilà, je vais te mettre un pansement. Il va te rester un bel hématome.

— Merci Docteur.

Aurore se retourna et posa un baiser sur ses lèvres.

— Et toi, ça va mieux ?

— Oui, oui. Mais, c'est bizarre. Pendant que nous luttions, il m'a... "parlé".

— Il parlait notre langue ?

— Ce n'était pas des mots... Je comprenais les choses sans qu'il y ait de mot. Il n'avait pas besoin de parler puisqu'il était moi en partie. C'est comme si j'avais le souvenir de ce qu'il pensait.

— Et alors, il a dit quoi, ton occupant ?

— Il m'a "dit" que je ne serai bientôt plus un obstacle pour lui, qu'il s'appelait Sopire, et qu'il me tuerait pour retrouver Anténa. Ces noms-là te parlent ?

— Non, pas du tout.

Pourquoi avait-elle rougi et fui son regard, en lui répondant. Stephen regarda sa montre.

— Mon Dieu, Aurore, je dois partir, il faut absolument que j'aille au bureau, je suis en retard. Ils ne doivent se douter de rien.

— Tu dois te libérer de lui !

— Ce sera bientôt fait. J'espère seulement que ce satané Sopire va me laisser tranquille. Quelle ordure ce type !

Aurore se braqua.

— Qu'est-ce que tu en sais que c'est une ordure ? Il n'a certainement pas plus envie que toi d'être dans cette situation ! Il se bat pour sa vie lui aussi, non ?

— Tu le défends ? Tu voudrais qu'il gagne ?

Elle se troubla. En vérité, elle ne savait plus ce qu'elle voulait mais elle ne pouvait pas le dire à Stephen, alors elle changea de sujet.

— Tu es courageux d'aller travailler.

— Non, j'ai peur mais je n'ai pas le choix.

— Tu n'as pas déjeuné.

Pendant que Stephen s'habillait, elle lui prépara une collation. En sortant de la chambre, il l'embrassa rapidement sur les lèvres et se dirigea vers la porte. Avant que Stephen n'ait franchi le seuil, Aurore le retint par le bras. Elle était pâle comme un linge.

— Stephen, j'ai vu son regard… Je suis inquiète pour toi.

Stephen réalisa à cet instant que cette femme était devenue sa raison de vivre qui le poussait à lutter et à ne pas abandonner. Mais aurait-il su distinguer l'amour de l'intérêt ? Et si Aurore feignait de ne pas savoir ce qui se passait dans son âme et dans son cœur pour masquer ses vrais sentiments ?

Le réseau d'Interpol, dont tous les échanges étaient chiffrés représentait l'un des réseaux les plus sécurisés au monde. Depuis sa mise en œuvre, les échanges entre ses pays membres et la centrale de Lyon en France s'étaient accrus. Toutes les tentatives d'intrusion échouaient. Lincoln avait participé à la mise en ligne sur Internet de la base de données numérisées d'Interpol faisant état des œuvres et objets d'art volés dans le monde depuis un demi-siècle. Un vrai musée virtuel devant faire obstacle à un négoce illicite en rendant connu toutes les œuvres dérobées dans les pays développés et en voie de développement.

Lincoln travaillait depuis plusieurs heures devant son ordinateur. Il attendait des informations de l'expertise d'une œuvre d'art vendue aux enchères chez Christie's à New York, suspectée de faire partie des biens appartenant aux juifs spoliés pendant la Shoah. L'œuvre n'avait pas été répertoriée dans la base de données d'Interpol consultée par les équipes de Christie's. C'est une femme qui avait reconnu dans le catalogue de la vente une œuvre appartenant à sa famille.

Une fenêtre s'afficha dans le coin droit de son écran annonçant l'arrivée d'un nouveau mail dans sa boite de réception
Ce mail n'avait ni expéditeur ni objet ni date de réception. C'était bien la première fois que Lincoln était confronté à un tel mail. Il se mit à lire aussitôt le contenu.

"Cher Monsieur Lincoln, vous faites preuve d'une réelle pugnacité à me retrouver, ce qui fait honneur à votre profession. Cependant, je vous

engage à stopper vos recherches. Tous ces vols dans les différents musées n'avaient pour objectif que de recouvrer des œuvres qui m'appartenaient et m'étaient utiles. Je n'en ai plus besoin. Vous aurez bientôt l'occasion de les récupérer. Ne me cherchez pas, dans votre intérêt. Je vous trouverai le moment venu. Je suis votre dévoué. Mon nom importe peu."

"Mais… il se fout de moi", lâcha Lincoln à haute voix.
Une phrase vint se rajouter à la fin du mail.
"J'essaie juste de vous éviter de terribles désagréments".

Le gars avait franchi la sécurité et les pare-feu ultrasophistiqués de ses services et il jouait avec ses nerfs. Quel programme pouvait bien être capable d'une telle prouesse ?
Lincoln saisit immédiatement son téléphone.

Arrivé au bureau, Stephen fit immédiatement des recherches sur Internet. Il tapa Sopire sur *Google*. En moins d'une seconde, près de trente mille réponses étaient disponibles. Sopire le renvoya à l'étymologie italienne du verbe assoupir. Après avoir parcouru quelques pages, il changea d'orthographe. Sopyre lui ramena des sites décrivant une pierre grise. Il continua sa lecture jusqu'à trouver un Sopyre, shérif de La Mecque, qui eut deux enfants, enlevés par Mahomet. Mais il s'aperçut que cela correspondait à une pièce politique et polémique écrite par Voltaire contre *l'Islam*.
Il appela sa secrétaire.

— Bridget, est-ce que la visioconférence avec l'équipe de développement indienne est maintenue ?

— Attends, je regarde… Elle est repoussée d'une demi-heure.

— Merci. Est-ce que tu peux me rappeler cinq minutes avant qu'elle démarre.

— Pas de problème. A tout à l'heure.

Enfin, il essaya Zopyre. Plusieurs personnages avaient porté ce nom dans l'Antiquité, mais deux retinrent son attention : un médecin vivant à la cour de Ptolémée Aulètes, roi d'Égypte et père de Cléopâtre, et un chef des armées perses du roi Darius, qui s'était distingué lors de la prise de *Babylone*. Ces deux pistes semblaient intéressantes. Il prit immédiatement contact avec le professeur Stanton.

— Professeur, j'ai une nouvelle intéressante. Je crois que la vie qui nous manque est celle d'un certain Zopyre.

— D'où tirez-vous cette information ?

Stephen lui narra ce qui était arrivé dans sa salle de bain et lui fit part des recherches qu'il avait entreprises dès son arrivée au bureau.

— Professeur, je pense que la piste du médecin du pharaon est la plus sérieuse. Il avait imaginé pour ce dernier un antidote universel connu sous le nom d'Ambrosia. Il aurait été également un des fondateurs de la secte des Éclectiques, composée de médecins comme Celsius, et de philosophes, comme Platon et Aristote. Concernant le général des armées Perses, il aurait conquis Babylone par la ruse pour la gloire de son roi. J'ai trouvé d'autres Zopyre, mais je ne vois pas le lien qui aurait pu exister entre eux et cette réincarnation.

— Stephen, accordez-moi deux minutes. Il faut que je vérifie un détail.

Stephen entendit au bout du téléphone une porte s'ouvrir, des livres jetés à terre, puis un silence. Enfin, le professeur reprit le combiné.

— Je savais bien que j'avais déjà vu ce nom quelque part. Le général des armées Perses est cité par *Hérodote* dans ses enquêtes lorsqu'il a parcouru tout le bassin méditerranéen 500 ans avant JC.

"*Hérodote*". Ce nom refit surface dans la mémoire de Stephen. Il se revit allongé sur le sable au début du mois de novembre 1997, profitant d'une belle journée du printemps austral. Il était plongé dans la lecture du roman *"Le patient anglais"* que ses parents lui avaient offert quelques mois auparavant pour ses 20 ans.

1945. La guerre touchait à sa fin. Déchirée par le terrible conflit, Hana, une jeune infirmière, s'était retirée dans un monastère abandonné en Toscane. Elle avait emmené avec elle un malade amnésique, ivre de morphine, atrocement brulé au cours d'un accident d'avion dans le désert et sauvé des flammes par des nomades. Un homme prétendant connaître l'identité du mystérieux "patient anglais" s'immisçait dans leur vie et poussait le malade à se remémorer son passé : l'histoire dramatique d'un amour impossible et d'une terrible destinée. Pour tenter de sauver l'épouse de Geoffrey Clifton, Katharine, la femme qu'il aimait et qui agonisait, blessée, dans une grotte du désert saharien, le comte Laszlo Almasy, explorateur féru d'archéologie, en était venu à vendre aux allemands de précieuses cartes.

Après avoir assisté à la projection du film inspiré du roman de Michael Ondaatje, l'esprit de Stephen restait encore imprégné de la musique suave et des scènes romantiques. Il était envouté par cette histoire et la présence lascive de son héroïne, Katharine. Il entendait les propos du comte Laszlo Almasy faisant référence au livre d'*Hérodote* dont il possédait un exemplaire et dans lequel il avait collé des pages provenant d'autres livres et rédigé des observations personnelles. *Hérodote* y décrivait le Simoun, un vent *d'Afrique du Nord* si terrible qu'une nation lui avait déclaré la guerre.

En tournant les pages, Stephen revoyait l'avion emportant les deux héros au-dessus du désert, détruits par leur passion. Il entendait encore la musique vibrer au rythme des dunes qui prenaient des courbes féminines au survol de leur biplan, jusqu'à ce que ce dernier ne s'écrase dans le sable, abattu par l'artillerie allemande.

Sur la plage, il avait choisi un coin à l'écart de la foule pour lire tranquillement. Il était plongé dans son histoire lorsque l'ombre d'une adolescente qui passait devant lui l'avait sorti de son rêve. Elle était belle dans son maillot une pièce. Ses longs cheveux blonds brillaient dans le soleil. Il l'avait suivi du regard en se disant qu'elle était comme l'héroïne de son roman, inaccessible. Il avait repris sa lecture avec difficulté, son esprit n'arrivant plus à s'accrocher aux mots qu'il lisait. Et puis, il avait entendu crier. Il s'était levé et avait aperçu quelqu'un qui se débattait à la surface de l'eau. Sans même penser à la présence de requins, il avait nagé aussi vite qu'il avait pu. En arrivant à la hauteur de la personne, il avait réalisé qu'il s'agissait de la jeune fille qui l'avait mis en émoi sur la plage. Il l'avait ramenée sur le sable. Elle avait repris sa respiration et lui avait dit qu'elle se sentait ridicule d'avoir paniqué lorsqu'un sac plastique l'avait frôlée.

Elle s'appelait Sarah. Elle séjournait avec ses parents chez des amis du quartier. Elle l'avait remercié et s'était sauvée pour les rejoindre avant qu'ils ne s'inquiètent. Auparavant, elle avait enlevé le médaillon qu'elle portait autour du cou et l'avait passé autour de celui de son sauveur. Au bout d'une chaîne en or se trouvait un anneau avec une pierre d'un bleu iridescent en son centre. Stephen avait protesté, le bijou lui semblant d'une trop grande valeur. Mais la jeune fille avait insisté. "Tu m'as sauvé la vie. J'aimerais que tu le portes en souvenir. Ne le quitte jamais. Il te portera chance."

Stephen lui avait pris la main, lui avait dit qu'il voulait la revoir et ils s'étaient donnés rendez-vous au même endroit, à 19h00. Elle avait plaqué délicatement ses lèvres humides et salées sur les siennes et lui avait promis qu'ils se reverraient.

Jusqu'à ce qu'il rencontre Aurore, il n'avait plus jamais ressenti pareille émotion.

Il l'avait attendue jusqu'à minuit, mais elle n'était pas venue. Il l'avait cherchée pendant une semaine, prenant le car tous les jours pour *Watsons Bay*, faisant du porte-à-porte pour interroger les habitants, leur donnant une description de Sarah qu'il espérait la plus réaliste possible. Il avait cru l'avoir retrouvée un jour, au détour d'une rue, en apercevant une fille dont la démarche, les cheveux flottants autour de ses épaules, le pas décidé, ravivèrent son souvenir. Il allait accélérer le pas, courir à sa rencontre, lui dire stupidement qu'elle n'était pas venue à leur rendez-vous, lui prendre la main, l'embrasser.

Quelques mètres de plus lui suffirent pour se rendre compte de son erreur. Il croisa cette fille, le cœur serré. Il continua ses recherches en vain.

C'est sûrement en souvenir de cette rencontre que quelques années plus tard, il s'était installé dans ce quartier. Il portait avec nostalgie le collier qu'elle lui avait offert. Aujourd'hui, quand il essayait de se remémorer son visage, c'était celui d'Aurore qui s'imposait à son esprit.

Stephen réalisa, en revoyant la scène, qu'un détail lui avait échappé jusqu'à présent. La jeune fille ne portait pas de collier au moment où elle était passée devant lui, sur la plage.

La voix du professeur dans l'écouteur vint le tirer de ses songes.

— Stephen ? Vous êtes toujours là ?

— Oui, je réfléchissais. Je me demande si Aurore ne me cache pas certaines choses. Elle connaît très bien cette époque et ce lieu. Ce nom aurait dû lui être familier.

— Dans votre situation, on en vient à douter de tout le monde. Elle était sûrement sous le choc. Elle n'a pas fait le rapprochement.

— Vous avez raison. Je deviens paranoïaque.

— N'exagérez pas, mais gardez votre sang froid et ne vous laissez pas dépasser par la situation. Je vais faire de plus amples recherches et je vous rappelle.

Cinq minutes plus tard, Bridget l'informait que la visioconférence avec l'équipe de développement indienne allait démarrer. Elle lui parut interminable au point que l'un de ses collègues lui demanda pourquoi il regardait sa montre sans arrêt. De retour dans son bureau, Stephen eut tout autant de mal à se concentrer sur ses dossiers. Zopyre, *Babylone*, Collier, ces mots occupaient son esprit tout entier. De multiples interrogations l'assaillaient.

En fin de matinée, l'appel du professeur Stanton arriva enfin.

— Stephen, je ne crois pas que nous trouverons rapidement une solution pour ralentir la remontée de cet individu. Je vais poursuivre mes recherches mais il vous faut rapidement partir. Où en êtes-vous de vos préparatifs ?

— J'ai vu mon patron. C'est bouclé. Je pars comme prévu en début de semaine prochaine. Plus tôt, c'était impossible. Plus de place sur les vols.

— Très bien. Je vous recontacte avant votre départ.

Après avoir raccroché, Stephen appela Aurore.

— Aurore, ce n'était pas Sopire mais Zopyre. Et il a effectivement bien existé.

Aurore sentit ses jambes se dérober sous elle. Il ne fallait pas qu'il sache. Pas maintenant. Elle l'aimait, elle en était sûre aujourd'hui et elle ne voulait pas le perdre. Il ne devait pas faire le lien entre Zopyre et elle. Elle ne pensait pas qu'en faisant à nouveau porter le talisman à Stephen, cela aurait fait remonter la mémoire de Zopyre au point de mettre la vie de Stephen en danger. Mais à présent, Stephen l'était et elle ne supportait plus l'idée de le perdre. Il fallait qu'il parte.

— Qu'as-tu découvert ?

— On trouve des informations sur plusieurs Zopyre dans l'Antiquité, mais nous ne savons pas lequel est celui que nous recherchons.

Aurore ressentit pendant un court instant un grand soulagement.

— Toi qui as travaillé sur Babylone, cela ne te dit rien ?

Aurore sentit le piège. De sa réponse dépendrait sa crédibilité auprès de Stephen.

— Si, bien sûr. Je suis idiote. Je n'avais pas fait la relation. C'était un valeureux général Perse qui a conquis Babylone pour la gloire de son roi. Il s'est mutilé pour tromper la vigilance des Babyloniens et faire ouvrir les portes de la cité.

Stephen crut percevoir de l'admiration dans la voix d'Aurore.

— Dans les documents décrivant ces faits de guerre, il était indiqué qu'il a sacrifié plusieurs milliers d'hommes volontairement pour s'emparer de la ville.

— Il faut replacer ces faits dans leur contexte. Puis, au regard d'autres guerres, le nombre est vraiment faible.

Stephen fut sur le point d'entamer une dispute tant la position d'Aurore le surprenait et le révoltait. Mais il se ravisa, trop préoccupé par sa situation pour assumer un conflit avec sa fiancée.

— On discutera de ce point un autre jour. Pourrais-tu faire des recherches plus approfondies sur lui ? Je voudrais comprendre comment il s'est retrouvé en moi.

Aurore essaya de contenir son angoisse. Elle ne pouvait plus prononcer un seul mot.

— Aurore, tu es toujours là ?

— Oui, oui, euh... Je réfléchissais. Je vais faire des recherches.

— Tu me le promets ? insista-t-il.

— Pourquoi cette question ?

A son ton énervé d'Aurore, il eut peur d'être allé trop loin.

— Parce qu'il faut que je comprenne vite et que je sais que tu as beaucoup de travail. C'est tout. C'est très urgent pour moi et je ne suis pas certain que tu saisisses l'urgence. Alors ?

— Bien sûr que je vais chercher. Dès aujourd'hui, ne t'inquiète pas ! Et je te dirai ce que j'ai trouvé, en espérant que ça puisse t'aider.

— Je suis certain que ça m'aidera. Merci. Je t'aime.

— Moi aussi. Fais-moi confiance.

A peine avait-il raccroché que le téléphone se remit à sonner. C'était sa secrétaire.

— La visioconférence va commencer, Stephen.

— Merci.

Stephen prit ses dossiers et sortit de son bureau.

Stephen attendait beaucoup des recherches d'Aurore. Beaucoup trop. Elle savait qu'elle ne trouverait rien. Certaines histoires ne figurent pas dans les livres.

Lincoln contacta le responsable de la sécurité informatique, Mike Bleecker, un ancien de la *C.I.A.* Il avait mis au point des systèmes de détournement d'intrusions permettant au système informatique de la *C.I.A.* d'être un des plus sûrs en faisant croire aux hackers qu'ils avaient réussi à s'y introduire.

— Quelqu'un a réussi à pénétrer sur notre réseau. J'ai reçu un mail non sécurisé de l'extérieur.

— Ce n'est pas possible.

— Viens voir.

Bleecker vérifia immédiatement ses écrans de contrôle. Les outils de surveillance n'indiquaient aucune intrusion. Tous les pare-feux étaient actifs. Aucune agression n'était signalée. Le réseau avait fait l'objet en février d'une attaque du groupe mondial de pirates informatiques *Anonymous* après qu'Interpol ait procédé à l'arrestation de vingt-cinq de ses membres présumés impliqués dans une série de cyber attaques contre le ministère colombien de la *Défense*. Les hackers avaient cherché les vulnérabilités du système d'Interpol. Ne trouvant aucune faille, ils avaient ensuite essayé de noyer les serveurs sous un afflux de trafic. Là encore, peine perdue.

Bleecker monta rapidement à pied les étages qui séparaient leurs bureaux. Si Lincoln disait vrai, l'intégrité ou la confidentialité de certaines informations risquaient de se trouver compromises et le fait qu'aucun outil n'ait remonté d'alerte l'inquiétait d'autant.

Quand il rentra dans le bureau de Lincoln, celui-ci se leva pour lui serrer la main et lui laissa sa place devant l'ordinateur.

— Regarde, c'est le mail qui n'a pas d'objet.

— Lequel ?

Lincoln écarquilla les yeux. Le mail avait disparu de la liste de réception.

— Il était là. Est-ce qu'il a pu s'effacer tout seul ?

— Non. Mais s'il a été éliminé, il est dans les éléments supprimés de ta messagerie. Aucun mail n'est détruit physiquement.

En quelques clics, Bleecker vérifia la liste des mails supprimés. Le mail était absent.

— Qui te l'a envoyé ?

— Je ne sais pas. J'ai bien une idée. Mais il n'y avait ni expéditeur ni date.

— Aucun mail ne circule sans ces informations. Alors, qui a pu t'envoyer ce mail ?

— Un gars que je poursuis depuis des années...

— Le fameux fantôme des musées ?

— Oui.

— Tu es sûr que tu vas bien ?

Lincoln ne répondit pas immédiatement, restant pensif, les yeux fixés sur l'écran de l'ordinateur.

— Oui, ça va. Excuse-moi. Je t'ai dérangé pour rien.

— Je préfère qu'il n'y ait rien... Pour la sécurité de notre institution.

Bleecker se dirigea vers la sortie.

— Consulte quand même un toubib.

Lincoln répondit d'un sourire crispé. Est-ce qu'il perdait la tête ? Avait-il été victime d'une hallucination ?

Le texte du mail restait étonnamment gravé dans sa mémoire. Il ferma les yeux et prit soudainement conscience qu'il n'avait pas lu le message. Il l'avait entendu en lui.

Le lendemain, Aurore fut convoquée par le directeur de la faculté.

— Asseyez-vous. Ce que je vais vous dire doit rester confidentiel. Je peux compter sur vous ?

— Je vous le promets.

— Très bien. Je vous offre à boire un jus de fruit ? Pomme, orange ?

— Orange, merci.

Le directeur la servit d'une main tremblante et renversa du liquide sur la table. Il parla de diverses choses sans qu'elle comprenne le lien avec sa venue comme s'il avait du mal à lui en dire la raison. Des gouttes de sueur perlaient sur son front. Aurore n'avait jamais vu son responsable aussi loquace et maladroit. Visiblement, il essayait de réfréner une profonde excitation et la raison de sa convocation devait être importante. Voulait-il se passer de ses services ? Le trouble commença à s'installer jusqu'à ce que celui-ci se décide enfin à être compréhensible.

— Un vieil ami à moi dirige des fouilles en *Égypte*. Le lieu est tenu secret pour éviter des pillages. Si notre faculté était impliquée, cela aurait un retentissement sur sa notoriété et bien entendu sur les subventions qu'elle perçoit.
Le directeur lui expliqua en détail les résultats des fouilles en lui montrant des photos que son ami lui avait transmises.

— Il ne souhaite pas que la communauté scientifique internationale soit au courant pour l'instant. Et il veut faire une annonce fracassante, mais pas tout de suite.

— C'est un beau projet, mais en quoi cela me concerne-t-il ?

— Au préalable, il veut avoir l'aval d'un spécialiste de confiance. Et j'ai tout de suite pensé à vous !

Aurore hésita à parler à Stephen de sa participation à des fouilles en Égypte. Les derniers évènements avaient remis beaucoup de choses en question. L'esprit de Zopyre émergeait et il ne tarderait pas à revivre. Elle avait consacré sa vie pour voir ce jour arriver. Mais aujourd'hui, Stephen était en danger et elle le vivait très mal. Alors qu'elle aurait dû s'en moquer, elle se retrouvait dans un conflit intérieur qui l'amenait à une issue à laquelle elle n'aurait jamais pensé. Même si elle avait encore beaucoup de mal à l'admettre et à se l'avouer, elle savait qu'aujourd'hui, elle voulait que Stephen survive, même si pour cela Zopyre devait disparaître.

Et compte-tenu de ces nouvelles données indépendantes de sa volonté et qui ne cessaient de la surprendre voire de la révolter, ces fouilles n'avaient aucune importance. Ce n'était pas vraiment le moment de perturber Stephen avec cette information. Cela pouvait attendre son retour du *Tibet*. Son voyage ne devait pas se faire avant trois ou quatre mois, le temps qu'une nouvelle autorisation soit donnée par le gouvernement égyptien. Et ni elle ni lui ne savait vraiment ce qu'ils deviendraient d'ici là.

Quelque chose clochait dans le comportement d'Aurore. Elle eut beau lui dire que tout allait bien, devant son insistance, elle finit par lui confier ses échanges avec son directeur.

— Une petite pyramide à degrés a été trouvée en *Égypte*. Je te passe les détails, mais il semblerait qu'elle soit le tombeau d'un pharaon originaire de *Mésopotamie*. D'après les inscriptions, la sépulture serait celle d'une femme.

— Et alors, il y a déjà eu des reines *d'Égypte* ?

— Bien sûr. Mais jamais originaires de *Mésopotamie*. Et elle serait le premier pharaon. Un sacré coup pour les mecs. Et pour couronner le tout, cette pyramide daterait, tiens-toi bien, d'environ cinq mille ans avant notre ère. Alors que les plus anciennes datent d'environ deux mille six cents ans. Ce qui bouleverserait aussi nos connaissances sur l'unification des tribus *d'Égypte* et le début des dynasties de pharaons. Tu comprends bien que tout cela doit être tenu secret tant que, et c'est là où j'interviens, je n'ai pas validé que cette reine était originaire de *Mésopotamie*.

— Beau challenge.

— Merci.

— Et pourquoi toi et pas un expert Français, Allemand ou Anglais ?

— Une connaissance de mon directeur qui souhaitait avoir l'expertise de quelqu'un de confiance.

— Pourquoi tu ne voulais pas m'en parler ?

— Parce que je ne devrais partir que dans quelques mois et que je ne voulais pas te perturber avec ça avant ton départ.

— Tu es un amour, lui répondit Stephen en la serrant contre lui, visiblement ému par autant d'attention.

Pour l'éternité

Stephen et Aurore firent dans le week-end le tour des magasins de *Sydney* spécialisés en randonnées. Stephen devait s'équiper pour son séjour tout en évitant de trop se surcharger, puisqu'il devait emporter également le matériel d'enregistrement. Il acheta le nécessaire pour séjourner deux semaines à près de 4800 mètres d'altitude et faire face aux vents froids et secs de cette région : sac de couchage, sac à dos, tente, lampe, kit de survie, protection solaire, chaussures, gants...

La foule se pressait nombreuse dans les magasins situés aux alentours de *Paddington*, à l'angle *d'Oxford Street* et de *NewCombe.* Des jeunes distribuaient des prospectus publicitaires pour le nouveau Fast-food qui venait d'ouvrir ses portes dans la galerie marchande. Stephen prit celui qui lui était tendu, le roula en boule et le jeta dans la première poubelle qu'il croisa, sachant qu'il n'aurait peut-être jamais l'occasion d'y manger, ni dans celui-là, ni dans aucun autre. A l'entrée du centre, un vendeur ambulant proposait des marrons chauds. Stephen en acheta un paquet qu'il partagea avec Aurore.

XIV.
LA DERNIERE
CHANCE

39

Sydney, AUSTRALIE
Le 18 août 2012

Le jour du départ, Stephen se réveilla tôt, angoissé à l'idée de rater son vol. Aurore devait l'accompagner à l'aéroport.

— Alors, tu ne pourras pas m'appeler ?

— Non, je te l'ai déjà dit, le téléphone ne passe pas dans ces contrées.

— Et ton appareil magique ?

— Malheureusement, les fonctions GPS et de téléphonie satellitaire n'ont pas encore été incorporées. La consommation en énergie humaine est trop importante. Les cobayes sont sortis épuisés des tests et au final ça n'a pas été concluant. Le signal produit est bien trop faible. Les deux lobes du cerveau forment deux aimants. Le courant électrique produit par le corps parcourt l'intérieur du crâne via la matière grise et produit un champ électromagnétique. Il faudrait un courant électrique d'environ 200 volts pour créer le champ électromagnétique nécessaire à ces nouvelles fonctions. Un courant électrique si puissant, de quoi te brûler la cervelle. Ils doivent poursuivre leurs recherches.

Tout en faisant ce cours très technique sur la *BrainBox*, Stephen vidait fébrilement les tiroirs de la commode de l'entrée

— Et bien, tant pis pour la *BrainBox*… Qu'est-ce que tu fais, Stephen ?

— Je cherche mon passeport !

— Maintenant ?

— Oui, maintenant. Je ne comprends pas. Il était rangé dans ce tiroir, précisa Stephen en levant les bras au ciel, hystérique.

— Dans ou sur ? Il est resté plusieurs semaines sur la commode.

— Dis-moi où il est, si tu l'as rangé. Je sais que nous n'avons pas la même notion du rangement mais ce n'est pas le moment de jouer à cache-cache.

Sa voix montait anormalement dans les aigus.

— Il est au fond du tiroir.

Soudain, il le brandit, victorieux.

— Je l'ai. Qu'est-ce que j'ai eu peur.

— Je commence à perdre espoir que tu saches un jour ranger tes affaires.

Il l'embrassa sur les lèvres et promis :

— A mon retour, si tout va bien, juré, je deviens ordonné.

Stephen mit dans son sac le précieux document.

Il chargeait les bagages dans le véhicule lorsque la sonnerie du téléphone retentit.

— Je vais répondre, cria Aurore en se lançant dans les escaliers.

Ils n'étaient pas en avance. Stephen lui en fut reconnaissant. Quand Aurore entra dans la pièce, un message était en cours d'enregistrement sur le répondeur.

— Stephen, c'est le professeur Stanton, je vous appelais pour vous souhaiter…

Aurore décrocha.

— Bonjour Professeur, c'est Aurore. Stephen finit de charger ses bagages dans la voiture.

— Bonjour Aurore…

— Vous vouliez lui parler ? Ne quittez pas, je l'appelle. Mais faites vite…

— Non. Ce n'est pas la peine. En fait, c'est vous que je cherchais à joindre.

— Moi ? Pourquoi ?

— Pour connaître son état.

— Il va bien, merci. Il a repris confiance. Il est sûr de se tirer de ce mauvais pas et d'être sauvé par votre ami.

— C'est bien mais une seule chose peut le sauver vraiment.

— Quoi donc ?

— Votre amour.

— Mais je l'aime.

— En êtes-vous bien sûre ?

— Je... Je ne comprends pas. Qu'est-ce qui vous permet de mettre en doute mon amour pour lui ?

— Parce que je sais maintenant pourquoi vous avez insisté pour qu'il porte ce talisman.

A sa voix, Aurore sentit que quelque chose ne collait pas. Elle essaya de trouver une échappatoire.

— Vous ne savez rien. Je vous l'ai dit, je ne pensais pas qu'un bijou puisse avoir un tel effet.

La voix du professeur se fit plus forte.

— Ne vous moquez pas de moi, Aurore ! Vous ne pourrez plus garder votre secret longtemps. Stephen saura tout bientôt.

Aurore sentit ses jambes fléchir, son cœur accélérer et ses mains trembler.

— Je... Je ne vois pas à quel secret vous faites allusion ! Je n'ai rien à lui cacher.

— Vous lui mentez depuis le premier jour.

— Mais pour qui vous prenez-vous pour me parler comme cela ? J'en ai assez entendu !

Aurore allait raccrocher quand la voix du professeur Stanton l'arrêta net dans son mouvement.

— Anténa ! Elle crut défaillir en s'entendant appeler ainsi. Le professeur reprit, sûr d'avoir de nouveau toute son attention. Vous devez choisir entre Zopyre et Stephen !

— Quoi... Mais... Qui êtes-vous ? Que savez-vous ?

— Je vais tout révéler à Stephen. Il va savoir que vous vous êtes servie de lui, de son amour pour vous, que vous l'avez mis en contact avec ce talisman pour faire revivre Zopyre et que vous ne l'aimez pas.

— Non, vous n'en ferez rien ! Je l'aime. Il faut le sauver.

— Le sauver ? Vous l'aimez ? Ah, vous avez été percée à jour. Tremblez maintenant. Vous vous êtes bien moquée de lui. Avouez ! Vous l'avez trahi. Eh bien, quand Stephen saura toute la vérité sur vos manigances et comment vous l'avez utilisé, il choisira son avenir. Il choisira entre survivre et faire revivre ce monstre ou bien se donner la mort et le tuer à jamais. Et je suis sûr qu'il choisira cette dernière solution pour empêcher cette horreur.

— Mais c'est votre ami ! Non, vous n'avez pas le droit…

— Je n'ai pas le droit ? Mais vous n'avez pas de leçon à me donner. Passez le moi.

— Non ! Hors de question.

— Alors, je vais venir le lui dire !

— Je vous en supplie… Je l'aime, cria Aurore en tombant à genou.

Stanton venait de raccrocher. Pourquoi s'était-il adressé à elle, maintenant, sous ce nom ? Comment connaissait-il son identité ? Pourquoi voulait-il tout révéler à Stephen au risque de le voir mourir après l'avoir aidé. De rage, elle jeta le téléphone à travers la pièce.

Elle rejoignit Stephen qui l'attendait dans la voiture. Elle prit une grande inspiration avant de pénétrer dans l'habitacle. Dès qu'elle s'assit, Stephen remarqua son visage pâle, les traits figés par l'angoisse. Stephen porta sa main à sa joue gauche.

— Qu'est-ce qui t'arrive ? Une mauvaise nouvelle ?

Aurore eut du mal à retenir des larmes.

— Non, non, ça va.

— Aurore, qui était-ce ?

— Juste un faux numéro.

— Un faux numéro qui t'a mise dans cet état ?

— Mon état n'a rien à voir avec ce coup de fil. Je réalise juste combien je t'aime et combien tu cours un grand risque. Cela me prend à la gorge.

— Ne t'inquiète pas. On va s'en sortir. Encore une épreuve et à mon retour, on sera enfin heureux.

Elle aurait tant aimé pouvoir le croire.

Après une demi-heure de route, ils empruntèrent la bretelle d'accès qui menait à l'aéroport.

Stanton appela un taxi qui fut devant chez lui cinq minutes plus tard. Le professeur s'engouffra à l'intérieur sans prendre le temps de verrouiller à clé la porte d'entrée de son domicile.

— Bonjour, conduisez-moi rapidement à l'aéroport.

— Votre avion est à quelle heure ?

— Je dois retrouver un ami avant qu'il n'embarque. Son vol est à dix heures quarante-cinq.

— Nous avons une chance si la circulation est fluide.

Après trente minutes, le taxi était devant l'aéroport.

— Voici 100 dollars. Attendez-moi.

Stanton se rendit dans une cabine téléphonique d'où il pouvait voir les zones d'enregistrement. Il décrocha le combiné, se fit mettre en relation par les renseignements avec l'aéroport.

— Bonjour, je suis l'inspecteur Lincoln d'Interpol, procédure 17, identifiant 4408A.

— Je vous écoute.

— Je cherche à joindre M. Carver qui s'envole à dix heures quarante-cinq pour Katmandou.

— Vous connaissez la compagnie ou le numéro de vol, inspecteur ?

— Non.

— Ne quittez pas, je vérifie votre identité et je recherche le nom de cette personne sur la liste des passagers.

Stephen venait d'enregistrer son billet et ses bagages. Depuis leur entrée dans le hall de l'aéroport, ils n'avaient pas échangé un mot. Ils étaient restés devant l'écran des vols au départ avant de se décider à rejoindre le hall d'embarquement, se tenant la main comme deux enfants apeurés qui allaient pénétrer dans un sombre sous-bois. Ils restèrent enlacés un long moment, la tête dans le cou de l'autre, les yeux fermés, laissant s'échapper de longs sanglots. Ils s'essuyèrent le visage et se sourire en se promettant d'être heureux après cette dernière épreuve. Aurore le retint avant qu'il ne passe le portique de sécurité pour l'embrasser une dernière fois. Le cœur lourd, il déposa son sac à dos et son baladeur sur le tapis roulant, passa sous le portique et récupéra ses affaires. Aurore le suivit du regard après un dernier signe de la main jusqu'à ce qu'il disparaisse dans le couloir conduisant à la salle d'embarquement.

Elle essuya une larme qui coulait sur sa joue. Tant de choses dépendaient de ce voyage !

Après deux minutes d'attente, Stanton eut la réponse.

— C'est le vol 127 de *Qantas Airways*, inspecteur. Il décolle dans vingt minutes. Ils ont déjà commencé à procéder à l'embarquement.

— Est-il possible de passer une annonce ? C'est vital.

— Je vous écoute.

— Demandez à M. Carver de se mettre en contact de toute urgence avec M. Stanton.

— Votre billet et votre passeport, s'il vous plait.

L'hôtesse prit les documents tendus par Stephen et inséra son billet dans la machine. Elle lui rendit le coupon ainsi que son passeport.

— Bon voyage, M. Carver.

— Merci.

Stephen conserva ses papiers à la main pour les présenter à l'entrée de l'avion et prit la direction du corridor conduisant à l'appareil, à l'instant où l'annonce retentit dans l'aéroport.

"M. Carver, vol 127 à destination de *Hong Kong*, est prié de prendre contact de toute urgence avec M. Stanton, auprès de l'hôtesse d'accueil."
Stanton, de sa cabine, entendit résonner les deux appels dans l'aéroport. Il continuait à observer Aurore qui, en entendant l'annonce, s'arrêta net, le souffle coupé. Elle se précipita au comptoir d'enregistrement pour vérifier que Stephen avait bien pris place dans l'avion, ce que lui confirma l'hôtesse.

Stanton attendit encore quelques minutes dans la cabine téléphonique observant Aurore. Il raccrocha avant que l'hôtesse n'ait pu lui annoncer que personne ne s'était présenté au comptoir.

Il ne restait plus à Stanton qu'à rentrer chez lui. Le chauffeur de taxi le vit arborer un grand sourire à sa sortie de l'aéroport.
— Vous avez pu joindre votre ami ?
— Non, répondit Stanton sans plus de précision.
Il sourit pendant un long moment, se remémorant la panique qui avait envahi Aurore à la diffusion de son message dans l'aéroport. Mais cela était nécessaire. Ce que Stanton lui demandait, c'était de faire un choix. Aimer Stephen. Uniquement Stephen. Et il était satisfait. Car il était sûr à présent qu'elle n'aimait plus que Stephen. Elle s'était battue pour le sauver car elle l'avait finalement choisi aux dépends de Zopyre.

Arrivé dans l'avion, Stephen ôta les écouteurs de son baladeur, salua le personnel de bord et prit un magazine avant de se diriger jusqu'à sa place par la travée centrale.

Barrington entra dans le bureau de Lincoln avec une feuille à la main.

— Tiens, une employée de l'aéroport vient de nous contacter pour te donner l'information que tu lui avais demandée ? Elle s'est plainte que tu lui aies raccroché au nez !

— Mais, je n'ai rien demandé ! Ça doit être une erreur !

— Impossible, elle a fourni les identifiants de la procédure et ton code personnel.

— Quoi ?

Lincoln regarda le papier que lui tendait son adjoint.

— Ralph, quelqu'un a usurpé mon identité !

Son adjoint le fixa d'un air inquiet.

— Ne me regarde pas comme ça, je ne perds pas la mémoire. Et je ne suis pas fou non plus.

Lincoln pensa immédiatement au mail qu'il avait reçu quelques semaines auparavant. C'était forcément l'homme qu'il pourchassait.

— Et le message que l'employée a transmis ?

— Tourne la feuille.

Lincoln lut à haute voix.

— Stephen Carver a pris l'avion.

Lincoln tapa du poing sur la table et éructa.

— Putain, j'étais sûr qu'il y avait un lien entre eux. Quelle était sa destination ?

— Le Tibet.

Lincoln resta songeur. Que pouvait-il y faire ? Mais après tout, son voyage pouvait n'avoir aucun lien avec son suspect, le pays étant réputé pour ses treks.

Il se demanda si ce n'était pas plutôt aux dépens de Carver ? Était-il complice comme il l'avait imaginé ou victime ? Il était ressorti de la librairie londonienne avec un livre et avait été victime d'un vol. N'avait-il pas tout simplement été au mauvais endroit au mauvais moment ? Il aurait pu être manipulé comme les agents des musées.

— Quand est-ce qu'il revient ?

— Il n'a pas pris de billet retour.

— Tu t'arranges pour que l'on soit informé dès qu'il prendra son billet et tu m'organises un quadrillage de l'aéroport ! Avec un peu de chance, notre inconnu l'attendra !
Lincoln se frotta les mains de jubilation, persuadé qu'il allait enfin boucler l'enquête de sa vie.

Dès son retour à l'appartement, Aurore essaya de joindre Stanton, en vain. La ligne était en dérangement. Elle entreprit de faire des recherches. Aucun numéro de téléphone à son nom ne figurait dans l'annuaire.
Elle se rendit sur le site Internet du *Royal Anthropological Institute de Londres* pour y trouver des informations sur le professeur Stanton. A défaut, elle se rendit dans la rubrique "Contact-Us" et, compte-tenu du décalage horaire favorable, composa le numéro de téléphone qui apparaissait à l'écran. Elle put joindre le secrétariat qui après vérifications dans ses fichiers l'informa qu'aucune personne du nom d'Édouard Stanton n'avait fait partie de leur Institut.
Comment avait-elle pu faire confiance à cet homme sans jamais rien vérifier de ses dires jusqu'à aujourd'hui ? Ce n'était pas son style d'être si confiante. Cela avait toujours été une question de survie. Mais en sa compagnie, elle avait eu le sentiment d'être avec un ami de longue date, ce qui l'avait abusé.
Tout ceci venait accentuer son angoisse. Elle avait tant de questions dans la tête et personne à qui les poser !
Elle continua ses recherches toute la nuit et trouva enfin le sommeil lorsque la fatigue la submergea.

"Le programme est prêt. Vous allez pouvoir entendre sa voix."

Lincoln réagit comme un enfant gâté à l'annonce de l'ingénieur. Il raccrocha, se leva d'un bond de sa chaise et partit en courant à travers les couloirs des bureaux d'Interpol. Il surgit dans le laboratoire, des interrogations plein les yeux. Il serra chaudement la main de l'ingénieur, trépignant d'impatience de découvrir son cadeau. L'ingénieur lui tendit des écouteurs.

— Appuyez là quand vous voulez réécouter l'enregistrement.

Lincoln pressa le bouton. Un frisson parcourut son corps à l'écoute de la voix de l'homme. Il ferma les yeux et appuya à nouveau sur le bouton, pressentant déjà avec un certain trouble ce qui allait être sa conclusion. Lorsqu'il ôta le casque, il savait qu'il connaissait cette voix. C'était celle du message qu'il avait entendu en lui. Il rendit le casque à l'ingénieur.

Lincoln s'abstint cette fois de toute observation désobligeante à l'égard de l'ingénieur. Il se borna à le remercier et voulut savoir si le programme pouvait identifier la voix en espionnant le réseau des télécommunications.

— Bien sûr. Mais il vous faudra d'abord obtenir l'accord du procureur général. Nous ne pouvons pas passer au crible toutes les communications et la durée va être restreinte.

— Combien ?

— Maximum trois mois.

— Alors, ciblez toutes celles passées depuis des lieux publics, surtout les aéroports.

L'escale à *Hong Kong* se fit dans les temps, ainsi que le changement d'avion pour *Katmandou* en fin de soirée. Lorsqu'il sortit de l'aéroport, Stephen fut frappé par le contraste entre la frénésie des voyageurs qui se faisaient signe, s'interpelaient, et l'atmosphère feutrée de l'avion.

Après une nuit à l'hôtel, Stephen reprit l'avion le lendemain matin pour le *Tibet*.

Elle savait que Stephen finirait par trouver son secret. Stanton y était arrivé. Elle espérait que ce vieux fou ne tente pas de le rejoindre pour tout lui avouer. Il était âgé mais il avait fait preuve de tant de hargne au téléphone qu'il était capable de tout jusqu'à commettre une folie et mettre la vie de Stephen en danger.

Les jours suivants, Aurore sut par des connaissances qu'aucun Stanton n'avait essayé de rejoindre le *Tibet*. Elle en fut soulagée. Elle se rendit dans les lieux où Stephen et Stanton s'étaient donné rendez-vous, espérant le croiser. En vain.

Stephen lui manquait déjà. Cela faisait bien longtemps qu'elle n'avait pas ressenti cette sensation. Son cœur l'avait trahi. Elle l'aimait. Quand pourrait-elle être heureuse auprès de son amoureux ? Elle avait déjà goûté ces moments de bonheur avec un autre et cela s'était fini dans le malheur.

Elle songea qu'il était temps de préparer ses valises, et d'être prête pour le retour de Stephen. Elle devrait d'abord tout lui expliquer. S'il lui en laissait l'occasion.

40

"Quand les yeux ont tout vu et tout subi
Que même les dieux ont perdus de leur magie
Quand les mots ne vous répondent plus
On courbe le dos
Un jour au bout de la rue...
Vous mène là
A Tien An Men
A pas baisser les bras"
Tien An Men, Calogero, 2003

Le jeudi 21 août 2012
TIBET

Stephen fut soulagé lorsque l'avion s'arrêta sur le tarmac de l'aéroport du *Goggar*. A la descente de l'avion, il inspira une grande bouffée d'air. La chaleur humide de l'été tibétain marquait un contraste important avec l'hiver australien qu'il venait de quitter. Les nuages noirs alentours faisaient pressentir un orage imminent. Il rejoignit rapidement les bâtiments où Nyang Yegton l'attendait avec une pancarte à son nom. Âgé d'une quarantaine d'années, son guide était de petite taille, sec et légèrement voûté. Il souriait en permanence, telle l'image que l'on se fait de l'asiatique affable. Son anglais correct démontrait qu'il avait accompagné nombre d'étrangers dans des treks.

Ils firent route vers *Lhassa* où Nyang Yegton lui avait réservé une chambre dans un hôtel propre et discret. Dès qu'il fut installé, Stephen sortit de son sac une paire de chaussures toutes neuves et une parka pour les remettre à Nyang Yegton, ainsi que cinq cents dollars. C'était le prix convenu pour son soutien logistique.

Le *Tibet* étant sous domination chinoise, Stephen dut, dès son arrivée à *Lhassa*, se présenter à la police du district pour être interrogé par un conseiller sur les motifs de sa venue. Ce même conseiller l'amena visiter une famille tibétaine, arborant des tenues hétéroclites, mélange de vêtements occidentaux et tibétains, sélectionnée et entrainée à vanter les bienfaits des réformes politiques chinoises qui apportaient développement et bienfaits au *Tibet*.

L'accroissement de la prostitution, les tortures, l'implantation en masse des émigrants chinois Han, le vol des terres, le génocide du peuple Tibétain depuis 1949, l'interdiction du bouddhisme et le contrôle des naissances furent évidemment passés sous silence. Il ne restait plus de traces des émeutes qui avaient ensanglanté le pays lors des *Jeux Olympiques*. Les étrangers pouvaient de nouveau accéder à la Province du *Tibet* depuis que les négociations avec le Dalaï-lama avaient repris.

Les *Jeux Olympiques* avaient démontré la puissance économique de la *Chine* qui représentait, pour les autres pays, un marché avec un énorme potentiel de croissance. Jusqu'alors, les industriels ne s'étaient pas privés de ce marché pour quelques tibétains, pas plus que les consommateurs qui achetaient des ordinateurs, des télévisions, des t-shirts et tant d'autres produits "made in China". Pourquoi les sportifs auraient fait autrement ? Était-ce utopique puisque le sport était "business" avec son dopage et ses énormes enjeux financiers ?

Après l'extinction de la flamme olympique dans le stade national de *Pékin* marquant la fin de sept années de préparation et de seize jours de compétitions, les conservateurs du régime en étaient sortis renforcés.

Dans l'après-midi, Nyang Yegton amena Stephen visiter la ville puis le temple de *Jokhang*. Des pèlerins, hommes et femmes, se pressaient dans les grandes salles où étaient allumées des centaines de lampes à beurre. Ils priaient parmi des moines de tout âge. Stephen venait de faire sa première rencontre avec le Tibet mystique.

Stephen n'était pas venu faire du tourisme et avait l'impression de perdre son temps avec ces visites imposées. Mais Stanton avait tellement insisté sur l'importance de suivre le guide sans poser de question pour le bon déroulement de son séjour qu'il se laissa guider sans protester.

En soirée, il se retrouva seul dans la salle à manger de l'hôtel, prit rapidement son repas et retourna dans sa chambre où il commença à remplir son carnet de route de ce qu'il avait pu voir jusqu'à *Lhassa* : temples détruits, ville dortoir chinoise bâtie au pied du *Potala*, pauvreté mais joie du peuple Tibétain, sourires d'enfants… Il avait réalisé discrètement quelques photos en évitant la censure des autorités locales.

Aurore lui manquait et il lui écrivit une longue lettre. C'était une façon pour lui de garder contact, de retarder le moment de se coucher. Pour avoir vraiment sommeil. Pour repousser la peur.

Aurore,
Le jour où je rentrerai chez nous, je posterai à Lhassa le paquet des lettres que j'ai décidé de t'écrire chaque jour durant mon voyage. Elles arriveront bien après moi. Tu pourras revivre mon périple sur ces terres mieux que ce que je pourrai te le raconter à mon retour. Peut-être m'en restera-t-il quelques souvenirs. Peut-être que ce voyage n'aura pas été inutile.
J'ai l'impression d'être parti depuis plusieurs mois tant le dépaysement est grand. Et cela ne fait que commencer.

Stephen posa son stylo quelques instants. Il imagina une soirée avec Aurore et Max, comme le premier soir de leur rencontre. Mademoiselle Kellington se serait jointe à eux. Enfin libéré, il partagerait avec eux l'annonce de…
Non, il n'en avait pas encore parlé avec Aurore. Peut-être aborderait-il le sujet dans une prochaine lettre. Peut-être lorsqu'il serait sauf. Il lui déclarerait vouloir un enfant d'elle. Mais il était trop tôt. Il reprit son stylo.

Jusqu'ici, le voyage s'est déroulé correctement. Je loge dans un petit hôtel de Lhassa, sans prétention, mais où la nourriture et le lit sont convenables. La patronne qui m'a servi le repas est édentée et elle n'a pas arrêté de me sourire pendant que je mangeais. Elle a failli me couper l'appétit.

J'aimerais avoir de tes nouvelles, de Valentin et de Max. Vous me manquez déjà. Il est tard. Je dois m'arrêter là. Demain, nous avons un long voyage qui nous attend.
Je t'embrasse.
PS : Si ces lettres arrivent sans que nous nous soyons revus, c'est qu'elles auront été expédiées par mon interprète. Elles représenteront mes derniers jours de vie, d'espoir et d'angoisse loin de toi. Mais je ne veux pas y songer. Je t'aime.

Après avoir posé le stylo et le papier au pied du lit, il s'endormit en rêvant de sa peau et de ses lèvres si douces.

SYDNEY

Le soir, Lincoln chercha en vain à joindre son épouse pour lui annoncer un énième retard. En rentrant à son domicile, il découvrit la porte close, les lumières éteintes et une lettre laissée par sa femme sur la table de la cuisine.

Dennis,

Nous ne sommes pas là mais je pense que cela ne changera pas grand-chose pour toi. Le frigidaire est plein, tu n'as qu'à te servir.

Je ne veux plus t'attendre le soir et ne partager avec toi que l'avancement de ton enquête. Tu es sourd à mes cris de détresse et tu refuses toute discussion qui te permettrait de voir la réalité et trouver une solution.

Au début, nous nous amusions de tes grimaces, surtout les enfants, lorsque tu mimais les gestes et les regards des agents des musées effarés face à ton homme invisible. C'était un peu de mystère qui entrait chez nous. Comme un rituel, les enfants attendaient ton retour pour te

339

questionner et tu repoussais ces instants de complicité au repas, la promesse des rires conditionnée au bain pris et aux devoirs faits.

Puis, cela a viré au cauchemar.

Depuis des mois, nous subissons ta mauvaise humeur, tes retards, l'annulation de nos vacances pour faire face à un nouveau rebondissement de cette enquête qui a pris le dessus sur ta vie. Nous sommes des ombres à tes côtés. Maintenant, tu pars avant qu'ils aient fini de déjeuner et ils ne t'attendent plus pour le repas. Tu arrives parfois alors qu'ils sont couchés.
Nous n'avons plus de projet, plus de soirée au cinéma ou au restaurant. Combien de fois m'as-tu regardé nue ? Depuis quand n'avons-nous pas fait l'amour ?
J'ai longtemps essayé de te comprendre, te cherchant des excuses. Je n'en trouve plus. Je ne comprends pas que tu aies pu entrer dans cette spirale et nous y entraîner. Je ne veux pas être ta complice. Il faut que tu en parles avec un médecin, au moins pour tes enfants qui s'inquiètent pour leur papa.

Je n'en peux plus. Je te laisse. Je pars quelques temps chez mes parents avec les garçons. Je n'ai même plus la force de te dire que je t'aime encore. Donne-moi l'espoir que tout redeviendra comme avant.

Lincoln prit sa tête dans les mains et se mit à pleurer. Il se mura dans le silence de la maison.

Le vendredi 22 août 2012
TIBET

Stephen fut réveillé à l'aube par le tumulte de la rue. Il descendit prendre un déjeuner aussi rapide que le dîner de la veille et repartit dans sa chambre ranger ses affaires,

Il avait parcouru des milliers de kilomètres depuis *Sydney*. Le plus dur restait à faire : rejoindre le *Mont Kailash*, lieu de retraite du sage, ami de Stanton. Mille kilomètres de mauvaises routes de montagnes, puis de pistes et ensuite de longues heures de marche le séparaient encore de son objectif.

Un klaxon se fit entendre dans la rue. Se penchant par la fenêtre, Stephen aperçut Nyang Yegton au volant de leur 4x4.

Quittant *Lhassa* dès l'aube, ils prirent la direction de *Latse*, croisant sur la route de vieux camions chargés de marchandises. Stephen commençait à s'acclimater à l'altitude, l'utilisation de la bonbonne d'oxygène présente dans le véhicule lui était nécessaire de temps à autre pour chasser les nausées. Bercé par le cahot des roues, Stephen ne sentit pas ses paupières se fermer en milieu d'après-midi et plongea dans un profond sommeil réparateur.

Ils passèrent leur première nuit sous la tente. Blotti dans son duvet, Stephen éteignit la torche après avoir regardé sa montre. Vingt et une heures quarante. Aurore lui manquait. La tente était plongée dans la pénombre. Il n'y voyait pas assez pour lui écrire et ne voulait pas gaspiller les batteries de sa lampe frontale. Il contempla le plafond, prit une grande inspiration. Tandis qu'il se remémorait la voute étoilée qu'il venait de contempler avant de refermer la tente, ses membres se détendirent et il se laissa gagner par le sommeil, percevant les rares bruits de la montagne qui venaient rompre le silence.

SYDNEY

— Dennis, j'ai quelque chose pour toi.
— Je t'écoute.
— Carver est en ménage avec une prof de l'Université et…
— Et… ?
— Elle est archéologue.
Barrrington attendait la réaction de Lincoln.

— Aaaah !!! dit-il d'un ton intéressé, voyant un lien direct avec les objets anciens dérobés, ne serait-ce pas notre maillon manquant, celle qui tirerait les ficelles dans l'ombre ? Ils sont ensembles depuis longtemps ?

— Un à deux ans. Mais ce n'est pas tout. Elle a quitté son poste à *l'Université de Philadelphie* sur un coup de tête pour venir à *Sydney*. Elle avait un CV tellement béton qu'ils l'ont prise ici sans discuter. Une tronche. Et belle avec ça.

— D'où tu tiens toutes ses informations ?

— D'une pipelette, Mme Akerbury, la responsable administrative de l'Université. Dès que je lui ai montré ma plaque, elle m'a dit tout ce qu'elle savait sur Aurore Stample, c'est son nom, et elle m'a montré sa photo.

— Tu as d'autres précisions ?

— Casier judiciaire vierge, compte en banque sans transaction particulière. Rien.

— Bon. Demande un mandat de perquisition au procureur pour le domicile de Stephen Carver. Il connait tout de l'enquête, ce devrait être rapide. Dès que tu l'as, une petite visite s'impose !

Le samedi 23 août 2012
TIBET

Au matin, lorsque Nyang Yegton sortit de la tente, il avait troqué ses habits occidentaux pour une tunique rouge avec des poignets de manche jaunes, un bonnet ocre et un poignard à la ceinture.

Dans les plaines, Stephen put admirer de la route les eaux d'un bleu profond des lacs *Manasarovar* et *Rakshastal*. Ils firent une pause pour déjeuner et arrivèrent au pied du *Mont Kailash* en début d'après-midi, à près de 4 600 mètres d'altitude. Ils prirent un sentier sur quelques centaines de mètres avant de se garer. Ils chargèrent leur matériel sur des yaks, Stephen mit son sac sur ses épaules, et sa gourde en bandoulière, prit ses piolets de marche et ils laissèrent le 4x4. Au départ du chemin de pèlerinage étaient accrochés des centaines de morceaux de tissu colorés qui flottaient dans le vent, porteurs d'une prière qui apporteraient le bien-être et la vertu dans le monde. Le ciel, d'un bleu foncé, était parsemé de nuages dont l'ombre se reflétait sur les monts environnants. Le groupe de marcheurs commença sa progression. Au bout d'une heure, ils commencèrent à croiser des troupeaux de yaks menés par des bergers, protégés du froid par une pelisse en mouton retourné. Les cloches suspendues au cou des bêtes tintaient en se balançant. Un étendard rouge et blanc était planté au milieu de la selle du yak qui ouvrait la marche. La file s'étendait telle une procession sur le flan de la montagne. Lorsqu'un yak s'affaissa, les hommes tentèrent de le relever en le tirant par les cornes mais ils durent se résoudre à le laisser là, et lui enlevèrent ses charges pour les répartir sur les autres bêtes.

De temps à autre, Nyang Yegton ramassait un caillou et le posait sur un tas de pierres mani en forme de pyramide logé sur le bord du sentier. Il contournait par la gauche ces amoncellements de pierres gravées de prières bouddhistes destinées à trouver le bonheur.

Un groupe de pèlerins les rejoignit lorsqu'ils s'arrêtèrent au bord d'une rivière. Stephen était épuisé de marcher à pareille altitude. Les jambes lourdes des efforts musculaires, il piétinait sur le sentier. Attiré par le bruit de l'eau, il s'approcha de la berge, s'accroupit et regarda les herbes vertes onduler sous l'effet du courant. Il trempa sa main droite dans les remous, la trouva froide mais revigorante. Il s'assit sur un tapis d'herbes sèches et commença à délasser ses chaussures de marche pour plonger ses pieds brulants dans l'eau froide.

Nyang Yegton surgit derrière lui.

— Non, toi pas enlever chaussures. Pas bon quand marcher. Toi avoir difficultés à remettre.

Stephen voulait aérer ses pieds. Il n'écouta pas les conseils de son guide. Il n'avait pas eu le temps de "casser" ses chaussures neuves avant cette longue randonnée et elles commençaient à lui faire mal. Marchant pieds nus sur quelques mètres, il fut tenté de tremper ses pieds au bord de la rivière.

— Non, toi pas tremper pieds. Pas bon quand marcher. Toi avoir difficultés à remettre.

— J'ai l'impression d'entendre ma mère. Ne fais pas ceci, ne fais pas cela.

Stephen sentit l'énervement monter en lui. Son cou était crispé et son poing droit s'était refermé. Sa réaction était anormale. Il inspira et expira lentement et profondément afin de se calmer et refouler l'esprit qui émergeait en lui répétant lentement dans sa tête : "Je suis Stephen, je suis Stephen". Il se ressaisit.

— Elle est gelée. Tu as raison, tu es de bon conseil. Il faut que je fasse attention.

Avant que le soleil ne disparaisse complètement, ils montèrent les tentes à l'abri du vent qui s'était renforcé, derrière des roches polies et gravées de psaumes.

Aurore,
Je t'écris pendant qu'il fait encore jour. Je n'ai pas tenu ma promesse hier car je ne t'ai pas écrit. Je vais donc te raconter maintenant ces deux dernières journées.
Nous avons beaucoup roulé pour atteindre le Mont Kailash. J'ai quitté Lhassa avec soulagement. Je me sentais épié par la police chinoise. Nous nous sommes garés à l'écart de la route et j'ai passé ma première nuit sous la tente. A ma grande surprise, j'ai bien dormi, je veux dire sans cauchemar ni visite de mon ennemi.

Ce matin, nous avons repris la route. Les paysages sont grandioses. Nous avons laissé le 4x4 pour entamer l'ascension. Même si la marche se fait à pas lent et offre le temps de penser à sa vie, je souffre à pareille altitude. Aujourd'hui, je n'ai plus de difficulté à respirer mais j'ai mal à la tête et je n'arrête pas de boire. Si je m'acclimate rapidement, cela devrait aller mieux demain. Mais cela ne changera rien à la brûlure du froid le matin et à celle du soleil en journée.

Ici, le temps s'est arrêté. Je suis bien loin du brouhaha de notre civilisation ou de celui que les chinois font régner dans Lhassa. Les gens vivent à un rythme plus humain.

Les autochtones sont généreux. Ils partagent le peu de nourriture et de chaleur qu'ils ont.

Je me suis énervé contre mon interprète. J'ai senti remonter en moi l'esprit de l'Autre. Après m'être calmé, j'ai pris conscience de ce que pouvait ressentir un psychopathe dans ses moments de lucidité, ne sachant pas quand la lutte contre son double intérieur allait être perdue. Maintenant, je vais mieux. Mon guide est attentionné. Il m'a recouvert le visage d'un produit marron, un mélange de graisse de yak et de plantes, afin de protéger mon visage du soleil.

Nous avons rencontré des pèlerins qui entreprennent le tour du Kailash. C'est un spectacle incroyable. Ils progressent en rampant, s'accroupissant et ne s'arrêtant pas même lorsqu'il y a un ruisseau. Ils ont des vêtements molletonnés pour protéger leur corps qui est recouvert de poussière et de boue. Leurs mains sont emmitouflées et certains ont des plaquettes de bois sous leurs paumes.

Je dois te laisser avant qu'il fasse nuit. Nous allons partager à l'abri du vent le repas préparé par le guide. C'est généralement simple mais très bon.

A demain. Je t'aime.

Stephen.

Une heure plus tard, Stephen s'endormait repu, ressentant un sentiment de paix intérieure.

Le dimanche 24 août 2012
TIBET

Le ciel était encore étoilé lorsque le campement fut démonté et que tous se mirent en route. Le paysage devenait plus aride à mesure qu'ils progressaient. L'herbe rase présente autour des chemins laissait place à de grosses touffes éparses.

Stephen prit ses jumelles dans son sac à dos. Il se mit à scruter l'horizon pour repérer le monastère et aperçut un troupeau de yaks qui paissait sur le flanc droit de la montagne. Une silhouette apparut furtivement dans son champ de vision. Un homme bondissait à grandes enjambées, ne paraissant pas soumis aux contraintes de la pesanteur. En quelques secondes, il venait de parcourir une centaine de mètres sans que le rythme de son avancée n'ait été perturbé par les irrégularités et les obstacles du terrain. Stephen tendit les jumelles à Nyang Yegton et lui montra du doigt une tâche noire.

— C'est quoi ça ?

— Loug-gom-pa !

— Quoi ?

— Loug-gom-pa ! Messager. Toi, pas lui parler.

Il s'agissait d'un lama. Ce dernier s'approchait d'eux avec légèreté. A son passage, Stephen distingua son visage impassible qui ne montrait aucun signe d'essoufflement ou de fatigue.

Il regardait fixement devant lui, ses yeux contemplant une étoile imaginaire dans le ciel. Il reflétait un état de transe important qu'il ne fallait pas perturber. Nyang Yegton lui expliqua qu'il récitait une formule secrète dont le cadencement rythmait sa respiration et ses pas. Ils laissèrent passer le lama sans le gêner dans sa progression et le virent rapidement disparaître par le chemin qu'ils avaient emprunté.

Stephen venait de faire sa deuxième rencontre avec le Tibet mystique.

Après une longue journée de marche, ils arrivèrent à proximité du monastère de *Zutul-Phuk* et d'un camp de nomades Khams. Un petit garçon juché sur un rocher suivait Stephen de ses grands yeux noirs. Il vint à sa rencontre et lui donna la main pour faire un bout de chemin ensembles. Stephen lui parla même s'il savait que le garçon ne comprendrait rien de ses propos. Il lui montra sa boussole puis lui fit regarder par les jumelles. L'enfant, émerveillé, lui rendit les jumelles et s'en retourna auprès de sa mère.

Ils firent halte et montèrent les tentes. Ils furent invités à participer à la veillée. Stephen gouta le tchang, bière à base d'orge qu'il préféra au thé parfumé au beurre de yak. Les hommes jouaient aux dés sous la tente commune. Dans un coin, les chants des femmes vantaient la rébellion tibétaine contre l'oppresseur chinois, le courage de guerriers khampas tels que Aten ou encore de la guerrière Dorjee Yudon qui monta une armée pour résister à l'occupation chinoise.

Un vieillard raconta quelques histoires pendant qu'un poêle placé au centre de la tente diffusait une douce chaleur provenant de son combustible, de la bouse de yak.
Par l'intermédiaire de Nyang Yegton, Stephen interrogea les nomades pour savoir s'ils connaissaient le lama qui vivait reclus dans une grotte, à l'écart des pèlerins venus faire le tour du *Kailash*. Le plus vieux lui raconta qu'après la mort d'un ancien sage aux connaissances supranormales, des lamas étaient partis à la recherche de l'enfant dans lequel il s'était réincarné. Après quatre années de périple, les lamas avaient rencontré le petit Dordji Khapa dans un village de plaine à l'Est du *Tibet*. Ils lui avaient présenté plusieurs objets dont trois ayant appartenus au défunt : une écuelle, un bonnet, un chapelet. L'enfant les avait reconnus sans hésiter et s'était mis à jouer avec eux. Les lamas étaient repartis avec lui pour faire son éducation dans leur monastère. Il se suffisait maintenant du peu de nourriture posée par les pèlerins devant l'entrée de la grotte qui, par ce geste, espéraient éviter sa colère. Il avait, dit-on, envoyé la grêle sur un pèlerin qui avait eu l'audace de lui dérober de la nourriture et sur un autre qui avait fait semblant d'en déposer.

En fin de soirée, Stephen, impatient de connaître enfin ce personnage si surprenant, rejoignit sa tente en admirant la voute étoilée scintiller au-dessus de sa tête.

Mon amour,
Nous sommes presque arrivés. En chemin, j'ai fait deux rencontres inoubliables.

Pour l'éternité

D'abord, j'ai croisé un lama capable de parcourir de longues distances en lévitation sans se sustenter ni se reposer grâce à un entraînement physique. Je n'ai pas retenu le nom que l'on donnait à ces moines.

Ensuite, à l'approche d'un camp de nomades, un petit garçon est venu me donner la main. Pourquoi ? La réponse m'a été donnée par mon guide qui s'est renseigné auprès de sa mère. Le petit garçon a perdu son père et croit que son esprit a pu prendre place dans un autre corps. J'ai ressenti beaucoup de tristesse dans son regard lorsqu'il m'a quitté.

Je viens de participer à une veillée parmi des nomades. Voyant ces femmes vêtues de vêtements colorés et de chapeaux ronds à bord plat, j'ai été frappé par la similitude existant entre leurs tenues vestimentaires et celles de l'Amérique du Sud.

J'ai entendu des histoires racontées par un de leurs ancêtres sous la tente principale. Je les raconterai à mes petits malades. Lorsqu'il s'est mis à parler, tous se sont tus. Il a allumé sa pipe pendant qu'ils se regroupaient autour de lui en silence. Mon interprète s'est collé près de moi et m'a traduit à voix basse les paroles du vieillard. Leur chien est venu se blottir contre mes pieds. Je crois qu'il m'a adopté.

Je revoyais dans les yeux des enfants le même émerveillement que celui des enfants de l'hôpital. Leurs yeux sont comme des billes qui scintillent au milieu d'une sacrée couche de saleté. Je me suis frotté les yeux à plusieurs reprises car j'avais l'impression d'apercevoir des formes dans les volutes de fumée sortant de la pipe de l'ancêtre. Mon interprète m'a dit que c'était la magie des contes tibétains. Ou bien l'excès de bière.

Le pays est extraordinaire. Nous y reviendrons ensemble, lorsque je serai guéri, et tu adoreras. J'en suis sûr.

Quelques heures de marche nous séparent de mon but. Nous devrions trouver le sorcier demain dans la matinée.

Je t'aime.

Stephen.

Le lundi 25 août 2012
TIBET

Lorsque Stephen sortit de sa tente, le ciel était dégagé. Une très fine couche de neige recouvrait le sol. Un léger vent glacial s'était levé, ce qui les obligea à se mettre à l'abri pour faire chauffer le thé sur le réchaud. Les nomades Khams étaient déjà partis. Nyang Yegton tendit une tasse de thé à Stephen. Son souffle glacé exhalait des bouffées de vapeur qui s'évaporaient dans le paysage. Ils démontèrent rapidement les tentes pour se mettre en quête de Dordji Khapa.

Ils se trouvèrent aux environs de 11 heures en vue de la grotte. Ils suivirent un chemin pierreux qui filait dans sa direction. Nyang Yegton se posta devant l'entrée et demanda audience à Dordji Khapa. Ils durent attendre plus d'une heure avant que l'ascète n'en sorte.

Dordji Khapa apparut pied nu, juste vêtu de son dhotî, simple tissu de coton.

— Il arrive à vivre dans ce froid ?
— Feu intérieur.

Nyang Yegton lui expliqua dans un anglais rudimentaire que grâce à la pratique du yoga tibétain, le tumo, la maîtrise de la respiration permettait à Dordji Khapa de se réchauffer et d'affronter ces températures extrêmes ainsi vêtu.

Il était d'une maigreur et d'une pâleur telles que Stephen se mit à douter de sa réelle capacité à pouvoir l'aider. Sa barbe blanche était enserrée par une cordelette. Ses cheveux longs pendaient sur ses épaules. La crasse les tenait collés entre eux.

— Et il médite comme ça depuis plusieurs mois ?
— Lui pas là !
— Comment ?
— Lui pas dans son corps.

Nyang Yegton montra le ciel de ses mains.

— Son corps dans la grotte, lui... là-haut. Nous avons proverbe qui dit ""Gompa ma yin, Kompa yin", La méditation n'est pas, s'y habituer est.

Dordji Khapa poussa le tissu tendu qui faisait office de porte et, par un simple geste, leur fit signe d'entrer.

Une atmosphère de calme et de sérénité les envahit dès qu'ils pénétrèrent dans la grotte. Une légère ouverture avait été réalisée dans la roche par laquelle filtrait un rai de lumière.

Il leur fallut plusieurs minutes avant de s'habituer à l'obscurité qui régnait à l'intérieur et constater sa grande austérité. Le sol était recouvert de planches, ajustées les unes aux autres par de la boue séchée. Un fin couchage était posé à même le sol. Une vasque remplie d'eau permettait à l'ascète de procéder à ses ablutions en début de journée.

Stephen remit à Dordji Khapa la lettre du professeur Stanton. Il ne put voir les caractères figurant sur le papier. Dordji Khapa resta impassible jusqu'à la fin de la lecture.

"Mon ami,

"Je te sais en paix. Je t'ai informé de la venue de cet homme qui a réveillé la Kundalini. Il faut éviter à tout prix que l'être enfoui en lui, porteur de mort et de destruction, n'émerge et ne se substitue à lui. S'il est arrivé déjà possédé par l'esprit de l'Autre, tu dois mettre fin à sa vie. S'il a réussi à faire tout ce chemin jusqu'à toi, indemne, il mérite ton aide. J'ai confiance en toi. Tu réussiras cette épreuve.
Édouard Stanton"

A la fin de la lecture, un large sourire vint illuminer le visage de Dordji Khapa. Si Stephen était là, c'est qu'il était celui par qui la lumière reviendrait. Et il ne le savait pas. Et il lui revenait maintenant à lui, Dordji Khapa, de le sauver ou de le tuer. Stanton faisait reposer sur ses épaules plus que le sort d'un homme. Celui de l'humanité. C'était un immense honneur. Mais aussi une terrible responsabilité.

Il se leva lentement et se dirigea vers Stephen, légèrement incliné, les mains en *namasté*, jointes devant sa poitrine.

Lui qui n'avait pas prononcé un mot depuis leur arrivée essayait d'exprimer sa compassion pour Stephen. Nyang Yegton eut énormément de mal à retranscrire ses propos, Dordji Khapa n'ayant pas parlé depuis plusieurs mois. Il ressemblait à un triathlète qui après une longue course à vélo devait se mettre à courir, passant d'un mouvement circulaire à un mouvement pendulaire, les deux se mélangeant allègrement pendant quelques instants. Rapidement, le rythme reprit son déroulement normal et Nyang Yegton put enfin comprendre ses propos et les traduire.

— Il m'avait informé de votre venue. Il m'a dit que vous courez un grand risque. Je vais vous aider à refermer la Kundalini.

Stephen sortit de son sac quelques biscuits secs et en proposa à Dordji Khapa.

— Les étrangers qui s'aventurent chez nous sont encore trop rares.

Il lui tendit également une tasse de thé provenant de son thermo. Après avoir refusé trois fois, comme le voulait la coutume locale, Dordji Khapa accepta et c'est en buvant qu'il lui demanda de lui retracer en détail comment il était parvenu à libérer ces vies, avant de rencontrer Stanton; ce que fit Stephen, emmitouflé dans ses vêtements.

Pendant qu'il traduisait leurs propos, Nyang Yegton continuait à installer le matériel d'enregistrement. C'était l'éclairage intérieur qui allait consommer le plus de courant.

— Il veut savoir comment vous avez ouvert la porte ?

— En suivant les préceptes contenus dans un livre que j'ai acheté sur un marché ?

— Précepte ?

— Oui, pardon, dis-lui que j'ai acheté un livre et que tout était expliqué.

— Il dit que personne n'écrit. Que les maîtres disent aux élèves.

— Peut-être, mais moi, j'ai acheté un livre. Un très vieux livre. Mais cela n'a pas dû fonctionner correctement car il manquait des pages. D'ailleurs, Stanton m'a dit que vous lui en aviez montré un.

— Il dit que lui pas toi dire ça. Qu'il lui a donné. Pas montré. Quand les chinois ont envahi le *Tibet*, ils détruisaient les monastères, toute notre culture. Il fallait mettre à l'abri le manuscrit. Il veut description.

Stephen expliqua en détail les gravures et les textes qui étaient présents sur les pages.

— Il dit que c'est livre donné à Stanton. Pas de doute.

— Répond-lui que je demanderai des explications à Stanton dès mon retour et revenons à ma venue. Dis-lui que j'ai peur de ne plus être moi, d'être habité par un homme qui veut se réincarner en moi.

Dordji Khapa lui expliqua par l'intermédiaire du traducteur que la clé de ce mystère résidait dans son esprit. Que Stephen devait être plus fort que l'autre. Qu'il allait le faire repartir vers le monde des esprits. Que Stephen aurait toutes les explications dès qu'il lui donnerait la parole. Il mima avec ses bras par d'amples mouvements les esprits qui s'évadaient des corps et qui rejoignaient le couloir des rêves. Il continua à expliquer que parfois ils quittaient cet état latent pour revenir parmi les vivants en envahissant un fœtus. Ils ne pouvaient pas envahir un adulte. Mais il arrivait que plusieurs esprits essaient de prendre possession d'un même corps et ceux qui perdaient étaient refoulés dans la Kundalini. Accidentellement, un esprit pouvait en sortir. Un sorcier pouvait par la transe obliger un esprit à quitter un corps mais cette opération était difficile et dangereuse car il ouvrait un tunnel et en essayant de faire partir un esprit, il mettait son propre esprit à nu. D'autres esprits pouvaient également s'infiltrer. Et c'était la folie assurée.

Stephen déclara à l'issue de leur discussion qu'il était plus fort que cette mémoire et qu'il allait le montrer.

Dordji Khapa prit le pouls de Stephen pendant de longues minutes comme le préconisait la médecine tibétaine, d'abord au poignet puis au cou.

— Je sens sa puissance à travers toi. Son sang bouillonne dans tes veines. Il se répand en toi comme un torrent de montagne. Je n'ai jamais ressenti autant d'énergie dans un corps. Te libérer va être une lutte longue et difficile. Il faut que nous nous préparions.

Dordji Khapa l'avertit qu'il devrait être à jeun le soir même. Il lui remit un sachet contenant une poudre faite de diverses plantes et lui demanda d'en absorber la totalité dès son lever mélangée dans une bouillie épaisse à base de farine.

L'après-midi se finit. Ils laissèrent les équipements vidéo dans la grotte.

Durant la soirée, Stephen regretta de ne pas avoir pris sa *BrainBox*. Peut-être qu'avec autant d'énergie en lui, il serait arrivé à communiquer avec Aurore. Au moins, cela lui aurait permis d'oublier la sensation de faim qui commençait à se manifester et qui ne le lâcherait pas de la nuit.

Même si Stephen se persuadait d'une issue favorable à cette aventure, il se posait une multitude de questions:

Arriverait-il à se débarrasser définitivement de cet esprit ? Existait-il un lien avec Aurore ? Si oui, lequel ?

Il lui écrivit ses doutes.

Aurore,

Je ne te cache pas que je me suis interrogé sur la capacité de ce sorcier à me sauver. Mais je ne dois pas le juger sur son aspect physique car son mental doit être à toute épreuve pour vivre dans un tel environnement. Il vit seul sans chauffage, sans lumière se nourrissant des offrandes que les pèlerins veulent bien déposer à l'entrée de sa grotte.

Mon abri n'est pas d'un grand confort mais le duvet me permet de rester au chaud toute la nuit. Si tu étais là, je suis sûr que tu serais venue m'y rejoindre.

Je voudrais avoir de tes nouvelles. Tu me manques tant. Est-ce que tes étudiants sont sages ? Comment vont Max et Stanton ? As-tu reçu des informations pour ton invitation à participer à de nouvelles fouilles en Égypte ?

J'espère que je vais arriver à m'endormir car ma vie se joue demain et que j'ai le ventre vide. Demain matin, un petit déjeuner à base de plantes m'attend pour mieux "m'envoler". Avec tous ces hallucinogènes, j'ai dû violer un bon nombre de lois en vigueur dans notre beau pays. Je ne pense pas que je serai en mesure de t'écrire à l'issue de cette séance. Je continuerai dès que possible.

A bientôt.

Stephen.

En repensant aux autres vies précédemment enfouies en lui, il s'endormit en réalisant pour la première fois que la vie et la mort ne s'opposaient nullement et pouvaient être cycliques.

SYDNEY

Barrington reconnut immédiatement Aurore. Elle était comme sur la photo. Aussi belle. Il se garda bien de cette remarque auprès Lincoln. Ils l'interpelèrent sur les marches de l'Université. Discrètement. Au moment où elle quittait un groupe d'étudiants et qu'elle se dirigeait vers le parking.

— Bonjour, vous êtes bien Aurore Stample ?

— Oui…

Les deux hommes lui présentèrent leur carte de police

— Inspecteur Lincoln et agent Barrington. Nous aimerions vous poser quelques questions sur M. Carver.

— Posez-les-lui directement, répondit Aurore sèchement.

Elle fit un pas en avant et essaya de passer entre les deux hommes. Lincoln la retint en lui attrapant le bras. Qu'avait-elle à se reprocher pour adopter une telle attitude ?

— Vous n'avez pas envie de collaborer, apparemment, Mme Stample. M. Carver ne serait pas parti au Tibet ?

— Oui, bien sûr…

— Pour quelle raison est-il parti ?

— Pour décompresser de la pression de son travail…

Lincoln tenait toujours fermement le bras d'Aurore. Sans la lâcher, il sortit une photo de sa poche.

— Connaissez-vous cet homme ?

Aurore eut du mal à cacher sa surprise et son émotion. Etaient-ils venus pour Stephen ou pour l'homme sur la photo ? Elle essaya de gagner du temps pour réfléchir. Tous ses sens étaient en alerte.

— Non, bafouilla-t-elle. Qui est-ce ?

— C'est moi qui pose les questions, Mme Stample, répondit Lincoln fermement en haussant le ton.

Visiblement, elle mentait. La pression de sa main sur le bras d'Aurore se fit plus forte.

— Vous me faîtes mal, répondit Aurore en essayant de se dégager. Lâchez-moi. Ce n'est pas Stephen Carver.

Lincoln sentait qu'elle jouait au con avec eux et il avait horreur que l'on s'amuse avec ses nerfs. Barrington s'en était rendu compte également. Plus en retrait, il avait aussi remarqué que des étudiants s'étaient arrêtés et les regardaient. Manifestement, Lincoln avait de plus en plus de mal à se maîtriser. Devait-il alerter sa hiérarchie ? Dans l'immédiat, il posa sa main sur celle de Lincoln, l'obligeant à desserrer l'étau douloureux et prit la parole pour éviter que la situation ne dégénère. Il afficha un large sourire.

— Nous recherchons cet homme parce qu'il a dérobé des œuvres d'art. Le connaissez-vous ?

Barrington lui montra de nouveau la photo, avec calme. Aurore sentait le piège se refermer sur elle. Mais la police lui apportait peut-être la clé du mystère.

Devait-elle leur avouer qu'elle connaissait cet homme, ce soit disant professeur Stanton, tout leur raconter pour l'éliminer du circuit et l'empêcher de nuire à Stephen ? Elle hésita. Ils ne la croiraient jamais. Elle devait trouver une parade. Rapidement.

— Oui, je le reconnais.

— Pourquoi nous avoir menti ?

— Vous m'avez perturbé !

— Qui est-ce ?

— Le professeur Stanton.

Les deux hommes se regardèrent. Ils n'avaient jamais entendu ce nom. Lincoln jubila. Enfin, il tenait une piste. Enfin, une personne était capable de le mener à son suspect.

— Où pouvons-nous le trouver ?

— Je ne sais pas. J'ai juste son téléphone.

Aurore sortit de son portefeuille sa carte de visite et la remit à Barrington. Il prit soin de noter les coordonnées et de la lui rendre. Depuis son intervention, le ton de Lincoln s'était radouci.

— Et quelles sont vos relations ? lui demanda calmement ce dernier.

— Amicales, répondit Aurore. J'enseigne l'histoire ancienne et l'archéologie à l'Université. Il porte un grand intérêt à l'histoire et nous nous sommes rencontrés à plusieurs reprises dans le cadre de séminaires.

— Depuis quand étiez-vous en relation ? demanda Barrington.

— Un an et demi environ.

— Est-ce que votre ami, M. Carver, le connaît ?

Il fallait qu'elle réfléchisse rapidement, sans éveiller les soupçons. Toute hésitation montrerait un mensonge. Il faudrait qu'elle se rappelle de ses propos car les deux hommes, en bons policiers, croiseraient ses informations et détecteraient l'erreur.

— Ils se sont rencontrés lorsque Stephen m'accompagnait.

Lincoln comprit qu'à cette époque, Stephen n'avait pas encore rencontré Stanton.

— Se sont-ils vus en votre absence ?

— Pas à ma connaissance.

La réponse d'Aurore avait fusé sans qu'elle réfléchisse. Sa spontanéité lui donna un côté véridique et jeta le trouble chez les deux policiers.

— Vous êtes certaine ?

— Evidemment.

— Alors pourquoi M. Stanton le suit ?

— Le suit ?

— Oui, nous avons enregistré une communication téléphonique où il faisait état du départ de votre ami au *Tibet*.

— Je ne vois pas pourquoi.

— Est-ce que votre ami possèderait un bien qui aurait pu intéresser M. Stanton ? Ou bien aurait-il acquis un bien auprès de lui ?

— Je ne pense pas.

— Nous allons devoir procéder à une perquisition pour nous en assurer.

— Vous avez un mandat ?

— Bien sûr, répondit avec assurance Lincoln. Il sortit le mandat délivré par le magistrat. Suivez-nous.

Lincoln et Barrington perquisitionnèrent l'appartement de Stephen en présence d'Aurore. Mais ils ne trouvèrent aucun objet de valeur. Ils lui demandèrent de la suivre jusqu'au commissariat pour recueillir sa déposition. Ce n'est que tard en soirée que Lincoln la raccompagna jusqu'au parking de l'Université pour qu'elle reprenne son véhicule.

Le mardi 26 août 2012
TIBET

Stephen avait hâte que tout cela finisse. Cette journée s'annonçait difficile. Ensuite, il devrait se reposer encore deux jours avant de pouvoir repartir. Il lui semblait que son sommeil était de meilleure qualité et qu'il faisait moins de cauchemars depuis qu'il était au *Tibet*. Était-ce dû à l'altitude ou à la fatigue physique ? Il n'en savait rien.

La première épreuve consistait à avaler la bouillie préparée par Nyang Yegton. Les herbes dégageaient des senteurs de lavandin. Dans son enfance, il avait dégusté une mousse au chocolat aux fleurs de lavande. Mais cette préparation n'avait pas la légèreté de la mousse. Son épaisseur vint rapidement alourdir son estomac, s'accompagnant d'une nausée qui lui donna du mal à avaler les derniers cuillers.
Dès qu'il eut fini, Stephen et Nyang Yegton s'empressèrent de rejoindre la grotte. Ils aperçurent en contrebas Dordji Khapa. Celui-ci était nu dans le froid et se lavait dans l'eau glacée du ruisseau. Dordji Khapa se tourna tout naturellement vers eux et les salua. Stephen lui fit un signe de la main et ferma

machinalement le col de sa veste. Ils attendirent son retour pour entrer dans la grotte.

Stephen entra le premier pour commencer son parcours intérieur. Si les incantations de Dordji Khapa ne marchaient pas, il serait fichu. A partir de là, il ne pourrait plus reculer.
Il déglutit péniblement et laissa échapper un pet bruyant et malodorant qui eut pour effet de le soulager et de faire sortir Nyang Yegton en hâte de la caverne.
Quelques minutes plus tard, Nyang Yegton était de retour. Il vérifia le matériel, alluma les torches et se tint prêt à l'enregistrement.

Dordji Khapa réapparut. Une poudre blanche recouvrait l'ensemble de son corps et accentuait son aspect cadavérique. Il ressemblait à un fantôme, comme si son corps avait perdu toute consistance au profit de son esprit. Il s'assit face à Stephen, prit ses mains, les pausa sur ses genoux la paume vers le plafond de la grotte et mit ses mains sur les siennes. Il garda dans sa main gauche son *mâlâ*, le chapelet de bois qu'il conservait depuis son enfance.
Il se mit à psalmodier de façon lancinante des mantras tels *qu'aom mani pèmé houng, hommage au joyau du lotus*, et diverses autres incantations, absorbant en lui la force que les sons graves généraient.
Stephen ressentait au plus profond de lui le Tibet mystique.

Stephen restait concentré, les yeux fermés. Après un long moment, ses mains commencèrent à s'agiter d'un tremblement qui bientôt se communiqua à l'ensemble du corps. Un flux intense d'énergie se déversait en lui par les mains de Dordji Khapa, posées sur les siennes. Ses yeux se révulsèrent. Son visage devint empourpré. Il ne maîtrisait plus ni son corps ni sa pensée. Lorsque les soubresauts de ses membres s'arrêtèrent, un flash lumineux vint percuter son esprit. Avant qu'il ait pu réaliser ce qui se passait, il avait perdu conscience.

Sa bouche déversa des paroles incompréhensibles. Des paroles dans une langue que Nyang Yegton n'avait jamais entendue. L'Autre bégayait, avait du mal à trouver ses paroles et articuler avec cette bouche qui n'était pas la sienne. Nyang Yegton comprit que l'esprit était en train de ressurgir et que seul un grand maître pourrait arriver à le dompter.

Un sourire prit place sur le visage de Dordji Khapa. Son corps se mit à léviter. Il devait lâcher prise, ne pas entrer en conflit avec l'esprit, juste l'accompagner, avec compassion vers le monde spirituel, sans juger de ce qui il était, ce qu'il avait fait dans sa vie terrestre. Il essaya de ne lui offrir aucune prise pendant que l'Autre tentait de prendre place en Stephen et de le repousser.
L'enseignement qu'avait reçu Dordji Khapa lui avait appris que seuls la Haine et l'Amour sont capables de générer, par leurs caractères opposés et extrêmes, une puissante énergie. Que tous deux trouvent leur origine à la base de la colonne vertébrale, dans les organes sexuels, dans les pulsions sexuelles. Et que cette énergie est amplifiée par des années d'abstinence en empêchant le liquide séminal de s'échapper et en ne vivant les orgasmes que par la pensée.

Mais seul l'Amour, dans sa forme extatique, produit une énergie froide capable de repousser les attaques d'un adversaire en détournant sa violence. Cependant, sa création est fragile. Le sage doit chercher en lui le souvenir de moments de béatitude. De plaisirs intenses. De bonheurs primaires tels l'extase de l'orgasme ou l'extase du petit enfant repu par le sein maternel, ce moment où il a le regard dans le vague et où il esquisse un sourire sur son visage. Plus puissant encore est l'extase initiale. Celle ressentie dans le ventre alors qu'il est fœtus, qu'il est sans être car il n'en a pas conscience. Un moment unique où l'enfant à naître est vierge. Vierge des souffrances terrestres. Pur.
L'élève parvient à cet état et en revient après avoir suivi une longue initiation par son maître. Le maître qui va lui enseigner à ouvrir la Kundalini pour y puiser la puissance nécessaire afin

d'y accéder et à la refermer. Enseignement transmis oralement depuis des générations et qui fut exceptionnellement retranscrit dans un manuscrit en sanscrit.

Une fois que cette extase s'est répandue dans le corps, le sage doit la maintenir stable. Et cela lui demande de se dépasser. Pour cela, il doit s'être libéré de ses propres souffrances. Être en paix avec soi et les autres. Sinon, il est enclin à basculer du côté de la Haine, à se laisser aller à ses pulsions et à devenir comme son adversaire.

Nyang Yegton assumait avec conviction le rôle qui lui avait été confié. Angoissé par ce qu'il voyait, il s'accrocha aux équipements priant pour qu'aucun incident technique ne vienne perturber la transe.

Mais L'Autre n'était pas un être quelconque. Pas un de ceux qui se laissait influencer. Il était de ces esprits cruels et sanguinaires et avait eu à affronter maints adversaires à l'époque où il était un être humain. A se battre, à maîtriser sa peur et à user de traîtrises et de ruses pour arriver à ses fins. Il essaya de tromper Dordji Khapa. Il pénétra en lui par le canal ouvert entre son esprit et celui de Stephen. Avec une grande perversité, il alla fouiller dans sa mémoire pour y trouver les souvenirs douloureux de son passé.

Il savait ce qu'il cherchait. Un amour. Un amour de jeunesse. Une amoureuse qui aurait laissé une plaie béante dans son cœur. Une peine. Des remords ou des regrets. Dordji Khapa commença à redescendre vers le sol. Un visage venait d'apparaître. Celui d'une jeune femme qu'il avait laissé pour suivre l'enseignement de son maître. Une peau tannée par le soleil des hauts plateaux du *Tibet*. Une jeune femme qui l'avait pleuré et qui attendait un enfant de lui lorsqu'il l'abandonna. Une femme et un enfant qu'il ne revit jamais. Et l'Autre voulut se nourrir de ses émotions.

Nyang Yegton vit Dordji Khapa perdre pied et Stephen laisser place à l'Autre.

Dordji Khapa toucha le sol. Stephen parlait de plus en plus violemment dans la langue étrangère.

— Tu vas me supplier de mettre fin à ta souffrance. Sens-tu ta vie vaciller ?

Le sourire qu'affichait Stephen dans les premières minutes se mua en un rictus haineux. Ses yeux s'ouvrirent et l'Autre vit enfin Dordji Khapa face à lui. Comment un être si chétif et si sale pourrait-il lui résister ? Comment avait-il pu avoir la prétention de le combattre et de le vaincre ? Il jubilait déjà. Il voyait le visage de cette femme inconnue et il savait qu'il avait trouvé une faille dans l'esprit de l'homme qu'il avait face à lui. Il avançait sur la voie de la délivrance.

— L'âme de cet homme m'appartient. Tu vas bientôt sentir la puissance de son corps lorsque je me lèverai !

Nyang Yegton constatait maintenant avec effroi que Stephen était habité par l'Autre. Il assistait impuissant à ce combat. Il serait bien intervenu. Mais pour faire quoi ? Quel risque ferait-il courir à Stephen et Dordji Khapa s'il interrompait maintenant cet affrontement spirituel ?

La haine de l'Autre était à son paroxysme. C'est alors que celui-ci vit le visage de la femme se transformer. Ses lèvres prirent une forme plus voluptueuse. Sa peau se hâla d'un teint mât et soyeux. Ses cheveux devinrent longs noirs finement bouclés et soigneusement peignés. Son nez se rallongea un peu et adopta une légère courbe. Finalement, ses yeux passèrent du marron au vert et prirent une plus forte intensité. Les paroles de l'Autre se firent plus douces, comme suppliantes, face à celle qui s'était mue. Bientôt des larmes se formèrent sur les joues de Stephen. Ce n'était plus le visage d'une inconnue que l'Autre contemplait. Mais celui de celle qu'il avait aimée. Et le cœur de l'Autre se déchira. Le poison insidieux et mortel qu'il avait voulu répandre dans l'esprit de Dordji Khapa coulait maintenant dans le sien. Ses souvenirs remontèrent violemment et le submergèrent comme une puissante vague de fond refaisant surface et balayant tout sur son passage. Des souvenirs d'un passé lointain, du temps où il dirigeait une ville resplendissante, Babylone.

Dordji Khapa avait transformé sa douleur d'âme, non en haine comme l'Autre l'escomptait, mais en amour et en paix. Son corps se mit à léviter et une lumière blanche s'échappa de ses vêtements. Dordji Khapa avait réussi. Il avait atteint le nirvana.

Et là, dans ce lieu froid, à la lumière de quelques lampes, Nyang Yegton vit quelques fleurs doucement parfumées pousser sur le sol autour de Dordji Khapa.

Les paroles de Stephen devinrent compréhensibles. Au fur et à mesure qu'il s'exprimait, l'énergie de l'Autre diminuait et s'échappait du monde physique par le corps de Dordji Khapa pour rejoindre le monde des rêves. Après quatre longues heures, tout était fini.
Stephen et Dordji Khapa gisaient à même la terre ayant perdu connaissance. Nyang Yegton les mit à l'abri, Il allongea Dordji Khapa dans un duvet et transporta Stephen dans sa tente.

Le mercredi 27 août 2012
TIBET

Cette séance avait été longue et épuisante pour Dordji Khapa tout comme pour Stephen tant cette mémoire renfermait de secrets à livrer.
Ce dernier se réveilla lorsque les premiers rayons de soleil vinrent réchauffer la tente. Il ouvrit les yeux, parvenant difficilement à percer le brouillard cotonneux qui l'englobait. Son corps était tellement engourdi que Nyang Yegton dut l'assister toute la matinée à vomir une bile jaunâtre et épaisse, résidu des plantes absorbées la veille.

Dans l'après-midi, alors que Stephen dormait, Nyang Yegton rendit visite à Dordji Khapa. Il n'était plus dans la grotte mais au bord de la rivière, à se laver dans l'eau glacée. Ses vieux habits étaient posés à plat sur un rocher, bien rangés. Sa peau rougie par le froid dénotait avec sa pâleur de la veille due à la poudre blanche apposée sur son corps. Celui-ci ne gardait aucune séquelle de cette séance. Il vint s'assurer en fin de journée que Stephen allait mieux.

SYDNEY

Les jours passaient et Aurore n'avaient toujours aucune nouvelle de Stephen. Les étudiants tout comme les autres enseignants avaient remarqué un profond changement dans leur relation avec Aurore. Elle se montrait plus triste, distante voire désagréable. Ses cours étaient devenus ennuyeux et il y régnait un brouhaha inhabituel.

Il ne lui restait plus que son métier mais elle avait perdu le goût de l'enseigner.

Elle fuyait les appels de Max qui lui proposait des distractions en attendant le retour de Stephen.

Elle attendait fébrilement un coup de fil de Stephen et plus les jours passaient, plus elle était angoissée par leurs futures retrouvailles.

Son futur se limitait à deux perspectives : soit elle apprenait la mort de Stephen, soit il connaissait toute la vérité sur elle et il la rejetterait.

Le jeudi 28 août 2012
TIBET

Le soleil traversait le pan de tente entrouvert. En recouvrant lentement ses esprits, Stephen sentit le sang pulser avec violence à l'intérieur de son crâne. Il entendit la voix de Nyang Yegton près de lui mais il ne pouvait pas encore distinguer ses propos. Ses souvenirs étaient confus, il ne se rappelait plus ni où il était ni pourquoi il se trouvait dans pareil état.

Encore plus que la dernière fois auprès de Jabiruji, il eut du mal à fixer son esprit. Il allait rester amnésique ne se souvenant plus des propos qu'il avait pu rapporter. Il devait encore se reposer. Il essaya de soulever la tête mais elle lui semblait trop lourde. Il peina à se redresser pour s'alimenter.

Ce n'est qu'en fin d'après-midi qu'il se sentit suffisamment bien pour faire ses premiers pas autour du campement. Il huma l'air pur et frais des hauteurs et rejoint Nyang Yegton, assis autour d'un feu dont les flammes crépitaient dans le calme de la montagne. Nyang Yegton lui tendit un bol de thé et Stephen prit place à ses côtés. Stephen sentit la chaleur du liquide pénétrer en lui et il songea à ce qu'il venait de vivre. Il resta un long moment sans parler. Tout geste était encore un effort important.

Brisant le silence, il demanda à Nyang Yegton son couteau. Celui-ci le lui confia mais sursauta en voyant Stephen se couper la paume de la main avec. Un filet de sang s'écoula. Stephen serra les dents pour faire face à la douleur de l'entaille et ferma les yeux. Il réalisa que son geste était irréfléchi et qu''il mettait Nyang Yegton en danger si son expérience tournait mal. L'Autre n'hésiterait pas à se venger sur lui. Mais à part la douleur, Stephen ne sentit aucun changement dans son être. Il attendit quelques secondes et ouvrit les yeux, soulagé, en arborant un grand sourire. Il essuya le couteau et tapa sur l'épaule de Nyang Yegton toujours inquiet.

Stephen lui expliqua qu'il avait voulu voir si la douleur réveillerait en lui des pulsions violentes mais que rien ne se passant, il pouvait estimer qu'il était enfin sain et sauf. Nyang Yegton le serra dans ses bras et débita un flot de paroles dans sa langue maternelle. A son attitude, Stephen crut comprendre qu'il était lui aussi soulagé. Il réalisa que Nyang Yegton avait été plongé dans une épreuve inattendue et qu'il l'avait assisté sans poser une seule question.

Après avoir dîné, Stephen retourna sous sa tente. Il revit toutes les étapes qu'il avait dû franchir. Il pensa à Aurore, à la vie qu'ils allaient enfin avoir. Il avait fait tout cela pour s'en sortir, pour elle, pour son fils.

Il culpabilisa en se remémorant les soupçons qu'il avait eu à l'égard d'Aurore, voyant du mal dans son comportement, un lien avec ce qu'il vivait. Comment avait-il pu croire qu'elle essayait de le manipuler, que quelque chose lui échappait, qu'elle avait pu être la jeune fille qui lui avait fait cadeau de ce bijou étrange ? Finalement, ce ne pouvait être qu'un concours de circonstances lorsqu'elle lui avait d'abord demandé de porter ce talisman puis de ne plus le porter. Elle ne connaissait rien de son pouvoir. Tout cela n'avait été qu'une vue de son esprit perturbé. Il y voyait enfin clair, son esprit était sain. Oui, il lui devait des excuses.

Le soir, il lui écrivit une longue lettre d'amour, porteuse d'espoir en leur avenir. Il lui exprima cette fois son désir de l'épouser et d'avoir un enfant d'elle.

SYDNEY

Barrington entra triomphalement dans le bureau de Lincoln en brandissant une coupe dans sa main droite.

— Premier au championnat inter polices de tir de vitesse à 25 mètres !

— Félicitations, s'exclama Lincoln en applaudissant. Il se leva pour lui serrer la main et soupesa la coupe. Tu te rappelles ? Je te l'avais dit l'année dernière. Tu es le meilleur. Et tu as encore la place sur ton étagère ? Il n'attendit pas sa réponse. Je n'aimerais pas être l'enfant de salaud qui se trouvera un jour dans ta ligne de mire.

— Je vais en profiter pour négocier une prime, répondit Barrington en riant.

— Et moi, je vais me mettre au tir comme toi.

— Tu n'en as pas besoin...

— Je ne comprends pas.

— Tout le monde sait que tu prendras la suite de Sturgess. Tu le mérites.

Lincoln se rembrunit.

— Merci, mais j'ai bien peur que cette enquête ne soit préjudiciable à mon avancement. Chaque fois que j'essaie d'aborder le sujet avec lui, il trouve un prétexte pour changer de conversation. Il s'était mis à m'appeler Dennis, maintenant, c'est tout juste s'il se rappelle mon nom.

— Tu exagères.

— Non, j'en ai marre...

Lincoln sentit un nœud se former dans sa gorge. A chaque mot qu'il prononçait, elle se nouait un peu plus lui arrachant des spasmes et des sanglots. Il s'effondra en pleurs.

Barrington ne savait que dire. C'était la première fois qu'il voyait son chef dans un tel état de souffrance. Ils n'étaient pas amis mais il nourrissait pour lui un profond respect et il était attaché à lui.

— Qu'est-ce qui t'arrive Dennis ?

Lincoln mit un long moment avant de pouvoir articuler normalement et répondre.

— Ma femme veut me quitter.

Barrington ferma discrètement la porte du bureau pour continuer leur conversation à l'abri des regards et des oreilles indiscrètes.

Le vendredi 29 août 2012
TIBET

Stephen rendit visite à Dordji Khapa avant son départ. Il l'interrogea sur ce qu'était devenu l'Autre. Etait-il mort ou en vie ? Allait-il devoir affronter de nouvelles épreuves ?

Dordji Khapa le rassura sur son état de santé. Il était libéré et ne portait plus aucune vie en lui. Cependant, l'Autre n'était pas mort. Il l'avait seulement renvoyé dans le monde des esprits. Se réincarnerait-il ? Il n'en savait rien.

Stephen le remercia de tout ce qu'il avait fait pour lui.

— Je ne sais comment vous remercier. Sans vous et Stanton, je ne serais plus de ce monde. Comment l'avez-vous connu ?

Stephen remarqua que son regard s'assombrit. Il avait bien compris la question traduite par Nyang Yegton. Il souhaitait lui en dire le moins possible. Il prit son temps avant de répondre.

— Stanton m'a sauvé la vie, il y a bien longtemps. Mes pensées l'accompagnent tous les jours.

— Vous pouvez m'en dire plus ? demanda avec hésitation Stephen. Il m'a sorti de la situation dans laquelle je m'étais mis mais je ne le connais pas vraiment.

— Il dit "Non", lui répondit Nyang Yegton.

— Qu'est-ce qu'il a ? lui demanda Stephen.

Dordji Khapa sembla se refermer sur lui-même.

— Il voyage dans sa tête.

Dordji Khapa ne pouvait pas raconter à haute voix les conséquences de sa rencontre avec Stanton. Il n'était pas à cette époque le moine tibétain doté des pouvoirs qu'on lui connaissait actuellement. Il n'était alors qu'un jeune sorcier dénommé Quochapac vivant au sein d'une tribu *d'Amérique du Sud* et tout ce qui avait suivi était venu bouleverser sa vie à tout jamais. Il avait encore en mémoire le moindre détail des évènements qui s'étaient déroulés.

XV.
IL SE NOMME
AUJOURD'HUI

...

41

Quochapac fut fait prisonnier par une tribu ennemie alors qu'il était à la recherche d'herbes hallucinogènes. Il s'était éloigné de son territoire tant la sècheresse en avait raréfié leur présence. Mais il avait besoin de ces plantes pour soigner les siens. Il savait qu'il s'aventurait sur des terres hostiles et qu'il constituerait pour ses ennemis une prise importante car ils le sacrifieraient pour mettre sa tribu à leur merci. S'il était pris, il serait mangé, chaque guerrier adverse prenant alors une part de sa force et de son esprit, et il en serait de même par la suite pour les hommes et les enfants de sa tribu. Seules les femmes seraient épargnées le temps qu'ils se les partagent pour assouvir leurs instincts allant jusque dans leur démence à dévorer leurs organes sexuels.

Quochapac fut attaché à un poteau au milieu du village. Les guerriers dansèrent tout autour, chacun lui tranchant la peau avec sa lance à chaque passage. Le bruit des tambours s'arrêta lorsque le vieux sorcier de la tribu sortit de sa hutte. Les guerriers se reculèrent aussitôt pour lui faire un passage. Il vit s'approcher le vieil homme à pas lent agitant devant lui un bâton orné de cordelettes et de fleurs. Il distingua à son extrémité un crochet étincelant que le sorcier allait lui planter dans le crane pour en extirper son cerveau. Ensuite, le sorcier le dévorerait sous les clameurs de la tribu. Il le vit lever le bras prêt à lui fracasser le crâne et ferma les yeux, aveuglé par le soleil qui brillait dans le ciel. A cet instant, le tonnerre résonna et le sorcier s'écroula à ses pieds. Quand il ouvrit les yeux, les guerriers s'étaient regroupés, apeurés. Un homme apparut à la tête d'un groupe. Des bâtons crachèrent le feu et le tonnerre retentit à plusieurs reprises. Des guerriers s'effondrèrent, certains essayèrent de décocher des flèches mais elles ricochèrent sur ces nouveaux venus. Les villageois prirent rapidement la fuite dans les plantations de maïs tant ils furent effrayés par leurs nouveaux ennemis et les animaux sur lesquels ils étaient perchés. Une femme qu'il n'avait pas aperçue dans la cohue le détacha et le soutint, l'amenant à l'écart. Il n'avait jamais vu des êtres d'une couleur de peau aussi pâle et vêtus bien plus que d'un simple pagne. Il ne pouvait voir de leur corps que leur visage et leurs mains, et certains portaient sur la tête quelque chose qui, comme le reste de leurs habits, reflétait les rayons du soleil. Des habits durs comme de la pierre.

Ils le soignèrent dans une maison de ce village que tous avaient fui. Puis ils le firent monter sur un cheval. Il les conduisit jusqu'à son village à deux jours de marche à travers la forêt et les plantations.

Un prêtre, dans sa bure souillée de terre et de transpiration, parlant les langues *maya* et *nahuatl*, assura les échanges. Ils furent rapidement acceptés par la tribu parce qu'ils avaient sauvé son sorcier mais aussi parce qu'ils étaient venus par la mer, de l'autre côté de l'horizon, là où le Soleil se cachait pour dormir, et où toutes les tribus craignaient qu'il disparaisse à jamais.

Les hommes s'installèrent. Certains avaient la fièvre et furent soignés. On leur offrit à manger, du cochon, du maïs et de la viande humaine qui baignait dans une sauce. De la viande d'ennemis capturés et sacrifiés dont les meilleurs morceaux leur furent proposés. Ils refusèrent, expliquant que leur Dieu interdisait de manger un être humain. Ce qu'accepta le chef du village avec perplexité. A la fin du repas, le chef fit apporter des présents : quelques jeunes filles et des bijoux en or. Au début, seuls ces derniers excitèrent le regard des hommes, mais après le repas, ils amenèrent les filles dans les huttes mises à leur disposition.

Alors que tous allaient se coucher, Maria Sanchez, la femme qui avait détaché Quochapac lors de l'attaque, vint voir le chef du groupe pour lui annoncer qu'elle devait les quitter "pour faire ce pour quoi elle était venue". Celui-ci, un espagnol nommé José Juiz Afonso de Almeida, essaya de l'en dissuader et proposa de l'accompagner, ce qu'elle refusa. Le lendemain matin, elle mit des provisions sur son étalon alezan, huma l'odeur de moisissure et de pourriture qui s'élevait de la végétation tropicale et disparut en direction des montagnes qui se profilaient vers le sud.

Grâce à un sauf-conduit de l'Église, Maria Sanchez avait pu embarquer et faire face à la méfiance des hommes qui refusaient de prendre la mer avec une femme à bord. Elle avait enduré le roulis de la mer, une cabine minuscule au fond d'une cale puante. Il lui avait fallu beaucoup de courage pour affronter cette épreuve. Elle était venue porter la parole de Dieu sur ces terres et à ces sauvages. Du moins, c'est ce que chacun croyait.

Le surlendemain, juste après l'apparition du soleil, les guetteurs postés dans les arbres signalèrent la présence de guerriers ennemis. Des milliers d'Aztèques, lancés dans une nouvelle "guerre fleurie", venaient de parcourir plusieurs centaines de kilomètres pour capturer des prisonniers à sacrifier à leurs divinités.

Des captifs ligotés formaient déjà de longues colonnes. Durant leur chemin vers la capitale Aztèque de *Tenochtitlan* bâtie sur une île située sur le lac *Texcoco*, beaucoup périraient.
Les survivants finiraient drogués au mescal. Amenés au nord de la place centrale de *Tenochtitlan*, au sommet de la grande pyramide, ils seraient allongés chacun à leur tour sur une dalle et sacrifiés au Dieu *Tezcatlipoca*. Le prêtre sacrificateur pratiquerait sur chaque *xochimiqui* ou sacrifié, une incision intercostale latérale gauche avec un couteau de silex, donnerait un quart de tour pour écarter les côtes et introduirait sa main à l'intérieur de la cage thoracique pour en arracher le cœur. Il

élèverait le cœur encore palpitant dans ses mains en offrande aux dieux et le ferait cuire sur le brasier situé dans la pyramide. Le corps serait ensuite précipité vers le bas de la pyramide. Puis, les corps seraient livrés aux bouchers. Pour ceux mieux conservés, les organes seraient prélevés et offerts selon leur qualité pour nourriture en fonction du rang de chacun dans la société : les meilleurs cuits dans du chili aux prêtres et officiers, ensuite aux guerriers, au peuple et enfin les moins bons aux prisonniers. Les autres seraient jetés aux flammes et leurs cendres répandues sur les potagers comme engrais.

Les femmes et les enfants furent rassemblés dans la hutte centrale et tous les hommes prirent place autour avec leurs lances et leurs arcs, protégés par des palissades de bois. Les autres hommes se joignirent à eux avec leurs bâtons de feu.

Alors, Almeida sortit un sac de sous son armure, l'ouvrit, dessina avec la poudre qu'il contenait un cercle et y inscrit une étoile à cinq branches. Il se mit au centre de l'étoile. Et il ordonna à tous, sans exception, de ne pas pénétrer dans le cercle s'ils voulaient rester en vie.

Les ennemis surgirent de la forêt. Des roturiers et des guerriers d'élite, armés d'épées en bois aux tranchants incrustés de lames d'obsidienne très coupantes mais également très fragiles, de lances, de massues et de protections ornées de plumes.
Le massacre commença.

Les corps s'entremêlèrent dans la fureur et le sang, les lances transperçant les ventres en faisant jaillir de puissants jets de sang. Les Aztèques s'infiltrèrent en masse dans le village. Ils essayèrent de capturer le maximum de personnes, attrapant les uns par des filets les autres par des nœuds coulants au bout de perches. Les mousquets et les épées d'acier n'eurent plus l'effet de surprise initial. Les soldats étaient protégés par leurs armures et leurs côtes de maille mais les Aztèques étaient bien trop nombreux pour être arrêtés. Le village allait être détruit avant la nuit.

Alors, l'Espagnol ordonna à tous de se replier. Tous obéirent. Il n'avait pas parlé mais tous l'avaient entendu. Tous, qu'ils soient Espagnols, Portugais ou habitants du village. Comme s'il avait prononcé des paroles dans leur langue. Mais ce n'était pas leur langue qu'il avait utilisé mais la seule langue capable d'être comprise par tous. Une langue universelle. La langue des Dieux.

Il se retrouva, seul, face aux guerriers adverses qui s'immobilisèrent. Il était le seul à ne pas être armé, pourtant une dizaine de cadavres gisaient autour de lui, tordus, déchiquetés, les membres épars, comme s'ils avaient été découpés. Tous avaient tenté de pénétrer dans le pentacle.

Un Cuachicqueh s'avança. Membres les plus prestigieux de la chevalerie, reconnaissables par leur visage peint d'une moitié bleue et de l'autre rouge, les Cuachicqueh avaient le crâne rasé à l'exception d'une longue tresse sur l'oreille gauche. Il brandit un propulseur de javeline capable de transpercer un arbre à trente mètres. Les guerriers suivirent la trajectoire de celle qu'il venait de lancer.

L'Espagnol, faisant face à la javeline, resta impassible, les yeux révulsés, les lèvres marmonnant des paroles inaudibles, les paumes des mains tournées vers ses adversaires. Arrivée à deux mètres de lui, la lance s'immobilisa dans les airs et se mit à vibrer. Elle ondula puis se transforma en un serpent qui glissa à ses pieds. Une sourde rumeur monta des rangs adverses. Les hommes reculèrent, apeurés.

Puis Almeida leva les bras et s'adressa au ciel dans une langue ignorée de ses compagnons, "Libère-toi", une langue disparue depuis très longtemps dans les sables d'Égypte.

Les guerriers ennemis se firent signes et alors qu'ils allaient se ruer vers lui, le vent se leva, les feuilles sur le sol s'envolèrent et le ciel s'assombrit. En quelques secondes, le vent s'intensifia et les guerriers n'arrivèrent plus à avancer. Le sol se mit à trembler sous leurs pieds, des mains décharnées apparurent et commencèrent à nourrir la terre de leurs corps. Puis lorsque le dernier combattant disparut, une lumière jaune et bleue intense sortit du sol en direction des nuages, une lumière dont s'échappèrent des cris et des plaintes à faire frémir les plus valeureux combattants. La terre avait été nourrie du sang des guerriers et le ciel de leurs âmes. Alors tout reprit son état normal. Le vent se calma, le soleil réapparut.

Et José Juiz Afonso de Almeida tomba à terre, la tête pendante, exténué.

Ses hommes n'osèrent l'approcher. Une rumeur s'éleva aux milieux des gémissements des blessés.

Un prêtre se mit à crier à la sorcellerie et pria pour qu'il aille bruler dans les flammes de l'Enfer.

— C'est le diable.

— Prions Dieu.

Un soldat se mit à genoux et d'autres firent de même.

Alors, le jeune sorcier se porta à son secours et le soutint jusqu'à la hutte la plus proche. Il l'allongea sur une natte d'herbes sèches et de coton et lui donna à boire, lui le novice, à genou et en adoration devant cet homme à qui les Dieux avaient obéi.

Plus par peur qu'un vent de mutinerie se mette à souffler sur le campement que du retour des Aztèques, un officier ordonna qu'une partie des soldats monte des postes de garde tout autour du village pendant qu'une autre s'occupe des morts et des blessés. Les hommes furent ainsi occupés le restant de la journée. Ils pensaient connaître leur chef qui s'était fait remarquer lors de nombreuses campagnes d'Italie, amenant par son courage et sa témérité la victoire à nombreuses reprises, et sortant miraculeusement indemne à chaque fois.

Les espagnols morts reçurent une sépulture chrétienne. Les blessés furent rassemblés dans la hutte du chef pour être soignés. Les habitants appliquèrent des cataplasmes de boue et d'herbes sur leurs plaies. La puanteur et les relents du sang séché venaient s'ajouter aux râles et gémissements qui s'élevaient de toutes parts de la hutte. On dénombra onze morts et vingt-trois blessés dont la moitié n'avait aucune chance de survivre dans les prochains jours.

Les Aztèques blessés furent achevés sur place avant d'être rassemblés en un grand bucher et brulés devant les villageois qui auraient volontiers faits ripaille de leurs corps.

Almeida fut sur pied le soir même et décréta qu'il devait partir suivre la femme et veiller sur elle. Il révéla à Quochapac que cette femme comptait beaucoup pour lui. Que leurs vies étaient liées. Qu'il devait veiller sur elle.

Il confia au jeune sorcier qu'il l'avait sauvé parce qu'il le savait doué pour la magie. Il l'avait senti et il lui demanda de l'attendre car il le formerait à son retour.

Le lendemain matin, Almeida quitta seul le village laissant des consignes précises à ses soldats. Ils furent soulagés lorsqu'il leur demanda de planter une grande croix au milieu du village, de détruire toutes les idoles de pierre, de faire abandonner les sacrifices humains et la consommation de chairs et de convertir tous ces païens en la religion de la sainte Mère l'Église. Personne n'osa défier son autorité. Il leur avait sauvé la vie. Même si ses soldats le pensaient du côté du malin, ils ne voulaient pas le juger. Ce rôle incombait aux inquisiteurs, pas à eux.

Les mois qui s'écoulèrent parurent une éternité à Quochapac. Est-ce que le grand sorcier reviendrait ? Tiendrait-il sa promesse ? Au fil du temps, cela lui parut de plus en plus improbable.

Et un matin, Almeida réapparut. Il fut accueilli par ses hommes qui s'étaient comportés avec une loyauté exemplaire et les habitants du village avaient été convertis à la religion catholique. Il ne dit à quiconque ce qu'il avait fait pendant tout ce temps. Personne n'osa le lui demander.

Almeida fit jurer à ceux qui voulaient repartir vers Cuba de raconter à son gouverneur, Diego Velázquez, qu'ils avaient été emprisonnés et que lui et tant d'autres étaient morts en captivité ou pendant leur évasion. Almeida s'installa dans le village pour transmettre son savoir au jeune sorcier.

Il repartit lorsqu'il fut satisfait de l'apprentissage de son élève.

Pour l'éternité

C'était en l'an de grâce 1523 et l'espagnol José Juiz Afonso de Almeida se nommait aujourd'hui... Édouard Stanton.

XVI.
RETOUR DU TIBET

42

Le vendredi 29 août 2012 (suite)
TIBET

Évidemment, Stanton aurait pu aider Stephen à refermer la Kundalini, dès leur première rencontre, sans aucun problème. Ce que tût Dordji Khapa.
Ce que ce dernier savait, c'était la vraie raison pour laquelle Stanton avait préféré lui confier cette mission. Stanton voyait par là l'occasion de le mettre face à un nouveau défi pour le faire encore progresser. Il avait une confiance aveugle en Stanton. En son maître. Stephen était le signe tant attendu depuis des millénaires.

Stanton avait décidé de soumettre Stephen à toutes ces épreuves dès leur première rencontre afin de le mesurer et l'amener à en affronter d'autres, plus tard, bien plus grandes. Stephen occupait une place majeure dans son plan et il avait pris un grand risque en l'envoyant au Tibet afin d'être libéré par son élève qui n'avait jamais affronté la puissance de la Kundalini.

Stephen n'en saurait pas plus. Dordji Khapa non plus. Du moins, pas pour l'instant. Plus tard, sûrement. La partie n'était pas finie.

En plus des offrandes traditionnelles, Stephen lui laissa des vivres, gardant juste celles nécessaires pour le retour. Dordji Khapa lui remit un pli à l'attention de Stanton. Pendant ce temps, Nyang Yegton chargea les affaires sur les yaks.
En fin d'après-midi, alors qu'il marchait en tête, Nyang Yegton s'arrêta attendant que Stephen soit à sa hauteur.

— Tempête se préparer. Toi regarder ciel.

Des nuages, bas entre les cimes, noirs et denses comme la fumée d'un feu de forêt, descendaient en effet dans la vallée. Ils s'insinuaient vers eux à vive allure, telle une coulée de lave dévalant les pentes d'un volcan, poussés par un vent glacial, mais malgré ce, le ciel restait d'un bleu immaculé. Un coup de tonnerre éclata, suivi d'un puissant roulement en écho.

— Monter camp, monter camp, insista Nyang Yegton, anxieux.

Il savait ce qu'il en coûtait de ne pas suivre les conseils du guide. Plus jeune, il avait bravé le chef de sa tribu qui avait décidé de monter rapidement le camp à l'approche de nuages semblables. C'était la fin de l'automne et les troupeaux migraient vers les plaines. Tous s'étaient mis à l'abri sauf Nyang Yegton qui s'était moqué du vieux chef. Il estimait qu'il était prêt à lui succéder. Il avait continué sa route avec sa femme et son yak. La tempête avait duré deux jours et deux nuits. C'est en franchissant un gué trois jours plus tard que le vieux chef avait aperçu leurs corps recroquevillés près du yak. Ils avaient sauvé Nyang Yegton qui fut amputé à chaque pied de deux orteils gelés. Sa femme, moins robuste, était morte de froid, blottie contre lui.

— Déjà ? Mais nous n'avons pas beaucoup progressé.

La réflexion de Stephen le tira de ses pensées.

— Oui, mais trop tard dans une heure.

Les hommes s'activèrent. Les yaks furent solidement attachés, les tentes montées et arrimées en doublant les cordes, les bagages mis à l'abri. Le campement fut prêt au moment où la tempête s'abattit sur eux. Ils se réfugièrent à l'intérieur des tentes qui commencèrent à vibrer. Les cordes d'attaches claquèrent et chacun espéra que les piquets soient suffisamment profondément plantés.

Stephen entrouvrît sa tente, pour voir les éléments se déchaîner à l'extérieur. Des éclairs zébraient la nuée environnante. Le vent cessa un instant. Stephen crut à une accalmie, et ouvrit complètement la fermeture. Il allait sortir quand la pluie s'abattît suivie immédiatement d'une grêle drue qui fit ployer les tentes sous sa force.

Stephen s'empressa de refermer avant que le vent ne s'y engouffre et ne l'arrache de ses piquets. Ceci lui rappela les vagues qui s'écrasaient sur son voilier par mauvais temps et il savait qu'il n'y avait qu'une chose à faire en pareil cas, attendre que cela passe.

Mon amour,

C'est la dernière lettre que je t'écris. Bientôt, nous nous retrouverons. Ce soir, il n'y a pas de veillée. La tempête fait rage.
Je dois te l'avouer. Je me sens coupable d'avoir à plusieurs reprises douté de toi et vu dans certaines de tes interventions une manigance à mon égard. J'espère que tu me pardonneras car je ne devais pas avoir toute ma tête.

J'espère qu'à mon retour, tu me raconteras tes journées et tes soirées en mon absence.
Nous allons démarrer une autre vie loin de mes cauchemars.

J'ai pris deux décisions. Je veux t'épouser. Et j'aimerais que ce jour-là ton ventre soit rond. Tu seras la plus belle. Et cet enfant aura tes yeux. Je suis certain que nous serons de merveilleux parents. Je sais, cela fait beaucoup de choses. Mais j'aimerais tant que tu me dises oui.

Je te laisse lire cette dernière lettre et me donner ta réponse.
Je t'aime. Je languis de te serrer dans mes bras.
Stephen.

La tempête dura toute la nuit obligeant chacun à manger froid sous la tente, avant d'essayer de trouver le sommeil. Stephen songea qu'il serait paradoxal de périr dans une tempête après avoir réussi à surmonter toutes ces épreuves. Il s'endormit sur cette pensée.

43

"Ce qu'il m'aura fallu de temps pour tout comprendre,
Je vois souvent mon ignorance en d'autres yeux."
Extrait de "Le roman
inachevé", ARAGON

Les samedi 30 et dimanche 31 août 2012
TIBET

Le lendemain matin, le ciel était dégagé et ils purent finir leur chemin, rejoindre le véhicule et reprendre la route vers *Goggar*.

Arrivé à l'aéroport, l'air était étouffant et un orage menaçait. Stephen s'empressa d'acheter un billet pour le premier vol à destination de *Katmandou* et se renseigna sur la correspondance à *Hong-Kong* et son arrivée à *Sydney*. Il était pressé de retrouver Aurore. Il posta toutes les lettres qu'il lui avait écrites depuis son départ. Elles arriveraient après lui, ce serait son offrande tibétaine par laquelle elle pourrait revivre ses pérégrinations et découvrir qu'il voulait l'épouser et avoir un enfant d'elle. Il fit cadeau à Nyang Yegton de ses gants et de son sac de couchage. Il lui laissa son adresse et l'invita à venir avec les siens quand il voudrait. Les deux hommes se firent une longue accolade et chacun retourna à sa vie.

Stephen alluma son téléphone et fut alerté des appels et des messages qu'il avait reçus pendant son absence. Il s'empressa d'appeler Aurore avant d'embarquer pour lui confirmer l'heure de son arrivée.

— Stephen, je suis heureuse de t'entendre.

— Moi aussi. Ça me fait du bien. Je suis soulagé que tout cela soit fini. Nous allons pouvoir reprendre une vie normale.

— Tu as regardé l'enregistrement ? Elle avait l'air inquiet.

— Non, j'étais trop épuisé.

— C'est vraiment nécessaire ?

— Oui, je veux savoir. Je pense le faire dans l'avion.

Aurore marqua un temps avant de parler.

— Ce serait mon plus grand bonheur que nous puissions enfin vivre heureux.

— Tu viens me chercher à l'aéroport ? J'atterris lundi à 15h30.

— Je suis désolée mais c'est impossible. J'aurais tant voulu mais je dois assurer un cours en l'absence d'un autre professeur. Je n'ai pas pu dire non ! On se rejoindra à la maison. Tu n'es pas trop déçu ?

— Un peu mais ce n'est pas grave. Je prendrai un taxi. Je t'aime. Je me languis de toi.

— Moi aussi… Attends, il faut que je te dise aussi que la police est à la recherche de Stanton… Stephen, Stephen ?

Il avait raccroché.

Mais cela passait au second plan. Leur relation était plus importante. Elle lui avait menti. C'était la première fois depuis qu'ils se connaissaient. Elle ne pleura pas pour cela lorsqu'elle reposa le téléphone. Elle ne voulait pas aller le chercher à l'aéroport. En atterrissant, il saurait toute la vérité, et il n'aurait surement pas envie de la serrer dans ses bras.

SYDNEY

Les agents d'Interpol furent immédiatement informés que Stephen venait d'acheter ses billets d'avion et que son atterrissage à Sydney était prévu pour le 1er septembre. Lincoln se rendit précipitamment au bureau et convoqua son équipe pour mettre en place le dispositif qui leur permettrait d'appréhender Stanton à l'aéroport, si celui-ci venait y retrouver Stephen, comme il l'espérait.

Barrington prit contact avec le chef de la police assurant la sécurité de l'aéroport et le dispositif fut mis en place : Lincoln et Barrington aux caméras de surveillance, une équipe en civil près de la porte d'arrivée du vol en provenance *d'Hong-Kong*, une vingtaine d'hommes aux portes de sortie.

HONG KONG

Pendant le vol, Stephen ne put s'empêcher de repenser au rôle de Stanton dans toute cette incroyable histoire. Existait-il un lien entre le livre dont lui avait parlé Dordji Khapa et celui qu'il avait eu en sa possession ? Pourquoi Stanton lui aurait-il menti à ce sujet ? Il ne voulait pas se faire de fausses idées comme il l'avait fait pour Aurore. Il était quand même bien résolu à en apprendre davantage. Il poserait la question à Stanton dès qu'il le reverrait.

Pendant le changement d'avion à Hong Kong, Stephen en profita pour appeler Valentin. Son fils lui avait laissé une dizaine de messages. Max un seul, lui souhaitant bonne chance et l'invitant à le rappeler dès son retour.
Stephen avait complétement oublié que son fils pouvait appeler en son absence. A l'affichage du numéro de téléphone de son père, Valentin décrocha avec une certaine appréhension.
— Où es-tu, papa ? Tu vas bien ?
Valentin avait entendu les sons environnants. Stephen devait mentir.
— Oui, je vais bien, ne t'inquiète pas. Je suis à l'aéroport, je suis venu accompagner un ami. Et toi, comment vas-tu ?
— Pourquoi tu ne m'as pas rappelé. Je t'ai laissé plusieurs messages, insista Valentin.
— Oui, je sais. J'ai eu tes messages dès que je l'ai rallumé. Il était en panne et je viens de le récupérer.
— Bon.
Valentin ne semblait pas convaincu mais il renonça à cerner la part de vérité et de mensonge dans les propos de son père. Ils

discutèrent un long moment et ils se promirent de se rappeler bientôt. Valentin languissait Noël et Stephen promit avant de raccrocher de lui programmer des sorties avec Aurore qui leur feraient passer un Noël inoubliable.

Stephen appela ensuite Max mais tomba sur sa boite vocale. Il lui laissa un message rassurant.

Une heure plus tard, Stephen embarqua pour *Sydney*. Confortablement assis dans son siège, il se décida à visionner l'enregistrement. Il réajusta les écouteurs. Il se vit assis dans la grotte, la tête basculée en arrière, les mains de Dordji Khapa posées sur les siennes, le corps secoué par des tremblements sporadiques, débitant un flot de paroles énigmatiques. Il retrouvait son calme après quelques minutes. Les mots devenaient compréhensibles. Il allait enfin savoir. Il se laissa envahir par les paroles qu'il était seul à entendre. Le voyage dans le passé pouvait commencer.

SYDNEY

Aurore avait fait le tour de l'appartement pour rassembler ses affaires. Elle ressentait une profonde tristesse face à ce qui ressemblait maintenant à un véritable gâchis.

En entrant dans leur chambre, une boule d'angoisse lui prit la gorge. Elle saisit dans ses mains la photo encadrée prise sur le voilier l'année précédente et qui représentait leur couple baignant dans le bonheur. Elle ferma les yeux et la serra sur son cœur. Qu'avait-elle fait d'eux ? Certes, elle avait atteint son but mais la vie avait-elle vraiment un sens sans Stephen ?

La sienne se ramenait maintenant à trois valises posées dans un coin de leur chambre.

En embarquant, Stephen avait songé à se laver dès son arrivée. Il avait imaginé l'eau bouillante coulant pendant une heure sur sa tête, son corps reprenant vie sous cette délicieuse averse et sous les massages d'Aurore. Mais à l'atterrissage, il savait. Et il resterait hirsute et sale pour affronter Aurore, car maintenant, il s'en moquait.

XVII.
LA VERITE

44

"A tout homme convient pour ses fautes, l'humilité,
Pour celles d'autrui, l'indulgence."
Extrait de "L'enquête",
HERODOTE

Sydney, AUSTRALIE
Le 1er septembre 2012, 15h25

Lincoln s'était installé depuis le début de la matinée avec son adjoint au sein du PC sécurité de l'aéroport. Une équipe en civil postée sous un escalator se tenait prête à intervenir, attendant ses ordres.

Les policiers repérèrent l'entrée de Stanton par les caméras de contrôle. Ils le virent se diriger vers les écrans d'arrivée puis vers la porte de débarquement du vol en provenance de *Hong Kong*.

Le printemps s'installait et le ciel était au beau fixe. Des voyageurs en retard se bousculaient pour attraper leur vol. De jeunes enfants en compagnie de leurs grands-parents attendaient avec impatience leurs parents partis en voyage en Europe. Stanton attendait Stephen à l'écart de l'effervescence. Il avait été prévenu par Nyang Yegton de son retour.
Le jeune homme sortit de l'avion, bouleversé et livide, les jambes flageolantes comme si le sang lui avait été retiré du corps pendant le voyage. Il fut à peine surpris de le retrouver lorsqu'il franchit la porte d'arrivée, hagard. Il voulait rentrer seul chez lui pour défier Aurore. Plus rien d'autre ne lui importait et surtout, rien ne pouvait plus le surprendre.

Bonjour Stephen.

— Bonjour Professeur. Qu'est-ce que vous faîtes là ?

Stanton avait un air enjoué et se montra plus familier qu'à l'accoutumé avec Stephen. Il semblait éprouver pour lui un sentiment mêlé d'admiration et de curiosité au regard des épreuves que celui-ci venait de surmonter. La poignée de main des deux hommes fut franche mais Stanton perçut à sa voix et sa main moite que Stephen était bouleversé. Était-ce seulement par le périple ?

— Nyang Yegton m'a informé du succès de votre voyage. Comment vous sentez-vous ? Enfin libre ?

— Libre... Oui, on peut dire libre... Et aussi brisé !

— Mais non, vous exagérez.

Le vieil homme ne semblait pas comprendre le désarroi de Stephen et ce dernier rêvait de le voir disparaître. Soudain, il eut une idée pour détourner son attention.

— Avant que j'oublie. Dordji Khapa m'a remis ceci pour vous.

Stanton le remercia et décacheta la lettre que lui tendait Stephen tout en trottinant derrière lui. Il la lut et afficha un sourire satisfait.

— Bien, très bien. Tout s'est bien passé à ce que je lis.

Stephen aperçut la lettre couverte de cercles imbriqués, aucune calligraphie connue, mais Stephen ne s'en étonna même pas. Il avait basculé définitivement dans un monde où le rationnel n'existait plus et l'acceptait vaincu. Le professeur continua, en glissant la lettre dans sa poche.

— Alors, racontez-moi.

— Non, vous d'abord. Expliquez-moi : vous m'avez dit lors de notre première rencontre que Dordji Khapa vous avait montré un livre. Or lui m'a indiqué qu'il vous l'avait donné afin de le mettre à l'abri lorsque les Chinois ont envahi le *Tibet*. Qu'est-ce que vous pouvez m'en dire ?

Ce dernier sembla déstabilisé et sonné, comme après un uppercut de pleine face. Mais il se ressaisit et rebondit.

"Ah, il vous a dit ça ?" et il continua esquissant un sourire qui se voulait rassurant, répétant la phrase en détachant les mots comme pour gagner du temps pendant qu'il réfléchissait à une argumentation valable.

— S'il me l'avait confié, je m'en souviendrais. De plus, j'aurais fait le lien avec le livre dont vous avez été en possession. C'est surement à cela que vous faites allusion.

— Oui. J'aurais été étonné qu'un tel secret puisse figurer dans deux livres différents.

— En effet, il ne peut exister qu'un seul livre. Mais mon ami doit confondre avec une autre personne. Vivre dans un tel isolement a dû lui faire perdre la mémoire. Oui, c'est cela. C'est de vivre reclus qui l'a fait se tromper. Ou bien ses propos vous ont mal été rapportés, la traduction a été mauvaise. S'il vous plaît, revenons à vous. Vous avez pu visionner l'enregistrement ?

— Oui et je ne sais pas où tout cela va me conduire.

Stanton vit une larme perler dans ses cils.

— Je vous la laisserai après l'avoir montrée à Aurore.

— Elle vous a dit que je vous avais appelé lors de votre départ ?

Stephen se rappela soudain du soi-disant faux numéro, juste avant son départ pour l'aéroport la semaine précédente.

— Non, je n'étais pas au courant. Nous avons eu un appel et Aurore est montée répondre. Mais elle m'a dit que c'était une erreur.

Stanton confirmait encore un peu plus les craintes qui l'envahissaient.

— Je n'ai eu personne. Non, personne, insista Stanton. J'ai voulu laisser un message sur votre répondeur mais la communication a été interrompue. J'ai rappelé en vain. J'en ai déduit que la ligne était coupée. J'ai essayé de vous joindre à l'aéroport pour vous souhaiter courage et vous tenir informé de mes recherches mais je n'y suis pas arrivé.

— M'informer de quoi ?

— Les vies en vous étaient liées par ce bijou. J'ai découvert que la pierre bleue en son centre est du lapis-lazuli, ce qui a confirmé ce que je craignais. Elle a été utilisée dès l'Antiquité parce qu'elle est un puissant amplificateur mental permettant de passer le barrage spirituel, un outil d'éveil des facultés extrasensorielles. C'est grâce à elle que les vies ont pu être transportées dans le monde des songes sans l'aide d'un sorcier. La Kundalini se serait refermée si vous aviez cessé de porter ce talisman. En le gardant, vous avez permis à cette cinquième mémoire qui restait en sommeil en vous de remonter. Quand vous me l'avez remis, il était déjà trop tard. Vous auriez dû m'écouter.

— Aurore a insisté pour que je le garde.

— Pourquoi ? Elle ne pouvait pas savoir ce qu'elle faisait en vous le faisant porter.

— Au contraire, elle l'a toujours su.

— Mon Dieu... Vous croyez qu'il y a un lien avec elle. C'est à peine croyable. Qu'est-ce qui vous fait penser ça ?

— Je crois que je m'en suis toujours douté sans vouloir l'admettre. Maintenant, j'en ai la preuve !

— L'enregistrement ?

— Oui.

— Maintenant que tout est fini, je peux vous rendre le collier. Mais sachez que je suis prêt à vous l'acheter très cher ! Stephen le coupa net.

— Malgré tout le respect que je vous dois et tout ce que vous avez fait pour moi, c'est hors de question dans l'immédiat. Plus tard... Peut-être. Je dois discuter avec Aurore et ce ne sera pas facile. Elle m'a trompé depuis le début.

— J'aimerais en savoir plus. Racontez-moi. Venez, asseyons-nous à ce bar.

— Non, je suis pressé. Merci pour tout. Je vous tiens au courant.

Stephen était persuadé qu'il aurait toujours une dette envers lui. C'est l'humanité entière qui un jour en aurait une envers eux.

Il s'éloigna à vive allure, plantant Stanton seul au milieu de la foule des voyageurs. Il récupéra ses bagages sur le tapis roulant, les empila sur un chariot, puis rejoignit la station de taxis située devant l'aéroport. Il devait se réadapter à la civilisation et à sa cohue, bien loin du calme et des étendues du *Tibet*. Mais il était surtout soucieux de retrouver Aurore.

Stephen n'avait pas vu la satisfaction éclairant le visage de Stanton après qu'il l'ait laissé. Aurore aimait Stephen et l'avait choisi. Stephen savait la vérité. Que ferait Aurore après leur confrontation ? Bientôt viendrait le moment pour Stanton de se retirer de leur vie.

Il devait d'abord semer les policiers qui guettaient ses moindres mouvements depuis son arrivée à l'aéroport. Puis tisser encore quelques fils de la toile dans laquelle Stephen et Aurore étaient englués.

— Patron, nos lascars se sont séparés. On fait quoi ?

— Vous filez le vieux. Quoi qu'il arrive, ne le perdez pas !

— Ok, et pour l'autre, on fait quoi ?

— On s'en fout. On a tout sur lui et il est clean. On le cueille quand on veut. Se tournant vers Barrington, il murmura en aparté : je suis certain qu'il va filer directement chez lui prendre une douche et retrouver sa copine. Il reprit sa conversation avec l'équipe en planque. Faites attention au vieux, c'est une anguille. Ça fait des années que je le traque, alors si vous voulez votre prochain avancement, ne le laissez pas filer.

— OK, chef. Il s'est arrêté pour téléphoner, on le serre ?

— Pas maintenant, il y a trop de gens autour. Dès qu'il a fini, dirigez-vous vers la sortie, discrètement. Et arrêtez de m'appeler "patron" ou "chef" ! C'est "inspecteur" ! On n'est pas dans un film.

Après deux minutes d'attente, le policier rappela Lincoln.

— Patr... Inspecteur, pardon, il a fini... Merde, il prend une porte de service.

— Il vous a repéré. Suivez-le. On ne l'a plus sur les écrans. Ah, ça y est, il est là. Il est sorti du côté des hangars. Barrington, reste là, tu nous guideras. Attrapez-le, je vous rejoins.

— Ok, chef... Pardon.

Le responsable lança son équipe aux trousses de Stanton avec ordre de l'interpeler dès que possible. Deux de ses coéquipiers, aborigènes et rugbymen, ne demandaient qu'à en découdre et il était bien souvent obligé de les freiner. Aussi, quand il les lâcha sans réserve sur le vieil homme, il en eut presque des scrupules.

Les deux gaillards s'élancèrent à sa poursuite, l'arme au poing, avec la puissance d'un troupeau de rhinocéros en colère et le responsable pria pour que le vieux n'oppose aucune résistance lors de l'arrestation. S'il avait un mot déplacé, il n'était pas sûr que l'inspecteur puisse l'interroger rapidement.

Lorsque Lincoln rejoignit le responsable, essoufflé, celui-ci avait perdu de vue ses deux limiers. Ils avaient tourné dans un hangar, derrière un avion-cargo.

— Alors, où sont-ils ?

— Ne vous inquiétez pas inspecteur, Nungurrayi et Tjapaljarri sont à ses trousses, ils vont vous le ramener.

A ce moment, son émetteur se mit à grésiller. C'était Nungurrayi.

— Chef, on vient de le coincer dans une travée. Pour l'instant, il se terre derrière des caisses et des vieux pneus et il ne répond pas quand on l'appelle. On fait quoi, on rentre dans le tas pour le faire sortir ?

Lincoln arracha la radio des mains du chef et hurla.

— Ne bougez pas, on arrive... Il pourrait être armé. Empêchez-le de sortir, c'est tout. Mais s'il s'échappe, vous êtes morts...

Et il partit en courant rejoindre les géants qui bloquaient l'entrée de la travée.

En les voyant ainsi de dos, ramassés, prêts à bondir, Lincoln sourit. Il aurait fallu être malade pour essayer d'affronter seul ses deux titans.

Il tapa sur l'épaule de Tjapaljarri, le plus petit avec ses 2,06 mètres, pour signaler sa présence.

— Ok les gars, leur dit-il comme s'il s'adressait à deux chiens prêts à se jeter sur leur proie, vous restez là et s'il m'échappe vous lui sautez dessus. Je vais essayer de parlementer avec lui.

Il avança au milieu des pneus et bidons d'huile, prudemment, et s'arrêta à 10 mètres des caisses où devait se cacher Stanton.

— Allez. Sortez de là. Je suis l'inspecteur Lincoln. Vous savez très bien qui je suis. Nous sommes de vieilles connaissances, non ?

Vieille, vieille, tout est relatif, pensa Stanton en écoutant le policier, bien à l'abri dans sa cachette.

Lincoln fit encore deux pas et recommença à parler en direction des caisses.

— Allez, mon vieux, soyez raisonnable, sortez de là. Ce n'est pas sain, à votre âge de traîner parmi tous ces détritus. Je suis sûr qu'il y a des rats.

"Et alors", pensa Stanton, "j'en ai mangé plus souvent que tu ne crois. Et je n'en suis pas mort. Aujourd'hui, les gens ont vraiment peur de leur ombre".

— Vous savez, reprit Lincoln, toujours en parlant très fort pour être sûr d'être entendu, vous ne risquez rien à venir discuter avec moi. Je veux juste vous parler. Nos routes se sont croisées trop souvent pour que vous n'ayez pas des choses à me dire. Je veux juste vous parler. On peut sûrement trouver un arrangement.

Et comme il ne se passait toujours rien, il shoota d'énervement dans une boite qui alla se fracasser à grand bruit contre un bidon.

— De toutes façon, mon pote, t'as pas le choix. Tu vas bien être obligé de sortir à un moment ou à un autre, ne serait-ce que pour pisser. A ton âge, tu n'as pas de problèmes de prostate ? Et t'es coincé entre un mur de 25 m de haut et deux colosses de 120kg chacun. Alors, fais gagner du temps à tout le monde, rends-toi.

Stanton murmura pour lui-même :

— Ah tu veux que je me rende ? Tu crois que je ne peux plus t'échapper… Mais comment peux-tu être aussi prétentieux ? Tu n'as toujours pas compris, depuis toutes ces années, que tu perdais ton temps, à me courir derrière ? Bon, et bien une fois encore, il va falloir que je te donne une petite leçon d'humilité.
Stanton ferma les yeux et se mit à psalmodier.

Quelques secondes plus tard, il sortit de l'ombre, bras en l'air, marchant à petits pas mesurés vers Lincoln, n'opposant aucune résistance.

Ce dernier se rua sur lui, et les deux gaillards en firent autant, en prenant position pour encercler le vieillard. Stanton sourit à tous gentiment et tendit ses poignets sur lesquels Lincoln put refermer ses menottes sans effort. Il les serra si fort que le jeune Nungurrayi s'en émut.

— Chef, c'est un vieux monsieur. Vous allez lui couper le sang.

— Ce vieux monsieur est le roi de l'évasion et de la disparition, jeune homme. Crois-moi, je sais ce que je fais. Allez, embarquez-le et conduisez-le au commissariat, car nous allons avoir une très longue discussion, lui et moi, pas vrai, Monsieur… ?

— Stanton, appelez-moi Stanton.

— Ah, c'est votre nom, aujourd'hui ?

— J'aime bien, pas vous ?

— Vous vous moquez de moi ? Je vais vous faire changer de ton, je vous assure…

— Oh, cher monsieur, je ne me moque pas du tout de vous, bien au contraire. Je dois dire que j'admire même votre pugnacité.

— Oui, tellement pugnace que j'attendais ce moment depuis longtemps.

— Moi aussi, cher monsieur, moi aussi.

Lincoln fut surpris par l'élan de sincérité qu'il perçut dans la dernière phrase de Stanton. Le vieil homme ressentait-il enfin le besoin de soulager sa conscience ? Il eut presque envie de commencer à l'interroger sur place. Un petit groupe d'ouvriers autour d'eux commençait à grossir de façon importante et il savait par expérience que la foule n'aimait pas qu'on arrête un vieillard. Il valait donc mieux quitter les lieux. Il sortit sa carte de police et la brandit sous le nez des ouvriers.

Ils rejoignirent la voiture des policiers et Lincoln donna ordre à Nungurrayi de conduire le prisonnier au commissariat pendant que lui-même allait chercher sa voiture banalisée, laissée devant l'aéroport.

Stanton avait l'air encore plus petit et plus voûté entre les deux colosses. Ce petit vieux était décidément très étrange. Il monta tranquillement à l'arrière de la voiture. Lincoln s'arrêta pour suivre la voiture du regard s'éloigner. Lorsqu'elle démarra, Stanton leva une main en l'air et fit un doigt d'honneur à l'intention de Lincoln.

Lincoln fut révolté par ce geste. Ce salaud lui avait parlé en face d'un ton mielleux et le narguait maintenant le dos tourné. Il brulait d'impatience de l'interroger et se promit de lui faire passer un mauvais quart d'heure dès qu'ils se retrouveraient. C'est en marchant vers sa voiture qu'il réalisa. Stanton avait levé une main. Une main, pas les deux !
— Merde ! Les menottes, hurla Lincoln.

Il attrapa sa radio tout en courant comme un dératé derrière le véhicule qui se faufilait déjà dans la circulation dense, grâce à sa sirène.
— Il n'a plus ses menottes, il n'a plus ses menottes, hurlait-il.

Quand la radio répondit enfin, il eut du mal à reprendre son souffle :

— Nungurrayi, attention, il a retiré ses menottes.

— C'est pas possible, j'ai vu comment vous les aviez serrées. Aucun prisonnier ne pourrait… MERDE !!!!!

— Quoi, merde, quoi, merde ? Qu'est-ce qui se passe, Nungurrayi ?

— Mais… C'est pas possible ? Jo, c'est pas possible, arrête toi tout de suite…

— Quoi, hurlait Lincoln, expliquez-moi, quoi ?

Il vit le gyrophare s'immobiliser sur l'autoroute, quelques centaines de mètres devant lui, et il se remit à courir…

— Quoi, qu'est-ce qui se passe ?

Cette fois, c'est Tjapaljarri qui répondit à Lincoln, d'une voix blanche.

— Chef, il a disparu.

— Comment ça, il a disparu ?

— Il est plus dans la voiture !

— Comment ça il n'est plus dans la voiture ? C'est quoi cette connerie ? Et votre chef ?

— Vous ne me croirez jamais, le chef, il dort. La voiture est verrouillée. Il ne pouvait pas sortir. Il n'est pas sorti. Il a juste disparu. Vous me croyez ? implora le colosse.

Lincoln se passa la main dans les cheveux et soupira :

— Calme-toi, je te crois ! Réveille ton chef !

Il arrêta de courir et c'est en mettant des coups de pieds dans les rambardes de sécurité tous les mètres qu'il rejoignit la voiture immobilisée. Les deux jeunes étaient sous le choc, comme anéantis. Le chef avait du mal à reprendre conscience. C'était la première fois de leur carrière qu'ils étaient tous les trois confrontés à l'absurde. Mais pas Lincoln. Lincoln savait qu'avec Stanton, tout était absurde.

Il était en train d'essayer de consoler les gars, lorsque malgré le brouhaha de l'autoroute, il entendit rire au-dessous de lui. Il ne s'était pas rendu compte que la voiture était arrêtée sur un pont qui enjambait une autre bretelle d'autoroute. Il se pencha et aperçut, quelques mètres plus bas, Stanton, qui lui faisait signe…

Son sang ne fit qu'un tour…

— Et ce connard me nargue, en plus !

— Pardon chef ?

— Regardez, il est là, en dessous.

Et en disant cela, il enjamba la barrière de sécurité pour sauter. Tjapaljarri le retint par la ceinture.

— Ça ne va pas, Inspecteur, vous allez vous tuer.

— Il faut absolument que je descende.

— Peut-être, mais pas comme ça. On vous emmène en voiture.

— Il aura disparu… Je saute !

— Nonnnnnn !! Attendez, il y a un treuil sur la voiture… On vous descend avec le câble.

Lincoln regarda à nouveau par-dessus le parapet… C'était très haut et les voitures roulaient vite. Stanton, quant à lui, déambulait tranquillement et semblait l'attendre.

— Ok, descendez-moi.

Les deux jeunes l'aidèrent du mieux qu'ils purent et il arriva sans encombre sur la bretelle inférieure.

— Stanton, attendez-moi.

— Je ne fais que ça.

Il n'aurait pas dû entendre le vieil homme, trop loin pour que sa voix couvre le bruit des voitures. Malgré tout, Lincoln l'entendit parfaitement. Il était trop dans l'action pour trouver ça anormal.

Il se détacha du treuil et se mit à courir vers Stanton. Mais quand il fut à 10 mètres, le vieil homme se leva et se mit à courir aussi. Plus Lincoln allongeait la foulée, et plus Stanton accélérait aussi.

Ils couraient maintenant tous les deux sur la bande d'arrêt d'urgence, sous l'œil sidéré des automobilistes. Soudain, Lincoln entendit la sirène d'un véhicule de police. Il allait enfin avoir du renfort.

En effet, la voiture les devança, et d'un coup de frein à main, vint stopper en travers de la voie pour bloquer Stanton. Barrington, qui avait quitté son poste d'observation à l'aéroport, sortit du véhicule et se posta face à Stanton, son pistolet braqué dans sa direction.

— Levez les mains et plus un geste.

Le vieil homme s'arrêta, sans montrer de signe de panique ni d'essoufflement alors que Lincoln sentait ses poumons éclater sous ses côtes. Il regarda à droite, à gauche, et d'un saut digne d'un *Yamakasi* franchit la glissière de l'autoroute. Barrington fit feu à deux reprises avec son automatique pour l'arrêter dans son élan.

— Noooooon, hurla Lincoln, comprenant en un éclair que Stanton n'avait aucune chance et que du tir de son adjoint dépendait le devenir de son enquête.

Dans la précipitation, Barrington avait choisi la solution qui s'était imposée à lui pour mettre fin définitivement à cette course poursuite et à cette enquête sans réfléchir cependant à toutes les conséquences. Il méritait bien sa 1ère place au tir de vitesse. Il fit un excellent tir groupé. Les deux balles de son 38" traversèrent le corps de Stanton, une au niveau du cou et l'autre au niveau de la mâchoire. Les balles ressortirent sans ralentir Stanton dans sa course.

Certain d'avoir atteint sa cible, Barrington resta sidéré de le voir dévaler indemne la pente abrupte en terre qui aboutissait à une voie rapide. Barrington et Stanton, comme un seul homme et sans réfléchir au danger, sautèrent la glissière sur les traces de Stanton.

Barrington réussit à courir pendant un moment dans la pente, mais emporté par l'élan, il finit par perdre l'équilibre et rouler jusqu'à un terre-plein où il s'assomma lourdement contre une borne de secours.

Pendant ce temps, Stanton courait et zigzaguait au milieu de la circulation. Lincoln voulut en faire autant. Malheureusement, il ne vit pas une voiture qui essayait de l'éviter et fut projeté en l'air. Sous la violence du choc, Lincoln s'évanouit.

Les voitures s'encastrèrent autour de lui dans un fracas de tôle assourdissant et prirent feu mais, comme par magie, il fut épargné et le feu s'éteignit rapidement.

Le vrai Stanton se tenait debout à une dizaine de mètres de là, invoquant les esprits pour protéger Lincoln. Il avait mis fin à l'avatar, une enveloppe corporelle qu'il avait créée à son image dans le hangar alors qu'il s'était mis à l'abri du regard des policiers et qui les avait leurré lors de l'arrestation puis la course poursuite, qui avait essuyé les coups de feu de Barrington et qui s'était faufilée indemne entre les voitures. Il avait mené Lincoln jusqu'à lui pour qu'ils puissent se rencontrer.

Quelques minutes plus tard, l'inspecteur reprit connaissance. Des klaxons et des cris résonnaient dans sa tête. Il perdait beaucoup de sang et sentait sa vue se brouiller. Quelqu'un le rappelait à la vie et quand il émergea totalement, il se rendit compte que la personne qui le giflait avec énergie n'était autre que Stanton.

— Monsieur Lincoln, regardez-moi, vous m'entendez ?
— Qu'est-ce qui s'est passé ?
— Vous avez été heurté par une voiture. Vous êtes en sécurité derrière la glissière.
— C'est vous qui m'avez sorti de la route ?
— C'est bien normal, c'est moi qui vous y avais fait entrer.
— Vous êtes vraiment un drôle de type…
— Reposez-vous, vous avez une grave blessure à la tête. Je me suis servi de votre radio, les secours arrivent, tenez bon. Je suis désolé pour tout. Je ne voulais pas que vous soyez blessé. Il faut que je vous laisse avant leur arrivée.

Les sirènes commençaient à s'entendre au loin. Stanton, agenouillé auprès du policier, lui épongea le front et fit un mouvement pour se relever. Lincoln s'accrocha à la veste du vieil homme.

— Non, ne partez pas… Pas encore… Je vais mourir, je veux savoir, je dois savoir…
— Non, vous n'allez pas mourir. Ouvrez la bouche et avalez rapidement. Vous allez vous rétablir.
— Vous voulez m'empoisonner ?

— N'ayez crainte. Cela va vous permettre d'attendre les secours et de vous rétablir rapidement.

— Mais qui êtes-vous ?

— Il vaut mieux que vous en sachiez le moins possible… Dans votre intérêt.

— Arrêtez, s'il vous plait ! Dites-moi la vérité.

Sa voix devenait très faible, sa vue se brouillait, mais il continuait à lutter pour savoir.

— Vous ne me croirez pas…

— Je veux savoir pourquoi vous avez volé ces objets. Et ces dessins…

— Ah, vous êtes plus perspicace que je ne l'aurais cru. Mais, je n'ai rien volé, j'ai juste repris ce qui était à moi.

— A vous ? Mais ils sont vieux !

— Je le suis bien plus qu'eux. Vous voulez connaître un secret ?

— Oui…

— Alors, promettez-moi de ne plus me chercher. Je vous trouverai le moment venu.

A bout de force, Lincoln secoua la tête dans l'affirmative.

Stanton se rapprocha et pendant qu'il parlait, Lincoln resta les yeux grands ouverts, toujours accroché à la veste du vieil homme, abasourdi par ses propos. Quand ce dernier se tût, le policier ferma les yeux et Stanton quitta les lieux quelques secondes à peine avant l'arrivée des infirmiers, sans savoir si Lincoln l'avait entendu jusqu'au bout ou s'il avait sombré dans le coma avant.

45

"Un phénomène est-il, à notre avis, au-dessus de l'homme ?
nous disons aussitôt : c'est l'ouvrage d'un Dieu ;
notre vanité ne se contente pas à moins.
Ne pourrions-nous pas mettre dans nos discours un peu moins d'orgueil,
et un peu plus de philosophie ?
Extrait de "Lettre sur les aveugles
à l'usage de ceux qui voient",
Denis DIDEROT

Sydney, AUSTRALIE
Le 1ᵉʳ septembre 2012, 16h10

Aurore attendait Stephen, ses valises bouclées dans la chambre. Elle avait annulé ses cours pour être à la maison à son arrivée.

Stephen jeta les bagages dans l'entrée. Lorsqu'il ouvrit la porte du salon, elle comprit à son regard qu'il savait. Elle aurait pu fuir maintenant que l'esprit de Zopyre était libéré mais elle ne voulait pas éviter l'affrontement. Elle le lui devait, pour l'amour qu'elle lui portait. La dispute éclata dès qu'il ouvrit la bouche.

— Bonjour Aurore, ou devrais-je plutôt dire... Anténa, épouse de Zopyre, général des armées Perses, qui a traversé les siècles pour sauver celui qu'elle aimait mais qui n'a pas eu le courage de venir m'attendre à l'aéroport !

— Bonjour Stephen. Non, ce n'est pas cela. Je me doutais bien qu'en regardant l'enregistrement, tu comprendrais. Je ne voulais pas que nous nous donnions en spectacle et je préférais que nous parlions en tête à tête, sans témoin. Ce que nous avons à nous dire ne peut pas être entendu de tous. Et c'est par amour pour toi que je suis restée et que je n'ai pas fui.

— Par amour pour moi ? C'est par amour pour moi aussi que tu m'as conseillé de porter ce collier maudit ou pour le libérer ? Tu as vécu tous ces mois à mes côtés, parce que tu n'avais qu'un seul but, permettre à l'homme que tu aimais de revenir. J'ai du mal à réaliser que j'ai pu vivre et coucher avec une femme qui a commis de telles atrocités. Je ne trouve pas les mots...

— Je ne sais pas ce que tu sais de moi mais je ne suis plus celle-là. Tu dois m'écouter.

— Tu te rends compte de ce que tu as fait ?

— Stephen, c'était un autre temps, répondit Aurore en s'avançant vers lui. Elle se défendait mais sans grande conviction, consciente, avec sa vision actuelle de la vie, que Stephen avait raison.

— Ne me touche pas. Tu me dégoûtes. J'ai beau me persuader que tu n'es plus comme cela, que tu as changé, c'est dégueulasse.

Aurore baissa les yeux. Elle ne pouvait pas soutenir le regard accusateur de Stephen. Il ne savait pas tout sur elle mais il en savait suffisamment pour la juger objectivement. Il ne lui avait jamais parlé dans des mots aussi crus. Il ne l'avait jamais regardé avec autant de mépris. Oui, elle avait honte du sang qu'elle avait sur les mains, des gens qu'elle avait torturés dans cette époque de folie, du plaisir qu'elle avait pris à les faire et voir souffrir. Son passé l'avait rattrapée.

— Tu es aveugle. Tu ne vois pas que je t'aime ? se mit à crier Aurore, désespérée. C'est vrai, au début, je me suis servie de toi. Je n'avais que faire de ta vie. J'ai repris espoir lorsque j'ai vu que tu avais ouvert un tunnel vers ces vies. Je ne pouvais que t'encourager à aller plus loin dans cette voie, afin de les libérer. Comprends, c'était la fin de mon errance. Mais ensuite, je suis tombée amoureuse de toi ! Tu crois que ce que j'ai vécu jusqu'à aujourd'hui a été simple pour moi ?

— Arrête ! Tu as feint de m'aimer pendant tout ce temps, en te donnant à moi pour arriver à tes fins. Tu as joué avec mes sentiments d'une manière machiavélique. Tu étais tellement aveuglée par ton but que tu m'as sacrifié. Qu'est-ce que j'ai été pour toi, une distraction entre deux vies ?

Stephen restait sourd à ses aveux.

— Tu n'as pas le droit de penser cela, s'insurgea Aurore. Plus j'ai appris à te connaître, plus je me suis donnée à toi, et moins j'ai accepté que Zopyre prenne place dans ton corps. Ne nous faisons pas de mal pour rien. Je te jure que je t'aime. Sincèrement. Même si cela n'était pas dans mes plans !

— Je suppose que notre rencontre n'était pas accidentelle ? Elle faisait partie de "tes plans" aussi, c'est ça ?

— C'est vrai. J'étais en Australie parce que je te cherchais. J'ai senti ta présence le soir où nous nous sommes rencontrés. J'avais enfin retrouvé celui que je recherchais depuis mon arrivée. Je ne me suis jamais trompée et te trouver n'aurait été de toute façon qu'une question de temps, j'en ai l'habitude depuis 25 siècles. Comme je ne voulais pas perdre cette occasion, j'ai percuté ta voiture lorsque le feu est passé au vert.

— Tu aurais dû m'en parler. Pourquoi ne l'as-tu pas fait ?

— Bien sûr, c'était très simple et super crédible : "Bonjour, je m'appelle Aurore, j'ai l'air d'avoir 30 ans mais en fait j'ai 25 siècles et je cherche mon mari qui est enfermé en vous !". Tu m'aurais cru ? Ou tu aurais appelé un psychiatre ?

Stephen réfléchit un moment avant d'admettre :

— Effectivement, tout au début, tu as raison, c'était difficile.

— Au départ, j'ai eu peur que tu ne veuilles pas aller plus loin dans tes méditations. Je voulais pouvoir t'influencer sans éveiller tes soupçons.

— Mais après, avec le temps ? Avec tout ce qui m'arrivait ? Lors de la bagarre dans la salle de bain, la dernière fois ! Pourquoi n'as-tu rien dit ? Là, j'aurais pu comprendre ! J'étais prêt !

— Je n'avais pas imaginé que je tomberais amoureuse de toi. J'ai voulu t'en parler, tout t'avouer mais j'ai eu peur de mettre ta vie en péril…

Des larmes se mirent à couler sur ses joues. Ses paroles devinrent saccadées. Des spasmes remplacèrent ses cris.

— Moi aussi, j'ai été trahie et manipulée. Je n'ai jamais voulu tout cela. J'ai été projetée dans une situation à laquelle je n'étais pas préparée. Et je n'ai jamais su pourquoi.

Stephen prit Aurore dans ses bras jusqu'à ce qu'elle retrouve son calme. Elle essuya son visage.

— Tu ne sais pas ce que c'est de te sentir attirée par quelqu'un et de t'apercevoir que l'être que tu aimes est enfermé dans le corps d'un étranger que tu as en face de toi. Pendant des siècles, j'ai voyagé d'un continent à l'autre à la recherche de Zopyre. A chaque vie, je suis née consciente, captant toutes les paroles que mes parents de "transit" adressaient à leur nouveau-né. J'ai appris à naître et à mourir avec sérénité, à abandonner un corps et à m'en approprier un autre, à attendre entre les deux dans un espace intemporel.

— Comment ça ?

— Il existe un espace où le temps n'a pas de prise sur les âmes passagères. Certaines en profitent pour méditer sur leurs anciennes vies. Elles attendent un corps physique, un fœtus, pour revenir sur Terre.

— Et que devient l'esprit du fœtus dont tu prends la place ?

— Il flétrit.

— C'est horrible !

— C'est la vie. Puis, j'ai cherché à accéder à l'esprit de Tötaan pour savoir ce qu'il s'était passé, mais on m'a expliqué que c'était impossible, car certains esprits "résident" à des niveaux de pensée supérieure, inaccessibles au commun des mortels. Ils se sont élevés en se libérant de leurs souffrances terrestres et en prenant conscience du Monde. Tötaan a atteint un des plus hauts niveaux astraux. Notre vision de la vie sur Terre est erronée. Nous regardons toujours les choses par le mauvais côté, en nous positionnant au centre. Tout comme nous pensions pendant des millénaires que le Soleil tournait autour de la Terre, nous nous interrogeons toujours sur l'existence d'une vie après notre mort.

— Et alors ?

— Alors ? Il y a une mort après la vie.

— Je ne comprends pas.

— C'est dans cet espace que réside la vraie vie. Une vie où l'espace, le temps, les langages sont abolis. Une vie où nous goûtons à l'existence terrestre lorsque nous avons la volonté d'élever notre conscience, lorsque nous voulons être mis à l'épreuve.

Une pensée fugace surgit dans l'esprit de Stephen; un lien existait-il entre les paroles d'Aurore et les propos tenus par Stanton lors de leur première rencontre ? Et comment ce dernier aurait pu être au courant de ce type d'espace ? Mais cette pensée disparut, son esprit étant déjà happé par la suite des propos d'Aurore.

— Je me suis étonnée, la première fois que j'ai séjourné là-bas, d'être la seule âme enveloppée d'une clarté bleue dont une traîne semblait prendre son origine hors de cet espace. On m'a expliqué que j'étais reliée à un Autre qui n'avait pas le droit de pénétrer dans ce lieu. J'ai compris que c'était Zopyre. Et que lorsqu'il renaitrait sur Terre, je serai aspirée à mon tour. Raison pour laquelle nos naissances ont toujours été si proches. Et que nous sommes nés à peu d'intervalle tous les deux. A chaque vie, je voyageais entre les deux mondes dans un tunnel blanc. Je prenais possession de mon nouveau corps, un fœtus à son $3^{\text{ème}}$ mois environ, en étant aspirée par le sommet de son crâne. Je ressentais des picotements me parcourir lorsque les femmes qui m'accueillaient dans leur ventre avaient des nausées.

Stephen avait du mal à accepter ce qu'il entendait, à prendre conscience de l'incroyable expérience vécue par Aurore.

— Dans chacune des vies de Zopyre, j'étais là, à ses côtés. J'ai partagé l'existence des êtres dont tu as libéré la mémoire. J'étais soulagée à leur mort car je pensais qu'une issue heureuse allait venir. En même temps, j'étais angoissée, terrorisée à l'idée de me réincarner et de ne plus trouver trace de Zopyre. J'ai compris que je ne pourrais qu'attendre la venue d'un évènement extérieur. J'ai plusieurs fois envisagé d'en finir avec la vie, de mourir sans faire le nécessaire pour me réincarner. J'ai assisté ces êtres dans leur départ. J'ai veillé à chaque fois à ce que les conditions de leur mort soient favorables pour qu'ils puissent se transférer dans un autre corps.

— Mais tu n'éprouves donc pas de sentiment ? Tu n'as pas aimé ces mères et ces gens qui ont hébergé ton amour maudit ?

— J'ai toujours lutté pour ne pas m'attacher, connaissant l'issue fatale de mes rencontres et j'ai toujours réussi, jusqu'à mes derniers parents et toi ! Ma propre histoire m'est alors apparue lointaine. Je suis arrivée à m'en détacher. Ce n'était pas de l'indifférence. Mais je voyais les évènements de ma vie autrement que dans le passé où je n'étais là que pour mettre les hébergeurs en contact…

Aurore s'arrêta un bref instant. Elle savait que la suite de son récit allait creuser encore davantage le fossé entre eux. Elle respira profondément avant de poursuivre :

— Avec le bijou que m'avait confié Tötaan et qui permet l'envol de leur mémoire.

— C'est donc toi, sur la plage, qui m'a offert ce bijou ? Et dire que je n'ai jamais fait le lien entre cette Sarah et toi. Mais elle était blonde ?

— J'avais emporté une perruque dans mon sac. Je l'ai mise lorsque je t'ai repéré sur la plage. Je ne voulais pas que tu me puisses me reconnaître lorsque nos chemins viendraient à se croiser dans le futur.

— Et c'est pour cela que tu tenais tant à ce que je le porte.

— Oui, je devais veiller à ce que les êtres soient en contact avec le talisman surtout au moment de leur mort. Et j'ai dû à chaque fois récupérer le collier. Non sans mal, notamment en Nubie lorsque Zopyre s'est retrouvé dans le corps d'un esclave. J'ai eu de grandes difficultés pour suivre sa trace. Je l'ai suivi dans le désert attendant sa mort, impuissante devant tant de souffrance.

— Arrête, tu vas me faire pleurer.

— Je comprends que tu vives tout cela comme une trahison car je t'ai menti et je t'ai mis en danger, mais il faut que tu comprennes tout ce que j'ai vécu avant de me juger. J'ai fait mes valises. Ecoute-moi et après, si tu me le demandes, je partirai pour toujours.

Stephen fit quelques pas, pensif.

— D'accord, racontes-moi, Aurore.

Ils s'assirent et Stephen se cala dans son fauteuil. Aurore eut envie de se blottir contre lui mais se retint. Elle ferma les yeux un court instant et reprit son souffle. Elle se releva, regardant la rue par la fenêtre et entama un long monologue.

— Ça s'est passé il y a 2500 ans et je sens encore les odeurs enivrantes des fleurs de la salle du palais d'où j'aperçus Zopyre pour la première fois. Personne ne m'avait encore fait une telle impression. Babylone était une cité d'intrigues et de complots. Les amitiés se faisaient et se défaisaient au rythme des trahisons et des luttes d'influence. Je détestais cette cour qui représentait tout ce que je méprisais : la veulerie, la bassesse, les compromissions, l'hypocrisie, les luttes de pouvoir et les rivalités intestines. J'étais la fille d'un des plus puissants notables de Babylone. Les grands du royaume rêvaient de m'épouser. Pour mes quinze ans, mon père avait organisé une grande fête pour annoncer mes fiançailles. Ces gens étaient petits, étriqués et pendant que je subissais leurs courbettes, je rêvais de grandeur, de noblesse, de courage, d'absolu. Zopyre gouvernait la ville et lorsqu'il m'est apparu, j'ai compris au premier regard qu'il était l'homme que j'attendais.

Et il l'était, il l'était vraiment…

XVIII.
LES VIES D'AURORE

46

"Rien ne peut rendre compte du lien invisible par lequel nous nous sentions unis dès le début"
Extrait de "Lettre à D.", André GORZ

Sydney, Australie
Le 1er septembre 2012, 16h20

(1ère vie d'Anténa)

"Je suis née à *Babylone* en *Mésopotamie*, en 516 avant JC. Ma mère est morte alors que je n'avais que trois ans. On m'a rapporté que dans un excès de colère, mon père l'avait frappée et que sa tête s'était fracassée au bas des escaliers qu'elle venait de dévaler.

Ses autres épouses ne voulant pas s'occuper de moi, il avait acheté une servante, Tötaan, à un caravanier qui venait des plaines lointaines de Sibérie. Elle m'a élevée comme sa propre fille, toujours à mes côtés. Elle me racontait son enfance et sa vie dans les steppes de *Mongolie*, les hivers qui duraient plus de six mois avec des températures jusqu'à -40°c, les étés torrides, les vents violents, la tonte des moutons, les fêtes du Nouvel An où les familles se retrouvaient.

De temps en temps, elle s'absentait. Intriguée, je l'interrogeais sur ses disparitions mais elle restait évasive, me parlant de rendez-vous avec les Dieux. Plus tard, elle a été ma confidente. Elle m'a toujours protégée des intrigues et des coups du pouvoir. Elle m'a insufflée cette liberté et cette révolte qui allaient faire de moi une femme volontaire et insoumise. "

"Mon père s'appelait Bagapa. Il a voulu m'utiliser pour asseoir sa position dans la société babylonienne en me promettant à un de ses pairs. Tous les notables et dignitaires de la ville étaient présents le jour de mes fiançailles et, malgré la musique et les jongleurs, je m'ennuyais à mourir. C'était un jour normal, à la température agréable.

Je regardais à l'extérieur lorsque j'aperçus un homme arriver dans la cour du palais sur son puissant destrier, entouré de ses cavaliers. Les bêtes étaient fourbues et elles s'immobilisèrent, couvertes d'écume blanchâtre autour de leur bouche, tels des chiens enragés."

"Après plusieurs journées de chevauchée, les cavaliers venaient de traverser au galop la voie processionnaire. Ils s'étaient frayé un chemin à travers les ruelles poussiéreuses, au milieu des échoppes, renversant des étals d'herbes et d'épices, de vêtements de laine et de soie, de poteries, de nourritures et des tonneaux de vin. Les passants s'étaient jetés rapidement à l'écart pour ne pas finir sous les sabots des chevaux."

"Mon cavalier avait fière allure et je n'arrivais pas à détacher mon regard de sa silhouette, suivant ses moindres gestes jusqu'à ce qu'il entre dans le palais, disparaissant ainsi de ma vue. Une rumeur est parvenue jusqu'à nous et les pas rapides d'une troupe annonçaient l'arrivée de Zopyre, satrape de *Babylone* et l'un des généraux les plus importants de l'armée Perse. Fils de Mégabyse, descendant de l'une des six familles de l'aristocratie dont le roi Darius s'était entouré pour régner, il bénéficiait à ce titre des plus grands honneurs de la cour. Lorsqu'il est apparu dans la grande salle, couvert d'une longue cape rouge effleurant le sol et accompagné de son escorte, nos regards se sont croisés. Aussitôt, une force invisible nous a poussé l'un vers l'autre. C'était impossible de résister mais de toute façon, je n'en avais pas envie. Peu m'importait qui il soit, je savais que ma place était à ses côtés. J'ai senti qu'ensemble rien ne pourrait nous résister. Je devais devenir sienne, il devait devenir mien. J'ai compris que ceux qui se mettraient au milieu de notre chemin périraient. Je lui ai annoncé que je serai la femme de celui que j'aimerai et que je tuerai quiconque s'y opposerait. J'ai ressenti à ce moment-là un frisson me parcourir, un mélange de haine et de plaisir. Nous allions entrer dans une folie destructrice, au nom de notre amour."

"Peu de temps après cette soirée, l'homme à qui j'étais promise est mort dans d'horribles souffrances, s'arrachant la peau qui le brûlait. Mon père consulta les oracles qui lui révélèrent que plus aucun homme ne me demanderait en mariage. J'ai toujours pensé que Tötaan était responsable de sa mort, car dès cet incident, mon père l'a chassée. Elle ne logeait plus dans nos appartements et avait trouvée hébergement dans la ziggourat, la tour qui allait devenir pour tous la Tour de Babel. Il aurait pu la tuer pour cela mais je pense qu'il s'en est abstenu pour ne pas s'attirer la colère des dieux."

"Lorsque Zopyre a demandé ma main, mon père a accepté, soulagé de rompre la malédiction des oracles mais contrarié de mêler le sang de sa lignée à celui d'un Perse. J'ai vécu une passion dévorante dans les bras de Zopyre. Nous étions faits l'un pour l'autre. Nous n'avions pas besoin de nous parler, nous savions à chaque instant ce que pensait et ressentait l'autre. Deux ans plus tard, la venue de notre fils Cambyse fut une joie immense pour nous deux. Je l'ai élevé assistée par Tötaan toujours aussi dévouée. J'ai découvert les plaisirs et les angoisses de la maternité. Il n'eut jamais la moindre maladie et il allait devenir un beau jeune homme robuste et combatif. Malheureusement, pendant toutes ces années, nous aurions aimé avoir un autre enfant mais je n'y arrivais plus. Zopyre ne m'en a jamais fait le reproche. Lorsqu'il partait pour une campagne, il espérait me retrouver ronde, à son retour. Moi, j'espérais seulement que l'on ne me ramène pas son corps sans vie."

"J'ai eu plus tard des éclaircissements sur la mort de l'homme à qui j'étais promise. Tötaan m'a annoncé qu'elle était une chamane *Hioung-nou* et qu'elle officiait dans la grande chapelle située dans la dernière tour de la ziggourat dédiée au dieu *Marduk*. C'est pour cela qu'elle s'absentait régulièrement dans mon enfance. Le dieu *Marduk* l'avait choisie parmi toutes les femmes du pays peu de temps après son arrivée pour dormir à ses côtés. Une fois par an, Tötaan réunissait ses adoratrices et elles gravissaient le grand escalier qui menait au dernier étage de la Tour."

"Une majestueuse porte d'ébène gardait l'entrée du dernier étage. Sur les murs étaient accrochées des torches diffusant une lumière orangée. Parvenaient de son sommet le rythme frénétique de la musique et l'odeur des encens qui se répandaient sur la ville pendant que les adoratrices procédaient au rite de fertilité. Le dieu *Marduk* répandait sa semence dans leurs corps."

"La ziggourat était formée d'un dernier étage nommé gigunû, ce qui signifie tombeau en sumérien. Or, cet étage hébergeait un objet portant le même nom. C'était en fait le tombeau des esprits car cet objet permettait de se réincarner en mettant à l'abri l'esprit d'un défunt dans le monde des rêves. Et personne d'autre que Tötaan, à ce moment-là, n'en connaissait l'usage."

"Puis Zopyre est parti mâter une rébellion en *Égypte*. En son absence, sous l'impulsion de mon père, les Babyloniens se sont révoltés contre l'empire Perse en 484 avant J.C. Le roi Xerxès a envoyé ses armées qui ont assiégé la ville pendant de très longs mois. Je voyais Zopyre dans mes rêves, je le touchais. Il venait me délivrer à cheval, se frayant un passage parmi les combattants, esquivant les coups pour finalement se jeter à mes pieds.
J'ai su avant tout le monde qu'il était revenu et qu'il fulminait derrière ces murailles. Il était prêt à tout pour me retrouver. L'annonce de son retour dans *Babylone* s'est répandue comme une trainée de poudre. On disait qu'il avait pu pénétrer dans la ville uniquement parce qu'il était gravement blessé. Tous disaient que Xerxès l'avait châtié et qu'il lui avait fait couper les oreilles et le nez, et lacérer le dos. Je ne l'ai revu que trois jours après, lorsque ses blessures eurent été soignées. Il avait un bandage autour de la tête."

"Il m'a expliqué sa ruse pour conquérir *Babylone*. Lorsqu'il a déroulé les bandelettes, j'ai découvert ses mutilations. Une étrange sensation m'a envahi à leur vue, mêlant à la fois horreur et jouissance. Il avait fait tout cela pour notre fils et moi, par amour."

"J'étais seule à connaître son stratagème. Quand mon père vantait la supériorité des Babyloniens, je savais que son temps était compté."

"Zopyre est apparu en vainqueur, entouré de ses soldats, du sang maculant sa tunique. Visiblement, ce n'était pas le sien. Cette barbarie me réjouissait. Ces milliers d'hommes morts pour moi, par l'amour d'un autre, l'idée me troublait profondément. Oui, j'ai torturé des notables qui avaient participé à la rébellion. Oui, j'y ai pris plaisir. Oui, j'ai joui comme jamais lorsque j'ai fait l'amour avec Zopyre. Son sexe allait et venait en moi et plus je revoyais le visage et le corps de ces gens se tordre de douleur, plus je les entendais hurler, plus mon plaisir décuplait. Jusqu'à ce qu'un râle sorte de la bouche de Zopyre et que mon corps soit parcouru d'une onde de jouissance et mon sexe soit inondé. Oui, j'ai honte. De ce que j'ai fait. De ce que j'ai été. J'ai essayé de chasser de ma mémoire tout ce sang… Ces souvenirs me hantent encore."
Aurore était en pleur. Elle n'arrivait pas à s'arrêter. Elle se libérait de toute la noirceur qu'elle avait portée durant ces siècles. Et elle réalisait combien le fossé qui la séparait maintenant de Zopyre était abyssal.

"La ruse de Zopyre nous a rendus plus forts. A l'issue des combats, Zopyre a repris son poste de gouverneur de *Babylone*. Xerxès nous a fait don de riches présents. J'avais toujours été une fille libre, entourée. Nos appartements dans le palais étaient somptueux et j'avais encore plus de serviteurs à ma disposition. Les journées se succédaient sans ennui. Notre amour était à son apogée."

"Alors que nous ne l'espérions plus, je fus à nouveau enceinte. Ma grossesse se déroulait sans incident et Zopyre se montrait encore plus attentionné que d'habitude. Mégabyse nous voyait heureux. Mais un matin du cinquième mois, je me suis réveillée en larmes après avoir fait un cauchemar. La mort rodait. J'ai fait venir Tötaan à mon chevet."

"J'ai entendu les pas de Tötaan résonner dans le couloir."

— Entre, Tötaan.

— Tu as l'ouïe fine, Maîtresse. Quel songe t'a bouleversé ?

— J'ai vu mon bébé mourir. Nous étions plongés dans un horrible malheur. C'est la seule chose que je puisse te dire. Tötaan, interroge les esprits. Ne me cache rien. Je veux savoir toute la vérité.

Tötaan a été prise d'un vertige, son visage marqué ne laissait présager rien de bon.

— Maîtresse, je suis à tes côtés depuis ta plus tendre enfance et je t'aime comme ma fille. J'ai juré obéissance à ton père et je t'ai toujours servi avec loyauté. Aussi, tu peux me faire confiance et tu le sais. Écoute-moi, je t'en conjure, ne cherche pas à savoir. Il est certaines vérités qu'il vaut mieux ignorer.

J'ai pris les mains de Tötaan dans les miennes et je l'ai implorée.

— Tötaan, tu m'as servie avec dévouement durant toutes ces années. Ne m'abandonne pas maintenant. Que va-t-il advenir de nous ?

Tötaan a consulté les oracles et m'a raconté ce qu'elle voyait. Ses paroles ont été un choc violent pour moi.

— N'en dis mot à Zopyre, lui ai-je demandé. Il ne doit rien savoir.

— Je ferai selon ta volonté, répondit Tötaan.

"J'ai prétexté la fatigue due à mon état lorsque Zopyre m'a demandé pourquoi mon visage radieux et épanoui semblait s'être soudain obscurci. Nous n'en avons plus reparlé. Quelques jours plus tard, Tötaan m'a demandé de la suivre. Des porteurs l'accompagnaient. Nous nous sommes rendues dans le temple de *Marduk* et nous avons été déposées à l'entrée d'une salle, après avoir parcouru un long souterrain."

— Viens avec moi, je vais te révéler un secret.

Nous avons pénétré seules dans le sanctuaire. Nous avons fait quelques pas jusqu'à une chapelle en marbre où logeait la statue d'un dieu. Les bas-reliefs représentaient des guerriers au combat sur leurs chars. Nous sommes entrées à l'intérieur.

— Anténa, tu vas mourir. Si je t'ai faite venir ici, c'est pour que tu puisses revivre. Il y a une trappe secrète. Pour l'ouvrir, tu dois appuyer en même temps sur les roues des deux chars qui se font face.

Elle a joint le geste à la parole. Un roulement mécanique a grondé derrière le mur soulevant un nuage de terre et de poussière. La trappe a pivoté et a donné accès à une salle. Les flammes de nos torches sont venues lécher le plafond. A l'intérieur, plusieurs squelettes jonchaient le sol.

— Ces corps furent les miens. Tu en prendras l'habitude.

Devant mon étonnement, Tötaan a pris une boite en pierre et l'a ouverte.

— Regarde ce collier. C'est le gigunû dont j'ai la garde. Prends-le, je te l'offre. Avant de mourir, tiens-le près de toi, ton esprit s'envolera vers le royaume des rêves et reprendra place dans un autre corps sur terre. Il y a également une fiole de poison, à base de pavot et de venin, pour abréger ta vie. Trois gouttes suffisent. Tu pourras utiliser le talisman et la fiole dans tes prochaines vies. Comme moi, tu apprendras à renaitre de ta pourriture, à chaque fois.

Sans mot, j'ai saisi le collier.

— Mais tu es la grande prêtresse du temple. Tu vas être châtiée.

— Ne t'inquiète pas pour moi. Ma vie est bien moins précieuse que la tienne. Mais attention, pour que ton esprit se réincarne dans ses environs, tu devras reposer avec ce collier dans ce lieu. Sinon, tu prends le risque de renaître n'importe où sur Terre.

— Si cela m'arrive, je ferai tout pour revenir en ces lieux.

— Anténa, ta prétention n'a d'égal que ton ignorance !

— Comment t'autorises-tu cette impertinence à mon égard ?

— Je veux seulement que tu prennes conscience du danger dans lequel tu peux te mettre. Tu n'es jamais sortie de ton palais et l'enseignement que tu as reçu est bien éloigné de la réalité du monde extérieur.

— Ce monde vient à ma porte.

— Il existe des terres lointaines, inaccessibles, parce que séparées par les flots. Aucune carte dans nos bibliothèques n'en fait mention. Tu crois Babylone au centre de la Terre. Ce n'est qu'une cité construite par des hommes. Regarde ces remparts, ces maisons, cette splendeur, ces gens qui s'affairent à leurs activités. Bientôt, tout va disparaître. Puis les pierres vont redevenir poussière. J'ai vu que le futur était couvert de nuages très sombres. De grandes transformations se préparent dans l'univers des hommes. D'autres civilisations bien plus importantes que celles d'Égypte ou de Mésopotamie vont naître et l'homme va continuer à s'entretuer. Les hommes vont s'accaparer et se disputer les paroles des dieux et s'entredéchirer. Les carnages de demain seront sans précédent, l'homme imaginant de nouvelles folies bien plus meurtrières et dangereuses que celles que nous connaissons. Il va transformer la Terre en une plaie purulente. Le savoir des Dieux a dû être mis au secret. Les hommes seront incapables de le retrouver. Ce n'est que lorsqu'ils se libèreront de leurs chaines et de leurs souffrances qu'ils seront enfin prêts à entendre dans leur cœur les voix des Dieux. J'ai fait un rêve. Qu'un jour les hommes quitteront leur état animal. Qu'ils seront comme frères et sœurs. Qu'ils aboliront les frontières. Que leur esprit et leur corps ne feront plus qu'un et qu'ils deviendront enfin des Dieux vivants ! Enfin libres ! Grâce à ce talisman, tu pourras traverser toutes ces époques et enfin voir ce jour.

— Comment peux-tu savoir cela ?

— Je suis née il y a 2000 ans, sous le règne du pharaon MenkaouRê. Son grand prêtre m'a initiée à la magie et m'a transmis ce collier qui m'a permis de me réincarner plusieurs fois depuis. Tu verras que grâce à lui, ton esprit pourra sortir de ton corps pendant ton sommeil et voyager sur les terres et les mers. Mais tu découvriras et vivras bien plus que cela en vivant de nombreuses vies.

— Quoi donc ?

— Une leçon de sagesse et d'humilité. Une seule vie ne suffit pas à appréhender l'humanité.

Un silence pesant s'est installé entre nous. Sur un ton solennel, Tötaan a repris.

— Garde secrète cette cachette afin de retrouver le gigunû dans ta prochaine vie et tu pourras te réincarner sans l'intervention d'un sorcier.

— Mais tu ne pourras plus utiliser le gigunû. Ne te sacrifie pas pour moi.

— Je n'en ai plus besoin. A toi de profiter de ses pouvoirs.

Je ne l'ai pas plus interrogé. Nous sommes retournés au palais.

"Lorsque je n'ai plus senti bouger le bébé dans mon ventre, j'ai su que la prophétie venait de s'abattre sur nous. J'ai fait appeler Tötaan à mon chevet. Zopyre était agenouillé au bord du lit et me tenait la main."

— Je t'ai faite appeler car Zopyre et moi avons pris une grave décision. Nous voulons mourir ensemble et nous retrouver dans une autre vie pour continuer à nous aimer. Tu vas nous y aider.

— C'est hors de question. J'ai révélé le secret du talisman à toi et uniquement à toi.

— C'est un ordre, cria Zopyre. Si tu n'obéis pas, je te tue et je disloque ton corps afin de t'empêcher de te réincarner.

La vielle servante regarda Zopyre avec un mépris inouï, montrant bien que ses menaces étaient vaines, mais répondit simplement :

— Avant que votre décision soit définitive, sachez que vous serez liés à tout jamais. Vous reviendrez du royaume des rêves et vous devrez à chaque fois vous retrouver pour partager les pouvoirs du talisman. Vous sentirez la présence de l'autre, où qu'il soit et cela vous guidera. Vous renaîtrez dans des lieux proches ou éloignés, à quelques mois d'intervalle. Mais si l'un de vous deux meurt sans utiliser les pouvoirs du gigunû, l'autre restera à errer dans le royaume des rêves.

— La pierre que tu m'as confiée nous sera d'un grand secours. Nous l'utiliserons pour renaître, ensemble.

— Qu'adviendra-t-il de Mégabyze ? Pourquoi Zopyre ne resterait-il pas avec lui, attendant paisiblement sa mort avant de te rejoindre ?

— Nous ne voulons plus nous séparer. Mégabyze a quinze ans, c'est un homme, il comprendra notre décision. Nous te le confions.

"La septicémie contractée ne me laissait que quelques jours de sursis. Avant de mourir, nous nous sommes promis de nous aimer... pour l'éternité."

"Le soir venu, Tötaan nous a rejoints dans ma chambre. Elle s'est habillée en chamane et nous a fait nous agenouiller. Totalement confiants en elle, nous avons absorbé le poison qu'elle nous a donné. Son effet m'a rapidement donné l'impression d'évoluer déjà dans un autre monde. Tötaan s'est approchée de nous et a posé sa main sur ma tête. Cela m'a fait un bien immense, comme si je ressentais un profond amour maternel émaner de ce contact. J'ai fermé les yeux lorsque j'ai senti la vie m'abandonner et le visage de Zopyre qui se tenait face à moi est le dernier souvenir que j'ai emporté dans ma mort. Je garderai toujours à l'esprit ce moment où je l'ai perdu à jamais."

"Puis, nos esprits ont erré jusqu'à ce que nous naissions en *Afrique*."

"Xerxès a cru que les Babyloniens nous avaient assassinés. Il a rasé la ziggourat et mis à sac la ville. Tötaan a dû périr pendant le massacre."

47

(2ème vie d'Anténa)

"Je suis née au sud-ouest de *l'Éthiopie* dans la vallée de *l'Omo* au sein de la tribu des *Hamer*, vers 50 avant JC. Ma première réincarnation a été plutôt douloureuse. J'ai eu l'impression d'être compressée pour arriver à m'enfiler dans cette enveloppe. J'ai fait l'erreur de me débattre et il m'a semblé étouffer. Les battements du cœur de ma mère, sa respiration et le flux du sang dans ses artères me percutaient et m'agressaient. Puis le calme est revenu et je suis restée dans son ventre à attendre ma naissance. J'avais mémoire de ma vie en tant qu'Anténa. J'ai eu de la chance car j'ai appris plus tard que les enfants de grossesse non désirée étaient tués à la naissance. Mes parents m'ont appelé Makéda."

"Je savais Zopyre proche de moi. Il était né à quelques mois d'intervalle dans un village qui élevait son bétail dans les plaines avoisinantes. J'étais gauche dans ce corps d'enfant. Plus grande, je me suis rapprochée des enfants de l'autre village et j'étais étonnée que Zopyre ne m'ait pas recherchée. J'ai rencontré M'Bongo qui ne savait pas qui j'étais. Je l'ai interrogé, paniquée, et il s'en est plaint à sa famille. C'est avec angoisse qu'il a fallu que j'admette que l'esprit de Zopyre était enfermé dans ce corps. Pourtant, je reconnaissais dans les gestes de M'Bongo la fougue de Zopyre."

"Je me retrouvais seule dans cet environnement inconnu, à devoir m'affairer aux tâches qui incombaient à un enfant, à cette époque et en ce lieu, m'occuper de mes petits frères et sœurs, participer à la culture du sorgho et à l'élevage du bétail, alors que j'étais habituée à être entourée et servie. Mon corps était oing d'huile et d'argile. Nue jusqu'à la taille, il a fallu que je vive mes hanches recouvertes d'une peau de vache incrustée de verroteries colorées. A l'adolescence, j'ai eu droit à enduire mes cheveux de beurre et d'argile et de me parer de bracelets et de volumineux colliers. Puis, devenant adulte, j'ai commencé à vivre à l'écart des autres et lorsque j'ai fait part à ma tribu de la formule du poison de Tötaan qui allait lui permettre de faire face aux attaques des autres tribus situées au-delà des montagnes, j'ai pris la place de sorcière au sein de la tribu. Mais l'idée de récupérer le talisman à Babylone m'obsédait."

"M'Bongo faisait partie des jeunes des villages de la vallée qui devaient dans quelques mois apporter la preuve de leur courage lors d'un rite initiatique pour appartenir à la caste des guerriers. Comme tous ceux de son âge, il devait apprendre à maîtriser sa douleur pour être admis dans le monde des hommes. J'ai saisi cette opportunité pour partir à *Babylone* chercher le talisman, prétextant que je me retirais dans la forêt pour invoquer les esprits."

"Je me suis lancée dans un long périple dont j'ai cru à maintes reprises ne jamais revenir, remontant d'abord le fleuve *Omo* puis le *Nil*, pour traverser ensuite le désert d'Arabie. J'ai trouvé en route hébergement chez les habitants et j'ai découvert avec effroi à mon arrivée que *Babylone* avait été détruite. J'ai retrouvé la trace de la nécropole où le talisman était abrité. Elle avait été pillée mais les voleurs n'avaient pas découvert la cachette du talisman."

"A mon retour, la cérémonie eut lieu. Nous étions une dizaine de femmes à soutenir les jeunes en passe de devenir des hommes. Nous paradions et pour montrer notre courage, nous allions vers des fouetteurs regroupés sous des acacias pour recevoir un coup de badine qui nous entaillait la peau à chaque fois. Je soutenais M'Bongo dans son initiation."

Makéda reconnut M'Bongo lorsqu'il se présenta avec les autres jeunes, nus.
    — M'Bongo ! s'écria-t-elle.

Les autres filles reprirent en cœur son cri pour le soutenir : " M'Bongo ! M'Bongo !".
Une clameur monta bientôt des guerriers de la tribu.

"Il passa avec succès l'épreuve de l'Ukuli consistant à sauter sur l'échine d'un premier taureau et parcourir quatre fois sans trébucher la rangée des dix suivants. Il fut consacré et c'est à ce titre que je lui remis le talisman censé le protéger. Il eut droit à tresser ses cheveux et à exhiber fièrement son torse nu orné de scarifications."

"Je me suis remise à vivre à l'écart de la tribu assumant pleinement mon rôle de sorcière pour attirer la pluie et chasser les mauvais esprits même si je n'avais aucun don pour cela. M'Bongo venait tous les jours me rendre visite. Il me voulait pour femme et je refusais à chaque fois ses avances. Il restait planté durant des heures devant ma hutte, sous le soleil ardent et la pluie battante, à attendre que j'apparaisse. Dès que je sortais, il venait à ma rencontre et m'apportait des présents. Sa compagnie était agréable mais je n'avais que Zopyre en tête. Et lui n'avait d'yeux que pour moi."

"Deux années s'écoulèrent ainsi jusqu'à ce que M'Bongo soit fait prisonnier par une tribu ennemie, les *Geleb*, et vendu pour un chantier en *Nubie*. Je suis arrivée alors qu'il était enfermé, pour avoir fracassé la tête du contremaître du chantier. J'ai charmé le garde et je l'ai empoisonné pour permettre à M'Bongo de s'évader. J'ai mis le corps du garde à sa place lorsqu'il a quitté sa cellule afin de retarder la découverte de sa fuite. Il a pris la direction du désert pour me retrouver. Il m'aimait plus que tout. Je l'ai laissé mourir car j'espérais que cela libère Zopyre. J'ai récupéré le talisman avant que les gardes ne retrouvent son corps. Je devais mourir tout en le mettant à l'abri. Je suis partie à la recherche d'un refuge pour me suicider."

"Je suis rentrée dans une grotte. Ma torche improvisée éclairait les parois sur lesquelles des gravures rupestres semblaient se mouvoir. J'ai été frappée par le contraste existant entre la luxuriance de la faune représentée et l'aridité des lieux que je venais de traverser. Des animaux et leurs éleveurs étaient peints, retraçant des scènes de la vie courante du temps où ces lieux étaient recouverts de fleuves et de prairies. J'ai choisi un renfoncement pour m'installer confortablement. J'ai sorti de mon sac la fiole contenant le poison utilisé pour le garde et je l'ai bu entièrement. Je me suis endormie sous des gravures d'animaux marins en serrant le talisman.

48

(3ème vie d'Anténa)

"Je suis née en 701 en *Mauritanie* dans la tribu des *Messoufa*. Lorsque mon âme a pénétré par la fontanelle, je me suis laissée aller comme un liquide qui s'écoule dans un récipient. Je n'ai pas ressenti de nausées. J'ai profité de la douceur de ce berceau et sombré dans un sommeil réconfortant. C'est en naissant que je me suis aperçue être dans le corps d'un garçon. En grandissant, je me sentais maladroite dans ce corps. J'étais née femme et j'étais femme dans ma tête. Je me retrouvais avec ce sexe qui pendait entre mes jambes et une attirance pour les hommes qui me donnait parfois la nausée."

"J'ai grandi dans les souks de *Nouakchott*. J'ai constaté une nouvelle fois que Zopyre était prisonnier dans un corps. Il était dans le corps d'une fille et moi d'un garçon. Je m'appelais Youssef et lui Haïcha."

"J'ai rencontré Haïcha alors qu'elle venait faire des achats pour sa famille. Tout enfant, nous jouions entre les étals. Ce n'est que lorsque nous avons été adolescents que nos familles ont commencé à nous éloigner car Haïcha était promise à un chef de tribu."

"Elle vivait ce que j'avais subi de la part de mon père et cela m'était insupportable. Elle avait été mariée de force, et lorsque nous nous sommes vus pour la dernière fois sur le marché, je lui ai remis en cadeau de mariage le talisman que j'avais pu récupérer lors d'une méharée vers *l'Égypte*. J'ai appris qu'elle avait été châtiée pour m'avoir parlé. Ils lui ont confisqué le talisman mais cela ne m'inquiétait pas puisqu'il était toujours sous le même toit qu'elle. Je sentais en elle la rage de Zopyre, et je savais qu'en continuant ainsi de se rebeller, elle allait finir par en mourir."

"Un jour, son père et son mari sont partis dans le désert pour acheter des dromadaires emportant avec eux le talisman. Je les ai suivis de loin, leurs silhouettes juchées sur leur dromadaire se détachaient sur les dunes dorées. Lorsqu'ils se sont endormis, j'ai rampé jusqu'à eux et je les ai égorgés."

"En rejoignant mon village, j'ai ressenti de la répugnance pour l'acte que je venais de commettre, mais j'avais conscience de la souffrance et du courage de cette autre femme et du peu de valeur humaine qu'elle avait représentée aux yeux de son père et son mari."

"J'ai reposé le talisman dans la chambre de son époux, et j'ai quitté le village car j'avais peur qu'elle soit amoureuse de moi. Je l'ai suivi longtemps d'une tribu à l'autre. J'ai réalisé qu'il avait fallu du temps pour que l'écran qui me sépare des autres disparaisse, que mon cœur s'ouvre et qu'une vraie rencontre ait lieu."

"Elle est morte de vieillesse. J'étais trop vieux pour repartir à *Babylone*. Je savais que je courrai un grand risque mais je n'avais pas d'autre solution. J'ai récupéré le talisman et j'ai mis fin à ma vie."

49

(4ème vie)

"Je suis née dans le sud de *l'Espagne* en 1487. Je m'appelais Maria Sanchez. J'avais maintenant appris à lâcher prise et mon arrivée dans le fœtus s'est faite naturellement.

J'ai grandi dans une famille de la haute bourgeoisie de *Séville* empreinte d'un profond mysticisme et d'un amour immodéré pour la peinture dont elle était un des plus grands mécènes. Mais je ne me sentais plus à l'aise au milieu des oripeaux et des serviteurs.

Pendant de nombreuses années, je n'ai pas ressenti Zopyre. J'avais peur qu'il ait disparu à jamais. Puis, une nuit de 1512, j'ai rêvé qu'il était né dans le corps d'un animal. Plus tard, j'ai appris que des bateaux faisaient route vers les Amériques pour convertir des païens. J'ai vu ces terres dans mes rêves et j'ai su que Zopyre se trouvait sur ce continent. Alors, j'ai rejoint *l'Afrique* pour récupérer le gigunû et au retour je suis entrée dans un couvent, déterminée à ce que tous croient que je voulais porter la parole de Dieu dans ces terres lointaines et assister mes frères missionnaires et la sainte Inquisition dans cette lourde tâche. J'ai pu profiter des expéditions de *Cortès* pour rejoindre *l'Amérique du Sud*. J'ai fait la traversée. En août 1519, une expédition lancée depuis *Cuba* débarqua à *Villa Rica de la Vera Cruz* et fit route vers l'Ouest. Séparée en deux, une troupe sous les ordres de *Cortès* partit vers l'empire *Aztèque* de *Moctezuma* II au nord-ouest et l'autre, dans laquelle je me trouvais, descendit vers le Sud. Ce n'est que pendant mes études que j'ai appris le sort qui avait été réservé aux *Aztèques*. Les troupes de Cortès ont assiégé en 1521 *Tenochtitlan*, la capitale *Aztèque*, pendant trois mois. Il y a eu environ 200 000 morts dus pour une grande part à une épidémie de variole. Les Espagnols et leurs alliés ont entièrement pillé et détruit la ville."

"J'ai traversé des terres où le sang coulait à flot, où les sacrifices humains aux dieux et la consommation de chair humaine étaient quotidiens. Une horreur."

"Je me suis séparée de l'expédition bien que son chef ait essayé de m'en dissuader et ait proposé de m'accompagner. Sans lui, je n'aurais pu réaliser cette traversée. Il était persuadé qu'il fallait que des femmes portent également la parole de Dieu sur ce continent et il avait accepté que je fasse partie de la traversée et de l'expédition. Guidée par un instinct étrange, j'ai retrouvé Zopyre à *Cuzco* au *Pérou*, enfermé dans un lama blanc. Il était dans un troupeau en transhumance provenant de Bolivie et avait traversé le désert de sel *d'Uyuni* et le lac *Titicaca* au *Pérou*. Les lamas transportaient le sel sauf les lamas blancs destinés à l'Inca. J'ai dû affronter les températures glaciales de *l'Altiplano*, les intempéries et les bêtes sauvages. Les lamas étaient parqués et gardés dans des enclos ceints de murs de pierres et je n'ai pas pu le libérer avant la cérémonie de *l'Inti Raymi*."

"Ils l'ont choisi pour le sacrifice parce qu'il était un mâle vigoureux. J'ai joué de mes charmes auprès du grand prêtre, allant jusqu'à participer aux orgies qui précédèrent le sacrifice, afin de prendre la place d'un serviteur. Tous mâchaient des feuilles de coca. J'ai simulé leur absorption et leur effet. Il fallait que je garde mes esprits pour agir vite pendant la cérémonie, car je devais glisser le talisman discrètement sous le corps du lama avant qu'il ne meure. C'est moi que tu as senti lorsque j'ai mis le gigunû sous son pelage. J'ai assisté à sa mort. C'est Zopyre que l'on tuait devant mes yeux. Il se débattait avec vigueur mais il n'était pas de force à lutter. Ils l'ont saigné et ils ont bu son sang."

"Lorsqu'ils l'ont emporté, j'ai repris le collier et j'ai trouvé une cachette sous une cascade où je me suis laissée mourir."

50

*"Savez-vous que dans mon petit village,
au cours d'une action de représailles, un
officier allemand a courtoisement prié une
vieille femme de bien vouloir choisir celui
de ses deux fils qui serait fusillé comme
otage ?"*
Extrait de "La chute", Albert CAMUS

(5ᵉᵐᵉ vie)

"Je suis née en *France*, à *Paris*, en 1930. Je m'appelais Ethel Rosenblum. Quelques années plus tard, je portais l'étoile jaune des juifs sur ma gabardine. J'étais aguerrie aux horreurs des guerres et je savais qu'en la matière, l'être humain n'avait pas de limite. J'ai quitté ma famille car elle était trop confiante en l'avenir. Des gens bien, pourtant, mais qui auraient dû écouter la rumeur et fuir le 15 juillet 1942. J'ai essayé de les alerter mais en vain. Mon père aurait pu partir mais il n'imaginait pas que la police française arrêterait des femmes et des enfants. Lorsque le 16 au matin, les policiers ont tapé à la porte des appartements, j'étais déjà loin. Mes parents ont été conduits en autobus au vélodrome d'hiver puis au camp de *Drancy*, au nord-est de *Paris*. Une voisine rencontrée après la guerre et qui a survécu m'a raconté qu'ils ont été entassés dans des wagons et déportés à *Auschwitz* où ils y sont morts quelques mois après leur arrivée."
"J'ai erré vers le sud et une famille m'a recueillie. Elle hébergeait un voisin, un vieux monsieur juif que le village avait officiellement enterré pour que les Allemands ne le recherchent pas. Je suis devenue leur fille pour les gens du village. Leur aînée risquait sa vie pour acheminer à bicyclette des lettres codées aux résistants. Les parents planquaient des armes dans la cave. Un matin, les Allemands sont venus fouiller les maisons du village. Nous avions été prévenus trop

tard pour fuir. Les hommes ont trouvé refuge dans les caves sans pouvoir cacher leurs armes. Quelques jours plus tôt, les habitants d'un village de la région avaient été enfermés dans une église et exterminés à la grenade. Les survivants avaient été achevés au lance-flamme. Un jeune soldat de la Wehrmacht est entré dans la chambre où je dormais avec les enfants. Nous avons enfilé précipitamment nos robes de chambre et les petits se sont regroupés et blottis contre moi, au pied de mon lit. Le soldat a regardé sous les meubles puis a grimpé sur une chaise pour inspecter le dessus de l'armoire. Un officier de la *Waffen SS* est entré à ce moment-là, son pistolet à la main, et a promené son regard froid sur nous. Le soldat a passé ses mains sur le haut de l'armoire. L'officier lui a demandé s'il avait trouvé quelque chose. Le soldat s'est tourné et nous a regardés. De sa réponse dépendait le massacre d'une partie du village. Il est redescendu, s'est mis au garde-à-vous et a crié sans hésiter : "il n'y a rien dans cette pièce, *mein Obersturmführer.*" L'officier s'est approché de nous, a caressé la tête de Justine, la plus jeune d'entre nous, et lui a demandé dans un français impeccable si elle avait vu des hommes venir dans sa maison. J'ai pris la parole pour lui expliquer que nous n'avions rien vu et au moment où j'allais faire un pas vers elle pour la rassurer, il s'est tourné et m'a giflé. Il a levé son bras et a pointé le canon de son arme vers mon visage. Il est resté dans cette position pendant un long moment. J'étais figée, certaine que le coup allait partir d'un instant à l'autre. Je voyais son doigt trembler sur la détente. Puis, comme si rien ne s'était passé, il a baissé son bras et a reposé délicatement sa question à Justine. Elle a serré contre elle sa peluche et toute tremblante lui a signalé qu'elle était malheureuse parce qu'elle n'avait pas revu son papa depuis de nombreux mois. L'officier SS l'a gentiment remercié et le soldat et lui sont redescendus. Il lui avait parlé avec retenue mais je sais qu'il aurait pu l'abattre ainsi que tous les gens du village si elle avait parlé des hommes qui venaient avec son père entreposer leurs armes. Les allemands ont quitté le village, bredouilles. Je n'avais pas eu peur pour moi. Après l'émoi passé, je me suis longtemps interrogée sur le comportement de ce jeune soldat allemand.

Pourquoi n'avait-il rien dit alors que les pistolets-mitrailleurs et les grenades qu'il avait touché en passant sa main sur l'armoire allaient servir à tuer des soldats de son camp ? Il était pris dans cette tourmente comme les autres. Pourquoi n'avait-il pas cédé à la tentation de la sauvagerie ou de la vengeance ? Par respect d'innocents ? Je connaissais la folie de l'homme. J'ai découvert tant par son acte que celui des gens du village l'amour de l'autre. Et pourquoi l'officier SS ne m'avait pas tuée ? Sa froideur m'avait glacé le sang. Quel était ce combat intérieur que j'avais cru percevoir dans ses yeux et qui l'avait empêché d'appuyer sur la détente ? Je n'ai jamais eu de réponse à mes interrogations."

"Après la guerre, j'ai approché Zopyre à *Toulon*. Il était dans le corps de Louis, un petit garçon renfermé sur lui-même. J'ai noué contact avec lui sur le marché du cours *Lafayette*, et je me suis aperçue qu'il avait subi un traumatisme, dont je n'ai connu la nature que lorsque tu m'en as fait part."

"J'ai senti que la hargne de Zopyre était intacte et remontait en lui. Je me suis rendue au Pérou pour retrouver le gigunû et le lui remettre. Une odeur de putréfaction et d'humidité se dégageait de la cachette située derrière la cascade. J'ai retrouvé le bijou au milieu de mon squelette recouvert de moisissure et j'ai ressenti un frisson parcourir ma peau et mon estomac se nouer. C'est la première fois où j'ai vraiment douté de l'utilité de ma quête. Mais j'ai continué car je percevais que sa vie intérieure l'emmènerait rapidement à sa perte et parce que je me sentais seule dans ce monde depuis si longtemps. Je ne m'étais pas trompée. J'ai dû récupérer le talisman sur son corps carbonisé, au milieu des ruines et des secours qui s'activaient pour enrayer l'incendie qu'il avait provoqué. Oui, c'était moi sur la photographie. Il a fallu vraiment un grand hasard pour que cet instant soit saisi."

"J'ai pris conscience de la valeur de la vie. Après la mort de Louis, j'ai fait des recherches sur ce que mon fils *Mégabyse* était devenu. Il avait été un grand guerrier. Il m'a semblé plus proche et j'ai ressenti un profond manque d'amour. J'ai enterré dans les calanques de *Cassis* le gigunû et je me suis, une fois encore, donnée la mort."

51

(6ème vie)

"Je suis née à *San Francisco*. Lorsque j'ai été attirée vers mon nouveau corps, mes parents étaient en train de faire des courses dans un supermarché. Une foule importante se pressait autour d'eux. Et pour la première fois j'ai ressenti qu'il m'était impossible de pénétrer à l'intérieur du fœtus. L'environnement était hostile. Le magnétisme émanant des objets alentours me repoussait comme un champ de force. Je suis restée en l'air, à les suivre comme un ballon attaché par une corde. Ça a continué lorsqu'ils sont montés dans leur voiture. C'était un monde nouveau pour moi. Tout ce qui m'entourait était inconnu. Il n'y a qu'en arrivant à leur domicile que l'atmosphère est devenue apaisante."

"Tu connais ma vie avec ma dernière famille. Nous allions régulièrement dans le sud de la *France*. Cela a été un jeu d'enfant de récupérer le collier lors d'une promenade dans les calanques. J'ai été surprise qu'aussi peu de temps se soit écoulé entre ces deux vies. Je sentais que je devais partir pour *l'Australie*. J'ai demandé à mes parents d'y faire un voyage d'études. Je me suis procurée des brochures auprès de différents organismes et l'un d'eux proposait un séjour à *Sydney* de Septembre à Décembre. J'ai rempli le dossier de candidature en faisant part d'un projet que j'ai imaginé entièrement. J'ai travaillé l'été pour me payer une partie du séjour. Débarquée à *Sydney*, j'ai passé une partie de mon temps entre mes cours, un job de vendeuse dans un magasin de fleurs et ta recherche. Lorsque je t'ai trouvé, j'ai feint de me noyer pour te remettre le talisman. Tu n'avais même pas remarqué que je n'étais pas en maillot mais que j'étais restée avec mes sous-vêtements. Tu voulais me revoir mais cela n'aurait fait que compliquer notre histoire. J'étais sûre qu'en ne venant pas, cela laisserait en toi une marque plus profonde et que tu porterais le talisman par nostalgie de notre rencontre. À la fin de mon séjour, je suis retournée dans ma famille, sereine."

"Et puis, des évènements ont chamboulé ma vie. Tout d'abord ma mère qui est morte au moment où je devenais femme. Son absence n'a représenté aucune perte de référence pour moi, à la différence d'autres femmes dans le même cas. Je n'avais pas besoin de confidente à qui faire part de mes amours, de mes angoisses, et de mes passions, puisque j'étais adulte depuis ma naissance. Cependant, elle m'a manqué. J'ai pleuré sa mort et c'est la deuxième fois que j'ai éprouvé un sentiment profond et sincère pour un autre être humain que Zopyre. Et puis ce fut ma sœur. Lorsque nous avons fêté nos un an de rencontre, je t'ai parlé d'elle. Il fallait que je me libère de ma peine. Je te l'ai dit ce soir-là, *Tu ne peux pas comprendre*. Non, tu ne pouvais pas comprendre qu'après avoir errée pendant tous ces siècles, j'aimais enfin des êtres et que ceux-ci disparaissant aussi brutalement, j'éprouvais de la peine, non plus pour moi qui restait, petite égoïste d'une cour impériale, mais pour eux, pour ce qu'ils représentaient."

"Et ce cauchemar ne s'est pas arrêté là. Quand je suis partie, j'ai laissé derrière moi de la misère, des volets clos sur un homme, mon père, pour qui j'avais une tendre affection que j'essayais d'étouffer au fond de mon cœur. Lorsque je lui rendais visite à l'hôpital, il me faisait de plus en plus de reproches, me trouvant désagréable, trop absente, voulant que je me marie. Il s'est enfermé dans une litanie répétant sans cesse "Qu'est-ce que tu deviendras sans moi ? Qu'est-ce que je deviendrais sans toi ?". Je l'ai laissé dans sa folie. Là encore, j'ai pleuré. Et j'ai compris combien Anténa avait changé au cours des siècles, combien elle était capable d'amour. Cependant, j'ai quand-même abandonné mon père pour aller et venir librement. Pour continuer ma mission. Mais je n'avais plus grand espoir de trouver une solution à ces réincarnations. J'ai continué mes études cherchant un nouveau sens à ma vie."

"Mes connaissances sur l'Antiquité m'ont permis de préparer facilement une thèse sur la *Mésopotamie* et d'être remarquée par un groupe d'archéologues mené par une équipe allemande. Je me suis retrouvée sur un site de fouilles, à *Babylone*. Quel sentiment étrange que d'écouter les chercheurs, le soir à la veillée, imaginer des dialogues en observant un ou deux objets. Un soir, ils ont divagué sur le corps et le visage de la propriétaire d'un peigne trouvé dans la journée.

L'un d'entre eux s'est exclamé : "Moi, je suis sûr qu'elle ressemblait à Aurore." J'ai réussi à me taire au prix d'un très gros effort. Ce peigne avait été fabriqué pour moi par un artisan de renom. Lorsque je l'ai pris dans mes mains, il me semblait que c'était hier que je me coiffais avec. Par la suite, j'ai pris la précaution de ne jamais trop attirer l'attention sur moi en révélant plus d'informations que nécessaire. Un jour, discrètement, je me suis rendue dans les restes du sanctuaire de la ziggourat où j'ai retrouvé le coffret en pierre que m'avait remis Tötaan."

"J'ai changé au fil du temps, j'étais de plus en plus sensible au devenir des gens que j'approchais. Je l'avais déjà constaté dans le passé, mais j'avais toujours rejeté cette idée tant je craignais que cela ait des conséquences sur mon avenir et celui de Zopyre."

"Et puis, tu es arrivé... Lorsque tu es entré en contact avec toutes ces vies, j'ai ressenti que quelqu'un, quelque part avait ouvert un passage. Ce ne pouvait être que toi. Au début, j'ai eu peur que cela soit préjudiciable à de Zopyre. Puis rapidement, j'ai pris conscience que tu étais l'espoir que j'attendais pour sa libération. Il fallait que je te retrouve. Raison pour laquelle je suis venue percuter ton véhicule. Les évènements se sont enchaînés plus favorablement que je ne l'aurais espéré. A partir de ce moment-là, je n'ai plus eu qu'à t'inciter à continuer tes méditations. Au début, tu n'étais qu'un moyen, un instrument. Mais sans que je m'en rende compte, les choses ont évolué dans ma tête. Lorsque j'ai réalisé que tu courrais un réel danger, j'ai eu peur de te perdre, de vous perdre tous les deux."

"Je n'avais jamais aimé une autre personne que Zopyre jusqu'à ce que je te rencontre. J'ai essayé d'étouffer les sentiments que j'avais pour toi, car je me sentais coupable à son égard. C'est par amour pour Zopyre que j'ai fait tout cela, et pour que son sacrifice ne soit pas vain. Il s'était mutilé pour me retrouver. Il a choisi la mort pour continuer de vivre avec moi. Il a tout abandonné, sa renommée, son pouvoir, les richesses. Tant qu'il y avait une chance que Zopyre revive, je me battais…"

"Enfin, c'est ce que je croyais jusqu'à ces derniers jours… Maintenant, je ne sais plus. Je suis perdue. Je ne sais plus ce que je fais ici. J'ai trahi l'homme de ma vie, de mes vies plus exactement, tout ça pour toi, et je ne vois plus que de la haine et du dégoût dans tes yeux."

52

«*Il pleure dans mon cœur*
Comme il pleut sur la ville
Quelle est cette langueur
Qui pénètre mon cœur ? »
Extrait de "Romances sans paroles", Paul VERLAINE

Sydney, AUSTRALIE
Le 1ᵉʳ septembre 2012, 17h10

— Tu comprends mieux pourquoi je ne pouvais pas te raconter tout cela à l'aéroport et nous donner en spectacle ?

— En spectacle ? Je n'en ai plus rien à foutre de me donner en spectacle après ce que tu m'as fait ! Stephen venait de hausser le ton. Mais son énervement retomba aussitôt et sa voix se mit à trembler. J'ai failli mourir et tu as réussi à sauver Zopyre. J'aurais préféré ne jamais connaître ta trahison... Stephen essayait de retenir les émotions qui étaient en train de le submerger. Un tic déforma son visage trahissant son désespoir. Tu aurais dû me laisser crever...

— Arrête ! Tu es le premier homme que j'ai aimé après Zopyre. Te rends-tu compte à quel point il a fallu que je t'aime pour sacrifier Zopyre à toi ?

— Moi aussi, je réalise que tu es la première femme que j'ai vraiment aimée. Je n'oublierai jamais tous ces moments de bonheur passés avec toi.

— Je suis redevenue femme avec toi. J'avais mis ma vie de côté pendant tous ces siècles.

— Je projetais d'avoir des enfants avec toi, de découvrir le monde, de vieillir à tes côtés.

— J'aurais tant aimé. Nous avons vécu tellement de moments intenses et heureux ensemble. Je souhaitais vivre avec toi le plus longtemps possible avant de le rejoindre

— Oui, mais tu m'as trahi.

– Je ne voulais pas te trahir. Je voulais simplement me sauver. Je n'ai pas été la seule à te tromper, d'ailleurs !

– Ah oui ? Qui donc… ? Stanton, c'est ça ? Tu dis m'aimer et avoir souhaité ma survie, alors je ne comprends pas que tu aies autant de rancune contre celui qui m'a sauvé. A moins que tes propos ne soient que mensonges. Tu aurais dû venir à l'aéroport. Je suis sûr qu'il aurait adoré tes allégations.

– Stanton ? Il était là ?

– Oui, évidemment. Il en avait bien le droit après tout ce qu'il a fait pour moi, pour me sauver, lui.

– Te sauver ? Mais mon pauvre Stephen, tu n'as pas compris que c'était encore une manœuvre de sa part !

– Mensonge ! Qu'est-ce que tu insinues ?

– Je n'insinue rien ! Tu as été manipulé. Je veux t'ouvrir les yeux parce qu'il n'y a jamais eu de professeur Stanton.

– Mensonge ! Je viens de le rencontrer à l'aéroport !

– Oui, un homme dont j'ignore l'identité réelle, qui n'a jamais fait partie du *Royal Anthropological Institute* de *Londres*, qui ne figure dans aucun annuaire et qui est devenu injoignable après ton départ… Et la police qui est à sa recherche parce que c'est un voleur d'objets d'art. Deux inspecteurs m'ont interpelée à la sortie de l'Université et sont venus perquisitionner notre appartement. J'ai dû leur raconter des mensonges, que tu le connaissais mais que tu n'avais eu aucune relation avec lui. Que tu étais parti au *Tibet* pour décompresser, que tu n'en pouvais plus de la pression de ton travail.

Était-ce une parade de la part d'Aurore ?

– La maison où tu lui as rendu visite est une location. Regarde cette annonce. Tu reconnais le lieu ?

Stephen, déstabilisé, prit la feuille que lui présentait Aurore.

– Oui, c'est bien elle. Il y a le numéro de l'agence. Je vais l'appeler pour demander son nom.

– C'est peine perdue. J'ai déjà essayé. Ils ne communiquent les informations portées sur la fiche de renseignements qu'à la police. La personne que j'ai jointe au téléphone m'a juste précisé qu'un monsieur âgé, de belle prestance, avait effectivement réservé cette maison pour la journée où tu l'as rencontré. Il a payé mille dollars en billets. Alors, tu ne me crois toujours pas ?

Après un moment de silence, elle se dirigea vers son sac et prit son portefeuille.

— Tiens, vois par toi-même !

Elle lui tendit la carte de visite de Stanton.

— Vas-y ! Appelle-le !

Après avoir composé le numéro et entendu que la ligne était en dérangement, Stephen dut se rendre à l'évidence.

— Tu as une idée ?

— Aucune.

— Attends, lorsque je l'ai rencontré l'an dernier pour la première fois, il avait l'air d'être un habitué du bar... le *King Coffee*. Le serveur l'a nommé "Professeur". Stanton l'a appelé par son prénom et lui a dit qu'il prendrait comme d'habitude. C'est peut-être une piste.

— Très bien. Je cherche le numéro de téléphone dans l'annuaire. Tu te rappelles le nom du serveur ?

— Non ! Merde, merde, merde... Je vais trouver.

— Ne t'énerve pas !

— Ça ne risque plus rien et ça me fait du bien... Alex... Oui, c'est ça, Alex !

— Allez, j'appelle.

Aurore composa le numéro de téléphone et tendit le combiné à Stephen.

— Tiens.

Stephen prit le téléphone des mains d'Aurore. Il se focalisait sur la recherche de la véritable identité de Stanton mais il n'en oubliait pas pour autant Aurore. Ce n'était que partie remise.

— Bonjour, est-ce qu'Alex est de service ? Je souhaiterais lui parler s'il vous plait.

— De la part...

— D'un ancien client.

— Je l'appelle.

— Merci. J'attends.

Aurore mit le haut-parleur.

— Bonjour, excusez-moi de vous déranger. J'ai pris un petit déjeuner l'an dernier avec une personne, le professeur Stanton, et je n'ai plus de nouvelles de sa part.

— L'an dernier ? Comment voulez-vous que je me rappelle ?

— Il avait l'air d'être un habitué de votre bar. Vous l'avez appelé "Professeur" et lui vous a appelé par votre prénom.

— Je connais tous les habitués de ce lieu et ce nom ne me dit absolument rien.

— Je ne pense pas pourtant me tromper de serveur. Vous êtes un peu… bien portant ?

— Bedonnant, plutôt ! C'est bien moi. Et lui, il était comment ?

— Un monsieur âgé, bien habillé. J'étais avec lui.

— Vous avez dit Stanton ?

— Oui, c'est cela. Auriez-vous quelques informations à me fournir sur lui ?

— Je me souviens, maintenant ! Un gars bizarre !

— Stephen et Aurore se regardèrent étonnés. Malgré leur dispute, leur complicité était toujours intacte.

— Je me rappelle car ce n'est pas tous les jours qu'on en rencontre des comme lui, mon bon monsieur. Pourtant, on en voit dans notre profession. Il est arrivé lorsqu'on installait la terrasse. Il m'a dit qu'il était en affaire avec quelqu'un, qu'il avait rendez-vous et il m'a donné cinquante dollars pour que je fasse semblant de le connaître. Il a écrit sur un papier ce qu'il prenait pour le petit déjeuner. Il est parti se cacher et il est revenu lorsque vous êtes arrivé. Cinquante dollars. J'allais pas dire non ?

— Effectivement. Mais vous ne l'aviez jamais vu avant ?

— Non. Et je ne l'ai jamais revu après. Pourquoi, vous êtes de la police ?

— Non. Je suis juste à sa recherche. Je ne vais pas vous déranger plus longtemps. Je vous remercie pour ces informations.

— A votre service.

Stephen raccrocha. Ils restèrent sans prononcer un mot. Stephen récapitula :

— Bon. Une aide apparemment désintéressée pour me sauver, une bonne connaissance de la magie, un intérêt pour le talisman qu'il a d'ailleurs proposé d'acheter très cher…
Sans plus d'explication, Stephen se précipita dans l'entrée et sortit le talisman de la poche de sa veste. Aurore était sur ses pas.

— Qu'est-ce que tu fais ? lui demanda-t-elle alors qu'il ouvrait le sachet renfermant le bijou.

— Je veux vérifier qu'il ne nous ait pas fourgué une imitation ! Il était peut-être malade et…

— Stephen venait de se rappeler les propos de Stanton et les répéta à Aurore : "Tous les grands musées du monde aimeraient le posséder et… Tout être humain aussi… notamment des gens de mon âge." Mais ce n'est pas logique. Il ne m'aurait pas proposé de l'acheter à l'aéroport s'il était déjà en sa possession.

— Comment vas-tu faire pour savoir si tu as un faux entre les… ?
Aurore n'eut pas le temps de finir sa phrase et retenir le bras de Stephen. Il venait de précipiter le talisman contre le mur. Le bijou éclata sous le choc.

— C'est du verre. Il m'a refilé un faux.

— Il a gardé le talisman, déclara Aurore, effondrée.

— Et ce n'est pas tout. Il aurait mis entre mes mains le manuscrit…

— Ce serait lui aussi pour le manuscrit ?

— Oui, d'après le moine tibétain. Même si Stanton s'en est défendu à l'aéroport, le moine m'a parlé d'un manuscrit qu'il lui aurait confié pour le mettre à l'abri des chinois. Je disais donc le manuscrit, j'allais oublier, les quatre dernières pages découpées, manuscrit que j'ai acheté sans savoir pourquoi et qui a disparu dès que j'ai fini mes traductions, son appel avant mon départ pour lequel tu m'as menti en me faisant croire que c'était une erreur alors que tu as interrompu la communication sans qu'il puisse s'exprimer…

— C'est lui qui t'a raconté ça ? Mais c'est faux ! C'est à moi qu'il voulait parler. Pour me dire qu'il avait percé mon secret. Après m'avoir appelé "Anténa", pas "Aurore", mais bien

"Anténa", il m'a ordonné de choisir entre Zopyre et toi ! Il savait qui j'étais ! Il savait pourquoi je voulais que tu le portes ! Il voulait te révéler qui j'étais, que je t'avais trahi. Il avait découvert le lien entre Zopyre et moi mais il fallait absolument que tu partes car tu étais en train de devenir lui. Il voulait te mettre devant le choix entre survivre et faire revivre Zopyre ou bien que tu te donnes la mort pour le faire disparaître. J'ai eu peur pour toi. J'ai voulu te sauver. Si je l'avais écouté, tu serais peut-être mort actuellement.
Stephen s'effondra sur le fauteuil. Il n'y comprenait plus rien.

— Je ne peux que te croire. Il a percé ton secret mais en quoi ton histoire le concernerait-il ? Et pourquoi est-il venu à l'aéroport s'il savait qui tu es vraiment ? Non, tout cela n'a aucun sens. Enfin, aucun sens pour nous. J'ai l'impression qu'il a essayé de brouiller les pistes.
Et il termina par : "Mais pourquoi ?"

— A moins qu'il n'ait gardé le talisman pour que je ne puisse pas rejoindre Zopyre ! Je vais partir à la recherche de Stanton pour récupérer le gigunû et rejoindre Zopyre avant qu'il ne se réincarne.

— Et après ? Tu vas te suicider ? Me quitter pour lui ?

— C'est le père de mon enfant.

— Mais ton enfant est mort depuis longtemps. Tu as été malheureuse au quotidien dans l'espoir d'être heureuse pour toujours et ce pendant des siècles. Tu aimes un rêve Aurore, mais ce rêve n'a plus aucun lien avec ta réalité d'aujourd'hui. Tu ne seras plus jamais heureuse avec lui !
Aurore savait au fond d'elle que Stephen avait raison, mais elle continuait à fuir cette vérité.

— Est-ce que tu réalises combien tu as changé et pas lui ? Tu n'es plus Anténa. Tu as évolué pendant ces 2500 ans. Et lui est tel que tu l'as connu au début. As-tu imaginé un seul instant son retour ? En me libérant de lui et en me sauvant, je ne savais pas que j'allais permettre à un barbare de naître ailleurs. Quelles en seront les conséquences ? Veux-tu vraiment le retrouver et t'apercevoir que tu ne l'aimes plus ? Regarde la violence qu'il a en lui. Il a la haine de l'autre. Il est guerrier, bestial. Il s'est comporté comme un sauvage.

— Un sauvage ? Non, un guerrier. Pire que ceux responsables de la Shoah, d'Hiroshima, des Goulags ou du Rwanda ?

— Tu le défends ?

— Non, ce qui a été fait à cette époque est horrible et inexcusable. Mais pas pire que ce que nos contemporains ont pu faire et continuent à faire dans certains pays. L'important, ce n'est pas les chiffres, que l'on comptabilise cela en centaines de milliers ou en millions d'individus. L'important, c'est de ramener cela à l'individu, que l'on prenne conscience que dans chacun il y avait des rêves, des aspirations, des espoirs pour lui et ceux qu'il aimait.

— Il n'y a qu'à voir les descendants de ton Zopyre. Ils continuent leur expansionnisme avec leurs centrales nucléaires en Iran ! Ils n'ont pas trop l'air de se soucier des individus. Et aujourd'hui, tu es douce, sensible et sensée. Choisir de mourir, dans chacune de tes vies, était pour toi une fuite en avant, pour ne pas voir que tu changeais. Serais-tu encore capable de tuer quelqu'un, comme tu l'as fait pour ce gardien en Nubie, ou ces deux arabes en plein désert ?

Aurore resta pensive un long moment.

— Alors, le ferais-tu ?

— Bien sûr que non, finit-elle par avouer.

— Alors, ouvre les yeux, Aurore. C'est évident. Dans nos veines coule le même sang. Nous étions faits pour nous rencontrer. Tu as acquis la sagesse dont Tötaan parlait. Tu dois accepter ce monde, donner à ta vie sa vraie valeur ou bien tu finiras folle dans ta poursuite pour le retrouver.

Stephen lui tendit l'enregistrement.

— Je ne t'ai rien dit de ce que j'ai vu ni surtout entendu. Tu détiens une part de l'histoire. L'autre est dans cette carte. C'est Zopyre qui te la révèlera. J'aurais aimé vivre le reste de mes jours avec toi, mais c'est impossible pour l'instant, après ce qui s'est passé et surtout si tu persistes dans la voie pour le rejoindre. Je vais prendre quelques affaires et je resterai chez Max, le temps que tu te trouves un appartement.

Stephen quitta les lieux, laissant Aurore seule dans le salon. Elle attendit qu'il ferme la porte pour introduire en tremblant la carte mémoire dans son ordinateur.

XIX.
BABYLONE

MESOPOTAMIE (IRAK actuel)

53

484 avant JC

Les Babyloniens, sous domination des Perses depuis 539, viennent de se révolter contre Xerxès, fils de Darius 1er, roi de Perse. La paix va être brisée par Bagapa, grand notable qui profite de l'absence de Zopyre, satrape de *Babylone,* pour fomenter une prise de pouvoir. Bagapa convoque dans le palais royal les notables, les dignitaires, les nobles, les prêtres et les généraux babyloniens. Aucune femme n'est présente. Depuis longtemps, les notables jouent de leur influence, se plaignant du poids des taxes prélevées par la Perse sur leurs négoces et leurs exploitations agricoles. Tous sont à visage découvert. De grandes bannières ont remplacé celles aux effigies du royaume Perse soulignant la révolte. Ce détail ne passe pas inaperçu de l'ensemble des personnes présentes. Des rangées de torches éclairent les lieux. Un froid glacial règne dans la salle. Un feu crépite dans l'âtre de l'immense cheminée de la salle. Certains essaient de se réchauffer près des flammes mais l'ambiance leur glace les os. L'instant est grave.
    – Mes compagnons, je vous rends grâce de votre présence. Vous m'entretenez depuis longtemps de la dégradation de nos relations avec le royaume Perse. Nous devons nous affranchir de son joug. Nous en rêvons tous depuis longtemps. Profitons de l'absence de Zopyre, parti combattre en *Égypte,* pour passer à l'action. Avec nos meilleurs tacticiens, nous avons élaboré un plan. Je vous le soumets.

L'assemblée se fait silencieuse. Chacun reste suspendu aux lèvres de son nouveau régent.

— Nous allons envoyer un message à Xerxès pour qu'il comprenne que nous défions son autorité. Ce soir, nous massacrerons ses hommes restés dans les murs de notre ville.

Sa voix marque une volonté indéfectible. Un murmure commence à poindre dans l'assemblée.

— Ces armées marcheront sur *Babylone* dès que celui-ci sera informé de notre rébellion. Or, notre puissance militaire ne nous permet pas de défier de front ses armées. Nous allons l'obliger à tenir un siège tellement long que la discorde s'installera dans ses troupes.

Un notable demande la parole. Bagapa l'invite d'un geste à parler.

— Majesté, malgré nos murailles, nous avons déjà à deux reprises été asservis. Nous avons déjà tenu des sièges, mais à chaque fois, la ville a subi de graves destructions face à des armées puissantes.

Le murmure s'amplifie, montrant la crainte des hommes et la réalité des propos. Bagapa parcourt lentement du regard les hommes massés autour de lui et reprend la parole.

— Votre crainte est légitime et je ne vous aurais pas fait venir si je n'avais pas tiré leçon du passé et si je n'avais pas un plan. La dernière invasion a vu les Perses de Darius s'engouffrer dans notre ville en profitant des basses eaux de *l'Euphrate*. Préparons-nous en secret. Je compte sur votre fidélité pour relayer auprès des vôtres ce plan.

Bagapa fait une pause avant de marteler ses paroles avec force.

— Faites venir des pierres pour les jeter sur nos assaillants. Amassez le plus de nourriture. Faites en sorte que chaque homme, pour économiser les vivres, ne garde que la femme qu'il aime le plus pour préparer la nourriture et étrangle les autres. Moins nombreux, nous tiendrons plus longtemps. Et lorsque les armées de Xerxès seront à moins de trois jours de marche, nous enverrons une avant-garde pour les ralentir et nous brûlerons les cultures environnantes pour les affamer.

Une rumeur d'approbation monte dans la grande salle.

— Je ferai graver une stèle à notre gloire. On louera dans toutes les contrées le courage de ceux qui ont résisté aux armées du roi des Rois. Maintenant, préparez-vous !

L'ensemble des protagonistes se rallie unanimement à ses propositions. Bagapa bombe le torse et rajuste sa tunique. Avec un geste emphatique, il remercie l'assemblée et met fin au rassemblement.

Les forges se mettent à fonctionner à plein régime et à produire jour et nuit des fers de lance, de flèches et des épées. Des gerbes d'étincelles jaillissent des enclumes, alors que s'abattent les masses sur les lames des épées. Le bruit ne cesse de résonner. La ville se met à fourmiller.

Quelques semaines plus tard, Xerxès, averti de la rébellion par ses inspecteurs de l'administration locale, convie ses généraux et ses stratèges sous sa tente. Des oriflammes fouettent l'air au sommet de perches. Il est vêtu d'un long manteau broché d'or tombant par-dessus une robe à rayure et un pantalon pourpre. Il porte des bijoux en or aux oreilles, au cou et aux poignets.

— Bagapa et les Babyloniens ont profité de l'absence de Zopyre et de sa garde pour se rebeller. Nous ne pouvons tolérer une telle offense. J'ai consulté les oracles. Les dieux sont avec nous. Le ciel veut que nous suivions ses ordres. Vous allez vous battre pour la gloire de notre empire. Rappelez-vous vos exploits et redoublez de confiance. Cette bataille sera de courte durée et nous ferons ensuite route vers la *Grèce*. Nous allons détruire *Babylone*. Mais prenez garde, j'ai l'intention de traverser les terres des peuples déjà soumis et qui sont nos alliés, aucun mal ne devra leur être fait.

Pour réprimer cette révolte, Xerxès expédie des émissaires afin de rameuter ses troupes qui viennent de mater la rébellion de l'Égypte. Les armées Perses, maintenant fortes de plus de quatre cent mille hommes font marche vers *Babylone* à l'Est et s'avancent à présent vers *l'Euphrate*. Les cavaliers et les chevaux, renommés pour leur taille, leur vigueur et leur légèreté, sont couverts de fer et d'airain. Les dromadaires et les chariots lourds, chargés de vivres et des affaires de chacun, avancent à pas lents en tête de la colonne. Viennent d'abord huit mille cavaliers nomades de la tribu des Sagartiens, uniquement armés d'un poignard et d'une lanière de cuir tressée s'achevant par un nœud coulant. Ensuite des cavaliers Mèdes, Cissiens, Indiens, Bactriens, Caspiens, Libyens, et des Arabes à chameaux, pour un total de quatre-vingt mille hommes. Les Immortels, les dix mille guerriers d'élite, archers de la garde personnelle du roi dieu, sont sous les ordres d'Hydarnès. Ils portent des robes brodées, des armures recouvertes d'or, des boucles d'oreille et des bracelets d'or. Ils sont composés de Perses et de Mèdes au teint clair et d'Élamites au teint sombre. Ils marchent devant le char immense de Xerxès, emmenant avec eux dans des chariots, leurs concubines et des serviteurs ainsi qu'un ravitaillement spécial. L'infanterie Lycienne porte des cuirasses et des jambières, des arcs en bois de cornouiller, des flèches et des javelots, des peaux de chèvres jetées sur leurs épaules et, sur la tête, des bonnets de feutre ceinturés de plumes. Le reste de l'infanterie compose la suite de la colonne et piétine dans les excréments des animaux qui la devancent.

Les armées profitent des basses eaux du Tigre pour faire traverser les chevaux et les dromadaires. Elles forment une colonne qui s'étend sur plusieurs kilomètres. La terre tremble sous leurs pas. Le bruit généré et la poussière soulevée permettent de les repérer et de suivre leur avancée à une très grande distance. Les armes et les armures brillent au soleil. Les bannières claquent dans le vent.

En chemin, Xerxès s'entretient avec ses généraux sur la prochaine expédition qu'il compte mener vers la Grèce. *Babylone* ne saurait résister très longtemps. Ils feront route bientôt vers le nord-ouest.

Des cavaliers ont été envoyés en reconnaissance, Xerxès sachant que les Babyloniens chercheront à ralentir son avancée pour finaliser leurs préparatifs. Le reste de la cavalerie est déployé sur les flancs de la colonne, afin de la protéger d'embuscades ennemies.

Deux éclaireurs viennent se porter à la hauteur de Xerxès pour lui signaler la présence d'une avant-garde Babylonienne. Xerxès donne ses ordres.

L'affrontement avec les armées Babyloniennes est de courte durée. Celles-ci s'avancent par files de sept hommes : ceux de la première rangée portent chacun un énorme bouclier tandis que ceux des rangées suivantes tiennent leur lance à deux mains. Une pluie de flèches s'abat sur les premières lignes Babyloniennes, une pluie si drue qu'elle obscurcit le ciel, telle une éclipse. Les Babyloniens qui n'ont pas le temps de se protéger avec les boucliers sont transpercés et cloués sur place. Les chevaux touchés gisent sur le sol et emprisonnent leur cavalier sous leur poids. Les autres sont pris de panique. La plaine se met à résonner du galop de milliers de chevaux qui submergent les lignes Babyloniennes. Les premiers cavaliers Perses sont désarçonnés lorsque leurs montures s'embrochent sur les pieux plantés et ils sont piétinés par la horde qui les suivait.

Et puis, des cors retentissent, prévenant de l'assaut imminent des chars à faux Perses. Ils s'élancent dans la plaine et les lames effilées installées sur les roues fauchent et déchiquètent les soldats ennemis qui s'enfuient sur leur passage.

Grace à leur nombre, leur hardiesse et leur technicité au combat, les armées Perses submergent les armées Babyloniennes. De toute part, le sang rouge et chaud jaillit des corps meurtris, transpercés par les épées et les lances, au milieu de la fureur et des cris. Les entrailles glissent hors des ventres fendus. Des membres gisent sur le sol.

Le combat fini, les blessés sont achevés et les prisonniers égorgés avant d'être amoncelés et brûlés sur des buchers éparpillés sur le champ de bataille. La fumée et l'odeur des corps qui se consument se répandent dans les plaines environnantes. Elles devancent la colonne de Xerxès et annoncent aux peuples que le Diable est en chemin.

Les Perses continuent leur route vers *Babylone*, épargnant les populations rencontrées conformément aux ordres de Xerxès.

Un soldat chargé de la surveillance sur les remparts de la ville sonne l'alarme. La poussière soulevée à l'horizon permet d'estimer que les Perses arriveront aux portes de Babylone le surlendemain. Leur proche arrivée se répand à l'intérieur de la cité comme une trainée de poudre.

Les habitants se réfugient à l'abri des remparts. Pendant que des soldats font la circulation sur les ponts qui enjambent l'*Euphrate*, d'autres mettent le feu aux plantations et empoisonnent les puits en y jetant des carcasses d'animaux. En une journée, la ville s'est refermée sur elle-même.

A leur arrivée, les guerriers sont impressionnés par l'ampleur de Babylone construite dans une plaine. La masse immense et carrée de la tour surmontée de deux énormes cornes d'or se détache de l'ensemble. Les remparts et les sommets des palais crénelés de bleu leur renvoient la lumière aveuglante du soleil de *Mésopotamie*. Les portes massives de la double enceinte de remparts ainsi que les fossés remplis d'eau qui entourent la ville s'avèrent infranchissables. La ville qui offrait auparavant aux souverains Perses une résidence hivernale s'est transformée en camp fortifié. Les Babyloniens ne craignent pas les attaques des armées de Xerxès pas plus que son siège auquel ils se sont préparés. Ils narguent leurs envahisseurs du haut de leurs fortifications. "A quoi bon perdre ici votre temps, Perses, au lieu de vous retirer ? La ville tombera le jour où les mules auront des petits." Ce sarcasme fait le tour des soldats et parvient aux oreilles de Xerxès.
Les centaines de milliers de soldats Perses installent leur campement dans les palmeraies environnantes calcinées. Des arbres sont abattus et amenés pour dresser des palissades et des enclos pour les animaux.

Le siège commence et toute tentative d'entrée ou de sortie est réprimée. Les feux de camps illuminent les environs, et la clameur qui en monte fait place à un silence pesant lorsque les guerriers s'endorment. Seuls les gardes de faction restent éveillés sur leur promontoire. Des bruissements d'aile de chauve-souris voletant au-dessus de leurs têtes viennent briser de temps à autre le silence environnant.

Plusieurs assauts sont donnés dans les mois qui suivent en différents points de l'enceinte extérieure mais tous se heurtent aux murailles et aux projectiles qui sont lancés depuis leurs hauteurs.

Les saisons s'égrènent. A la brulure du soleil succède celle du froid. Aux nuées de mouches et de moustiques les pluies et la boue.

54

"Il eut la sensation encore plus intense que ce visage exprimait, outre la beauté, quelque chose d'exceptionnel."
**Extrait de "L'idiot I",
DOSTOÏEVSKI**

Mars, 482 avant JC

Le siège des Perses devant *Babylone* dure maintenant depuis un an et sept mois. La vie dans chacun des camps s'est organisée. L'attaque frontale est veine. Or, le siège promet d'être encore long. Le moral des troupes Perses est au plus bas et des désertions viennent d'être signalées. Lorsqu'un groupe d'une dizaine de déserteurs est capturé et présenté à Xerxès, la sentence est immédiate. Ils sont torturés. Non dans le but de leur faire avouer une quelconque vérité. Mais parce qu'ils ont trahi leur roi et pour le plaisir de les voir souffrir. Leurs bourreaux sont passés maîtres dans la science de faire souffrir atrocement un prisonnier tout en le gardant suffisamment conscient pour prolonger son calvaire. Un calvaire pour calmer bien sûr les ardeurs de ceux qui auraient l'idée de déserter. Mais aussi pour permettre au mal enfoui dans chacun des tortionnaires de s'exprimer, les Babyloniens ne leur en ayant pas encore fourni l'occasion. Le soir même, les corps dépecés des déserteurs sont traînés par des chevaux au milieu des lignes Perses, puis suspendus à des arbres en des points visibles de tous. Des charognards viennent rapidement les dévorer. Il n'y aura plus d'acte de désertion. Mais Xerxès et ses stratèges ne voient pas d'issue glorieuse au siège. Le retrait serait un signe d'échec envoyé à tous les autres peuples sous son emprise.

Zopyre, satrape de Babylone et général des armées Perses, est un homme de terrain et il sait que le siège est trop long, que les hommes vont perdre confiance en leur roi. Mais surtout, Zopyre a son cœur à l'intérieur de ces remparts. Il a appris à se battre dès son enfance dans la rigueur de l'entrainement guerrier. Il a fait de sa vie ce pour quoi il a été éduqué : se battre, tuer, conquérir pour son roi. Ses mains sont puissantes, ses épaules robustes, son visage affiche une barbe drue, d'épais sourcils, une profonde cicatrice sous l'oreille gauche héritage d'un ancien combat, un regard vif et curieux, des rides sur le front, ainsi qu'une chevelure noire bouclée où l'on distingue quelques cheveux blancs épars. Sa peau est mate et burinée par le soleil. Il doit mettre fin au siège et pour cela, c'est la ruse qu'il va utiliser.

"Cela fait plus de deux ans que je n'ai pas vu Anténa. Je l'ai rencontrée lors de son quinzième anniversaire. Lorsque nos regards se sont croisés, les bruits environnants ont disparu, les lumières alentour se sont éteintes. Elle est apparue tel un halo de lumière dans l'obscurité. Il m'a semblé la connaître depuis toujours. Nos regards se sont croisés et sont restés accrochés. J'ai ressenti en elle un appel. Sa servante nous a surpris et elle l'a forcée à s'éloigner. "

   – Zopyre, ne fais par l'erreur de la convoiter et de déplaire à Bagapa, son père, "me dit Ysias." Comme toi, il est proche de nos souverains et d'aucuns n'iraient prendre le risque de compromettre la paix pour votre amour.

"Cela ne m'a pas empêché de lui faire connaître mes sentiments lors d'un repas à la cour, quelques jours plus tard. Elle est arrivée aux bras de son père. Il était fier de présenter sa fille, déjà promise à un haut notable."

"Lors de cette soirée, Anténa était vêtue d'une longue robe blanche portée sur une tunique ceinte de rubans. Une longue cape marron était posée sur ses épaules dont les rebords percés d'un écusson argenté restaient joints par un collier doré. J'ai contemplé le visage de celle qui enflammait mon cœur : des traits fins, un nez légèrement courbé, des yeux verts, une peau mate et soyeuse, et de longs cheveux noirs finement bouclés. Lorsque nous avons pu nous retrouver quelques instants à l'écart des convives, j'ai été étonné par ses propos.

— Je serai celle de l'homme que j'aime. Personne, même mon père, ne saurait me promettre à quiconque. Je tuerai celui qui me forcera et celui qui me prendra sans mon consentement. J'ai éprouvé quelque chose d'étrange lorsque nous nous sommes vus la première fois. Je serai tienne si tu le souhaites."

"Anténa est devenue ma femme. Lorsque son prétendant est mort dans d'horribles souffrances après l'annonce de leurs fiançailles, son père l'a aussitôt promise à un autre notable qui est mort la nuit suivante de façon encore plus odieuse. Puis un troisième qui a subi le même sort. Dès lors, plus aucun Babylonien n'a eu le courage de demander sa main. C'est à contrecœur que Bagapa a accepté que sa fille devienne la femme de son ennemi. Notre mariage a été magnifique et les présents venus de tout l'Empire très nombreux. Mais l'hypocrisie des vœux de bonheur et des sourires des notables et des hauts fonctionnaires Babyloniens a prouvé à quel point cette alliance était désapprouvée."

"Lorsque deux ans plus tard, Anténa est tombée enceinte, la joie a envahi notre proche entourage. Après un rituel chamane, Tötaan nous a annoncé que nous allions avoir un garçon. Notre descendance était assurée.
Des années de bonheur se sont écoulées. Mon fils a grandi et a commencé son apprentissage en apprenant les trois fondements de l'éducation perse : monter à cheval, tirer à l'arc, et n'exprimer que la vérité. Il s'est montré mon digne descendant par son ardeur et sa maîtrise."

"En 484, j'ai été appelé par Xerxès en personne pour participer à mater la révolte égyptienne."

"Sur le chemin du retour, j'ai appris que *Babylone* s'était soulevée et que Xerxès avait ordonné le siège de la ville. J'ai rejoint les troupes et, sur place, j'ai réalisé que *Babylone* pouvait soutenir le siège pendant encore au moins cinq ans !"

Les sarcasmes des Babyloniens m'ont été rapportés. Et lorsqu'une mule de mes équipages a mis bas, j'ai pensé que c'était un signe du ciel et que *Babylone* n'était plus imprenable désormais. Je m'en suis confié à Ysias."

— Comment comptes-tu t'y prendre ? lança Ysias d'un air ironique.

— Je vais reprendre *Babylone* par la ruse.

— Par la ruse ? Quel est ton plan ?

— Dire tout simplement à Xerxès ce que je vais faire.

"Et j'ai décrit à Ysias en détail les plans de ma ruse."

— Mais il ne te laissera jamais sacrifier une partie de son armée pour la fille du traitre !

— C'est ma femme ! Il saura que ce n'est pas pour lui que je fais tout cela ! Je veux retrouver Anténa et il veut *Babylone*.

— Aucun homme n'aime une femme au point de réaliser pareille folie. C'est une sorcière. Cela ne te portera pas chance.

— Ysias, si tu n'étais pas mon meilleur ami, je t'aurais fait empaler sur le champ pour ton impertinence.

55

"Ceux qui ont fait preuve de cruauté, d'égoïsme, d'égocentrisme ont pu obtenir temporairement une certaine gloire. Et l'époque qui illustre leur gloire et leur puissance, illustre aussi la cruauté et l'agressivité qui en sont la cause. Ce genre de gloire n'a aucune valeur et personne ne peut lui vouer un profond respect."

Tenzin Gyatso, Quatorzième Dalaï Lama

Avril, 482 avant JC

"L'amour que je porte à Anténa est plus fort que tout. Elle n'appartiendra à aucun autre homme que moi. Dans nos veines coule le même sang de la révolte. Nous étions faits pour nous rencontrer."

"Dans quelques semaines, notre armée va envahir *Babylone*, et empaler tous ses notables orgueilleux. Je me suis coupé le nez et les oreilles, rasé la tête ignominieusement et déchiré le dos à coup de fouet. Je me suis présenté ainsi à Xerxès, pour lui offrir mes services et ma ruse. Il a bondi de son trône, s'est récrié, ému de voir dans cet état un homme de mon rang et a voulu savoir qui m'avait mutilé, et pour quel motif."

— Il n'est pas un homme, lui ai-je répondu, excepté toi, qui puisse se permettre de me traiter ainsi, et nulle main étrangère, seigneur, ne m'a touché : je me suis mutilé moi-même, indigné que je suis de voir des Assyriens se moquer des Perses et garder loin de moi la femme que j'aime.

— Malheureux ! me répondit Xerxès, à l'acte le plus affreux tu prétends donner le nom le plus beau, si tu dis t'être infligé cet outrage irrémédiable à cause des Assyriens que nous assiégeons ! Insensé ! Cette femme t'a ensorcelé. A quoi bon cette mutilation ? Les ennemis s'en rendront-ils plus vite ? Tu devais être hors de ton bon sens lorsque tu t'es ainsi défiguré !

— Si je t'avais communiqué mon plan, lui répondis-je, tu ne m'aurais pas laissé faire : je n'ai donc pris conseil que de moi-même. Désormais, si tu ne me refuses pas ton concours, nous tenons *Babylone*. Je vais, dans l'état où je suis, passer comme transfuge dans la place et je me dirai victime de ta cruauté.

"Lorsque je lui ai exposé mon plan, et bien que celui-ci implique le sacrifice de nombreux guerriers parmi nos troupes, il m'a fait confiance."
"A mon entrée dans *Babylone*, j'ai été conduit à Bagapa, mon beau-père. Je lui ai déclaré que Xerxès m'avait traité ainsi parce que je lui avais conseillé de lever le siège qui était un échec et qu'il m'avait accusé de travailler à la solde du père de ma femme. Bagapa a demandé aux notables et chefs des troupes de se rassembler. Je leur ai raconté mon évasion périlleuse des geôles Perses et ils n'ont pas supposé un seul instant ce qui se complotait contre eux. Je leur ai dit que je connaissais les positions des armées Perses ainsi que les actions qu'elles comptaient mener."
"On m'a confié le commandement des troupes et dix jours plus tard, une partie en est sortie par la porte d'Ishtar au Nord de la ville et a exterminé un millier de combattants."

Les Perses, en route vers la mort avançaient, poussés par leurs chefs, à force de coups de fouets.

"La confiance des Babyloniens a grandi encore lorsque sept jours plus tard, deux mille hommes postés devant la porte de *Sin*, au *Nord*, ont été exterminés. Vingt jours après, leur confiance a été totale lorsque quatre mille hommes dotés simplement de leur glaive ont été sacrifiés devant la porte *d'Enlil*, au *Sud*."

"Le jour convenu avec Xerxès, lorsque l'assaut général des remparts a été lancé par ses troupes, j'ai ouvert les portes de *Mardouk* et de *Zababa*, à *l'Est* de la ville. Le plan s'est déroulé comme prévu. Je me rappelle ce jour comme si je le revivais. Nos troupes se sont répandues dans les différents quartiers de la ville, empruntant la Voie processionnelle pour prendre possession des temples et du palais royal, et ont traversé *l'Euphrate* pour terminer dans les quartiers Ouest. J'ai gravi les marches du temple *d'Ishtar d'Agadé*. Un des prêtres au crâne rasé vêtu d'une robe blanche a tenté de s'interposer mais je l'ai envoyé s'écraser en contrebas."

La démence des guerriers pouvait être enfin satisfaite. Le sang allait couler à flot. Tötaan regardait du haut des remparts ces hordes envahir la ville. L'homme avait-il mérité la punition de vivre avec le tourment de ses actes ?

"J'ai rejoint Bagapa. Je l'ai mis à terre en lui tranchant les jambes, avant de lui décrire les manœuvres qui avaient permis aux Perses de se répandre dans la ville. J'ai ressenti à cet instant la sueur s'étendre sur mon corps, tendu à l'extrême. Lorsque j'ai révélé à Bagapa que je ne visais au travers de ce complot qu'à retrouver sa fille unique, il n'a pas eu le temps de crier sa haine. Sa tête est restée sur ses épaules après que mon glaive l'ait tranchée d'un coup sec. Plus aucune parole n'en est sortie, juste un hoquet d'effroi. Ses yeux se sont exorbités, son sang s'est écoulé par saccades autour de son cou, éclaboussant ses vêtements. D'un coup de pied, j'ai fait tomber son corps. Sa tête a roulé sur le sol."

Son cri puissant de victoire a retenti sur les murs du temple et son écho a résonné au-dessus des hordes qui envahissaient la ville. Dans la cité, ce n'était que peur, hurlements et bousculades qui se répandaient comme une traînée de poudre précédant l'intrusion des Perses. Des foules s'amassaient au pied des temples. Les gens se piétinaient dans les ruelles pour fuir les cavaliers.

"J'ai essuyé mes mains et mon glaive sur le corps de Bagapa avant de le ranger dans son fourreau et de rejoindre Anténa. Elle m'attendait vêtue d'une tunique blanche, les cheveux attachés. Elle m'a tendu les bras avec un léger sourire. Elle savait que je venais de tuer son père, qu'elle était vengée de la mort de sa mère et qu'elle restait mienne."

Les étendards Perses flottaient à nouveau sur les remparts. Zopyre prit Anténa sur son cheval. Elle serra ses bras contre son torse. Il sentait l'excitation monter en elle à mesure qu'ils se rapprochaient de la bataille. La chevauché infernale se poursuivit au milieu de la fureur. Anténa jubilait de voir ces hommes s'entretuer. Son plaisir crût lorsque Zopyre fraya un passage avec son épée au milieu des soldats Babyloniens. Leur sang chaud souillait ses jambes et lorsque des gouttes giclèrent sur son visage, elle passa sa langue avec délectation sur ses lèvres.
A la fin des combats, le calme reprit le dessus dans les rues. Mais la folie humaine continua son œuvre dans les couloirs des palais et des demeures.

La panique était à son paroxysme parmi les nobles et notables à l'origine de la révolte contre Xerxès. Ils savaient que leurs heures étaient comptées. Nombreux furent ceux qui cherchèrent à s'enfuir par le *Nord*, le *Sud* et *l'Ouest*, n'hésitant pas à se jeter dans les eaux de *l'Euphrate* pour fuir les horribles traitements qui les attendaient.

Anténa reconnut ceux qui avaient fomenté la rébellion avec son père et elle tint à assister à leur supplice. Tout cela la sortait de l'ennui de son palais, de ces mois de siège à attendre Zopyre et enfin elle pouvait extérioriser la violence qui sommeillait en elle.
Lorsque les bourreaux se mirent à l'œuvre, elle prit une part active au supplice de certains en leur introduisant une lame chauffée ou en leur brisant des os. Son plaisir atteignit son apogée lorsqu'elle s'occupa d'un des dignitaires les plus proches de son père, cloué sur une table.
   — Alors, tu as peur de souffrir ?
Ce qu'elle lisait dans les yeux de cet homme ainsi que l'odeur qui émanait de son corps en disaient long sur sa réponse. La

peur suintait de tous ses pores en une odeur nauséabonde. Il donna les noms d'autres conspirateurs. Il espéra mourir à plusieurs reprises, vite, mais la vie s'accrochait à son détriment. Bientôt, il n'eut plus de nom à donner. Alors, pour lui faciliter la mémoire, le bourreau lui fendit les joues. Les yeux de l'homme sortirent de ses orbites. Il connaissait la suite des souffrances qui l'attendaient. Il donna encore des noms qu'un officier nota rapidement sur une tablette pour aller chercher les autres rebelles et les mettre à la torture. Quand il se tut, son corps entier fut pris de tremblements. Il suivit des yeux le bourreau qui se dirigeait vers une table. Il revint prêt de lui avec un instrument et souleva une joue pour commencer à lui broyer les dents.

Anténa l'arrêta. Elle voulait prolonger son plaisir. Elle prit une lame et commença à tailler sur le corps du torturé une lamelle de peau qu'elle arracha de ses mains. Elle le faisait souffrir comme pour se venger de la souffrance que son père avait infligé à sa mère. Elle faisait souffrir son peuple en prenant complètement partie pour l'Empire Perse. Zopyre était comblé de voir cette femme, sa femme, s'adonner à ce qu'aucune autre femme ne partageait avec un homme. La volonté de dominer et de faire souffrir.

L'homme perdit conscience à plusieurs reprises. Et puis, Anténa eut une image fugace et se vit allongée à sa place. On lui avait arraché les seins. Cette pensée stoppa net son plaisir et lorsque le bourreau revint avec un burin et un pal dont le bout était arrondi afin de repousser les chairs lors de la pénétration et ainsi prolonger la souffrance, elle préféra quitter les lieux.

Elle retrouva son palais et les bras de Zopyre. Et cette nuit fut l'apothéose de leur plaisir. Une nuit où leurs râles se mêlèrent pour leur plus grande jouissance à ceux des suppliciés empalés aux abords de la ville.

Les pieux ensanglantés traversaient les corps nus par le rectum et ressortaient par la poitrine, la tête ou la nuque. Les bras et les jambes pendaient, raidis par la souffrance. Ceux qui n'avaient pas eu la chance de mourir sur le coup agonisaient pendant des heures dans des râles et des soubresauts déchirants. Les corps suintaient et des flaques fumantes gisaient au pied des suppliciés. Les odeurs de viscères et de sang rendaient l'air irrespirable. Les charognards se gavaient des corps en un festin incessant.

Mais au petit matin, Anténa fut surprise du calme qui régnait. Les suppliciés étaient morts dans la nuit. Et l'image de son propre corps torturé lui revint à l'esprit. Elle porta ses mains à sa poitrine et réalisa ce qu'elle aurait enduré si elle avait été du côté des perdants. Cela aurait été de bonne guerre. Mais un frisson d'horreur la parcourut.

Elle ne tortura plus aucune personne et assista de loin à l'empalement de quelques notables et dignitaires. Puis elle finit par se lasser, écœurée par ce qu'elle voyait et ce qu'elle avait fait. Et sa vie reprit un cours normal.

Trois mille d'entre eux furent empalés dans les jours qui suivirent la prise de *Babylone*. Et les les murailles de la cité furent drapées des peaux des traitres et leurs familles contraintes de broyer publiquement les ossements de leurs défunts.

— Alors Ysias, tu vois, oiseau de mauvais augure, mon plan a fonctionné comme je l'avais prévu. Je suis de retour auprès d'Anténa et *Babylone* nous appartient.

— Fais attention à ne pas contrarier les dieux par ton arrogance. La colère du Ciel pourrait tomber sur toi au moment où tu ne t'y attends pas.

Pour l'éternité

Suite aux exploits ayant permis la prise de *Babylone*, Xerxès a fait don à Zopyre de présents royaux. Zopyre et Anténa se sont installés dans une splendide demeure.

Mégabyze était dans sa quinzième année. Il grandissait auprès d'un des êtres les plus hideux mais il était fier de son père et rêvait d'être aussi valeureux que lui.

Zopyre lisait la peur dans les yeux des enfants et l'admiration dans ceux des guerriers et dignitaires Perses. Beaucoup de gens peinaient à le regarder. Il savait l'effet qu'il produisait et arborait sa mutilation comme un trophée.

Zopyre se consacrait pleinement à sa charge de gouverneur, lorsqu'un matin, Anténa, ressentit les nausées annonciatrices d'une nouvelle grossesse.

56

"Il est facile de mourir quand on ne meurt pas seul."
Extrait de "La condition humaine", André MALRAUX

Octobre, 482 avant JC

"La grossesse se déroulait sans incident. Un matin, j'ai constaté un changement sur son visage. Je n'ai pas cru à la fatigue. J'ai rendu visite à Tötaan qui m'a répondu ne pas être au courant. Or, je n'étais pas homme à en rester là. Je redoutais un mensonge, voire une trahison. J'ai fait venir le grand prêtre du temple de Zeus Bélos, qui est entré et s'est prosterné."

Les gardes prirent position de part et d'autre de la salle. Assis sur un sofa, dans une robe somptueuse, Zopyre hocha la tête.

— Lève-toi et écoute. J'aimerais que tu interroges les astres. Je veux savoir ce qu'il va se passer dans les prochains mois pour ma famille.

— Oh, Zopyre, je ferai selon ta volonté. Mais puis-je te poser une question ?

— Je t'écoute.

— Avec tout le respect que je te dois, je suis étonné qu'un guerrier comme toi souhaite connaître son avenir. Qu'est-ce qui te perturbe ?

— C'est vrai. Je vis dans le présent car un guerrier est aux aguets. Et je deviendrais un lâche si je savais à quel moment je mourrai au combat. C'est l'Inconnu qui me fait vivre. Mais Anténa me cache quelque chose. Son comportement a changé depuis quelques jours. Et je sens qu'elle ne veut pas m'inquiéter.

— Zopyre, je questionnerai les astres et mettrai fin à tes interrogations.

Le grand prêtre disposa.

"Plusieurs jours s'écoulèrent avant que le grand prêtre ne me demande audience.

— Alors, que t'ont révélé les astres ? Quelle sera notre destinée ?

— Les astres m'ont annoncé pour ton fils une vie pleine de conquêtes, sa renommée auprès de Xerxès et de son successeur sera aussi grande que la tienne et …

— Arrête-toi là. Je t'ai dit mon inquiétude pour Anténa. N'essaie pas de m'éloigner de mes préoccupations. Je n'ai pas peur d'entendre tes révélations et tu n'as pas à craindre mon courroux.

— Je ne te crains pas, Zopyre. Sache seulement que les astres m'ont parlé de l'avenir de ton fils, et uniquement du sien...

Le grand prêtre marqua une longue pause.

— ... Car Anténa va bientôt mourir et toi aussi.

— Mais... C'est impossible. Quel complot se trame donc contre nous ?

— Aucun Zopyre. Anténa va mourir avant de mettre au monde votre enfant et tu vas la suivre.

Je me suis détourné afin que le prêtre ne voie pas les larmes couler sur mes joues. Ainsi, j'allais perdre ma femme et l'enfant qu'elle portait. Je comprenais mieux pourquoi elle affichait une telle détresse. J'ai fait signe au prêtre de disposer et me suis précipité dans ses appartements. Une domestique m'apprit qu'elle venait de sortir avec Tötaan, en chaise à bras."

"De retour, Anténa m'a fait part de la proposition de Tötaan.

— C'est merveilleux Anténa. Ta mort ne sera pas un obstacle à notre amour."

"Nous avons indiqué à Tötaan notre vœu de mourir ensemble. Son visage est resté impassible. Je n'aurai jamais pu deviner qu'au fond d'elle-même, elle éprouvait un profond ressentiment et ne souhaitait pas que je bénéficie de l'opportunité offerte à Anténa. C'est à ce moment-là qu'elle a dû réaliser qu'elle tenait le moyen de se venger de moi. Mais rien n'a transparu."

57

Novembre, 482 avant JC

Il fait presque nuit maintenant. Des bougies brûlent doucement et éclairent la chambre d'Anténa. Tötaan sort ses habits de chamane d'un coffre caché sous une peau d'ours. Elle enfile d'abord son costume en peau de renne dont les manches comportent de longues franges et qui, les bras levés, les font ressembler à des ailes. L'ensemble figure le corps qui va voyager parmi les esprits.
Elle pose sur sa tête sa coiffe ornée d'une ramure de cervidé. Elle se fait vomir à l'aide d'une spatule de bois avant d'absorber une poudre hallucinogène juste dosée afin de provoquer des transes psychédéliques dans la demi-heure qui suit son absorption. Après avoir mis ses gants, elle met son masque fait de cuivre et de cuir.

Avant que la poudre ne fasse effet, elle s'accroche à une perche plantée dans le sol, qui va lui permettre de rester reliée au monde des vivants.
Anténa et Zopyre sont agenouillés à côté l'un de l'autre sur un tapis et se tiennent par la main. Deux fioles ne contenant plus que quelques gouttes d'un liquide ambré gisent à leurs côtés.

Elle s'approche d'eux, le corps parcouru de soubresauts qui s'amplifient lorsqu'elle se met à frapper sur un tambour de bois sur lequel est tendue une peau ornée de rennes noirs et rouges qui vont l'accompagner sur les chemins menant au monde des morts. Le chant du tambour est continu et régulier. Il se fait de plus en plus envoûtant. Et tout à coup, le rythme s'emballe jusqu'au moment où cessant brusquement, Tötaan se positionne devant eux et pose une main sur leur tête.

Le poison qu'ils ont absorbé chacun à quelques minutes d'intervalle commence à faire effet. Suivant les conseils de Tötaan, ils poussent des cris, projetant à chaque fois leurs forces vers le sommet de leur crâne.
La vie abandonne en premier le corps d'Anténa. Tötaan prend en charge son esprit et le dirige vers le monde aérien afin qu'il trouve place un jour dans une enveloppe corporelle. C'est la seule façon de la sauver.

Zopyre, de constitution plus robuste, oscille encore entre la vie et la mort. Il a regardé les yeux d'Anténa se fermer. Il aurait aimé que ce soit le dernier souvenir emporté dans l'autre monde mais Tötaan le saisit par le cou, sa mâchoire crispée par la haine et les spasmes des transes. Sa voix se fait plus rauque, un sourire flotte sur ses lèvres. Il est le seul à entendre ce qu'elle lui révèle.

– Zopyre, tu vas emporter mes secrets dans l'au-delà… Bagapa était mon amant, mon amour. Il était le sauveur des Babyloniens contre votre tyrannie. Tu l'as tué de tes mains. J'aurais pu te pardonner d'avoir rendu *Babylone* aux Perses mais le sang de Bagapa a un prix… Alors tu vas payer pour sa mort. Mais tu ne vas pas mourir car les dieux m'ont montré comment tu pouvais servir ma mission. Tu vas souffrir autant qu'il a souffert, bien plus longtemps !
De l'écume apparait aux coins de sa bouche. Ses yeux sont exorbités.

Zopyre essaie de lutter, mais son corps ne répond plus. Les mots d'insultes et de protestation se bousculent dans sa tête mais aucun son ne s'échappe de ses lèvres. Pour la première fois de sa vie, il est obligé de subir, et il subit le discours de celle qu'il croyait être sa plus fidèle alliée après Anténa.

– Bagapa s'est occupé de ma fille comme s'il en était le père. Oui, tu as bien entendu, Anténa était ma fille. Bagapa n'a jamais tué sa femme. Tout cela était pour cacher les vraies origines d'Anténa. Et j'étais là pour veiller sur elle, je n'avais pas besoin de toi, même si je n'ai pas su voir la haine qu'elle portait à son père. Si je l'avais pu, j'aurais réduit en cendre les sentiments qu'elle avait pour toi mais son amour pour le père de son fils a été plus fort que toutes les magies. J'ai essayé, en vain. Je crains même que sa septicémie ait été provoquée par l'une des potions que je lui ai faite avaler à son insu pour la détacher de toi. Je lui ai proposée ma science pour revivre une autre vie car un grand destin l'attend. Mais je n'avais pas prévu qu'elle voudrait t'entrainer dans l'aventure ! Elle mérite mieux que toi car tu es une misérable bête sanguinaire. Mais les dieux m'ont éclairé. Son amour pour toi est si fort qu'il lui faudra plusieurs vies pour t'oublier et être heureuse dans les bras d'un autre. En attendant, elle devra faire un long chemin, bien difficile, pour être digne de son vrai père. Bientôt, Anténa se réincarnera et passera de corps en corps. Elle t'approchera mais ne pourra jamais t'atteindre car je vais enfouir ton esprit à tout jamais dans d'autres êtres. Elle te sentira, ira vers toi au travers d'un autre sans jamais te retrouver, consacrant ses vies à te rechercher. Je veillerai toujours sur elle pour qu'elle trouve enfin le bonheur auprès d'un autre homme. Mais si par malheur ma mission échoue avant la mort de ton septième hébergeur, tu erreras sans fin dans le monde des ténèbres.

A l'instant précis où elle sent la vie abandonner Zopyre, Tötaan ôte la main de sa tête et l'esprit de Zopyre part errer dans le monde aérien à la recherche de son premier hébergeur. Tötaan s'effondre. Sa mission est accomplie.

XX.
LA PUISSANCE DE
LA KUNDALINI

58

Sydney, AUSTRALIE
Octobre 2012

Lincoln avait été transporté d'urgence à l'hôpital, Barrington qui n'avait que quelques contusions l'accompagnant dans l'ambulance. Son état de santé fut jugé alarmant à son arrivée et il passa plusieurs semaines dans le coma.
Durant tout ce temps, Lincoln fit le même rêve. Un homme avec une tête de chacal se penchait sur lui, parlant une langue inconnue dont chaque mot vibrait dans sa tête. Ces mots racontaient une histoire d'où jaillissaient des pyramides, un désert brûlant qui asséchait sa gorge et des cités majestueuses. Il lui confiait devoir sauver le monde et être un sorcier. Quand il ôtait son masque, Lincoln reconnaissait le vieil homme qu'il poursuivait. Puis d'autres hommes emportaient son corps et le jeter dans un gouffre où les événements majeurs de sa vie défilés devant ses yeux durant sa descente. Lorsqu'il touchait le fond, le rêve se répétait.

Une enquête interne sur le déroulement de l'arrestation fut ouverte afin de comprendre comment le vieil homme avait pu échapper aux policiers. A ce mystère vint s'ajouter celui de son état de santé. Les hématomes qui recouvraient son corps à son arrivée se résorbèrent rapidement à la stupeur des médecins. Tout comme ses jambes et ses côtes qui malgré de multiples fractures se ressoudèrent en un temps record. Seul son bras gauche restait fracturé.
Il tardait aux enquêteurs qu'il se rétablisse afin qu'ils puissent l'interroger.

Ses proches se succédèrent pour veiller sur lui. Ses parents, résidants à *Adélaïde*, vinrent s'installer quelques jours dans un hôtel proche de l'hôpital. Ils apprirent avec stupeur les évènements qui avaient succédé à cet accident et qui avaient provoqué la séparation de leur fils et de leur belle-fille.

Au cours d'une visite, Barrington confia à l'épouse de Lincoln les nombreuses difficultés rencontrées par les équipes sur cette enquête et les mystères qui l'entouraient tant sur le vol des objets d'art dans les musées que dans l'arrestation à l'aéroport.

Outre le fait que le suspect se soit évaporé dans la voiture, il n'y avait aucune trace de sang sur le lieu où l'impact des deux balles était censé le tuer sur le coup. L'enquête était devenue maudite au sein d'Interpol et personne ne voulait prendre le relais de Lincoln. Sa femme se reprocha dès lors de s'être éloignée de lui au lieu de le soutenir dans ses épreuves.

En ouvrant les yeux, le premier visage que Lincoln aperçut fut celui de sa femme. Elle était belle mais semblait exténuée. Il ignorait tout le temps qu'elle avait passé à ses côtés à attendre un geste de sa part. Il essaya de lui sourire mais le souvenir déchirant de leur séparation fit brusquement surface. Que faisait-elle là ? Il ferma les yeux comme pour oublier sa vie et retourner d'où il venait, d'un endroit où rien n'existait. Fuir ce qu'il était devenu.

Les sons se mêlèrent autour de lui. Il refusa de les entendre. Quelqu'un le força à ouvrir les yeux. Une lumière violente pénétra dans son esprit et il n'arriva plus à rester loin de toute cette agitation autour de son corps. Il essaya de lutter mais des gens en blouse blanche le rappelaient à la vie. Alors, les voix se firent distinctes et il dut bientôt se rendre à l'évidence qu'il vivait.

Les examens ne décelant aucun problème cérébral, il put se lever au bout d'une semaine. Il prit l'habitude tous les jours de regarder à l'extérieur de sa chambre un long moment avant d'accepter de promener dans le grand jardin au pied du bâtiment. Il craignait encore de sortir mais il n'arrivait pas à en verbaliser la raison à son médecin. Avait-il peur de rencontrer quelqu'un ? Il ne pouvait pas répondre car il n'avait plus souvenir des journées qui avaient précédé son coma. Mais il était certain que cela avait une relation.

Il eut beaucoup de difficultés à reconnaître ses collègues de bureau. Seuls les membres de sa famille, même les plus éloignés, lui revenaient en mémoire. Comme si finalement son cerveau faisait un tri des informations et rejetait tout ce qui se rapportait à son travail.

Cependant, lorsqu'un enquêteur venu pour l'interroger lui présenta la photo du vieil homme qu'il était censé appréhender le jour de son accident, ce fut un électrochoc. Les souvenirs affluèrent violemment comme si l'on avait percé un abcès trop longtemps ignoré. Tous les évènements de l'aéroport lui revinrent saccadés à l'esprit comme des scènes d'un film découpées avec soin. Il parla en un flot de paroles incessant à l'inspecteur qui prit un maximum de notes sans l'interrompre. Il dut à l'issue de cet interrogatoire rester alité de longues heures pour récupérer de ses efforts.

Il retrouva le reste de sa mémoire au contact d'affaires personnelles que Barrington lui présenta.

Avant de quitter définitivement l'hôpital, Lincoln parla avec son psychiatre des confessions de Stanton avant qu'il sombre dans le coma. N'y voyant que le fruit de son imagination, le psychiatre lui conseilla de patienter et de n'en parler à personne car son cerveau ferait tout seul la part entre ce qu'il avait pu vivre réellement ce jour-là et ce qu'il avait pu en imaginer.

59

Sydney, AUSTRALIE
Novembre 2012

Lincoln reprit le travail. Il fut accueilli chaleureusement par ses collègues lui démontrant leur solidarité.
Il retrouva ses repères et se mit à partager les déjeuners avec ses confrères plutôt que de s'enfermer comme auparavant dans son bureau.
Ceux présents à l'aéroport ne comprenaient pas comment le vieil homme avait pu leur échapper. Lincoln était passé à deux doigts de résoudre cette affaire. Ils étaient sûrs que la prochaine fois serait la bonne.
Malgré les marques de sympathie et les encouragements, Lincoln se refusa d'en parler et laissa tomber ce dossier.

Heureusement, d'autres affaires lui avaient été affectées pour son retour et sa direction souhaitait qu'il tourne la page. Il avait peur que sa concentration et sa mémoire ne soient altérées. Il reprit une activité normale même si dans son esprit étaient toujours présents les propos de Stanton à l'aéroport. Mais persuadé qu'ils n'étaient que le fruit de son imagination durant son coma, il s'efforça tant bien que mal de les enterrer dans sa mémoire.

Son épouse restait encore sur ses gardes mais cet incident les avait rapprochés. Ils se voyaient au dehors comme deux anciens amants se retrouvant après de nombreuses années de séparation. Ils appréciaient ces moments, Lincoln faisant preuve d'une attention qui avait disparu depuis bien longtemps, finissant plus tôt son travail pour retrouver sa femme autour d'un verre ou au cinéma. Les enfants restaient encore à l'écart et un retour au foyer semblait prématuré.

D'autant qu'ils profitaient tous deux de leur éloignement et de ces moments ensembles pour se reconstruire.

Après leur séparation, Stephen n'avait pas été là pour voir Aurore pleurer et maudire Tötaan qui l'avait aimée et trahie. Les semaines suivant leur rupture, il s'était noyé dans son travail pour oublier son chagrin et rattraper le temps passé au *Tibet* afin que la date de sortie du jeu soit respectée comme il s'y était engagé avant son départ. Etrangement, il avait rapidement repris de la force. Il était infatigable. Il se levait tôt et se couchait tard.

Certains lui proposèrent de boire un verre, jurant qu'ils n'avaient jamais douté de ses capacités pour mener à bien le projet. Certaines profitèrent pour l'inviter à diner. Mais il refusait toute distraction en dehors de son travail, y compris les invitations de Max. Le week-end, il se réfugiait sur son bateau, et partait au large pour ni voir ni entendre personne.

Il avait pris la décision de laisser l'appartement à Aurore. Il lui avait adressée un courrier pour l'en informer. Il n'avait pas eu de réponse.

Il avait pris contact avec une agence immobilière et trouvé un nouveau logement. Il avait fallu qu'il se réhabitue au silence de la solitude d'un appartement et à dormir seul après toutes ces nuits contre son corps.

Un beau matin, Lincoln reçut un appel de Barrington, qui lui fit l'effet d'une bombe.

— Dennis, tu te rappelles que ton homme a passé un appel depuis l'aéroport avant que tu l'interceptes…

Lincoln tapa du plat de la main sur la table et haussa le ton.

— Je ne veux plus m'en occuper ! Je ne veux plus rien savoir de cette affaire !

Il raccrocha brusquement et allait se lever pour demander une entrevue avec son directeur afin de ne plus être importuné sur ce dossier lorsqu'un mail apparut : "On a sa conversation"

Lincoln décrocha son téléphone.

— Viens avec.

— Tout de suite, répondit Barrington avec un sourire de satisfaction.

L'instinct du policier venait de reprendre le dessus.

Barrington entra dans le bureau précipitamment.

— Ah, je te retrouve. Russel a fait un travail magnifique.

Il inséra une clé USB dans l'ordinateur de Lincoln et monta le son. Au milieu des annonces de l'aéroport, une voix calme se fit entendre.

— "Le plan marche à merveille. Nous rendrons la lumière au monde.

— Oui, Maître.

— Merci pour tout ce que tu as fait. J'ai encore quelques travaux à réaliser avant de disparaître. Je te recontacterai.

— Bien, Maître."

La conversation s'interrompit.

— C'est tout ?

— Oui

— Qu'est-ce que ça veut dire ?

— Aucune idée.

Les paroles qu'il entendit de la bouche de Stanton avant qu'il ne sombre dans le coma refirent surface brusquement et prirent toute leur signification : "Les Dieux m'ont donné pour mission de sauver le monde. Personne ne m'arrêtera car… je suis un sorcier."

— Tu as pu identifier à qui l'appel était destiné ?

— Oui. Un magasin situé dans le quartier chinois.

— J'espère que l'on ne va pas avoir encore un bridé mort sur les bras ! On y va.

L'irruption de Barrington dans son quotidien avait été salutaire.

Le lendemain, la police rendit visite au magasin où Stephen et Max avaient retrouvé Stanton. La fumerie fut découverte et démantelée, et le vieil homme arrêté. Ses papiers étaient en règle. Il fut amené dans les locaux d'Interpol pour être interrogé.

Lincoln lui fit écouter l'enregistrement téléphonique. Questionné, le vieux chinois se borna à confirmer qu'il était bien celui que l'on entendait sur l'enregistrement. Mais que ce n'était pas une équipe de jeunes policiers qui lui faisait peur et qu'il ne dirait plus un mot à présent.
Miné par la haine, Lincoln lui décocha une gifle que le vieil homme esquiva avec souplesse et rapidité. Barrington retint Lincoln avant qu'il n'essaye de frapper encore le chinois. Lincoln poussa Barrington et saisit le vieux chinois par le col, le secouant en vain pour savoir qui était le "maître".
Le vieil homme déclara ne pas avoir parlé sous la torture lorsque, jeune révolutionnaire, les Japonais l'avaient capturé en 1941 après que le *Japon* ait envahi la *Chine*. Ce furent ses dernières paroles.
Féru d'histoire, Lincoln se rappela quelques dates clés de cette invasion, dont août 1937 l'entrée des forces japonaises dans Pékin et en 1941 les actions de guérilla menées par *Mao Zedong*. Il calcula mentalement son âge.
Il vérifia ses papiers, en déduit avec mépris que les pays *d'Asie* étaient incapables de déterminer la véritable date de naissance de leurs habitants et que cet homme, vieux mais étonnamment alerte, avait perdu la mémoire. Il aurait 106 ans.
Ce que Lincoln ne pouvait pas imaginer, c'est que le vieil homme disait la vérité.

Stephen essaya encore de retrouver la trace de Stanton. Mais en vain. Le magasin de *Chinatown* était fermé. Aucun habitant du quartier ne voulut le renseigner sur ce qu'était devenu le vieux chinois.

Il se rapprocha de la filiale *US* du groupe envisageant de quitter *l'Australie*, de changer définitivement de vie, d'oublier Aurore.

Un soir, en partant du bureau, alors qu'il enfilait sa veste, remontait son col et fourrait ses mains dans ses poches, il trouva une enveloppe. C'était une lettre d'Aurore. Il la lut dans l'ascenseur, à l'abri des regards.

Stephen,
J'espère que tu vas mieux. Ton départ m'a bouleversé. Je suis fatiguée. Je t'aime sincèrement même si cela n'était pas dans mes plans. Et je souffre tous les jours de ton absence et de tes silences.
J'ai partagé de vrais moments de bonheur avec toi et je réalise combien ils avaient été absents de mes précédentes vies.
Tu t'es battu pour te libérer de ces vies et de Zopyre. Tu peux en être fier car tu m'en as aussi libérée. Ça m'a été très difficile à l'admettre mais j'étais prisonnière d'un rêve. J'ai encore du mal à réaliser dans quelle illusion je m'étais enfermée. Tu as perdu toute confiance en moi. Je t'ai utilisé et si je n'avais pas été à tes côtés pour ouvrir les yeux, tu serais mort par ma faute. Tout cela n'en valait pas la peine.
J'ai réalisé qu'avec toi, je n'avais plus peur de vieillir et que j'aurais aimé m'éteindre à tes côtés, sereine de ne plus revivre et m'épuiser à chercher celui que j'aimais. Vivre, vieillir et mourir avec toi comme le commun des mortels.
Je me suis rendue à l'évidence. Mais je sais bien aussi que tu ne peux pas comprendre tout ce que j'ai vécu durant ces siècles. D'ailleurs, je ne te le demande pas car tant d'années nous séparent, même si tu as fait un incroyable chemin depuis que nous nous sommes rencontrés. Et je t'admire pour ton courage.
C'est pourquoi j'ai décidé de déposer dans ta veste pendant que tu étais en réunion cette lettre et l'enregistrement que tu pourras conserver ou détruire.

Les cicatrices seront longues à se refermer. Je pense qu'il est préférable que nous ne nous revoyons plus. Trop de choses nous séparent.
Je t'aime.
Aurore.

PS : Je n'ai toujours pas retrouvé Stanton. Je sais par des connaissances que son nom n'a figuré sur aucune liste dans les aéroports depuis la dernière fois où vous vous êtes vus.

Il replia la lettre et la remit dans son enveloppe à l'instant où le carillon annonça le rez-de-chaussée. Il sortit tellement bouleversé de l'ascenseur qu'il en ignora les bonsoirs des agents de sécurité.

Comment pouvait-il aller mieux sachant qu'Aurore était si mal et que tout était fini entre eux ?

Mais il ne voulait avoir aucune responsabilité dans sa décision. Elle avait choisi de le sauver et elle ne pouvait plus suivre Zopyre, dépossédée du gigunû par Stanton.

Elle devait assumer sa destinée. Mettre un point final à l'histoire dans laquelle Tötaan l'avait jetée. Allait-elle maintenant passer sa vie à rechercher Stanton ?

Et pourtant, il souffrait tous les jours, assumant en silence l'inconnu dans lequel il évoluait.

Max insista à plusieurs reprises pour l'appeler ou lui rendre visite. Stephen l'en dissuada à chaque fois et Max vit sa détresse croître à chacune de leurs rencontres.

60

Sydney, AUSTRALIE
Le 21 décembre 2012

La fin du monde annoncée par les Mayas et relayée depuis des mois par les médias occidentaux en mal de sensations n'avait pas eu lieu. Celui de Stephen s'était écroulé quatre mois plus tôt lorsqu'Aurore et lui s'étaient séparés. Depuis, il n'avait plus de nouvelles. Était-elle encore en vie ? Cette question commençait à le hanter.

Stephen rejoignit ce soir-là après sa journée de travail Max et Kelly sur la plage. Des centaines de personnes en maillot affublées d'un bonnet rouge du père Noël étaient au rendez-vous comme l'année précédente. Mais cet instant n'avait plus rien de féérique pour Stephen et il s'efforça de sourire…
Valentin devait arriver le surlendemain et rester jusqu'au jour de l'An. Stephen ne lui avait acheté que des cadeaux de petite taille afin qu'il puisse les remporter dans ses bagages. Il avait prévu qu'ils assistent au départ de la mythique course de voiliers reliant *Sydney* à *Hobart* située en *Tasmanie*.
Mais malgré sa venue et ses amis qui s'évertuaient à lui changer les idées, Stephen n'avait pas le cœur à la fête.

Dans la nuit, Stephen fit un cauchemar. Il vit Aurore, l'air perdu, l'appelant au secours.

61

Sydney, AUSTRALIE
Le 22 décembre 2012

Suite à ce cauchemar, Stephen se décida à contacter Aurore. Etait-ce une prémonition ou simplement son cœur qui lui jouait des tours ? Peut-être répondrait-elle à son appel ? Lorsqu'il essaya de la joindre avec sa *BrainBox*, il s'aperçut qu'elle était en panne. Il alla en chercher une autre qui se mit à dysfonctionner à l'instant où il la posa sur sa tête. Il trouva cela étrange et sûrement en rapport avec l'énergie psychique de la Kundalini.

Il passa au laboratoire et demanda à un de ses amis ingénieurs s'il pouvait tester sur sa personne le prototype de communication satellitaire. Il prétexta avoir repris ses séances de méditation et vouloir savoir si cela avait un quelconque effet sur l'énergie électromagnétique de son corps. S'il ne l'avait pas connu et estimé, l'ingénieur aurait d'emblée refusé. Mais son ami se dit que cela était une lubie et ne voulut pas le contrarier. Il positionna une *BrainBox* sur sa tête ainsi que des électrodes. Il n'avait pas perdu d'énergie. Au contraire. A peine connecta-t-il l'appareil que les instruments de mesure paniquèrent et qu'un court-circuit mit hors d'état ce nouveau prototype ainsi que les équipements du laboratoire. Il y en avait pour des millions ! Au plus grand étonnement de son ami qui, après un sifflement et un tapotement sur les instruments, le regarda comme une bête de foire. Les craintes de Stephen se confirmaient. L'énergie de la Kundalini coulait dans ses veines et démultipliait ses capacités. Etait-ce la seule conséquence ? Était-ce irréversible ? Mais son état lui importait peu finalement tant son esprit était occupé par Aurore. Stephen lui demanda de garder le secret sur ce qu'il avait vu. Il s'y engagea. Mais Stephen ne le crut pas. Comment allait-il pouvoir expliquer la destruction de tous ces équipements ? Il n'allait pas tarder à être dénoncé et à avoir de sérieux problèmes.

Maintenant qu'il avait pris la décision de retrouver la jeune femme, cette idée occupait tout son esprit au point de devenir obsessionnel.

Lincoln avait du mal à taper sur son clavier d'ordinateur. Son corps était guéri mais son bras était encore en écharpe.

Alors qu'il s'apprêtait à convoquer Stephen pour lui demander le contenu du courrier qu'il avait remis à Stanton, Lincoln reçut une lettre. Une heure plus tard, il arrivait devant un immeuble et sonnait à la porte du concierge.

L'homme cria "J'arrive" du fond de sa cuisine et après quelques secondes qui lui parurent des minutes, Lincoln se retrouva face à un colosse noir d'environ deux mètres, une béquille à la main, la jambe droite plâtrée. L'homme arborait un large sourire et un air débonnaire. Lincoln lui trouva une forte ressemblance avec John Coffey, colosse candide doté de pouvoirs surnaturels du film *La ligne verte* adapté d'un roman de Stephen King, condamné à tort pour le viol et le meurtre de deux fillettes.

— Excusez-moi, j'étais un peu long. Mais, j'ai raté quelques escaliers le mois dernier en sortant les poubelles. Il vit le bras en écharpe de Lincoln. Vous, ce n'est pas avec des poubelles ?

— Non, un accident de voiture.

— D'accord... L'homme secoua la tête avec une moue signifiant que l'accident de Lincoln forçait plus le respect que ses poubelles. Il balança son corps comme si sa taille le gênait. Je parle, je parle mais vous n'êtes pas venu écouter mes jérémiades. Que puis-je pour vous ?

Lincoln sortit sa plaque de police.

— Je suis l'inspecteur Lincoln, d'Interpol. L'homme afficha un sourire qui surprit Lincoln, plus habitué à provoquer de la méfiance à l'évocation de son appartenance à la police. Savez-vous si M. Bronwick est chez lui, s'il vous plaît ?

— Je ne sais pas. Je ne l'ai pas vu depuis la semaine dernière. Mais, il m'avait prévenu de votre visite. Lincoln fut décontenancé. Il m'a donné la clé de son appartement et il m'a demandé de vous la remettre en personne lorsque vous vous présenteriez.

Personne d'Interpol ne savait où Lincoln était allé. Il monta avec prudence les escaliers, serrant dans sa main valide son arme de service.

Stephen contacta l'Université d'Aurore depuis un simple téléphone. Lorsque la personne qui décrocha se présenta comme étant Mme Akerbury, il raccrocha aussitôt, craignant que cette commère, à la différence de toutes les autres personnes sur lesquelles il aurait pu tomber, fasse part à Aurore de son appel malgré sa demande... Si elle n'était pas encore partie en Égypte... Ou si elle était encore en vie. Et il ne se sentit plus le courage de faire face à son silence ou son étonnement dans le cas contraire. Il se retrouvait au point de départ.

La réponse à ses interrogations vint dans les minutes suivantes sous une forme qu'il n'aurait pas imaginée.

62

"Si un jour la vie t'arrache à moi
Si tu meurs que tu sois loin de moi
Peu m'importe si tu m'aimes
Car moi je mourrais aussi
Nous aurons pour nous l'éternité
Dans le bleu de toute l'immensité"

Hymne à L'amour, Édith Piaf, 1949

Sydney, AUSTRALIE
Le 22 décembre 2012

Stephen reçut la visite à son bureau de Barrington qui lui demanda de le suivre immédiatement afin de reconnaître le corps sans vie d'une personne qui venait d'être découvert à son domicile. Stephen fut soulagé d'apprendre que c'était un homme. Il demanda en quoi cela le concernait car cette personne, un certain M. Bronwick, lui était inconnue. Le policier lui répondit que son nom était mentionné dans un courrier expédié par ce monsieur à la police. Stephen nageait dans la plus grande incompréhension.
C'est en prenant la route de *Goulburn Street* qu'il prit conscience que l'adresse se situait dans *Chinatown*.

Il pensa tout de suite au vieil ami chinois de Stanton mais pourquoi cet homme aurait-il fait mention de son nom ?

Arrivé sur les lieux, l'inspecteur Lincoln l'attendait au milieu d'une impasse jonchée de poubelles, proche de devantures de magasins chinois. Il portait un bras en écharpe et avait beaucoup vieilli depuis leur dernière rencontre. Barrington laissa Stephen et repartit au bureau.

Une jeune femme de dos s'adressait à Lincoln avec véhémence. Puis, comme si elle l'avait entendu arriver malgré le bruit de la rue, elle se retourna vivement pour lui faire face : Aurore ! Et le monde s'arrêta. Pendant un moment, Stephen n'entendit plus que son cœur battre la chamade.

Il était ébloui par sa beauté, soulagé de la voir en vie et furieux de la retrouver dans de telles circonstances.

Aurore n'avait pas apprécié que la police vienne la chercher sur son lieu de travail et venait de s'en plaindre à Lincoln, d'autant que toute l'Université devait être au courant à présent, Mme Akerbury ayant assistée à son départ accompagnée d'un policier.

L'inspecteur fit quelques pas dans sa direction.

— Comme l'on se retrouve, M. Carver. Je crois que mon enquête arrive à son terme.

— Votre bras ! Qu'est-ce qui vous est arrivé, inspecteur ?

— Un bête accident, ça va… Venez, vous allez comprendre pourquoi je vous ai fait venir. Je ne vous présente pas, bien sûr ? Je sais que vous êtes de vieilles connaissances.

"Vieilles connaissances", pensa Stephen. "Vieilles à un point que tu ne peux pas t'imaginer !". Aurore sourit, comme si elle l'avait entendu mais à part ce moment fugace où ils retrouvèrent toute leur complicité, ils se tinrent à distance l'un de l'autre, gênés, ne sachant quelle attitude adopter.

Ils s'étonnèrent de leur présence car ils ne connaissaient pas de M. Bronwick. Lincoln leur expliqua que leurs noms figuraient sur un courrier que lui avait adressé cette personne avant de mourir et qu'il comprendrait mieux en voyant son cadavre.

L'inspecteur les conduisit au 3ème étage d'un vieil immeuble. En chemin, il leur demanda quelle était la nature de leurs relations mais devant leur mutisme, il n'insista pas. Ils pénétrèrent dans un appartement aux murs recouverts de symboles étranges visiblement dessinés avec les mains.

Ces signes, Aurore avait déjà vu les mêmes il y a très longtemps. Mais comment cela pouvait-il être possible ?

Des objets provenant d'anciennes civilisations étaient éparpillés sur des étagères et à même le sol. Lorsque l'inspecteur vit Aurore tendre la main vers certaines pièces d'une valeur historique inestimable, il lui demanda de ne rien toucher.

Ils suivirent l'inspecteur jusqu'à un cercle dans lequel était inscrite une étoile à cinq branches, un pentacle. A chacune de ses extrémités se trouvait une bougie fondue posée à même le sol. En son centre, un drap blanc recouvrait une forme. Un policier en blouse blanche prenait des photos de la pièce. Un autre recherchait des empreintes sur le sol avec un pinceau et un pulvérisateur. Celui-ci leur demanda de ne pas marcher sur le pentacle dessiné au sol avec de la poudre afin qu'il puisse y vérifier la présence éventuelle de traces de pas.

L'inspecteur se retourna.

— Je vous préviens, cela risque de vous faire un choc. Nous l'avons retrouvé là, nu, dans cette position. Nous n'avons rien touché.

L'inspecteur s'avança et souleva le drap. Le corps du professeur Stanton apparut, figé à genou.

Il était effectivement nu, raide et livide, le corps couvert d'une poudre blanche, les yeux encore ouverts, fixant le néant. Un léger sourire sur ses lèvres donnait à son visage une profonde sérénité. Sa tête était rasée, ses longs cheveux de jais ayant laissé place à un haut de crane bizarrement bombé, comme si son esprit avait forcé pour sortir. Les policiers étaient intrigués de trouver un mort en pareille posture.

— Le concierge de l'immeuble l'a croisé pour la dernière fois la semaine dernière. Comme vous pouvez le constater, il n'est pas en état de putréfaction : aucune tâche verte au niveau de l'abdomen due à la décomposition des tissus par les bactéries intestinales, pas d'insecte autour de nous, pas d'odeur nauséabonde. D'après sa rigidité cadavérique et sa température, le légiste a estimé que sa mort datait d'environ quarante-huit heures. Tout concorde.

Rien de tout cela ne les choqua tant ils furent, l'un comme l'autre, fascinés par les éclats d'une pierre rouge sertie d'or accrochée à son cou. Un gigunû qu'ils n'avaient jamais vu brillait sur sa poitrine.

— Vous le reconnaissez, n'est-ce pas ? C'est bien votre professeur Stanton ?

— Oui, c'est bien lui. Nous ne le connaissions pas sous le nom de Bronwick.

— A Interpol, nous le connaissions sous plusieurs noms : Malonne, Pourcell, Giovanni et tant d'autres, reprit Lincoln. Il m'a effectivement donné le nom de Stanton la seule fois où je l'ai rencontré.

Stephen et Aurore se regardèrent interloqués, secouant la tête avec une moue dubitative.

— J'ai toujours eu un temps de retard sur lui, continua Lincoln. Voilà le fantôme après qui j'ai couru pendant des années. Il a parcouru de nombreux pays pour subtiliser certains des objets anciens que vous voyez autour de nous et cela je dois dire de façon assez mystérieuse.

A première vue, ceux dérobés dans les musées n'avaient rien de particulier, des objets de simple confection, sans or, bois ou pierre précieux. Seule leur ancienneté semblait leur avoir conféré une valeur. Lincoln allait pouvoir les faire analyser et vérifier ses doutes grâce à leurs inscriptions qui étaient bien plus apparentes que sur les photos fournies par les conservateurs des musées. Certaines avaient été gravées et d'autres peintes.

— Je pensais au début que vous faisiez partie M. Carver d'un réseau de voleurs d'art internationaux mais nos filatures et la perquisition à votre domicile nous ont montré que vous n'aviez rien à voir avec tout cela. Il vous devait de l'argent ? Il vous faisait chanter ?

— Non, rien de tout cela. Nous étions de simples connaissances, c'est tout. Pourquoi ces questions ?

— Parce que je ne comprends toujours pas pourquoi vous étiez réellement en contact. Et parce qu'à priori, lui avait l'air de vous connaître depuis très longtemps. Et je cherche aussi à savoir si tout cela ne serait pas une mise en scène pour camoufler un crime. Et donc si quelqu'un, vous par exemple, n'aurait pas eu un motif pour cela.

— Et nous aurions envoyé un courrier en son nom nous nommant ?

— J'ai vu de nombreux cas tordus. Plus rien ne m'étonne. Mais je ne vous ai pas fait venir pour vous arrêter. Pas encore. Non, la lettre que j'ai reçue semble bien avoir été écrite par M. Bronwick.

L'inspecteur enfila une paire de gants en plastique. Il se dirigea vers un bureau et saisit un épais album photos qu'il ouvrit.

— Vous vous reconnaissez ? Vos photos sont après celles en noir et blanc.

Ils se rapprochèrent l'un de l'autre pour regarder l'album. Stephen n'avait pas senti le parfum d'Aurore depuis longtemps et il dut se battre pour ne pas la prendre dans ses bras. Mais ce n'était ni le lieu ni le moment. L'inspecteur leur tendit deux paires de gants afin qu'ils puissent feuilleter l'album sans laisser de trace.

Les premières photos en noir et blanc étaient celles prises à Toulon, juste après l'incendie de l'immeuble. C'était les mêmes photos que celles que Stephen avait pu imprimer à partir du site du journal local français. Et celles-là semblaient être les originales.

Les suivantes en couleur avaient été prises à différentes époques depuis leur enfance, probablement au téléobjectif, de toute évidence par le professeur lui-même.

Ils étaient abasourdis, mais Aurore commençait à assembler les pièces du puzzle dans sa tête.

Stephen ne comprenait pas. Les questions s'entrechoquaient dans sa tête. Pourquoi les suivait-il depuis si longtemps ? Comment pouvait-il savoir qu'ils se rencontreraient un jour ? Comment et où s'était-il procuré ce gigunû alors qu'il croyait le sien unique ? S'il en avait déjà un, pourquoi avoir volé le second ? Agissait-il seul ? Qui était-il vraiment ? Il eut une fois encore la désagréable impression d'avoir été manipulé. Cela se confirma lorsque l'inspecteur ouvrit le bureau devant eux.

Dans le meuble étaient entreposés un ordinateur, une imprimante, un scanner et un appareil photographique numérique.

— Nous avons fouillé le disque dur de son ordinateur et nous nous sommes aperçus qu'il entreposait un nombre important de photos et de vidéos. Il hébergeait un site internet en français où il avait commencé à publier certaines des photos que vous venez de voir. Celles en noir et blanc, pour être plus précis. Je vous avoue que cela fait des années que je n'avais pas été confronté à une telle enquête.

Le téléphone de l'inspecteur sonna. Il vit apparaître la photo de sa femme sur l'écran. Son cœur se mit à battre la chamade.

— Excusez-moi. Je reviens.

Il se retira précipitamment dans la cuisine.

Il avait laissé à sa femme un message émouvant après avoir pénétré dans l'appartement de Stanton.

Le dénommé Bronwick lui avait adressé un courrier l'invitant à retrouver dans son appartement les objets qu'il avait dérobé ainsi que son cadavre. Lincoln avait d'abord pris cette invitation pour un piège. Cela ne pouvait pas se finir aussi facilement. Le vieil homme lui demandait de prendre très au sérieux son courrier et de tenir informés de son décès Stephen Carver et Aurore Stample dont les numéros de téléphone figuraient au bas de la lettre. Avec un mélange d'appréhension et d'admiration pour celui qui l'avait tenu en échec, Lincoln avait investi les lieux, seul, pour éviter la honte face à une nouvelle manœuvre. L'appartement entier baignait dans le mystère. Cela lui avait rappelé les films sataniques de sa jeunesse, *L'exorciste*, *La maison du diable* ou *Rosemary's Baby*. Il en avait eu un frisson. Il avait bien découvert les objets volés et le corps de Bronwick dans cette position insolite. Il s'était senti tout puissant face à ce corps sans défense. Il avait eu envie de se venger sur lui de ce qu'il avait enduré. Il s'était rendu compte finalement combien son geste était méprisable. Il en avait eu la nausée. Il n'était pas plus à la hauteur aujourd'hui que durant tous ces mois avec ses enfants et sa femme.

— Tu as eu mon message ? Je suis heureux que tu me rappelles... Oui, c'est fini. Le coupable est mort. Je suis sur les lieux où on l'a retrouvé, lui et tous les objets qu'il avait volés. Ecoute. Je me suis mal comporté à ton égard… Oui, moi aussi, tu me manques. Je m'en veux tant de vous avoir fait souffrir… Je t'aime… Je te rappelle.

Lincoln raccrocha et dut attendre quelques secondes avant de retrouver ses esprits et rejoindre Aurore et Stephen.

En reposant l'album, Stephen aperçut sous une pile de livres un manuscrit qui dépassait. Il reconnut celui qu'il avait acheté à Londres et qui lui avait été dérobé. Il tira la manche de la veste d'Aurore.

— Regarde ! C'est mon manuscrit.

Stephen s'en saisit. Les quatre dernières pages avaient été recollées. Quatre pages qui avaient été enlevées sciemment pour que Stephen ne puisse refermer la Kundalini et redonne ainsi vie aux mémoires passées.

Stephen n'eut plus de doutes, le manuscrit avait été mis volontairement entre ses mains par Stanton. Il le reposa sur la pile, juste au moment où Lincoln revenait.

Un rayon de lumière révéla des tâches sur le sol et de petits objets éparpillés, détournant le regard de Lincoln.

— Savez-vous à quels rituels se livrait votre ami ? Notre légiste dit qu'il a absorbé ce poison et que son état de conservation proviendrait peut-être de ce produit. Nous en saurons plus après l'autopsie.

L'inspecteur leur montra du doigt une fiole près du professeur contenant encore un peu de liquide jaunâtre.

Lorsque Stephen sentit la main glacée d'Aurore saisir la sienne, il se tourna vers elle. Il ne comprit pas, sur le coup, la stupeur qui venait d'apparaître sur son visage. Elle restait bouche bée, n'osant prononcer le mot qu'elle avait à l'esprit. Heureusement, l'inspecteur ne remarqua pas son changement d'attitude lorsqu'il leur tendit une lettre.

— Tenez, elle était posée à ses côtés. Elle vous est adressée. Peut-être qu'à sa lecture, vous pourrez m'en apprendre davantage.

Aurore gardait les bras le long du corps, tétanisée, refusant de la prendre, repoussant la vérité qu'elle venait de découvrir.

Stephen saisit l'enveloppe et en sortit un article de presse qu'il montra à Aurore. Celui-ci faisait état de la naissance le 13 novembre d'un garçon nommé Ricardo José Fuentes au sein d'une des familles de narcotrafiquants les plus puissantes de *Ciudad Juarez* au *Mexique*. La peur envahit Stephen à l'idée que cet enfant était la réincarnation de Zopyre. Au dos de l'article, il était écrit de la main du professeur : "Anténa, je veillerai toujours sur toi. Venez à moi et la lumière sera".

Tout devenait clair sur l'identité de ce M. Bronwick et du professeur Stanton, qui n'étaient qu'une seule et même personne : Tötaan. Ses paroles revinrent à leur esprit : "Je veillerai toujours sur elle pour qu'elle trouve le bonheur auprès d'un autre homme". Il avait été près d'elle, en secret, guidant ses pas.

— Inspecteur, vous pouvez venir ? Un des policiers en blouse blanche venait d'apparaitre. Nous avons un détail à vous montrer.

— Attendez-moi, dit Lincoln d'un ton ferme à l'attention d'Aurore et Stephen.

Ils se retrouvèrent seuls, abasourdis par tant de révélations. Pour chacun, de nouvelles questions firent surface.

Aurore se demanda ce que Tötaan avait cherché en la mettant dans cette situation et en lui faisant vivre ces vies ? Pourquoi avait-elle été si dure avec elle ? Était-ce uniquement pour se venger de Zopyre ? Non, elle ne le pensait pas. Elle réalisa qu'elle avait voulu lui donner une leçon de vie, la rendre humaine. Mais pourquoi ?

Stephen s'interrogea pour sa part sur les raisons qui avaient poussé Stanton à lui mettre ce livre entre les mains, et à lui faire vivre autant d'épreuves alors qu'il avait le pouvoir de mettre fin à son angoisse dès le début ? Il réalisa soudain que Stanton avait voulu le mesurer. Stephen avait eu la volonté de rompre avec le destin et la vie déterminée que ses parents lui avaient assignés. Stanton le savait. Il voulait vérifier que Stephen avait la volonté d'échapper à la Kundalini et de résister à ses assauts jusqu'à ce qu'une libération intervienne.

Loin d'être une punition, c'était un défi qu'il avait fallu que Stephen dépasse. Tout cela avait fait partie d'un apprentissage. Mais pourquoi ? Quel était son but ?

Et pourquoi voulait-il maintenant qu'ils le rejoignent dans la mort ? Toutes ces questions fusèrent dans leurs têtes.

Après un long silence, Stephen demanda timidement à Aurore :

— Tu vas bien ?

Elle fondit en larmes et par instinct, il la prit dans ses bras. Elle s'abandonna quelques secondes avant de se ressaisir, d'essuyer ses larmes et de lui répondre.

— Je suis effondrée. J'aurais tant aimé lui parler, le tenir dans mes bras et en même temps lui crier ma colère pour tout ce qu'il m'a fait vivre.

— Je sais Aurore !

— Peux-tu vraiment savoir ce que l'on ressent quand tout ce à quoi on croyait depuis deux mille ans s'écroule ?

Stephen la regarda droit dans les yeux.

— Je sais ce qu'on ressent quand tout ce à quoi on tient s'écroule ! Oui, je sais.

Son visage se déforma sous l'émotion. Elle sourit et passa tendrement sa main sur sa joue, pour effacer son rictus.

Ils restèrent un court instant perdus dans leurs pensées. Puis Aurore lui fit face.

— Et toi ? Comment vas-tu ?

— Tu me manques. J'avais peur que tu sois morte.

— J'ai choisi de vivre. Parce que je t'aime.

— Je pars la semaine prochaine pour *Singapour*. Valentin arrive après-demain pour passer Noël et ensuite je le ramène chez lui.

— Tu y restes longtemps ? lui répondit-elle d'une voix triste.

Il s'efforça à ironiser.

— Suffisamment pour rester proche de mon fils et gâcher la vie de mon ex.

Aurore resta pensive.

— C'est joli *Singapour*, dit-elle d'une voix brisée.

— Tu viendrais ? Et tes fouilles en *Égypte*, la notoriété que cela t'apporterait ?

Elle haussa les épaules et Stephen vit briller dans ses yeux l'espoir de se retrouver réunis à nouveau. Il allait prendre les mains d'Aurore dans les siennes lorsque leur discussion fut interrompue par le retour de l'inspecteur.

Au même moment, les deux policiers en blouse blanche sortirent de l'appartement avec des sachets plastiques contenant divers objets. Sur ce, Aurore demanda à s'absenter quelques instants pour se rafraîchir le visage. L'inspecteur lui indiqua où se trouvait la salle de bain et souhaita voir la lettre.

Depuis qu'il avait pris en charge cette enquête, Lincoln avait fini par passer pour un incompétent aux yeux de son supérieur perdant ainsi tout crédit et la promotion qu'il lui avait promise. Il avait même, comble de la honte pour cet inspecteur modèle, fait l'objet d'une enquête interne. Il s'était mis à maudire cet homme. Même s'il entrevoyait une amélioration dans sa relation avec son épouse, ses mains tremblaient nerveusement, trahissant sa profonde déception quant à l'issue de son enquête. Quelles explications pourrait-il apporter à son nouveau directeur ? Le principal suspect était mort et ce n'était pas avec les trois secondes d'enregistrement et de bande sonore en sa possession qu'il pouvait expliquer rationnellement comment il avait procédé pour dérober ces objets dans les musées et passer inaperçu dans la librairie. Il était parti avec son secret. A moins qu'un lien existe réellement entre Stephen et Stanton ? Il relut la lettre, perplexe.

— Vous avez des explications à m'apporter ?

Stephen fut surpris par la force de caractère d'Aurore revenue à leurs côtés. Elle coupa l'inspecteur d'un ton sans réplique.

— Non ! Nous ne comprenons rien à tout cela. Il fallait que ce monsieur soit perturbé mentalement pour faire des choses pareilles.

Stephen renchérit.

— Nous photographier depuis que nous sommes enfants alors que nous ne le connaissions pas. Sur des continents différents ! Et son courrier. Nous demander de le suivre dans la mort. Non, tout cela n'a aucun sens.

— Vous ne savez pas qui est cette Anténa ni ce Ricardo ?

— Non. Aucune idée.

— Depuis combien de temps vous connaissez vous tous les deux ?

— Environ deux ans et demi ?

— Vous ne m'avez pas semblé surpris de vous voir en photo alors que vous ne vous connaissiez pas et de vous retrouver ensemble des années plus tard. Est-ce lui qui vous a permis de vous rencontrer ?

— Non, cela a été le pur hasard. Un accident de voiture.

En disant cela, Stephen savait qu'il mentait. Mais ce n'était pas mentir qui le troublait, c'était d'avoir été manipulé par Aurore et par Stanton. Il avait hâte de quitter ces lieux. Il étouffait dans cet appartement et avait besoin de respirer à l'air libre.

— Excusez-moi, inspecteur, mais avez-vous encore besoin de nous ?

Aurore, pressée également de finir, ajouta :

— Je ne vois pas ce que nous pouvons vous apporter de plus et mes étudiants à l'Université vont s'impatienter.

Comme s'il n'avait pas entendu la jeune femme, l'inspecteur s'adressa à Stephen.

— Et vous, monsieur, qu'en pensez-vous ? Pourquoi être parti au Tibet et que contenait le courrier que vous avez remis à M. Bronwick à l'aéroport ?

Lincoln abattait sa dernière carte. Il espérait déstabiliser Stephen et obtenir de nouvelles informations.

Stephen respira profondément avant de répondre, les mains dans les poches, les poings fermés pour maîtriser son propos et le timbre de sa voix.

— Je suis allé au *Tibet* pour me ressourcer car je n'en pouvais plus de la pression de mon travail, d'être séparé de mon fils...

Ses dernières paroles touchèrent Lincoln qui connaissait depuis quelques temps la douleur de se retrouver éloigné de ses enfants. Stephen enchaîna :

— Vous pouvez toujours demander à mon avocate ou à mon directeur…

— C'est fait.

Seule Aurore remarqua le soubresaut nerveux de l'épaule de Stephen. Lincoln continua après avoir laissé planer un long silence.

— Votre directeur confirme en effet vos propos.

Stephen apprécia la discrétion de son responsable. Il était bon de pouvoir compter sur ses collègues. Cela lui donna la force de continuer.

— Je ne connais pas le contenu du courrier que j'ai remis à Stanton. Je n'ai pas pour habitude d'ouvrir le courrier des autres, martela Stephen, faisant allusion au courrier à leur attention que l'inspecteur avait lu. La mort du professeur nous affecte, certes, mais tout cela nous échappe. Je crois qu'il est parti avec son secret. Bien entendu, nous restons à la disposition de la police afin d'élucider ce mystère.

Lincoln n'avait pas réussi à leur retirer de renseignement. Il devait se résoudre à abandonner ses recherches de leur côté.

— Je vous remercie tous deux de vous être dérangés. Envisagez-vous de voyager à l'étranger ?

— Je pars quelques semaines à *Singapour*, répondit Stephen.

— Moi je n'ai rien de prévu, compléta Aurore.

— Voici ma carte de visite. Contactez-moi avant de quitter le territoire ou si vous avez souvenir d'informations permettant de faire avancer l'enquête.

Ils partirent ensemble, jetant un dernier coup d'œil sur l'appartement où Stanton avait vécu. Ils sentirent que l'inspecteur les suivait du regard et qu'il n'avait pas cru leur petit numéro. Cependant, rien ne lui permettait de comprendre leur implication.

Au moment où il mettait la main sur son suspect, redorant son image et donnant peut-être un nouveau souffle à sa carrière, il se retrouvait devant des évènements encore plus mystérieux.

Et ceux qui allaient survenir les semaines suivantes jetteraient dans son esprit et dans son couple un trouble encore plus grand.

EPILOGUE

Aurore et Stephen descendirent les trois étages de l'immeuble en silence. Arrivés en bas, le concierge leur fit signe discrètement et leur demanda de le suivre. Ils entrèrent dans son appartement et il leur remit un sac. Stephen et Aurore n'eurent pas besoin de l'ouvrir. Ils savaient ce qu'il contenait : le gigunû que Stanton leur avait dérobé. Stephen le rangea dans la poche de sa veste.

Ils essayèrent d'interroger le concierge sur Stanton mais apparemment, il avait été quelqu'un de très discret. Le concierge avait d'ailleurs été étonné que celui-ci soit venu lui demander de veiller sur ce sac pendant son absence. Il pensait que Stanton était parti en voyage. Stanton lui avait donné une photographie d'eux et l'avait chargé de leur remettre le sac s'il lui arrivait malheur. Il ne lui connaissait aucun parent ni ami.
Ils le remercièrent avant de le quitter.

Lorsqu'ils se retrouvèrent dans la rue, Stephen donna à Aurore sa carte de visite sur laquelle était indiqué son nouveau numéro de portable.
— Si tu te décides pour Singapour, appelle-moi avant le jour de l'An, que j'ai le temps de te trouver un billet d'avion.
Aurore prit sa carte et lui sourit, des larmes dans les yeux.
— Il faut reprendre le livre et le détruire, lui répondit-elle. Nous ne pouvons pas prendre le risque que des esprits comme ceux de Caligula, Hitler, Staline ou Pol Pot soient présents dans d'autres corps et libérés. A moins que nous ne le mettions à l'abri. Il pourrait peut-être nous servir… Plus tard.

Après quelques secondes, devant le regard interrogatif de Stephen, elle sortit de sa poche le gigunû qu'elle avait dérobé sur le corps de Stanton, en feignant d'aller aux toilettes.

— J'ai une autre idée, lui confia-t-elle à voix basse.

Stephen comprit qu'ils devaient accomplir leur destin. Leur aventure commune commençait.

Pour l'éternité

NOTE DE L'AUTEUR

REMERCIEMENTS

Je dédie ce livre à Hélène, ma femme, pour son soutien et son encouragement; A mes enfants, pour leur écoute et leurs regards amusés; A ma femme et à mes enfants pour le temps que je n'ai pu leur consacrer.

Un grand remerciement à Emmanuelle pour ses conseils éclairés, sa passion et son investissement sans lesquels ce livre serait resté au stade de projet.

A Maurice Daubard, pour son enseignement du Toumo et sa chaleur humaine.

L'HISTOIRE DANS LE LIVRE

J'ai essayé de rendre le déroulement des actions dans le temps le plus réaliste possible.

Certains passages de ce livre s'inspirent de figures historiques en Australie comme Kumantjey et Charles Perkins et en Perse comme Zopyre, général des armées perses.

Hérodote s'est effectivement trompé sur la date du siège de Babylone ainsi que sur le roi Perse qui avait remporté la victoire.

L'imprécision des dates m'a permis de jouer avec les événements et les protagonistes.

Le réseau d'Interpol I-24/7 existe réellement et profite à toutes les polices dans leurs recherches.

Cependant, il me parait essentiel de rappeler qu'il s'agit d'une œuvre de fiction. Les personnages qu'il met en scène et les situations qu'il décrit sont imaginaires.

Des offres comme *Google Glasses* existent mais sont encore loin d'offrir une immersion comme celle proposée par la *BrainBox*. Malheureusement, cette dernière n'existe pas. Peut-être un nouveau défi que relèveront les équipes de *Google*? Souvent, la réalité dépasse la fiction.

LES LIEUX

Pour ceux qui souhaiteraient découvrir les lieux décrits dans ce livre, je les invite à se rendre d'abord à Londres.

La librairie ésotérique et la scène qui s'y déroule sont inspirées de la librairie *Treadwell's* dont le site internet figure en annexe. L'ancienne librairie était plus pittoresque et fantasque et je me suis rapproché de son intérieur pour recréer l'ambiance de celle où Stephen achète le manuscrit tibétain. Le quartier où elle se situe regorge de ruelles qui sont un havre de paix à l'écart du tumulte de cette grande capitale. Le *British Museum* est à quelques minutes à pied.

Ensuite, *Notting Hill*, un quartier fantastique que l'on atteint rapidement par le métro. Il est agréable d'y flâner et d'observer les petits jardins privés et les maisons aux façades peintes.

A *Sydney*, Max invite Stephen et Aurore dans un des plus merveilleux restaurants que je vous invite à découvrir et dont le site internet figure en annexe. Également, Stephen et Stanton déjeunent dans un des restaurants situés au bord de l'eau dans la magnifique baie de *Sydney*.

A *Berlin*, le *Pergamon Muséum* est incontournable notamment pour la porte *d'Ishtar* et la voie processionnelle. Aucune photo ne restitue aussi bien le bleuté de leurs briques et l'aspect majestueux des dragons et des lions. Fermez les yeux comme Aurore et plongez dans le passé en imaginant la magnificence et les vraies proportions de *Babylone*.

Le *Tibet* est le lieu rêvé du trek. Les rudes conditions de vie ont donné naissance à des types de yoga particuliers comme celui du Toumo pour la régulation de la température du corps dans le froid et celui du Lung-gom-pa pour faciliter les longs déplacements.

REFERENCES CHRONOLOGIQUES

516 avant JC : Naissance d'Anténa, Babylone, Mésopotamie

486 avant JC : Xerxès montre sur le trône Perse

485 avant JC : Xerxès mate la révolte Égyptienne

484 à 483 avant JC : Révolte Babylonienne

482 avant JC : Prise de Babylone par Xerxès; Mort d'Anténa et de Zopyre

331 avant JC : Prise de Babylone par Alexandre Le Grand

50 avant JC : Naissance de M'Bongo et de Makéda, Éthiopie

20 avant JC : Mort de M'Bongo et de Makéda, Désert de Bayouda, Soudan

701 : Naissance de Youssef et d'Haïcha, Mauritanie

765 : Mort de Haïcha, Mauritanie

766 : Mort de Youssef, Mauritanie

1487 : Naissance de Maria Sanchez, Espagne

1492 : Christophe Colomb débarque sur l'archipel des Bahamas

1512 : Naissance du lama blanc

1519 : Expédition lancée par Cortès

1520 : Mort du lama blanc

1521 : Cortès assiège et détruit Tenochtitlan, la capitale Aztèque; Mort de Maria Sanchez, Pérou

1930 : Naissance d'Ethel Rosenblum, Paris, France; Naissance de Louis Bourgoin, Toulon, France

1933 : Arrivée d'Adolf Hitler au pouvoir, Allemagne

1939 / 1945 : Début et fin de la 2ème Guerre mondiale

1953 : Mort de Louis Bourgoin, Toulon, France

1955 : Mort d'Ethel Rosenblum, calanques de Cassis, France

1977 : Naissance d'Aurore Stample, San Francisco, États-Unis d'Amérique; Naissance de Stephen Carver, Sydney, Australie

2008 : Exposition sur Babylone à Paris, Berlin et Londres

2011 : Commercialisation de la *BrainBox-100*

2012 : Commercialisation de la *BrainBox-200*

REFERENCES BIBLIOGRAPHIQUES

LIVRES

"HÉRODOTE, L'ENQUÊTE", 2 volumes (Livres I à IV, et Livre V à IV), Édition d'Andrée BARGUET en folio classique
"AU TEMPS DE BABYLONE" d'Harry W.F. Saggs, publié aux Éditions Lebaud
"SATRAPES ET SATRAPIES dans l'empire achéménide de Cyrus le Grand à Xerxès Ier", Thierry PETIT, publié par la Société d'Edition Les Belles Lettres
"L'EMPIRE PERSE", publié aux Éditions Time-Life
"MYSTIQUES ET MAGICIENS DU TIBET", Alexandra David-Neel, publié chez Pocket
"MÉHARÉES", "MAJÂBAT AL-KOUBRA"…, Théodore Monod, Thésaurus publié chez Actes Sud
"PRANAYAMA La dynamique du souffle", André Van Lysebeth, Flammarion
"OCÉAN DE SAGESSE", Sa Sainteté le Dalaï-Lama, publié chez Pocket
"LE MEILLEUR DE SOI", Guy Corneau, collection "Réponses" aux Éditions Robert Laffont
"LES NEUFS MARCHES", Daniel Meurois et Anne Givaudan, collection "Aventure secrète" aux Éditions J'ai lu
"PÈRE MANQUANT, FILS MANQUÉ. Que sont les hommes devenus ?", Guy Corneau, aux Éditions de l'Homme
"PSYCHOLOGIE DU YOGA DE LA KUNDALINI", Carl Gustav Jung, collection "Spiritualités vivantes" aux Éditions Albin Michel

SITES INTERNET

Exposition Babylone musée du Louvre : http://mini-site.louvre.fr/babylone/FR

Site dédié à la Mésopotamie :
http://fr.wikipedia.org/wiki/Accueil
Maquette de Babylone : www.maquettes-historiques.net/page100.html
Photographies de Babylone : www.ezida.com
Thermo physio régulation : www.maurice.daubard.com
Librairie ésotérique de Londres : www.treadwells-london.com
Restaurant à Sydney : www.quay.com.au
Sydney : Google Earth

DOCUMENTAIRES

"B comme Babylone", documentaire de Bernard George, coproduction ARTE, Les Films du Tambour de Soie, et le Musée du Louvre

Babylone, Mésopotamie, 482 avant J.C. : Les armées Perses de Xerxès assiègent depuis dix-neuf mois la ville révoltée et campent dans les palmeraies entourant les murailles infranchissables. Par amour pour sa femme et son fils restés dans Babylone, Zopyre, général Perse, élabore une ruse qui met fin au siège et donne la victoire à son roi. Quelques mois plus tard, sa femme Anténa est atteinte d'une septicémie. Ils choisissent de mourir ensemble pour se réincarner. Ils emportent avec eux le secret du gigunû, le talisman magique conservé au dernier étage de la ziggourat de Babylone.

Sydney, Australie, 13 juillet 2010 : Stephen Carver découvre une ancienne légende dans un mystérieux manuscrit et part grâce à ses préceptes à la recherche d'une lumière intérieure. Mais il accède à la mémoire de vies enfouies en lui qui vont tenter de prendre possession de son esprit pour renaître. Aurore, jeune archéologue talentueuse et spécialiste de la Mésopotamie, ainsi que le professeur Stanton, ethnologue à la retraite, vont l'aider à se battre pour rester en vie. Mais quel but poursuivent-ils réellement ? Quel lien existe-t-il entre eux et des œuvres d'art dérobées dans des conditions mystérieuses que l'inspecteur Lincoln d'Interpol s'évertue à retrouver ? Stephen va découvrir qu'il a été manipulé et mêlé à la dramatique histoire d'amour qui a lié deux êtres pour l'éternité. Et que de sa survie dépend le sort de l'humanité.

www.ingramcontent.com/pod-product-compliance
Lightning Source LLC
Chambersburg PA
CBHW050019030726
47506CB00001B/21